Über dieses Buch

Eigentlich wollte Joseph Conrad mit der ›Rettung‹ ein anspruchsvolles Jugendbuch schreiben, wie er seinem Lektor gestand. Aber es wurde weit mehr: ein Stück Weltliteratur. Die Entstehungsgeschichte zieht sich über 23 Jahre hin – inzwischen verfaßt Conrad Meisterstücke wie ›Der Nigger von der ‹Narzissus›‹, ›Das Herz der Finsternis‹ und ›Lord Jim‹. Schließlich kann Conrads Haupt- und Lieblingsfigur, Kapitän Tom Lingard, seine Abenteuer im Malaiischen Archipel bestehen. Freilich geht es in diesem Buch nur vordergründig um die dramatische Rettung einer gestrandeten Jacht und ihrer in Bedrängnis geratenen Besitzer. Der Kampf ums Überleben ist nur ein Teil einer von Anfang an aussichtslosen Liebesgeschichte. Die schier unüberbrückbaren sozialen Unterschiede zwischen Tom Lingard und der schönen Edith Travers, der Frau des Jachteigentümers, schließen die Erfüllung aus. Die Gesellschaftsdame Travers hat nicht den Mut, ihre bis dahin selbstverständliche Luxuswelt zu verlassen; schon gar nicht für den seiner Heimat England entfremdeten Kapitän. Was für Conrad mehr zählt: Lingard vergißt über der Verzauberung durch die Geliebte, daß er dem aus seinem angestammten Reich vertriebenen prinzlichen malaiischen Geschwisterpaar Hassim und Immada versprochen hatte, es in die Heimat zurückzuführen. Bei seinen malaiischen Freunden steht Lingard am Ende unglaubwürdig da. Schlimmer noch, weil Lingard sein Wort nicht einlöst, kommen die Geschwister um. Dieser moralische Konflikt bestimmt die Handlung. Der exotisch ausstaffierte Roman ›Die Rettung‹ ist vor allem ein Roman von der Treue – wie alle Werke Joseph Conrads.

Der Autor

Joseph Conrad (eigentlich Józef Teodor Konrad Nalecz Korzeniowski) wurde 1857 als Sohn polnischer Landedelleute in Berdyczew/Ukraine geboren. Er ging mit siebzehn Jahren zur französischen Marine und befuhr ab 1886 als britischer Kapitän die Weltmeere. Als ein tropisches Fieber ihn zwang, den Seemannsberuf aufzugeben, ließ er sich 1894 als freier Schriftsteller in England nieder. Er schrieb in englischer Sprache fünfzehn Romane, neunundzwanzig Erzählungen, zwei autobiographische Bücher, zwei Essaybände und drei Bühnenstücke. Joseph Conrad starb 1924 in seinem Landhaus bei Canterbury.

Im Fischer Taschenbuch Verlag erschienen außerdem ›Der Nigger von der ‹Narzissus›‹ (Bd. 2054) und ›Der Freibeuter‹ (Bd. 2055), ›Der Verdammte der Inseln‹ (Bd. 2056) und ›Almayers Wahn‹ (Bd. 2057).

JOSEPH CONRAD

DIE RETTUNG

Ein Roman
von den Untiefen

FISCHER TASCHENBUCH VERLAG

Fischer Taschenbuch Verlag
Juli 1980
Ungekürzte Ausgabe
Umschlagentwurf: Jan Buchholz/Reni Hinsch
Foto: Gruner + Jahr Fotoservice / M. Friedel
Fischer Taschenbuch Verlag GmbH, Frankfurt am Main
Lizenzausgabe mit freundlicher Genehmigung
des S. Fischer Verlages GmbH, Frankfurt am Main
Die englische Originalausgabe erschien 1920 unter dem Titel
›The Rescue. A Romance of the Shallows‹
Deutsche Übersetzung von Hermann Stresau

Gesamtherstellung: Hanseatische Druckanstalt GmbH, Hamburg
Printed in Germany
980-ISBN-3-596-22058-0

FREDERIC
COURTLAND PENFIELD

dem letzten Botschafter
der Vereinigten Staaten von Amerika
am inzwischen dahingegangenen
Österreichischen Kaiserhof,
ist diese Geschichte aus alten Zeiten
zugeeignet in dankbarer Erinnerung
an die Rettung, die er
gewissen bedrängten Reisenden
hat zuteil werden lassen
im großen Weltsturm
des Jahres 1914

VORBEMERKUNG DES AUTORS

Von den dreien meiner Romane, die eine Unterbrechung erleiden mußten, war es der Roman ›Die Rettung‹, der am längsten auf einen Gunstbeweis des Schicksals zu warten hatte. Ich verrate kein Geheimnis, wenn ich hier ausspreche, daß ›Die Rettung‹ genau zwanzig Jahre lang darauf zu warten hatte. Ende des Sommers 1898 legte ich das Manuskript beiseite, und etwa Ende des Sommers 1918 nahm ich es wieder zur Hand, diesmal mit dem festen Willen, es abzuschließen, und getragen von dem unvermittelten Gefühl, der Aufgabe nunmehr gewachsen zu sein.

Das soll nicht heißen, ich hätte mich dem Buche mit Begeisterung zugewandt. Ich war mir der Gefahren eines solchen Abenteuers sehr wohl, ja, vielleicht allzusehr bewußt. Die erstaunliche Sympathie, die meinen Arbeiten von Menschen der unterschiedlichsten Temperamente, Ansichten und literarischen Geschmacksrichtungen seit Jahren entgegengebracht wird, hat mir viel, ja alles bedeutet – nur hat sie mir nicht jenes anmaßliche Selbstvertrauen eingeflößt, das dem Abenteurer zwar gelegentlich sehr zustatten kommt, ihn am Ende jedoch dem Galgen überliefert.

Da ich in diesen für die Gesamtausgabe meiner Bücher niedergeschriebenen Vorbemerkungen des Autors vor allem anderen nach rückhaltloser Offenheit strebe, beeile ich mich zu versichern, daß meine Hoffnung sich nicht auf meine angeblichen Verdienste stützte, sondern auf die Erwartung, meine Leser würden mir auch weiterhin geneigt sein. Ich möchte gleich sagen, daß meine Hoffnung in einem Umfang gerechtfertigt wurde, der in keinem Verhältnis zu meinem Verdienst steht. Mir wurde eine denkbar rücksichtsvolle, behutsam ausgedrückte, von allem Antagonismus freie Kritik zuteil, die sich im Kern als so einsichtsvoll erwies, daß ich selber zutiefst davon bewegt wurde. Zugleich überstieg die Summe des Lobes die

kühnsten Träume der Habsucht – ich meine damit die Habsucht eines Künstlers, die ihre Schätze in den Herzen von Männern und Frauen sucht.
Nein! Die anfänglichen Ängste mögen wie immer beschaffen gewesen sein, dies Abenteuer jedenfalls sollte nicht traurig enden. Wieder einmal war das Glück dem Kühnen günstig; und doch habe ich nie die scherzhafte Übersetzung von *audaces fortuna juvat* vergessen, die mir mein Erzieher einmal zitierte, als ich noch ein Knabe war: »Die Kühnen werden gebissen.« Immerhin legte er Wert darauf zu erwähnen, daß es mehrere Arten der Kühnheit gebe. Und die gibt es! Die gibt es! ... So gibt es zum Beispiel jene Art der Kühnheit, die von Unverschämtheit kaum zu unterscheiden ist ... ich muß glauben, daß ich in diesem Falle nicht unverschämt war, denn meines Wissens bin ich nicht gebissen worden.
Wahr ist, daß ›Die Rettung‹, als sie beiseite gelegt wurde, nicht in Verzweiflung beiseite gelegt wurde. Es kam zu diesem Beiseitelegen aus mehreren Gründen, deren erster ganz sicherlich der war, daß ich mir mehr und mehr der Schwierigkeiten der Behandlung des Gegenstandes bewußt wurde. Inhalt und Ablauf der Handlung waren mir deutlich genug. Doch was die Darstellung der Tatsachen anging, und bis zu einem gewissen Grade wohl auch die Art der Tatsachen selber, so nährte ich viele Zweifel. Ich meine mit Tatsachen die inhaltsvollen, die bestimmenden Tatsachen, die der Idee weiterhelfen und zugleich so geartet sind, daß sie keine umständliche Erschaffung von Atmosphäre zum Nachteil der Handlung verlangen. Ich wußte nicht mehr, wie ich es vermeiden sollte, bei der Darstellung von Einzelheiten und um der Klarheit willen meine Leser zu langweilen. Der Inhalt, der Verlauf der Handlung war mir durchaus deutlich. Verlorengegangen aber war mir im Moment der Sinn für die angemessene Formel des Ausdruckes, die einzig passende Formel. Das stärkte selbstverständlich meine Zweifel am innersten Wert der Geschichte und daran, daß sie Interesse erregen würde – mit anderen Worten, mein Vertrauen in meine Erfindungsgabe wurde geschwächt. Ich hege aber den Verdacht, daß ich in Wahrheit an meiner Prosa zweifelte, an ihrer Zulänglichkeit, an ihrer Macht über die Farben ebenso wie über die Schattierungen.
Es fällt schwer, den verworrenen Zustand meiner Empfindungen so genau zu beschreiben, wie ich mich seiner erinnere. Jene

meiner Leser aber, die an den Verwirrungen teilnehmen, welche den Künstler befallen, werden mich gleich verstehen, wenn ich sage, daß ich ›Die Rettung‹ nicht beiseite legte, um mich dem Müßiggang, dem Bedauern oder der Schwärmerei zu ergeben, sondern um am ›Nigger vom ‹Narzissus›‹ zu beginnen und diese Arbeit ohne Verzug und ohne Pause zu Ende zu führen. Der Vergleich einer beliebigen Seite von ›Die Rettung‹ mit einer beliebigen Seite von ›Der Nigger vom ‹Narzissus›‹ erweist die Art und die innere Bedeutung dieser meiner ersten Krise als Schriftsteller. Denn es war unzweifelhaft eine Krise. Es bedurfte eines schrecklichen Entschlusses, eine so weit gediehene Arbeit beiseite zu legen. Dieser Entschluß wurde mir abgezwungen durch die unvermittelt auftretende Gewißheit, nur dies sei der Weg zum Heil, nur dieser Weg sei gangbar für ein geplagtes Gewissen. Der Abschluß des ›Nigger vom ‹Narzissus›‹ erfüllte mein aufgestörtes Gemüt mit dem Frieden der vollendeten Arbeit samt der ersten Ahnung vom Besitz einer gewissen Meisterschaft, die im Verein mit glückverheißenden Sternen etwas zustandezubringen vermochte. Wenn ich danach nicht sogleich wieder an ›Die Rettung‹ ging, so lag es nicht daran, daß ich inzwischen Angst davor bekommen hätte. Da ich nun eine feste Haltung einzunehmen fähig geworden war, sagte ich entschieden: »Das Ding kann warten.« Zugleich stand ebenso fest für mich, daß ›Jugend‹, eine Erzählung, die mir sozusagen auf der Federspitze brannte, nicht warten konnte. Und auch ›Das Herz der Finsternis‹ durfte nicht verschoben werden; und dies einfach darum nicht, weil Mr. William Blackwood mich gebeten hatte, für die Nummer M. seiner Zeitschrift etwas zu schreiben, was mich zwang, sogleich den Gegenstand jener Erzählung zu beleben, die schon lange still in mir geruht hatte; denn ich durfte die ehrwürdige Maga an ihrem tausendsten Erscheinungstage nicht warten lassen. Dann meldete ›Lord Jim‹, von dem siebzehn Seiten bereits bei Gelegenheit niedergeschrieben worden waren, seine Forderungen an, und die konnte ich nicht abschlagen. So führte mich denn jeder Federstrich weiter von der ›Rettung‹ fort – nicht, daß ich dabei kein Bedauern gespürt hätte, doch nahm mein Widerstand immer mehr ab, bis ich zuletzt ganz aufgab, wie vor einem überlegenen Einfluß, gegen den sich zu sträuben sinnlos war.

Die Jahre gingen dahin, die Zahl der Seiten nahm zu, und die

langen Versenkungen, deren Ergebnis diese Seiten waren, breiteten sich zwischen mir und der verlassenen ›Rettung‹ aus, gleich den glatten, dunstigen Weiten eines geträumten Meeres. Und doch habe ich das dunkle Pünktchen in der dunstigen Ferne nie ganz aus den Augen verloren. Es war sehr klein geworden, doch machte es sich mit der Dringlichkeit alter Assoziationen fühlbar. Es kam mir vor, als wäre es schädlich, aus der Welt wegzuschleichen und es dort ganz allein zu lassen, auf ein Los wartend, das sich nie erfüllen würde!
Sentimentalität also, die reine Sentimentalität, wie man sieht, hat mich letzten Endes veranlaßt, mich den Schmerzen und Fährnissen jener Rückkehr auszusetzen. Als ich mich behutsam dem im Stich gelassenen Rumpf der Erzählung näherte, ragte er drohend zwischen den glitzernden Untiefen der Küste auf, einsam, doch nicht abweisend. Er wirkte nicht düster wie ein treibendes Wrack, sondern wie etwas, das erwartet, zum Leben erweckt zu werden. Ich erkannte, eines ums andere, die vertrauten Gesichter, die meiner Annäherung mit dem matten Lächeln amüsierten Erkennens zusahen. Sie hatten sehr wohl gewußt, daß mir nichts anderes übrigblieb, als zu ihnen zurückzukehren. Doch blickten ihre Augen sehr ernst in die meinen, was ja nur zu erwarten war, denn auch mir war sehr feierlich zumute, als ich nach Jahren der Abwesenheit wieder zwischen ihnen stand. Sogleich, ohne Worte zu verschwenden, begannen wir die Arbeit an unserem erneuerten Leben; und mit jedem Moment wurde mir gewisser, daß sie, *Die gewartet hatten*, dem Manne nichts nachtrugen, der zwar gelegentlich in die Irre gegangen sein mag, doch in seinem Leben nur ein einziges Mal die Schule geschwänzt hat.

1920 J.C.

ERSTER TEIL

DER MANN UND DIE BRIGG

Das flache Meer, das an den Küsten der tausend großen und kleinen Inseln, aus dem der Malaiische Archipel besteht, schäumt und murmelt, ist jahrhundertelang der Schauplatz abenteuerlicher Unternehmungen gewesen. Die Laster und die Tugenden von vier Nationen sind bei der Eroberung jenes Gebiets zu Tage getreten, das bis heute etwas von dem Geheimnis und der Romantik seiner Vergangenheit bewahrt hat – und der Menschenschlag, der gegen die Portugiesen, die Spanier, die Holländer und Engländer gekämpft hatte, ist durch die unvermeidliche Niederlage nicht verändert worden. Bis zum heutigen Tage hat er sich seine Liebe zur Freiheit erhalten, seine fanatische Hingabe an seine Führer, seine blinde Treue in Freundschaft und Haß, kurz, alle seine Instinkte, die erlaubten wie die unerlaubten. Seine Heimat, die Land und Wasser umfaßte – denn auf der See war er ebenso zuhause wie auf dem Erdboden seiner Inseln, – ist zur Beute der westlichen Völker geworden: als Lohn überlegener Kraft, wenn auch nicht überlegenen sittlichen Wertes. Morgen schon wird die vordringende Zivilisation mit ihrem unvermeidlichen Sieg die Spuren eines langen Kampfes verwischen.

Die Abenteurer, die diesen Kampf begannen, haben keine Nachkommen hinterlassen. Dazu wandelten sich die Ideen der Welt zu rasch. Und doch haben sie ihre Nachfolger gehabt, sogar noch in diesem Jahrhundert. Fast noch in unseren Tagen haben wir einen von ihnen gesehen – einen wahrhaften Abenteurer, hingegeben seinen Impulsen, einen Mann von hoher Gesinnung und reinem Herzen, der ein blühendes Staatswesen auf den Ideen der Nächstenliebe und Gerechtigkeit errichtete. Ritterlich erkannte er die Ansprüche der Besiegten an: er war ein Abenteurer ohne Eigennützigkeit, und der Lohn für seine Lauterkeit liegt in der Verehrung, mit der ein fremdes und gesinnungsfestes Volk sein Andenken hütet.

Bei Lebzeiten wurde er verkannt und verleumdet: aber der Ruhm seiner Erfolge hat die Reinheit seiner Beweggründe erwiesen. Er gehört der Geschichte an. Aber es gab andere – Abenteurer, die nicht wie er über die Vorteile der Geburt, der gesellschaftlichen Stellung und der Intelligenz verfügten, die nur seine Sympathie mit dem Volk der Wälder und der See besaßen, das er so sehr verstanden und geliebt hatte. Daß sie vergessen seien, kann man von ihnen nicht sagen, denn man hat sie gar nicht gekannt. Sie verloren sich in der grauen Menge seefahrender Händler des Archipels, und wenn sie einmal aus dem Dunkel ihres Daseins auftauchten, dann nur als Rechtsbrecher in einem gerichtlichen Urteilsspruch. Gedankenlos setzten sie ihr Leben ein, ihr von einfältigen Empfindungen geleitetes Leben – für eine Sache, die vor dem unaufhaltsamen und ordnungsgemäßen Fortschritt keine Existenzberechtigung mehr hatte. Aber in den Augen der wenigen, die Bescheid wissen, hat solch vergeudetes Leben jenem Gebiet einen Schimmer von Romantik verliehen, jener Region flacher Gewässer und waldbedeckter Inseln, die da fern im Osten und immer noch voller Geheimnisse zwischen den Tiefen zweier Weltmeere liegt.

I

Aus dem spiegelnden Blau der flachen See lassen die Karimata-Inseln die ragenden Züge ihrer grau und gelb getönten, kahlen und unfruchtbaren Höhen emporsteigen. Jenseits eines schmalen Wasserstreifens zeigt Suroeton, im Westen gelegen, seinen gerundeten Kamm, nicht unähnlich dem Rückgrat eines sich bückenden Riesen. Und nach Osten zu gewahrt man undeutlich eine Gruppe kleinerer Inseln, deren verwischte Umrisse sich in den dunkler werdenden Schatten aufzulösen scheinen. Langsam drang die Nacht vor, von Osten her dem Rückzug der untergehenden Sonne folgend, Land und Meer bedeckend: das zerklüftete, rissige und steile Land, und die See, deren unbegrenzter, stiller und glattgeschliffener Spiegel zu leichtbeschwingten Fahrten ohne Ende verlockte.

Aber es gab keinen Wind, und eine kleine Brigg, die schon den ganzen Nachmittag ein paar Meilen nordwestlich von Karimata gelegen hatte, hatte in all diesen Stunden ihre Position um kaum eine halbe Meile verändert. Eine völlige Windstille herrschte, eine tote, flache Stille, die Luft schien erstorben über einer leblosen See, und ringsum, so weit das Auge reichte, stand alles in fast drohender Unbeweglichkeit. Nichts regte sich auf dem Land, nichts auf den Wassern, nichts droben im klaren Glanz des Himmels. Auf der unbewegten Wasserfläche schwebte die Brigg still und aufrecht, als sei sie Kiel an Kiel mit ihrem eigenen Spiegelbild auf der grenzenlosen See verklammert. Im Süden und Osten blickten die Doppel-Inseln schweigend nach dem Doppel-Schiff, das zwischen ihnen für immer festgekeilt schien, hoffnungslos gefangen in der Windstille, hilflos gefesselt über den Untiefen der See.

Seit am Mittag die leichten und launischen Lüfte dieser Meeresgegend die kleine Brigg ihrem trägen Schicksal überlassen, hatte sich ihr Bug allmählich nach Westen gedreht, und die Spitze ihres schlanken und blankpolierten Klüverbaums, der in kühnem Schwung über die anmutige Kurve des Buges hinausragte, deutete, wie ein Speer hoch erhoben in der Hand eines Kriegers, auf die untergehende Sonne. Ganz achtern am Ruder stand der malaiische Steuerer, die nackten braunen Füße fest auf die Rudergrätung gestemmt; er hielt die Spaken im rechten Winkel mit eisernem Griff, als lenzte das Schiff vor einem Sturm. Er stand da völlig regungslos, wie versteinert, aber bereit, das Ruder zu bedienen, sobald das Schicksal es der Brigg erlauben würde, ihre Fahrt durch die ölglatte See wieder aufzunehmen.

Außer ihm war nur noch ein einziges menschliches Wesen an Deck zu sehen, der Wachhabende: ein Weißer von kleiner, untersetzter Statur, mit glattrasierten Backen, einem angegrauten Schnurrbart und einem Gesicht, das von der glühenden Sonne und der scharfen Salzluft der See scharlachrot gebrannt war. Er hatte seine leichte Jacke abgestreift; nur mit weißen Hosen und einem dünnen Baumwoll-Unterhemd bekleidet, die dicken Arme auf der Brust gekreuzt – auf der sie wie zwei schwere rohe Fleischklumpen wirkten –, strich er auf dem Halbdeck von einer Seite zur anderen. An den bloßen Füßen trug er ein Paar Strohsandalen, und sein Kopf war mit einem riesigen, ehemals weißen, aber nun sehr schmutzigen Basthut bedeckt, der dem Manne das Aussehen eines gewaltigen wandelnden Pilzes verlieh. Von Zeit zu Zeit unterbrach er sein unbehagliches Hinundherschleichen an der Reling und starrte, ohne sich zu rühren, leeren Blickes auf das stille Spiegelbild der

Brigg im Wasser. Auch seinen eigenen Kopf und die Schultern konnte er da unten sehen, wie sie sich über die Reling lehnten, und so stand er lange, wie von seinem eigenen Spiegelbild gefesselt, und knurrte halblaute Verwünschungen über die Flaute, die wie eine reglose, ungeheure, glühende Last auf dem Schiff lag.

Endlich seufzte er tief auf, ermannte sich zu einer großen Anstrengung, stieß sich von der Reling ab, und so brachte er es fertig, auf seinen Strohpantoffeln zum Kompaßhaus zu schlurfen. Da blieb er, erschöpft und mißmutig, wieder stehen. Unter dem nahen, geöffneten Oberlicht der Kajüte drang das gedämpfte Zwitschern eines Kanarienvogels hervor, und das schien ihm einige Befriedigung zu gewähren. Er lauschte, lächelte schwach und murmelte: »Hänschen, armes Hänschen ...« und verfiel dann wieder der ungeheuren Stille der Welt. Seine Augen schlossen sich, sein Kopf hing tief über der heißen Messinghaube des Kompasses. Plötzlich aber fuhr er mit einem Ruck auf und sagte mit scharfer, heiserer Stimme: »Du hast ja geschlafen – du. Leg das Ruder andern Weg. Das Schiff hat Fahrt achteraus.«

Der Malaie, ohne eine Miene zu verziehen und die Haltung im geringsten zu verändern, als sei er ein eben noch lebloser, aber nun plötzlich durch irgendeine geheime Zauberformel zum Leben erweckter Gegenstand, ließ die Spaken des Ruders schnell durch die Hände laufen, und als die Bewegung mit einem knirschenden Laut zum Stillstand kam, griff er wieder zu und hielt eisern fest. Nach einer Weile indessen wandte er langsam den Kopf über die Schulter und sagte auf die See blickend in eigensinnigem Ton: »Kein Wind kriegen – kommen nicht weg.«

»Nicht kriegen – nicht kriegen – das ist alles was du weißt«, grollte der rotgesichtige Seemann. »So bei kleinem kriegen wir –« fuhr er mit plötzlicher Herablassung fort. »Bald kriegen wir, und dann liegt das Ruder richtig. Verstanden?«

Der schwerfällige Mann am Ruder schien nicht zu verstehen, er schien nicht einmal zu hören. Der Weiße sah den unempfindlichen Malaien voller Widerwillen an, dann blickte er ringsumher nach dem Horizont. Dann sah er wieder den Rudersmann an und befahl kurz: »Leg das Ruder wieder andern Weg. Merkst du denn nicht, daß die Brise von achtern kommt? Steh nicht so da wie eine Holzpuppe!«

Der Malaie gehorchte, wenn auch mit einer Miene voll Verachtung, und ließ das Rad zurücklaufen, während der mit dem roten Gesicht sich brummend zum Gehen wandte. Da scholl durch das offene Oberlicht der Ruf: »Hallo da oben an Deck!« und hielt ihn fest. Er blieb mit aufmerksamer und plötzlich liebenswürdiger Miene stehen.
»Ja, Kap'tän«, sagte er und neigte sein Ohr zu der Öffnung.
»Was ist denn los da oben?« fragte eine tiefe Stimme von unten.
Der Mann mit dem roten Gesicht erwiderte im Ton der Überraschung: »Bitte, Kap'tän?«
»Ich höre doch das Ruder dauernd hart überlegen. Was haben Sie vor, Shaw? Haben wir Wind?«
»Jaa«, erwiderte Shaw schleppend; er steckte den Kopf in das offene Oberlicht und sprach in die Düsternis der Kajüte hinab. »Ich dachte, es käme etwas Brise auf – aber 's ist schon wieder vorbei. Nirgendwo auch nur 'n Hauch zu spüren.«
Er zog den Kopf zurück und wartete ein Weilchen am Deckslicht, aber er vernahm nichts als das unermüdliche Zwitschern des Kanarienvogels, ein schwaches Trillern, das durch die hängenden Geranienblüten, die in Blumentöpfen unter den Glasscheiben wuchsen, zu perlen schien. Er zog sich einen oder zwei Schritte zurück, als die Stimme von unten hastig rief: »He, Shaw, sind Sie da?«
»Jawohl, Kapitän Lingard«, antwortete er, wieder näher tretend.
»Haben wir heute nachmittag überhaupt Fahrt gemacht?«
»Keinen Zoll, Kap'tän. Nicht einen Zoll. Wir hätten ebenso gut vor Anker liegen können.«
»Das ist immer so«, sagte der unsichtbare Lingard. Seine Stimme veränderte den Ton, während er in der Kajüte auf und ab schritt, und wurde gleich darauf klar vernehmlich, als sein Kopf über der Schwelle des Kajüten-Niedergangs erschien. »Immer so! Die Strömungen setzen erst bei Dunkelwerden ein, wenn kein Mensch mehr sieht, auf was für ein verwünschtes Ding er getrieben wird, und dann kommt endlich die Brise. Und die bestimmt auch noch genau von vorne.«
Shaw zuckte leicht die Achseln. Der Malaie am Ruder bückte sich, um durch das Oberlicht die Zeit auf der Kajütenuhr festzustellen, und schlug dann zwei Glasen an der kleinen Glocke, die achtern hing. Vorn auf dem Hauptdeck erhob sich

ein schriller, langgezogener Pfiff, der sich tiefer senkte und allmählich erstarb. Der Kapitän der Brigg trat von der Kajütentreppe herauf an Deck seines Fahrzeugs, warf einen Blick nach den vierkant gebraßten Rahen und sah sich langsam und zögernd am ganzen Horizont um.
Er war etwa fünfunddreißig Jahre alt, von hoher und geschmeidiger Gestalt. Er bewegte sich frei, mehr wie einer, der gewöhnt ist, über Ebenen und Berge zu wandern, als wie ein Mann, der von frühester Jugend an gelernt hat, die schlingernden und rollenden Schwankungen auf dem eingeengten Deck eines den zornigen oder spielerischen Launen der See preisgegebenen kleinen Schiffes durch ein plötzliches Biegen des Körpers auszugleichen.
Er trug ein graues Flanellhemd, und seine weißen Hosen wurden von einer blauen, eng um die Hüften geschlungenen seidenen Schärpe festgehalten. Er war nur für einen Augenblick an Deck gekommen, ohne Kopfbedeckung, aber da er sah, daß das Achterdeck vom Großmarssegel beschattet war, blieb er oben, barhaupt wie er war. Das helle kastanienbraune Haar lag in dichten Wellen um seinen wohlgeformten Kopf, und der kurzgeschnittene Bart glänzte jedesmal lebhaft auf, wenn er einen schmalen Streifen Sonnenlicht durchschritt, als bestände er aus lauter dünnen, welligen Golddrähten. Sein Mund verbarg sich unter dem starken Schnurrbart; die Nase war gerade, kurz und an der Spitze ein wenig abgestumpft; unter den Augen zog sich ein breiter Streifen tieferen Rots von einem Jochbein zum anderen. Die Brauen, dunkler als das Haar, zeichneten unter der breiten, klaren Stirn, die sehr weiß gegen das sonnenverbrannte Gesicht abstach, einen geraden Strich. Die Augen schienen von verstecktem Feuer zu glühen; in ihrer grauen Iris funkelte ein rötliches Blitzen, das dem offenen Blick eine durchdringende Schärfe verlieh.
Dieser Mann, einst wohlbekannt an den bezaubernden und grausamen Küsten dieses Meers und heute so vollständig vergessen, hatte von seinen Berufsgenossen den Spitznamen ›Tom mit den roten Augen‹ erhalten. Er war stolz auf sein Glück, aber nicht auf seinen gesunden Verstand. Er war stolz auf seine Brigg, auf ihre Schnelligkeit: sie galt für das schnellste Fahrzeug in jenen Gewässern. Und er war stolz auf das, was sie ihm bedeutete und woran sie ihn erinnerte.
Sie erinnerte ihn an eine Glückssträhne auf den Goldfeldern von

Victoria; an sein bedachtsames Maßhalten; an viele Tage des Entwerfens und liebevollen Bauens. Sie war die große Freude seiner jungen Jahre, als sie ihm die unvergleichliche Freiheit der Meere erschloß. Sie war ihm eine vollkommene Heimstatt, weil sie mit ihm wanderte; sie schenkte ihm Unabhängigkeit, und er schenkte ihr seine Liebe – und seine Sorge. Er hatte oft gehört, wie Männer sagten, Tom Lingard sei auf Erden an nichts gelegen als an seiner Brigg – und im stillen lächelnd, ergänzte er die Behauptung dahin, daß außer der Brigg nichts *Lebendes* ihm ans Herz gewachsen war.

Sie war für ihn voller Lebendigkeit, sie war für ihn die weite Welt. Er spürte ihr Leben in jeder Regung, in jedem Rollen, in jedem Schwanken ihrer schlanken Masten, dieser Masten, deren bemalte Flaggenknöpfe für das Auge des Seemanns ständig an die Wolken oder die Sterne zu streifen schienen. Für ihn war und blieb sie so kostbar – wie eine alte Liebe: immer blieb sie begehrenswert wie eine wunderbare Frau; immer zärtlich wie eine Mutter; immer treu wie eines Mannes Lieblingstochter.

Stundenlang konnte er an der Reling stehen, den Kopf in die Hand gestützt, und lauschen – dem in träumerischer Stille vernehmlichen, schmeichelnden und lockenden Flüstern der See zuhören, die mit blasigen Strudeln an der glatten, schwarz gestrichenen Flanke seines Schiffs entlang glitt. Was in solchen Augenblicken nachdenklicher Einsamkeit dem Manne durch den Kopf ging, der von Generationen von Fischern der Devon-Küste abstammte, diesem Mann, der wie die meisten seines Standes den subtileren Stimmen unzugänglich blieb und blind für die Hintergründigkeiten der Welt – der aber zu jeder Tat bereit war gegenüber allem, was greifbar erschien, ganz gleich, wie erschreckend, wie furchtbar oder bedrohlich es sein mochte, und doch wieder wehrlos wie ein Kind gegen die dunklen Regungen des eigenen Herzens: was die Gedanken eines solchen Mannes sein mochten, wenn er einmal in träumerische Stimmung versank –, es ist schwer zu sagen.

Ohne Zweifel war er, wie die meisten von uns, imstande, sich von den poetischen Empfindungen seines Herzens in zauberhaft leere und gefährliche Regionen tragen zu lassen. Aber ebenso, wie die meisten von uns, merkte er nicht, wie unfruchtbar diese Ausflüge hinaus über den Bereich der Interessen und Sorgen dieser Erde waren. Und doch verblieb von diesen

Augenbicken, so sinnlos und vergeudet sie zweifellos waren, in dem Alltagsleben dieses Menschen ein Schimmer wie von einem dämmrig leuchtenden und stillen Licht, das die harten Konturen seiner rauhen Natur milderte – und in solchen Augenblicken fühlte er sich seiner Brigg am engsten verbunden.

Er wußte sehr wohl, daß sein kleines Schiff ihm etwas schenken konnte, was von niemandem und von keinem Ding der Welt zu erlangen war, etwas, das ausschließlich ihm zukam. Dieser kräftige Mann mit seinen festen Knochen und Muskeln war von dem gehorsamen Ding aus Holz und Eisen so abhängig, daß sein Gefühl die mysteriöse Würde der Liebe annahm. Das Fahrzeug hatte alle Eigenschaften eines lebenden Wesens: Schnelligkeit, Gehorsam, Zuverlässigkeit, Ausdauer, Schönheit, es besaß die Fähigkeit zu handeln und zu leiden – alles besaß dieses Schiff, nur das Leben selbst fehlte ihm. Er – der Mann – gab dem Schiff das Leben, er war die Seele der Brigg, die ihm die vollkommenste ihrer Art erschien. Sein Wille war ihr Wille, sein Gedanke ihr Antrieb, sein Atem war der Geist ihres Daseins. Alles das fühlte er unklar und verworren, ohne seinem Gefühl die lautlose Form des Gedankens geben zu können. Ihm war diese dreihundertundvierzehn Registertonnen große Brigg etwas Einzigartiges und Kostbares – ein Königreich!

Und nun wanderte er, barhaupt und stämmig, mit regelmäßigen Schritten auf dem Deck seines Königsreichs hin und her. Er schritt aus dem Hüftgelenk, er schwang die Arme wie einer, der sich auf einen Marsch von fünfzehn Meilen über Land begibt, aber nach jedem zwölften Schritt machte er kehrt und mußte dieselbe Strecke bis zur Heckreling wieder abschreiten.

Shaw, die Hände im Hosenbund, die Ellbogen auf die Reling gestützt, blickte scheinbar gedankenlos auf das Deck zu seinen Füßen nieder. In Wirklichkeit sah er ein kleines Haus mit winzigem Vorgarten vor sich, das im Dunst der Uferstraßen im Ostende Londons fast verschwand. Der Umstand, daß er bis jetzt noch keine Gelegenheit gehabt hatte, die Bekanntschaft seines nunmehr achtzehn Monate alten Sohnes zu machen, bereitete ihm leises Unbehagen, und das war auch der Grund, warum seine Phantasie in die stickige Luft seines heimatlichen Haushalts floh. Es war eine angenehme Flucht, von der er indessen rasch zurückkehrte. »Immer auf dem Posten«, wie er zu sagen pflegte. Er war stolz darauf, ›immer auf dem Posten‹ zu sein.

Mit der Mannschaft verkehrte er in kurzangebundenem und barschem Tone. Seinen verschiedenen Kapitänen gegenüber benahm er sich so unterwürfig wie möglich, insgeheim aber in meistens feindseliger Gesinnung – gar zu wenige schienen ihm zu dem Typus des ›Immer parat‹ zu gehören. Mit Lingard war er im allgemeinen zufrieden; er war erst kurze Zeit bei ihm. Lingard hatte ihn auf der Reede von Madras von einem heimkehrenden Schiff geholt, das Shaw nach einem schweren Krach mit seinem Kapitän hatte verlassen müssen. Allerdings hatte er bald mit Bedauern erkannt, daß dieser Mensch, wie die meisten anderen, ein paar absurden Schrullen nachging, die Shaw als »auf den Kopf gestellte Ideen« bezeichnete.

Er war ein Mensch, wie es viele gab, für niemanden von besonderem Wert als für sich selbst; seine einzige Bedeutung war die, daß er der Erste Offizier der Brigg und außer dem Kapitän kein Weißer an Bord war. Den malaiischen Matrosen gegenüber, die er zu befehligen hatte, kam er sich unermeßlich erhaben vor und behandelte sie mit hochmütiger Duldung, obgleich er der Überzeugung war, daß sich diese Burschen, in irgendeiner Zwickmühle als ausgesprochen ›nicht parat‹ erweisen würden.

Sobald seine Gedanken von seinem Heimaturlaub zurückkehrten, löste er sich von der Reling und trat ein paar Schritte vor, blieb dann aber am Rande des Halbdecks stehen und blickte längs der Backbordseite des Oberdecks. Lingard, auf der anderen Seite, hielt in seinem Hinundherwandern inne und sah ebenfalls geistesabwesend vor sich hin. In der Kuhl der Brigg zwischen den dünnen, an jeder Seite der Luke festgezurrten Spieren, konnte Shaw eine Gruppe von Männern sehen, die im Kreis um eine hölzerne, mit Reis behäufte Schüssel auf dem sauber gefegten Deck saßen. Die dunkelgesichtigen Männer mit den sanften Augen aßen schweigend im Hocksitz; sie aßen anständig, mit einem Eifer, der eine gewisse Zurückhaltung nicht ausschloß.

Nur einer oder zwei aus der ganzen Schar trugen den Sarong, während die anderen – auf See wenigstens – sich der entwürdigenden europäischen Sitte anbequemt hatten, Hosen zu tragen. Zwei von ihnen saßen auf den Spieren. Der eine, mit einem hellgelben Kindergesicht, das unter dem strähnig-rauhen, ma-

hagonifarben schimmernden Haarschopf blöde hervorgrinste, war der *Tindal* der Mannschaft, eine Art Bootsmanns- oder *Serangs*-Maat. Der andere, der neben ihm auf den Spieren saß, ein beinahe schwarzer Mensch, nicht viel größer als ein ausgewachsener Affe, trug auf seinem runzligen Gesicht den Ausdruck lustiger Grausamkeit, der oft charakteristisch ist für die Männer von der Südwestküste Sumatras.
Dies war der *Kassab* oder Proviantmeister, Inhaber eines angesehenen und bequemen Amtes. Der *Kassab* war der einzige aus der ihr Abendessen verzehrenden Mannschaft, der bemerkte, daß der Schiffsführer an Deck war. Er knurrte dem *Tindal* etwas zu, der sogleich seinen alten Hut auf eine Seite schob, eine sinnlose Haltung, die ihm einen gänzlich verblödeten Ausdruck verlieh. Die anderen hatten den *Kassab* wohl verstanden, fuhren aber fort, mit spinnenhaften Bewegungen ihrer mageren Arme lässig zu essen.
Die Sonne befand sich nun nicht mehr als etwa einen Grad über dem Horizont, und über der erhitzten Wasserfläche begann ein leichter Dunst aufzusteigen, dünn und dem menschlichen Auge unsichtbar, aber stark genug, um die Sonne in eine rot glühende Scheibe zu verwandeln, eine vertikal stehende und heiße Scheibe, die zu dem horizontalen, kalten Rand der schlummernden See hinabrollte. Dann berührten sich die Ränder, und die kreisförmige Wasserfläche nahm sogleich ein düsteres, finsteres, gleichsam drohendes Aussehen an, als brüte die Tiefe über irgendwelchem Unheil.
Einen Augenblick lang schien die sinkende Sonne noch einmal anzuhalten, ehe sie in dem schläfrigen Wasser unterging, und zu der regungslosen Brigg schoß über die blank und dunkel polierte Fläche eine Lichtspur, gradlinig und leuchtend, ein strahlender Pfad aus Gold und Rot und Purpur, der in blendendem und kaum erträglichem Schimmer von der Erde durch die Tore eines ruhmvollen Todes unmittelbar in den Himmel zu führen schien. Langsam verblaßte er. Die See überwand das Licht. Schließlich blieb noch eine Spur der Sonne, ein Funke von ihr, der fern auf dem Wasser schwamm, noch etwas zögerte und plötzlich – ohne irgendein Vorzeichen – erlosch, wie von einer heimtückischen Hand ausgedrückt.
»Aus!« rief Lingard, der dem Vorgang gespannt zugesehen, aber den letzten Augenblick verpaßt hatte. »Aus! Sehen Sie mal nach der Kajütuhr, Shaw!«

»Ich glaube, Sir, sie geht fast genau. Drei Minuten nach sechs.«
Der Mann am Ruder schlug vier Glasen. Ein zweiter barfüßiger Matrose glitt von der entfernteren Seite des Achterdecks heran, um den Rudermann abzulösen, und die Treppe herauf kam der *Serang* der Brigg, um die Wache von Shaw zu übernehmen. Er begab sich zum Kompaß und blieb dort schweigend und erwartungsvoll stehen.
»Der Kurs ist Süd zu Ost, wenn Wind aufkommt, *Serang*«, sprach Shaw klar und deutlich.
»Sü zu Os«, wiederholte der ältliche Malaie tiefernst.
»Sage mir Bescheid, sobald sie sich steuern läßt«, setzte Lingard hinzu.
»Ya, Tuan«, erwiderte der Mann und warf einen raschen Blick zum Himmel. »Wind kommt«, knurrte er.
»Das glaub' ich auch«, flüsterte Lingard, wie zu sich selbst.
Um die Brigg sammelten sich rasch die Schatten. Ein Mulatte steckte seinen Kopf aus dem Niedergang zur Kajüte und rief: »Fertig, Sir.«
»Kommen Sie Shaw, wir wollen etwas essen«, sagte Lingard. »Übrigens, ehe Sie runter kommen, sehen Sie sich doch noch einmal um. Bis wir wieder raufkommen, ist es dunkel.«
»Gewiß, Sir«, sagte Shaw, nahm ein langes Fernrohr auf und hielt es sich ans Auge. »Verdammtes Zeug«, fuhr er stoßweise fort, während er das Teleskop auf- und zuschob. »Ich kann doch nie – damit zurecht – Aha! Endlich hab' ich's richtig!«
Er drehte sich langsam auf dem Absatz um und richtete das Ende des Fernrohrs auf den Horizont. Dann schob er das Instrument mit einem hörbaren Einschnappen wieder zusammen und sagte entschieden: »Nichts in Sicht, Kap'tän.«
Und er folgte seinem Kapitän hinunter und rieb sich vergnügt die Hände.
Eine gute Weile war auf dem Halbdeck kein Laut zu hören. Dann sprach der Mann am Ruder wie im Traum vor sich hin: »Hat der *Malim* gesagt, es sei nichts in Sicht?«
»Ja«, brummte der *Serang*, ohne sich nach dem Mann hinter ihm umzusehen.
»Zwischen den Inseln war ein Boot«, hauchte der Mann sehr leise.
Der *Serang* stand, die Hände auf dem Rücken, die Füße ein wenig gespreizt, kerzengerade neben dem Kompaßgehäuse.

Seine jetzt kaum sichtbare Miene war so ausdruckslos wie die Tür eines Geldschranks.
»Aber hör mich doch an«, sagte der hartnäckige Rudersmann sanft flüsternd.
Sein Vorgesetzter rührte sich nicht um Haaresbreite. Der Matrose neigte sich ein wenig von der Höhe der Rudergrätung herab.
»Ich sah ein Boot«, murmelte er, gleichsam mit der zärtlichen Beharrlichkeit eines Liebenden, der um eine Gunst bittet. »Ich sah ein Boot, o Haji Wasub! Ya! Haji Wasub!«
Der *Serang* war zweimal im Leben nach Mekka gepilgert und nicht unempfindlich dafür, wenn man ihn mit dem ihm zukommenden Titel anredete. Ein düsteres Lächeln erschien in seinem Gesicht.
»Du sahst einen treibenden Baumstamm, o Sali«, sagte er ironisch.
»Ich bin Sali, und meine Augen sind besser als das verhexte Ding aus Messing, das man sehr lang ausziehen kann«, sagte der halsstarrige Rudersmann. »Da war ein Boot, gerade vor der östlichsten Insel. Da war ein Boot, und die darin saßen, konnten unser Schiff im Licht des Westens sehen – außer es waren blinde Männer, die sich auf der See verirrt haben. Ich habe das Boot gesehen. Hast du es auch gesehen, o Haji Wasub?«
»Bin ich ein fetter Weißer?« fuhr der *Serang* ihn an. »Ich war Seemann, als du noch nicht geboren warst, o Sali! Uns ist befohlen, zu schweigen und auf das Ruder zu achten, damit dem Schiff kein Unheil zustößt.«
Nach diesen Worten nahm er seine starre Haltung wieder an. Er stand, die Beine leicht gespreizt, sehr steif und gerade aufgerichtet dicht neben dem Kompaßstand. Unaufhörlich wanderten seine Augen umher, von der beleuchteten Karte zu den schattenhaften Segeln der Brigg und zurück, während sein Körper so regungslos blieb, als wäre er aus Holz geschnitzt und in das Schiff eingebaut: so hielt Haji Wasub, der *Serang* der Brigg *Lightning,* mit unablässig gespannter Aufmerksamkeit die Kapitänswache, unermüdlich und wachsam, ein Sklave seiner Pflicht.
Eine halbe Stunde nach Sonnenuntergang hatte die Dunkelheit von Erde und Himmel völlig Besitz ergriffen. Die Inseln waren in die Nacht getaucht, und auf dem glatten Wasser zwischen ihnen schien die kleine Brigg ganz still und reglos in tiefem

Schlummer zu liegen, eingehüllt in einen duftenden Mantel von Sternenlicht und Schweigen.

II

Es war halb neun geworden, ehe Lingard wieder an Deck kam. Shaw – der jetzt einen Rock anhatte – trottete das Halbdeck auf und ab und hinterließ einen Geruch nach Tabaksrauch. Ein unregelmäßig aufglühender Lichtpunkt schien in der Dunkelheit auf eigene Hand vor dem runden Kopf hin und her zu schweben. Über den Masten der Brigg wölbte sich der Dom des klaren Himmels, voll von unruhigen Lichtern, als brächten droben irgendwelche mächtigen Atemzüge die Flammen der Sterne zum Flackern. Auf den Decks der Brigg war kein Laut zu hören, und die dunklen Schatten, die auf ihnen lagen, sahen in dieser Stille aus, als hockten da, an geheimen Stellen versteckt, kauernde Gestalten, die vollkommen regungslos auf irgendein entscheidendes Ereignis warteten. Lingard strich ein Zündholz an, um seine Zigarre in Brand zu setzen, und einen Augenblick erschien in der Nacht sein kräftiges Gesicht mit den zusammengekniffenen Augen und verschwand sogleich wieder. Dann bewegten sich zwei Schatten und zwei rotglühende Funken auf dem Halbdeck hin und her. Ein größerer, aber blasserer und ovaler Lichtschimmer, von den Kompaßlampen herrührend, lag auf den Messingbeschlägen des Steuerrads und auf der Brust des am Ruder stehenden Malaien. Lingards Stimme, wie unter einer Decke, klang ruhig und gedämpft, ohne den sonst vernehmlichen tiefen Ton, als sei sie außerstande, sich gegen die gewaltige Stille der See durchzusetzen: »Geändert hat sich nicht viel, Shaw«, sagte er.
»Nein, Sir, viel nicht. Ich kann gerade noch die Insel erkennen, die große mein' ich – sie liegt immer noch an derselben Stelle. Kommt mir doch so vor, Sir, daß diese See hier, was Flauten betrifft, eine ganz verteufelte Lok-alität ist.«
Er schnitt das Wort ›Lokalität‹ in zwei Teile und hob die Pause ganz besonders hervor. Es war ein gutes Wort, dachte er selbstgefällig und belobte sich innerlich selbst für seinen Einfall. Er fuhr fort: »Also – seit Mittag liegt diese große Insel –«
»Karimata, Shaw«, unterbrach ihn Lingard.
»Richtig, Sir, Karimata, – meint' ich auch. Ich muß sagen – ich

bin ja fremd in dieser Gegend, daher hab' ich diese –« er wollte ›Namen‹ sagen, hielt aber inne und sagte statt dessen ›Benennungen‹, jede Silbe genüßlich auskostend. »Ich bin nämlich«, fuhr er fort, »in den letzten fünfzehn Jahren auf Ostindien-Schiffen gefahren, und so kenn' ich mich da drüben besser aus – in der Bucht.« Er deutete in nordwestlicher Richtung in die Nacht und starrte dorthin, als könnte er von dort, wo er stand, die Bucht von Bengalen sehen, wo er, wie er versicherte, soviel mehr zuhause sei.

»Daran gewöhnen Sie sich schnell«, murmelte Lingard, seinen Ersten Offizier mit seinen raschen Schritten überholend. Dann aber wandte er sich plötzlich um, kam zurück und fragte scharf: »Sie sagten doch vor dem Dunkelwerden, Sie hätten nichts auf dem Wasser bemerkt, wie?«

»Nein, nichts, soviel ich sehen konnte, Sir. Als ich um acht wieder an Deck kam, fragte ich den *Serang,* ob sich inzwischen was gezeigt hat, und so viel ich ihn verstanden habe, war da nicht mehr zu sehen gewesen als um sechs, als ich runter ging. Das muß hier zeitweilig eine gottverlassene Gegend sein – was meinen Sie, Kap'tän? Aber man müßte eigentlich denken, jetzt um diese Jahreszeit würde es hier von Schiffen wimmeln, die von China heimkehren.«

»Ja«, sagte Lingard, »wir sind sehr wenigen Schiffen begegnet, seit wir aus Pedra Branca ausgelaufen sind. Ja – es ist ein einsames Gewässer. Aber, Shaw, diese Gegend ist zwar einsam, aber nicht blind. Jede Insel hier ist ein Auge. Und gerade jetzt, wo unser Geschwader nach der China-See aufgebrochen ist...«

Er beendete den Satz nicht. Shaw steckte die Hände in die Taschen und lehnte sich mit dem Rücken behaglich an das Oberlicht.

»Es heißt ja, es wird Krieg mit China geben«, schwatzte er darauf los, »und die Franzosen gehen mit uns wie im Krim-Krieg vor fünf Jahren. Mir scheint, wir werden mächtig gut Freund mit den Franzosen. Ich persönlich halte allerdings nicht viel davon. Was meinen Sie dazu, Kapitän Lingard?«

»Ich bin ihren Kriegsschiffen im Pazifik begegnet«, sagte Lingard zögernd. »Die Schiffe waren gut, und die Burschen darauf waren zu mir sehr höflich – hätten gar zu gerne gewußt, was ich da trieb«, setzte er mit einem Auflachen hinzu. »Jedenfalls hatte ich nicht die Absicht, Krieg mit ihnen anzufangen. Ich hatte damals einen alten morschen Kutter für den Küstenhandel«, fuhr er lebhaft fort.

»So? Hatten Sie, Sir?« sagte Shaw ohne jede Begeisterung.

»Na, ich ziehe ein großes Schiff vor – ein Schiff, sag' ich, das man –«

»Und später, vor ein paar Jahren«, unterbrach ihn Lingard, »freundete ich mich mit einem französischen Skipper an, in Ampanam – wir waren nämlich die beiden einzigen Weißen am Ort. Er war ein guter Kerl und freigebig mit seinem Rotwein. Sein Englisch war schwer zu verstehen, aber in seiner eigenen Sprache konnte er Lieder singen, über ah-muhr – ah-muhr bedeutet Liebe im Französischen, Shaw.«

»Das stimmt, Sir – das stimmt. Als ich im Jahr einundvierzig auf einer Sunderland-Bark Zweiter war, im Mittelmeer, da konnt' ich ihr Zeug daherreden, so leicht, wie man 'ne fünfzöllige Verholleine aussteckt.«

»Ja, er war ein anständiger Mensch«, fuhr Lingard fort, nachdenklich, als spräche er mit sich selbst. »An Land hätte man keinen besseren Kameraden finden können. Da war eine Geschichte mit einer Balinesin, die ihm eines Abends, als wir zusammen zum Neffen des Rajah gingen, aus einem Hauseingang eine rote Blume zuwarf. Wir wollten dem Neffen des Rajah unsere Aufwartung machen. Der Franzose sah gut aus, sehr gut sogar – aber das Mädchen gehörte dem Neffen des Rajah, und es wurde eine schlimme Geschichte daraus. Der alte Rajah geriet in Wut und bestand darauf, das Mädchen müsse sterben. Ich glaube nicht, daß der Neffe so großen Wert darauf legte, sie erdolcht zu wissen, aber der Alte machte viel Aufhebens davon und schickte einen aus seinem eigenen Gefolge, damit die Sache auch wirklich erledigt wurde – und das Mädchen hatte Feinde – ihre eigenen Verwandten waren einverstanden! Wir konnten gar nichts machen. Stellen Sie sich vor, Shaw, zwischen den beiden hatte es absolut nichts gegeben als diese unglückselige Blume, die der Franzose sich an den Rock steckte. Und nachher, als das Mädchen tot war, trug er sie unterm Hemd, in einer kleinen Schachtel um den Hals. Wahrscheinlich hatte er nichts anderes, sie hineinzutun.«

»Haben denn diese Wilden wirklich eine Frau wegen so einer Kleinigkeit umgebracht?« fragte Shaw, der das nicht glauben wollte.

»Aber ja! Sie halten sehr auf Moral. Das war das erste Mal in meinem Leben, Shaw, daß ich beinahe einen Krieg auf eigene Faust angefangen hätte. Wir konnten die Kerle nicht überreden, wir konnten sie nicht bestechen, obgleich der Franzose ihnen alles anbot, was er hatte, und ich bereit war, ihm mit meinem letzten Dollar und meinem letzten Fetzen Baumwolltuch beizuspringen. Es war zwecklos – so verdammt ehrbar waren sie. Also sagt der Franzose zu mir: ›Lieber Freund, wenn sie unser Schießpulver nicht geschenkt haben wollen, wollen wir's anzünden und ihnen mit Blei zuschicken.‹ Ich war damals schon bewaffnet wie jetzt: sechs Achtpfünder auf dem Hauptdeck und das lange Achtzehnergeschütz auf der Back – und die hätte ich gern ausprobiert, das können Sie mir glauben! Aber der Franzose hatte nichts als ein paar alte Musketen, und die Burschen wickelten uns ein mit schönen Reden, bis eines Morgens eine Bootsmannschaft von dem Schiff des Franzosen das Mädchen tot am Strand liegen fand. Damit war's aus mit unseren Plänen. Sie hatte es ja nun hinter sich, und kein vernünftiger Mann wird wegen einer toten Frau kämpfen. Rachsüchtig bin ich nie gewesen, Shaw, und – schließlich – sie hatte ja die Blume nicht mir zugeworfen. Aber den Franzosen hat die Geschichte einfach erledigt. Er fing an, allen Mut zu verlieren, machte keine Geschäfte mehr, und kurz danach fuhr er weg. Ich habe von dieser Reise ein ganz schönes Stück Geld mitgebracht, das weiß ich noch.«

Damit schien er seine Erinnerungen an jene Reise beendet zu haben. Shaw unterdrückte ein Gähnen.

»Frauen sind oft die Ursache von Ungelegenheiten«, meinte er wegwerfend. »Auf der *Morayshire*, entsinne ich mich, hatten wir mal einen Passagier, einen alten Herrn, der erzählte uns eine Geschichte von den alten Griechen, wie sie zehn Jahre wegen irgendeiner Frau Krieg geführt haben. Die Türken hatten sie geschnappt, oder so ähnlich. Jedenfalls kämpften sie in der Türkei, und das will ich wohl glauben, denn diese Griechen und Türken haben immer miteinander gekämpft. Mein Vater war Erster Offizier auf einem der Dreidecker in der Schlacht bei Navarino – damals kamen wir den Griechen zu Hilfe. Aber die Geschichte mit dem Frauenzimmer war lange vorher.«

»Das glaub ich auch«, murmelte Lingard, der über die Reling gebeugt stand und den tief unten im Wasser um den Schiffsrumpf spielenden Lichtreflexen zusah.

»Ja, die Zeiten haben sich geändert. Damals, in den alten Zeiten, waren sie doch recht unaufgeklärt. Mein Großvater war Prediger, und ich halte nichts vom Krieg, wenn auch mein Vater in der Kriegsmarine gedient hat. Der alte Herr nannte Krieg eine Sünde – und ich bin derselben Meinung. Außer mit Chinesen oder Niggern oder solchen Leuten, die in Zucht genommen werden müssen und nicht auf Vernunft hören wollen, weil sie keinen Verstand haben einzusehen, was gut für sie ist, wenn ihre Vorgesetzten es ihnen erklären – Missionare und andere Au-to-ri-täten. Aber zehn Jahre lang Krieg machen. Und auch noch wegen 'nem Frauenzimmer!«

»Ich habe die Geschichte in einem Buch gelesen«, sagte Lingard; er sprach über die Bordseite hinunter, als ob er die Worte behutsam aufs Wasser setzte, um sie auf See hinaus treiben zu lassen. »Ich habe die Geschichte gelesen. Die Frau war sehr schön.«

»Das macht die Sache nur noch schlimmer, Sir. Sie können sicher sein, sie hat bestimmt nichts getaugt. Diese heidnischen Zeiten kommen nicht mehr wieder, Gott sei Dank. Zehn Jahre lang Mord und Unrecht! Und das alles um 'n Frauenzimmer! Würde sich heute einer darauf einlassen? Würden Sie so was machen, Sir? Würden Sie ...«

Der scharfe Ton einer Glocke unterbrach Shaws Redefluß. Hoch oben war das Knirschen eines trockenen Blocks zu hören, ein kurzer und kläglicher Aufschrei wie ein Schmerzensruf. Er durchdrang die nächtliche Stille bis in ihre Tiefe derart, daß die beiden Männer ihre bisherige Zurückhaltung aufgaben und nun lauter sprachen.

»Decken Sie den Bezug über den Kompaß«, befahl Lingard in dienstlichem Ton. »Das Ding leuchtet ja wie der Vollmond. Wir dürfen nicht mehr Licht zeigen, als unbedingt nötig ist, wenn wir nachts ohne Wind und so dicht unter Land liegen. Es ist nicht nötig, gesehen zu werden, wenn man selbst nichts sehen kann, nicht wahr? Denken Sie immer daran, Mr. Shaw. Es könnten sich hier irgendwelche Vagabunden herumtreiben ...«

»Ich dachte, damit wär' es ein für allemal vorbei«, sagte Shaw, mit dem Bezug beschäftigt, »seit Sir Thomas Cochrane vor ein paar Jahren mit seinem Geschwader die Küste von Borneo gesäubert hat. Da hatte er eine ganze Menge Kämpfe, nicht wahr? Wir hörten davon erzählen, von den Leuten vom Kanonenboot *Diana*, das in Kalkutta zur Überholung im Dock lag; ich war damals auf der *Warwick Castle.* Sie stürmten die Stadt irgendeines Königs an einem Fluß da herum. Die Burschen waren noch ganz voll davon.«

»Sir Thomas hat gute Arbeit geleistet«, erwiderte Lingard, »aber es wird noch lange dauern, bis das Meer hier so sicher ist wie der Englische Kanal in Friedenszeiten. Ich sagte das mit dem Licht eigentlich nur, um Sie daran zu gewöhnen, daß man in diesen Gewässern hier vorsichtig sein muß. Haben Sie bemerkt, wie wenig Eingeborenen-Fahrzeuge wir in all den Tagen gesichtet haben, die wir hier – so kann man ja wohl sagen – umhergetrieben sind?«

»Ich kann nicht sagen, Kap'tän, daß ich dem irgendeine Bedeutung zugemessen habe.«

»Es ist ein Zeichen, daß irgendwas im Gange ist. Setzen Sie mal irgendein Gerücht auf diesen Gewässern in Umlauf, und es wird sich von Insel zu Insel verbreiten, auch ohne Wind.«

»Ich bin fast mein ganzes Leben lang in der regulären großen Fahrt von England aus gefahren«, bemerkte Shaw sehr bedachtsam, »und so kann ich nicht behaupten, daß ich die Absonderlichkeiten so entlegener Gegenden durchschaue. Aber ich kann wie jeder andere Ausguck halten, und da habe ich doch bemerkt, daß wir in den letzten Tagen keinerlei Fahrzeuge zu sehen bekommen haben, und das scheint merkwürdig, da wir immer – auf der einen oder anderen Seite – fast jeden Tag Land in Sicht hatten.«

»Die Absonderlichkeiten, wie Sie sie nennen, werden Sie schon kennenlernen, wenn Sie eine Zeitlang bei mir bleiben«, bemerkte Lingard nachlässig.

»Ich hoffe, Sie werden mit mir zufrieden sein, ob für lange oder kurze Zeit!« sagte Shaw, die Bedeutung der Worte unterstreichend, indem er sie besonders deutlich aussprach. »Mehr kann ein Mann nicht sagen, der zweiunddreißig Jahre seines Lebens auf See verbracht hat. In den letzten fünfzehn Jahren bin ich Offizier auf englischen Schiffen gewesen, und so verstehe ich nichts von den heidnischen Gewohnheiten dieser Wilden hier. Aber was seemännisches Pflichtgefühl im Dienst anlangt, da werden Sie mich immer auf dem Posten finden, Kapitän Lingard.«

»Außer, wenn's ums Kämpfen geht, nach dem, was Sie vorhin

noch gesagt haben«, bemerkte Lingard mit einem kurzen Auflachen.

»Kämpfen! Ich wüßte nicht, daß irgendwer mit mir kämpfen möchte. Ich bin ein friedlicher Mensch, Kapitän Lingard, aber wenn es darauf ankommt, kann ich ebenso gut kämpfen wie irgendeiner dieser plattnasigen Burschen, mit denen wir uns hier behelfen müssen statt, wie es sich gehört, mit einer anständigen Mannschaft von Christenmenschen. Kämpfen!« fuhr er in unerwartet streitlustigem Tone fort, »kämpfen! Wenn irgendeiner mit mir anbinden will, wird er mich schon auf alles vorbereitet finden, das schwör' ich Ihnen!«

»Na ja, ist ja schon gut«, sagte Lingard, streckte die Arme über den Kopf und räkelte die Schultern. »Weiß Gott, ich wünschte, es käme endlich Wind auf, damit wir hier wegkommen. Ich hab's ziemlich eilig, Shaw.«

»Was Sie nicht sagen, Sir! Ich hab doch noch nie einen richtiggehenden Seemann gekannt, der's nicht eilig hatte, wenn er in so einer verfluchten Flaute steckt. Wenn Wind aufkommt... aber hören Sie sich das mal an, Sir!«

»Ich hör's«, sagte Lingard. »Stromkabbelung.«

»Das hab' ich mir schon gedacht, Sir, aber was für einen Lärm sie macht. So was hab' ich selten gehört...«

Auf der See erschien, so weit die Sicht reichte, ein Streifen schäumender Gischt, der wie ein weißes Band aussah und stetig näher kam, rasch über die glatte Wasserfläche streichend, als ob er an beiden im Dunkeln verschwindenden Enden gezogen würde. Er erreichte die Brigg und erstreckte sich, sie unterlaufend, nach beiden Seiten; und auf beiden Seiten wurde das Wasser kabbelig in zahllosen und winzigen Wellchen, als ob es wunder wie erregt wäre. Aber inmitten dieses plötzlichen und lauten Aufruhrs blieb das Schiff so regungslos und still liegen, als wäre es fest und sicher zwischen den steinernen Mauern eines Docks vertäut. In wenigen Augenblicken war der Schaumstreifen mit den kleinen Wellen rasch nach Norden gelaufen und außer Hör- und Sichtweite, ohne in der unüberwindlichen Flaute eine Spur zu hinterlassen.

»Das ist aber doch sehr merkwürdig...« fing Shaw an.

Lingard gebot ihm mit einer Handbewegung Schweigen. Er schien noch zu lauschen, als ob er ein Echo der rauschenden Flut zu hören erwartete. Und die Stimme eines Mannes, die man von vorne her vernahm, hatte etwas von dem unpersönlichen Klang von Stimmen, die von harten und hochragenden Felsen in die leere Unermeßlichkeit der See zurückgeworfen werden. Die Stimme sagte etwas auf malaiisch – sie sprach sehr leise.

»Was?« rief Shaw. »Was ist los?«

Lingard legte seinem Ersten Offizier einen Augenblick die Hand auf die Schulter, damit er schweige, und ging dann rasch nach vorne. Shaw folgte ihm, ratlos verwundert. Auf dem Hauptdeck drang durch die Schatten ein schneller und unverständlicher Wortwechsel zwischen dem Kapitän und dem Mann auf Ausguck, und Shaw empfand ein ungewisses und deprimierendes Gefühl, ausgeschlossen zu sein.

Lingard hatte in scharfem Tone gerufen: »Was siehst du?«

Darauf hatte er unmittelbar die Antwort erhalten: »Ich höre, Tuan. Ich höre Riemen.«

»Woher hörst du sie?«

»Ringsum ist Nacht. Ich höre sie in der Nähe.«

»Backbord oder Steuerbord?«

Dieses Mal zögerte die Stimme etwas mit der Antwort. An Deck achtern hörte man das Schlurfen nackter Füße. Jemand hustete. Endlich sagte die Stimme vorne zweifelnd: »*Kanan*«.

»Rufen Sie den *Serang*, Mr. Shaw«, befahl Lingard ruhig, »und lassen Sie alle Mann wecken. Sie liegen hier alle an Deck herum. Und passen Sie jetzt scharf auf. Irgend etwas ist in der Nähe. Es ist nicht gerade angenehm, so erwischt zu werden«, setzte er in ärgerlichem Ton hinzu.

Er ging hinüber zur Steuerbordseite und stand lauschend, die eine Hand am Royal-Backstag; er kehrte das Ohr der See zu, aber er konnte nichts aus der Richtung hören. Das Achterdeck füllte sich mit unterdrückten Lauten. Plötzlich erhob sich ein langer, schriller Pfiff, laut widerhallend zwischen den Flächen der reglosen Segel, und verstummte langsam, als sei der Laut entkommen und auf dem Wasser davongelaufen. Haji Wasub war an Deck und bereit, die Befehle des weißen Mannes auszuführen. Dann senkte sich die Stille wieder auf die Brigg, und Shaw sprach ruhig: »Ich gehe jetzt mit dem *Tindal* nach vorne, Sir. Wir sind alle auf dem Posten.«

»Gut, Mr. Shaw. Sehr gut. Passen Sie auf, daß keiner an Bord kommt – aber ich kann doch nichts hören. Keinen Laut. Was Aufregendes kann es nicht sein.«

»Der Kerl hat ohne Zweifel geträumt. Ich habe doch auch gute Ohren, und –«
Shaw ging nach vorne, und das Ende des Satzes verlor sich in einem undeutlichen Murren. Lingard stand und horchte voll Spannung. Auf dem Achterdeck erschienen, einer nach dem andern, die drei zur Zeit wachfreien Matrosen und beschäftigten sich mit einer großen Kiste, die an der Seite des Kajüteneingangs stand. Man vernahm ein Rasseln und Klirren stählerner Waffen, die an Deck gelegt wurden, aber die Männer gaben nicht einmal ein Flüstern von sich. Lingard starrte in die Nacht, dann schüttelte er den Kopf.
»*Serang*!« rief er halblaut.
Der schmächtige alte Mann lief die Treppe so schnell herauf, daß es aussah, als berührten seine Füße die Stufen nicht. Er stand neben seinem Kapitän, die Hände auf dem Rücken, eine undeutliche Gestalt, aber so straff wie ein Pfeil.
»Wer war auf Ausguck?« fragte Lingard.
»Badroon, der Bugis-Mann«, erwiderte Wasub, heiser und abgehackt, wie er zu sprechen pflegte.
»Ich kann aber nichts hören. Badroon hat sich das Geräusch eingebildet.«
»Die Nacht verbirgt das Boot.«
»Hast du's gesehen?«
»Ja, Tuan. Kleines Boot. Vor Sonnenuntergang. Beim Land. Jetzt kommt es her – ist schon nahe. Badroon hat es gehört.«
»Warum hast du das nicht gemeldet?« fragte Lingard scharf.
»Der *Malim* hat ja gesprochen. Er sagte: ›Nichts da.‹ Ich aber konnte sehen. Wie konnte ich wissen, was er im Sinne hatte, oder du, Tuan?«
»Hörst du jetzt etwas?«
»Nein. Sie halten jetzt. Vielleicht haben sie ihr Schiff verloren – wer weiß? Vielleicht haben sie Angst...«
»Na!« knurrte Lingard und bewegte unruhig die Füße. »Ich glaube, du lügst. Was war es für ein Boot?«
»Weißen Mannes Boot. Boot für vier Mann, glaube ich. Klein. Tuan, jetzt hör ich's! Da!«
Er streckte den Arm aus und deutete eine Zeitlang seitwärts, dann sank ihm der Arm langsam herab.
»Kommt hierher«, setzte er mit Entschiedenheit hinzu.
Von vorne rief Shaw im Ton des Erschreckens: »Da ist etwas auf dem Wasser, Sir! Gerade vor unserm Bug!«

»Schon gut!« rief Lingard zurück.

Eine Masse voll dichterer Dunkelheit glitt jetzt in sein Blickfeld. Von ihr kamen englische Worte – sie erreichten ihn, eins nach dem andern deutlich artikuliert, als hätte jedes einzelne Wort sich einen schwierigen Weg durch die tiefe Stille der Nacht bahnen müssen.

»Was für ein – Schiff – ist – das bitte?«

Lingard zögerte einen Augenblick. »Englische Brigg«, antwortete er.

»Eine Brigg! Ich dachte, Sie wären was Größeres«, fuhr die Stimme von der See her mit einem Unterton von Enttäuschung fort, wenn auch ebenso langsam. »Ich komme längsseits – wenn – Sie – gestatten.«

»Nein! Auf keinen Fall!« rief Lingard in scharfem Ton zurück. Die gemächlich schleppende Sprechweise des Unsichtbaren war ihm unangenehm und erweckte ein feindseliges Gefühl in ihm. »Nein! Sie kommen nicht näher, wenn Ihnen an Ihrem Boot gelegen ist. Woher kommen Sie eigentlich? Wer sind Sie überhaupt? Wie viele sind Sie da in Ihrem Boot?«

Nach diesen energischen Fragen gab es eine Pause des Schweigens, und in dieser Zeit wurde der Umriß des Bootes ein wenig deutlicher. Es mußte noch gute Fahrt gehabt haben, denn es ragte plötzlich höher auf und befand sich fast querab von Lingards Standort, ehe die beherrschte Stimme sich wieder vernehmen ließ: »Ich werde es Ihnen gleich zeigen.«

Dann, nach einer weiteren kurzen Pause sagte die Stimme weniger laut, aber sehr deutlich: »Streich überall. Hart streichen, John!« Und plötzlich flammte ein blaues Licht auf, das mit fahlem Leuchten ein rundes Bild aus der Nacht hervortreten ließ. Im Rauch und Sprühen dieser geisterhaften Flamme erschien eine weiße Gig mit vier Riemen, in der fünf Mann hintereinander saßen. Ihre Köpfe waren der Brigg zugewandt, in den Mienen war ein Ausdruck starker Neugier zu erkennen, der, in diesem grellen und zugleich unheimlichen Licht, einen totenähnlichen Anblick bot, da die Gesichter interessierten Leichen glichen. Dann ließ der Mann am Bug das Licht, das er über den Kopf gehalten, ins Wasser fallen, und die Dunkelheit stürzte sich von allen Seiten auf das Boot und verschlang es mit einem lauten und zornigen Zischen.

»Wir sind zu fünft«, sprach die ruhige Stimme aus der Nacht, die jetzt noch dunkler als zuvor erschien. »Vier Mann und ich.

Wir gehören zu einer Jacht – einer britischen Jacht . . .«

»Kommen Sie an Bord!« schrie Lingard. »Warum haben Sie das nicht gleich gesagt? Ich dachte, Sie wären am Ende irgendwelche getarnte Holländer von einem Kanonenboot, das sich hier herumdrückt.«

»Spreche ich vielleicht wie so'n verdammter Holländer? Noch einen Schlag Jungens! Riemen ein, Jungs! Paß auf vorn, John.«

Mit einem sanften Anprall kam das Boot längsseits, und sogleich begann mit einer Art gewichtiger Beweglichkeit die Gestalt eines Mannes die Bordwand der Brigg hinaufzuklettern. Auf der Reling verhielt er einen Augenblick, um ins Boot hinunter zu sprechen: »Etwas abhalten, Jungens«, dann sprang er mit einem dumpfen Aufschlag an Deck und sagte zu Shaw, der nach achtern kam: »Guten Abend, Sir . . . sind Sie der Kapitän?«

»Nein. Auf dem Halbdeck!« brummte Shaw.

»Kommen Sie herauf, hierher, rauf!« rief Lingard ungeduldig. Die Malaien hatten ihre Plätze verlassen und standen in schweigender Gruppe am Großmast. Kein Wort wurde an Deck der Brigg gesprochen, während der Fremde sich zu dem wartenden Kapitän begab. Lingard sah einen untersetzten, adrett aussehenden Mann auf sich zukommen, der an die Mütze griff und seinen Gruß mit kühlem Tonfall wiederholte: »Guten Abend . . . Kapitän, Sir?«

»Ja, ich bin der Kapitän . . . was ist los mit Ihnen? Von Ihrem Schiff abgetrieben? Oder was?«

»Abgetrieben? Nein! Wir haben es vor vier Tagen verlassen und seitdem haben wir das Boot in der Flaute fast ständig pullen müssen. Meine Leute sind fertig. Das Wasser ist auch alle. Ein Glück, daß ich Sie in Sicht bekam.«

»Sie haben mich gesichtet?« rief Lingard erregt. »Wann? Um welche Zeit?«

»Im Dunkeln nicht, wie Sie sich denken können. Wir sind zwischen irgendwelchen Inseln herumgetrieben, nach Süden zu, im Schweiße unseres Angesichts an den Riemen hängend, mal in dieser Durchfahrt, mal in jener – wir versuchten aus dem Wirrwarr herauszukommen. Wir fuhren um eine kleine Insel – völlig kahl, sah aus wie ein Zuckerhut – da fiel mir aus weiter Entfernung ein Schiff ins Auge. In aller Eile stellte ich seine Position fest, und dann legten wir uns noch einmal in die

Riemen. Aber eine von diesen Strömungen muß uns aufgehalten haben, denn es dauerte lange, bis wir von der kleinen Insel klarkamen. Ich steuerte nach den Sternen, und Herrgott nochmal, ich fing schon an zu denken, ich hätte Sie irgendwie verfehlt – denn es muß ja Ihr Schiff gewesen sein, das ich sichtete.«

»Ja, das muß es gewesen sein. Wir hatten den ganzen Tag nichts in Sicht«, sagte Lingard zustimmend. »Wo ist Ihr Fahrzeug?« fragte er gespannt.

»Das sitzt hoch und trocken im weichem Schlick – ich glaube etwa sechzig Meilen von hier. Wir sind das zweite Boot, das losgeschickt worden ist, um Hilfe zu holen. Am Dienstag haben wir uns von dem anderen Boot getrennt. Es muß heute nördlich von Ihnen vorbeigefahren sein. Der Erste sitzt drin, hat den Befehl, Singapore anzulaufen. Ich bin der Zweite und sollte hier nach den Straits laufen, auf die Möglichkeit hin, einem Schiff zu begegnen. Der Eigentümer hat mir einen Brief mitgegeben. Unsere Herrschaften haben es satt, in dem Schlick festzusitzen und warten dringend auf Hilfe.«

»Welche Hilfe haben Sie denn hier unten erwartet?«

»Das können Sie in dem Brief lesen. Kapitän, darf ich um ein bißchen Wasser für meine Leute in dem Boot bitten? Und ich selber wäre Ihnen dankbar, wenn ich was zu trinken bekommen könnte. Wir haben seit Nachmittag nichts mehr in die Kehle gekriegt. Unser Wasserfaß muß geleckt haben.«

»Sorgen Sie dafür, Mr. Shaw«, sagte Lingard. »Kommen Sie mit runter in die Kajüte, Mr . . .?«

»Carter ist mein Name.«

»Aha! Mr. Carter. Kommen Sie mit. Kommen Sie mit«, fuhr Lingard fort, während er die Kajütentreppe voran ging.

Der Steward hatte die Hängelampe angezündet und eine Karaffe und Flaschen auf den Tisch gestellt. Der Salon, weiß gestrichen mit goldenen Streifen um die Täfelungen sah einladend freundlich aus. Gegenüber der mit Gardinen vor den Heckfenstern verhängten Ausbuchtung stand eine Anrichte mit einer Marmorplatte, und darüber hing ein Spiegel in goldenem Rahmen. Die halbkreisförmig um das Heck laufende Sitzbank war mit Kissen aus karminrotem Plüsch belegt. Auf dem Tisch lag eine schwarze, in lebhaften Farben bestickte indische Tischdecke. Zwischen den Decksbalken waren Gestelle für Gewehre angebracht, deren Läufe im Lichte blinkten.

Zwischen den vier Balken gab es vierundzwanzig Gewehre. Ebenso viele Seitengewehre von altmodischer Form umgaben das polierte Teakholz der Ruder-Verkleidung mit einem doppelten Gürtel von Messing und Stahl. Alle Türen des Salons waren aus den Angeln gehoben und durch Vorhänge ersetzt worden, die aus gelber chinesischer Seide verfertigt schienen und alle vier beim Eintritt der beiden Männer ins Wehen gerieten.

Carter übersah das alles mit einem Blick, aber seine Augen blieben an einem runden Schild haften, der schräg über den messingnen Griffen der Bajonette hing. Auf seinem roten Feld war ein Bündel Blitze, reliefartig und glänzend vergoldet, zu sehen, die sich zwischen den beiden Buchstaben T. L. in der üblichen heraldischen Weise herabstürzten. Lingard betrachtete seinen Gast neugierig. Er sah einen jungen Mann, der aber, mit seinem jungenhaft glatten, sehr sonnenverbrannten Gesicht, den strahlenden blauen Augen, Blondhaar und dünnem Schnurrbart noch jugendlicher aussah, als er war. Lingard bemerkte seinen erstaunten Blick.

»Ach so, Sie besehen sich das Ding da. Das hat mir der Erbauer dieser Brigg geschenkt. Der beste Mann, der jemals ein Schiff von Stapel gelassen hat. Das da zwischen den Buchstaben meines Namens, die Blitzstrahlen – verstehen Sie? – soll den Namen des Schiffes darstellen. Die Brigg heißt: *Lightning,* und ich heiße Lingard.«

»Sehr hübsch, das Ding da schmückt die Kajüte ordentlich«, murmelte Carter höflich.

Sie tranken, nickten einander zu und ließen sich nieder.

»Nun zeigen Sie mir den Brief«, sagte Lingard.

Carter reichte ihn über den Tisch und sah sich in der Kabine um, während Lingard den Brief, der an den Befehlshaber jedes britischen Schiffs in der Java-See adressiert war, aus dem offenen Umschlag nahm. Das starke Papier trug die geprägte Aufschrift »Schoner-Jacht *Hermit*« und war vor vier Tagen datiert. Das Schreiben besagte, daß die Jacht in einer nebligen Nacht auf irgendeiner flachen Stelle vor der Küste von Borneo aufgelaufen sei. Das Land war niedrig. Nach der Ansicht des Schiffsführers war das Fahrzeug bei Hochwasser und Springtide aufgelaufen. Die Küste war allem Anschein nach völlig unbewohnt. Während der vier Tage nach dem Stranden hatten sie nur von weitem zwei kleine Eingeborenen-Boote beobachtet, die sich ihnen nicht näherten. Der Besitzer schloß mit dem Ersuchen an jeden Befehlshaber eines heimwärts fahrenden Schiffs, die Position der Jacht in der Bucht in Anjer, auf dem Wege durch die Sunda-Straße, zu melden, oder sonst jedem britischen oder holländischen Kriegsschiff, dem man begegnete. Der Brief endete mit dem Dank im voraus und dem Angebot, jederlei Kosten zu erstatten, die durch die Übermittlung der Nachrichten aus Anjer entstehen mochten, und den üblichen Höflichkeitsbezeugungen.

Lingard faltete den Brief langsam wieder zusammen und sagte: »Ich gehe nicht nach Anjer – überhaupt nicht in die Richtung.«

»Ich glaube, es ist wohl gleich, welcher Ort es ist«, sagte Carter.

»Nicht das Ziel, wo ich hin will«, erwiderte Lingard, der den Brief noch einmal öffnete und mißmutig betrachtete. »Er beschreibt die Küste nicht sehr eingehend, und seine Angaben über die Breite sind sehr ungenau«, fuhr er fort. »Es ist mir nicht ganz klar, wo Sie eigentlich gestrandet sind. Und ich kenne doch das Land da drüben, jeden Zoll.«

Carter, sich räuspernd, begann in seiner bedächtigen Weise zu erzählen. Er schien nur langsam mit den Tatsachen herauszurücken und mit knappen Worten das Aussehen der Küste zu enthüllen. Aber jedes Wort bewies, wie genau er beobachtete, bewies, daß dieser Seemann imstande war, rasch das Wesentliche einer fremden Küste und einer fremden See zu erfassen. Mit klarer Genauigkeit entwickelte er das Bild einer Wirrnis von Riffen und Sandbänken, durch die die Jacht wie durch ein Wunder im Dunkeln getaumelt war, ehe sie festsaß.

»Das Wetter scheint auf See klar genug«, bemerkte er schließlich und hielt inne, um einen kräftigen Schluck zu tun. Lingard, der sich über den Tisch lehnte, hatte mit gespannter Aufmerksamkeit zugehört. In seiner kurzangebundenen und bedächtigen Weise fuhr Carter fort: »Ich bemerkte ein paar hohe Bäume auf dem Teil der Küste, den ich für das Festland im Süden hielt – und wer da in der Bucht was zu tun hatte, war so schlau gewesen, zwei von den Bäumen weiß anzustreichen: einen auf der Landspitze und den andern weiter drin. Landmarken, denke ich ... Was ist los, Kapitän?«

Lingard war aufgesprungen, aber Carters Ausruf veranlaßte ihn, sich wieder hinzusetzen.

»Nichts, nichts ... Sagen Sie mal, wieviel Leute haben Sie auf dieser Jacht?«
»Dreiundzwanzig, außer den Herrschaften, dem Eigner, seiner Frau und einem spanischen Herrn – einem Bekannten, den sie in Manila aufgegabelt haben.«
»Sie kamen also von Manila?«
»Ja. Und wollten nach Batavia. Der Besitzer der Jacht möchte das holländische Kolonialsystem studieren. Will es bloßstellen, sagt er. Man kann nicht umhin, eine Menge zu hören, wenn man achtern Wache hat – Sie wissen ja, wie das ist. Dann segeln wir nach Ceylon und treffen da das Postschiff. Der Eigner will nach Hause reisen, wie er herkam, nämlich über Land durch Ägypten. Die Jacht würde natürlich um das Kap zurückkehren.«
»Eine Dame?« sagte Lingard. »Sie haben eine Dame an Bord, sagen Sie. Sind Sie bewaffnet?«
»Kaum der Rede wert«, erwiderte Carter nachlässig. »Ein paar Büchsen und zwei Jagdgewehre achtern; das ist ungefähr alles. Ich meine, es ist entweder zuviel oder es ist nicht genug«, setzte er mit einem schwachen Lächeln hinzu.
Lingard sah ihn scharf an.
»Sind Sie auf diesem Schiff aus der Heimat gekommen?«
»Ich? Nein! Ich bin eigentlich kein Jachtsegler. Ich kam gerade aus einem Krankenhaus in Hongkong. Ich bin zwei Jahre an der China-Küste gefahren.«
Er hielt inne und fuhr dann in erklärendem Tone fort: »Opium-Klipper – wissen Sie. Da gab's keine schönen Messingknöpfe und so was. Mein Schiff ließ mich zurück, und ich war gerade arbeitslos. Da hab' ich diese Stelle angenommen, aber ich wollte eigentlich nicht gerade zurück in die Heimat. Langweiliger Posten, wenn man mit dem alten Robinson auf der *Ly-e-moon* gefahren ist. Das war mein Schiff. Mal von ihm gehört, Kap'tän?«
»Ja, ja«, sagte Lingard hastig. »Hören Sie, Mr. Carter, auf welchem Weg versucht Ihr Erster nach Singapore zu kommen? Durch die Straße von Rhio?«
»Ich glaube, ja«, erwiderte Carter etwas überrascht. »Warum fragen Sie?«
»Ich wollt' es bloß wissen ... Was gibt's Mr. Shaw?«
»Da zieht im Norden eine schwarze Wolke hoch, Sir, und wir werden gleich Wind kriegen«, sagte Shaw, der in der Tür stand.

Er blieb dort stehen und stierte auf die Karaffen.
»Möchten Sie ein Glas haben?« sagte Lingard und erhob sich. »Ich will mal raufgehen und sehen, was los ist.«
Er ging an Deck. Shaw näherte sich dem Tisch und fing an, sich einzuschenken, in tiefem Schweigen und übertriebener Vorsicht die Flaschen handhabend, als messe er aus sehr zerbrechlichen Gefäßen eine Dosis irgendeines tödlichen Giftes ab. Carter, die Hände in den Taschen und sich zurücklehnend, betrachtete ihn kühlen Blicks von Kopf bis Fuß. Der Erste Offizier der Brigg hob das Glas an die Lippen und glotzte, während er langsam den Inhalt austrank, über den Rand des Glases den Fremden an.
»Sie haben ja eine feine Nase, um Schiffe im Dunkeln aufzuspüren, mein Herr«, sagte er mit deutlicher Betonung und setzte das Glas äußerst vorsichtig auf den Tisch.
»Wie? Wieso? Ich habe Sie ja gleich nach Sonnenuntergang gesichtet.«
»Und Sie wußten auch, wohin Sie ausschauen mußten«, sagte Shaw, ihm starr ins Auge blickend.
»Ich habe nach Westen geblickt, wo noch etwas Licht war, wie jeder vernünftige Mensch getan hätte«, erwiderte der andere etwas ungeduldig. »Worauf wollen Sie eigentlich hinaus?«
»Und Sie haben für alles gleich 'ne Antwort – was?«
»Na, so was ist mir doch in meinem Leben noch nicht vorgekommen«, erklärte Carter, seine lässige Art wieder annehmend. »Sie scheinen sich über irgendwas aufzuregen.«
»Ich mag es nicht, wenn Boote sich von irgendwoher anschleichen und bei einem Schiff anlegen, wenn ich die Wache an Deck habe. Ich kann wie irgendeiner sonst, der aus einem britischen Hafen stammt, Ausguck halten, aber ich kann es nicht vertragen, wenn man mich mit bewickelten Riemen und ähnlichen unanständigen Tricks übertölpeln will. Offizier auf 'ner Jacht – was Sie nicht sagen. Von solchen feinen Leuten muß es hier wimmeln in dieser Gegend. Wenn ich's bedenke, haben Sie mir einen ganz gemeinen Streich gespielt. Bei Sonnenuntergang sagt' ich meinem Alten, es sei nichts in Sicht – und es war auch nichts in Sicht. Ich glaube, Sie sind rein zufällig auf uns gestoßen – da können Sie mir viel erzählen von Sonnenuntergängen und Peilungen – dummes Zeug! Ich weiß, Sie sind ganz blind auf uns gestoßen, und noch dazu mit bewickelten Riemen. Nennen Sie das vielleicht anständig?«

»Wenn ich die Riemen bewickeln ließ, so hatte das seinen guten Grund. Ich wollte ungehört an einer Bucht vorbeikommen, wo ein paar Eingeborenen-Boote vertäut lagen. In so einem kleinen und unbewaffneten Boot wie meinem ist das nur eine gewöhnliche Vorsichtsmaßnahme. Ich habe Sie wirklich und deutlich gesehen, aber ich hatte nicht die Absicht, irgendwen zu erschrecken, das können Sie mir schon glauben.«
»Ich wünschte, Sie wären woanders hin gerudert«, grollte Shaw. »Ich kann es nun mal nicht leiden, wenn ich ins Unrecht gesetzt werde, bloß aus Zufall und durch Schwindelei – da! Der Alte ruft nach mir!«
Er verließ eilig die Kajüte, und bald danach kam Lingard herunter und setzte sich wieder Carter gegenüber an den Tisch. Seine Miene war ernst, aber entschlossen.
»Wir werden gleich Wind bekommen«, sagte er.
»Dann, Sir«, sagte Carter und erhob sich, »geben Sie mir den Brief zurück, und ich werde weiter hier herumkreuzen und versuchen, irgendein anderes Schiff anzurufen. Ich nehme an, Sie werden von uns Meldung machen, wohin immer Sie fahren.«
»Ich werde die Jacht aufsuchen und ich werde den Brief behalten«, erwiderte Lingard mit Entschiedenheit. »Ich weiß genau, wo sie ist, und ich muß diesen Leuten zu Hilfe kommen. Sie haben großes Glück, daß Sie gerade auf mich gestoßen sind, Mr. Carter. Ein Glück für die Leute und auch für mich«, setzte er leiser hinzu.
»Ja«, sagte Carter langsam und nachdenklich. »Wenn Sie das Schiff flott kriegen sollten, könnte für Sie ein ganz hübsches Stück Bergungsgeld dabei herausspringen, aber ich glaube nicht, daß Sie da viel machen können ... Es ist doch besser, wenn ich hier draußen bleibe und versuche, ein Kanonenboot ...«
»Sie müssen mit mir zu Ihrem Schiff zurückfahren«, sagte Lingard gebieterisch. »Lassen Sie die Kanonenboote.«
»Das wäre nicht im Sinne meiner Befehle«, wandte Carter ein. »Ich habe Order, ein Schiff auf der Heimreise oder ein Kriegsschiff anzurufen – das ist ganz klar. Ich habe keinerlei Lust, mich noch tagelang in einem offenen Boot herumzutreiben, aber – lassen Sie mich mein Frischwasserfaß füllen, Kapitän, dann werde ich gehen.«
»Unsinn«, sagte Lingard scharf. »Sie müssen mit mir kommen,

um mir den Platz zu zeigen und – und zu helfen. Ich werde Ihr Boot in Schlepp nehmen.«
Carter schien nicht überzeugt. Lingard legte ihm eine schwere Hand auf die Schulter.
»Hören Sie zu, junger Mann. Ich bin Tom Lingard, und im Gebiet dieser Inseln gibt es keinen Weißen und nur sehr wenige Eingeborene, die nicht von mir gehört haben. Es war mein Glück, das Sie zu mir auf mein Schiff brachte, und jetzt, da ich Sie habe, müssen Sie bleiben, Sie *müssen*!«
Dies letzte ›müssen‹ platzte laut und scharf heraus wie ein Pistolenschuß. Carter trat zurück.
»Soll das heißen, daß Sie mich mit Gewalt festhalten wollen?« fragte er überrascht.
»Gewalt«, wiederholte Lingard. »Das liegt ganz bei Ihnen. Ich kann es nicht zulassen, daß Sie irgendein Schiff anhalten. Ihre Jacht ist an einer Stelle gestrandet, die höchst unangenehm ist – für mich; und wenn Ihre Boote noch weiter überall hingeschickt werden, wird bald jedes verdammte Kanonenboot angeflitzt kommen, in eine Gegend, die so ruhig und friedlich war, wie sie sich ein Mensch nur wünschen konnte. Daß Sie gerade an *der* Stelle der ganzen Küste stranden mußten, das war mein Pech. Und dagegen konnte ich nichts machen. Aber daß Sie mir so in den Weg gelaufen sind, das ist mein gutes Glück, und das will ich festhalten!«
Er ließ die geballte Faust, eine große und muskulöse Faust, im Lichte der Lampe auf das dunkle Tischtuch fallen, wo die Gläser zitterten, und die starken Finger schlossen sich eisern auf dem harten Fleisch der Handfläche. Einen Augenblick lang ließ er sie liegen, als wollte er Carter zeigen, wie fest er dieses Glück zu halten gedächte. Und er fuhr fort: »Wissen Sie, in was für ein Wespennest Ihre blöden Leute gestolpert sind? Was meinen Sie, wieviel Ihr Leben wert ist, gerade jetzt? Keinen roten Heller, wenn der Wind mich noch weitere vierundzwanzig Stunden im Stich läßt. Ja, da reißen Sie die Augen auf. Es ist so! Und vielleicht ist es schon jetzt zu spät, während ich mich hier mit Ihnen herumstreite.«
Er schlug mit den Knöcheln auf den Tisch, und die Gläser, plötzlich aufgeweckt, ließen zum Abschluß seiner Rede ein leises klagendes Klingeln vernehmen. Carter stand, an die Anrichte gelehnt. Er war erstaunt über die unerwartete Wendung des Gesprächs; sein Unterkiefer sank etwas, und seine

Augen wichen keine Sekunde von Lingards Gesicht. Das Schweigen in der Kajüte dauerte nur einige Augenblicke, aber Carter, der mit angehaltenem Atem wartete, schien es sehr lang. Und ganz plötzlich hörte er zum erstenmal in dieser Stille deutlich das Ticken der Kajütsuhr, die Pulsschläge eines kleinen metallenen Herzens, als ob es hinter dem Zifferblatt eben erst zu schlagen begonnen hätte.

»Ein Kanonenboot!« rief Lingard plötzlich sehr laut, als hätte er erst in diesem Augenblick, im Lichte eines grellen Gedankenblitzes, all die Schwierigkeiten dieser Situation erkannt. »Wenn Sie nicht mit mir zu der Jacht zurückkehren, dann werden Sie sehr bald überhaupt nichts mehr vorfinden. Ihr Kanonenboot wird keine Rippe des Schiffes und keinen einzigen Leichnam mehr zu sehen kriegen. Keinen einzigen! Was Sie brauchen, ist nicht der Kapitän eines Kanonenbootes. Ich bin der Mann, den Sie brauchen. Sie haben Ihr Glück vor Augen, und Sie erkennen's nicht, aber ich weiß Bescheid, jawohl – und – hören Sie mal –«

Er tippte mit dem Zeigefinger auf Carters Brust und fuhr in plötzlich sanftem Tone fort: »Ich bin ein Weißer innen und außen; ich werde doch harmlose Leute – noch dazu eine Frau – nicht zu Schaden kommen lassen, wenn ich's hindern kann. Und niemand kann es hindern, wenn nicht ich. Verstehen Sie mich wohl – niemand! Außerdem haben wir keine Zeit zu verlieren. Und ich bin wie jeder andere, der überhaupt was taugt: wenn ich mal was unternommen habe, dann laß ich's nicht über Bord gehen, so lange ich's festhalten kann – und die Sache ist die ...«

Er sprach in überredendem, beinahe zärtlichem Ton; er hatte nun einen der Rockknöpfe gefaßt und zupfte leicht daran, während er vertraulich fortfuhr: »Wie die Dinge liegen, Mr. Carter, würde ich Sie – wenn ich so sagen soll – eher auf der Stelle erschießen, als daß ich zuließe, daß Sie wegen Ihrer verwünschten Jacht in dieser Meeresgegend hier überall Lärm schlagen. Ich muß auch noch auf anderer Leute Leben Rücksicht nehmen – auf Freunde – Versprechungen – und schließlich auch auf mich selbst. Ich werde Sie also hierbehalten«, schloß er mit energischer Betonung.

Carter holte tief Atem. Vom Deck her vernahmen die beiden Männer leichte Schritte nackter Füße, abgerissenes Gemurmel, undeutliche Worte, die in der Nähe des Oberlichts fielen.

Plötzlich hörte man Shaws Stimme laut grollen: »He, *Tindal*, die Royals festmachen!«
»Das ist ja 'ne merkwürdige Geschichte«, murmelte Carter, den Blick auf den Boden geheftet. »Sie sind ein sonderbarer Mensch. Ich nehme an, ich muß Ihnen glauben, was Sie sagen – oder Sie und Ihr dicker Erster da oben sind zwei entsprungene Geisteskranke, die sich irgendwie einer Brigg bemächtigt haben. Wollte der Bursche da oben doch wahrhaftig Streit mit mir anfangen, bloß weil ich an Bord gekommen bin, und jetzt drohen Sie mir, Sie würden mich eher erschießen, als mich gehen lassen. Nicht, daß mir das besonderen Eindruck macht; früher oder später würden Sie ja doch dafür gehängt werden, und Sie sehen eigentlich nicht wie einer aus, der so ein Ende nehmen wird. Wenn das, was Sie sagen, auch nur zur Hälfte wahr ist, sollte ich danach trachten, so schnell wie möglich zu der Jacht zurückzukehren. Ich kann mir zwar nicht denken, daß es viel Sinn hat, wenn Sie mitkommen, aber – vielleicht kann ich wenigstens etwas tun ... Aber das ist doch die merkwürdigste ... Darf ich denn in mein Boot zurück?«
»Wie Sie wollen«, sagte Lingard. »Es kommt übrigens ein Regenschauer.«
»Ich bin im Dienst und will mit meinen Jungens naß werden. Geben Sie uns eine gute lange Leine, Kapitän?«
»Schon erledigt«, sagte Lingard. »Sie scheinen mir ein vernünftiger Seemann, der einsehen kann, daß ein Fluchtversuch sinnlos wäre.«
»Und Sie sind, scheint's, sehr vertrauensvoll für einen, der mit dem Schießen so bei der Hand ist«, bemerkte Carter in seiner schleppenden Sprechweise. »Wenn ich in einer Sturmbö die Leine kappe, dürfte ich kaum noch die Chance haben, Sie wiederzusehen.«
»Versuchen Sie es nur«, versetzte Lingard trocken. »Auf dieser meiner Brigg, junger Mann, gibt es Augen, die Ihr Boot noch sehen werden, wenn Sie das Schiff nicht mehr sehen. Sie sind von der Sorte, die ich gern mag, aber wenn Sie mir einen Streich spielen wollen, werde ich Sie finden, und wenn ich Sie finde, werde ich Sie glatt überfahren, so wahr ich hier stehe.«
Carter schlug sich auf den Schenkel, und seine Augen funkelten.
»Alle Wetter!« rief er. »Wenn ich die Leute nicht bei mir hätte, würd' ich es versuchen, bloß zum Spaß. Sie bilden sich recht

viel darauf ein, was Sie alles fertig kriegen, Kap'tän. Sie können ja einen Heiligen zur offenen Meuterei treiben.«
Seine behaglich-gute Laune war ihm wiedergekehrt; aber nach einem kurzen Auflachen wurde er wieder ernst.
»Keine Angst«, sagte er, »ich werde schon nicht entschlüpfen. Und wenn es zu irgendeiner Kehlabschneiderei kommt – wie Sie anzudeuten scheinen – dabei werd' ich auch meinen Mann stehn, das versprach' ich Ihnen, und...«
Er streckte die Arme aus, blickte auf sie und schüttelte sie ein wenig.
»Und mit diesen beiden Armen werde ich mich schon zu wehren wissen«, setzte er in seinem früheren lässig-gedehnten Tonfall hinzu.
Aber der Herr der Brigg saß am Tisch, beide Ellbogen aufgestützt und das Gesicht in den Händen, und war unerwarteter Weise in ein so konzentriertes und tiefes Nachdenken versunken, daß er weder zu hören noch zu sehen und nicht einmal zu atmen schien. Der Anblick dieser völligen Versunkenheit war für Carter beinahe noch überraschender als alles, was sich an diesem Abend ereignet hatte. Wenn sein seltsamer Gastgeber plötzlich vor seinen Augen verschwunden wäre, hätte er sich nicht unbehaglicher fühlen können, allein in der Kajüte bei dem Ticken der Uhr, welche die nutzlosen Minuten der Windstille zählte, ehe sie mit demselben gleichmäßigen Ticken anfangen würde, das entfesselte Toben des Sturms zu messen.

III

Carter wartete noch einen Augenblick, dann ging er an Deck. Der Himmel, die See, die Brigg selbst waren in einer Finsternis verschwunden, die so undurchdringlich geworden war, daß man meinte, sie greifen zu können und ersticken zu müssen. Eine riesige Wolke war über den Himmel herangestürmt, als hätte sie's auf das kleine Schiff abgesehen, und hing nun reglos über ihm. Im Süden war noch ein fahler Schimmer zu sehen, schwach und traurig wie eine vergehende Erinnerung an erloschenes Sternenlicht. Im Norden, wie um das Unmögliche zu beweisen, zeichnete sich auf der ungeheuerlichen Schwärze des Himmels ein unglaublicherweise noch schwärzerer Fleck ab:

das Herz des kommenden Sturms. Die Lichtreflexe im Wasser waren erloschen, und ringsum lag die unsichtbare See stumm und still, als wäre sie vor Angst plötzlich gestorben.

Sehen konnte Carter gar nichts. Er spürte, daß sich Leute um ihn bewegten; er hörte im Finstern, wie sie miteinander, kaum vernehmlich, flüsterten, als tauschten sie wichtige oder schandbare Geheimnisse aus. In der Nacht erloschen sogar die Worte, und in ihrem finsteren Schoß versanken alle Dinge und jeder Laut, und nichts hatte sie übriggelassen als das Unerwartete, das über einem zu schweben schien, darauf lauernd, eine unsichtbare Hand auszustrecken in einer plötzlichen, vertrauten und doch erschreckend unheimlichen Berührung. Sogar die unbekümmerte Stimmung des jungen ehemaligen Opium-Klipper-Offiziers konnte sich dem bedrohlichen Eindruck dieser Stunde nicht entziehen. Was war dies für ein Schiff? Was waren das für Leute? Was würde morgen geschehen? Was konnte der Jacht, ihm selbst zustoßen? Plötzlich war ihm zumute, ohne einen weiteren Grund als die Finsternis, daß dies eine schlimme Aussicht, eine verflucht schlimme Aussicht für alle Beteiligten bot. Diese unvernünftige Überzeugung überfiel ihn auf der Stelle wie ein sekundenlanger Schwindelanfall, und er griff nach dem Geländer der Treppe, die zur Kajüte hinunterführte.

Shaws Stimme dicht neben ihm beruhigte ihn etwas und vertrieb seine sorgenvollen Gedanken.

»Aha, da sind Sie ja, Mister. Endlich sind Sie ja da«, sagte der Erste der Brigg langsam. »Es scheint, wir werden Sie jetzt in Schlepp nehmen müssen. Es ist schon allerhand Wun-derliches passiert, aber dies ist doch die Höhe. Ein Boot schleicht sich aus dem Nirgendwo heran, und dann stellt sich heraus, daß ein lang-erwarteter Freund drin sitzt! Denn Sie sind doch einer von den Freunden, die der Skipper hier in dieser Gegend treffen wollte. Nicht wahr, das sind Sie doch? Na ja, ich weiß mehr, als Sie wohl glauben. Fahren wir jetzt nach – mir können Sie's doch sagen – nach – na ja – wie?«

»Ja, ich weiß. Sie auch, nicht wahr?« bemerkte Carter, scheinbar harmlos.

Eine Minute blieb Shaw ganz still.

»Wo ist mein Skipper?« fragte er schließlich.

»Ich verließ ihn unten in einer Art Trance. Wo ist mein Boot?«

»Ihr Boot ist achtern festgemacht. Und meiner Meinung nach sind Sie ebenso unhöflich, wie's mir klar ist, daß Sie unwahrhaftig sind. Das weiß ich ge-nau.«
Carter stolperte auf die Heckreling zu und prallte bei dem ersten Schritt mit jemandem zusammen, der aber vorbeiglitt. Ihm schien, als brächte eine solche Nacht die Leute moralisch herunter. Er dachte, daß irgendwer, der kräftig genug war, eine Brechstange zu heben, ihm den Schädel einschlagen könnte. Er war in sonderbar gereizter Verfassung. Laut sagte er, seine Worte an Shaw richtend, den er irgendwo in der Nähe glaubte: »Und meiner Meinung nach werden Sie und Ihr Skipper noch ein böses Ende nehmen, ehe...«
»Ich dachte, Sie wären in Ihrem Boot. Haben Sie Ihre Absicht geändert?« fragte Lingards tiefe Stimme dicht an Carters Seite. Carter tastete sich an der Reling entlang, bis seine Hand eine Leine fühlte, die in der Flaute ganz von selbst hinaus in die Finsternis zu verlaufen schien. Er rief sein Boot an, und sogleich hörte er das Wasser gegen den Bug schlagen, als es eilig unter das Heck geholt wurde. Dann erschien Carters schattenhafter Umriß auf der Reling, und im nächsten Augenblick verschwand er, als ob er aus dem Weltall gefallen wäre. Lingard hörte ihn sagen: »Krieg mein Bein zu fassen, John.« Dann vernahm man einige dumpfe Geräusche im Boot, und eine Stimme knurrte: »So ist's gut.«
»Vom Heck freihalten«, sprach Lingard ruhig warnend in die Nacht hinein. »Die Brigg kann vielleicht hart achteraus treiben, wenn diese Bö sie ungünstig trifft.«
»Jawohl, ich werde schon aufpassen«, kam die Antwort dumpf vom Wasser her.
Lingard begab sich auf die Backbordseite und blickte unverwandt auf die pechschwarze Wolkenbank, die bedrohlich heraufzog. Einen Augenblick später befahl er kurz: »Steuerbord anbrassen, Shaw«, und schwieg wieder, das Gesicht zur See gewandt. Über die Takelange der regungslosen Brigg strich ein Laut, traurig und erschreckend wie der Seufzer eines durch den sternenlosen Weltenraum wandernden riesigen Geschöpfs.
Er nahm an Lautstärke zu, hielt dann plötzlich für einen Augenblick inne, und man hörte die steifen Rippen der Brigg wie zur Antwort auf das drohende Grollen des Sturms vibrierend sirren. In einem langen und langsam steigenden Schwell hob sich die Wasserfläche, als ob die See, in ängstlicher Erwar-

tung, tief Atem geholt hätte. Im nächsten Augenblick sprang aus der Finsternis ein unermeßlicher Aufruhr auf die See und entzündete auf ihr eine fahl schimmernde Helle von Schaum, und der erste Guß des Sturmregens fiel mit stechendem Peitschenschlag von Regen und Gischt über die Brigg her. Wie betäubt von der Plötzlichkeit des wütenden Angriffs, verhielt die Brigg eine Sekunde lang aufrecht, wo sie lag; sie erbebte nur in furchtbaren Stößen von den Flaggenknöpfen bis zum Kiel, während hoch oben in der finsteren Nacht das unsichtbare Segeltuch ratternd um sich schlug.

Dann füllten sich mit einem doppelten scharfen Knall, wie von schweren Geschützen, die beiden Marssegel, und die Brigg legte sich plötzlich auf die Seite. Shaw wurde kopfüber gegen das Decklicht geschleudert, aber Lingard, der die Reling auf der Luvseite mit einem Arm umklammerte, spürte, wie das Schiff unter seinen Füßen glatt vorwärts schoß und das Deck sich langsam aufrichtete. Die Fahrt der Brigg verringerte sich jetzt etwas und der überwältigende Druck des Windes auf die große Segelfläche ließ nach. Nur die schnittigen Linien des kleinen Fahrzeugs und seine vortreffliche Bauart retteten die Segel und vielleicht sogar die Rahen dadurch, daß es das wendige Schiff instand setzte, mit blitzartiger Geschwindigkeit Fahrt aufzunehmen. Lingard holte tief Atem und schrie jubelnd Shaw entgegen, der sich gegen Wind und Regen zu seinem Vorgesetzten durchkämpfte: »Sie schafft's, die Brigg! Halten Sie sich nur fest!«

Shaw versuchte zu sprechen. Er schluckte ganze Güsse lauwarmen Wassers, die der Wind ihm in die Kehle jagte. Es war, als segelte die Brigg durch Wogenschwälle hindurch, die zwischen den Masten vorbeizischten und über die Decks peitschten mit der wilden Gewalt und dem Getöse eines Wasserfalls. Von jeder Rahe und jedem Tau schien ein Schleier sprühenden Wassers leewärts zu wehen. Diese überwältigende Sintflut schien eine Ewigkeit zu dauern, unerträglich zu werden – da hörte sie plötzlich auf. In wenigen Minuten war die Regenbö über die Brigg hinweggetobt, und nun konnte man sie sehen, wie sie sich, einer grauen, senkrechten Mauer gleich, unter dem wilden Geflüster sich auflösender Wolken in die Nacht entfernte. Der Wind ließ nach. Im Norden, tief unter der Finsternis, erschienen drei Sterne in einer Reihe, zwischen Wogenkämmen auf und ab tauchend wie die Köpfe von Schwimmern in einer fernen Brandung, und der Rand der sich zurückziehenden Wolke, der sich in genau gerader Linie von Ost nach West erstreckte, glitt über den Himmelsdom wie ein ungeheurer, halbkreisförmiger eiserner Vorhang, sanft heruntergelassen von irgendeiner mächtigen Maschine. Eine belebende und durchdringende Frische strömte mit dem Lichtschimmer herbei, mit der sich wieder herstellenden Herrlichkeit des Himmels, einer gesteigerten, ungetrübten und seltsam überraschenden Herrlichkeit, als sei während des kurzen Durchzuges der Sturmwolke eine neue Welt geschaffen worden. Es war eine Rückkehr ins Leben, eine Rückkehr in den Weltraum; die Erde kam unter dem Bahrtuch wieder hervor, um in dem erneuerten und gewaltigen Funkeln des Universums ihren Platz einzunehmen.

Mit etwas Schriek in den Brassen lief die Brigg unter Marssegeln, Klüver und Besan gleichmäßig dahin, die aufgeregte Masse der lärmenden und erregten Wogen verächtlich beiseite werfend. Während der schnellen Fahrt hinterließ das Schiff im unruhigen nächtlichen Kielwasser einen breiten Streifen quirlenden Schaums, untermischt mit dunkel schimmernden, kreisrunden Flecken, die unter dem Ruder zum Vorschein kamen. Weit achtern, am Ende eines Taues, das nicht dicker erschien als ein schwarzer Zwirnsfaden und ab und zu mit seiner langen Bucht in den sprühenden Schaum tauchte, konnte man ein dunkles, längliches Etwas erkennen, das einem Spielzeug glich und über die schneeige Weiße des Kielwassers hinter der Brigg herjagte.

Lingard ging nach achtern und spähte, beide Hände auf der Heckreling, gespannt nach Carters Boot. Mit einem Blick sah er befriedigt, daß die Gig der Jacht sich ohne Schwierigkeiten am Ende der langen Leine schleppen ließ, dann wandte er sich ab, um nach vorne und leewärts scharf auszuschauen. Es war gerade eine halbe Stunde nach Mitternacht, und Shaw, von Wasub abgelöst, war nach unten gegangen. Vorher hatte er noch zu Lingard gesagt: »Ich gehe jetzt Sir, wenn Sie nicht noch mehr Segel setzen wollen.« – »Vorläufig noch nicht«, hatte Lingard obenhin geantwortet, und Shaw verließ ihn, verärgert darüber, daß man es versäumte, die gute Brise voll auszunutzen.

Auf dem Hauptdeck waren die dunkelhäutigen Männer, deren Kleidung an ihren zitternden Gliedern klebte, als seien sie über

Bord gespült worden, damit fertig, die Brassen aufzuschießen und das Deck klarzumachen. Der *Kassab* ging, nachdem er die Marsfallen aufgehängt hatte, selbstbewußt mittschiffs auf eine Gruppe von Männern zu, die in einer Reihe standen, müßig, die Schultern gegen das Großboot gelehnt. Er schritt an ihnen entlang und blickte neugierig in ihre unbewegten Mienen. Man machte ihm Platz, und er nahm das Ende der Reihe ein.

»Das war ein großer Regen und ein mächtiger Wind, o ihr Männer«, sagte er in lehrhaftem Ton. »Aber es gibt keinen Wind, der diesem Schiff je etwas anhaben könnte. Das wußte ich, während ich auf das Segel aufpaßte, das meiner Sorgfalt anvertraut ist.«

Die Männer ließen ein gelangweiltes und ausdrucksloses Murmeln hören. Über die hohe Luvreling spritzte ihnen eine Sturzsee einige schwere Tropfen ins Gesicht, die wie Hagelkörner stachen. Darauf gab es ein halbunterdrücktes, entrüstetes Stöhnen. Ein Mann seufzte. Ein anderer lachte kurz und krampfhaft auf, während ihm die Zähne klapperten. Keiner rührte sich vom Fleck. Der kleine *Kassab* wischte sich das Gesicht ab und fuhr mit seiner gebrochenen Stimme fort, während die regelmäßig von vorn nach achtern an der Bordwand vorbeirauschende See dazu die Begleitmusik machte.

»Habt ihr ihn gehört, wie er den Wind anschrie – lauter als der Wind selbst? Ich hab's gehört, denn ich war weit vorne. Und früher schon in den vielen Jahren, die ich unter diesem Weißen diente, habe ich ihn oft Zauberworte rufen hören, und alles war sicher. *Yawa!* Das ist die Wahrheit. Fragt Wasub, der ist ein Haji, wie ich einer bin.«

»Ich habe Schiffe der Weißen gesehen, deren Masten gebrochen waren – die ebenso Schiffbruch erlitten hatten wie unsere eigenen *Praus*«, bemerkte melancholisch ein magerer, schmächtiger Bursche, der vor Kälte zitternd neben dem *Kassab* stand, den Kopf hängen ließ und die eigenen Schulterblätter zu fassen versuchte.

»Wahr«, gab der *Kassab* zu. »Sie sind alle Kinder des Satans, aber einigen wird mehr Gunst erwiesen. Solchen Männern auf See oder in einem Kampf zu gehorchen, ist gut. Ich hab' ihn gesehen, den Herrn dieses Schiffs, wie er mit Wilden kämpfte, die ihre Feinde fressen – weit draußen im Osten, und ich teilte Schläge an seiner Seite aus und fürchtete nichts, denn die Zauberkräfte, die er ohne Zweifel besitzt, beschützen auch die,

die ihm dienen. Ich bin ein Rechtgläubiger, und der Gesteinigte kann meine Stirn nicht berühren. Aber die Belohnung des Sieges kommt von dem Verfluchten. Sechs Jahre fahre ich nun unter diesem Weißen, erst als Rudermann, denn ich bin ein Mann der See, in einer Prau geboren, und geschickt in solcher Arbeit. Und jetzt habe ich die Aufsicht über alle Dinge auf diesem Schiff, weil ich genau weiß, was er alles wünscht.«
Einige Stimmen murmelten: »Wahr. Wahr.« Sie blieben gleichgültig und geduldig, obgleich der Wind ihnen immer wieder Gischtschauer ins Gesicht spritzte. Das leichte Rollen des Schiffs veranlaßte sie, sich alle steif gegen das große Boot zu drücken. Der Wind, zwischen den sich neigenden Masten wehend, hüllte ihre dunklen und schweigenden Gestalten in sein nie aussetzendes Sausen.
Der Kurs der Brigg war so abgesetzt worden, daß sie die kleinen Inseln der Karimata-Gruppe in Luv passierte. Sie waren bisher in der Nacht nicht zu sehen gewesen, jetzt aber meldeten beide Männer auf dem Ausguck mit einem einstimmigen gedehnten Ruf, daß Land in Sicht sei. Lingard, der in Lee, neben dem Ruder stand, beobachtete das Inselchen, das zuerst in Sicht kam. Als es sich fast auf gleicher Höhe mit der Brigg befand, gab er seine Befehle, und Wasub eilte nach dem Hauptdeck. Das Ruder wurde niedergelegt, die Großrahen kamen langsam vierkant, und das nasse Tuch des Großmarssegels klatschte plötzlich nach einem einzigen schweren Aufschlag gegen den Mast. Der schimmernde Streifen des Kielwassers verschwand. Das Schiff verlor Fahrt und begann mit dem Bug in den rasch aufeinanderfolgenden Seen zu stampfen. Und bei jedem langsamen Stampfen des Schiffs schwoll das Lied des Windes stärker an zwischen der schwankenden Takelage, wild und voll Trauer.
Das Boot der Brigg war gerade ausgeschwungen und klar zum Fieren gemacht worden, als die Gig der Jacht an ihrer Fangleine aufgeholt, achtern in Lee, vom Seegang hin und her geworfen, auftauchte. Carter stand aufrecht im Heck, mit geschicktem Balancieren die ungebärdigen Bewegungen seiner Nußschale ausgleichend. Er rief die Brigg zweimal an, um zu erfahren, was im Gange sei, denn in der Dunkelheit und von unten war er nicht imstande zu erkennen, was die undeutliche Gruppe der Männer auf dem Hüttendeck vorhatte. Er bekam keine Antwort, obgleich er die Gestalt eines Mannes gewahrte, der allein

achtern stand und ihn offenbar beobachtete. Er wollte gerade die Brigg zum drittenmal anrufen, als er das Rasseln der Taljen vernahm; gleich darauf fiel etwas schwer klatschend ins Wasser, Stimmen wurden laut; das polternde Geräusch kletternder Füße – und eine dunkle Masse löste sich von der Seite der Brigg und fegte auf dem Kamm der See an ihm vorbei. Im Bruchteil einer Sekunde konnte er auf dem schimmernden Hintergrund des Nachthimmels den Umriß eines Bootes erkennen, die Köpfe von Männern und die im schnellen Rudern nach oben zeigenden Riemenblätter. Dann kam das alles außer Sicht, erschien noch einmal weiter weg und kaum erkennbar und verschwand dann völlig.

»Was, die haben ja ein Boot zu Wasser gebracht«, rief Carter und fiel auf seinen Sitz zurück. Er erinnerte sich, wenige Stunden zuvor drei Praus, Eingeborenen-Schiffe, gesehen zu haben, die eben zwischen diesen Inseln lauerten. Einen Augenblick kam ihm der Gedanke, die Leine loszuwerfen und Jagd auf jenes Boot zu machen, um herauszufinden ... was herauszufinden? Er gab den Gedanken sogleich wieder auf. Was konnte er denn machen?

Die Überzeugung, daß die Jacht und alles, was zu ihr gehörte, in einer unbestimmbaren, aber sehr realen Gefahr war, befestigte sich ihm von neuem, und die Gewißheit, daß der Führer der Brigg sich dorthin begab, um ihr zu helfen, beschwichtigte seine Sorge durchaus nicht. Diese Tatsache, geheimnisvoll wie sie war, verstärkte seine Unruhe nur noch.

Dieser Weiße, der so sprach, als ob diese See in ihrer ganzen Ausdehnung sein Eigentum sei, als ob andere, die unbefugter Weise sich die Freiheit nahmen, an einer Küste zu stranden, wo er und seine Freunde irgendwelche Geschäfte betrieben, erschien ihm keineswegs als ein erwünschter Helfer. Er zweifelte nicht daran, daß das Boot ausgesetzt worden war, um mit den Praus Verbindung aufzunehmen, die er am Abend gesehen und gemieden hatte. Dieser Gedanke war ihm gleich aufgeblitzt, und er sah nicht vertrauenerweckend aus. Aber schließlich war es dennoch das beste, sich weiter an die Brigg zu hängen, zu der Jacht zurückzukehren und die Leute zu warnen ... Warnen, ja, aber vor wem? Der Mann hatte doch völlig offen mit ihm gesprochen. Wovor sollte er sie warnen? Es fiel ihm ein, daß er nicht die geringste Vorstellung hatte von dem, was geschehen würde, ja was überhaupt geschehen könnte. Dieser sonderbare

Retter selbst war es, der die Neuigkeit aufbrachte, daß der Jacht Gefahr drohe. Gefahr von den Eingeborenen natürlich. Und doch stand er mit diesen Eingeborenen in Verbindung. Das war ganz klar. Dieses Boot, das in die Nacht hineinfuhr ... Carter fluchte kräftig vor sich hin. Seine Ratlosigkeit peinigte ihn geradezu wie ein körperlicher Schmerz, während er da saß, durchnäßt und ohne sich rühren zu können, eine Hand auf der Ruderpinne, auf und ab geworfen vom heftigen Stampfen seines Bootes. Und vor seinen Augen ragte hoch der schwarze Rumpf der Brigg, die ebenfalls stampfte, die ihr Heck ab und zu mit einem gewaltigen Klatschen in das schäumende Wasser tauchte. Sonst vernahm Carter von ihr keinen Laut. Man hätte denken können, das Schiff sei von allen lebenden Wesen verlassen, wäre nicht der Umriß von eines Mannes Kopf und Schultern sichtbar gewesen, der immer noch beobachtend an der Heckreling stand.

Carter befahl dem Mann im Bug, das Boot näher an die Brigg aufzuholen, und rief: »Brigg ahoi! Ist was passiert?«

Er wartete und lauschte. Der schattenhafte Mann rührte sich nicht. Nach einiger Zeit kam ein kurzes »Nein« als Antwort.

»Haben Sie die Absicht, noch lange hier beigedreht zu liegen?« schrie Carter.

»Weiß nicht. Lange wohl nicht. Halten Sie Ihr Boot klar vom Schiff. Klar, sag' ich. Gibt Schaden, wenn Sie's nicht tun.«

»Steck aus, John!« sagte Carter in resigniertem Ton zu dem ältlichen Seemann im Bug. »Steck aus, daß wir wieder auf der ganzen Länge der Leine liegen. Die da an Bord scheinen nicht sehr gesprächig zu sein.«

Noch während er sprach, lief die Leine aus, und die regelmäßig ablaufenden Seen trieben das Boot von der Brigg weg. Carter wandte sich ein wenig in seinem Sitz, um einen Blick nach dem Land zu werfen. Es ragte stumm im Lee hoch wie ein hoher, unregelmäßiger Kegel, nur eine oder anderthalb Meilen entfernt. Gegen den Wind hörte man in gemessenem Takt das Geräusch der Brandung an seinen Ufern. Ermüdung nach den vielen Tagen, die er im Boot verbrachte, senkte sich auf Carters unruhige Gedanken, und allmählich verlor er das Gefühl, daß die Zeit verging; dabei blieb ihm aber das Bewußtsein seiner Lage.

Ab und zu erwachte er aus seinem halb betäubten Zustand, den man kaum Schlaf nennen konnte, – und wurde gewahr, daß das

stoßweise Getöse der Brandung übergegangen war in ein unaufhörliches starkes Grollen, das von Zeit zu Zeit zu einem lauten Gebrüll anschwoll; daß die hohe Insel jetzt größer erschien, und daß an ihrem Fuß ein weißer Schaumkranz sichtbar wurde. An Bord der Brigg jedoch war alles still geblieben. Er bemerkte, daß der Wind nachließ und auch die See sich beruhigte, und für eine Minute versank er erneut ins Dösen. Als er wieder auffuhr und die Augen öffnete, konnte er noch gerade sehen, wie hinter dem Land ein neuer Stern geräuschlos aufwärts stieg. Überrascht sah er, wie der Stern prächtig leuchtend an Ort und Stelle verhielt – und plötzlich erlosch. Zwei weitere folgten, stiegen zusammen auf, und nachdem sie ungefähr dieselbe Höhe erreicht hatten, erloschen sie ebenfalls.
»Das sind doch Raketen, Sir – nicht wahr?« sagte einer der Männer mit unterdrückter Stimme.
»Ja, Raketen«, murmelte Carter. »Und jetzt, was wird jetzt geschehen?« murmelte er trübe vor sich hin.
Er bekam sogleich Antwort: mit wild schwirrendem Gezisch schoß ein schmaler Feuerstrahl aus dem dunklen Rumpf der Brigg aufwärts und löste sich alsbald in einen Regen dunkelroter Funken auf. Nur einer, weiß und strahlend, verharrte allein über den sinkenden anderen, glühte für eine Sekunde hell auf und explodierte mit einem schwachen Knall. Fast zur selben Zeit sah Carter den Bug der Brigg vom Winde abfallen, er sah die Rahen herumschwingen, damit das Großmarssegel vollstand, und hörte deutlich den dumpfen Stoß der ersten See, die von dem Bug des Schiffes durchschnitten wurde. In der nächsten Minute kam die Schleppleine steif, und sein Boot kam mit einem plötzlichen Ruck eilig in Fahrt hinter der Brigg her. Carter, hellwach nun und vorgebeugt, steuerte. Seine Leute saßen einer hinter dem andern, die Schultern hochgezogen, die Rücken gekrümmt, vor sich hindämmernd, unbehaglich, aber geduldig auf ihren Duchten. Die Aufgabe, das Boot im Strudel des schäumenden Kielwassers, das die Brigg in ihrer raschen Fahrt hinterließ, richtig zu steuern, ließ ihn nicht dazu kommen, viel über die Ungewißheit der Zukunft und seine eigene ungewöhnliche Situation nachzudenken.
Jetzt ging es ihm nur noch vor allen Dingen darum, die Jacht wiederzusehen, und mit wirklicher Befriedigung stellte er fest, daß die Brigg nun alle Segel setzte. Die restlichen Stunden der

Nacht hindurch saß er steuernd an der Ruderpinne und hielt den Blick auf die schattenhafte, hohe Segeltuch-Pyramide gerichtet, die vor seinem Boot dahinglitt und leise von einer Seite zur andern schwankte.

IV

Es war Mittag, ehe die Brigg, die Lingard durch die tiefen Fahrrinnen zwischen den äußeren Korallenriffen lotste, eine flache Sandbank in Pistolenschußweite umrundete; die Sandbank bezeichnete das Ende einer langen Reihe von Klippen, die, zum größten Teil unter Wasser, hier und da nur aus dem zischenden braunen Schaum des gelben Seewassers ihre dunklen Spitzen zeigten. Als die Brigg von der Sandbank klar kam, erschien plötzlich genau im Luv, jenseits des Wirrwarrs trügerischer Wasserstellen, Sandbänke und Felsbrocken der schwarze Rumpf der Jacht, auf der Seite liegend, hoch und regungslos auf der weiten Fläche der glitzernden Untiefen. Die langen, nackten Masten waren leicht geneigt, als ob die Jacht mit gutem Wind segelte. Für die Leute an Bord der Brigg hatte der Anblick der Jacht etwas Trauriges und Trostloses, wie sie da völlig reglos in einer Stellung lag, die jeder Seemann mit der Idee rascher Bewegung verbindet.

»Da ist sie!« sagte Shaw, der, in makelloses Weiß gekleidet, gerade von vorn kam, wo er mit den Ankern zu tun gehabt hatte. »Die sitzt aber eisern fest, glauben Sie nicht auch, Sir? Sieht mir von hier wie eine Schlickbank aus.«

»Ja, es ist Schlick«, sagte Lingard langsam, wobei er durch das lange Fernrohr blickte. »Großsegel aufgeien, Mr. Shaw«, fuhr er fort, ohne die Jacht aus den Augen zu lassen. »Wir werden hier ganz kurze Schläge machen müssen.«

Er setzte das Glas ab und wandte sich von der Reling weg. Während der nächsten Stunde manövrierte er sein kleines Fahrzeug mit lässiger Sicherheit in dem schwierigen, engen Fahrwasser, als ob jeder Stein, jedes Sandkorn auf dem tückischen Grund sich deutlich seinen Blicken zeigte. Dabei handhabte er bei dem wechselvollen unsteten Wind sein Schiff mit solch selbstverständlicher Waghalsigkeit, daß es Shaw vorn auf seiner Station vor lauter Angst den Atem verschlug. Als die Brigg auf die dicht vor der Küste liegenden Untiefen zuhielt, ging er nicht eher über Stag, bis die rasch aufeinanderfolgenden lauten Rufe des Mannes am Lot ankündigten, daß nur noch drei Fuß Wasser unterm Kiel waren. Und als sie auf die steile Innenkante eines langgestreckten Riffs zusteuerte, wo das Lot zwecklos war, wurde das Ruder erst dann übergelegt, wenn der Vordersteven die schwache Grenzlinie des Uferschaums berührte.

Die Liebe, die Lingard für seine Brigg empfand, war die Liebe eines Mannes, und sie war so groß, daß sie unbefriedigt blieb, wenn die Brigg nicht alle ihre guten Eigenschaften zeigte und ihre ganze Kraft aufbot, um seine stürmische Neigung mit einer bis zur äußersten Grenze des Ertragens gehenden Treue zu vergelten. Jedes auch noch so leichte Flattern der Segel, das von oben längs den Lieken nach unten flog, konnte sein Herz mit plötzlicher Freude erfüllen; und das unaufhörlich, sanft und leise an der Bordwand murmelnde Wasser, das ihm anzeigte, wie sein mit nichts zu vergleichendes Schiff auf all seinen gewundenen Wegen nie, auch nicht einen Augenblick, aufgehört hatte, seinen Kurs zu verfolgen, erschien ihm köstlicher und beglückender als einem andern Manne das sanfte Flüstern zärtlicher Worte. In solchen Augenblicken spürte er die ganze Innigkeit des Lebens, und diese Empfindung überfiel ihn so stark, daß er sein kleines Schiff ans Herz hätte drücken mögen. Die Brigg war ihm eine vollkommene Welt, erfüllt von Vertrauen und Freude.

Die Leute auf der Jacht, die neugierig das erste Segel beobachteten, das am Horizont auftauchte, seit sie an dieser öden Küste gestrandet waren, erkannten bald mit einiger Enttäuschung, daß es nur eine kleine Handelsbrigg war, die Schlag für Schlag längs dem dicht unter Land liegenden Riff aufkreuzte – wohl in der Absicht, mit ihnen Verbindung aufzunehmen und ihnen Hilfe anzubieten. Unter dem seemännischen Teil der Besatzung herrschte allgemein die Meinung, daß von einem Fahrzeug dieser Art wenig Hilfe zu erwarten sei. Nur der Segelmeister der Jacht bemerkte zu dem Bootsmann (der den Vorzug hatte, sein Vetter ersten Grades zu sein): »Der Mann weiß hier gut Bescheid, das kannst du an der Art sehen, wie er mit der Brigg umgeht. Ich habe nichts dagegen, wenn uns so einer beisteht. Ich wüßte sonst nicht, wann wir aus diesem Schlick wieder rauskommen, George.«

Mit einem langen Gang dicht am Wind erreichte die Brigg die

Grenze des verfärbten Wassers über der Bank, auf der die Jacht gestrandet war. An der äußersten Kante des Schlicks ging sie zum letzten Mal über Stag. Sobald sie auf dem andern Bug lag, wurden die Segel schnell gekürzt, und die Brigg begann den Weg bis zu ihrem Ankerplatz unter Marssegeln, den unteren Stagsegeln und Klüver abzulaufen. Die Brigg war nun weniger als eine Viertelmeile flachen Wassers von der Jacht entfernt; aber während diese in der Richtung nach Osten aufgelaufen war, fuhr die Brigg langsam in west-nord-westlicher Richtung und segelte infolgedessen – sozusagen – an der ganzen Länge der Jacht vorbei. Lingard gewahrte, daß auf dem Schoner alle Mann an Deck waren und seiner Ankunft zusahen, ebenso vollkommen schweigsam wie die Leute auf seinem eigenen Schiff.

Ein kleiner Mann mit einem roten, von einem weißen Backenbart eingerahmten Gesicht schwenkte über der Reling mittschiffs eine goldbordierte Mütze. Lingard hob zum Gegengruß den Arm. Weiter achtern konnte er unter dem weißen Sonnensegel zwei Männer und eine Frau erkennen. Einer der Männer und die Dame waren blau gekleidet. Der andere Mann, der sehr hochgewachsen schien und über seinem Kopf den Arm um einen Stutzen des Sonnensegels geschlungen hielt, trug weiße Kleidung. Lingard sah sie deutlich. Sie beobachteten die Brigg durch Ferngläser, wandten die Gesichter einander zu, bewegten die Lippen, schienen überrascht. Ein großer Hund legte die Pfoten auf die Reling und ließ, seinen dicken, schwarzen Kopf erhebend, dreimal ein lautes und klagendes Bellen vernehmen, dann verschwand er wieder. Plötzlich regten sich die Leute; augenscheinlich waren alle Menschen an Bord der Jacht durch die Wahrnehmung erregt, daß das Boot im Schlepptau des Fremden ihre eigene zweite Gig war.

Arme wurden ausgestreckt, man zeigte mit Fingern auf die Brigg. Einer ließ laut schreiend einen langen Satz hören, von dem kein Wort zu verstehen war. Und dann begann die Brigg, die die westliche Grenze der Bank erreicht hatte, sich in diagonaler Richtung zu entfernen. Sie vergrößerte die Distanz, drehte dabei aber allmählich ihr Heck der Jacht zu. Lingard sah, wie dort die Leute ihre Plätze verließen und zur Heckreling gingen, um ihn länger in Sicht zu behalten.

Als die Brigg sich ungefähr eine Meile von der Bank entfernt hatte und fast genau in Höhe des Hecks der Jacht war, flatterten

die Marssegel, die Rahen kamen langsam herunter. Vorne und achtern rauschten die Stagsegel nieder, und einige Zeit glitt das Schiff langsam mit gefalteten Schwingen auf dem durchsichtigen Wasserspiegel unter dem strahlenden Schweigen des Himmels dahin. Dann fiel der Anker auf den Grund mit einem dröhnenden Geräusch, das dem Rollen entfernten Donners glich. Im nächsten Augenblick drehte sich der Kopf des Schiffes in den Wind, gegen die letzten schwachen Windstöße aus dem Norden, und die Flagge an der Gaffel regte sich, entfaltete sich langsam, fiel zusammen, wehte noch einmal aus und hing dann schlaff und still herunter wie mit Blei beschwert.
»Totale Flaute, Sir«, sagte Shaw zu Lingard. »Wieder totale Flaute. Wir haben noch gerade im letzten Moment diese komische Stelle erreicht, Sir.«
Sie standen eine Weile nebeneinander und sahen sich rings nach der Küste und dem Meer um. Die Brigg hatte in der Mitte eines breiten Gürtels klaren Wassers geankert. Nach Norden zu zeigten sich felsige Riffe als schwarze und weiße Streifen auf der leichten Dünung, die von dort hereinlief. Aus dem unruhigen Wasser ragte ein Inselchen wie der viereckige Turm eines überschwemmten Gebäudes, ungefähr zwei Meilen von der Brigg entfernt. Nach Osten zu sah man die flache Küste, grüne Wälder, am Rande dunkle Mangroven. In dieser düsteren Eintönigkeit erschien eine deutlich sichtbare Öffnung, als ob jemand mit einem scharfen Messer ein kleines Stück herausgeschnitten hätte. In dieser Öffnung blinkte das Wasser wie poliertes Silber.
Lingard wies Shaw darauf hin. »Das ist der Eingang zu der Stelle, wo wir hin wollen«, sagte er.
Shaw riß vor Überraschung die Augen auf. »Ich dachte, wir wären wegen dieser Jacht da hergekommen«, stammelte er verdutzt.
»Ach, die Jacht«, sagte Lingard nachdenklich, ohne den Einschnitt an der Küste aus dem Auge zu lassen. »Die Jacht . . .« Plötzlich stampfte er mit dem Fuß auf. »Ich würde meinen ganzen Besitz und noch ein paar Tage meines Lebens dazu hergeben, wenn ich sie heute noch flottmachen und wegschaffen könnte, ehe die Nacht kommt.«
Er beruhigte sich wieder und stand still, das Land beobachtend. Ein wenig innerhalb des Einschnitts spie ein Feuer hinter der Wand des Urwalds, das man nicht sah, fortgesetzt dicke,

schwere Rauchwolken aus, die, einer gewundenen, schwarzen bebenden Säule gleich, in den klaren blauen Himmel stiegen.

»Die Sache da muß sofort aufhören, Mr. Shaw«, sagte Lingard plötzlich.

»Jawohl, Sir. Aber welche Sache?« fragte Shaw, sich verwundert umblickend.

»Der Rauch da«, erwiderte Lingard ungeduldig. »Das ist ein Signal.«

»Gewiß, Sir – ich weiß allerdings nicht, wie wir das machen sollen. Es sieht aus, als wenn es weit im Inland wäre. Für was soll das ein Signal sein, Sir?«

»Für uns bestimmt nicht«, sagte Lingard in unerwartet wütendem Ton. »Los, Shaw, lassen Sie die Kanone am Bug blind laden. Sagen Sie den Leuten, sie sollen den Ladepfropf gut feststopfen und die Mündung einfetten. Wir wollen so laut wie möglich knallen. Wenn der alte Jörgenson das hört, wird das Feuer da gleich aus sein, noch ehe Sie sich zweimal umdrehen können . . . Eine Minute, Mr. Carter.«

Das Boot der Jacht war längsseits gekommen, sobald die Brigg vor Anker lag, und Carter hatte darauf gewartet, Lingard an Bord der Jacht zu bringen. Beide gingen auf das Fallreep zu; Shaw blieb hinter seinem Vorgesetzten stehen, um seine letzten Befehle entgegenzunehmen.

»Lassen Sie alle Boote zu Wasser«, sagte Lingard, einen Fuß auf der Reling, bereit, sein Schiff zu verlassen, »und montieren Sie den Vierpfünder im Bug des Großbootes. Lassen Sie die Geschütze losbinden, aber noch nicht auslaufen. Halten Sie die Marssegel lose und den Klüver klar zum Setzen. Kann sein, daß ich die Segel sehr schnell brauche. So, Mr. Carter, jetzt steh' ich zu Ihrer Verfügung.«

»Setzt ab, Jungens«, sagte Carter, sobald sie im Boot saßen. »Setzt ab und legt euch noch einmal in die Riemen, dann könnt ihr euch lange ausruhen.«

Murrend legten sich die Männer in die Riemen; ihre abgespannten Gesichter sahen grau aus und trugen streifige Spuren von getrockneten Salzspritzern; die erschöpften Mienen zeigten, daß ihre Ausdauer über Gebühr in Anspruch genommen worden war. Carter, mit schweren und schläfrigen Augen, steuerte das Fallreep der Jacht an. Als sie an dem Bug der Brigg vorbeifuhren, fragte Lingard: »Noch Wasser genug längsseits Ihres Schiffes, denk ich?«

»Ja, acht bis zwölf Fuß«, erwiderte Carter heiser. »Sagen Sie mal, Kapitän! Wo bleiben eigentlich Ihre Kehlabschneider? Wie kommt das? Die See ist hier so leer wie eine Kirche am Wochentag.«

Der fast über seinem Kopf abgefeuerte, dröhnende Schuß aus dem Achtzehnpfünder der Brigg unterbrach ihn. Ein rundes Wölkchen aus weißem Dampf, das sich träge ausdehnte, blieb in verwehenden Schleiern an der Fockrahe hängen. Lingard, sich auf der Heckducht halb umwendend, blickte nach dem Rauch an Land. Carter blieb schweigsam und starrte schläfrig nach der Jacht, der sie sich jetzt näherten. Lingard beobachtete die Rauchsäule so gespannt, daß er fast vergaß, wo er war, bis Carters Stimme dicht an seinem Ohr das scharfe Kommando »Fahrt genug!« hören ließ und ihn wieder zu sich brachte.

Sie befanden sich im Schatten der Jacht und längsseits ihres Fallreeps. Der Führer der Brigg blickte hinauf in das Gesicht eines Herrn mit langem Backenbart und ausrasiertem Kinn, ein Gesicht, das ihn durch ein Monokel über die Reling hinab anstarrte. Als er auf die unterste Sprosse trat, konnte er die Rauchsäule an der Küste immer noch aufsteigen sehen, dicht und unaufhörlich; aber noch während er hinblickte, hob sich der Fuß der schwarzen Säule über die gezackte Linie der Baumwipfel. Das ganze Gebilde schwamm von der Erde hinweg, gerann zu einer unregelmäßig geformten Masse, trieb auf die See hinaus und wanderte langsam über den blauen Himmel wie eine vereinzelte bedrohliche Wolke.

ZWEITER TEIL

DAS GESTADE DER ZUFLUCHT

I

Die Küste, vor der die kleine Brigg, gleichsam als Schildwache zum Schutz des hochragenden Rumpfs der Jacht über ihrem Anker schwamm, hat keine besonderen Merkmale. Es ist ein formloses Land. Es erstreckt sich weithin ohne ein Kap oder einen steilen Felsen, lang und flach – endlos; und wenn die schweren Regengüsse des Nordost-Monsuns ihre Wassermassen über die See treiben, sieht man das Land nur im schwachen Umriß unter dem grauen Himmel, dunkel und in verschwommener Linie wie den geraden Rand eines sich auflösenden Ufers. In der langen Jahreszeit wolkenloser Tage zeigt sich das Land nur als ein schmaler Streifen Erde auf der weiten Fläche der Wasser, flachgedrückt vom Gewicht des Himmels, dessen riesige Kuppel in einer zarten und zugleich scharfen Linie auf dem Horizont des Meeres ruht.

Trotz ihrer Nähe zu den Zentren europäischer Macht ist diese Küste seit Menschengedenken den streitbaren Seefahrern jener Meere als ›Das Gestade der Zuflucht‹ bekannt gewesen. Auf den Karten ist sie nicht namentlich bezeichnet, und die geographischen Handbücher erwähnen sie überhaupt nicht, – aber die Geschlagenen vieler Niederlagen zogen sich von jeher hier in Sicherheit zurück. Es anzusteuern ist für einen Fremden außerordentlich schwierig. Von außen, vom Meere her gesehen, verschmelzen die unzähligen Inselchen, die das, was man seiner weiten Ausdehnung wegen das Festland nennen könnte, umsäumen, mit einem Hintergrund, der nicht eine einzige Landmarke aufweist, nach der man seinen Weg durch die verwickelten Kanäle zu suchen imstande wäre. Man könnte sagen, daß auf einer Strecke von zwanzig Meilen das Gewässer an dieser flachen Küste mehr aus Korallenriffen, Schlick, Sand und Steinen besteht als aus reinem Seewasser. Auf eine der äußeren Untiefen war die Jacht aufgelaufen, und hier war es,

wo die auf dieses Mißgeschick folgenden Ereignisse sich abspielten.
Das zerstreute Licht der kurzen Morgendämmerung enthüllte nach Westen zu das offene Wasser, das glatt und grau unter dem blassen Himmel schlief. Die gradlinige Küste erschien düster am Rande der Untiefen, auf denen in der Windstille der schwindenden Nacht nicht das leiseste Gekräusel zu sehen war. Im schwachen Zwielicht des Morgengrauens erschienen die niedrigen Büsche auf den Sandbänken wie riesige Baumgruppen.
Zwei Gestalten, lautlos wie zwei Schatten, schritten langsam über das Ufer eines felsigen Inselchens und blieben dicht am Wasser nebeneinander stehen. Hinter ihnen, zwischen den Matten, von denen sie sich erhoben hatten, schwelte still ein Häufchen schwarzer Asche. Sie standen aufrecht und völlig still, nur ihre Köpfe bewegten sich leise hin und her, während sie über die graue Eintönigkeit der Gewässer dorthin spähten, wo, etwa zwei Meilen entfernt, der Rumpf der Jacht sich schwarz und formlos vom blassen Himmel vor der See abhob.
Die beiden Gestalten blickten hinüber, ohne auch nur ein Murmeln auszutauschen. Die größere der beiden stützte sich mit ausgestrecktem Arm auf den langen Lauf einer Büchse, deren Schaft im Sande ruhte; das Haar der anderen fiel bis zum Gürtel. Die Blätter der Ranken, die nahebei von der Spitze des steilen Felsens herabhingen, regten sich ebensowenig wie das Gestein unter ihnen. In dem schwachen Licht, das hier und da das Schimmern weißer Sandbänke und die verschwommenen Umrisse der in der Düsternis der Küste verstreuten Inselchen sichtbar werden ließ, in der tiefen Stille, dem ungeheuren Schweigen ringsum erschienen die beiden menschlichen Wesen, die sich, von schlafloser Hoffnung getrieben, bei Tagesanbruch erhoben hatten und nun den Blick weit über das verschleierte Antlitz der See wandern ließen, sehr einsam.
»Nichts!« sagte der Mann mit einem Seufzer, aus einem langdauernden Sinnen gleichsam erwachend.
Er war in eine Jacke aus rauhem, blauem Baumwollstoff gekleidet, wie arme Fischer sie tragen; sie ließ, vorne weit offen, eine muskulöse Brust sehen, braun und glatt wie Bronze. Aus dem Bund des fadenscheinigen, eng um die Hüfte gewundenen *Sarong* ragte an seiner linken Seite der elfenbeinerne, mit sechs

Goldbändern verzierte Griff einer Waffe, deren ein Fürst sich nicht hätte zu schämen brauchen. An dem Feuersteinschloß und dem aus Hartholz gefertigten Schaft seiner Büchse glitzerte Silber. Das um seinen Kopf geschlungene rotgoldene Tuch war aus kostbarem Stoff, wie er von hochgeborenen Frauen in den Haushalten der Häuptlinge gewebt wird; nur waren die Goldfäden verblichen und die Seide in den Falten zerschlissen. Er trug den Kopf zurückgeworfen, und unter den gesenkten Lidern schimmerten die Augen hervor. Sein Gesicht war bartlos, die kurze Nase zeigte bewegliche Nüstern, und in den Winkeln der ziemlich vollen Lippen saß, wie mit einem feinen Meißel eingekerbt, ein ständiges Lächeln sorgloser Gutlaunigkeit. Seine aufrechte Haltung bekundete eine lässige Eleganz. Doch war in der gleichmütigen Miene, in dem gelassenen Benehmen des Mannes etwas Gespanntes und Zurückgedrängtes zu spüren.

Er warf noch einen suchenden Blick auf das offene Meer, dann wandte er sich der aufgehenden Sonne zu und schritt mit bloßen Füßen über den elastischen Sand. Der nachschleppende Schaft seiner Büchse hinterließ eine tiefe Furche. Der Aschenhaufen hatte aufgehört zu schwelen. Er betrachtete ihn eine Weile nachdenklich, dann rief er über die Schulter dem Mädchen, das zurückgeblieben war und immer noch auf die See hinausspähte, zu: »Das Feuer ist aus, Immada.«

Bei dem Klang seiner Stimme schritt das Mädchen auf die Matten zu. Ihr schwarzes Haar hing an ihr wie ein Mantel. Ihr Sarong, das dem Schottenrock ähnliche Gewand, das beide Geschlechter tragen, war nach nationalem Brauch grau und rot gemustert, aber sie hatte ihre Kleidung nicht mit dem Gürtel, den Schärpen, den losen Umhüllungen des Oberkörpers und dem Kopftuch vervollständigt, wie die Frauen sie tragen. Ein schwarzes Seidenjackett, wie das eines Mannes von Rang, umschloß zugeknöpft ihre Büste und schmiegte sich eng an ihre schlanke Taille. Der Rand eines mit Goldstickereien versteiften Kragens rieb sich an ihrer Wange. Sie trug weder Armbänder noch Reifen um die Fesseln, und obgleich sie eigentlich wie ein Mann gekleidet war, sah man an ihr keinerlei Waffe. Ihre herabhängenden Arme staken in außerordentlich engen, vom Handgelenk kurz aufwärts geschlitzten Ärmeln, die mit Goldlitzen und einer Reihe kleiner goldener Knöpfe besetzt waren. Braun und flink, eine in sich vollkommene

Gestalt, ging sie mit kurzen Schritten, die Augen voller Lebhaftigkeit in dem sonst unbewegten Gesichtchen, den geschweiften Mund fest geschlossen. Die ganze Person in ihrer strengen Anmut atmete den feurigen Ernst der Jugend, die das Wagnis des Lebens grad erst beginnt – die am Anfang ihres Glaubens und ihres Hoffens steht.

Dies war der Tag, an dem Lingard an der Küste eintreffen sollte; aber die Brigg erschien, wie man weiß, von der Flaute aufgehalten, erst am weit vorgeschrittenen Vormittag vor den Untiefen. In ihrer Hoffnung getäuscht, das erwartete Segel in den ersten Strahlen der aufgehenden Sonne aufleuchten zu sehen, streckten sich der Mann und das Mädchen, ohne den Versuch zu unternehmen, das Feuer wieder anzuzünden, auf ihren Schlafmatten aus. Zu ihren Füßen war ein gewöhnliches Kanu, aus dem Wasser gezogen, der größeren Sicherheit halber mit einem Grastau an den Schaft eines langen, fest in den weißen Sand gesteckten Speers gebunden, und die aufkommende Flut schlug eintönig gegen das Heck.

Das Mädchen band sein schwarzes Haar auf und befestigte es mit dünnen Holznadeln. Der Mann, in voller Länge ausgestreckt, hatte seiner Büchse Platz auf der Matte eingeräumt – wie einem Freund – und blickte, auf seinen Ellbogen gestützt, in Richtung der Jacht, mit Augen, sinnend und gebannt, die wie unter einem durchsichtigen Schleier die langsam vorüberziehenden dunklen Gedanken verrieten und allmählich in ein düsteres Starren übergingen.

»Dreimal haben wir auf diesem Inselchen die Sonne aufgehen sehen, und kein Freund kam vom Meere«, sagte er, ohne seine Haltung zu ändern. Er wandte dem Mädchen den Rücken, das an der anderen Seite der erkalteten Asche saß.

»Ja; und der Mond nimmt ab«, antwortete sie leise. »Der Mond nimmt ab. Doch er versprach hier zu sein, wenn die Nächte hell sind und das Wasser die Sandbänke bis zu den Büschen bedeckt.«

»Der Wanderer kennt wohl die Zeit seines Aufbruchs, aber weiß nicht, wann er zurückkehrt«, bemerkte der Mann ruhig.

Das Mädchen seufzte. »Die Nächte des Wartens sind lang«, murmelte sie.

»Und manchmal wartet man vergeblich«, sagte der Mann so gleichmütig wie zuvor. »Vielleicht wird er überhaupt nicht wiederkommen.«

»Warum?« fuhr das Mädchen auf.
»Die Straße ist lang, und das Herz mag erkalten«, war die gelassene Antwort. »Wenn er nicht wiederkommt, dann ist es, weil er vergessen hat.«
»O Hassim, weil er tot ist«, rief das Mädchen entrüstet.
Der Mann, ohne den Blick von der See zu wenden, lächelte über die Heftigkeit ihrer Antwort.
Sie waren Bruder und Schwester, und wenn sie sich auch sehr glichen, so verlor sich die Familien-Ähnlichkeit doch in der weiteren Ähnlichkeit, die der ganzen Rasse gemein ist.
Sie waren in Wajo beheimatet, und unter den Malaien geht die Redensart, daß ein Mann, um ein erfolgreicher Seefahrer und Händler zu sein, etwas Wajo-Blut in den Adern haben müsse. Und für dieses Volk ist der Handel, der zugleich weite Reisen bedeutet, eine romantische und ehrenhafte Beschäftigung. Der Händler muß den Mut zu Abenteuern besitzen und einen scharfen Verstand; er sollte, heißt es, die Furchtlosigkeit der Jugend mit der Weisheit des Alters vereinigen, zugleich diplomatisch und tapfer sein, um die Gunst der Mächtigen zu erwerben und die Übeltäter mit Furcht zu erfüllen.
Natürlich kann man diese Eigenschaften nicht in einem Ladeninhaber oder chinesischen Hausierer erwarten; sie werden nur für einen Mann als unerläßlich erachtet, der, von adliger Herkunft und vielleicht mit dem Herrscher seiner eigenen Heimat verwandt, die Meere im eigenen Schiff und mit vielen Gefolgsleuten befährt, der von Insel zu Insel sowohl wichtige Neuigkeiten wie Warten verbreitet, dem man geheime Botschaften und wertvolle Güter anvertrauen kann; kurz gesagt, – ein Mann, der ebenso bereit ist zu intrigieren und zu kämpfen wie zu kaufen und zu verkaufen: das ist der ideale handeltreibende Seefahrer von Wajo.
Handel, so verstanden, war die Beschäftigung ehrgeiziger Männer, die in all den Volkserhebungen und religiösen Wirren eine verborgene, aber wichtige Rolle spielten; sie spielten auch eine Rolle in den großzügig organisierten piratenhaften Unternehmungen, die in der ersten Hälfte des letzten Jahrhunderts das Schicksal von mehr als einer eingeborenen Dynastie beeinflußten und, zum mindesten einige Jahre lang, die holländische Herrschaft im Osten ernsthaft bedrohten. Als schließlich den Inseln ein leidlicher Friede aufgenötigt worden war, der viel Blut und Gold kostete, behielt dieselbe Beschäftigung, wenn

auch ihrer ruhmvollen Möglichkeiten beraubt, für die abenteuerlichsten Angehörigen dieser unruhigen Rasse ihre Anziehungskraft. Die jüngeren Söhne und Verwandten so manchen eingeborenen Herrschers befuhren die Meere des Archipels, besuchten die unzähligen und wenig bekannten Inseln und die damals so gut wie unbekannten Küsten von Neu-Guinea. Sie besuchten jeden Fleck, bis zu dem der europäische Handel nicht vorgedrungen war – von Aru bis Atjeh, von Sumbawa bis Palawan.

II

An dem vielleicht unbekanntesten dieser Flecken, einer kleinen Bucht der Küste von Neu-Guinea, begegnete der junge Pata Hassim, Neffe eines der größten Fürsten von Wajo, zum ersten Male Lingard. Er war ein Seefahrer nach Art der Männer von Wajo, und in einer stattlichen, seetüchtigen, mit zwei Kanonen bestückten und mit jungen, blutsverwandten und sonstigen Gefolgsleuten bemannten Prau war er dorthin gekommen, um einige Paradiesvogelbälge für den alten Sultan von Ternate zu kaufen: eine gefährliche Expedition, weniger um des Geschäftes willen unternommen als aus Höflichkeit gegen den bejahrten Sultan, als dessen fürstlich bewirteter Gast Hassim einen Monat oder länger den düsteren ziegelsteinernen Palast in Ternate bewohnt hatte.
Während er vor dem Dorf ankerte, sehr auf der Hut vor den tückischen Eingeborenen dieser Küste, mit denen er nun einmal wegen der Vogelbälge verhandeln mußte, sah Hassim eines Morgens Lingards Brigg, die in der Bucht vor Anker ging, und kurz darauf bemerkte er einen hochgewachsenen Weißen, dessen Bart wie Gold schimmerte, wie er aus einem Boot stieg und, begleitet von vier Malaien seiner Schiffsmannschaft, aber unbewaffnet auf das Eingeborenen-Dorf zuschlenderte.
Hassim war erstaunt und tief betroffen über diese unbekümmerte Kaltblütigkeit, und nachdem er nach guter Malaienart ungefähr eine Stunde lang mit seinen Leuten die Dringlichkeit der Angelegenheit durchgesprochen hatte, landete auch er, jedoch mit einem starken Gefolge und wohlbewaffnet, mit der Absicht, zu sehen, was nun geschehen würde.
Die Sache war in der Tat sehr einfach, ›wie sie‹, um mit Lingard

zu sprechen, ›jedem hätte passieren können‹. Er war in der Absicht an Land gegangen, sich nach irgendeinem Wasserlauf umzusehen, an dem er seine Wasserfässer wieder auffüllen konnte. Das war's überhaupt, was ihn dazu bewogen hatte, die Bucht anzulaufen.

Während er, mitsamt seinen Leuten umdrängt von einer wuschelköpfigen, rußig schwarzen Schar, ein paar Baumwolltücher vorwies und mit allerlei Zeichen den Zweck seiner Landung zu erklären versuchte, streifte ein plötzlich von hinten vorgestoßener Speer seinen Hals. Vermutlich wollte sich der Papua nur vergewissern, ob so ein Geschöpf getötet oder verletzt werden konnte, und höchstwahrscheinlich glaubte er fest, daß das nicht möglich sei; aber einer von Lingards Seeleuten übte sofort Vergeltung und stieß nach dem experimentierenden Wilden mit seinem Parang – einem der drei Buschmesser, die sie mitgebracht hatten, um nötigenfalls Unterholz zu beseitigen; das waren die einzigen Waffen, die die Leute von der Brigg bei sich hatten.

Darauf entstand so plötzlich ein heftiger Tumult, daß Lingard, als er sich rasch umwandte, seinen bereits von drei Speeren durchbohrten Verteidiger zu seinen Füßen hinstürzen sah. Wasub, der dabei war und später die Geschichte durchschnittlich einmal die Woche erzählte, pflegte das Grauen seiner Zuhörer zu erregen, indem er zeigte, wie der Mann, ehe er fiel, sehr schnell mit den Augen blinzelte. Lingard war unbewaffnet. Bis zum Ende seines Lebens blieb er in dieser Hinsicht hoffnungslos leichtsinnig; er erklärte, er sei »viel zu voreiligen Temperaments, um bei jeder beliebigen Rauferei Feuerwaffen zu tragen. Und wenn es darauf ankommt«, behauptete er, »mache ich mich sowieso anheischig, einen Mann mit der bloßen Faust zu töten; und dann – verstehen Sie wohl – weiß man, was man tut, und ist nicht so geneigt, aus bloßem Temperament oder aus Angst Unfug zu stiften – nicht wahr?«

In diesem Fall tat er sein möglichstes, einen Mann mit einem aus der Schulter geführten Hieb zu töten und einen anderen, den er um die Hüfte packte, gegen die nackte, wilde Menge zu schleudern: »Er warf mit Männern um sich, wie der Wind gebrochene Zweige dahinwirbelt. Er bahnte eine breite Gasse durch unsere Feinde!« berichtete Wasub mit seiner brüchigen Stimme. Es ist wohl eher anzunehmen, daß Lingards schnelle

Bewegungen und der furchterregende Anblick eines so seltsamen Wesens die Krieger veranlaßten, sich vor seinem Angriff zurückzuziehen.
Lingard, der, gefolgt von seinen Leuten, sofort die Überraschung und die Furcht ausnutzte, rannte über den verfallenen Steg, der nach dem wie gewöhnlich auf Pfählen über dem Wasser errichteten Dorf führte. Sie stürzten in eine der aus verfaulten Matten und Bruchstücken zerfallener Kanus erbauten, elenden Hütten, und in dieser Unterkunft, die von allen Seiten das Tageslicht hereinließ, fanden sie Zeit, Atem zu schöpfen und festzustellen, daß sie ihre Lage nicht sehr verbessert hatten.
Die Weiber und Kinder waren kreischend in den Busch geflohen, während an dem Ende des Stegs auf dem Ufer die Krieger unter gellendem Geschrei umhertanzten und sich zu einem allgemeinen Angriff bereitmachten. Lingard bemerkte zu seinem Verdruß, daß der Mann, den er bei dem Boot gelassen, offenbar den Kopf verloren hatte: statt zu dem Schiff zu schwimmen und Alarm zu geben, was er durchaus hätte leisten können, strebte er einer kleinen, hundert Meter entfernten Klippe zu und versuchte wie ein Irrsinniger, ihre senkrechte Seite zu erklettern. Da gerade Ebbe herrschte, hätte der Sprung in den abscheulichen Schlamm unter den Hütten fast sicheren Tod bedeutet. Es blieb also nichts übrig – da die elende Behausung keinem kräftigen Tritt, geschweige denn einer Belagerung widerstanden hätte – als wieder ans Ufer zu stürmen und sich des Bootes zu bemächtigen. Dazu war Lingard sogleich entschlossen, und, mit einem krummen Stock bewaffnet, den er in der Hütte fand, stürzte er an der Spitze seiner Männer ans Ufer. Während er, weit voraus, in großen Sprüngen dahinrannte und noch gerade Zeit fand, sich klar darüber zu werden, wie verzweifelt das Unternehmen war, vernahm er zwei Schüsse, die rechts von ihm abgefeuert wurden. Die dichte Masse der schwarzen Leiber und Krausköpfe vor ihm schwankte und brach auseinander. Aber noch flohen die Wilden nicht.
Lingard rannte weiter, aber jetzt mit der jubelnden Empfindung, die selbst eine schwache Aussicht auf Erfolg in einem heißblütigen Manne erweckt. Er hörte von weitem einen vielstimmigen Ruf, dann kam noch ein Schuß, und eine Muskenkugel, aus großer Entfernung abgeschossen, warf zwischen

ihm und seinen wilden Feinden einen winzigen Strahl von Sand auf. Mit dem nächsten Sprung wäre er mitten unter ihnen gewesen, aber sein erhobener Arm fand nichts mehr zu schlagen. Sie hatten seinen Ansprung nicht abgewartet, und man sah noch die schwarzen Rücken, die in hohen Sprüngen durch das Gras setzten oder gebückt hindurchschlüpften, dem Rande des Buschwalds entgegen.
Er schleuderte seinen Stock nach dem nächst erreichbaren Paar schwarzer Schultern und blieb stehen. Das hohe Gras schwankte noch und kam zur Ruhe, ein Chor gellender und durchdringend kreischender Schreie sank herab zu einem traurigen Geheul, und mit einem Mal schienen die bewaldeten Ufer und die blaue Bucht einem Zauber leuchtender Lautlosigkeit zu verfallen. Der Wechsel geschah so plötzlich, wie man aus einem Traum aufschreckt. Die jähe Stille kam Lingard unerklärlich vor.
Er brach sie, indem er seine Stimme zu einem mächtigen Ruf erhob, der seinen Männern befahl, die Verfolgung abzubrechen. Zögernd kehrten sie zurück und warfen zornige Blicke auf die Wand des Dschungels hinter ihnen, in der sich nicht ein einziges Blatt regte. Die Fremden, deren rechtzeitiges Erscheinen den Ausgang des Abenteuers entschieden hatte, unternahmen keinen Versuch, sich der Verfolgung anzuschließen, sondern warteten in einer geschlossenen Gruppe auf der Stelle, die eben noch die Wilden eingenommen hatten.
Lingard und der junge Führer der Wajo-Händler schlossen im Leuchten des Mittags Bekanntschaft, inmitten des aufmerksamen Schweigens der Gefolgsleute, und auf derselben Stelle, wo der malaiische Seemann sein Leben verloren hatte. Lingard, von der einen Seite heranschreitend, streckte die offene Hand aus; Hassim ging sogleich auf diese freimütige Geste ein, und die beiden tauschten ihren ersten Handschlag über dem Körper des Toten, als ob das Schicksal bereits den tödlichen Preis für die verhängnisvollste seiner Gaben gefordert hätte – die Gabe der Freundschaft, die manchmal Gedeih oder Verderb eines ganzen Lebens in sich birgt.
»Nie werde ich diesen Tag vergessen«, rief Lingard in herzlichem Ton, und der andere lächelte ruhig.
Dann, nach einer kurzen Pause, fragte der Malaie mit einem raschen Blick auf den toten Laskaren, der, auf dem Gesicht und mit ausgestreckten Armen, sich verzweifelt an die Erde zu

klammern schien, von der er so wenig kennengelernt hatte: »Willst du den Mann rächen und das Dorf verbrennen?«
Lingard zögerte. »Nein«, sagte er schließlich. »Es würde niemandem etwas nützen.«
»Gewiß«, sagte Hassim sanft. »Aber war dieser Mann dein Schuldner – ein Sklave?«
»Sklave?« rief Lingard. »Meine Brigg ist ein englisches Schiff. Sklave? Nein. Der Mann war so frei wie ich.«
»*Hai.* Jetzt ist er wirklich frei«, sagte der Malaie leise, wieder mit einem Blick auf den Toten. »Aber wer wird die Hinterbliebenen für sein Leben bezahlen?«
»Wenn es irgendwo eine Frau oder ein Kind gibt, die zu ihm gehören, mein *Serang* wird das wohl wissen – dann werde ich sie ausfindig machen«, rief Lingard schuldbewußt.
»Du sprichst wie ein Häuptling«, sagte Hassim. »Unsere großen Männer gehen allerdings nicht mit unbewehrten Händen in den Kampf. O ihr Weißen! Wie tapfer seid ihr, ihr Weißen!«
»Es war Torheit, reine Torheit«, widersprach Lingard, »und der arme Kerl da hat dafür büßen müssen.«
»Er konnte seinem Schicksal nicht entgehen«, murmelte der Malaie. »Ich stelle mir vor, mit meinem Handel hier ist es aus«, setzte er heiter lächelnd hinzu.
Lingard drückte sein Bedauern aus.
»Es macht nichts, es macht nichts«, versicherte der andere höflich, und nachdem Lingard Hassim und zwei seiner Begleiter, die von hohem Rang waren, dringend zu einem Besuch auf der Brigg eingeladen hatte, trennten sich die beiden Gruppen.
Es war ein stiller Abend, als das malaiische Schiff seinen Ankerplatz in der Nähe der Küste verließ und langsam über die Bucht zu Lingards Ankerplatz gerudert wurde. Das Ende einer dicken Leine wurde an Bord geworfen, und in dieser Nacht schwoiten die Brigg des weißen Mannes und die Prau des Malaien nebeneinander am selben Anker.
Die Sonne, die in das Meer sank, schoß ihre letzten Strahlen zwischen den Vorgebirgen hindurch, als der Leichnam des getöteten Laskaren, nach mohammedanischem Brauch sauber in ein weißes Tuch gehüllt, sanft in das stille Wasser der Bucht versenkt wurde, auf der seine neugierigen Blicke noch vor ein paar Stunden zum erstenmal geruht hatten. Im Augenblick, als

der Tote, den Schlippleinen entschlüpfend, vor den Augen seiner Schiffsgenossen ohne ein Plätschern verschwand, blitzte die Bugkanone hell auf, ihrer dumpfen Detonation folgte der murrende Widerhall der Ufer ringsumher, und die rings in Schwärmen kreisenden Seevögel ließen Schreie hören, als riefen sie dem scheidenden Seemann ein wildes und endloses Lebewohl nach. Dem Kapitän der Brigg, der sich mit gesenktem Haupt nach achtern entfernte, folgte ein leises Murmeln freudiger Überraschung der Mannschaft wie auch der Fremden, die sich auf dem Hauptdeck drängten. Bei solchen Gelegenheiten kam in seinen einfach aus Überzeugung geübten Handlungen das zum Vorschein, was man die romantische Seite in der Natur dieses Mannes hätte nennen können, dieser empfindliche Spürsinn für die dunklen Anforderungen des Lebens und des Todes, der die Grundlage eines ritterlichen Charakters ist.

Lingard bewirtete seine drei Gäste bis tief in die Nacht. Ein Schaf aus dem lebenden Viehbestand der Brigg wurde den Männern der Prau ausgehändigt, während Hassim und seine beiden Freunde, prächtig geschmückt mit Edelmetallen und rohen Juwelen, in der Kajüte in einer Reihe auf dem Hecksofa saßen. Die Unterhaltung, von Lingard in herzlicher Freundschaft und von den Malaien in der wohlerzogenen Manier diskreter Höflichkeit geführt, wie sie den höheren Schichten dieses Volks natürlich ist, streifte viele Themen und glitt schließlich in das Gebiet der Politik.

»Ich stelle mir vor, daß du in deinem Heimatlande ein mächtiger Mann bist«, sagte Hassim, der seinen Blick in der Kajüte umherschweifen ließ.

»Meine Heimat liegt in einem weit entfernten Meer, wo die leichten Winde so stark sind, wie hier die Winde bei Regenwetter«, sagte Lingard, und die anderen ließen leise Rufe der Verwunderung hören. »Ich verließ sie, als ich sehr jung war, und über meine Macht dort wüßte ich nichts zu sagen, wo allein die großen Männer so zahlreich sind wie all die Einwohner auf euren Inseln, Tuan Hassim. Aber hier«, fuhr er fort, »hier, wo ich auch zu Hause bin – denn dies ist ein englisches Schiff und noch dazu mein eigenes – hier bin ich mächtig genug. Wirklich, hier bin ich Rajah. Dies bißchen Heimat, dies alles gehört mir.«

Das machte Eindruck auf die Gäste. Sie tauschten Blicke voller Einverständnis und nickten einander zu.

»Gut, gut«, sagte Hassim endlich, mit einem Lächeln. »Deine Heimat und deine Macht trägst du mit dir über alle Meere. Ein Rajah auf dem Meer. Gut!«
Lingard lachte unbändig, während die anderen erheitert dreinschauten.
»Dein Land ist sehr mächtig, – das wissen wir«, fing Hassim nach einer Weile wieder an, »aber ist es stärker als die Heimat der Holländer, die uns das Land wegstehlen?«
»Stärker?« rief Lingard. Er öffnete seine breite Hand. »Stärker? Wir könnten sie mit einer Hand nehmen – so . . .«, und er schloß wie ein Sieger die Finger.
»Und zwingt ihr sie, Tribut für ihr Land zu zahlen?« begehrte Hassim zu wissen.
»Nein«, erwiderte Lingard ernüchtert, »das, Tuan Hassim, verstehst du, ist bei den Weißen nicht üblich. Wir könnten natürlich – aber es ist nicht üblich.«
»Wirklich nicht?« sagte der andere mit einem skeptischen Lächeln. »Die Holländer sind stärker als wir und sie fordern Tribut von uns. Und manchmal bekommen sie ihn –, sogar von Wajo, wo jeder Mann frei ist und einen Kris bei sich trägt.«
Darauf trat ein völliges Schweigen ein; Lingard sah nachdenklich vor sich hin, und die Malaien starrten ausdruckslos ins Leere.
»Aber wir verschwenden unser Pulver unter uns selber«, fuhr Hassim leise fort, »und unsere Waffen werden stumpf, da wir sie im Kampf gegeneinander gebrauchen.«
Er seufzte, schwieg, und dann, einen leichteren Ton anschlagend, begann er Lingard dringlich aufzufordern, Wajo zu besuchen, »um Handel zu treiben und Freunde wiederzusehen«, sagte er, die Hand auf die Brust legend und sich leicht verneigend.
»Ah, ja. Mit Freunden Handel treiben«, rief Lingard lachend. »Denn so ein Schiff« – er vollführte eine umfassende Armbewegung – »so ein Schiff wie dieses ist wie ein Haushalt, in dem eine Menge Menschen leben. Er ist so kostspielig wie Weib und Kinder.«
Die Gäste erhoben sich und nahmen Abschied.
»Du hast für mich drei Schüsse abgefeuert, Panglima Hassim«, sagte Lingard ernsthaft, »und ich habe dafür drei Pulverfässer an Bord deiner Prau bringen lassen, für jeden Schuß eins. Aber wir sind deswegen noch nicht quitt.«

Die Augen des Malaien strahlten vor Freude.
»Das ist wirklich eines Freundes Gabe. Komm und besuche mich in meiner Heimat!«
»Das verspreche ich«, sagte Lingard. »Ich besuche dich irgendwann.«
Die stille Wasserfläche der Bucht spiegelte den herrlichen Nachthimmel, und die Brigg mitsamt der hinter ihr liegenden Prau schien unter den Sternen in einem Frieden zu schweben, der fast unirdisch war in der Vollkommenheit seiner reglosen Stille. An Deck schüttelte man sich noch einmal die Hände, und die Malaien begaben sich auf ihr eigenes Schiff. Am nächsten Morgen, als bald nach Sonnenaufgang eine Brise aufkam, verließen die Brigg und die Prau zusammen die Bucht. Nachdem sie klar von Land waren, setzte Lingard alle Segel und scherte längsseits, um Lebewohl zu sagen, ehe man sich endgültig trennte – denn die Brigg segelte natürlich dreimal so schnell wie die Prau. Hassim stand auf dem hohen Achterdeck.
»Glückliche Reise«, rief Lingard.
»Denk an dein Versprechen!« rief der andere. »Und komme bald – damit nicht das geschehe, was vielleicht geschrieben ist!«
Die Brigg schoß voraus.
»Was?« schrie Lingard verwundert zurück, »was steht geschrieben?«
Er horchte. Und über das Wasser kamen, eben noch vernehmbar, die Worte: »Niemand weiß es!«

III

»Mein Wort! Ich konnte nicht anders, ich mochte den Burschen gern«, pflegte Lingard auszurufen, wenn er die Geschichte erzählte, und er blickte in die Runde der hinter dem Zigarrenrauch glitzernden Augen, dieser Fischdampferjunge aus Brixham, der später auf Kohlentramps und Frachtern fuhr, der dann Goldgräber war und schließlich Eigner und Kapitän der »schönsten Brigg weit und breit« wurde, – und er wußte, daß seine Zuhörer – Seeleute, Handelsleute, Abenteurer wie er selber – jenen Ausruf nicht als den bloßen Ausdruck eines Gefühls auffaßten, sondern als das höchste Lob, das er seinem malaiischen Freunde erteilen konnte.

»Beim Himmel! Ich werde nach Wajo gehen!« rief er, und ein Halbkreis von Köpfen nickte ernst zustimmend, während eine leicht ironische Stimme langsam äußerte: »Na Tom, wenn du diesen Rajah richtig zu nehmen verstehst, dann bist du ein gemachter Mann.«

»Geh doch hin – und sieh zu, wie du fertig wirst«, rief ein anderer lachend.

Ein wenig beruflicher Neid klang da mit, nicht zu verwundern, denn Wajo war den weißen Handelsfahrern infolge seiner unaufhörlichen Wirren verschlossen; aber in der Neckerei dieser Männer, die sich einer nach dem andern erhoben und nach einem Händeschütteln weggingen, war kein Übelwollen. Lingard begab sich unverweilt an Bord seines Schiffs und wanderte bis zum Morgen mit abgemessenen Schritten auf der Poop auf und ab. Rings um ihn blinkten die Ankerlampen der Schiffe; die Lichter am Ufer blinkten reihenweise; über seinem Kopf am schwarzen Himmel blinkten die Sterne, und sie blinkten weit unter seinen Füßen, sich spiegelnd im schwarzen Wasser der Reede. Und alle diese unzähligen schimmernden Punkte verloren sich in der ungeheuren Dunkelheit. Einmal hörte er von weitem das Rasseln der Kette eines Schiffes, das irgendwo außerhalb des Hafengebietes zu Anker ging. Einer, der den Hafen nicht kennt, dachte Lingard, unsereiner wäre gleich in den Hafen eingelaufen. Vielleicht ein Schiff aus der Heimat? Und er fühlte sich sonderbar bewegt bei dem Gedanken an das Schiff, das, müde nach monatelanger Fahrt, nicht wagte, sich dem Platz seiner Ruhe zu nähern. Beim Aufgang der Sonne verließ Lingard die Reede auf dem Wege nach Osten, während das große Schiff aus dem Westen, die Flanken grau vom Salzwasser und mit Roststreifen bedeckt, langsam hereinfuhr, um näher am Ufer vor Anker zu gehen.

Ein heftiges Gewitter tobte im Golf, als Lingard nach einer langen Fahrt und am Ende eines windstillen, schwülen Tages, an dem er sich hilflos in Sicht des Ziels hatte treiben lassen müssen, an die Küste von Wajo gelangte. Mit der für ihn charakteristischen Waghalsigkeit lief er auf den Strand zu, der ihm doch fremd war, in einer Nacht, die jeden anderen abgeschreckt hätte; bei jedem blendenden Blitz sah es aus, als käme Hassims Heimatland der Brigg näher, um sofort wieder zu verschwinden, als ob es sich duckte, zum nächsten Sprung aus undurchdringlicher Finsternis. Während des langen, windstillen Tages hatte er sich von Deck und von oben aus einen guten Überblick über die Küste verschaffen können und sich die Lage des Landes und die gefährlichen Stellen sorgfältig gemerkt; obgleich er genau in dem Augenblick, da er den Befehl zum Ankerfallen gab, einige Zeit nicht weiter sehen konnte, als wenn sein Kopf in eine wollene Decke gewickelt wäre, aber der nächste bläulich flackernde Blitz zeigte ihm, daß die Brigg genau dort zu Anker lag, wo er sie hatte haben wollen: vor einem schmalen weißen Strand bei der Mündung eines Flusses.

Am Ufer konnte er eine Ansammlung von Bambushütten erkennen, hoch auf Pfählen errichtet; einen kleinen Hain hoher Palmen, die sich alle vor dem Sturm neigten wie Grashalme, sodann nahe am Wasser etwas, das aussah wie eine Verschanzung aus zugespitzten Pfählen und, weiter weg, einen düsteren Hintergrund, der einer riesigen Wand glich – die bewaldeten Berge. Einen Augenblick später war alles verschwunden, wie ausgelöscht, und kam, ehe er Zeit fand, sich umzudrehen, mit einem plötzlichen Krachen wieder in Sicht, unverändert und regungslos, im Licht flammender Blitze wie ein sagenhaftes Land der Unsterblichen, das dem Zorn und dem Feuer des Himmels widersteht.

Die Beschaffenheit seines Ankergrundes beunruhigte Lingard, und da er fürchtete, daß die Brigg bei einer der heftigen ablandigen Böen vor dem Anker bleiben könnte, blieb er an Deck, um über die Sicherheit seines Schiffs zu wachen. In einer Hand die Lotleine, die ihn sofort warnte, wenn das Schiff ins Treiben geriet, so stand er an der Reling, die meiste Zeit betäubt und geblendet, aber auch fasziniert von der mehrmals kurz aufleuchtenden Vision eines unbekannten Landes, einer Vision, die sowohl durch den unbestimmten Eindruck von Gefahr wie durch die Hoffnung auf Erfolg das Herz eines wahren Abenteurers unweigerlich höher schlagen ließ. Und der unveränderliche Anblick einer tiefen und stillen Ruhe mitten im flammenden Feuerstrom eines tobenden Aufruhrs ließ das Land unvorstellbar geheimnisvoll und fremdartig erscheinen.

Zwischen den Böen gab es kurze Augenblicke der Windstille, in denen sogar das Donnern aufhörte, als müßten die Stürme Atem holen. In einer dieser Pausen kam es Lingard, der, müde und benommen, nahe daran war im Stehen einzuschlafen, plötzlich so vor, als ob irgendwo unter ihm die See mit menschlicher Stimme gesprochen hätte. »Gelobt sei Gott . . .« hatte sie gesagt, und die Stimme klang dünn, klar und vertrauensvoll wie die Stimme eines Kindes in einem Dom. Lingard fuhr auf und dachte: ›Das hab' ich geträumt‹, als die See ganz dicht bei ihm sagte: »Leine her!«

Der Donner grollte wieder bösartig, und Lingard, nachdem er die Leute an Deck gerufen hatte, spähte hinab ins Wasser, bis er endlich ein längsseits treibendes, aufwärts gewandtes menschliches Gesicht erkennen konnte, dessen Augen ihn schimmernd anstarrten und dann rasch blinzelten vor einem Blitzstrahl. Inzwischen waren alle Männer auf der Brigg fieberhaft dabei, eine Menge Tauenden über Bord zu werfen. Dann taumelte ein Mann, wie von einem Windstoß aufs Deck geweht, über die Reling und fiel wie ein Bündel an Deck. Aber ehe irgend jemand Zeit fand, ihm aufzuhelfen, sprang er auf die Füße, was die Leute um ihn veranlaßte, eiligst zurückzutreten. Ein geisterhaft blauer Blitz zeigte die bestürzten Mienen und die erstarrten Haltungen der vom gleichzeitigen Donner betäubten Männer. Nach einiger Zeit erreichte sie, als wären sie in einen Abgrund ewigen Schweigens versunken, eine seltsam dünne, wie von weither kommende Stimme, die sagte: »Ich suche den weißen Mann.«

»Hier bin ich«, rief Lingard. Dann, als er den Fremden, triefend naß und nackt bis auf ein vollgesogenes Lendentuch, unter der Lampe in seiner Kajüte hatte, sagte er: »Ich weiß nicht, wer du bist.«

»Mein Name ist Jaffir, und ich komme von Pata Hassim, der mein Häuptling und dein Freund ist. Kennst du dies?« Und er hielt einen dicken, mit einem ziemlich großen Smaragd besetzten Goldring hoch.

»Den habe ich früher am Finger des Rajah gesehen«, sagte Lingard, dessen Gesichtsausdruck jetzt sehr ernst war.

»Das ist zum Zeugnis der Wahrheit, die ich spreche. Hassim läßt dir sagen: ›Geh fort und vergiß!‹ «

»Ich vergesse nicht«, sprach Lingard langsam. »Ich bin nicht der Mann, der vergißt. Was ist das für ein Unsinn?«

Es ist nicht nötig, ausführlich die ganze Geschichte zu erzählen, die Jaffir berichtete. Es scheint, daß Hassim, als er nach seiner Begegnung mit Lingard heimkehrte, seinen Verwandten im Sterben fand und eine starke Partei, die sich dem rechtmäßigen

Nachfolger zu widersetzen entschlossen war. Der alte Rajah starb spät in der Nacht, und – wie Jaffir sich ausdrückte – schon vor Aufgang der Sonne war es auf dem Hof des Palastes des Herrschers zum Austausch von Schlägen gekommen. Dieser Kampf war das Vorspiel zu einem Bürgerkrieg, der von ausländischen Intrigen gefördert wurde; ein Krieg, der sich in Dschungel und Fluß, in Angriffen auf Palisaden und in waldversteckten Hinterhalten abspielte. In diesem Kampf bewiesen beide Parteien – Jaffir zufolge – großen Mut, und eine von ihnen zeigte sich der Sache, die eigentlich von vorneherein verloren war, bedingungslos verschworen. Noch ehe ein Monat vergangen war, war Hassim, obgleich noch Anführer einer bewaffneten Schar, ein Flüchtling. Indessen kämpfte er weiter, in der unbestimmten Hoffnung, daß Lingard kommen und das Geschick wenden würde.
»Wochenlang lebten wir von wildem Reis; seit Tagen haben wir gekämpft mit nichts als Wasser in unseren Bäuchen«, deklamierte Jaffir im Tone eines wahren Feuerschluckers.
Und dann fuhr er fort zu berichten, wie Hassim, mit einer kleinen Schar von Gefolgsleuten, allmählich zur See hinabgedrängt, seit einigen Tagen die Verschanzung am Ufer hielt.
»Aber jede Nacht verschwanden einige Männer«, gestand Jaffir. »Sie waren müde und hungrig und sie gingen, um mit den Feinden zu essen. Wir sind jetzt nur noch zehn – zehn Männer und eine Frau, die das Herz eines Mannes hat. Diese Nacht haben wir nichts mehr zu essen, und morgen werden wir schnell sterben. Wir haben den ganzen Tag dein Schiff von fern gesehen; aber du bist zu spät gekommen. Und da er einen Hinterhalt befürchtete, und damit dir – seinem Freund – kein Schaden geschehe, gab mir der Rajah den Ring, und ich kroch auf dem Bauche über den Strand, und ich schwamm in die Nacht hinaus – und ich, Jaffir, der beste Schwimmer in Wajo und Hassims Sklave, ich sage dir – seine Botschaft lautet: ›Reise ab und vergiß‹ – und das ist sein Geschenk – nimm!«
Er bekam plötzlich Lingards Hand zu fassen und stieß ungeschickt den Ring hinein, und dann sah er sich zum erstenmal mit staunenden, aber furchtlosen Augen in der Kajüte um. Sein Blick verweilte auf den halbkreisförmig angeordneten Bajonetten und blieb verlangend an den Gewehrständern haften. Er grunzte bewundernd.

»*Ya-wa,* das ist Kraft!« murmelte er, als spräche er mit sich selbst. »Aber sie ist zu spät gekommen.«
»Vielleicht nicht«, rief Lingard.
»Zu spät«, sagte Jaffir, »wir sind nur zehn und bei Sonnenaufgang machen wir einen Ausfall und sterben.« Er ging zur Kajütentür und zögerte dort mit verlegener Miene, da er nicht an Schlösser und Türklinken gewöhnt war.
»Was wirst du nun tun?« fragte Lingard.
»Ich werde zurückschwimmen«, erwiderte Jaffir. »Die Botschaft ist ausgerichtet, und die Nacht kann nicht ewig dauern.«
»Du kannst bei mir bleiben«, sagte Lingard und sah den Mann mit forschendem Blick an.
»Hassim wartet«, war die kurze Antwort.
»Hat er dir befohlen zurückzukehren?« fragte Lingard.
»Nein! Wozu sollte er mir's befehlen?« erwiderte der andere verwundert.
Lingard ergriff erregt seine Hand. »Wenn ich nur zehn Männer wie dich hätte!« rief er.
»Wir sind zehn, aber sie sind zwanzig gegen einen«, sagte Jaffir einfach.
Lingard öffnete die Tür. »Brauchst du etwas, was ein Mensch dir geben kann?« fragte er.
Der Malaie zauderte einen Augenblick, und Lingard bemerkte, wie eingesunken die Augen waren, wie die Rippen heraustraten, und wie erschöpft der Mann aussah.
»Sprich nur«, redete er ihm lächelnd zu. »Wer ein Geschenk bringt, verdient eine Belohnung.«
»Einen Trunk Wasser und eine Handvoll Reis, um Kraft zu sammeln, damit ich das Ufer erreiche«, sagte Jaffir herzhaft. »Denn da drüben«, er deutete mit dem Kopf – »hatten wir heute noch nichts zu essen.«
»Das sollst du haben – ich werde es dir mit eigenen Händen geben«, murmelte Lingard.
Das tat er denn auch und sank dadurch für eine Weile in Jaffirs Achtung. Während der Bote, auf dem Fußboden kauernd, ohne Hast und mit beträchtlichem Ernst aß, dachte sich Lingard eine Aktion aus. Da ihm der wirkliche Stand der Dinge in dem Land unbekannt war, konnte er vernünftiger Weise nichts anderes unternehmen, als Hassim aus der unmittelbaren Gefahr befreien. Zu diesem Zweck schlug Lingard vor, das Großboot

auszusetzen und es dicht unter Land zu schicken, um Hassim und seine Leute abzuholen. Er kannte die Malaien genug, um sicher zu sein, daß die Belagerer in solch einer Nacht angesichts des sicheren Erfolgs und überdies, wie Jaffir sagte, im Besitze von allem, was schwimmen konnte, nicht sehr wachsam sein würden, besonders nicht an der Seefront vor der Palisade. Die Tatsache, daß es Jaffir gelungen war, unentdeckt davonzuschwimmen, bewies das zur Genüge. Das Boot der Brigg konnte sich, wenn das Blitzen nachließ, ungesehen dem Strande nähern, und die Besiegten konnten dann, entweder sich einzeln wegstehlend oder alle zusammen in plötzlichem Ausfall, das Boot erreichen, einsteigen und an Bord der Brigg kommen.
Der Plan wurde Jaffir erklärt, der ihn ohne das leiseste Zeichen des Interesses anhörte, da er offenbar zu sehr mit dem Essen beschäftigt war. Als das letzte Reiskorn vertilgt war, stand er auf, tat einen langen Zug aus der Wasserflasche und murmelte: »Ich höre. Gut. Ich werde es Hassim sagen«, und indem er das Lendentuch fester schürzte, schickte er sich an zu gehen. »Gib mir Zeit, ans Ufer zu schwimmen«, sagte er, »und wenn das Boot abfährt, setze noch ein Licht neben das eine, das jetzt wie ein Stern über deinem Schiff brennt. Wir werden es sehen und verstehen. Und schicke das Boot erst dann, wenn das Blitzen nachläßt: ein Boot ist im Wasser größer als ein Mann. Sage den Ruderern, sie sollen sich nach dem Palmenhain richten und stoppen, wenn ein Riemen, mit starkem Arm hinabgestoßen, den Grund berührt. Sehr bald wirst du dann unseren Zuruf hören; aber wenn niemand kommt, müssen sie fort sein, ehe der Morgen graut. Ein Häuptling mag vielleicht den Tod dem Leben vorziehen, und wir, die wir noch übrig sind, sind ihm alle treu. Verstehst du das, o großer Mann?«
»Der Bursche hat recht viel Verstand«, murmelte Lingard für sich, und als sie nebeneinander an Deck standen, sagte er: »Aber es können Feinde auf dem Strand sein, o Jaffir, und auch sie mögen rufen, um meine Leute zu täuschen. Laßt euren Ruf also *Lightning!* sein. Wirst du das behalten?«
Zuerst schien Jaffir an dem Wort zu ersticken.
»Leit-ing? Ist das richtig? Sage – ist das richtig, o du Starker?«
Im nächsten Augenblick erschien er aufrecht und wie ein Schatten auf der Reling.
»Ja. So ist's richtig. Los jetzt«, sagte Lingard. Jaffir sprang ab und wurde unsichtbar, lange ehe er das Wasser berührte. Dann

hörte man es aufspritzen; nach einer Weile vernahm man von weitem eine Stimme, die den Ruf heraussprudelte: »Leit-ing! Ah ha!« Und gleich darauf brach abermals ein Gewitter über der Küste aus. Wieder sah Lingard bei dem Licht der krachenden Flammen das Land, wie eine kurze Vision, den weißen Strand, die sich beugenden Palmen des Hains, die Palisade am Wasser, den weit entfernten Wald: eine weite Landschaft, geheimnisvoll und still – Hassims Heimatland, das unbewegt unter dem zornigen Feuer des Himmels schlief.

IV

Ein Reisender, der heute Wajo besucht, kann, wenn er das Vertrauen der Leute aus dem Volk erwirbt, den Bericht von dem letzten Bürgerkrieg zu hören bekommen, wie das Volk ihn zu erzählen pflegt, zugleich mit der Sage von einem Häuptling und seiner Schwester, deren Mutter eine große Fürstin gewesen war. Diese Fürstin war der Zauberei verdächtig und hatte auf dem Sterbebett den beiden die Geheimnisse der Kunst des Zauberns anvertraut. Besonders die Schwester des Häuptlings, »die wie ein Kind aussah und so furchtlos war wie ein großer Krieger«, erwarb sich Geschicklichkeit im Zaubern. Sie wurden von dem Sohn ihres Oheims besiegt, denn – wie der Erzähler schlicht erklärte: »Wir Leute von Wajo sind so tapfer, daß Zauberei nichts gegen uns ausrichten kann. Ich habe in diesem Krieg gekämpft. Wir hatten sie bis an den Rand des Meeres gedrängt.« Und dann wird er in scheuem Ton erzählen, wie in einer gewissen Nacht, »als ein Gewittersturm herrschte, wie man ihn weder vorher noch nachher je erlebt hat«, ein Schiff, das aussah wie die Schiffe der Weißen, vor der Küste erschien, »als ob es aus den Wolken herabgesegelt wäre. Es fuhr«, wird er versichern, »mit gebauschten Segeln gegen den Wind, es war so groß wie eine Insel; zwischen seinen Masten, die so hoch waren wie die Gipfel der Berge, spielten die Blitze; über dem Schiff brannte zwischen den tiefhängenden Wolken ein Stern. Wir erkannten sogleich, daß es ein Stern war, denn keine von Menschen entzündete Flamme hätte den Regen und den Wind in dieser Nacht ausgehalten. Es war eine Nacht, daß wir auf Wache kaum wagten, auf die See hinauszuschauen. Der schwere Regen schlug uns die Augenlider nieder. Und als der

Tag kam, da war das Schiff nirgends zu sehen, und in der Umschanzung, wo am Tag vorher noch an die hundert oder mehr Menschen uns ausgeliefert waren, befand sich niemand. Der Häuptling Hassim war fort, und ebenso das Mädchen, das eine Prinzessin im Lande war, und bis zum heutigen Tage weiß niemand, was aus ihnen geworden ist. Manchmal erzählen Händler aus unserer Gegend, sie hätten da von ihnen gehört, aber das sind die Lügen von Männern, die des Gewinnes halber weite Reisen machen. Wir, die wir hier im Lande leben, glauben, daß das Schiff zurück in die Wolken segelte, woher die Zauberei der Prinzessin es hatte kommen lassen. Haben wir das Schiff nicht mit eigenen Augen gesehen? Und was den Rajah Hassim und seine Schwester, die Mas Immada, angeht, so sagen einige dies, und andere sagen das, aber Gott allein kennt die Wahrheit.«

So lautet der Bericht von Lingards Besuch an der Küste von Boni, wie er im Volke erzählt wird. Und die Wahrheit ist, daß er in derselben Nacht davonfuhr, in der er kam; denn als die Dämmerung an einem wolkigen Himmel aufzog, stürmte die Brigg mit gerefften Segeln und vom Gischt umsprüht südwärts zum Golf hinaus. Lingard, der die schnelle Fahrt seines Fahrzeugs überwachte, blickte mit besorgten Augen voraus, und mehr als einmal fragte er sich verwundert, warum er das Schiff so hart preßte und alle Segel stehen ließ, die es hatte. Im Winde flatterte sein Haar, sein Gemüt war voller Besorgnis und der undeutlichen Formen neuer Gedanken, und unter seinen Füßen spürte er, wie die Brigg in ihrem Gehorsam ungestüm in der aufgewühlten See vorwärtsstürmte.

Ihr Eigner und Führer wußte nicht, wohin er segelte. Dieser Abenteurer hatte nur eine wirre Vorstellung davon, daß er an der Schwelle eines großen Abenteuers stand. Irgend etwas mußte getan werden, und er hatte das Gefühl, daß er es würde tun müssen. Es wurde von ihm erwartet. Das Meer erwartete es; das Land erwartete es. Auch die Menschen. Die Geschichte von Krieg und Leiden, Jaffirs unwandelbare Treue, Hassims und seiner Schwester Anblick, die Nacht, der Sturm, die Küste unter den Feuerströmen – alles das war ein einstimmiges Zeugnis dafür, daß er zum Handeln aufgerufen war. Was ihn aber am stärksten ansprach, das war das stillschweigende Vertrauen dieser Menschen, das weder Fragen stellte noch sich neugierig erwies. Sie waren sozusagen unmittelbar vom Tod in seine Arme gestürzt und verblieben dort so still, als wenn es keinerlei Zweifel oder Hoffnung oder Begehren gegeben hätte. Diese erstaunliche Gelassenheit schien ihm eine schwere Last der Verantwortung aufzuerlegen.

Er machte sich selbst begreiflich, daß diese Besiegten, hätten sie nicht alles von ihm erwartet, seine Handlungsweise nicht so gleichmütig hätten hinnehmen können. Ihre stumme Ruhe regte ihn mehr auf als die heftigsten Bitten. Nicht ein Wort, nicht ein Geflüster, nicht einmal ein fragender Blick! Sie fragten gar nicht! Das schmeichelte ihm. Er war auch deswegen ziemlich froh, weil er selbst, auch wenn das Unbewußte in ihm sich vollkommen klar darüber war, was zu tun sei, nicht recht wußte, was er mit diesen wundgeschlagenen und erschöpften Wesen anfangen sollte, die ihm ein launisches Schicksal plötzlich in die Hände geliefert hatte.

Er hatte die Flüchtlinge persönlich empfangen und einigen über die Reling geholfen; in der von Blitzen zeitweilig erhellten Dunkelheit hatte er erraten, daß nicht einer von ihnen unverwundet war, und inmitten der hinfälligen Gestalten hatte er sich gefragt, wie in aller Welt sie es fertiggebracht hatten, das Großboot zu erreichen, das sie abgeholt hatte. Die kleinste dieser Gestalten nahm er unbedenklich auf die Arme und trug sie in die Kabine und lief wieder, ohne sich nach seiner leichten Last umzusehen, an Deck, um die Brigg in Fahrt zu bringen. Während er seine Befehle in die Finsternis schrie, spürte er undeutlich, daß jemand dicht an seinem Ellbogen war. Es war Hassim.

»Ich kann jetzt nicht Krieg führen«, erklärte er hastig über die Schulter weg, »und morgen haben wir vielleicht keinen Wind.« Dann vergaß er in der Tat für eine Weile jeden und alles, während er die Brigg durch die paar gefährlichen Außensände lotste. Aber binnen einer halben Stunde kam er mit achterlichem Wind endgültig von der Küste klar und atmete auf. Erst dann näherte er sich zwei Menschen, die auf der Poop standen, dort, wo er in schwierigen Augenblicken sich allein mit seinem Schiff zu beraten pflegte. Hassim hatte seine Schwester aus der Kajüte gerufen; ab und zu konnte Lingard sie beide in greller Deutlichkeit sehen, wie sie da Seite an Seite standen, Arm in Arm, und in Richtung des geheimnisvollen Landes blickten, das mit jedem Blitz in weitere Ferne von der Brigg zu entrücken schien – unversehrt und allmählich verschwindend.

Lingards dringlichster Gedanke war: ›Was in aller Welt soll ich mit ihnen anfangen?‹ Und keiner schien sich darum zu kümmern, was er tun würde. Jaffir hockte mit acht anderen auf der Großluke, sie besahen einander die Wunden, wobei sie unaufhörlich leise schwatzten, vergnügt und ruhig, wie wohlerzogene Kinder. Ein jeder hatte seinen Kris mitgebracht, aber Lingard hatte baumwollene Tücher aus seinem Handelsgut an sie verteilen lassen müssen. Jedesmal, wenn er an ihnen vorbeiging, sahen sie ihm mit ernsten Mienen nach. Hassim und Immada wohnten in der Kajüte. Die Schwester des Häuptlings kam nur abends heraus, um Luft zu schöpfen, und jede Nacht konnte man die beiden hören, wie sie unsichtbar in den Schatten des Achterdecks leise miteinander sprachen. Alle Malaien an Bord hielten sich respektvoll fern von ihnen.

Lingard, auf der Poop, hörte den beiden Stimmen zu, die sich in melancholischem Tonfall hoben und senkten; manchmal schrie das Mädchen auf wie vor Zorn oder vor Schmerz. Dann hielt er im Hinundhergehen inne. In der nächtlichen Stille glaubte er etwas wie einen tiefen Seufzer zu vernehmen, der zu ihm empordrang. Unverhüllt umgaben die Sterne die dahinziehende Brigg, und von allen Seiten fiel ihr Licht durch eine ungeheure Stille auf eine See, von der kein Laut zu hören war. Lingard nahm sein Hinundherwandern wieder auf und flüsterte mit sich selbst: »Belarab, das ist der Mann für dies Unternehmen. Sein Ort ist der einzige, von dem ich mir Hilfe holen kann, aber ich glaube, ich kenne mich da nicht genug aus, um ihn zu finden. Ich wünschte, der alte Jörgenson wäre hier – und wenn's nur für zehn Minuten wäre.«

Dieser Jörgenson wußte Dinge, die vor langer Zeit passiert waren, und er lebte unter Menschen, die mit den Zufällen, wie sie jeder Tag mit sich brachte, recht gut fertig zu werden verstanden, aber keinen Gedanken an das Morgen verschwendeten und keine Zeit fanden, sich an das Gestern zu erinnern. Genaugenommen, lebte er eigentlich nicht unter ihnen: er erschien unter ihnen nur von Zeit zu Zeit. Er lebte im Eingeborenenviertel mit einer Eingeborenen zusammen, in einer Hütte, die mitten auf einem eingezäunten, mit Pisang-Bäumen bewachsenen Grundstück stand; in dieser Hütte befanden sich nur einige Matten, Kochtöpfe, ein sonderbares Fischernetz auf zwei Stangen und ein Mahagoni-Kästchen mit einem Schloß

und einer silbernen Platte, auf der die Worte eingraviert waren: ›Kapitän H. C. Jörgenson. Bark *Wild Rose*‹.
Es war wie die Inschrift auf einem Grabstein. Die *Wild Rose* war tot, und Kapitän H. C. Jörgenson war es auch, und der Sextanten-Kasten war alles, was von ihnen übriggeblieben war. Der alte Jörgenson, hager und stumm, tauchte meistens zu den Mahlzeiten irgendeines Frachtschiffes auf der Reede auf, und die Stewards – Chinesen oder Mulatten – legten mit mürrischer Miene, ohne erst auf Anordnungen zu warten, ein Gedeck mehr auf. Wenn die seefahrenden Händler sich auf einer erleuchteten Veranda lärmend um einen Haufen glitzernder Flaschen und Gläser versammelten, erschien der alte Jörgenson, gleichsam einem schwarzen Meere entstiegen, auf der Verandatreppe und trank mit einer Art zittriger Aufgeräumtheit das erste beste Glas, das er greifen konnte, aus, mit den Worten: »Auf euer aller Wohl! Nein danke, keinen Stuhl.«
Er stand dann schweigend bei der schwatzenden Gruppe. Seine Schweigsamkeit war so beredsam wie der wiederholte Warnspruch des Sklaven bei einem Festmahl. Sein Leib war den Weg alles Fleisches gegangen, sein Geist war in dem Strudel seiner Vergangenheit versunken, aber die hochgewachsene und knochige Gestalt hatte alles überlebt, als wäre sie aus Eisen. Seine Hände zitterten, aber seine Augen blickten stetig. Es hieß, daß er genau Bescheid wüßte über das Ende geheimnisumwitterter Männer und Unternehmungen. Er selbst war offenbar gescheitert, aber man glaubte, er wisse Geheimnisse, die jeden anderen zu einem vermögenden Mann gemacht hätten; doch stand man allgemein unter dem Eindruck, daß sein Wissen nicht von der Art war, die einen einigermaßen vorsichtigen Menschen hätte verlocken können.
Dieses mächtige Skelett, in einen verblichenen Serge-Anzug gekleidet – Wäsche trug er nicht – existierte auf irgendeine Weise. Zuweilen, wenn sich eine Gelegenheit bot, lotste Jörgenson ein zur Heimat fahrendes Schiff durch die Straße von Rhio, nicht ohne dem Kapitän versichert zu haben: »Einen Lotsen brauchen Sie nicht; da kann einer mit verbundenen Augen durchfahren. Aber wenn Sie mich brauchen, komm' ich. Zehn Dollar.«
Dann, wenn das Schiff unter seiner Führung von der letzten Insel der Gruppe klargekommen war, fuhr er dreißig Meilen in einem Kanu zurück, mit zwei alten Malaien, die so etwas wie

seine Gefolgsleute zu sein schienen. Dreißig Meilen auf offener See unter der äquatorialen Sonne zu fahren, noch dazu in einem alten Kanu, in dem man sich nicht rühren darf, wenn man erst einmal drinsitzt, das ist eine Leistung, die die Ausdauer eines Fakirs und die Widerstandsfähigkeit eines Salamanders beansprucht. Zehn Dollar war ein geringer Preis, und im allgemeinen wurde Jörgenson oft verlangt. Waren die Zeiten schlecht, borgte er sich wohl von einem der Abenteurer fünf Dollar und bemerkte dazu: »Ich kann's Ihnen so sehr bald nicht zurückgeben, aber das Mädchen muß essen, und wenn Sie irgendwas wissen wollen, wenden Sie sich an mich.«

Bemerkenswerterweise fiel es niemandem ein, über dieses ›irgendwas‹ zu lächeln. Meistens erwiderte der Betreffende etwas wie: »Vielen Dank, alter Freund. Wenn ich dringend so eine kleine Information brauche, komm' ich zu Ihnen.« Darauf nickte Jörgenson und sagte: »Denken Sie dran, wenn ihr jungen Burschen nicht so seid wie wir Alten, dann wäre das, was ich euch erzählen könnte, für euch schlimmer als Gift.«

Von Jörgenson, der einigen Begünstigten gegenüber weniger schweigsam war, hatte Lingard vom ›Darat-es-Salam‹, vom ›Gestade der Zuflucht‹ erzählen hören. Jörgenson hatte, wie er sich ausdrückte, »das Innere des Landes gekannt, gleich nach der schönen guten Zeit, als die weißgekleideten Padris predigend und kämpfend durch Sumatra zogen, bis den Holländern das Herz in die Schuhe sank«. Er sagte allerdings nicht ›Herz‹ und ›Schuhe‹, aber diese Worte geben deutlich genug seine verachtungsvolle Meinung wieder, Lingard versuchte, sich jetzt zu erinnern und die Bruchstücke aus den erstaunlichen Erzählungen des alten Jörgenson zusammenzusetzen; aber ihm war nichts verblieben als eine nur undeutliche Vorstellung von der Lage jener Küste und eine um so stärkere, aber wirre Erinnerung daran, wie gefährlich es war, sich ihr zu nähern. Er zögerte, und die Brigg, auf die Gemütsbewegungen des Menschen reagierend, fuhr langsamer und schien ebenfalls unschlüssig wie in einer Windstille hin und her zu treiben.

Infolge dieses Zögerns sichtete ein großes New Yorker Schiff, das mit einer Ladung Petroleum in Kanistern für Japan die Meerenge von Billiton passierte, eines Morgens eine sehr schmucke Brigg, die beigedreht etwas östlich von Karimata in seinem Fahrwasser lag. Der hagere Kapitän, in einem Gehrock, und der schnauzbärtige, große Erste meinten, sie sei eigentlich zu hübsch für ein britisches Schiff, und wunderten sich, daß der Mann an Bord aus keinem erkennbaren Grund sein Marssegel festgemacht hatte. Das große Schiff segelte bei der leichten Brise mit oben vollstehenden Segeln vorüber, und als die Brigg weit achtern gerade noch zu erkennen war, hatte sie ihre Großrahe immer noch backgebraßt, als ob sie auf jemanden wartete. Als aber am nächsten Tag ein Londoner Tee-Clipper auf derselben Route vorbeikam, war keine hübsche Brigg mehr zu sehen, die weiß und still und unentschlossen am Scheidewege lag. Die ganze Nacht, während über ihren Köpfen die Sterne von Ost nach West wanderten wie ein riesiger Funkenstrom, hatten Lingard und Hassim miteinander geredet, in Gegenwart Immadas, die zuweilen einen leisen Ausruf hören ließ, zuweilen den Atem anhielt. Einmal schlug sie die Hände zusammen. Schließlich begann es schwach zu dämmern.

»Du wirst in meinem Lande behandelt werden, als wärst du mein Vater«, sagte Hassim gerade. Aus der Takelage tropfte es schwer von Tau, und die verdunkelten Segel erschienen schwarz vor dem blassen Azurblau des Himmels. »Du wirst der Vater sein, der immer zum Guten rät...«

»Ich werde ein zuverlässiger Freund sein und als Freund möchte ich behandelt werden – mehr nicht«, sagte Lingard. »Nimm deinen Ring zurück.«

»Warum verschmähst du mein Geschenk?« fragte Hassim mit einem traurigen und ironischen Lächeln.

»Nimm ihn«, sagte Lingard. »Aber er ist noch mein. Wie kann ich vergessen, daß du im Angesicht des Todes an meine Sicherheit gedacht hast? Wir haben noch viele Gefahren vor uns. Wir werden oft getrennt sein – um besser für das gemeinsame Ziel arbeiten zu können. Wenn du und Immada jemals Hilfe braucht und ich erreichbar bin, schicke mit diesem Ring eine Botschaft, und wenn ich am Leben bin, werde ich euch nicht im Stich lassen.« Er sah sich nach der bleichen Morgendämmerung um. »Ich werde mit Belarab offen sprechen – so wie wir Weißen gewöhnt sind. Ich habe ihn nie gesehen, aber ich bin ein starker Mann. Belarab muß uns helfen, dein Land wieder zu erobern, und wenn wir unser Ziel erreicht haben, werde ich schon dafür sorgen, daß er euch nicht verschlingt.«

Hassim nahm den Ring und neigte den Kopf.

»Es ist Zeit, daß wir aufbrechen«, sagte Lingard. Er spürte ein leises Ziehen an seinem Ärmel. Er blickte sich um und sah gerade, wie Immada ihre Stirn auf den grauen Flanellstoff drückte. »O Kind, nicht doch!« sagte er sanft.

Über dem Gestade der Zuflucht, über seiner blaßblauen Kimmlinie stieg die Sonne auf.

Das Zögern war vorbei. Mann und Schiff, in Eintracht zusammenwirkend, hatten den Weg zu dem fernen blauen Gestade gefunden. Ehe die Sonne halbwegs zu ihrer Ruhe niedergestiegen war, ankerte die Brigg einen Büchsenschuß weit vor den schlammigen Mangroven, an einer Stelle, wo hundert Jahre oder mehr kein weißer Mann seinem Schiff zugetraut hätte, einen haltbaren Ankergrund zu finden. Die Abenteurer vor zwei Jahrhunderten hatten ohne Zweifel diesen Ankergrund gekannt, denn sie waren sehr unwissend und unglaublich waghalsig. Wenn es wahr ist, wie einige sagen, daß die Geister der Toten dort umgehen, wo die Lebenden gesündigt und sich abgeplackt haben, dann mochten sie wohl ein weißes Großboot sehen, von acht Riemen gerudert und von einem sonnenverbrannten und bärtigen Mann gesteuert, der einen Hut aus Kohlblättern auf dem Kopf und Pistolen im Gürtel trug und den schwarzen, von Wurzelgeschlingen starrenden Schlick entlangfuhr, auf der Suche nach einer zugänglichen Öffnung. An einem Wasserlauf nach dem anderen fuhren sie vorbei, und das Boot kroch langsam weiter, wie eine riesige Wasserspinne mit einem dicken Leib und acht dünnen Beinen ... Habt ihr, Schatten der vergessenen Abenteurer, die ihr einst in Lederwämsern und unter Stahlhelmen schwitzend mit euren langen Stoßdegen die Verschanzungen der fremdartigen Heiden bestürmtet oder, die Muskete auf der Schulter und den Zündstock im Hahn, Blockhäuser bewachtet am Ufer von Flüssen, die guten Handel versprachen, – habt ihr dem Abenteurer von gestern aus euren Geisteraugen zugesehen, wie er nach einer Einfahrt im Dschungel suchte? Ihr, die ihr, müde des mühseligen Kämpfens, in Friesmäntel gehüllt im Sande stiller Buchten schlummert, von sagenhaften Diamanten träumend und der fernen Heimat.

»Hier ist eine Einfahrt«, sagte Lingard zu Hassim, der an seiner Seite saß, als eben die Sonne zu seiner Linken unterging. »Hier ist eine Einfahrt, groß genug für ein Schiff. Ich glaube überhaupt, das ist die Einfahrt, die wir suchen. Wir werden, wenn nötig, die ganze Nacht diesen Fluß hinaufrudern, und es müßte mit dem Teufel zugehen, wenn wir nicht noch vor Tagesanbruch Belarabs Lager erreichten.«

Er legte das Ruder hart über, und das Boot verschwand mit einer scharfen Wendung von der Küste.

Und vielleicht nickten die Geister der alten Abenteurer bedächtig mit ihren Geisterköpfen und lächelten einander gedankenvoll zu.

V

»Was ist denn seit einiger Zeit mit König Tom los?« so fragte wohl einer der Handelsleute, die sich in ihren Stühlen zurücklehnten, um sich von einem scharfen Spiel auszuruhen, während die Karten auf einem Haufen auf dem Tisch herumlagen.

»Tom hat gelernt, den Mund zu halten, er muß was verdammt Gutes vorhaben, 'ne Sache, die was einbringt«, meinte ein anderer, während ein Mann mit einer Hakennase und von deutscher Herkunft, der, wie es hieß, Vertreter einer holländischen Töpferwaren-Firma war – die berühmte ›Sphinx‹-Marke – voller Abneigung und mit hartem Akzent einwarf: »Kümmern Sie sich doch nicht um den, meine Herrn, der ist doch verrückt, verrückt wie'n Märzhase. Vor drei Monaten komm' ich auf seine Brigg, will 'n Geschäft mit ihm machen. Und da sagt er: ›Machen Se, daß Se rauskommen.‹ – ›Wieso?‹ sag' ich. ›Machen Se daß Se rauskommen, eh ich Sie über Bord schmeiße.‹ Gottverdammich! Is das 'ne Art, über Geschäfte zu sprechen? Ich wollte ihm 'n kleines Kistchen erstklassiges Geschirr verkaufen und ...«

»Haha! Das kann ich Tom nicht verdenken«, unterbrach ihn der Eigentümer eines Perlfischer-Schoners, der auf Reede gekommen war, um sich zu verproviantieren. »Na, mein lieber Moses, in ganz Neu-Guinea gibt es keinen dreckigen Kannibalen mehr, der nicht 'ne Tasse und Untertasse aus Ihrem Laden hat. Sie haben doch den Markt überschwemmt mit Ihrem Zeug!«

Jörgenson stand dabei, ein Skelett am Spieltisch.

»Weil Sie ein holländischer Spion sind«, sagte er plötzlich mit feierlicher Stimme.

Der Vertreter der Sphinx-Marke sprang in plötzlicher Wut auf.
»Was, was? Meine Herren, Sie alle kennen mich!« In den Gesichtern ringsum regte sich kein Muskel. »Kennen mich«, stammelte er mit feuchten Lippen. »Was, fünf Jahre – kennen mich gut genug – Geschirr – verfluchte Schwindler. Ich? Ein Spion? Verdammte Hausierer, ihr Engländer!«
Er schlug die Tür hinter sich zu. »Also so ist das«, ließ sich die Stimme eines Amerikaners mit Neu-England-Akzent vernehmen. »Warum knallt ihr ihn denn nicht übern Haufen?«
»Ach, das geht doch hier nicht«, murrte einer der Spieler. »Sie sind dran, Trench, wollen mal weiterspielen.«
»Geht nicht?« sprach die schleppende Stimme des Amerikaners. »Ihr glaubt an Gesetze, an Gerichte, an Parlamente, ihr Söhne Belials. Geht nicht? Na, seht mal her, diese Colt-Pistolen, die ich verkaufe...« Er nahm den Perlenfischer beiseite, und man hörte ihn in der Ecke ernstlich auf den anderen einreden. »Da, sehen Sie – Sie laden – und – verstehn Sie?« Es gab ein rasches Klicken. »Ganz einfach, nicht wahr? Und wenn irgendwas schiefgeht – mit Ihren Tauchern zum Beispiel – klick, klick, klick – durch und durch – wie ein Sieb – damit können Sie garantiert jedem Nigger auch die frechste Aufsässigkeit austreiben. Jawoll, mein Herr! Sie können sie in Verpackungen von vierundzwanzig Stück oder einzeln haben – ganz wie Sie wollen. Nein? Oder Flinten – Gewehre? Nein! Na ja, mit Ihnen ist kein Geschäft zu machen, aber mit diesem Tom – wie nennt ihr ihn? Wo kann man ihn erwischen? Überall – wie? Na, – das ist so gut wie nirgends. Aber eines Tags werde ich ihn schon finden – jawoll, mein Herr.«
Jörgenson, völlig unbeachtet, blickte träumerisch hinab auf die fallenden Karten. »Spion – sag' ich euch«, murmelte er in sich hinein. »Wenn ihr etwas wissen wollt, fragt mich nur.«
Als Lingard – nach ungewöhnlich langer Abwesenheit – von Wajo zurückkam, fiel jedermann eine große Veränderung an ihm auf. Er war weniger redselig und nicht mehr lärmend, er war immer noch gastfrei, aber er lud nicht mehr jeden Beliebigen ein, und der Mann, der am glücklichsten war, wenn er mit einem halben Dutzend gleichgesinnter Männer die wildesten, unmöglichsten Projekte schmieden konnte, zeigte sich jetzt oft abgeneigt, selbst mit seinen besten Freunden zusammenzukommen. Mit einem Wort, er kehrte nicht als der gute Kamerad

zurück, als der er abgereist war. Er besuchte die Straits Settlements nicht weniger oft als früher, hielt sich aber nicht mehr so lange auf, und wenn er da war, hatte er es jetzt jedesmal eilig, wieder wegzukommen.
Zwei Jahre lang hatte die Brigg es so schwer im Leben wie ihr Kommandant. Flink und schmuck flitzte sie zwischen den Inseln wenig bekannter Gruppen hin und her. Man konnte sie fern von einsamen Landspitzen erkennen, einen weißen Fleck, der rasch über die blaue See fuhr; die schläfrigen Wächter der wenigen Leuchttürme auf der großen Route zum Osten kannten allmählich den Schnitt ihrer Marssegel. Sie sahen sie kommen und gehen, mit Ostkurs, mit Westkurs. Sie gewahrten ihren undeutlichen Umriß, wie sie mit schrägen Masten hinter dem schleierigen Vorhang einer Regenbö dahinflog, oder sie konnten sie mit Muße betrachten, wie sie, aufrecht und mit killenden Segeln, sich einen ganzen Tag lang durch unstete Winde hindurcharbeitete. Man sah sie in der Bucht von Bengalen mit einem schweren Monsun im Kampfe liegen, man sah sie in der Java-See von einer Flaute festgehalten. Oder man sah sie plötzlich hinter einem Landvorsprung hervorgleiten, anmutig und still im klaren Mondlicht. Man unterhielt sich aufgeregt, aber mit halber Stimme über ihre Fahrten und unterbrach sich, wenn der Kapitän erschien.
»Da ist er. Gestern abend eingelaufen«, flüsterte die geschwätzige Gruppe. Lingard sah nichts von den verstohlenen Blicken, die ihm mit einem von Ironie gezügelten Respekt nachblickten; er nickte nur und ging vorbei. »He, Tom! Keine Zeit, was zu trinken?« rief wohl der oder jener. Er schüttelte den Kopf, ohne sich umzuschauen – und war schon weit fort.
Einen Tag lang oder zwei konnte man seine kräftige, breitschultrige Gestalt sehen, wie sie aus verstaubten *Gharries* stieg, im Sonnenschein zu Fuß von der Occidental Bank zum Hafenamt ging, die Esplanade kreuzte, in einer von chinesischen Läden besetzten Straße verschwand, während, ihm zur Seite und ebenso hochgewachsen wie er, der alte Jörgenson schritt, mager und verschlissen, hartnäckig und unbeachtet, wie ein Gespenst, das aus der Vergangenheit herbeigeistert, um wieder am Leben der Menschen teilzunehmen.
Lingard schenkte diesem Wrack von einem Abenteurer, das sich enger als sein Schatten an ihn heftete, keine Beachtung, und der andere versuchte auch gar nicht, seine Aufmerksam-

keit auf sich zu lenken. Er wartete geduldig vor den Türen der Büros; um die Mittagszeit verschwand er meistens, tauchte aber gegen Abend unweigerlich wieder auf, und dann blieb er hartnäckig bei ihm, bis Lingard sich zur Nachtruhe an Bord seines Schiffes begab. Die eingeborenen Polizisten blickten geringschätzig auf Kapitän H. C. Jörgenson, Bark *Wild Rose*, wenn er den stillen Kai entlangwanderte oder stundenlang am Rande des düsteren Hafens stand, in dem nur die Ankerlampen der Schiffe glitzerten – eine Abenteurer-Seele, die sich danach sehnte, über die Wasser der Vergessenheit ins Leben zurückzukehren.

Die Männer, die in ihrem *Sampan* an dem schwarzen Rumpf der vor Anker liegenden Brigg vorbei träge nach Hause ruderten, konnten bis tief in die Nacht die schleppende Stimme des Amerikaners hören, die durch die offenen Fenster des Oberlichts drang. Abgerissene nasale Laute schwebten in die Stille, die das ruhende Schiff umgab:

»Jawoll, mein Herr! Mexikanische Militär-Gewehre – so gut wie neu – sechs in einer Kiste – meine Leute in Baltimore – ganz recht. Hundertundzwanzig Schuß Munition gratis zu jedem Stück – die können wir deklarieren, ganz wie Sie wünschen. Sagen wir mal – Musikinstrumente, diese Seite oben, Vorsicht, nicht stürzen – was meinen Sie dazu? Nein, nein! Nur Barzahlung – meine Leute in Balti – Möwen schießen, sagen Sie? Na ja! Ein bißchen riskant, das Geschäft – nicht wahr – zehn Prozent Diskont – dabei zahl' ich noch zu –«

Aber im Laufe der Zeit, in der nichts weiter geschah, wenigstens nichts besonders Hörenswertes, legte sich die Aufregung allmählich. Man fand sich ab mit Lingards neuem Verhalten: es war eben so »seine Art«. Einige meinten, es habe nichts zu bedeuten. Andere behaupteten das Gegenteil. Immerhin verblieb ein gut Teil Neugierde dabei, und das dunkle Gerücht, daß er etwas Großes vorbereite, folgte ihm in jeden Hafen, den er anlief, von Rangun bis Hongkong.

Nirgends fühlte er sich vertrauter, als wenn seine Brigg an der Innenkante der langgestreckten Untiefen vor Anker ging. Das Zentrum seines Lebens hatte sich um vierhundert Meilen verlagert – von der Malakka-Straße zum ›Gestade der Zuflucht‹ –, und wenn er dort war, hatte er das Gefühl, umgeben zu sein von einer anderen, seinem Willen ergebenen, seinen Wünschen näheren Welt. Hassim und Immada kamen an die

Küste und warteten auf dem Inselchen auf ihn. Jedesmal bedauerte er es, sie wieder verlassen zu müssen.
Immer, wenn die erste Etappe einer Reise beendet war, wartete Jörgenson oben an der Landungstreppe auf ihn und schloß sich ihm an, ohne ein Wort zu verlieren. Selten wechselten sie mehr als drei Worte am Tag; aber eines Abends, etwa sechs Monate vor Lingards letzter Reise, gingen sie gerade über die kurze Brücke des Kanals, in dem dichtgedrängt die Fahrzeuge der Eingeborenen liegen, als Jörgenson seinen Schritt beschleunigte und neben Lingard herging. Es war eine helle Mondnacht, und nichts regte sich auf Erden als der Schatten der hohen Wolken. Lingard nahm den Hut ab und atmete tief die feuchte Luft ein. Plötzlich sprach Jörgenson in vorsichtig unterdrücktem Ton: »Der neue Rajah Tulla raucht Opium, und es ist manchmal gefährlich, ihn anzusprechen. Unter den Großen in Wajo herrscht eine Menge Unzufriedenheit.«
»Gut! Gut!« flüsterte Lingard aufgeregt, mit einemmal seine sonstige Vorsicht außer acht lassend. Dann fragte er: »Woher, zum Teufel, wissen Sie überhaupt etwas davon?«
Jörgenson deutete auf die Menge der Praus, Küstenboote und Sampans, die zusammengepfercht in dem engen Kanal lagen, mit Matten zugedeckt und vom kalten Mondlicht überflutet. Nur hier und da schimmerte ein schwaches Laternenlicht aus dem Durcheinander hoher Heckbauten, Rahen, Matten und gefierter Segel hervor.
»Da!« sagte er, während sie weitergingen und ihre Schatten, die Schatten ihrer Hüte und ihrer Kleidung auf die seltsam geformten Fahrzeuge fielen, die das Vermögen und das Handelsglück der braunen Männer hinaus auf das flache Meer trugen. »Da! Ich kann bei ihnen sitzen, ich kann mit ihnen reden, ich kann kommen und gehen, wann und wie ich will. Sie kennen mich jetzt mittlerweile fünfunddreißig Jahre. Manche geben dem weißen Mann einen Teller Reis und ein bißchen Fisch. Das ist alles, was ich kriege – nach fünfunddreißig Jahren, die ich ihnen geopfert habe.«
Er schwieg eine Zeitlang.
»Ich war einmal wie Sie«, setzte er hinzu und legte seine Hand auf Lingards Ärmel. Und er murmelte: »Stecken Sie sehr tief in dieser Sache?«
»Bis zum letzten Cent«, sagte Lingard ruhig und blickte geradeaus.

Das Glitzern auf der Reede erlosch, und die Masten der ankernden Schiffe verschwanden in dem sich darüber lagernden Schatten einer Wolke.
»Lassen Sie die Finger davon«, flüsterte Jörgenson.
»Es ist meine Schuldigkeit«, sagte Lingard langsam und blieb stehen.
»Geben Sie's auf!«
»Ich habe noch nie im Leben etwas aufgegeben!«
»Geben Sie's auf!«
»Das werde ich nicht, bei Gott!« rief Lingard, mit dem Fuß aufstampfend.
Eine Pause trat ein.
»Ich war auch so wie Sie – früher«, wiederholte Jörgenson. »Fünfunddreißig Jahre – ich gab auch nie etwas auf. Und was Sie tun können, ist ein Kinderspiel gegen verschiedene Unternehmungen, auf die ich mich eingelassen habe – verstehen Sie wohl – so ein großer Mann Sie auch sind, Kapitän Lingard von der *Lightning* – Sie hätten die *Wild Rose* sehen sollen –«, setzte er mit einem plötzlichen Bruch in der Stimme hinzu.
Lingard lehnte an dem Geländer der Landungsbrücke. Jörgenson trat näher.
»Ich habe sie mit eigenen Händen in Brand gesetzt!« sagte er mit bebender Stimme und sehr leise, als gestände er etwas Ungeheuerliches.
»Armer Kerl«, murmelte Lingard, erschüttert von der tragischen Furchtbarkeit der Tat. »Es gab wohl keinen Ausweg?«
»Ich wollte nicht, daß sie in irgendeinem holländischen Hafen verfaulte«, sagte Jörgenson düster. »Haben Sie jemals von Dawson gehört?«
»Ja, irgendwas – ich weiß es nicht mehr genau«, murrte Lingard, dem es kalt über den Rücken lief bei dem bloßen Gedanken, sein eigenes Schiff könnte in einem holländischen Hafen langsam verrotten. »Er ist doch tot – nicht wahr?« sagte er zerstreut, während er sich fragte, ob er im Notfall den Mut hätte, seine Brigg in Brand zu setzen.
»Schnitt sich die Kehle durch am Strand vor dem Fort Rotterdam«, sagte Jörgenson. In dem ungewissen Mondlicht waberte seine hagere Gestalt, als bestände sie aus Nebelschwaden. »Ja. Er mißachtete irgendeine Handelsvorschrift und redete dicke Töne vor dem Leutnant der *Comet* über Gerichtshöfe und Prozeßverhandlungen. ›Gewiß‹, sagt der Hund. ›Da ist Makas-

sar zuständig, ich werde Ihren Schoner dahin schleppen.‹ Und kurz vor der Reede schleppt er den Schoner in voller Fahrt auf die Felsklippen an der Nordseite und läßt ihn da auflaufen. Der Schoner war hin, und als er halb vollgelaufen war, nahm der Kerl den Hut ab vor Dawson. ›Da ist das Ufer‹, sagt er, ›gehn Sie hin und verklagen Sie mich, Sie Engländer Sie ...‹ « Er hob einen langen Arm und drohte dem Mond, der sich gerade hinter einer Wolke versteckte, mit der Faust. »Alles war verloren. Monatelang wanderte der arme Dawson barfuß und in Lumpen durch die Straßen. Eines Tages bat er dann eine mitleidige Seele um ein Messer und ging zum Strand hinunter, um noch einen letzten Blick nach dem Wrack zu werfen, und ...«

»Ich habe nichts mit den Holländern zu tun«, unterbrach ihn Lingard ungeduldig. »Ich will ja nur Hassim helfen, daß er zu dem Seinen kommt ...«

»Und angenommen, die Holländer wollen eben dasselbe«, erwiderte Jörgenson. »Jedenfalls hat bei so einer Sache der Teufel die Hand im Spiel – lassen Sie die Finger davon!«

»Passen Sie mal auf«, sagte Lingard. »Ich habe diese Menschen herausgeholt, als sie schon auf dem letzten Loch pfiffen. Das bedeutet doch irgendwas. Ich hätte mich nicht einzumischen brauchen, und in ein paar Stunden wäre alles vorüber gewesen. Ob ich's wußte oder nicht – ich muß doch irgendwas bezweckt haben, als ich da eingriff. Ich wollte damals eingreifen, aber ich wußte nicht warum. Nun schön. Heute weiß ich es. Wenn man Menschen das Leben rettet, nimmt man Anteil an ihrem Leben. So sehe ich die Sache an.«

Jörgenson schüttelte den Kopf. »Torheit!« rief er, und dann fragte er mit leiser Stimme, die vor Neugierde zitterte: »Wo haben Sie sie gelassen?«

»Bei Belarab«, hauchte Lingard sehr leise. »Sie haben ihn früher gekannt, in den alten Tagen.«

»Ich kannte ihn, ich kannte auch seinen Vater«, erwiderte der andere in plötzlich erregtem Geflüster. »Wen habe ich nicht gekannt? Ich kannte Sentot, als er König der Südküste von Java war und die Holländer einen Preis auf seinen Kopf gesetzt hatten – genug, um jeden zum wohlhabenden Mann zu machen. Zweimal schlief er an Bord der *Wild Rose*, als es mit ihm schiefzugehen anfing. Ich kannte ihn, ich kannte alle seine Häuptlinge, die Priester, die Krieger, den alten Regenten, der den Mut verlor und zu den Holländern überging, ich kannte ...«, er stotterte nun, als könnte er die Worte nicht aussprechen, gab es auf und seufzte. »Belarabs Vater entkam mit mir«, fing er wieder mit ruhigerer Stimme an, »und er ging zu den Padris auf Sumatra. Da entwickelte er sich zu einem großen Führer. Belarab war damals noch ein junger Mensch. Ja, das waren Zeiten! Ich fuhr an der Küste – und ich lachte über die Kreuzer. Ich habe jede Schlacht gesehen, die im Battak-Lande ausgekämpft wurde – und ich habe gesehen, wie die Holländer davonliefen. Ich war bei der Einnahme von Singal dabei und entkam. Ich war der Weiße, der die Häuptlinge von Mangkabo beriet. Damals stand in den holländischen Zeitungen eine Menge dummes Zeug über mich. Es hieß, ich sei ein zum Islam übergetretener Franzose ...« Er stieß einen schweren Fluch aus, taumelte gegen das Geländer, keuchte und schimpfte murmelnd auf die Zeitungen.

»Nun, Belarab hat die Sache übernommen«, sprach Lingard gelassen. »Er ist der mächtigste Mann auf dem ›Gestade der Zuflucht‹. Es gibt natürlich auch andere. Er hat nach Norden und Süden Botschaften gesandt. Wir müssen Leute haben.«

»Und alle Teufel werden losgelassen«, sagte Jörgenson. »Das haben Sie fertig gebracht, und jetzt – nehmen Sie sich in acht – nehmen Sie sich in acht ...«

»Aber es kann gar nichts schiefgehen, soweit ich das beurteilen kann«, warf Lingard ein. »Sie wissen alle, was sie zu tun haben. Ich habe sie alle in der Hand. Sie halten Belarab doch nicht für unzuverlässig? Oder doch?«

»Ich habe ihn fünfzehn Jahre nicht gesehen – aber die ganze Geschichte ist unsicher«, grollte Jörgenson.

»Ich sage Ihnen, ich habe alles so eingerichtet, daß nichts schiefgehen kann. Es wäre allerdings ganz gut, wenn ich drüben einen Weißen hätte, der sich allgemein um die Dinge kümmert. Ich habe da eine Menge Vorräte und Waffen – und Belarab kann es ohne Zweifel vertragen, wenn man ein bißchen auf ihn aufpaßt. Brauchen Sie zur Zeit irgendwas?« fügte er hinzu und steckte die Hand in die Tasche.

»Nein, wir haben genug zu essen im Haus«, erwiderte Jörgenson kurz. »Lassen Sie die Finger davon«, platzte er wieder heraus. »Sie könnten ebensogut gleich über Bord springen. Sehen Sie mich an. Ich kam hier als Achtzehnjähriger heraus. Ich kann Englisch sprechen, ich kann Holländisch sprechen, ich kann jeden gottverdammten Dialekt dieser Inseln sprechen – ich besinne mich auf Dinge, daß Ihnen die Haare zu Berge stehen würden – aber die Sprache meiner Heimat habe ich vergessen. Ich habe Handel getrieben, ich habe gekämpft, ich habe niemals mein Wort gebrochen, weder Weißen noch Farbigen gegenüber. Und sehen Sie mich an. Wenn das Mädchen nicht gewesen wäre, wär' ich schon vor zehn Jahren in einem Graben verreckt. Alles ließ mich im Stich – Jugend, Geld, Kraft, Hoffnung – sogar der Schlaf. Nur sie hielt aus bei dem Wrack.«

»Das spricht sehr für das Mädchen und manches auch für Sie«, sagte Lingard aufmunternd.

Jörgenson schüttelte den Kopf. »Das ist das Schlimmste von allem«, sagte er mit zögernder Betonung. »Ich bin am Ende. Ich kam von der anderen Seite der Erde zu ihnen, und sie nahmen mich – und was sie aus mir gemacht haben, das sehen Sie ja.«

»Wo sind Sie eigentlich her?« fragte Lingard.

»Aus Tromsö«, antwortete der alte Jörgenson stöhnend. »Ich werde nie mehr in meinem Leben Schnee zu sehen bekommen«, schluchzte er, das Gesicht in den Händen.

Lingard betrachtete ihn schweigend. »Würden Sie mit mir kommen?« sagte er. »Wie ich Ihnen sagte, ich brauche einen ...«

»Der Teufel soll Sie holen!« brach der andere wütend aus. »Ich bin ein alter weißer Vagabund, aber so weit werden Sie mich nicht bringen, daß ich mich noch einmal auf ihre verfluchten Geschichten einlasse. Die haben ihren eigenen Teufel ...«

»Aber die Sache kann einfach nicht schiefgehen. Ich habe alles ausgerechnet, jeden Schritt. Ich habe alles durchdacht und jede Möglichkeit einkalkuliert. Ich bin doch kein Dummkopf.«

»Doch, das sind Sie. Gute Nacht.«

»Na gut. Leben Sie wohl«, sagte Lingard gleichmütig.

Er stieg in sein Boot, und Jörgenson schritt den Landungssteg entlang. Lingard, die Fangleinen loswerfend, hörte ihn von weitem rufen: »Geben Sie's auf!«

»Ich fahre ab, eh die Sonne aufgeht!« rief er zurück und ging an Bord.

Als er nach unruhiger Nacht aus der Kajüte an Deck kam, war es noch dunkel. Eine schmale, hochgewachsene Gestalt schlenderte über das Deck herüber.

»Hier bin ich«, sprach Jörgenson heiser. »Ob ich dort sterbe oder hier – das kommt auf eins raus. Aber wenn ich dort sterbe, denken Sie daran, daß das Mädchen essen muß.«

Lingard war einer der wenigen Menschen, die Jörgensons Mädchen gesehen hatten. Sie hatte ein braunes, runzliges Gesicht, eine Menge wüsten grauen Haars, ein paar schwarze Zahnstummel und war unlängst von einem unternehmenden jungen Missionar aus Bukit Timah mit Jörgenson getraut worden. Wie sie einstmals ausgesehen haben mochte, als Jörgenson sie für dreihundert Dollar und einige Bronze-Kanonen erwarb, das war unmöglich zu sagen. Das einzige, was ihr aus ihrer Jugendzeit verblieben, war ein Augenpaar, das, ungetrübt und voller Trauer, wenn sie allein war, steinernen Blicks in die Vergangenheit zweier Lebensläufe zu schauen schien. War Jörgenson zugegen, folgten ihre Blicke jeder seiner Bewegungen mit hartnäckiger Besorgnis.

Und jetzt hatte Jörgensons Mädchen den Sarong über den grauen Kopf gezogen, und aus den Augen tropften ungesehene Tränen, während sie, in einer Ecke der dunklen Hütte hockend, sich hin und her wiegte.

»Darüber machen Sie sich keine Sorgen«, sagte Lingard, als er Jörgensons Hand ergriff. »Es wird ihr an nichts fehlen. Alles, was ich von Ihnen erwarte, ist, daß Sie Belarab ein bißchen auf die Finger sehen, wenn ich nicht da bin. Ich muß noch eine Reise machen, und dann können wir endlich losschlagen. Ich habe alles in allen Einzelheiten vorbereitet. Verlassen Sie sich auf mich!«

So kam es, daß der ruhelose Schatten des Kapitäns H. C. Jörgenson über die Wasser der Vergessenheit zurückfuhr, um noch einmal in das Leben der Menschen einzutreten.

VI

Zwei Jahre lang hatte Lingard, der sich mit Leib und Seele in das große Unternehmen geworfen hatte, im langdauernden Rausch des sich allmählich vorbereitenden Erfolgs gelebt. Der Gedanke, die Sache könnte fehlschlagen, kam ihm gar nicht, und für so ein prachtvolles Gelingen schien ihm kein Preis zu hoch. Es handelte sich um nichts mehr und nichts weniger als um den Triumph, Hassim wieder in sein Land zurückzuführen, das er, Lingard, einst in einer Nacht unter finster hängenden

Wolken und in unaufhörlichem Gewitteraufruhr gesehen hatte. Wenn er zum Abschluß eines langen Gesprächs mit Hassim, der vielleicht zum zwanzigsten Male seine Geschichte des erlittenen Unrechts und seines Kampfes erzählt hatte, seinen langen Arm erhob und, die Faust über dem Kopf schüttelnd, mit lauter Stimme ausrief: »Wir werden es ihnen schon zeigen! Wir werden ihnen heimleuchten!« dann legte er, ohne es im geringsten zu wissen, ein vollkommenes Bekenntnis seines Idealismus ab, der sich unter seiner simplen Einfalt und seiner Kraft verbarg. Er wollte das Land aufwecken! Das war das ihm unbewußte Grundgefühl, auf dem sein Tatendrang beruhte, das einfache Gefühl dafür, was er der Gerechtigkeit, der Dankbarkeit, der Freundschaft schuldig war; dazu kamen das sentimentale Mitleid mit Immada und ihrem harten Los – das arme Kind! – und die stolze Überzeugung, daß von allen Männern in der Welt, in seiner Welt, er allein die Mittel und den Wagemut besaß, »das dicke Ende« eines solchen Abenteuers auf sich zu nehmen.

Geld brauchte man dazu und Männer brauchte man, und in den zwei Jahren hatte er von beidem genug angesammelt, seit dem Tage, an dem er, Pistolen im Gürtel und einen Hut aus Kohlblättern auf dem Kopf, im Morgengrauen unerwartet und in tiefem Schweigen vor den geheimnisvollen Belarab trat, der seinerseits für den Augenblick vor Staunen über das Erscheinen eines Weißen die Sprache verloren hatte.

Die Sonne war noch nicht hinter den Wäldern des Innern hervorgekommen, aber ein bereits lichtvoller Himmel wölbte sich über einer ovalen, dunklen Lagune, über den weiten Feldern, in denen noch die Schatten lagerten, die sich allmählich in der Weiße des Morgennebels auflösten. Man sah Hütten, Zäune, Palisaden, hochragende Häuser, die, auf hohen Pfählen errichtet, über den Wipfeln von Obstbaumgruppen sichtbar wurden, als hingen sie in der Luft.

Das war der Anblick, den Belarabs Siedlung bot, als Lingard sie zum erstenmal erblickte: das alles gewahrte er, und dazu eine große Menge Gesichter hinter der hageren und vermummten Gestalt, die ihm gegenüberstand, und in der schnell zunehmenden Morgenhelle herrschte eine vollkommene Stille, in der das von dem Häuptling gemurmelte Wort »*Marhaba*« (Willkommen) von jedem Mann seines Gefolges völlig deutlich vernommen werden konnte. Die Leibwache um ihn herum, in schwarzen, eng anliegenden Kappen und bewaffnet mit langschäftigen Lanzen, bewahrte ausdruckslose Mienen. Über offene Stellen sah man Männer zum Ufer der Lagune laufen. Eine Gruppe von Frauen, auf einer niedrigen Erhebung stehend, starrte unverwandt herüber; nur ihre Köpfe waren über den unbewegten Halmen eines Maisfeldes sichtbar. Plötzlich vernahm man aus einer Gruppe leerer Hütten nahebei die Stimme einer unsichtbaren Hexe, die mit schriller Wut ein unsichtbares junges Mädchen ausschalt: »Fremde! Du möchtest die Fremden sehen? O du von allem Anstand Verlassene! Muß ich, lahm und alt wie ich bin, den Reis allein schälen? Unheil möge dich und die Fremden treffen! Mögen sie nie Gunst finden! Man sollte sie mit Schwertern verfolgen. Ich bin alt. Ich bin alt. Fremde bringen nichts Gutes! O Kind! Mögen sie brennen, diese Fremden!«

»Willkommen«, wiederholte Belarab ernst und blickte Lingard in die Augen.

Lingard weilte sechs Tage in Belarabs Siedlung. Die ersten drei Tage verbrachten sie damit, einander zu beobachten, ohne eine Frage zu stellen oder auch nur eine Andeutung zu machen, um was es sich handelte. Lingard ruhte auf den schönen Matten, mit denen der Häuptling eine kleine Bambushütte ausgestattet hatte, außerhalb einer geschlossenen Befestigung, wo eine weiße, grüngeränderte Flagge an einer hohen und dünnen Stange wehte, aber doch nicht so hoch wie die Wände der langgestreckten Gebäude, deren hohe Dächer sich vierzig Fuß oder mehr auf Pfosten aus Hartholz erhoben.

In weiter Ferne schimmerten die Wälder des Inlandes in zartem Blau wie in einem Traum. Nach der Seeseite zu reichte der Wald aus starken Stämmen und dicht verflochtenem Unterholz bis zum Westufer der ovalen Lagune, und in der reinen frischen Luft spiegelten sich die Gruppen der braunen Häuser im Wasser oder zeigten sich über dem wehenden Grün der Felder, und all dies im Verein mit den verstreuten Gruppen der Palmen, den eingezäunten Anpflanzungen, den Obstgärten ergab ein Bild üppigen Wohlstands.

Über den Gebäuden, den Männern, den Frauen, der stillen Wasserfläche und der weiten Ebene der im Tau funkelnden Getreidefelder wölbte sich der hohe, wunderbare Friede eines wolkenlosen Himmels. Und in dieses Land der friedlichen Fülle schien keine Straße zu führen. Unglaubhaft erschien die Nähe der unruhigen See, ihres Segens wie ihrer unaufhörlichen Drohung. Selbst in den Monaten der Stürme hing der große Lärm, der von der weißschäumenden Brandung der flachen See aufstieg, hoch in den Lüften wie ein riesiges Murren, das, bald schwächer bald stärker, mit dem Winde über die Erde zu wehen schien, und niemand vermochte zu sagen, woher es kam. Es war wie der feierliche Gesang eines Wasserfalls, der über den Wäldern, den Feldern, über den Dächern der Wohnstätten und den Köpfen der Menschen anschwillt und erstirbt, schwebend über dem heimlichen Frieden dieser verborgenen und blühenden Ansiedlung besiegter Fanatiker, Flüchtlinge und Geächteter.

Jeden Nachmittag betrat Belarab, von einem Gefolge begleitet, das vor der Tür draußen blieb, das Haus seines Gastes. Er bot ihm seinen Gruß, erkundigte sich nach seiner Gesundheit, unterhielt sich mit undurchdringlicher Miene mit ihm über nichtssagende Dinge. Aber bei all dem schienen seine nachdenklichen Augen unverwandt in dem Gesicht des Weißen nach der Wahrheit zu forschen. In der Abendkühle, ehe die Sonne unterging, sprachen sie miteinander, hin und her wandelnd zwischen den gezackten Stämmen der Palmen in der Nähe des Palisadentors. Das Gefolge, von der sinkenden Sonne beleuchtet, begleitete mit den Blicken die beiden Gestalten, wie sie zwischen den Bäumen erschienen und wieder verschwanden. Viele Worte wurden gesprochen, aber nichts wurde laut, was die Gedanken der beiden Männer verraten hätte. Sie ergriffen, ehe sie sich trennten, einander demonstrativ bei den Händen, dann hörte man das schwere Zuschlagen des Tors und das dreifache dumpfe Klappen, mit dem die hölzernen Riegel in die eisernen Klampen fielen.

In der dritten Nacht wurde Lingard aus einem leichten Schlummer von einem Flüstern geweckt, das von draußen her vernehmlich wurde. Ein schwarzer Schatten verdeckte die Sterne im Eingang, und ein Mann, der plötzlich eintrat, stand vor seinem Lager, während ein anderer, der im Eingang der Hütte kauerte, als ein dunkler Klumpen sichtbar wurde.

»Fürchte nichts. Ich bin Belarab«, sprach eine vorsichtige Stimme.

»Ich fürchtete mich nicht«, flüsterte Lingard. »Der ist in Gefahr, der im Dunkeln kommt, ohne sich anzukündigen.«

»Und kamst nicht du zu mir, ohne dich anzukündigen? Ich

sagte: Willkommen – es wäre ebenso leicht für mich gewesen zu sagen: tötet ihn.«

»Du warst im Bereich meines Arms. Wir wären zusammen gestorben«, erwiderte Lingard ruhig.

Der andere schnalzte mit der Zunge, und die undeutlich sichtbare Gestalt schien zur Hälfte in den Boden zu sinken. »Das stand nicht im Buch des Schicksals geschrieben, ehe wir geboren wurden«, sagte er, mit gekreuzten Beinen vor der Matte sitzend, mit gedämpfter Stimme. »Darum bist du mein Gast. Laß das Gespräch, das wir führen, so gerade sein wie ein Speerschaft und kürzer als der Rest dieser Nacht. Was ist dein Wunsch?«

»Erstens wünsche ich dir ein langes Leben«, antwortete Lingard, sich vorwärtsneigend den beiden schimmernden Augen entgegen, »und dann brauche ich – deine Hilfe.«

VII

Das leise Geflüster der in jener Nacht gewechselten Worte hing noch lange in Lingards Ohren nach, beharrlicher als die Erinnerung an einen Aufruhr. Mit starrem Blick hatte er die im Viereck des Eingangs friedlich funkelnden Sterne betrachtet, während Belarab, der stumm alles angehört hatte, was Lingard zu sagen wußte, rückhaltlos sein Herz vor ihm öffnete, gleichsam verführt von der Kraft und der Kühnheit des Weißen. Er sprach von seiner von wütendem Fanatismus und Krieg erfüllten Jugend, von Schlachten auf den Bergen, Vormärschen in den Wäldern, von der niemals schwankenden Frömmigkeit der Männer und ihrem unauslöschlichen Haß. Keine vorüberziehende Wolke verdunkelte den weichen Glanz des Sternenlichts, das durch das Rechteck des Eingangs in das dichte Dunkel der Hütte fiel. Belarab erzählte murmelnd von einer Reihe von Rückschlägen, von dem Ring des Unheils, der sich um die schwimmenden Hoffnungen der Menschen und ihren unverminderten Mut zusammenzog. Flüsternd erzählte er von Niederlage und Flucht, von Tagen der Verzweiflung, von schlaflosen Nächten, von endloser Verfolgung, von wirrem Entsetzen und dumpfer Wut, von ihren Weibern und Kindern, die die Belagerten in der Befestigung töteten, ehe sie ihren Ausfall machten, um zu sterben. »Das alles habe ich erlebt, noch ehe

ich an Jahren ein Mann war«, rief er mit unterdrückter Stimme.
Seine Stimme bebte. In der darauf folgenden Pause hörte er einen leichten Seufzer des schlafenden Gefolgsmannes, der, seine Beine über den Knöcheln umfassend, die Stirn auf die Knie gesenkt hielt.
»Und unter uns«, fing Belarab wieder an, »befand sich ein Weißer, der bei uns blieb bis zum Ende, der uns treu war mit seiner Kraft, seinem Mut, mit seiner Weisheit. Ein großer Mann. Er besaß große Reichtümer, aber ein noch größeres Herz.«
Vor Lingard erschien plötzlich im friedlichen Glanz der Sterne die Erinnerung an Jörgenson, der, ausgemergelt und grauhaarig, fünf Dollar zu borgen versuchte, um dem Mädchen etwas zu essen zu bringen.
»Er glich dir«, fuhr Belarab unvermittelt fort. »Wir entkamen mit ihm, und in seinem Schiff landeten wir hier. Hier war es einsam. Der Urwald reichte bis nahe an die Wasserfläche, und das Gras wuchs geil und über die Köpfe hochgewachsener Männer. Telal, mein Vater, starb an Erschöpfung; wir waren nur noch wenige, und wir alle starben fast, vor Kummer und Trauer – hier, auf diesem Fleck Erde! Und keiner von den Feinden konnte sagen, wohin wir verschwunden waren. Das war das ›Gestade der Zuflucht‹ – und der Hungersnot.«
Und so fuhr er fort, mit steigender und fallender Stimme in die Nacht hinein zu klagen. Er erzählte, wie seine verzweifelten Gefährten begehrten, hinauszueilen und auf der See im Kampf gegen die Schiffe aus dem Westen zu fallen, die Schiffe mit den hohen Flanken und den weißen Segeln; und wie er, er allein, unnachsichtig sie dazu anhielt, mit dem dornigen Buschwald, mit dem hohen Gras, mit den hochstrebenden und gewaltigen Bäumen zu kämpfen. Lingard, auf einen Ellbogen gestützt und durch die Tür hinausstarrend, dachte an den Anblick der weiten Felder, die jetzt draußen unter dem milden Sternenlicht des unabsehbaren Himmels schliefen. Das alles hatte dieser ruhige und beinahe unsichtbare Erzähler zuwegegebracht; in ihm war der Ursprung und das Schicksal dieser Schöpfung zu suchen, und in dem Wunder dieser Vorstellung nahm die schattenhafte, murmelnde Gestalt eine Bedeutung, eine Größe an, als verkörpere sie irgendeine Naturkraft, eine immer und ewig herrschende unsterbliche Gewalt.

»Und selbst jetzt noch bin ich meines Lebens nicht sicher, als wenn ich ihr Feind wäre«, sagte Belarab voller Trauer. »Blicke töten nicht, auch nicht zornige Worte; und Flüche richten nichts aus, sonst würden die Holländer sich nicht von unserem Lande so mästen können, und ich würde heute nacht nicht am Leben sein. Verstehst du das? Hast du in den alten Zeiten die Männer kämpfen sehen? Sie haben die Jahre des Krieges nicht vergessen. Ich habe ihnen Obdach gegeben und Ruhe für die Herzen und satte Bäuche. Ich allein. Und im Dunkeln verfluchen sie meinen Namen, sie flüstern sich's heimlich in die Ohren – weil sie nie vergessen können.«
Dieser Mann, der nur von Krieg und Gewalt zu erzählen wußte, enthüllte eine unerwartet leidenschaftliche Sehnsucht nach Sicherheit und Frieden. Niemand konnte ihn begreifen. Einige von denen, die ihn nicht begriffen, waren nun tot. Seine weißen Zähne blinkten grausam im Dunkeln. Aber es gab andere, die er nicht töten konnte. Die Toren. Er wünschte, daß das Land und seine Bewohner so vergessen seien, als hätte die See sie verschlungen. Aber sie hatten weder Klugheit noch Geduld. Konnten sie nicht warten? Fünfmal am Tage leierten sie die Gebete, aber den Glauben hatten sie nicht.
»Der Tod kommt zu allen – und für die Gläubigen bedeutet er das Ende aller Mühsal. Aber ihr Weißen, die ihr zu stark für uns seid, ihr sterbt auch. Auch ihr verfallt dem Tod. Und es gibt ein Paradies, so groß wie die ganze Erde und der ganze Himmel zusammen – aber nicht für euch – nicht für euch!«
Erstaunt hörte Lingard zu, ohne ein Wort zu äußern. Der Schläfer schnarchte leise. Nach seinem fast unwillkürlichen Ausbruch, dem Bekenntnis zu einem tröstlichen Glauben, fuhr Belarab sehr ruhig fort und erklärte, er brauche jemanden als Rückendeckung, einen Starken, dem er vertrauen, eine Macht von draußen, die die Aufsässigen einschüchtern, ihre Unwissenheit mit Furcht erfüllen und seine, Belarabs, Herrschaft sichern könne. Er tastete im Dunkeln und packte Lingards Arm über dem Ellenbogen und drückte ihn heftig – dann ließ er ihn los. Und Lingard begriff, warum Belarabs Waghalsigkeit solchen Erfolg gehabt hatte.
Hierauf versprach Belarab zum Dank für seine offene Unterstützung, für ein paar Gewehre und etwas Geld Lingard seine Hilfe bei der Eroberung von Wajo. Es bestand kein Zweifel, daß er Männer finden würde, die bereit waren zu kämpfen. Er

konnte an entferntere Freunde Botschaften schicken, und in seiner eigenen Niederlassung gab es viele unruhige Geister, die für jedes Abenteuer zu haben waren. Von diesen Männern sprach er mit wilder Verachtung und in zorniger Zärtlichkeit, mit einer Art Mischung aus Neid und Abscheu. Er war ihrer Torheit, ihrer Verwegenheit, ihrer Ungeduld müde geworden, er schien diese Eigenschaften abzulehnen, die ihm versagt worden waren, damit ein Mann voller Weisheit aus ihm würde. Sie würden kämpfen. Wenn es so weit war, brauchte Lingard nur ein Wort zu sagen, und sein – Belarabs – Wink würde sie in den sinnlosen Tod schicken – diese Männer, die nicht auf eine Gelegenheit auf Erden oder auf die ewige Rache des Himmels warten konnten.

Er hielt inne und richtete sich in der Dunkelheit hoch auf.

»Erwache!« rief er, sich über den Schlafenden beugend.

Ihre schwarzen Gestalten gingen nacheinander hinaus und verdeckten für zwei Augenblicke die glitzernden Sterne, und Lingard, der sich nicht gerührt hatte, blieb allein. Er legte sich zurück, streckte sich aus und deckte einen Arm über die Augen.

Drei Tage darauf verließ er Belarabs Niederlassung an einem stillen Morgen wolkenlosen Friedens. Alle Boote der Brigg waren zur Lagune gekommen, bewaffnet und bemannt, um der Feierlichkeit eines geschlossenen Bündnisses größeren Nachdruck zu verleihen. Eine neugierig starrende Volksmenge sah in tiefem Schweigen der großartigen Abfahrt zu und fragte sich in zunehmender Verwunderung, was die geheimnisvolle Erscheinung des Weißen zu bedeuten habe. Die Boote glitten still und langsam über die breite Lagune. Einmal blickte Lingard zurück. Eine große Ruhe hatte sich über die Erde, den Himmel, die Menschen gebreitet. Hassim und Immada, deutlich zu erkennen neben dem Häuptling, hoben den Arm zum letzten Gruß, und in der Ferne sah die Geste aus, als verlöre sie sich, traurig und nutzlos, im Raum, wie ein Zeichen der Not, das Ausgestoßene von sich geben in der eitlen Hoffnung auf eine unmögliche Hilfe.

Er fuhr ab, er kam wieder, er verschwand nochmals, und jedesmal gaben ihm die beiden Gestalten, einsam auf einer Sandbank vor der Küste stehend, das zage Zeichen des Willkommens oder des Abschieds. Und jedesmal war es, als schlängen ihre Arme die Bande schutzsuchender Zuneigung enger um sein Herz. Er leistete nüchterne Arbeit, er verdiente Geld, um die Kosten des romantischen Bedürfnisses, das in sein Leben eingedrungen war, aufzubringen. Und das Geld zerrann ihm unter den Händen wie Wasser. Der Besitzer der schleppenden amerikanischen Sprechweise überwies nicht wenig davon seinen Leuten in Baltimore. Auch Importfirmen in den Häfen des Fernen Ostens hatten ihren Anteil daran. Eine schnellsegelnde Prau wurde davon bezahlt, die unter Jaffirs Kommando abgelegene Buchten anlief und unerforschte Flüsse hinauffuhr mit geheimen Botschaften, wichtigen Neuigkeiten, reichlichen Bestechungsgeldern. Ein großer Anteil wurde zum Ankauf der *Emma* verwendet.

Die *Emma* war ein baufälliger und altersschwacher Schoner, der, bereits auf dem Abstieg seiner Existenz, von einem beleibten weißen Händler von anscheinend schlauem und habgierigem Wesen schlimm mißbraucht worden war. Dieser Mensch brüstete sich hinterher in unverschämtem Tone, welch guten Preis er »für die verrottete alte Scharteke – wissen Sie« erzielt hatte. Die *Emma* verließ geheimnisvollerweise mit der Brigg zusammen den Hafen und verschwand damit für immer von den Meeren. Lingard ließ sie den Flußarm hinaufschleppen und setzte sie, am Ufer der Lagune, so weit wie möglich entfernt von Belarabs Siedlung, auf Grund. Zu der Zeit hatte es an der Stelle einen besonders hohen Wasserstand gegeben, und als das Wasser wieder fiel, saß das alte Fahrzeug fest im Schlick; sein Bug ragte nun hoch zwischen zwei dicken Baumstämmen, mit ein wenig Schlagseite, als wenn es sich, müde nach einem schweren Leben, auf immer zur Ruhe gesetzt hätte. Dort fand Jörgenson den Schoner ein paar Monate später, als er, zurückgerufen ins Leben der Menschen, zusammen mit Lingard im Lande der Zuflucht auftauchte.

»Das Schiff ist besser als ein Fort auf dem Ufer«, sagte Lingard, als sie Seite an Seite sich über die Reling lehnten und über die Lagune nach den Häusern und Palmhainen der Siedlung blickten. »Alle Flinten und alles Pulver, das ich bis jetzt zusammenbringen konnte, sind in ihm gestapelt. Gute Idee, was? Vielleicht wird es die nächsten Jahre keine solche Flut mehr geben, und jetzt können sie nicht längsseits kommen außer gerade unter dem Heck, und dann auch nur ein Boot auf einmal. Ich glaube, hier sind Sie völlig sicher, Sie können sich eine ganze Flotte von Booten vom Leibe halten. Den Schoner in Brand zu setzen, ist auch nicht so einfach, und der Wald da vorn ist besser als eine Mauer. Na, was meinen Sie?«

Jörgenson brummte zustimmend. Sein Blick glitt über die öde Leere der Decks, die nackten Masten, über den toten Körper dieses abgetakelten Schiffchens, das nie wieder zur See fahren sollte. Der Schatten des Urwaldes fiel darauf, voller Trauer wie eine Sargdecke. Die Büsche am Ufer rieben ihre Zweige an den Kanten des Bugs, und eine hängende Dolde winziger brauner Blüten schaukelte über die Reste der Ankerwinde.

Hassims Gefährten bildeten die Besatzung der alten Hulk, und Jörgenson, dessen Aufsicht sie anvertraut war, schlenderte auf und ab, vom Bug zum Heck, schweigsam und sorgsam bedacht, seiner Pflicht nachzukommen. Man hatte ihn mit Erstaunen, mit Respekt – und Scheu empfangen. Belarab besuchte ihn oft. Zuweilen kamen auch die Männer, die er vor Jahren, als sie in der Vollkraft ihres Lebens standen, in einem Kampf auf Leben und Tod gekannt hatte, um mit dem weißen Mann zu plaudern. In ihren Stimmen kehrten die alten Zeiten wieder, der blasse Glanz vergangener Jugend belebte sich noch einmal. Sie nickten mit ihren alten Köpfen. Weißt du noch? – sagten sie. Er erinnerte sich nur zu gut! Er war wie ein Mensch, der von den Toten auferstanden und dessen unbedenkliches Vertrauen zum Leben vergiftet ist durch den finsteren Zweifel des Grabes.

Nur zuzeiten kehrte ihm der ununterdrückbare Glaube an die Wirklichkeit des Daseins wieder, lockend und belebend. Er rückte die Schultern zurecht, er hielt sich gerade, und sein Schritt wurde fester. Er spürte, wie etwas in ihm aufglühte und den Schlag seines Herzens beschleunigte. Dann berechnete er in stiller Erregung Lingards Aussichten auf Erfolg, und eine Zeitlang lebte er das Leben des anderen mit, der nichts wußte von dem finsteren Skeptizismus des Grabes. Die Aussichten waren gut, sehr gut.

»Ich würde gern erleben, wie das ausläuft«, murmelte der alte Jörgenson; der Wunsch glühte in ihm, und für einen Moment leuchteten seine glanzlosen Augen auf.

DRITTER TEIL

DIE GEFANGENNAHME

I

»Manche Leute«, sagte Lingard, »gehen mit geschlossenen Augen durch die Welt. Darin haben Sie recht: die See ist frei für uns alle. Die einen verrichten ihre Arbeit auf ihr, und andere betreiben Narrenspossen auf ihr – mir kann das gleich sein. Aber eins kann ich Ihnen sagen: ich werde es nie zulassen, daß irgendeiner mir mit seinen Dummheiten in die Quere kommt. Sie wollen mir einreden, daß Sie ein sehr hochgestellter Mann sind ...«

Mr. Travers lächelte kühl.

»O ja«, fuhr Lingard fort, »das versteh' ich sehr wohl. Aber bedenken Sie: Sie sind sehr weit von der Heimat weg, während ich, wie ich hier bin, hierher gehöre. Und wo ich bin, dahin gehöre ich. Ich bin einfach Tom Lingard, nicht mehr und nicht weniger, wo ich auch immer zufällig bin, und – Sie können fragen ...« Er fuhr mit der Hand über den Horizont im Westen, als ob er für den Rest seiner Rede sich mit völligem Vertrauen auf die stumme Zeugenaussage der See beriefe.

Seit mehr als einer Stunde befand er sich an Bord der Jacht, und für ihn war dabei nichts herausgekommen als das Aufkeimen eines unvernünftigen Hasses. Die bloße Gegenwart dieser Leute, ihre Ahnungslosigkeit, ihre Gesichter, ihre Stimmen und ihre Blicke erhoben einen unbewußten Anspruch, dem er nichts entgegenzusetzen wußte als eine Abneigung, die in sich den Keim rücksichtsloser Gewalttätigkeit trug. Er konnte ihnen nichts sagen, weil er dazu gar nicht imstande war. Daß sie gerade in diesem Augenblick gekommen waren, als er achtlos die Grenzen überschritten hatte, welche die Überlieferungen eines Volkes, die frühen Beziehungen, all die wesentlichen Bedingungen der Herkunft im Leben eines jeden Menschen ziehen, das beraubte ihn sozusagen der Fähigkeit, zu sprechen. Er war völlig verwirrt. Es war, als sei er in einer Wüste zudringlichen Gespenstern in den Weg gelaufen.

Er kreuzte die Arme auf der Brust und starrte auf die offene See hinaus, mit einem zugleich nachdenklichen und wütenden Blick. Schon seine äußere Erscheinung unterschied ihn beträchtlich von allen, die an Bord der Jacht waren. Das graue Hemd, die blaue Schärpe, der eine aufgerollte Ärmel, der einen muskulösen Unterarm entblößte, das lässig Anmaßliche in seiner Redeweise und in seiner Haltung waren Mr. Travers sehr zuwider, der, nachdem er nun einmal irgendeine offizielle Hilfeleistung erwartet hatte, die Einmischung dieses rätselhaften Mannes mit Argwohn betrachtete. Von dem Augenblick an, als Lingard an Bord der Jacht erschien, waren die Blicke aller, die sich auf dem Schiff befanden, fest auf ihn geheftet. Nur Carter, der in Hörweite mit dem Ellbogen auf der Reling lehnte, blickte unentwegt hinab auf die Decksplanken, wie von Müdigkeit überwältigt oder in Gedanken verloren.

Von den drei Personen achtern behielt Mr. Travers die Hände in den Seitentaschen seines Jacketts und verbarg nicht seinen wachsenden Unwillen.

Auf der anderen Seite des Decks ruhte eine Dame in einem Liegestuhl, deren passive Haltung Mr. d'Alcacer, der nahe bei ihr stand, charakteristisch fand für die Art, wie sie die Gegebenheiten des Lebens hinzunehmen pflegte. Vor Jahren, als er Attaché seiner Botschaft in London war, hatte er in ihr eine interessante Gastgeberin kennengelernt. Jetzt erschien sie ihm sogar noch interessanter, seit eine zufällige Begegnung und Mr. Travers' Angebot, mit ihnen bis Batavia zu reisen, ihm die Gelegenheit verschafft hatte, die verschiedenen Schattierungen der Verachtung zu studieren, die, wie er vermutete, das Geheimnis ihrer Art war, sich mit der Trivialität der Ereignisse und der Eintönigkeit eines irdischen Daseins abzufinden.

Da gab es Dinge, die er von Anfang an nicht hatte begreifen können; zum Beispiel, warum sie sich bereit gefunden hatte, Mr. Travers zu heiraten. Er fand kein anderes Motiv dafür als Ehrgeiz. Und ihre resignierte Mißstimmung konnte er sich nicht anders erklären denn als Ergebnis jenes erfolgreichen Irrtums. Völlig unerwartet war d'Alcacer den beiden in Manila begegnet, und seinem Onkel, dem Generalgouverneur der Kolonie, hatte er dies Wiedersehen mit dem Hinweis erklärt, daß Engländer, wenn sie Unglück in der Liebe oder in der Politik haben, ausgedehnte Reisen unternehmen, als ob sie hofften, durch Umsegeln eines möglichst großen Teils der

Erdoberfläche neue Kraft zu sammeln für den wieder aufzunehmenden Streit. Was ihn selbst betraf, so glaubte er – aber das sagte er nicht –, daß sein eigener Streit mit dem Schicksal beendet sei, obgleich auch er Reisen unternahm, während man sich in den Hauptstädten Europas eine Geschichte erzählte, in der nichts Skandalöses vorkam, nur eine allgemein bekannte große Liebe und nichts Tragischeres als der frühe Tod einer Frau, deren glänzende Vorzüge der großen Welt nicht besser bekannt waren als die diskrete, aber leidenschaftliche Verehrung, die sie, ohne es zu wollen, in ihm erregt hatte.
Der Austausch zahlreicher Höflichkeiten gipfelte in der Einladung, sich ihnen auf der Jacht anzuschließen, was hauptsächlich Mr. Travers' Wunsch entsprach, jemanden an Bord zu haben, mit dem er sich unterhalten konnte. D'Alcacer hatte die Einladung mit der lässigen Gleichgültigkeit eines Mannes angenommen, dem es einerlei ist, wie er seinem unnachsichtigen Feinde entfliehen kann. Gewiß verhieß die Aussicht, langen Monologen über Handel, Verwaltung und Politik zuzuhören, wenig Erleichterung für seinen Kummer, und sonst konnte er von Mr. Travers nicht viel erwarten, dessen Leben und Denken, fern von menschlichen Leidenschaften, der Aufgabe gewidmet war, aus den menschlichen Einrichtungen soviel wie möglich persönlichen Vorteil zu ziehen. Immerhin fand d'Alcacer, daß er in der Gesellschaft von Edith Travers bis zu einem gewissen Grade sein Unglück zu vergessen vermochte – was zur Zeit für ihn das Wünschenswerteste war. Sie hatte, was er von nichts und niemandem auf Erden mehr erwartet hätte, seine Neugier erweckt.
Die beiden unterhielten sich von Dingen, die ihnen gleichgültig waren, und von solchen, die sie interessierten, nur nicht von Dingen, die mit menschlichen Einrichtungen zu tun hatten; und Themen, bei denen es sich um menschliche Leidenschaften handelte, streiften sie nur sehr flüchtig. Aber d'Alcacer konnte nicht umhin, in ihr einer verborgenen Fähigkeit zum Mitgefühl gewahr zu werden, die sich in Menschen entwickelt, die vom Leben oder vom Tod enttäuscht sind. Wieweit sie enttäuscht war, wußte er nicht, und er versuchte auch nicht, es herauszufinden. Diese Zurückhaltung war ihm von seinem ritterlichen Respekt vor den Geheimnissen eines Frauenherzens auferlegt und von der Überzeugung, daß tiefe Empfindung sich oft in undurchdringliches Dunkel hüllt, auch und

gerade für diejenigen, die zum Sieg oder zum Untergang getrieben werden. Er glaubte, daß Mrs. Travers das selbst gar nicht wußte; aber seine ernste Neugier gab sich damit zufrieden, ihren geistigen Zustand zu beobachten, und er bedauerte es nicht, daß die Strandung der Jacht ihm die Gelegenheit verlängerte.

Die Zeit verging auf der Schlickbank ebenso wie anderswo auch, und er erwartete Erleichterung nicht von einer Vielfalt der Ereignisse, sondern allein von dem Lauf der Zeit. Doch floß die Zeit in dem Gleichmaß der Tage unaufhaltsam, aber unmerklich dahin; und da jeder Mensch sich an das klammert, was ihn beherrscht, sei es Freude, sei es Gram, gefiel es ihm, nach der Ruhelosigkeit seiner Wanderfahrten sich vorstellen zu können, das ganze Weltall und sogar die Zeit seien offenbar zum Stillstand gekommen, als ob sie nicht willens wären, ihn noch weiter von seinem Kummer zu entfernen, der zwar allmählich dahinschwand, aber unvermindert war, wie Dinge dahinschwinden, nicht in der Ferne, sondern im Nebel.

II

D'Alcacer war ein Mann von fast vierzig Jahren, hager und von gelblicher Hautfarbe, mit tiefliegenden Augen und einem über den Mund hängenden, braunen Schnurrbart. Er hatte einen durchdringenden und offenen Blick; oft huschte ein flüchtiges Lächeln über sein Gesicht. Er beobachtete Lingard mit starkem Interesse. Was ihn anzog, war etwas kaum Faßbares – eine Linie, eine Falte, vielleicht die Form eines Auges, die Art, wie ein Lid sich senkte, die Kurve einer Wange, jener unscheinbare Zug, der nicht in zwei Gesichtern auf Erden der gleiche ist, aber in jedem Gesicht den Ausdruck wahrhaft bestimmt, als ob eben dieser Zug allein bewußt von innen aus der Seele heraus geformt worden sei.

Ab und zu beugte er sich leicht über einen langsam sich bewegenden roten Fächer im Deckstuhl, um Mrs. Travers ein paar Worte zu sagen, die ihm antwortete, ohne aufzublicken, ohne ihren Ton zu heben; sie verzog keine Miene, als hätte sie hinter dem Vorhang einer ungeheuren Gleichgültigkeit gesprochen, der zwischen ihr und allen Menschen ausgespannt war, zwischen ihrem Herzen und dem Sinn der Ereignisse, zwischen ihren Augen und der flachen See, die, wie ihr Blick, unergründlich tief erschien, in ewiger Stille dalag und in der weiten Ferne eines schwach sichtbaren Horizonts in den Himmel überging, vom Auge nicht mehr zu unterscheiden, von menschlicher Hand oder Stimme nicht zu erreichen.

Mr. Travers trat zur Seite, wandte sich an Carter und überschüttete ihn mit Vorwürfen. »Sie haben Ihre Instruktionen falsch verstanden«, sprach er leise und schnell. »Warum haben Sie diesen Mann hierhergebracht? Ich bin überrascht ...«

»Nicht halb so verblüfft wie ich gestern abend«, grollte der junge Seemann, ohne jede Ehrerbietung und sehr herausfordernd.

»Ich sehe jetzt: Sie waren total unfähig für die Aufgabe, die ich Ihnen anvertraute«, fuhr der Besitzer der Jacht fort.

»Aber *er* hat mich mit Beschlag belegt«, sagte Carter. »Haben Sie das nicht selber gehört, Sir?«

»Unsinn«, flüsterte Mr. Travers zornig. »Haben Sie irgendeine Ahnung, was er im Schilde führt?«

»Ich glaube fast«, sagte Carter, »er hatte gestern abend in seiner Kajüte die Absicht, mich zu erschießen, wenn ich ...«

»Danach habe ich Sie nicht gefragt«, unterbrach ihn Mr. Travers. »Ich will wissen, ob Sie sich denken können, aus welchen Beweggründen er hergekommen ist?«

Carter hob seine übermüdeten, blutunterlaufenen Augen in einem Gesicht, das, scharlachrot und mit abblätternder Haut, aussah, als sei es von einer Flamme gestreift worden. »Ich weiß nicht mehr als Sie, Sir. Gestern abend in seiner Kajüte sagte er, er würde mich glatt erschießen, ehe er zuließe, daß ich mich noch nach anderer Hilfe umsähe. Es sieht so aus, als ob er's verzweifelt nötig hätte, eine Menge Bergungsgeld aus einer gestrandeten Jacht zu holen.«

Mr. Travers wandte sich ab, und für einen Augenblick schien er tief in Gedanken versunken. Dieser Zufall, der sein Schiff an einer unbewohnten Küste hatte stranden lassen, war schon als reiner Zeitverlust ärgerlich. Er versuchte, ihn zu bagatellisieren, indem er die während seiner einjährigen Reise im Osten gesammelten Aufzeichnungen ordnete. Er hatte nach Hilfe geschickt. Sein Segelmeister, sehr niedergeschlagen, hatte die kühne Behauptung aufgestellt, daß die Jacht höchstwahrscheinlich erst bei der nächsten Springflut flott werden würde; d'Alcacer, unzweifelhaft adliger Herkunft, wenn auch seine

Grundsätze dem nicht ganz entsprachen, war immerhin besser als gar keine Gesellschaft, denn er konnte wenigstens Piquet spielen.

Mr. Travers hatte sich also entschlossen zu warten. Dann war plötzlich dieser ungebildete Mensch, der aussah wie einer Abbildung in einem Piratenbuch entsprungen, in seine abwartende Ruhe eingebrochen mit geheimnisvollen Anspielungen auf irgendeine Gefahr, die zwar absurd klangen, aber doch beunruhigend wirkten, und er hatte dunkle und warnende Äußerungen getan, die versteckte Drohungen vermuten ließen.

Mr. Travers besaß ein schweres, ziemlich langes und ausrasiertes Kinn und Augen von einam kalten, naiven Blau. Wie er Lingard gegenüberstand, machte er den Eindruck, als hätte die Reise ihm nichts anhaben können; er ließ keine Spur von Müdigkeit erkennen oder von Wetterfarbe, und er trug eine Miene zur Schau, als wäre er von Geburt an unverletzlich. Er hatte ein volles, blasses Gesicht, vollkommen farblos und doch erstaunlich unverbraucht, als sei er im Schatten aufgezogen worden. Er dachte: ›Ich muß diesem widerlichen und anmaßenden Benehmen ein Ende setzen. Ich will mich nicht nötigen lassen, Dienste zu bezahlen, die ich gar nicht gefordert habe.‹

Schon die Unverschämtheit dieses Ansinnens erregte Mr. Travers' starken Widerwillen, und sogleich, unglaublicher- und sonderbarerweise, als ob die Angelegenheit, wie ein Streit mit einem Rivalen oder einem Freunde, von entscheidender Wichtigkeit für seine Karriere wäre, erfüllte ihn der Gedanke, die heimlichen Absichten dieses Menschen zunichte zu machen, mit einer unerklärlichen Freude.

Lingard, der auf nichts und niemanden mehr achtete, betrachtete nachdenklich das Meer. Er war auf dem Meere groß geworden, er hatte mit ihm gelebt, es hatte ihn von der Heimat weggelockt; auf ihm waren seine Gedanken ins Weite geschweift, auf ihm hatte er handfeste Arbeit gefunden. Es hatte seinen Ehrgeiz geweckt, es hatte ihn zum Besitzer und Befehlshaber der schönsten Brigg gemacht, die es weit und breit gab; es hatte ihn in dem Glauben an sich selbst gewiegt, an seine Kraft, an sein Glück – und nun mit einemmal, hatte es bei diesem fatalen Unglücksfall mitgewirkt, hatte ihn mitten in eine Schwierigkeit versetzt, die wie der Anfang von Unheil aussah.

Er hatte alles gesagt, was er zu sagen wagte – und er hatte bemerkt, daß man ihm nicht glaubte. Das war ihm seit Jahren nicht begegnet. Es war überhaupt noch nie geschehen. Es wirkte so bestürzend auf ihn, als hätte er plötzlich festgestellt, daß er nicht mehr er selber sei. Er war zu ihnen gekommen und hatte gesagt: »Ich meine es gut mit euch. Ich bin Tom Lingard...« Und sie glaubten ihm nicht! Vor einem solchen Mangel an Vertrauen war er hilflos, weil er ihn nie für möglich gehalten hätte. Er hatte gesagt: »Ihr steht meinem Vorhaben im Wege. Ihr seid mir im Wege bei einer Sache, die ich für niemanden aufgeben kann; aber ich will euch auf jeden Fall in Sicherheit bringen, wenn ihr mir nur vertrauen wollt – mir, Tom Lingard.« Und sie wollten ihm nicht glauben! Das war nicht auszuhalten. Und er malte sich aus, wie er ihren Unglauben einfach beiseite fegte. Und warum nicht? Er kannte sie nicht, sie waren ihm gleichgültig, er brauchte nicht einmal die Hand gegen sie zu erheben! Er brauchte nur ein oder zwei Tage die Augen zu schließen, und hinterher konnte er vergessen, daß er sie je gesehen hatte. Das würde ganz leicht sein. Laß sie doch zugrunde gehen mitsamt ihrem Mangel an Vertrauen, ihrer Torheit, mögen sie doch von der Erde verschwinden... Entweder sie – oder er!

III

Lingards Blick, der sich langsam von der stillen See löste, wanderte über die schweigenden Gestalten, die sich vordrängten, über die gespannten und überraschten Mienen der Seeleute, über die nie zuvor erblickten Gesichter, die an verflossene Zeiten gemahnten – seine Jugend – andere Meere – die fernen Küsten früher Erinnerungen. Mr. Travers raffte sich gleichfalls zusammen und steckte die Hand, mit der er sich den linken Backenbart gestrichen, in die Rocktasche, als hätte er da etwas Aufhebenswertes herausgestrichen. Er trat rasch auf Lingard zu.

»Ich sehe keine Möglichkeit, von Ihren Diensten Gebrauch zu machen«, sagte er kalt und entschieden.

Lingard griff sich an den Bart und blickte kurze Zeit nachdenklich auf ihn herunter.

»Vielleicht ist es so ganz gleich«, sprach er sehr langsam, »denn ich habe Ihnen gar keine Dienste angeboten. Ich habe Ihnen vorgeschlagen, Sie für ein paar Tage an Bord meiner Brigg zu nehmen, die einzige Möglichkeit, Sie in Sicherheit zu bringen. Und Sie fragten mich nach meinen Beweggründen. Meine Beweggründe! Wenn Sie die nicht von selbst erkennen, brauchen Sie sie auch nicht zu wissen.«

Und diese beiden Männer, die sich vor zwei Stunden noch völlig fremd gewesen, standen einen Augenblick dicht voreinander, feindlich, als wenn sie ihr Leben lang Gegner gewesen wären, der eine von kurzer Gestalt, elegant, mit wütendem Blick den anderen anstarrend, der, ihn weit überragend, mit Verachtung und Zorn auf ihn herabblickte.

Mr. d'Alcacer neigte sich, ohne ein Auge von ihnen abzuwenden, über den Deckstuhl. »Haben Sie schon mal einen Mann gesehen, der sich mit Gewalt gegen eine Steinmauer wirft?« fragte er leise.

»Nein«, erwiderte Mrs. Travers, über die träge Bewegung ihres Fächers hinwegblickend. »Nein, ich wußte nicht, daß das überhaupt vorkommt; gewöhnlich graben sich die Menschen unter ihr durch oder schlüpfen einfach um sie herum, wobei sie nach der anderen Seite schauen.«

»Aha! Was Sie da schildern, nennt man Diplomatie«, murmelte d'Alcacer. »Ein bißchen Diplomatie würde hier nichts schaden. Aber unser malerischer Besucher weiß gar nicht, was das ist. Ich habe viel für ihn übrig.«

»Schon!« hauchte Mrs. Travers, mit einem Lächeln, das ihre Lippen mit einer hellen Schwinge berührte und wieder verschwand, fast noch ehe man es hätte gewahren können.

»Es gibt Sympathie auf den ersten Blick«, versicherte d'Alcacer, »wie es Liebe auf den ersten Blick gibt – den *coup de foudre* – wissen Sie.«

Sie sah einen Augenblick zu ihm auf, und er fuhr, ernst geworden, fort: »Ich denke, es ist die wahrhaftigste, die tiefste aller Empfindungen. Man liebt einen anderen nicht um dessentwillen, was in ihm ist. Man liebt um etwas willen, das in einem selber ist – etwas Lebendiges – in mir selbst.« Er berührte seine Brust leicht mit der Spitze eines Fingers. »Man hat diese Fähigkeit in sich. Aber nicht jeder mag sie in sich haben – ist würdig, von diesem himmlischen Feuer berührt zu werden.«

»Und zu sterben«, sagte sie.

Er vollführte eine leise Bewegung.

»Wer kann das sagen? Es mag ja sein, aber immer ist es ein Vorzug, selbst wenn man noch ein Weilchen weiterleben muß, nachdem man verbrannt worden ist.«

Sie schwiegen, und dann hörte man Mr. Travers' Stimme laut und deutlich in gereiztem Tone: »Ich habe Ihnen bereits gesagt, daß ich Sie nicht brauche. Ich habe einen Boten an den Gouverneur nach Singapur geschickt. Seien Sie gefälligst nicht aufdringlich.«

Darauf sagte Lingard, der ihnen den Rücken zuwandte, grollend irgend etwas, das Mr. Travers aufs äußerste gereizt haben mußte, denn seine Stimme stieg noch höher: »Sie treiben ein gefährliches Spiel, und ich warne Sie. Sir John ist zufällig ein persönlicher Freund von mir. Er wird einen Kreuzer schikken...« Und Lingard unterbrach ihn rücksichtslos und laut: »Solange der Kreuzer hier nicht eintrifft, und das kann zehn Tage dauern, ist mir das ganz egal. Gerade jetzt gibt es nicht viele Kreuzer vor Singapur; und wenn ich Sie Ihrem Schicksal überlasse, wird mir das sowieso nicht gleich den Hals kosten. Das würde ich schon riskieren, und mehr! Verstehen Sie mich? Und mehr!« Er stampfte wütend mit dem Fuß auf.

Mr. Travers wich zurück. »Sie gewinnen nichts dabei, wenn Sie versuchen, mich einzuschüchtern«, sagte er. »Ich weiß ja gar nicht, wer Sie sind.«

Aller Augen standen weit offen; die Leute der Besatzung, dicht zusammengedrängt, äugten herüber wie eine Herde Schafe. Mrs. Travers zog ein Taschentuch heraus und wischte sich die Stirn. Das Gesicht des Segelmeisters, der an den Großmast gelehnt stand – so nahe den Herrschaften wie er nur wagte – glänzte, von den weißen Backenbärten umrahmt, so rot wie eine glühende Kohle zwischen zwei Schneeflecken.

D'Alcacer flüsterte: »Das ist ein richtiger Streit, und der Malerische ist zornig. Er ist beleidigt.«

Mrs. Travers' Fächer ruhte auf ihren Knien, und sie saß still, als wenn sie noch mehr zu hören erwartete.

»Meinen Sie nicht, ich sollte zu vermitteln versuchen?« fragte d'Alcacer. Sie antwortete nicht, und nach einer kleinen Weile fing er wieder an: »Was meinen Sie? Soll ich nicht versuchen zu vermitteln? Als Neutraler, als ein wohlwollender Neutraler? Ich mag den Mann mit dem Bart wirklich gern.«

Der zornige Wortwechsel ging, zur allgemeinen Bestürzung, mit lauter Stimme weiter.

»Ich würde Ihnen ohne weiteres den Rücken kehren, bloß ich denke an die armen Teufel da«, grollte Lingard wütend. »Haben Sie die gefragt, wie sie über die Sache denken?«
»Ich frage niemanden«, platzte Mr. Travers heraus. »Jedermann hier untersteht meinen Anordnungen.«
»Na, dann tun mir die Leute leid«, äußerte Lingard, mit plötzlicher Entschlossenheit, und er beugte sich vor, die Arme auf der Brust gekreuzt.
Darauf fuhr Mr. Travers zurück und vergaß sich so weit, daß er schrie: »Sie sind ein unverschämter Kerl. Ich habe Ihnen nichts mehr zu sagen.«
D'Alcacer, zu sich selbst murmelnd: »Jetzt wird es ernst«, trat einen Schritt vor, als er, seinen Ohren nicht trauend, Mrs. Travers rasch mit einer Art Inbrunst sagen hörte: »Bitte, gehn Sie nicht, unterbrechen Sie sie nicht. Oh! das ist etwas Wirkliches – Zorn und Wut – endlich etwas Wirkliches.«
D'Alcacer blieb stehen und lehnte sich wieder gegen die Reling.
Dann rief Mr. Travers, einen Arm ausgestreckt, noch einmal sehr laut: »Nichts mehr zu sagen! Verlassen Sie sofort mein Schiff!«
Und bei diesem Lärm erhob sich der schwarze Hund, der, mit blinkenden gelben Augen und die Schnauze auf den Pfoten, zu Füßen seiner Frau lag, und knurrte ungehalten. Mrs. Travers ließ ein leises, helles Lachen hören, das ihr unwillkürlich zwischen den weißen Zähnen zu entschlüpfen, zu entgleiten, hervorzuschnellen schien. D'Alcacer, sein Erstaunen verbergend, blickte in tiefem Ernst auf sie nieder; und nach einem leichten Seufzer sprach sie, mit lauter kleinen Heiterkeits-Ausbrüchen zwischen den Worten: »Nein, aber das ist ja – so – eine so neue Erfahrung, so etwas zu hören – so etwas zu sehen – so was echt Menschliches. Ach! Ach! Man könnte denken, sie hätten ihr ganzes Leben lang auf diese Gelegenheit gewartet – ha! ha! ha! Ihr ganzes Leben – auf diese – ha! ha! ha!«
D'Alcacer ging es plötzlich auf, daß sie mit diesen sonderbaren Worten völlig recht hatte, daß sie damit die Angelegenheit in ein unerwartet neues Licht rückte. Er lächelte, aber dann sagte er im Ernst: »Diese Wirklichkeit kann zu weit gehen. Ein Mann, der so pittoresk aussieht, ist zu allem möglichen fähig. Entschuldigen Sie mich ...« Und er verließ sie und ging auf Lingard zu, hager und mit lockeren Gliedern, und doch in

seiner Haltung, im Gang, in jeder lässigen Bewegung den Mann von Distinktion und guten Formen verratend.
Lingard fuhr mit angriffslustiger Miene herum, als er die leichte Berührung auf seiner Schulter spürte, aber sobald er seinen Blick von Mr. Travers abgewandt hatte, sank sein Zorn, schien lautlos zu seinen Füßen zu gleiten wie ein abgeworfenes Gewand.
»Verzeihen Sie«, sagte D'Alcacer ruhig. Die leichte Handbewegung, mit der er die Bemerkung begleitete, war kaum mehr als eine Andeutung, der Anfang einer versöhnlichen Geste. »Verzeihen Sie; aber das ist eine Angelegenheit, die auf beiden Seiten vollkommenes Vertrauen voraussetzt. Don Martin hier ist eine bedeutende Persönlichkeit ...«
»Ich habe ganz offen meine Meinung gesagt. Ich habe so viel gesagt, wie ich sagen durfte. Das hab' ich, da geb' ich mein Wort darauf«, erklärte Lingard mit gutlauniger Miene.
»Aha!« sagte d'Alcacer nachdenklich, »Ihre Zurückhaltung hängt also mit einem gegebenen Versprechen zusammen – mit – mit einer Ehrensache?«
Auch Lingard schien einen Augenblick nachzudenken.
»Wenn Sie wollen, können Sie es so ausdrücken. Und ich bin einem Mann nichts schuldig, der meine Hand übersah, die ich ihm entgegenstreckte, als ich an Bord kam.«
»Sie sind gegen uns hier so sehr im Vorteil«, erwiderte d'Alcacer, »daß Sie wohl so großzügig sein können, dies Versehen zu vergessen. Und ein bißchen mehr Vertrauen ...«
»Mein lieber d'Alcacer, Sie reden Unsinn«, mischte sich Mr. Travers ein, mit ruhiger Stimme, aber weißen Lippen. »Ich bin nicht so weit bis hierher gereist, um jedem Beliebigen die Hand zu schütteln und mir die Vertraulichkeiten des ersten besten Abenteurers anzuhören.«
D'Alcacer trat zurück mit einer fast unmerklichen Neigung des Kopfes gegen Lingard, der einen Augenblick mit zuckendem Gesicht dastand.
»Ich *bin* ein Abenteurer«, platzte er heraus, »und wenn ich kein Abenteurer gewesen wäre, hätte ich daheim für Leute wie Sie schuften müssen, wenn ich nicht verhungern wollte. Wenn ich nicht ein Abenteurer wäre, lägen Sie höchstwahrscheinlich mit durchschnittener Kehle hier an Deck und stierten gen Himmel.«
Mr. Travers ging mit einer Handbewegung über diese Antwort

hinweg. Aber andere hatten sie gleichfalls gehört. Carter hörte gespannt zu, und dem dicken kleinen Segelmeister schien plötzlich eine erschreckende Ahnung aufzudämmern. Er stürzte kurzbeinig auf Carter zu, zerrte an dessen Ärmel und stotterte verzweifelt: »Was sagt er? Was ist er? Was ist denn los? Sind die Eingeborenen unfreundlich? In meinem Buch steht: ›An dieser ganzen Küste Eingeborene freundlich!‹ In meinem Buch steht ...«

Carter, der einen Blick über Bord geworfen hatte, schüttelte die Hand des Segelmeisters ab. »Gehen Sie lieber hinunter in die Pantry, wo Sie hingehören, Skipper, und da lesen Sie den Abschnitt über die Eingeborenen nochmal durch«, sagte er mit wütender Verachtung. »Ich laß mich hängen, wenn nicht ein paar von ihnen gerade jetzt an Bord kommen, um Sie zu fressen – mitsamt Ihrem Buch. Machen Sie, daß Sie wegkommen und lassen Sie den Herrschaften den Vortritt bei diesem Tanz.«

Dann wandte er sich, in seiner alten schleppenden Sprechweise, an Lingard: »Ihr verrückter Steuermann hat Ihr Boot wieder hergeschickt, noch dazu mit einem Paar darin, das hier Besuch machen will.«

Ehe er ganz begriff, was mit diesen Worten gemeint war, erblickte Lingard zwei Köpfe, die sich über der Reling erhoben, die Köpfe von Hassim und Immada. Dann kamen die Körper der beiden ins Blickfeld, als wären sie allmählich der See entstiegen. Einen Augenblick standen sie an der Reling und schauten auf das Deck herab, als seien sie im Begriff, etwas Unbekanntes zu betreten, dann stiegen sie hinunter, begaben sich nach achtern und traten in den Schatten unter dem Sonnensegel, in die luxuriöse Umgebung, in die komplizierten Erregungen dieser ihnen unbegreiflichen Wesen.

Lingard, ohne einen Augenblick zu zögern, rief: »Was gibt es neues, o Rajah?«

Hassims Blick wanderte über das Deck des Schoners. Er hatte sein Gewehr im Boot gelassen und kam unbewaffnet, mit ruhiger Sicherheit auf die Weißen zu, mit einem leichten Lächeln auf den Lippen, als brächte er ihnen eine willkommene Gabe. Immada, halb verborgen hinter seiner Schulter, folgte auf leichten Füßen, die Ellbogen eng an den Körper gepreßt. Der dichte Schleier ihrer Wimpern verdeckte die Augen; sie sah jugendlich und tief nachdenklich aus, sie machte den Eindruck schüchterner Entschlossenheit.

Auf Armeslänge blieben sie vor den Weißen stehen, und für eine Weile sagte keiner ein Wort. Dann warf Hassim Lingard einen bedeutsamen Blick zu und äußerte rasch mit einem leichten Wink des Kopfes, der gewissermaßen die ganze Jacht meinte: »Ich sehe keine Kanonen!«

»N – nein!« erwiderte Lingard, der plötzlich verwirrt schien. Es war ihm eingefallen, daß er zum ersten Male seit zwei oder mehr Jahren die Existenz dieser Menschen vergessen, völlig vergessen hatte.

Immada stand da schlank und aufrecht mit niedergeschlagenen Augen. Hassim forschte in aller Ruhe in den Gesichtern, als suchte er in ihnen nach flüchtigen Zügen der Ähnlichkeit oder nach den leichten Schattierungen von Unterschieden.

»Was sind denn das für neue Eindringlinge?« fragte Mr. Travers ärgerlich.

»Das sind die Fischersleute, Sir«, meldete sich hier der Segelmeister, »die wir seit drei Tagen gesehen haben, wie sie in ihrem Kanu hin und her flitzen. Aber sie hatten nie den Verstand, auf unseren Anruf zu antworten, und 'n bißchen Fisch für unser Frühstück ...« Er lächelte unterwürfig und begann plötzlich, ohne Anlaß, zu brüllen: »He! Johnnie! Haste Fisch? Fisch? 'n Stückie Fisch? He? *Savee?* Fisch! Fisch ...« Er gab es plötzlich wieder auf und sagte ehrerbietig: »Mit diesen Wilden kann man sich überhaupt nicht verständigen, Sir«, und zog sich zurück, als hätte er etwas besonders Schlaues geleistet.

Hassim sah Lingard an. »Warum hat der kleine weiße Mann so geschrien?« fragte er besorgt.

»Sie möchten gern Fisch essen«, sagte Lingard wütend. Dann lachte er laut auf, kurz und hoffnungslos, als er auf Hassims Gesicht den Ausdruck äußerster Überraschung gewahrte.

»Fische wollen sie essen«, wiederholte Hassim, ungläubig starrend. »O ihr Weißen! O ihr Weißen! Fische essen! Gut – aber warum machte er so einen Lärm? Und warum hast du sie hierher geschickt ohne Kanonen?« Und nach einem bezeichnenden Blick auf das schräge Deck des gestrandeten Schiffs fügte er, Lingard leicht zunickend, hinzu: »Und ohne Kenntnisse?«

»Du hättest nicht herkommen sollen, o Hassim«, sagte Lingard übellaunig. »Kein Mensch versteht einen hier. Einen Rajah halten sie für einen Fischer ...«

»*Ya-wa!* Ein großer Irrtum, wahrhaftig, denn der Führer von zehn Flüchtlingen ohne Land ist viel weniger als der Häuptling eines Fischerdorfs«, bemerkte Hassim gelassen. Immada seufzte. »Aber du, Tuan, wenigstens du weißt die Wahrheit«, fuhr er mit stiller Ironie fort, und dann sagte er, nach einer Pause: »Wir kamen hierher, weil du vergessen hattest, nach uns auszuschauen. Wir hatten gewartet, wenig schlafend in der Nacht, und am Tage blickten wir mit heißen Augen auf das leere Wasser bis zum Rande des Himmels, ob du nicht kämest.«
Immada murmelte, ohne den Kopf zu heben: »Du hast nicht ein einziges Mal nach uns ausgeschaut. Nicht ein einziges Mal.«
»Meine Augen waren getrübt von zu viel Sorge«, erklärte Lingard mit der geduldigen Sanftmut in Ton und Miene, die jedesmal, wenn er mit dem jungen Mädchen sprach, sich aus seiner ganzen Person zu lösen schien, seine Schroffheit, den ganzen Eindruck seines Wesens mildernd, ähnlich dem träumerischen Nebel, der in der strahlenden Morgenfrühe um einen rissigen Fels im Ozean einen zauberhaft zarten Schleier webt. »Ich muß jetzt nach rechts und nach links schauen, wie in Zeiten plötzlicher Gefahr«, setzte er nach kurzem Zögern hinzu. Und sie flüsterte ein erschrecktes »Warum?«, so leise, daß der Schmerz, der darin klang, sich in dem Schweigen der aufmerksam beobachtenden Männer verlor und ohne Antwort blieb, ungehört, nicht beachtet, wie der Schmerz eines unfaßbaren Gedankens.

IV

D'Alcacer, im Hintergrund, überblickte sie alle mit tiefer und gespannter Aufmerksamkeit. Lingard schien nicht imstande, sich von der Jacht loszureißen, und blieb, gleichsam mitten im Gehen aufgehalten, stehen wie ein Mann, der innehält um das Letzte, was er zu sagen hat, zu überlegen; und wie er so still dastand, als hätte sein arbeitender Geist den Körper vergessen, erinnerte er Carter an jenen Augenblick in der Kajüte, als er allein diesen Mann mit seinen Gedanken ringen sah, regungslos gefesselt im Griff seines eigenen Gewissens.
Hörbar murrte Mr. Travers zwischen den Zähnen: »Wie lange

soll denn diese Vorstellung noch dauern? Ich habe den Wunsch geäußert, Sie gehen zu sehen.«

»Denken Sie doch an diese armen Kerle«, flüsterte Lingard mit einem schnellen Blick auf die in der Nähe versammelte Mannschaft.

»Sie sind gerade der Mann, dem ich am wenigsten trauen würde – in jedem Fall«, sagte Mr. Travers scharf, aber sehr leise, und mit einer unerklärlichen, aber ganz augenscheinlichen Genugtuung. »Sie vergeuden hier nur Ihre Zeit.«

»Sie ... Sie ...« stammelte Lingard mit starrem Blick. Grollend verbiß er sich eine Beschimpfung und schluckte sie mit Anstrengung hinunter. »Meine Zeit ist der Preis für Ihr Leben«, sagte er.

Er gewahrte, wie plötzlich eine Bewegung entstand, und er sah, daß Mrs. Travers sich aus ihrem Stuhl erhob. Sie schritt zu der Gruppe auf dem Achterdeck und ging geradewegs auf Immada zu. Hassim war beiseite getreten und hatte den Blick abgewendet, als vornehmer Malaie, der eine Frau, die an ihm vorbeikommt, nicht zu sehen scheint.

Sie war groß, schlank, und sie bewegte sich unbefangen. Ihre Gesichtsfarbe war auch im Schatten so blendend, daß sie um den Kopf einen Lichtschein zu verbreiten schien. Auf die glatte und breite Stirn fiel eine Fülle aschblonden, seidenweichen Haars, in Wellen wie die See, aber schwer wie ein Helm, ohne eine Spur von Glanz, ohne ein Schimmern in den Falten, als ob nie ein Lichtstrahl es berührt hätte; und über der weißen, glatten, von Leben pulsenden Kehle, über dem runden, kräftig und zart gebildeten Hals erschienen das herrlich strahlende Gesicht und die blasse Fülle des Haars, als wenn sie nie vom Sonnenschein geküßt worden wären.

Sie sprach lebhaft: »Aber da ist ja ein Mädchen!«

Mrs. Travers erregte in d'Alcacer abermals die Neugier. Ein starker Windstoß rüttelte jetzt am Sonnenzelt, und eines der Seitenkleider flog mit auf und ließ den fließenden Schimmer der flachen See herein. D'Alcacer gewahrte ihre leuchtende Weite, die ferne Linie des Horizonts, der, dunkel wie der Rand der ringsum lagernden Nacht, in einer Höhe mit Mrs. Travers' Schulter abschnitt... Wo war das noch, wo er sie zuletzt gesehen hatte – vor langer Zeit, auf der anderen Seite der Welt? Auch damals waren der glitzernde Glanz um sie her und der Eindruck leuchtender Weite. Auch die ringsum lagernde Nacht war da, die Nacht, die ruhig auf ihre Stunde wartet, in der sie herannahend den Flitter, den Glanz auslöscht und die Männer, die Frauen überfällt.

Für den Augenblick konnte er sich nicht erinnern, aber er gewann die Überzeugung, daß von allen Frauen, die er kannte, sie allein zum Handeln geschaffen schien. Jede ihrer Bewegungen verriet Entschlossenheit, innere Ruhe, die nichts bedeutet als das Leben selbst: die moralische Schönheit im Ausdruck der Furchtlosigkeit. An ihrer schlanken Gestalt gab es keine entstellenden Mißbildungen, und unter dem einfachen Kleid aus dunkelblauem Stoff zeigten sich ihre Formen in klarster Vollkommenheit.

Sie hatte nur sehr wenige Schritte zu gehen, aber noch ehe sie vor Immada stehenblieb, fiel es d'Alcacer plötzlich ein, wann er sie zum letztenmal im fernen Westen, unglaublich weit von hier gesehen hatte, unvorstellbar anders, wie in einer anderen Welt, als erschiene sie in der Phantasie einer fieberhaften Erinnerung. Er sah sie in der hellerleuchteten Pracht palastartiger Salons, in der unruhigen Ebbe und Flut eines Menschenmeeres, am Fuß felshoher Wände, unter hoch schwebenden Decken, die wie der Himmel der Tropen Licht und Hitze auf das seichte Geglitzer von Uniformen, Ordenssternen, Diamanten herabströmen ließen, auf funkelnde Augen in den müden oder teilnahmslosen Gesichtern im Gedränge irgendeines offiziellen Empfangs. Trat er dann hinaus, so empfing ihn die nächtliche Dunkelheit, die geduldig zu warten schien, während ein bewölkter Himmel die Dämmerung eines Londoner Morgens hinzögerte. Es war schwer, sich das vorzustellen.

Lingard, dessen Miene sich gefährlich verfinstert hatte, schlug sich auf den Schenkel und rief heftig bewegt und bestürzt: »Mein Gott, euch habe ich wirklich ganz vergessen!«

Mrs. Travers heftete ihren Blick unverwandt auf Immada. Neben dem Mädchen mit dem dunklen Gesicht und dem rabenschwarzen Haar behauptete sie sich mit ihren hellen Haaren und ihrer weißen Hautfarbe in der Reife ihrer Vollkommenheit, in der Überlegenheit der Blüte über das Blatt, des artikulierten Satzes, der einen Gedanken enthält, über den Schrei, der nur eine Empfindung ausdrücken kann. Unermeßliche Räume und unzählige Jahrhunderte erstreckten sich zwischen ihnen: und sie sah sie an, wie wenn man sich in das

eigene Herz schaut, mit äußerstem Interesse, mit stiller Verwunderung, mit grenzenlosem Mitgefühl.
Lingard murmelte warnend: »Rühren Sie sie nicht an.«
Mrs. Travers warf ihm einen Blick zu. »Meinen Sie, ich könnte ihr wehe tun?« fragte sie leise und war so überrascht, als sie ihn ein düsteres »Vielleicht« brummen hörte, daß sie zögerte, ehe sie lächelte.
»Fast noch ein Kind! Und so hübsch! Was für ein zartes Gesicht«, sagte sie, während noch einmal ein tiefes Atemholen des Seewindes die Sonnensegel hob und senkte, so daß das Rauschen, der Wind und das Glitzern des Wassers sich zusammenzutun schienen, um eiligst ihre Worte hinweg in die Weite zu tragen. »Ich hatte keine Ahnung, daß es so etwas entzükkend Sanftes gibt«, fuhr sie mit einer Stimme fort, die mühelos eine warme Liebkosung spüren ließ und die Seele mit zauberhafter Macht ergriff. »So jung! Und hier lebt sie – nicht wahr? Auf der See – oder wo? Sie lebt ...« Und dann vernahm man, als wäre sie im Sprechen sogleich in eine große Entfernung gerückt worden, ihr leises: »Wie lebt sie?«
Bisher hatte Lingard Edith Travers kaum gesehen. Er hatte niemanden wirklich gesehen außer Mr. Travers. Er blickte sie an und hörte sie sprechen, wie betäubt von einer neuen Empfindung.
Dann sah man ihm an, wie er mit Anstrengung seine Gedanken sammelte, und er sagte mit einem Rest von Zorn: »Was haben Sie mit ihr zu tun? Sie kennt Krieg. Wissen Sie überhaupt, was das ist? Und Hunger kennt sie auch, und Durst, und Leid – Dinge, die Sie nur vom Hörensagen kennen. Sie war dem Tod so nahe, wie ich hier vor Ihnen stehe – und was bedeutet das schon irgendwem von Ihnen allen hier?«
»Dieses Kind!« sagte sie, nachdenklich verwundert.
Immada wandte Mrs. Travers ihre kohlschwarzen Augen zu, die weich funkelten wie eine tropische Nacht, und die Blicke der beiden Frauen trafen sich, diese ungleichen und forschenden Blicke, schienen sich zu berühren, ineinanderzugreifen, einander mit dem Griff vertrauten Kontaktes festzuhalten. Dann trennten sie sich.
»Wozu sind sie gekommen? Warum hast du ihnen den Weg hierher gezeigt?« fragte Immada leise.
Lingard schüttelte verneinend den Kopf.

»Armes Mädchen«, sagte Mrs. Travers. »Sind sie alle so hübsch?«

»Wer – alle?« murrte Lingard. »Und wenn Sie alle Inseln nach allen Windrichtungen absuchten, würden Sie keine zweite finden, die so ist wie sie.«

»Edith!« ließ sich da die verweisend scharfe Stimme Mr. Travers' vernehmen, und jeder sah ihn leicht überrascht an.

Aber Mrs. Travers fragte: »Wer ist sie?«

Lingard, sehr rot und mit tiefernster Miene, erklärte kurz: »Eine Prinzessin.«

Sofort blickte er argwöhnisch um sich. Niemand lächelte. D'Alcacer, mit lässiger Höflichkeit, schlenderte herbei und gesellte sich zu Mrs. Travers, dicht an ihrem Ellbogen.

»Wenn sie eine Prinzessin ist, dann ist dieser Mann ein Ritter«, sprach er leise und im Tone der Überzeugung. »So wahr ich lebe, ein Ritter! Ein Nachkomme des unsterblichen Hidalgo, ein irrender Ritter des Meeres. Es wäre gut für uns, ihn zum Freunde zu haben. Im Ernst, ich glaube, Sie wollten ...«

Die beiden traten beiseite und verhandelten leise und hastig.

»Ja, Sie sollten ...«

»Wie kann ich?« unterbrach sie ihn, das, was er meinte, wie einen Fangball aufgreifend.

»Indem Sie irgend etwas sagen.«

»Ist das wirklich nötig?« fragte sie zweifelnd.

»Es würde jedenfalls nichts schaden«, erwiderte d'Alcacer, plötzlich achtlos. »Ein Freund ist immer besser als ein Feind.«

»Immer?« wiederholte sie bedeutsam. »Aber was könnte ich denn sagen?«

»Ein paar Worte«, antwortete er; »ich könnte mir denken, irgendwelche Worte, mit Ihrer Stimme ...«

»Mr. d'Alcacer!«

»Oder Sie könnten ihn vielleicht ein- oder zweimal so ansehen, als wenn er nicht gerade ein Räuber wäre«, fuhr er fort.

»Mr. d'Alcacer, haben Sie Angst?«

»Sehr große«, sagte er, indem er sich bückte, um den Fächer zu ihren Füßen aufzuheben. »Das ist der Grund, warum ich so auf eine Versöhnung dringe. Und Sie dürfen nicht vergessen, daß eine Ihrer Königinnen einst auf den Mantel eines Mannes trat, der vielleicht so war wie dieser hier.«

Ihre Augen funkelten, aber sie senkte sie schließlich. »Ich bin keine Königin«, sagte sie kalt.

»Leider sind Sie's nicht«, gab er zu, »aber die andere damals war eine Frau, deren einziger Zauber ihre Krone war.«

In diesem Augenblick verwahrte sich Lingard, mit dem Hassim ernstlich gesprochen hatte, mit lauter Stimme: »Ich habe diese Leute nie zuvor gesehen.«

Immada ergriff ihres Bruders Arm. Mr. Travers bemerkte schroff: »Haben Sie die Güte und entfernen Sie diese Eingeborenen!«

»Nie zuvor«, sprach Immada leise, wie in geheimer Erregung.

D'Alcacer warf Mrs. Travers einen Blick zu und trat einen Schritt vor.

»Könnte man sich über die Schwierigkeit, was es auch sein möge, nicht einigen, Kapitän?« sagte er mit ausgesuchter Höflichkeit. »Bedenken Sie, es sind ja nicht nur Männer hier ...«

»Laß sie sterben!« rief Immada triumphierend.

Zwar verstand allein Lingard den Sinn dieser Worte, aber alle an Bord fühlten sich bedrückt durch das unbehagliche Schweigen, das dem Ausruf folgte.

»Aha! Er geht. Jetzt, Mrs. Travers«, flüsterte d'Alcacer.

»Hoffentlich –!« rief Mrs. Travers und hielt inne, wie erschrokken unter dem Laut ihrer eigenen Stimme.

Lingard blieb stehen.

»Ich hoffe«, setzte sie wieder an, »daß dieses arme Mädchen glücklichere Tage erleben wird ...«

Lingard wartete gespannt und ernsthaft.

»Unter Ihrer Obhut«, schloß sie. »Und ich glaube, daß Sie es gut mit uns meinten.«

»Ich danke Ihnen«, sagte Lingard mit Würde.

»Du und d'Alcacer«, bemerkte Mr. Travers streng, »haltet diesen – äh – Menschen – und seine – äh – Freunde – unnötig auf – äh!«

»Sie habe ich ganz vergessen – und jetzt, was soll jetzt werden? Man muß – es ist hart – hart ...« fuhr Lingard unzusammenhängend fort, während er in Mrs. Travers' tiefblaue Augen blickte und das Gefühl hatte, als werde sein Inneres überwältigt und verwirrt, gleichsam in der Betrachtung unausdenkbarer Entfernungen. »Ich – Sie wissen ja nicht – ich – Sie – können – Ha! der Mann da, der ist an allem schuld!« brach es aus ihm heraus.

Ein paar Augenblicke lang starrte er wütend, wie außer sich, Mr. Travers an, warf dann einen Arm in die Luft und schritt auf das Fallreep zu, wo Hassim und Immada geduldig und aufmerksam auf ihn warteten. Er sagte nichts als »Kommt!« und stieg ihnen voraus hinab ins Boot. Auf dem Deck der Jacht war kein Laut zu hören, als die drei, einer nach dem andern, unter der Reling verschwanden, als ob sie ins Meer hinabgestiegen seien.

V

Der Nachmittag schleppte sich hin in Schweigen. Mrs. Travers saß in ihrem Liegestuhl, nachdenklich und müßig, den Fächer auf den Knien. D'Alcacer, in der Meinung, der Vorfall hätte in versöhnlichem Geiste behandelt werden sollen, versuchte diese Ansicht seinem Gastgeber zu übermitteln, aber dieser Herr, die Absicht mit Vorsatz mißverstehend, überschüttete ihn mit so vielen Entschuldigungen und Ausdrücken des Bedauerns wegen des unangenehmen und vielleicht beschwerliche Folgen zeitigenden Aufenhalts, »den Sie erleiden, nur weil Sie die Güte hatten, unsere Einladung anzunehmen«, daß d'Alcacer sich genötigt sah, von einer weiteren Erörterung des Themas abzusehen.

»Nicht einmal die Rücksicht auf Sie, mein lieber d'Alcacer, konnte mich dazu bestimmen, einem solchen offenkundigen Erpressungsversuch nachzugeben«, versicherte Mr. Travers mit kompromißloser Strenge. »Der Mann wollte mir seine Dienstleistungen aufzwingen, um dann eine hohe Forderung an Bergungsgeld einzureichen. Das ist das ganze Geheimnis – verlassen Sie sich darauf. Ich habe ihn natürlich sofort durchschaut.« Sein Monokel funkelte vor Scharfsinn. »Er hat meine Intelligenz unterschätzt. Und was für ein gefährlicher Schurke! Daß so ein Mensch in unserer Zeit existiert, ist ein wahrer Skandal.«

D'Alcacer zog sich zurück und versuchte, voller trüber Vorahnungen, stundenlang vergeblich, sich auf ein Buch zu konzentrieren. Mr. Travers ging ruhelos auf und ab und suchte sich einzureden, daß seine Entrüstung auf rein moralischen Gründen beruhe. Das blendende Tageslicht verlor, wie eine dem Feuer entzogene weißglühende Eisenmasse, allmählich an

Hitze, und das grelle Licht ging in eine tiefere Tönung über. Zur üblichen Zeit gingen zwei Matrosen in ihren weichen Gummischuhen geräuschlos nach achtern und nahmen schweigend die Relingskleider ab. Man erblickte wieder, wie jeden Tag, die Küste, die Untiefen, die dunklen Inselchen und die schneeweißen Sandbänke, – sie sahen aus, als warteten sie in stummer Wachsamkeit. Die Brigg im Vordergrund, den Bug der Jacht zugekehrt, die Rahen vierkant gebraßt, glich einem lebendigen Wesen, das in seiner ruhenden, anmutigen Haltung darauf zu lauern schien, mit einem einzigen Absprung zum Angriff überzugehen.

Zwei Stewards in weißen Jacken mit Messingknöpfen erschienen an Deck und begannen lautlos hin und her zu eilen und den Tisch auf dem flachen Dach des Kajütenlichts zum Abendessen zu decken. Die Sonne, zu anderen Ländern, anderen Meeren und anderen Menschen hin gleitend, überschüttete die Jacht zum Abschied mit einem Feuerwerk karminfarbener Strahlen, die sich in feurigen Funken auf dem Kristall und Silber brachen, die Messerklingen kurz aufleuchten ließen und das Weiß der Teller in einen rosigen Hauch tauchten. Auf der See lag ein purpurner Streifen wie eine Blutspur auf einem blauen Schild.

Als Mr. Travers sich hinsetzte, machte er eine ärgerliche Bemerkung über die Notwendigkeit, ganz von Konserven zu leben, da der für die Reise nach Batavia eingenommene Vorrat an frischem Proviant bereits verbraucht sei. Es war entschieden recht unangenehm.

»Übrigens reise ich nicht zu meinem Vergnügen«, setzte er hinzu, »und wenn ich glaube, daß das Opfer meiner Zeit und meiner Bequemlichkeit der Welt schließlich einiges Gute bringen wird, so ist das jedes Maß an Entbehrungen wert.«

Mrs. Travers und d'Alcacer schienen eine starke Abneigung gegen jedes Gespräch nicht abschütteln zu können, und die Unterhaltung schleppte sich hin wie eine abflauende Brise, die mit jedem schwachen Windstoß mehr und mehr dahinstirbt. Der weithin schweigende Horizont, die tiefe Regungslosigkeit aller sichtbaren Dinge drangen in Körper und Seelen und ließen Gedanken wie Stimmen in ihrer Stille versinken. Lange Zeit sprach niemand ein Wort. Hinter der Schweigsamkeit der Herrschaften bewegten sich lautlos die Diener.

Plötzlich murrte Mr. Travers laut, als schlösse er eine Gedan-

kenreihe ab: »Mit Bedauern gebe ich zu, daß ich es bis zu einem gewissen Grade an der nötigen Selbstbeherrschung fehlen ließ; aber Sie werden mir auch zugeben, daß so ein Mensch eine Schande für die Zivilisation ist.«
Diese Bemerkung blieb unerwidert, und er gab sich weiter seiner Entrüstung hin, auf deren Grunde, wie ein Ungeheuer im Nebel, sich ein ganz merkwürdiges Gefühl sonderbarer Boshaftigkeit verkroch. Er wies ein ihm dargebotenes Gericht ab.
»Diese Küste«, fing er wieder an, »ist im Vertrag von 1820 unter die alleinige Schutzherrschaft Hollands gestellt worden. Der Vertrag von 1820 enthält bestimmte Rechte und Verpflichtungen ...«
Beide Zuhörer verspürten lebhaft den dringenden Wunsch, nichts mehr hören zu müssen. D'Alcacer saß unbequem und steif auf einem Feldstuhl und starrte den Glasstöpsel einer Karaffe an. Mrs. Travers lehnte sich ein wenig zur Seite, stützte den Kopf auf die Handfläche wie jemand, der über Dinge von tiefer Bedeutung nachdenkt. Mr. Travers redete weiter; er redete unaufhaltsam mit herrisch leerer Stimme, als verlese er eine Proklamation. Die beiden anderen hörten halbwegs benommen zu und fingen nur Bruchstücke amtlicher Redewendungen auf.
»Eine internationale Verständigung – die Pflicht zu zivilisieren – verfehlte Ausführung – Vertrag – Canning ...« Hier horchte d'Alcacer einen Augenblick auf. »... nicht, daß dieser Versuch, fast amüsant in seiner Unverschämtheit, einen Einfluß auf meine Meinung hätte. Ich werde die Möglichkeit, daß Menschen in unserer Stellung irgendwelche Gewalt angedroht wird, niemals zugeben. Es ist der gesellschaftliche Aspekt eines solchen Vorfalls, den ich zu kritisieren wünsche.«
Hier verlor sich d'Alcacer noch einmal in der Vorstellung, wie Mrs. Travers und Immada einander gegenüberstanden und betrachteten – der Anfang und das Ende, die Blüte und das Blatt, der artikulierte Satz und der Schrei. Mr. Travers' Stimme fuhr noch lange fort zu reden, lehrhaft und hartnäckig. Schließlich hörte er auf, nicht ohne eine gewisse Heftigkeit: »Und wenn die minderwertigere Rasse zugrunde geht, so ist das nur ein Gewinn, ein Schritt vorwärts zur Vervollkommnung der Gesellschaft, der ja aller Fortschritt zustrebt.«
Er hielt inne. Die Sonnenfunken im Kristall und im Silber

waren erloschen, und rings um die Jacht war es, als ob die weit ausgedehnte Küste und die See unbewegt auf das Kommen der letzten Dunkelheit warteten. Das Abendessen war längst vorbei, und die Stewards, unter dem Erguß von Worten, standhaft wie Schildwachen im Regen, hatten geduldig gewartet.

Mrs. Travers erhob sich nervös und begab sich nach achtern, wo sie, ohne sich zu rühren, nach der Küste zu schauen begann. Hinter ihr war es, als wollte die bereits untergegangene Sonne die Wassermassen mit dem Widerschein eines unauslöschlichen Feuers durchdringen, und ihr zu Füßen war die schimmernde See, auf jeder Seite der Jacht, tiefblau gefärbt, als spiegele sie die Farbe ihrer Augen.

Mit ruhigen Schritten kam d'Alcacer auf sie zu, und eine Zeitlang lehnten sie sich Seite an Seite über die Reling. Dann sagte er: »Wie still es ist!«, und sie schien zu gewahren, daß die Stille dieses Abends noch tiefer und noch bedeutungsvoller war als je zuvor. Fast unbewußt murmelte sie: »Es ist wie ein Traum.« Wieder folgte ein langes Schweigen. Die Ruhe des Weltalls war von solch erhabener Größe, daß ihnen jeder Laut auf den Lippen erstarb, als ob sie fürchteten, die Stille zu entweihen. Der Himmel war so klar wie ein Diamant, und unter dem letzten Schimmer des Sonnenuntergangs breitete die Nacht ihren Schleier über die Erde. Etwas ungewöhnlich Beruhigendes lag in der still verklärten Schönheit des endenden Tages, dieses pulsenden, glitzernden und glühenden Tages, der nun in unendlichem Frieden dahinstarb, ohne jede Regung, ohne ein Erbeben, ohne Seufzer – in der Gewißheit des Wiederauferstehens.

Dann vertieften sich die Schatten mit einem Male rasch, die Schar der Sterne trat hervor, einen Regen fahler Lichtpunkte auf die Schwärze des Wassers streuend; tief unten erstreckte sich die Küste, ein gleichmäßig dunkler Streifen. Vor ihr ragten undeutlich die Toppen der Brigg hoch in die Dunkelheit.

Mrs. Travers brach zuerst das Schweigen. »Wie unnatürlich still! Wie eine öde Wüste von Land und Wasser ohne eine Menschenseele.«

»Zum mindesten einer hält sich darin auf«, sagte d'Alcacer leichthin, »und wenn man ihm Glauben schenken soll, so gibt es hier noch andere, Leute, die Böses im Schilde führen.«

»Meinen Sie, daß das wahr ist?« fragte Mrs. Travers.

Ehe er antwortete, versuchte d'Alcacer ihre Miene zu erkennen, aber es war schon zu dunkel dazu.
»Wie kann man eine so dunkle Wahrheit in einer so dunklen Nacht erkennen?« sagte er ausweichend. »Aber es ist leicht, das Böse für möglich zu halten, hier oder anderswo.«
Eine Weile schien sie in Gedanken verloren. »Und der Mann selbst?« fragte sie.
D'Alcacer zögerte, dann begann er langsam zu sprechen. »Derb, aber ungewöhnlich, in seiner Art entschieden ungewöhnlich. Durchaus nicht das, wofür Don Martin ihn hält. Im übrigen – mir ist er ein Rätsel. Schließlich ist er *Ihr* Landsmann . . .«
Sie schien überrascht. Daran hatte sie gar nicht gedacht. »Ja«, sagte sie langsam. »Aber wissen Sie, ich kann nicht – wie soll ich das sagen? – ich kann ihn mir gar nicht vorstellen. Er hat so gar nichts mit der Art Menschen gemein, wie ich sie kenne. Man weiß nicht, wo man ansetzen soll. Wie lebt so ein Mensch? Wie sind seine Gedanken? Seine Handlungen, seine . . .«
»Seine Konventionen«, schlug d'Alcacer vor. »Damit wäre alles gesagt.«
Plötzlich erschien Mr. Travers hinter ihnen, mit einer brennenden Zigarre zwischen den Lippen. Er nahm sie aus dem Mund, um aufs bissigste seine Entschlossenheit zu erklären, sich von keiner so »schurkischen Bedrohung« von seinem abendlichen Spaziergang abhalten zu lassen. Etwa dreihundert Meter südlich von der Jacht gab es eine Sandbank, die, fast eine Meile lang, in der Dunkelheit silbrig schimmerte und in der Mitte mit einem Gebüsch dürrer Sträucher bewachsen war, die bei der geringsten Bewegung der schweren Nachtluft sehr laut raschelten. Am Tage nach der Strandung hatten sie sich nach der Sandbank rudern lassen, um »die Beine ein bißchen zu vertreten«, wie der Segelmeister es ausdrückte, und seitdem schritten die drei dort jeden Abend eine Stunde lang auf und ab, als ob sie ein Vorrecht in Anspruch nähmen oder eine Pflicht erfüllten. Verloren in dämmeriger Unendlichkeit, wanderten sie am Rande des Wassers auf dem feuchten, glatten, ebenen Sande, der bei jedem Schritt elastisch nachgab wie das Fleisch eines Lebenden und unter dem Druck ihrer Sohlen sogar ein wenig schwitzte.
Dieses Mal schloß sich d'Alcacer allein Mr. Travers an. Mrs. Travers hörte, wie sie in das kleinste Boot der Jacht stiegen und wie der Mann, der die Nachtwache hatte, sie zu dem nächstge-

legenen Punkt der Sandbank ruderte. Dann kam der Mann zurück. Er kletterte die Lotsentreppe herauf, und sie hörte ihn zu jemandem an Deck sagen: »In einer Stunde soll ich sie abholen.«
Er ging nach vorne, seine Schritte verhallten, und eine schläfrige Ruhe, die gleichsam den Atem anhielt, breitete sich auf der gestrandeten Jacht aus.

VI

Nach einiger Zeit brachte die absolute Lautlosigkeit, die, wie sie fast körperlich spürte, von allen Seiten auf sie drückte, Mrs. Travers in einen Zustand des Halluzinierens. Sie sah sich selbst, wie sie allein am Ende der Zeit, am Rande der Tage stand. Alles war so regungslos, als würde es nie mehr dämmern, als würden die Sterne niemals erlöschen, als würde die Sonne nie mehr aufgehen. Alles war stumm, still, tot, als ob der Schatten der ununterbrochenen, der ewigen Nacht, die das Weltall füllt, der Schatten dieser Nacht, die so tief und ungeheuerlich ist, daß die flammenden Sonnen darin nichts sind als Funken, als Lichtpünktchen, als ob dieser ruhelose Schatten, der wie die Ahnung einer üblen Wahrheit alles auf der Erde, wohin er auch fällt, in Finsternis hüllt, auch sie einhüllte und sie undurchdringlich umgab, als wollte er für immer auf ihr lasten.
Und in dieser Vorstellung lag eine solche Endgültigkeit, ein solcher Einklang mit dem Zug ihrer Gedanken, daß, als sie ein leises »So sei es« in die Nacht flüsterte, es war, wie wenn sie einen der Sätze gesprochen hätte, die ein ganzes Leben zusammenfassen und beschließen.
Als junges Mädchen, dem man oft seine romantischen Einfälle vorwarf, hatte sie Träume, in denen die Aufrichtigkeit einer großen Leidenschaft als ideale Erfüllung und einzige Wahrheit des Lebens erschien. Als sie in die große Welt eintrat, machte sie die Erfahrung, daß jenes Ideal unerreichbar war, weil die Welt zu vorsichtig war, um aufrichtig zu sein. Dann hoffte sie, die Wahrheit des Lebens im Ehrgeiz zu finden, worunter sie den lebenslangen Dienst an einer Idee verstand, die Selbstlosigkeit verlangte. Mr. Travers' Name war in aller Munde; er schien der Begeisterung und der Hingabe fähig; er beschäftigte

ihre Phantasie auf Grund seines undurchschaubaren Wesens. Sie heiratete ihn, stellte fest, daß er als erstrebenswerteres Ideal nur seine eigene Karriere kannte, und damit waren ihre Hoffnungen fürs erste begraben.
Es war nur natürlich, daß ihr Gatte von dem sonderbaren Mißverständnis, dem sie unterlegen war, bestürzt sein mußte, und daß ihre Gleichgültigkeit gegenüber seinen respektablen Zielen ihm dauernd Kummer bereitete. Andererseits befriedigten ihn ihre Schönheit, der glänzende Eindruck ihrer Person und ihre gesellschaftlich nutzbaren Beziehungen durchaus. Sie wurde bewundert, sie wurde beneidet; sie war von Pracht und Schmeichelei umgeben; die Tage vergingen rasch, glänzend, einförmig, ohne eine Spur von Aufrichtigkeit oder wahrer Leidenschaft, ohne ein einziges echtes Gefühl – sogar ohne einen großen Kummer. Und die Tage vergingen flüchtig und führten sie weiter und weiter bis zu diesem Abend, zu dieser Küste, diesem Meer, bis zu diesem Augenblick und Erdenfleck, an dem sie das untrügliche Gefühl hatte, daß der herannahende Schatten ewiger Nacht haltgemacht hatte, um sie für immer zu bedecken.
»So sei es!« flüsterte sie, ergeben und doch trotzig, in die stumme und weiche Finsternis, die vor ihren Augen hing wie ein schwarzer und faltenloser Vorhang. Und wie zur Antwort auf ihr Flüstern wurde an der Fockrahe der Brigg eine Laterne aufgezogen. Sie sah sie aufsteigen, einen Augenblick hin und her schwanken, und plötzlich hing sie regungslos in der Luft, die tiefe Nacht zwischen den beiden Schiffen durchdringend mit ihrem Lichtschein, der, stark und stetig, aus der Ferne auf sie allein herabzuleuchten schien.
Wie ein vom Flammenschein gebannter Nachtfalter umflatterten ihre Gedanken das Licht, den Mann, das Mädchen, das Krieg und Gefahr kannte, dem Tod ins Auge gesehen hatte, das Mädchen, das augenscheinlich die Ergebenheit des Mannes gewonnen hatte. Die Ereignisse des Nachmittags waren an sich schon fremdartig gewesen, aber was ihren künstlerischen Sinn so stark fesselte, war die kraftvolle Energie, mit der sie sich dargestellt hatten. In ihrem Gedächtnis hafteten sie mit den klaren und einfachen Umrissen einer unsterblichen Sage, voller Geheimnisse, aber ohne jeden Zweifel absolut wahr. Was sie mitangesehen hatte, verkörperte echte und mächtige Empfindungen, wie sie zweifellos die Menschheit in ihrer noch unbe-

rührten Jugend beherrscht hatten. Für einen Augenblick beneidete sie die demütige und unbekannte Schwester um ihr Los. Nichts stand zwischen jenem Mädchen und der Wahrheit ihrer Empfindungen. Sie konnte aufrichtig und mutig sein, und zärtlich und leidenschaftlich und – nun ja – grausam. Warum nicht auch grausam? Sie mochte wohl auch die Wirklichkeit der Todesangst kennen und die Wirklichkeit der Liebe, in voller Kraft, ohne künstliche Hemmungen, ohne den schmerzhaften Zwang der Zurückhaltung.

Wenn sie daran dachte, wie so ein Leben beschaffen sein könnte, dann empfand Mrs. Travers, daß eine unerklärliche Gehobenheit von ihr Besitz ergriff, die intellektuelle Menschen so oft erleben, wenn sie sich ihrer physischen Fähigkeiten bewußt werden. Sie erglühte in der plötzlichen Überzeugung, daß auch sie in einer solchen Existenz bestehen könnte. Ihr Herz weitete sich vor dem augenblicklichen Verlangen, der Wahrheit der Dinge auf den Grund zu gehen – der nackten Wahrheit des Lebens und der Leidenschaft, die unter dem Schutt der Jahrhunderte begraben lag.

Sie glühte, und plötzlich schauderte sie zusammen, als sie mit einem Schock wieder zu sich kam, als wenn sie von einem Stern herabgestürzt wäre. Sie hörte das Wasser plätschern und gewahrte eine formlose Gestalt, die sich aus dem dunklen Nichts löste. Zu ihren Füßen sagte eine Stimme: »Ich erkannte Ihren Umriß – am Himmel.«

Sie unterdrückte eben noch einen Ruf der Überraschung und konnte nur abwärts spähen. Lingard, allein in dem kleinen Boot der Brigg, brachte das leichte Fahrzeug mit einem weiteren Schlag fast bis unter das Heck der Jacht, legte die Riemen ein und erhob sich. Sein Kopf und seine Schultern wurden längsseits sichtbar, und es sah aus, als stände er auf dem Meer. Unwillkürlich machte Mrs. Travers eine Bewegung, als wollte sie zurückweichen.

»Bleiben Sie«, bat er dringend, »sprechen Sie leise. Niemand darf wissen, daß ich hier bin. Was denken Ihre Leute eigentlich, wo sie sind? In einem Dock zuhause? Und Sie ...«

»Mein Mann ist nicht an Bord«, unterbrach sie ihn hastig.

»Ich weiß.«

Sie beugte sich ein wenig tiefer über die Reling. »Sie haben uns also beobachtet. Warum?«

»Jemand muß doch aufpassen. Ihre Leute sorgen so gut für den

Ausguck – nicht wahr? Jawohl. Seit Einbruch der Dunkelheit treibt sich eins meiner Boote dahinten herum, im tiefen Wasser. Ich habe mir geschworen, keinen von Ihnen mehr zu sehen, mit keinem zu sprechen, ich schwor, stumm, blind und taub zu sein. Und – hier bin ich!«

Mrs. Travers empfand, wie Beunruhigung und Mißtrauen einer außerordentlichen, brennenden und doch gelassenen Neugier Platz machten, als sähe sie dem unaufhaltsamen Wirken des Schicksals zu. Sie blickte auf Lingard hinab. Er trug keine Kopfbedeckung, er hielt die eine Hand gegen die Bordwand gestemmt und schien tief in Gedanken versunken.

»Weil Sie uns noch etwas zu sagen hatten«, redete Mrs. Travers ihm sanft zu.

»Ja«, sagte er in leisem Ton und ohne sich zu rühren.

»Wollen Sie nicht an Bord kommen und warten?« fragte sie.

»Wer? Ich?« Er hob den Kopf so schnell, daß sie zusammenfuhr. »Ich habe ihm nichts mehr zu sagen und ich werde sein Schiff nie mehr betreten. Man hat mir gesagt, ich soll gehen. Das genügt.«

»Er ist gewöhnt, sehr ehrerbietig angeredet zu werden«, sagte sie nach einer Pause, »und Sie ...«

»Wer ist er?» fragte Lingard kurz.

Ihr war, als zerstreuten die drei Worte ihre ganze Vergangenheit in die Lüfte – wie Rauch. Sie beraubten die gesamte Menge der Menschheit jeder Spur von Bedeutung. Zu ihrem Erstaunen fand sie, daß es auf die forschende Naivität dieser Frage in dieser Nacht und in dieser Umgebung keine passende Antwort geben konnte.

»Ich verlangte ja nicht viel«, begann Lingard wieder. »Oder doch? Ich wollte nur, daß Sie alle für fünf Tage an Bord meiner Brigg kommen sollten. Das ist alles ... Sehe ich aus wie ein Lügner? Es gibt manches, was ich ihm nicht sagen konnte. Ich konnte es ihm nicht erklären – ich konnte es nicht – ihm nicht – überhaupt keinem – keinem Menschen in der Welt ...«

Seine Stimme sank.

»Nicht einmal mir selbst«, schloß er, wie im Traum.

»Wir sind so lange hier unbelästigt geblieben«, fing Mrs. Travers, ein wenig unsicher, an, »daß es einem jetzt sehr schwer wird, an Gefahr zu glauben. Wir hatten die ganzen Tage niemanden gesehen außer den beiden, die Sie aufsuchten. Wenn Sie das alles nicht erklären möchten ...«

»Natürlich kann man nicht von Ihnen erwarten, daß Sie durch eine Mauer hindurchsehen«, unterbrach Lingard. »Diese Küste ist wie eine Mauer, aber ich weiß, was auf der anderen Seite ist... Und hier muß eine Jacht liegen, gerade jetzt! Als ich sie zu Gesicht bekam, konnte ich mir vorstellen, daß sie nicht mehr als eine Stunde von daheim fort sei. Ich brauchte nur ihre Masten zu sehen, um an alte Zeiten zu denken. Und dann die Gesichter der Jungens an Bord. Es war mir, als ob ich sie alle kennte. Es war mir, als wenn ich heimkehrte, als ich am wenigsten daran dachte. Und der Anblick von euch allen war mir verhaßt.«

»Wenn wir irgendeiner Gefahr ausgesetzt sind«, sagte sie nach einer Pause, in der sie versuchte, klug zu werden aus der geheimnisvollen Erregung, die sich hinter Lingards Worten verbarg, »dann braucht Sie das nicht zu beunruhigen. Unser zweites Boot ist nach Singapur gefahren, und man wird uns gewiß bald zu Hilfe kommen.«

»Beunruhigen! Kommt Ihr prächtiger Wachthabender hierher nach achtern? Ich möchte nicht, daß irgend jemand weiß, daß ich wieder hergekommen bin, um zu bitten – und wenn ich auch nur Sie bitte. Kommt er nach achtern?... Hören Sie! Ich habe Ihr zweites Boot aufgehalten.«

Sein Kopf und seine Schultern verschwanden, als sei er in eine tiefere Schicht der Dunkelheit getaucht, die über dem Wasser lagerte. Der Wachthabende, der sich in einem der Liegestühle auszustrecken beabsichtigte, aber plötzlich der Frau des Besitzers ansichtig wurde, ging stracks auf die Lampe zu, die unter dem Sonnenzelt hing, fingerte etwas daran herum und schlenderte wieder nach vorne.

»Das wagten Sie!« flüsterte Mrs. Travers in heftigem Ton in die Tiefe, und unmittelbar darauf tauchte Lingards Kopf wieder unter ihr auf mit emporgewandtem Gesicht.

»Ich mußte es wagen – oder alles aufgeben. Die Hilfe von Singapur wäre sowieso zu spät gekommen, wenn ich nicht die Macht hätte, Sie in Sicherheit zu bringen, und wenn jemand dazu imstande ist, dann kann *ich* Sie retten – ich allein. Ich dachte, ich würde einen vernünftigen Menschen hier finden, mit dem sich reden ließe. Das hätte ich besser wissen müssen. Sie kommen von zu weit her, um diese Dinge zu verstehen. Jedenfalls, ich hab's gewagt; ich habe Ihrem zweiten Boot einen Kerl nachgeschickt, der, wenn ich das will, sogar den Gouver-

neur selber festzuhalten versuchen würde. Der wird das schon besorgen. Vielleicht hat er's schon getan. Sie können also auf keine Hilfe rechnen. Aber ich bin ja hier. Sie sagten, Sie glaubten, ich meinte es gut mit Ihnen ...«
»Ja«, sagte sie leise.
»Deshalb dachte ich, Ihnen könnte ich alles erzählen. Ich mußte mit dieser Geschichte mit dem Boot anfangen. Und was denken Sie jetzt von mir? Ich habe Sie von der ganzen übrigen Welt abgeschnitten. Ihr alle würdet hier verschwinden wie ein Stein im Wasser. Sie verließen einen ausländischen Hafen, um nach einem anderen zu fahren. Wer wird sich darum kümmern, was aus Ihnen geworden ist? Wer würde das überhaupt wissen? Oder vermuten? Es würde Monate dauern, bis man anfinge, etwas zu unternehmen.«
»Ich verstehe«, sagte sie ruhig, »wir sind hilflos.«
»Und allein«, setzte er hinzu.
Sie schwiegen einen Augenblick, dann sagte sie mit sachlichem, unerregtem Tonfall: »Und was bedeutet das? Plünderung? Gefangenschaft?«
»Wenn ich nicht hier gewesen wäre, hätte es den Tod bedeutet«, erwiderte er.
»Aber Sie haben die Macht ...«
»Warum, glauben Sie, sind Sie noch am Leben?« rief er. »Jörgenson hat mit den Leuten an Land verhandelt«, fuhr er ruhiger fort, mit einer Armbewegung in Richtung der Nacht, wo sie am dunkelsten war. »Glauben Sie, er hätte sie zurückhalten können, wenn sie mich nicht jeden Tag hier erwartet hätten? Ohne meine Faust wären seine Worte in den Wind gesprochen gewesen.«
Sie hörte einen dumpfen Schlag an der Bordwand der Jacht und verbarg in der Finsternis, die die Gleichgültigkeit von Erde und Meer gegen Zorn und Schmerz menschlicher Herzen verhüllte, ein Lächeln über seinem Haupt, bezaubert von der schlichten Ausdruckskraft seiner Bilder.
Lingard vollführte eine heftige Bewegung, da das kleine Boot unter ihm hin und her schwankte, und sie sprachen langsam, wie geistesabwesend, als ob ihre Gedanken sich in der Unbestimmtheit ihrer Empfindungen verlören.
»Und dieser – dieser – wie sagten Sie? Jörgenson? Wer ist das?«
»Ein Mann«, antwortete er, »ein Mann wie ich.«

»Wie Sie?«
»Genau wie ich«, sagte er mit merkwürdigem Zögern, als müßte er eine peinliche Wahrheit gestehen. »Er hat mehr Verstand, vielleicht, aber weniger Glück. Allerdings, seit Ihre Jacht hier aufgetaucht ist, habe ich angefangen zu zweifeln, ob mein Glück noch der Rede wert ist.«
»Ist unsere Gegenwart hier so verhängnisvoll?«
»Für diesen und jenen kann sie den Tod bedeuten. Und für mich kann es noch schlimmer ausfallen. Und es liegt bei Ihnen in gewisser Weise. Bedenken Sie das doch! Ich kann nie wieder so eine Chance finden. Aber das ist ja nichts! Ein Mann, der mir einmal das Leben gerettet hat und dem ich mein Wort gegeben habe, würde denken, ich hätte ihn im Stich gelassen. Aber auch das ist nichts! Hören Sie! So wahr ich hier in meinem Boot stehe und mit Ihnen spreche: ich glaube, sie würde vor Kummer sterben.«
»Sie lieben sie«, sagte sie sanft.
»Als wenn sie meine Tochter wäre«, rief er erregt und leise.
Mrs. Travers äußerte ein kaum hörbares »Oh!«, und einen Augenblick lang herrschte Schweigen, dann fing er wieder an:
»Hören Sie zu. Als ich noch ein Junge auf einem Fischerboot war, hab' ich euch Leute auf den Jachten in den Kanalhäfen gesehen, und Sie waren mir so fremd wie Ihnen die Malaien hier. Ich verließ die Heimat vor sechzehn Jahren und habe mich um die ganze Erde durchgeschlagen. Ich hatte Zeit zu vergessen, wo ich einmal anfing. Was bedeuten Sie mir gegen diese zwei? Wenn ich hier auf der Stelle sterben würde, was würden Sie sich darum kümmern? Zu Hause würde sich kein Mensch darum kümmern. Kein Mensch in der ganzen Welt – außer diesen beiden.«
»Was kann ich tun?« fragte sie über die Reling gebeugt.
Er schien nachzudenken, und dann sprach er, den Kopf hebend, sanft: »Verstehen Sie, in welcher Gefahr Sie sind? Haben Sie Angst?«
»Ich verstehe natürlich den Ausdruck, den Sie gebrauchten. Verstehen, in welcher Gefahr –?« fuhr sie fort. »Nein – entschieden nicht. Und – ehrlich gesagt – ich habe keine Angst.»
»Keine Angst?« sagte er, und es klang enttäuscht. »Vielleicht glauben Sie mir nicht? Ich glaubte Ihnen doch, als Sie sagten, Sie wären sicher, daß ich's gut meinte. Ich vertraute Ihnen

doch so weit, daß ich herkam, um Sie um Hilfe zu bitten – und zu erzählen, was kein Mensch sonst weiß.«

»Sie verstehen mich falsch«, sagte sie, unwillkürlich dringlich werdend. »Dies ist so außergewöhnlich – so plötzlich – es geht völlig über meine Erfahrung.«

»Ja freilich«, murmelte er, »was wissen Sie von Gefahr und Sorgen? Gerade Sie! Aber vielleicht, wenn Sie sich's überlegen ...«

»Sie wollen, ich soll es durch Nachdenken mit der Angst kriegen!« Mrs. Travers lachte leichthin, und ihm, in seinem düsteren Grübeln, erschien dieses Aufleuchten von Heiterkeit unangemessen und beinahe schrecklich. Einen Augenblick war es dann, als lichte sich die Nacht zu Tageshelle und warmem Sonnenschein; aber als sie innehielt, kehrte mit einem Schlage die Dunkelheit zurück und legte sich ihm schmerzhaft schwer auf die Brust. »Ich glaube nicht, daß ich das fertig brächte«, schloß sie ernsthaft.

»Das könnten Sie nicht?« Er zögerte verwundert. »Die Dinge sehen schlimm genug aus, und Sie brauchten sich nicht zu schämen. Ich sage Ihnen«, sagte er hastig, »und ich bin wirklich kein ängstlicher Mensch, ich kann vielleicht nicht viel für Sie und Ihre Leute tun, wenn Sie mir nicht helfen.«

»Ich soll also so tun, als ob ich Angst hätte?« fragte sie rasch.

»Na ja, so tun als ob – so gut Sie können. Ein bißchen viel verlangt – Sie mußten in Ihrem Leben wohl nie heucheln – wie?«

»Das stimmt«, sagte sie nach einiger Zeit.

Sie sprach mit solch unerwarteter Bitterkeit, daß Lingard ganz bestürzt war.

»Seien Sie nicht gekränkt«, bat er sie. »Ich habe einen Plan, wie wir aus dieser Klemme herauskommen. Es ist freilich kein Kinderspiel. Könnten Sie so tun als ob?«

»Vielleicht, wenn ich mir sehr große Mühe gebe. Aber zu welchem Zweck?«

»Sie müssen alle an Bord meiner Brigg gehen«, fing er an, schnell sprechend, »und dann könnten wir vielleicht über diese Schwierigkeit wegkommen, ohne um unser Leben raufen zu müssen. Wenn Sie nun sagten, daß Sie es wünschten, daß Sie sich auf der Jacht unsicher fühlten – verstehen Sie?«

»Ich verstehe«, sagte sie nachdenklich.
»Die Brigg ist klein, aber die Kajüte ist ganz passend für eine Dame«, fuhr Lingard eifrig fort.
»Hat sie nicht schon eine Prinzessin beherbergt?« setzte sie kühl hinzu.
»Und ich werde Sie nicht stören.«
»Das sieht ja wirklich verlockend aus.«
»Niemand wird wagen, Sie zu stören. Sie brauchen mich nicht einmal zu sehen.«
»Das ist beinahe entscheidend. Nur ...«
»Ich weiß, was sich für mich gehört.«
»Nur, ich habe vielleicht nicht den Einfluß«, schloß sie.
»Das kann ich nicht glauben«, sagte er barsch. »Das Lange und Kurze der Sache ist, daß Sie mir nicht trauen, weil Sie glauben, nur Leute aus Ihren Kreisen sprächen immer die Wahrheit.«
»Offenbar«, murmelte sie.
»Sie sagen sich – das ist ein Kerl, der bis zum Hals mit Piraten, Dieben, Niggern unter einer Decke steckt ...«
»Das ist ja klar ...«
»Ein Mensch, wie ich ihn noch nie gesehen habe«, fuhr Lingard hemmungslos fort, »ein – na, eben ein Lump.«
Er hielt inne, völlig verwirrt. Nach einer Weile hörte er, wie sie ruhig sagte: »In dieser Beziehung sind Sie wie andere Männer: Sie werden böse, wenn Sie nicht gleich Ihren Willen durchsetzen können.«
»Ich böse!« rief er matt. »Sie verstehen mich nicht. Ich denke dabei auch an Sie. Es liegt mir schwer auf der Seele ...«
»Ich mißtraue nicht Ihnen, sondern meinem eigenen Einfluß. Sie haben auf Mr. Travers einen ungünstigen Eindruck gemacht.«
»Einen ungünstigen Eindruck?! Er behandelte mich, als wenn ich ein Eckensteher aus irgendeinem Hafen wäre. Aber das soll mir egal sein. Er ist ja Ihr Mann. Und für jeden Mann ist es schwer zu ertragen, diejenigen in Gefahr zu wissen, die er gern hat. Also wird er ...«
»Was für ein Machiavellismus!«
»Was, was sagten Sie?«
»Ich fragte mich nur, woher Sie das haben. Haben Sie das auf See gelernt?«
»Was soll ich gelernt haben?« sagte er verständnislos. Dann

spann er seinen Gedanken weiter: »Ein Wort von Ihnen, das dürfte genügen.«
»Meinen Sie?«
»Ich weiß das ganz bestimmt. Selbst ich, ich würde ...«
»Natürlich«, unterbrach sie ihn. »Aber glauben Sie nicht, daß es etwas schwierig ist, die Beziehungen wieder aufzunehmen, nachdem wir uns in so unfreundlicher Weise getrennt haben?«
»Ein Mann wie ich würde für Geld alles mögliche tun – verstehen Sie?«
Nach einer Pause fragte sie: »Und würde es Ihnen etwas ausmachen, wenn ich dieses Argument gebrauchte?«
»Nicht – solange Sie es besser wissen!«
Seine Stimme bebte – sie fuhr verwirrt zurück, als wenn er sie unerwarteter Weise angerührt hätte.
»Was ist das eigentlich, was auf dem Spiel steht?« fragte sie neugierig.
»Ein Königreich«, sagte Lingard.
Mrs. Travers lehnte sich über die Reling, die Augen weit geöffnet, und ihre Gesichter, eins über dem anderen, kamen sehr dicht zusammen.
»Nicht für Sie selbst?« flüsterte sie.
Er spürte den Hauch ihres Atems auf der Stirn und verhielt einen Augenblick still, vollkommen still, als wenn er beabsichtigte, sich nie mehr zu regen oder zu sprechen.
»Diese Dinge«, begann er plötzlich, »kommen einem in den Weg, wenn man gar nicht daran denkt, und sie wickeln einen ein, ehe man überhaupt weiß, worauf das hinausläuft. Als ich in die Bucht da in Neu-Guinea einlief, ahnte ich überhaupt nicht, wohin mich das führen sollte. Ich könnte Ihnen eine Geschichte erzählen. Sie würden sie verstehen. Sie! Ja, Sie!«
Er stammelte, zögerte, und plötzlich sprach er, vertraute die Visionen zweier Jahre der Nacht an, wo Mrs. Travers sie aufnehmen konnte, als wären die Worte in Flammenschrift geschrieben.

VII

Seine Erzählung wirkte auf sie so aufregend wie die Entdekkung einer neuen Welt. An seiner Hand umschritt sie die

Grenzen einer erstaunlichen Existenz, in die sie jetzt, dank der arglosen Begeisterung des Erzählers, Einblick gewann: Die heroische Beschaffenheit der Empfindungen verbarg, was maßlos und absurd war an dieser Dankbarkeit, der Freundschaft, an dieser unerklärlichen Treue. Die hemmungslose Entschlossenheit des Vorhabens gab dem obskuren Eroberungsplan die Umrisse eines großen Unternehmens. Es war klar, keine Vision einer unterjochten Welt wäre dem berühmtesten Abenteurer der Geschichte verlockender erschienen.

Von Zeit zu Zeit unterbrach er seine Erzählung, um zutraulich, als spräche er mit einem alten Freund, zu fragen: »Was würden Sie getan haben?« und erzählte eilig weiter, ohne ihre Antwort abzuwarten.

Betroffen wurde sie der großen Leidenschaft gewahr, die in all dem herrschte, was sie zu hören bekam, der Schönheit angeborener Kraft der Zuneigung, die sich selber fand, als sie sich einem Ziel verband und ins Weite schweifen durfte – es war eine heftig bekundete Zuneigung, eine zärtliche Empfindung der Freundschaft, die nur dadurch zu befriedigen war, daß man menschlichen Wesen gegen ihr eigenes Schicksal zu Hilfe kam. Vielleicht war es ihr Haß auf die alle ihre echten Antriebe hemmende Konvention, der sie befähigte zu verstehen, was in den Formen menschlicher Torheit so innerlich groß und tief sein kann, so einfach und so unendlich verschieden je nach den Gegenden der Erde und den Zeitumständen.

Was machte es aus, daß der Erzähler nur ein umherstreifender Seemann war, das Königreich in einem Dschungel lag, die Menschen nur unbekannte Waldbewohner, die Leben dort dunkel waren! Diese einfache Seele war ergriffen von der Größe der Aufgabe, und in ihren feurigen Antrieben lag nichts Niedriges. Sobald Edith Travers das einmal begriffen hatte, sagte die Geschichte der Kühnheit ihrer Gedanken zu, und sie wurde von dem, was sie da vernahm, so bezaubert, daß sie vergaß, wo sie war. Sie vergaß, daß die Erzählung auch sie persönlich betraf, sie sah sie sozusagen in weiter Ferne, wie etwas, mit dem sie nichts zu tun hatte, Wahrheit oder Erfindung, in malerischer Sprache dargeboten, und etwas Wirkliches nur durch ihre eigene Empfindung, die das Gehörte willig aufnahm.

Lingard hielt inne. Da das leidenschaftliche Murmeln aufhörte, begann sie nachzudenken. Zuerst war es nur die bedrückende Ahnung, daß es in dem, was der Mann da erzählte, eine Bedeutung gab, auf die es wirklich ankam, die sie persönlich anging. Zum erstenmal ging ihr der Schatten von Gefahr und Tod durch den Sinn. War das die Bedeutung? Plötzlich, in einer blitzartigen Erleuchtung, sah sie sich selbst hilflos in die Geschichte verwickelt, wie jemand, der in eine Naturkatastrophe gerät.

Er sprach weiter. Er hatte nicht mehr als eine Minute geschwiegen. Mrs. Travers kam es so vor, als wären inzwischen Jahre vergangen, so anders war nun der Eindruck seiner Worte. Ihr Gemüt war eigentümlich bewegt, als wäre die Tatsache, daß er gekommen war, um mit ihr zu sprechen und sich ihr anzuvertrauen, ein gewaltig erschütterndes Ereignis gewesen. Es betraf ihre eigene Existenz unmittelbar, war ein Teil dieser Geschichte selbst. Eben das war das Beunruhigende. Sie hörte ihn mehrere Namen aussprechen: Belarab, Daman, Tengga, Ningrat. Sie gehörten jetzt zu ihrem Leben, und mit Bestürzung wurde sie gewahr, daß sie mit diesen Namen keinerlei menschliche Vorstellungen verbinden konnte. Sie standen für sich allein da, in die Nacht hineingeschrieben; sie erschienen wie Symbole, die sich ihren Sinnen tief einprägten. Sie flüsterte nachdenklich: »Belarab, Daman, Ningrat«, und diesen barbarischen Lauten schien eine außergewöhnliche Kraft innezuwohnen, etwas Verhängnisvolles – sie schmeckten nach Wahnsinn.

»Keiner ist unter ihnen, der mit den Weißen nicht eine schwere Rechnung zu begleichen hätte. Was geht das mich an! Ich mußte irgendwie Leute zusammentrommeln, die bereit waren zu kämpfen. Um sie zusammenzukriegen, riskierte ich mein Leben. Ich habe ihnen Versprechungen gemacht, die ich halten muß – oder...! Können Sie jetzt verstehen, warum ich es wagte, Ihr Boot anzuhalten? Ich stecke so tief in der Sache, daß mir alle Sir Johns in der Welt egal sind. Wenn ich mir mein Vorhaben so ansehe, ist mir alles egal. Ich habe Ihnen eine Chance gegeben – eine gute Chance. Das mußte ich tun. Nein! Ich sehe wohl nicht so recht wie ein Gentleman aus. Ja ja! Daran liegt's. Aber ich weiß, was ein Gentleman ist. Ich habe Jahre mit ihnen zugebracht. Ich habe mit ihnen gute Kameradschaft gehalten – jawohl – auf Goldfeldern und anderswo, wo ein Mann zeigen muß, was in ihm steckt. Einige von ihnen schreiben mir heute noch aus der Heimat hierher –

wie Sie mich hier sehen, weil ich – na, lassen wir das! Und ich weiß, was ein Gentleman tun würde. Hören Sie! Würde er einen Fremden nicht anständig behandeln? Würde er nicht daran denken, daß kein Mensch ein Lügner ist, ehe man es ihm nachweist? Würde er ein gegebenes Wort, ganz gleich, wo er es gegeben hat, nicht halten? Nun, eben das will ich jetzt tun. So lange ich lebe, soll Ihnen kein Haar gekrümmt werden!«

Sie hatte inzwischen viel von ihrer Fassung wiedergewonnen, aber bei diesen Worten verspürte sie das erschreckende Gefühl äußerster Unsicherheit, das man bei dem ersten Stoß eines Erdbebens empfindet. Ihm folgte eine Stille der Erwartung, und sie schwieg. Er dachte, sie glaubte ihm nicht.

»Hören Sie! Was in aller Welt, meinen Sie, hat mich hierher gebracht – und daß – daß ich so mit Ihnen rede? Da hat mich Hassim – Rajah Tulla sollte ich eigentlich sagen – da hat er mich diesen Nachmittag gefragt: ›Was wirst du nun mit diesen Leuten, deinen Leuten, machen?‹ Ich glaube, er denkt immer noch, daß ich Sie aus irgendeinem Grunde hierher geholt habe. Man weiß ja nie, was für verschrobene Vorstellungen in diesen Dickköpfen stecken. Es ist manchmal zum Verrücktwerden.« Er fluchte. »Meine Landsleute! Sind Sie das? Wieso? Sagen Sie doch – wieso? Sie haben mit mir nicht mehr zu tun als ich mit Ihnen! Würde sich irgendeiner von euch feinen Leuten zu Hause ruinieren, um die Mannschaft eines Fischkutters vor dem Ertrinken zu retten?«

Wenn auch ein leichtes Gefühl der Unsicherheit noch in ihr nachzitterte, konnte sie sich nicht vorstellen, daß der Tod sie bedrohe. Sie fühlte sich von intensiver Lebenslust durchdrungen. Eine überschäumende Kraft, die so neu war, als sei das Leben ihr eben in diesem Augenblick als Gabe zuteil geworden. Die in der Nacht verborgene Gefahr gab kein Zeichen, das ihr Schrecken hätte einjagen können, aber die Gedanken und Taten einer einfachen und leidenschaftlichen menschlichen Seele wurden ihr rückhaltlos anvertraut und wirkten in dem verwirrenden Zauber eines unerhörten Erlebnisses. Sie hörte einem Manne zu, der nichts verbarg. Und in fragendem Ton sagte sie: »Und doch sind Sie gekommen.«

»Ja«, erwiderte er, »zu Ihnen – und nur Ihretwegen.«

Die über die Bänke strömende starke Flutwelle verursachte ein friedlich rieselndes Geräusch am Ruder der Jacht.

»Ich will aber nicht allein gerettet werden.«

»Dann müssen Sie sie selber herüberbringen«, sagte er in mürrischem Tonfall. »Da ist die Brigg ... Ich – meine Leute – meine Schußwaffen – alles steht zu Ihrer Verfügung. Sie wissen, was Sie zu tun haben.«

»Ich will's versuchen«, sagte sie.

»Na, gut. Wenn Sie versagen, können mir die armen Teufel da vorne leid tun. Aber Sie werden natürlich nicht versagen. Behalten Sie die Lampe da auf der Brigg im Auge. Ich ließ sie mit Absicht aufheißen. Die Gefahr mag uns näher sein, als wir denken. Zwei meiner Boote sind auf Erkundung ausgefahren, und wenn sie schlechte Nachrichten zu melden haben, wird die Lampe heruntergeholt werden. Vergessen Sie nicht, was das heißt. Und ich habe Ihnen erzählt, was ich sonst keinem Menschen erzählt habe. Denken Sie auch daran, wie mir zumute ist. Ich habe Ihnen alles erzählt, weil ich – weil ich nicht anders konnte.« Er stieß sich von der Bordwand ab und glitt unter Mrs. Travers' Augen fort. Ein leises Plätschern, dann verging auch das.

Sie entfernte sich von der Reling. Die Lampe und die Oberlichter verbreiteten einen schwachen Schimmer über die Decks. Dieser Abend war wie der gestrige – wie alle Abende zuvor. »Ist das alles möglich, was ich da gehört habe?« fragte sie sich. »Nein – aber wahr ist es.« Sie ließ sich in einem Deckstuhl nieder und versuchte nachzudenken, fand aber, daß sie sich nur zu erinnern vermochte. Plötzlich sprang sie auf. Sie glaubte ganz bestimmt zu hören, wie jemand sehr von weitem die Jacht anrief. War es dieser Mann, der rief? Sie lauschte, und da sie nichts vernahm, ärgerte sie sich über sich selbst, daß sie sich von einer Stimme täuschen ließ.

›Er sagte, er könne mir vertrauen. Aber, was ist das für eine Gefahr? Was ist überhaupt Gefahr?‹ grübelte sie.

Von vorne her näherten sich Schritte. Die Gestalt des Wachmannes glitt undeutlich über das Fallreep. Er pfiff leise vor sich hin und verschwand. Aus dem Boot scholl dumpfes Poltern, gleich darauf hörte man die Riemen eintauchen, und die leisen Geräusche wurden von der Nacht verschlungen. Mrs. Travers ließ sich wieder nieder, viel ruhiger als zuvor.

Sie war imstande – und hatte den Mut – ihre eigenen Gedanken zu denken. An sich konnte sie in keiner Weise etwas unternehmen, bis ihr Gatte zurückkehrte. Es waren nicht gerade die Warnungen Lingards, die ihr den stärksten Eindruck gemacht hatten. Dieser Mann hatte ihr rückhaltlos das Innerste seiner Seele geöffnet: alles lag offen vor ihr da – seine Wünsche, seine Irrungen, seine Zuneigungen und Zweifel, seine ungestüme Ungeduld und seine Torheit, und das Leben, das er mit all dem führte, war wohl gesetzlos, aber es zeugte nicht von niedriger Gesinnung. Sie war jetzt in zu gehobener Stimmung, um ihn anders als von einem ausschließlich menschlichen Gesichtspunkt her zu betrachten. Wenn er ihr vertraute (wie sonderbar; warum sollte er ihr eigentlich vertrauen? Irrte er sich am Ende?), nahm sie dies Vertrauen hin mit dem redlichsten Gewissen. Und als ihr die Ahnung aufging, daß von allen Männern in der Welt, die sie kannte, dieser Mann ihr ohne jeden Zweifel am besten bekannt war, überkam sie einen Augenblick lang ein Verwundern, dem eine tiefe Traurigkeit auf dem Fuße folgte. Es war ihr, als sei es eine unglückselige Angelegenheit, die sie allein anging.

Ihre Gedankengänge wurden jetzt unterbrochen, da sie gespannt lauschend die Rückkehr des Bootes erwartete. Die Aufgabe, die ihr bevorstand, nahm ihr den Mut. Nicht ein Laut unterbrach die Stille, und ihr war, als schwebe sie verloren im leeren Raum. Dann hörte sie plötzlich jemanden mittschiffs gewaltig gähnen und hörte ihn sagen: »Ach ja, du lieber Gott! Du lieber Gott!« Eine Stimme fragte: »Sind sie noch nicht zurück?« und eine andere brummte verneinend.

Mrs. Travers war von Lingards Wesen so ergriffen, weil es so leicht zu verstehen war. Wie einfach war das Leben, bedachte sie. Sie war ganz offen mit sich selbst: sie betrachtete ihn unabhängig von der gesellschaftlichen Ordnung. Sie stellte fest, daß er in dieser Ordnung keinen Platz fand. Wie köstlich! Hier war nun wirklich einmal ein menschliches Wesen, und die nackte Wahrheit der Dinge, die zuvor unterm Schutt der Jahrhunderte vergraben war, war ihr ganz nahe gerückt. Dann ging ihr die Einsicht auf, daß dieser Mensch und das, was er vorhatte, sie mit einem Schlag aus ihrer gesellschaftlichen Stellung warf, daß ihr Reichtum, ihr Rang, ihre Vergangenheit plötzlich nichts galten. »Ich bin ganz hilflos. Was bleibt mir noch?« fragte sie sich. Nichts! Jeder hätte ihr nun sagen können: »Deine Person.« Ihre unnatürliche Erziehung hinderte sie daran, an ihre Schönheit zu denken; und doch gehört die Macht der Persönlichkeit zu der nackten Wahrheit der Dinge.

Sie blickte über die Schulter und sah das Licht an der Nock der Fockrahe der Brigg in dem flimmernden Licht der über der Küste hängenden Sterne mit starker, ruhiger Flamme brennen. Dann vernahm sie einen dumpfen Stoß, als wenn ein Boot im Dunkeln vierkant gegen das Fallreep geprallt wäre. Sie waren zurück! Sie erhob sich, plötzlich in äußerster Erregung. Was sollte sie sagen? Wieviel durfte sie sagen? Womit sollte sie anfangen? Warum überhaupt etwas sagen? Es würde absurd sein, wie wenn man ernsthaft von einem Traum redet. Sie würde es nicht wagen! Einen Augenblick geriet sie in einen Zustand, der an Irrsinn grenzte. Sie hörte jemand das Fallreep heraufkommen. In der Absicht, Zeit zu gewinnen, ging sie rasch nach achtern an die Heckreling. Das Licht über der Brigg leuchtete ihr entgegen, ohne zu flackern, riesengroß inmitten der in dem ungeheuren Nachtdunkel verstreuten Sonnen.

Sie starrte das Licht an und dachte: ›Ich werde ihm gar nichts sagen. Unmöglich. Nein! Ich werde ihm alles erzählen.‹ Jeden Augenblick erwartete sie ihres Mannes Stimme zu hören, und die Spannung wurde unerträglich, weil sie fühlte, daß sie sich dann entscheiden mußte. Irgendwer an Deck plapperte aufgeregt. Sie hoffte dringend, daß d'Alcacer zuerst das Wort ergreifen und damit den fatalen Augenblick hinausschieben würde. Eine Stimme sagte schroff: »Was ist los?« Und trotz ihrer Not erkannte sie Carters Stimme; sie hatte den jungen Mann bemerkt, der sich von der übrigen Mannschaft nicht unwesentlich unterschied. Sie kam zu dem Schluß, daß man die ganze Sache als einen Scherz behandeln konnte, oder – warum sollte sie nicht Furcht heucheln? In diesem Augenblick begann das Licht in der Fockrahe, auf das sie immer noch hinstarrte, deutlich zu zittern, und das bestürzte sie so, als wäre sie einer Bewegung im Firmament gewahr geworden. Mit offenen Lippen, bereit zu schreien, sah sie das Licht mehrere Fuß tief sinken, noch einmal aufflackern und dann erlöschen. Jetzt war alles Zaudern in ihrer Seele vorbei. Dies erste Zeichen drohender Gefahr erregte in ihr eine ganz neue Empfindung. Aus irgendeinem entlegenen Grunde schämte sie sich jetzt ihrer Unschlüssigkeit.

Rasch schritt sie nach vorne und traf unter der Lampe mit

Carter zusammen, der nach achtern kam. Beide blieben stehen und sahen einander an, die Gesichter vom Licht erhellt, und beide zeigten sich betroffen von dem Ausdruck in der Miene des Gegenübers. Die vier Augen blickten weit geöffnet.
»Haben Sie's gesehen?« fragte sie und begann zu zittern.
»Woher wissen Sie's?« fragte er zur gleichen Zeit, offensichtlich überrascht.
Plötzlich sah sie, daß alle an Deck waren.
»Das Licht ist herunter«, sagte sie stockend.
»Die Herren sind verschwunden«, sagte Carter. Dann wurde er gewahr, daß sie nicht zu begreifen schien. »Von der Sandbank entführt«, fuhr er fort, indem er sie scharf betrachtete, um zu sehen, wie sie die Nachricht aufnahm. Sie schien ruhig. »Geschnappt wie die Lämmchen! Nicht mal ein Quieken war zu hören«, platzte er voller Entrüstung heraus. »Aber die Sandbank ist lang, und sie sind vielleicht am anderen Ende gewesen. Waren Sie an Deck, gnädige Frau?« fragte er.
»Ja«, murmelte sie. »In dem Stuhl da.«
»Wir waren alle unten. Ich mußte mich ein bißchen ausruhen. Als ich heraufkam, war der Wachmann fest eingeschlafen. Er schwört zwar, er sei wach gewesen, aber ich weiß es besser. Niemand hat irgendwas gehört, wenn nicht Sie. Aber vielleicht schliefen Sie gerade?« fragte er ehrerbietig.
»Ja – nein – doch, ich habe wohl geschlafen«, erwiderte sie schwach.

VIII

Lingards Seele war durch das Gespräch mit Mrs. Travers sehr erregt, gespannt von der Ungewißheit und erschöpft in äußerster Müdigkeit. Als er wieder an Bord seiner Brigg war, erkundigte er sich nach Hassim und erhielt den Bescheid, daß der Rajah und seine Schwester in ihrem Kanu abgefahren seien mit dem Versprechen, vor Mitternacht zurückzukommen. Die zwischen die Inseln nördlich und südlich des Ankerplatzes auf Erkundung ausgeschickten Boote waren noch nicht zurückgekehrt. Er ging in seine Kajüte, warf sich auf das Sofa, schloß die Augen und dachte: ›Ich muß schlafen oder ich werde verrückt.‹ Von Zeit zu Zeit fühlte er ein unerschütterliches Vertrauen zu Mrs. Travers – dann erinnerte er sich ihres Gesichts. Im nächsten Augenblick verwischte sich ihr Antlitz, er bemühte sich, das Bild festzuhalten, umsonst – und dann war er ohne den Schatten eines Zweifels überzeugt, daß er völlig verloren sei, wenn er nicht zuließ, daß alle diese Leute vom Angesicht der Erde vertilgt würden.

›Sie hörten es alle, wie der Mann mir befahl, sein Schiff zu verlassen‹, dachte er und darauf überließ er sich eine Sekunde oder zwei, ohne zu schaudern, der finsteren Vorstellung eines Blutbades. ›Und doch mußte ich ihr sagen, daß ihr nicht ein Haar gekrümmt werden würde. Nicht ein Haar.‹

Und sonderbar: wie er sich dieser Worte entsann, schien es in der Welt keinerlei Schwierigkeiten mehr zu geben. Ab und zu kamen immer noch finstere Augenblicke, da er rein vor Müdigkeit an gar nichts dachte, und in einem dieser Augenblicke fiel er in Schlaf; er verlor das Bewußtsein so plötzlich, als hätte ihm jemand einen wuchtigen Schlag auf den Kopf versetzt.

Als er sich aufrichtete, fast noch ehe er völlig wach war, beunruhigte ihn zuerst die Überzeugung, daß er die ganze Nacht durchgeschlafen habe. Im Salon brannte Licht, und durch die offene Tür sah er deutlich Mrs. Travers durch den beleuchteten Raum schreiten und entschwinden.

›Sie sind also doch an Bord gekommen‹, dachte er; ›wie kommt es, daß man mich nicht gerufen hat?‹

Er stürzte in den Salon. Niemand! Er warf einen Blick auf die Uhr im Oberlicht und sah mit Verdruß, daß sie stehengeblieben war, bis sein Ohr das leise Ticken vernahm. Sie ging also! Er konnte nicht mehr als zehn Minuten geschlafen haben. Und er war ja erst seit zwanzig Minuten wieder an Bord!

Also war es nur eine Täuschung: er hatte niemanden gesehen. Und doch erinnerte er sich einer bestimmten Wendung des Kopfs, einer Linie des Nackens, der Farbe des Haars, der Bewegung der Gestalt, wie sie vorüberging. Er kehrte mutlos in seine Kajüte zurück, murrend: »Heute nacht finde ich doch keinen Schlaf mehr«, und kam alsbald wieder heraus, ein paar Bogen Papier in der Hand, die mit einer steilen, eckigen Handschrift bedeckt waren.

Dies war Jörgensons Brief, vor drei Tagen geschrieben und Hassim anvertraut. Lingard hatte ihn schon zweimal gelesen, aber er schraubte die Lampe ein wenig höher und setzte sich, um den Brief noch einmal zu lesen. Auf dem roten Schild über seinem Kopf schien das Bündel der Blitze, die zwischen den

Initialen seines Namens herabzuckten, unmittelbar nach seinem Nacken zu zielen, während er am Tisch saß, die bloßen Ellenbogen aufgestützt, und über den zerknitterten Bogen brütete.
Der Brief begann so:

Hassim und Immada fahren heute abend hinaus, um sich nach Ihnen umzusehen. Sie sind bereits überfällig, und mit jedem Tag, der vergeht, wird die Lage schlimmer.
Vor zehn Tagen kamen drei von Belarabs Leuten, die auf den kleinen Inseln Schildkröteneier gesammelt hatten, Hals über Kopf zurück und erzählten, auf den Bänken draußen sei ein Schiff gestrandet. Belarab untersagte sofort allen Booten, die Lagune zu verlassen. So weit so gut. Im Dorf gab es eine große Aufregung. Ich denke, es muß ein Schoner sein – wahrscheinlich von irgend so einem blödsinnigen Händler. Jedenfalls werden Sie über das alles im Bilde sein, wenn Sie dieses hier lesen. Sie werden vielleicht sagen, ich hätte rausfahren können, um selber mal nachzusehen. Aber erstens wollte ich nicht gegen Belarabs Befehle handeln, des guten Beispiels wegen, und zweitens befindet sich Ihr ganzes Vermögen, Tom, hier auf der *Emma* unter meinen Füßen, und ich möchte meinen Posten auch nicht für einen halben Tag verlassen. Hassim nahm an der Beratung teil, die jeden Abend in dem Schuppen vor Belarabs Palisade abgehalten wird. Der heilige Mann namens Ningrat war dafür, das gestrandete Schiff zu plündern. Hassim widersprach ihm und behauptete, das Schiff sei wahrscheinlich von Ihnen geschickt, weil man noch nie gehört habe, daß je ein Schiff der Weißen sich hierher zwischen die Untiefen getraut hat. Belarab unterstützte Hassim nachdrücklich. Ningrat war sehr zornig und warf Belarab vor, er gäbe ihm, Ningrat, zu wenig Opium zu rauchen. Zuerst nannte er ihn »O Sohn«, und zuletzt schrie er ihn an: »O du, schlimmer als ein Ungläubiger!« Es gab ein großes Tohuwabohu. Tenggas Gefolgsleute waren bereit einzugreifen, und Sie wissen, wie es mit Tengga und Belarab steht. Es war immer Tenggas Wunsch gewesen, Belarab zu verdrängen, und seine Chancen standen nicht schlecht, bis Sie auftauchten und Belarabs Leibwache mit Flinten ausrüsteten. Nun, Hassim stellte die Ruhe wieder her, und dieses Mal wurde niemand verletzt. Am nächsten Tag, einem Freitag, las Ningrat in der Moschee die Gebete und

sprach dann draußen vor den Leuten. Er blökte und hopste herum wie ein alter Ziegenbock und prophezeite Unglück und Untergang und Vernichtung, wenn man diese Weißen entkommen ließe. Er ist verrückt, aber sie halten ihn für einen Heiligen, und in seiner Jugend hat er jahrelang gegen die Holländer gekämpft. Sechs Mann von Belarabs Leibwache marschierten die Dorfstraße entlang mit schußbereiten Gewehren, und die Menge lief auseinander. Tenggas Leute ließen Ningrat hinter der Einfriedigung ihres Herrn verschwinden. Wenn man nicht allgemein befürchtet hätte, Sie könnten jeden Augenblick erscheinen, wäre es noch an dem Abend zu Kämpfen zwischen den beiden Parteien gekommen. Ich finde es bedauerlich, daß Tengga nicht an Stelle des Belarab Häuptling der Siedlung ist. Einem tapferen und weitblickenden Mann, mag er noch so hinterlistig sein, kann man bis zu einem gewissen Grade immer noch trauen. Von Belarab dagegen kann man nie eine klare Entscheidung erwarten. Friede! Friede! Sie kennen ja seine fixe Idee. Und diese fixe Idee verleitet ihn zu Torheiten. Der Friedensfimmel wird ihn noch in die schwierigste Lage bringen, und am Ende wird er ihm noch das Leben kosten. Tengga indessen fühlt sich noch nicht stark genug, solange er sich nur auf seine eigenen Anhänger verlassen kann, und Belarab hat auf meinen Rat alle Bewohner des Dorfes entwaffnet. Seine Leute gingen in die Häuser und nahmen mit Gewalt alle Feuerwaffen weg und soviel Speere wie sie finden konnten. Die Weiber kreischten natürlich laut, aber es gab keinen Widerstand. Ein paar Leute hat man gesehen, die mit ihren Waffen in den Wald liefen. Daraus geht hervor, daß es neben Belarabs Macht noch eine andere im Dorfe gibt: eben die wachsende Macht des Tengga.
Eines Morgens vor vier Tagen fuhr ich rüber, um Tengga aufzusuchen. Ich fand ihn am Strand, damit beschäftigt, mit einer kleinen Axt eine Planke zuzuhauen, wobei ihm ein Sklave einen Sonnenschirm über den Kopf hielt. Er vertreibt sich gerade jetzt die Zeit mit dem Bau eines Bootes. Er warf das Beil hin und führte mich an der Hand zu einer schattigen Stelle. Er sagte mir ganz offen, er habe zwei gute Schwimmer rausgeschickt, um das gestrandete Schiff zu beobachten. Die beiden Männer fuhren in einem Kanu verstohlen den Fluß hinunter und schwammen, als sie die Küste erreichten, von Sandbank zu Sandbank und näherten sich – wie ich glaube – unbemerkt dem

Schoner auf ungefähr fünfzig Meter. Was für ein Schiff kann das sein? Ich werde nicht klug daraus. Die Männer berichteten, es seien drei Führer an Bord. Einer mit einem glitzernden Auge, ein magerer Mann in Weiß und noch einer, der kein Haar im Gesicht hat und ganz anders gekleidet ist. Ob das eine Frau ist? Ich weiß nicht, was ich denken soll. Ich wünschte, Sie wären hier. Nach vielem Gerede hin und her sagte Tengga: »Vor sechs Jahren war ich Herrscher in einem Lande, aus dem mich die Holländer vertrieben haben. Es war nur ein kleines Land, aber die Holländer nehmen alles, auch wenn es noch so klein ist. Sie taten so, als würden sie es meinem Neffen wiedergeben – möge er in der Hölle schmoren! Ich ergriff die Flucht, oder sie hätten mich umgebracht. Hier bin ich nichts – aber ich habe nichts vergessen. Diese Weißen da draußen können nicht entkommen und es sind nur sehr wenige. Vielleicht kann man da ein bißchen Beute machen. Ich würde sie unter meine Leute verteilen, die mir in meinem Unglück treu blieben, denn ich bin ihr Häuptling, und mein Vater war der Häuptling ihrer Väter.« Ich machte ihn darauf aufmerksam, wie unklug das wäre. Er sagte: »Wer tot ist, zeigt nicht den Weg.« Darauf bemerkte ich, die Unwissenden gäben keine richtige Auskunft. Tengga schwieg eine Weile, dann sagte er: »Wir dürfen sie nicht anrühren, weil sie dieselbe Hautfarbe haben wie du, und weil es Unrecht wäre, sie zu töten, aber auf Geheiß von euch Weißen dürfen wir hingehen und Leute unserer eigenen Hautfarbe und unseres Glaubens bekämpfen – und das wäre gut. Ich habe Tuan Lingard zwanzig Mann und eine Prau versprochen, um in Wajo Krieg zu führen. Die Männer sind gut, und sieh dir die Prau an; sie ist schnell und stark.« Und das muß ich sagen, Tom, die Prau ist wirklich das beste Schiff ihrer Art, das ich je gesehen habe. Ich sagte, Sie bezahlten ihm seine Hilfe gut. »Und ich würde auch gut bezahlen«, sagte er, »wenn du mir ein paar Gewehre und ein bißchen Pulver für meine Leute abließest. Du und ich werden uns in die Beute von dem Schiff da draußen teilen, und Tuan Lingard braucht gar nichts davon zu erfahren. Es ist nur eine Kleinigkeit. Du hast doch reichlich Gewehre und Pulver in Verwahrung.« Er meinte, in der *Emma*. Darauf nahm ich kein Blatt vor den Mund, und wir wurden ziemlich hitzig, bis er mir schließlich zu verstehen gab, daß er etwa vierzig Anhänger zur Verfügung hätte und ich nur neun von Hassims Burschen, um die *Emma* zu verteidigen, und daß er sehr wohl mich überfallen und sich die Beute holen könnte. »Und dann«, sagte er, »würde ich so stark sein, daß sich alle auf meine Seite schlagen würden.« Im Verlauf der weiteren Unterhaltung erfuhr ich, daß unter vielen Leuten hier die Meinung umgeht, es sei Ihnen irgend etwas zugestoßen und Sie würden hier nicht mehr erscheinen. Darauf sah ich ein, daß die Lage ernst geworden ist, und ich beeilte mich, zur *Emma* zurückzukommen, aber ich tat so, als ob es mir ganz egal sei, lächelte und bedankte mich bei Tengga dafür, daß er mir eine Warnung zukommen ließ hinsichtlich seiner Absichten mit mir und der *Emma*. Darauf verschluckte er sich und erstickte fast an seinem Stück Betel, das er im Munde hatte, fixierte mich mit seinen kleinen Augen und brummte: »Selbst eine Eidechse wird der Fliege Zeit lassen, ihr Gebet zu verrichten.« Ich wandte ihm den Rücken und war sehr dankbar, außer Reichweite eines Speers zu gelangen. Seitdem habe ich die *Emma* nicht mehr verlassen.

IX

Der Brief fuhr fort, sich über Tenggas Intrigen zu verbreiten, über das unschlüssige Benehmen Belarabs und über die Stimmung im Volke. Er erging sich über jede Veränderung dieser Meinung und über jedes Ereignis, mit einer so ernsthaften Überzeugung von der Wichtigkeit dieser Vorgänge, als ob es sich um den Bericht über die Krisis in der Geschichte eines Weltreichs handelte. Jörgensons Schatten hatte sich in der Tat zurück in das Leben der Menschen begeben. Der alte Abenteurer paßte auf, mit vollkommenem Verständnis auch für die Bedeutung von Kleinigkeiten, er gebrauchte seine Augen für den anderen, dessen Gewissen es oblag, die Verwirrung zu lösen. Lingard konnte sich ausmalen, was in jenen Tagen in der Siedlung vorging, und war Jörgenson dankbar; nur erlebte er die Dinge nicht von Tag zu Tag, sondern von Zeile zu Zeile dieses Schreibens, und so bestürzte ihn die Schnelligkeit, mit der ein Ereignis dem anderen folgte, so daß er zuweilen vor Überraschung brummte oder ein zorniges »Was?« grollte und mehr als einmal mehrere Zeilen oder gar eine ganze Seite noch einmal überlas. Gegen Ende des Briefes hatte sich eine schwere Wolke des Unmuts auf seiner Stirn gesammelt, und er fuhr unruhig hin und her, während er las:

... und ich begann schon zu denken, ich könnte die Gemüter beschwichtigen, bis Sie kämen oder bis diese unglückseligen Weißen ihren Schoner wieder flott hätten, da kam Scherif Daman aus dem Norden an, genau an dem Tage, an dem man ihn erwartete. Er kam mit zwei Illanun-Praus. Er sieht aus wie ein Araber. Mir war völlig klar, daß er die beiden Illanun*pangerans* um den kleinen Finger wickeln kann. Die beiden Praus sind groß und bewaffnet. Sie kamen den Fluß herauf mit fliegenden Fahnen und Wimpeln, mit rasselnden Trommeln und tönenden Gongs, und als sie in die Lagune einliefen, waren sämtliche Decks voll von bewaffneten Kriegern, die ihre Zweihände-Schwerter schwangen und ihren Kriegsruf brüllten. Für Sie, Tom, ist das eine ganz schöne Streitmacht, aber Belarab, dieser perverse Teufel, wollte Scherif Daman nicht gleich empfangen. Also begab sich Daman zu Tengga, der ihn sehr lange Zeit aufhielt. Nach dem Besuch bei Tengga kam er zu mir auf die *Emma,* und ich konnte gleich sehen, was im Gange war.

Er ersuchte mich zunächst um Auslieferung der Munition und der Waffen, die sie von Ihnen erhalten sollen, mit der Behauptung, er müsse sogleich nach Wajo weitersegeln, weil er mit Ihnen verabredet hätte, ein paar Tage vor Ihnen dort anzukommen. Ich erwiderte, das möge wohl wahr sein, aber ich dächte nicht daran, ihm das Pulver und die Gewehre auszuhändigen, ehe Sie kämen. Er fing an, über Sie zu reden und deutete an, Sie würden vielleicht überhaupt nicht wiederkommen. »Und auf jeden Fall«, sagt er, »da ist Rajah Hassim und Prinzessin Immada, und wir würden für sie kämpfen, auch wenn es keinen Weißen mehr in der Welt gäbe. Bloß müssen wir was zum Kämpfen haben.« Dann tat er so, als hätte er mich ganz vergessen, und sprach mit Hassim, und ich saß als Zuhörer dabei. Er begann sich zu rühmen, wie gut er an der Küste von Brunei vorbeigekommen sei. Seit Jahren hat keine Illanun-Prau mehr diese Küste passiert.

Immada wünschte, daß ich ihm die Waffen, die er forderte, auslieferte. Das Mädchen ist außer sich vor Angst, daß die Expedition nach Wajo durch irgend etwas behindert werden könnte. Sie hat sich's nun einmal in den Kopf gesetzt, das Land zurückzugewinnen. Hassim hält sich sehr zurück, aber auch er ist sehr darauf bedacht. Daman bekam von mir nichts, und an demselben Abend erhielten die Praus von Belarab den Befehl, die Lagune zu verlassen. Er traut den Illanuns nicht – und das kann man ihm eigentlich nicht verdenken. Scherif Daman gehorchte wie ein Lamm. Er hat kein Pulver für seine Schußwaffen. Als die Praus an der *Emma* vorbeisegelten, rief er mir zu, er werde draußen vor der Flußmündung auf Sie warten. Tengga hat ihm einen Mann beigegeben, der ihm die Stelle zeigen soll. All das sieht mir sehr bedenklich aus.

Also seien Sie vorsichtig da draußen. Die Praus sind zwischen den Inselchen versteckt. Daman besucht Tengga. Tengga kam als guter Freund zu mir und versuchte, mich zu überreden, Daman die Waffen und das Schießpulver auszuliefern, um die es ihm so sehr zu tun ist. Auf irgendeine oder andere Weise versuchten sie auch, Belarab herumzukriegen, der gestern abend zu mir kam und mir den Wink gab, ich täte besser daran, die Waffen auszuliefern. Er möchte sehr gern, daß die Illanuns hier wieder verschwinden. Er meint, wenn sie den Schoner plünderten, würden sie sofort abziehen, und das ist's ja gerade, was er will. Immada hat Belarabs Frauen einen Besuch abgestattet und zwei Nächte in seinem Gehöft verbracht. Belarabs jüngste Frau – er hat sie vor sechs Wochen geheiratet – hält es mit der Partei Tenggas, weil sie denkt, Belarab würde an der Beute beteiligt, und sie bildet sich in ihrem dummen Kopf ein, es gäbe Juwelen und Seidengewänder in dem Schoner. Belarab, von der einen Seite von Tengga bedrängt und zu Hause von seinen Weibern geplagt, wußte sich nicht mehr zu helfen und beschloß, an dem Grabe seines Vaters Gebete zu verrichten. Seit zwei Tagen also kampiert er in dieser ungesunden Gegend. Wenn er zurückkommt, wird er todsicher vom Fieber derart herunter sein, daß er zu gar nichts zu gebrauchen ist. Tengga zündet oft Rauchfeuer an, Signale für Daman. Ich gehe mit Hassims Leuten an Land und lösche sie aus. Dabei riskiere ich jedesmal einen Kampf – denn Tenggas Männer werfen uns sehr finstere Blicke zu. Wie der nächste Schachzug sein wird, weiß ich nicht. Hassim ist treu wie Gold. Immada ist sehr unglücklich. Die beiden werden Ihnen viele Einzelheiten erzählen, die zu schreiben ich keine Zeit habe.

Die letzte Seite flatterte aus Lingards Fingern auf den Tisch. Er saß einen Augenblick sehr still und blickte vor sich hin, dann ging er an Deck. »Sind die Boote noch nicht zurück?« fragte er

Shaw, den er auf dem Achterdeck umherschlendern sah. »Nein, Sir, ich wünschte, sie wären zurück. Ich warte auf sie, damit ich mich hinlegen kann«, erwiderte der Steuermann in gekränktem Ton.

»Holt die Lampe vorne runter«, rief Lingard plötzlich auf malaiisch.

»Das ist kein Geschäft für'n anständigen Menschen«, brummte Shaw vor sich hin und ging auf die Reling zu, lehnte sich daran und blickte mißmutig hinaus auf die See. Nach einiger Zeit bemerkte er: »Da an Bord der Jacht scheint was los zu sein. Ich sehe da eine Menge Lichter, die sich auf den Decks bewegen. Meinen Sie, daß da was passiert ist, Sir?«

»Nein, ich weiß, was das bedeutet«, sagte Lingard in freudigem Ton. ›Sie hat es fertiggebracht!‹ dachte er.

Er begab sich wieder in seine Kajüte, schloß Jörgensons Brief weg und öffnete die Schublade des Tisches. Sie war mit Patronen angefüllt. Er nahm ein Gewehr herunter, lud es, dann nahm er ein anderes und ein weiteres. Mit wilder Freude hämmerte er auf die Ladepfropfen. Die Ladestöcke sprangen und klangen. Ihm war, als betätige er sich an einem Teil einer Arbeit, an der auch diese Frau in ihrer zuverlässigen Art teilhatte. ›Sie hat es fertiggebracht‹, wiederholte er, in Gedanken. ›Sie wird im Salon sitzen. Sie wird in meiner Koje schlafen. Nun, ich brauche mich meiner Brigg nicht zu schämen. Weiß Gott – nein! Aber ich werde mich fernhalten, ihnen nicht in die Nähe kommen, ganz wie ich's versprochen habe. Jetzt gibt's nichts mehr zu sagen. Ich habe ihr gleich alles erzählt. Mehr gibt's da nicht.‹

Er fühlte etwas Schweres, Brennendes in der Brust, in allen Gliedern, als wenn das Blut in seinen Adern in geschmolzenes Blei verwandelt worden wäre.

›Ich werde die Jacht runter kriegen, in drei, vier Tagen – nein, in einer Woche.‹

Er glaubte, es unter einer Woche nicht schaffen zu können. Dabei fiel ihm ein, daß er sie jeden Tag, bis die Jacht flott gemacht war, sehen würde. Nein, aufdrängen würde er sich ihr nicht, aber schließlich war er der Kapitän und Eigner der Brigg. Er hatte nicht die Absicht, wie ein geprügelter Köter auf seinem eigenen Schiff herumzuschleichen.

›Zehn Tage wird es dauern, bis der Schoner wieder klar ist. Ich werde jeden Brocken Ballast aus ihm herausholen. Ich werde alles abtakeln – die Untermasten herausnehmen, bei Gott, um ganz sicher zu gehen. Dann noch eine Woche, um sie auszurüsten – und dann Adieu. Ich wünschte, ich hätte die ganze Gesellschaft nie gesehen. Adieu – für immer. Sollen sie doch machen, daß sie nach Hause kommen, wo sie hingehören. Das ist nichts für mich. An einer anderen Küste hätte sie mir gar nicht zugehört. Ja, aber sie ist eine Frau – ganz und gar. Ich werde ihr die Hände schütteln. Ja. Ich werde ihre Hand in der meinen halten – kurz ehe sie geht. Warum nicht, zum Teufel? Ich bin schließlich hier der Herr im Haus – auf dieser Brigg – so gut wie jeder andere – bei Gott, besser als jeder andere – besser als irgendwer auf Erden.‹ Er hörte, wie Shaw über seinem Kopf eilig nach vorne schritt und rief: »Was ist da – ein Boot?« Und deutlich antwortete eine Stimme.

›Eins meiner Boote ist zurück‹, dachte Lingard. ›Vielleicht Neuigkeiten über Daman. Ist mir egal, wenn er um sich schlägt. Ich wünschte, er würde losschlagen. Dann könnte ich ihr bald zeigen, daß ich ebensogut kämpfen kann wie mit der Brigg umgehen. Zwei Praus. Nur zwei Praus. Und wenn's zwanzig wären, das würde mir auch nichts ausmachen. Die würde ich einfach von der See wegfegen – aus dem Wasser jagen – ich würde sie mit der Brigg überfahren. ‚Na', würd' ich zu ihr sagen, ‚Sie haben ja keine Angst, sehen Sie sich das mal an!'‹

Ihm war schwindlig zumute. Er hatte das Gefühl, als werde er inmitten eines Aufruhrs und machtlos wie eine Feder in einem Orkan hoch emporgewirbelt. Plötzlich überlief ihn ein kalter Schauer. Mit hängenden Armen stand er vor dem Tisch und starrte vor sich hin wie ein Mann, den eine verhängnisvolle Nachricht erschüttert hat.

Shaw, der nach mittschiffs ging, um das Boot wahrzunehmen, das er für eines der Boote der Brigg hielt, traf auf Carter, der es eilig hatte, nach achtern zu kommen.

»Hallo! Sind Sie schon wieder da?« sagte Shaw schnell, ihm in den Weg tretend.

»Ich komme von der Jacht«, sagte Carter mit einiger Ungeduld.

»Wo sollten Sie sonst herkommen?« sagte Shaw. »Und was wünschen Sie wohl jetzt?«

»Ich möchte Ihren Kapitän sprechen.«

»Na, also das geht nicht«, erklärte Shaw bissig. »Er hat sich schlafen gelegt.«

»Er erwartet mich«, sagte Carter, mit dem Fuß aufstampfend. »Ich muß ihm berichten, was passiert ist.«
»Regen Sie sich nicht auf, junger Mann«, sagte Shaw in überlegenem Ton, »er weiß das schon alles.«
Sie standen plötzlich schweigend im Dunkeln voreinander. Carter schien nicht zu wissen, was er tun sollte. Shaw, obwohl selbst überrascht, genoß die Wirkung, die er erzielt hatte.
»Verdammt nochmal, das hab ich mir doch gedacht«, murmelte Carter für sich; dann fragte er kühl in seinem schleppenden Tonfall: »Und vielleicht wissen Sie es auch?«
»Was denken Sie sich eigentlich? Meinen Sie, ich bin hier bloß 'ne Puppe? Ich bin doch nicht zum Spaß hier Erster Steuermann auf der Brigg.«
»Nein, das sind Sie nicht«, sagte Carter mit einer gewissen Bitterkeit. »Für den Lebensunterhalt tut man ja allerhand Merkwürdiges, und ich selbst bin ja nicht besonders heikel in dieser Beziehung, aber ich würde es mir doch zweimal überlegen, eh ich Ihren Posten annähme.«
»Was? Was in-si-nu-ieren Sie mir? Meinen Posten? Sie sind jedenfalls nicht der Mann dafür, Sie aufgeblasener Jachtsegler, Sie Betrüger, Sie.«
»Was gibt's da? Sind die Boote noch nicht zurück?« fragte Lingard vom Schanzdeck her. »Der Wachmann soll sofort zu mir kommen.«
»Hier ist nur jemand von der Jacht, will was ausrichten«, fing Shaw bedächtig an.
»Jacht! Bringt die Lampen hierher nach mittschiffs! Fiert das Fallreep weg! Mach zu, Serang! Mr. Shaw! Brennt achtern ein Flackerfeuer ab! Gleich zwei! Macht Licht für die Boote der Jacht, wenn sie längsseit kommen. Steward! Wo ist denn dieser Steward? Holt ihn raus, wenn er schläft.«
Nackte Füße gerieten rings um Carter in Bewegung, Schatten huschten rasch vorbei.
»Wo bleiben denn die Fackeln? Wo ist der Wachälteste?« schrie Lingard auf englisch und malaiisch. »Hierher, kommt her! Setzt es auf den Raketenstock – geht das? Halt sie über die Reling – so! Haltet vorne Leinen klar für die Boote. Mr. Shaw – wir brauchen mehr Licht!«
»Jawohl, Sir«, rief Shaw zurück, rührte sich aber nicht, als sei er betäubt von der Heftigkeit seines Vorgesetzten.

»Ja, das brauchen wir allerdings«, knurrte Carter halblaut. »Betrüger! Und was seid ihr hier?« sagte er zu Shaw.

Der rötliche Fackelschein beleuchtete den vorn auf der Poop stehenden Lingard von Kopf bis Fuß. Sein Kopf war unbedeckt, sein scharf beleuchtetes Gesicht zeigte im Flackern der Flammen einen wilden und wechselnden Ausdruck.

›Was hat er im Sinne?‹ dachte Carter, dem die mächtige und abenteuerlich aussehende Gestalt Eindruck machte. ›Er hat sich irgendwie verändert, seit ich ihn zum erstenmal sah‹, bedachte er im stillen. Die Veränderung war ernst zu nehmen, wenn auch nicht gerade als Zeichen zum Schlimmeren, – und doch ... Lingard lächelte ihm von der Poop aus zu.

Carter schritt die Stufen hinauf und berichtete ihm ohne Umschweife, was geschehen war.

»Mrs. Travers befahl mir, Sie sogleich aufzusuchen. Sie ist sehr beunruhigt, wie Sie sich denken können«, erzählte er in seinem schleppenden Tonfall, Lingard scharf ins Gesicht blickend. »Auch die Mannschaft ist erschreckt«, fuhr er fort. »Sie bilden sich ein, die Wilden, oder wer sonst den Eigner entführt hat, würden jede Minute an Bord der Jacht kommen. Ich persönlich glaube das allerdings nicht, aber ...«

»Ganz recht – höchst unwahrscheinlich«, warf Lingard knurrend ein.

»Aha, Sie werden wohl am besten darüber Bescheid wissen«, fuhr Carter kühl fort. »Die Mannschaft ist tatsächlich sehr erschreckt, aber ich kann ihnen das nicht so sehr verübeln. Da sind nicht mal genügend Scheidemesser an Bord. Eine einzige alte Signal-Kanone! Auch für bessere Männer wäre das etwas kümmerlich.«

»Es gibt doch wohl keinen Irrtum in der Angelegenheit?« fragte Lingard.

»Aber nein, außer wenn die Herrn mit uns Verstecken spielen wollten. Der Mann, der sie holen sollte, sagt, er habe zehn Minuten an der Spitze gewartet, dann sei er langsam längs der Bank gerudert und habe Ausschau gehalten in der Hoffnung, sie von ihrem Spaziergang zurückzukehren zu sehen. Dabei sichtete er einen offenbar auf dem Sand gestrandeten Baumstamm, und als er an ihm vorbeiruderte, sprang ein Mann hinter dem Stamm auf, warf einen Stock nach ihm und lief weg. Er ruderte sofort etwas zurück und fing an laut zu rufen: »Sind Sie das, Sir?« Niemand antwortete. Er hörte, wie die

Büsche raschelten, und einige merkwürdige Geräusche wie Flüstern. Es war stockdunkel. Er rief noch ein paarmal und wartete im Boot; dann bekam er's mit der Angst und ruderte zur Jacht zurück. So weit ist alles klar. Was mir nicht klar ist, ist die Frage, ob die Herren noch leben oder tot sind. Mrs. Travers hab' ich nichts davon gesagt. So was behält man natürlich für sich.«

»Ich glaube nicht, daß sie tot sind«, sagte Lingard langsam, als ob er an was anderes dächte.

»Na ja, wenn Sie's sagen, wird's wohl richtig sein«, sagte Carter mit Bedacht.

»Was?« fragte Lingard zerstreut. »Einen Stock warfen sie, sagten Sie? Das war ein Speer!«

»Na eben!« stimmte Carter zu. »Aber ich habe ja gar nichts gesagt. Ich habe mich bloß gefragt, ob dieselbe Art Stock nicht auch nach dem Chef geworfen wurde. Aber ich nehme an, Sie werden das wohl am besten wissen, Kapitän.«

Lingard umgriff seinen Bart und stand da, aufrecht und mit gesenktem Kopf. Die Fackeln beleuchteten ihn grell. Er war in tiefen Gedanken.

»Ich glaube, Sie denken, ich habe die ganze Geschichte angezettelt?« fragte er in scharfem Ton, ohne aufzublicken.

Carter sah ihn an, mit einem Blick, der ganz offen seine Neugier verriet.

»Nun, Kapitän, Mrs. Travers hat mir gegenüber eine Andeutung fallen lassen von wegen des Boots unseres Ersten Offiziers. Sie haben es angehalten, nicht wahr? Woher sie das erfahren hat, das weiß Gott allein. Sie bedauerte, darüber gesprochen zu haben, aber so neu, wie sie dachte, war mir die Geschichte nicht. Manchmal kann ich mir was zusammenreimen. Die Raketen gestern abend, wie? Ich wünschte, ich hätte mir eher die Zunge abgebissen, als Ihnen von unserem ersten Boot was zu erzählen. Aber ich wurde ja überrumpelt. Stimmt das nicht? Sagen Sie mal selbst: war ich überrumpelt? Und so hab' ich ihr, als sie mich fragte, alles erzählt, was zwischen Ihnen und mir hier auf dieser Brigg vorgefallen ist, es ist ja noch nicht vierundzwanzig Stunden her. Und jetzt sieht alles ganz anders aus, ganz plötzlich. Da kann eine Frau es schon mit der Angst kriegen, aber was Mut betrifft, steckt sie alle Männer auf der Jacht in die Tasche. Die andern haben so ziemlich den Kopf verloren, weil's ein bißchen dunkel ist, und weil was passiert ist, woran sie nicht gewöhnt sind. Aber sie, sie hat irgendwas im Sinne. Ich kann nicht aus ihr klug werden!« Er hielt inne und hob leicht die Schultern. »Ebensowenig, wie ich aus Ihnen klug werden kann«, setzte er hinzu.

»Und das bedrückt Sie, wie?« sprach Lingard langsam.

»Allerdings, Kapitän. Ist Ihnen eigentlich alles klar? Boote anhalten, die Herren entführen. In einer Art mag das ja ganz spaßig sein, nur – für Sie bin ich ja bloß'n grüner Junge – aber ist Ihnen das alles klar? Der alte Robinson war ja in seinen Mitteln auch nicht gerade wählerisch, wissen Sie, und er ...«

»Ist mir alles sonnenklar«, rief Lingard hitzig. »Ich kann's nicht aufgeben ...«

Er unterbrach sich. Carter wartete. Die Fackelträger standen hochaufgerichtet, wandten ihre Gesichter von den Flammen ab, und im Spiel der Lichter wuchs der nächste Mast wie eine ragende Säule vom beleuchteten Fuß in die große Dunkelheit. Eine Menge Tauwerk lief schräg nach oben und verlor sich im finsteren Nichts, aber hoch droben schimmerte weißlich ein Braßblock, man konnte das Ende einer Rahe sehen, die scheinbar frei in der Luft hing und von innen heraus zu glühen schien. Der Himmel über der Brigg hatte sich bezogen. Es war totenstill.

»Aufgeben«, wiederholte Carter, nervös hin und her gehend.

»Niemals«, schloß Lingard. »Ich kann nicht. Es ist sonnenklar. Ich kann nicht! Nein! Unmöglich!«

Er starrte weit hinaus, und Carter, nachdem er einen Blick auf ihn geworfen, verspürte den Beginn einer jugendlichen Regung, die ihn bewog zu murmeln: »Das ist schlimm« – in einem Ton, der fast unwillkürlich so etwas wie ein noch undeutliches Mitempfinden verriet.

Innerlich hatte er das Gefühl völliger Verwirrung, während er sich außen von Geheimnissen umgeben wußte. Zu der Zeit, als er bei dem alten Robinson auf der *Ly-e-Moon* fuhr, war ihm etwas Derartiges nicht vorgekommen, und er hatte doch manche fragwürdigen Angelegenheiten gesehen oder gar an ihnen teilgenommen, die ihm zu ihrer Zeit nicht klar gewesen waren. Sie waren auch geheimnisvoll, in gewisser Weise jedoch verständlich gewesen. Hier aber nicht. Diese Angelegenheit war so verwickelt, daß sie ihn aufregte. Es war ihm unheimlich zumute, als läge auf den Ereignissen und Menschen ein Hauch von Verzauberung, der dieser verunglückten Jacht-Reise eine unmöglich zu fassende Bedeutung verlieh, eine unaufhellbare Bedeutung, die dennoch in den Worten, Gesten, in den Geschehnissen zu spüren war und in allem etwas Seltsames, dunkel Erschreckendes ahnen ließ.

Indessen war er nicht der Mann, den eigenen Empfindungen nachzuhängen, und überdies hatte er keine Zeit dazu. Er mußte Lingards Fragen über die Leute auf der Jacht beantworten. Nein, daß Mrs. Travers sozusagen erschreckt war, das konnte man eigentlich nicht sagen. Sie schien irgend etwas im Sinne zu haben. O ja! die Mannschaft, die hatte Angst. Ob sie kämpfen würden? Jeder würde kämpfen, wenn's darauf ankommt, mit oder ohne Angst. Nach seiner Erfahrung wenigstens. Natürlich hätte man lieber was Besseres als ein Stück Eisen dafür in der Hand. Immerhin ...

Er hielt inne und schien mit Ruhe die Aussichten zu erwägen, die ein Mann mit einer Eisenstange besitzt.

»Warum wollen Sie gegen uns kämpfen?« fragte er plötzlich.

Lingard zuckte zusammen. »Ich will es ja doch nicht«, sagte er, »sonst hätte ich Sie ja nicht gefragt.«

»Man kann aber nie sagen, Kapitän, was Sie tun werden«, erwiderte Carter, »es sind noch keine vierundzwanzig Stunden her, da wollten Sie mich erschießen.«

»Ich habe nur gesagt, ich würde Sie eher erschießen, als daß ich zuließe, daß Sie mir Schwierigkeiten in den Weg legten«, erklärte Lingard.

»Keine Nacht ist wie die andere«, murrte Carter, »aber wie soll ich das wissen? Mir scheint, Sie werden sich selbst allerlei Scherereien zuziehen, und zwar so schnell wie möglich.«

»Nun gut; angenommen, es ist so«, sagte Lingard, plötzlich verdüstert. »Würden Ihre Leute kämpfen, wenn ich sie anständig bewaffnete?«

»Für wen? Für Sie oder sich selbst?« fragte Carter.

»Für die Frau«, brach es aus Lingard heraus. »Sie vergessen, da ist eine Frau an Bord. Auf die Leiber der anderen geb' ich nicht *so* viel, ob tot oder lebendig.«

Carter überlegte gewissenhaft. »Nicht heute nacht«, sagte er schließlich. »Es sind ein oder zwei gute Leute darunter, aber die übrigen sind eben verdattert. Heute nacht nicht. Lassen Sie ihnen ein bißchen Zeit, wenn Sie wollen, daß sie kämpfen.«

In einer Mischung von Ehrlichkeit und Mißtrauen berichtete er ihm Tatsachen und Meinungen. Sein eigener Zustand erschien ihm höchst wunderlich. Er konnte aus all dem durchaus nicht klug werden, er wußte nicht, was er glauben sollte, und empfand doch den irgendwie unwillkürlichen Wunsch, den dringenden Wunsch, dem Manne zu helfen. Zeitweise erschien es ihm geradezu notwendig, dann wieder wie bloße taktische Klugheit; zwischendurch hielt er es für eine große Dummheit, worauf es aber vielleicht gar nicht ankam, weil er den Verdacht hatte, daß er ohnehin hilflos sei. Dann hatte er Anfälle von Zorn. In solchen Augenblicken fühlte er in der Tasche nach seiner geladenen Pistole. Er hatte die Waffe eingesteckt, als ihn Mrs. Travers auf die Brigg schickte.

»Wenn er mit mir anbinden will, werde ich auf ihn abdrücken und sehen, wie ich wegkomme«, hatte er hastig erklärt.

Es fiel ihm ein, wie erschreckt Mrs. Travers aussah. Natürlich, eine Frau wie diese – sie ist nicht daran gewöhnt, so etwas zu hören. Es war also zwecklos, auf sie zu hören, es sei denn aus Anstand. Gebranntes Kind scheut das Feuer. Er hatte keine Lust, sich entführen zu lassen, er nicht, weiß Gott, und einschüchtern ließ er sich auch nicht noch einmal.

»Es geht nicht, daß er mich auch noch schnappt. Sie werden mich jetzt brauchen, Mrs. Travers«, hatte er gesagt, »und ich verspreche Ihnen, das alte Ding erst dann abzufeuern, wenn er mich dazu zwingt.«

In seinem jugendlichen Gemüt hielt er es für klug und war entschlossen, ihren dringenden Bitten nicht nachzugeben, obwohl ihre außerordentliche Erregung ihn im Augenblick stutzig machte. Als das Boot schon auf dem Wege zur Brigg war, hatte sie ihm, wie er sich jetzt erinnerte, nachgerufen: »Sie dürfen nicht! Sie wissen ja nicht, warum.«

Ihre Stimme, die schwach durch die Dunkelheit zu ihm drang, rührte ihn, – es hatte geklungen wie ein Ruf in der Not.

»Holt weg, Jungs, holt weg!« drängte er seine Leute.

Er war klug, er war entschlossen, und er war jugendlich genug, um fast zu wünschen, daß es ›so weit kommen‹ würde. Und mit kluger Voraussicht wies er die Bootsmannschaft sogar an, das Boot ungefähr querab vom Großmast zu halten.

»Wenn ihr mich plötzlich reinspringen seht, stoßt ab und pullt ums liebe Leben.«

Irgendwie war er gerade in diesem Augenblick nicht mehr so sehr aufs Schießen bedacht, aber er hielt in seinen Gedanken entschieden an seiner schönen Entschlossenheit fest, damit sie

ihm nicht verlorenging und in einem Meer von Zweifeln versandete.
»Wär' es nicht besser, ich ginge zurück auf die Jacht?« fragte er rücksichtsvoll.
Da er keine Antwort erhielt, fuhr er nachdrücklicher fort: »Mrs. Travers hat mir aufgetragen, Ihnen zu sagen, daß sie bereit ist, Ihnen zu vertrauen, ganz gleich, wie es zu diesem allen gekommen ist. Sie wartet auf irgendeine Art von Antwort, nehme ich an.«
»Bereit, mir zu vertrauen«, wiederholt Lingard, und seine Augen leuchteten blitzartig auf.
Jedes Schwanken der Fackeln schob die massigen Schatten auf dem Hauptdeck hin und her, wo man hier und da die Gestalt eines Mannes gewahren konnte, der sehr still stand, mit verdunkeltem Gesicht und funkelnden Augen.
Carter griff verstohlen in die Brusttasche: »Nun, Kapitän«, sagte er. Mochte die Frau des Jacht-Eigners vertrauen, wem sie wollte, er war entschlossen, sich nicht einschüchtern zu lassen.
»Haben Sie da irgendwas Schriftliches für mich?« fragte Lingard in froher Erwartung und trat einen Schritt näher.
Aber der wachsame Carter trat zurück, um die Distanz zu wahren. Shaw sah mit großen Augen von der Seite her zu; seine feisten Backen bebten, seine runden Augen schienen ihm aus dem Kopfe springen zu wollen, und sein Mund stand offen, als sei er im Begriff, vor angestauter Neugier, Erstaunen und Entrüstung zu ersticken.
»Nein! Schriftliches nicht«, sagte Carter leise und fest.
Lingard machte den Eindruck eines Mannes, den man mit einem lauten Schrei aus tiefem Schlaf geweckt hat. Einen Augenblick lang verfinsterte sich seine Stirn wie in nächtliche Schatten getaucht, die aber sofort wieder verschwanden und gleichsam in die Nacht zurückkehrten; sie hinterließ einen so ruhig leuchtenden Blick, eine so gefaßte Miene, daß es schwer zu glauben war, daß das Herz des Mannes noch eine Sekunde zuvor schwer geprüft worden war von Demütigung und Gefahr. Er lächelte traurig.
»Nun, junger Mann«, fragte er in einer Art gutmütiger Resignation, »was haben Sie denn da? Messer oder Pistole?«
»Pistole«, sagte Carter. »Überrascht Sie das, Kapitän?« Er sprach etwas hitzig, weil sich in ihm langsam ein Gefühl des Bedauerns zu regen begann, so verstohlen und zugleich unauf-

haltsam wie die aufkommende Flut. »Wer hat mit diesen Tricks angefangen?« Er zog die leere Hand aus der Tasche und erhob die Stimme. »Sie haben irgend etwas vor, ich weiß bloß nicht, was. Sie sind – Sie sind nicht aufrichtig zu mir.«

Die Fackeln, hochgehalten, flammten nun ohne Schwanken aufwärts, und in diesem Augenblick tiefer Windstille regten sich die Schatten auf dem Deck der Brigg so wenig wie die Männer.

»Finden Sie?« sagte Lingard, in Gedanken versunken.

Carter nickte. Der Vorfall hatte eine Wendung genommen, die ihm mißfiel, und er spürte den zunehmenden Drang, sich dem Manne zu ergeben.

»Mrs. Travers immerhin traut mir«, fuhr Lingard mit leisem Triumph fort, als bringe er ein Argument vor, gegen das es keine Einwände gab.

»Das sagt sie«, brummte Carter. »Ich habe sie gewarnt. Sie ist ja doch wie'n Kind. Sie sind alle so ahnungslos wie die Kinder. Und das wissen Sie. Und ich weiß es auch. Von solchen Leuten wie Sie hab' ich gehört. Sie würden uns alle zusammen glatt über Bord werfen, wenn es Ihnen so paßt. Das ist meine Meinung.«

»Und das ist alles?«

Carter nickte leicht und blickte weg. Beide schwiegen. Lingards Blicke wanderten über die Brigg. Der beleuchtete Teil des Schiffs erschien in allen Einzelheiten hell und grell, umschlossen und bedeckt von der nächtlichen Finsternis. Er spürte einen leichten Hauch auf dem Gesicht. Die Luft geriet leise in Bewegung, aber von den schweigenden und im Dunkeln sich verlierenden Gewässern kam kein Lebenszeichen.

Die Stille bedrückte Lingard. Ihm war, als seien seine Unternehmungen und seine Hoffnungen zum Stillstand gekommen, als sei es aus mit ihnen. Sein Begehren hing beziehungslos in der Finsternis, die diese Ecke der See, diese Küstenstrecke und die Gewißheit seines Erfolges verschlungen hatte. Und hier inmitten des Herrschaftsbereichs seiner Abenteurerseele erschien aus dem Nirgendwo dieser junge Mensch, der bereit war, ihn auf den bloßen Verdacht irgendeiner absurden Verräterei hin über den Haufen zu schießen. Kam hierher, bereit ihn zu erschießen! Eine schöne Geschichte! Er war zu müde, um darüber zu lachen – und vielleicht auch zu traurig. Auch die Gefahr des Pistolenschusses, die er durchaus für wirklich hielt – die Jungen sind so schnell bei der Hand –, irritierte ihn. Diese Nacht und die Örtlichkeit waren voll von Widersprüchen. Man konnte unmöglich sagen, wer in diesem schattenhaften Kampf der Feind, wer die Verbündeten sein sollten. So eng waren die Beziehungen miteinander verknüpft, die sich aus den Komplikationen dieser Jachtreise ergaben, daß es Lingard erschien, er trüge sie alle in seinem Herzen.

›Mich erschießen! Dazu ist er ja wohl imstande – hol ihn der Teufel. Und doch würde ich ihm eher trauen als dem Herrn auf der Jacht.‹

So gingen seine Gedanken, während er Carter betrachtete, der sich in der Verlegenheit des langen Schweigens auf die Lippen biß. Als sie wieder miteinander sprachen, redeten sie mit einem Gefühl der Erleichterung in nüchterner Weise, als ob sie aus einem überheizten Raum in die frische Luft getreten wären, und als Carter entlassen war und ins Boot stieg, hatte er eigentlich den Maßnahmen, die Lingard für die Besatzung der Jacht vorschlug, seine Zustimmung gegeben. Er hatte eingewilligt und damit, ohne ein Wort darüber zu verlieren, sein Vertrauen erklärt. Das gehörte zu den Unmöglichkeiten der Situation, man mußte es einfach hinnehmen, ohne es zu verstehen.

»Spreche ich jetzt aufrichtig?« hatte Lingard gefragt.

»Es klingt ja ganz aufrichtig«, meinte Carter, immer noch mit einigem Vorbehalt. »Ich werde jedenfalls erst mal mit Ihnen zusammenarbeiten.«

»Mrs. Travers vertraut mir«, bemerkte Lingard noch einmal.

»Donnerwetter nochmal!« rief Carter, der plötzlich irgendeiner inneren Überzeugung nachgab. »Ich habe sie vor Ihnen gewarnt. Sagen Sie, Kapitän, Sie sind ja ein verteufelter Mensch. Wie haben Sie das fertiggebracht?«

»Ich vertraue ihr«, sagte Lingard.

»Sie? Ihr?« rief Carter äußerst erstaunt. »Wann? Wie? Wo...«

»Sie wissen bereits zuviel«, erwiderte Lingard ruhig. »Verlieren Sie keine Zeit mehr. Ich komme gleich nach.«

Carter pfiff leise. »Aus euch beiden soll mal einer klug werden!« rief er zurück, während er über die Reling stieg.

Shaw nahm jetzt die Gelegenheit wahr und näherte sich. Er begann zögernd: »Ich möchte ein Wort mit Ihnen reden, Sir«, und fuhr mit der Behauptung fort, er sei ein ehrenwerter Mensch. Er sprach mit laut tönender, aber etwas schwankender

Stimme. Er sei verheiratet, habe Kinder, er verabscheue Gesetzlosigkeiten ... Auf seiner dicken Gestalt spielte das Licht, er hatte seinen pilzförmigen Hut an Deck geworfen, er scheute sich nicht, die Wahrheit auszusprechen. Der graue Schnurrbart sträubte sich angriffslustig, aber seine Augen fuhren unstet umher; er drückte die Hände krampfhaft gegen den Magen, dann wieder breitete er die dicken, kurzen Arme weit aus und wünschte klarzustellen, daß er auf britischen Schiffen Erster Offizier gewesen sei, ein fleckenloser Charakter und, wie er hoffe, »auch seiner Arbeit gewachsen«. Er sei ein friedliebender Mensch wie nur je einer; er sei auch bereit, fünf gerade sein zu lassen, »wenn es mit den Niggern zu irgendwelchen Schwierigkeiten käme – ihnen müßte man ja schon Manieren und Vernunft beibringen«, und er habe durchaus nichts dagegen – aber hier handle es sich um Weiße – um Herren und Damen, von der Mannschaft nicht zu reden. Er hatte noch niemals in dieser Weise zu einem Vorgesetzten gesprochen, aber hier ging es um kluge Voraussicht, um einen Gesichtspunkt, um eine grundsätzliche Angelegenheit; Shaw sprach mit bewußter Überlegenheit, und in seinen Worten kam die Abneigung zum Ausbruch, die er jahrelang aufgespeichert hatte gegen all die verschiedenen und unzulänglichen Kapitäne, mit denen er in seinem Leben zu tun gehabt hatte. Noch nie hatte es eine solche Gelegenheit gegeben zu zeigen, daß er sich nichts gefallen ließ. Endlich hatte er einen von ihnen am Gängelband und konnte ihn nach seinem Belieben tanzen lassen. Dazu gehörte auch Mut, denn er glaubte, unversehens in die Klauen eines besonders verwegenen und vom Gesetz nicht erreichbaren Mannes gefallen zu sein.

In die Kühnheit seiner Einwände schlich sich auch ein klein wenig Berechnung ein. Plötzlich war ihm aufgegangen, die Herrschaften auf der Jacht könnten vielleicht erfahren, daß er für sie eingetreten war. Das konnte sich einmal als recht vorteilhaft erweisen für einen Mann, der in der Welt vorwärtszukommen wünschte. »Besitzer einer Jacht – von schwerer Gefahr bedroht – ein Gentleman – dem es nicht um Geld zu tun ist.« Daraufhin erklärte Shaw hitzig, daß er sich weder vor noch nach der Durchführung des Anschlags daran beteiligen werde. Überhaupt – warf er hastig ein – mochten die Leute, die nie heimkehrten, weil sie vielleicht heimatlose Gesellen waren, tun, was ihnen beliebte. Er konnte das nicht. Er hatte eine Frau, eine Familie, ein mit Mühe abgespartes Häuschen. Er fuhr wie ein anständiger Mensch zur See, hinaus und zurück zur Heimat, wie es sich gehörte, nicht wie ein Vagabund, mal hierhin, mal dorthin, und er verkehrte nicht mit dem erstbesten Nigger, der besseren Leuten ein Bein stellte.

Einer der beiden Fackelträger, der dicht neben ihm stand, seufzte und wechselte das Standbein.

Die beiden hatten sich so völlig regungslos verhalten, daß die Bewegung erschreckend wirkte, als hätte ein Bildwerk sich plötzlich gerührt. Shaw warf dem Störenfried einen mißbilligenden Blick zu und ging dazu über, von Gerichtshöfen und Prozessen zu sprechen und von der Freiheit des britischen Staatsbürgers; dann wies er darauf hin, wie unangenehm es sei, erwischt zu werden, was bestimmt geschehen werde, und für einen Augenblick gab er sich den Anschein leidenschaftsloser Weisheit.

»Bei der ganzen Geschichte kommt am Ende für alle Beteiligten nichts heraus als fünfzehn Jahre Gefängnis«, sagte Shaw, »und ich habe einen Jungen, der seinen Vater noch nicht kennt. Der würde ja was Schönes zu hören kriegen, wenn er heranwächst. Die Unschuldigen sitzen dann todsicher mit Ihnen in der Tinte. Meiner Alten wird das Herz brechen, wenn sie nicht vorher verhungert. Und das Häuschen wird versteigert.«

Er sah sich als Beute einer geheimnisvollen Bosheit und fing nun an, vollends den Kopf zu verlieren. Was er eigentlich wünschte, das war, in seiner anständigen Existenz, auf die er so viel hielt und auf die er stolz war, ungestört zu bleiben. Es war ein moralischer Anspruch, aber in seiner Angst kam die angeborene Grobschlächtigkeit seiner Natur heraus wie der Teufel aus der Büchse. Er wollte die ganze Geschichte hochgehen lassen, wollte sie an die Öffentlichkeit bringen, sie verraten, seine Meinung sagen und einen Eid auf die Bibel nehmen, die ganze Welt sollte erfahren ... und als er innehielt, um Atem zu holen, war alles um ihn still und schwieg. Unter dem Ansturm seiner leidenschaftlichen Anständigkeit wurden seine Worte wie Spreu in die Nacht hinaus aufs Meer verweht. Und in der großen, undurchdringlichen Finsternis hörte man ihn sagen: er wolle mit der ganzen Sache nichts zu tun haben.

»Und die Brigg?« fragte Lingard plötzlich.

Shaw schwieg betroffen. Eine Sekunde lang beugte sich der Seemann in ihm dem Anspruch des Schiffs.

»Die Brigg. Die Brigg. Die ist schon in Ordnung«, murrte er undeutlich. Gegen die Brigg hatte er nichts einzuwenden – er wüßte nicht, was. Sie war nicht wie die großen Schiffe, an die er gewöhnt war, aber in ihrer Art war sie das beste Schiff, das er jemals ... Mit einer plötzlichen Wendung kam er wieder auf sich selbst zu sprechen und behauptete, er sei unter falschen Vorwänden an Bord gelockt worden. Es war ebenso schlimm, als hätte man ihn unter Alkohol schanghait. Ja, so war's – bei Gott! Und noch dazu auf ein verkapptes Piratenschiff! Das war die richtige Bezeichnung dafür, oder er wollte nicht Shaw heißen. Seine Augen glotzten wie die einer Eule, als er das sagte. Lingard blieb vollkommen still und stumm und hörte sich das alles an, ohne sich zu rühren.

Das alberne Gerede des Mannes tat ihm in der Seele weh. Aus den entferntesten Winkeln der Erde kamen diese Dummköpfe zu ihm und plagten ihn ohne Ende. Einem solchen Kerl konnte er sich nicht anvertrauen. Niemandem konnte man sich anvertrauen. Blind kamen sie und blind gingen sie wieder davon. Widerstrebend, aber ohne daran zu zweifeln, gestand er sich, daß er, wie unter dem Druck einer äußeren Gewalt, versuchen mußte, zwei von ihnen zu retten. Er sah voraus, daß er zu diesem Zweck seine Brigg eine Zeitlang werde verlassen müssen. Er würde sie diesem Menschen anvertrauen müssen, diesem Steuermann, den er selbst angenommen hatte – der Versicherung wegen – und auch, um jemanden bei sich zu haben, mit dem er manchmal ein Wort reden konnte. Wer hätte geahnt, daß im Angesicht der See so ein Idiot existieren konnte? Wer? Und diesem Menschen sollte er seine Brigg überlassen. Die Brigg!

Seit dem Untergang der Sonne hatte die Brise, am Tage von der Hitze niedergehalten, im Dunkeln versucht, ihre Herrschaft über die flachen Gewässer wiederzugewinnen. In der Nacht hatte man sie herankommen hören, hatte ihr geduldiges Murmeln vernommen, ihre vergeblichen Seufzer: aber nun kam ein überraschend kräftiger Windstoß, ungehemmt auffrischend, heran, als sei weit weg im Norden die letzte Verteidigungslinie der Windstille von dem Siegeszug der Brise hinweggefegt worden. Die Flammen der Fackeln flatterten nun bläulich in der Horizontale, niedergehalten und geräuschvoll an den Spitzen der hohen Stöcke, wie wehende Wimpel; und siehe da, die Schatten an Deck gerieten in ein wildes Taumeln und stießen einander, als versuchten sie, einem Fluch, der über dem Schiff schwebte, zu entfliehen. Die Dunkelheit, wie eine Kuppel auf dem grellen Licht ruhend, schien sich jetzt jäh auf die Brigg zu stürzen in überwältigendem Einbruch, und die Männer schwankten, als ob sie erwarteten, unter den Trümmern einer finsteren und lautlosen Katastrophe begraben zu werden. Die verwischten Umrisse der Brigg, die Masten, die Takelage, alles schien vor einer drohenden Vernichtung zu schaudern – und dann wich die Dunkelheit wieder aufwärts, die Schatten beruhigten sich, die Leute waren wieder deutlich zu sehen, mit ihren dunklen, gleichmütigen Gesichtern und funkelnden Augen. Der Aufruhr der Luft war vorüber, war fortgeweht.

In der so plötzlich wiederhergestellten Windstille war der Mißklang dreier Stimmen zu vernehmen, die sich zusammen erhoben in gedehntem Rufen wie eine Klage:

»Brigg ahoi! Leine her!«

Die erste Bootsladung mit Flüchtlingen von der Jacht trieb langsam in den rötlichen Lichtkreis, der sich um die Brigg auf dem schwarzen Wasser verbreitete. Zwei Mann saßen eng zusammengedrängt in unbequemer Haltung im Bug und ruderten; mittschiffs, auf einem Haufen von Seesäcken saß ein anderer unsicher auf beide Arme gestützt, steifbeinig und in hilfloser, linkischer Haltung. Das von der Poop herabschimmernde Licht hob jede Einzelheit in düsterer Deutlichkeit hervor, und das langsam auf die Brigg zutreibende Fahrzeug bot einen verdächtigen und erbärmlichen Anblick. Seine schäbige Ladung sah aus, als sei sie von den Männern gestohlen worden, die den Eindruck von Schiffbrüchigen machten. Auf der Heckbank stand Carter aufrecht und steuerte mit dem Fuße. Auf seinem Gesicht lag das Lächeln eines jugendlichen Sarkasmus.

»Hier sind sie!« rief er Lingard zu. »Da haben Sie Ihren Willen, Kapitän. Ich dachte, es sei besser, wenn ich selbst mit der ersten kostbaren Ladung komme ...«

»Pullen Sie um das Heck herum. Die Brigg schwoit gerade«, unterbrach ihn Lingard.

»Jawohl! Wir werden versuchen, die Brigg nicht in den Grund zu rammen. Wir wären wirklich verloren, wenn – halt ab da, John; abhalten, alter Knabe, wenn dir dein Leben auch nur einen Pfifferling wert ist. Ich mag den alten Kerl gern leiden«, sagte er, als er an Lingards Seite stand und nach dem Boot hinunterblickte, das nun rasch von Weißen und Malaien, die schweigend Schulter an Schulter arbeiteten, entladen wurde. »Ich mag ihn gern. Er gehört auch gar nicht zu der Gesellschaft auf der Jacht. Sie haben ihn unterwegs in irgendeinem Hafen aufgelesen. Sehen Sie sich den alten Burschen mal an – wie aus Eiche geschnitzt – so redselig wie ein Fisch – sieht so abschrekkend aus wie ein ausgeplündertes Wrack. Das ist der richtige Mann für mich. All die anderen sind verheiratet, oder werden heiraten, oder sollten's sein oder bedauern, daß sie's noch nicht sind. Jeder von diesen Hampelmännern hat einen Unterrock im Schlepp – hol mich der Teufel! Ich bin doch ziemlich weit herumgekommen, aber so ein Gewäsch über Weiber und Kinder hab' ich noch nie gehört. Macht mal 'n bißchen fix mit eurem Kram, ihr da unten! Tja! Ich hatte keine Schwierigkeit, sie dazu zu kriegen, die Jacht zu verlassen. Daß zwei richtiggehende Herren geraubt wurden – das haben sie noch nicht erlebt – verstehen Sie. Das warf alle ihre harmlosen Vorstellungen von dem, was eine Strandung hier bedeutet, über den Haufen. Na ja, ich weiß ja auch nicht recht, was ich davon halten soll – und ich habe doch schon allerhand erlebt.«

Seinem jugendlichen Bedürfnis, darauf los zu reden, merkte man die innere Aufregung an. »Sehen Sie mal«, sagte er und wies auf den immer größer werdenden Haufen von Säcken und Bettzeug auf dem Achterdeck der Brigg. »Sehn Sie sich das an. Alle wollen sie weich schlafen – und vielleicht von der Heimat träumen. Stellen Sie sich das mal vor, Kapitän. Diese Jungens kommen nicht davon los. Nicht so wie Sie und ich . . .«

Lingard regte sich neben ihm.

»Ich bin ja auch mal weggelaufen, wie ich noch so klein war. Mein alter Herr war staatlicher Lotse. Das ist eine Beschäftigung, da lohnt sich's schon zu Hause zu bleiben. Mutter schreibt manchmal, aber ich glaube nicht, daß sie mich sehr vermissen. Wir sind im ganzen vierzehn – acht sind noch zu Hause. Das liebe Vaterland wird schon nicht an Bevölkerungsschwund eingehen – auch wenn mal einer stirbt, weil er eben sterben muß. Nur, wir wollen doch ehrlich Spiel machen, Kapitän. Es müßte doch mit rechten Dingen zugehen, wie?«

Lingard versicherte ihm, darauf könnte er sich verlassen. Das sei ja eben der Grund, warum er die Mannschaft der Jacht auf der Brigg haben wolle, setzte er hinzu. Dann fragte er in ruhigem Ernst, ob die Pistole noch in Carters Tasche sei.

»Lassen Sie's gut sein«, sagte der junge Mann hastig. »Bedenken Sie, wer angefangen hat. Wenn einer nach mir schießt, das macht mir nicht viel aus – was ich schlecht vertragen kann, das ist bedroht zu werden, verstehen Sie. Nun ja, das war gestern nacht, und ist lange her – ich will mich hängen lassen, wenn ich weiß, was ich mir eigentlich dabei gedacht habe, als ich das alte Ding vom Nagel nahm. Da! Mehr kann ich nicht sagen, bis die ganze Geschichte so oder so geregelt ist. Genügt das?«

Er wurde puterrot, und mit dem Großmut der Jugend schob er es einstweilen auf, zu urteilen und zu handeln.

Anscheinend sagte es Lingard zu, auf diese Art eine Atempause zu erlangen. Er senkte langsam den Kopf. Es genügte wirklich. Sein Leben der Ahnungslosigkeit dieses jungen Menschen zu überlassen, schien ihm das rechte Mittel, sein inneres, von vielen geheimen Entschlüssen wankendes Gleichgewicht wieder herzustellen. Es war unangenehm und bitter, aber jede Entsühnung ist so. Auch er hatte ein Leben in der Hand, ein Leben, das vielleicht mit dem Leben vieler anderer bezahlt werden mußte, aber diese wogen auf der Waage seines Gewissens nicht mehr als eine einzige Feder. Daß er es so empfand, war nicht zu vermeiden, weil seine Kraft es um keinen Preis zulassen durfte, vergeudet zu werden. Das durfte nicht geschehen – und damit war die Sache entschieden. Er konnte nun nichts mehr tun, als in das Meer der Risiken noch ein Risiko zu werfen, was ihn in die Lage versetzte zu erkennen, daß ein Tropfen Wasser im Ozean doch einen großen Unterschied machen kann. Sein innerstes Begehren, ungebrochen, aber verbannt, befand sich nicht mehr an dem Ort, wo er ständig seine Stimme vernehmen konnte. Er sah es ein, er sah selbst, die Vergangenheit, die Zukunft, er sah das alles, aber undeutlich sich verschiebend wie jene Formen, die das angestrengte Auge des Wanderers auf dem Antlitz der Nacht in noch dunkleren Umrissen zu erkennen glaubt.

X

Als Lingard sich zu seinem Boot begab, um Carter zu folgen, der zur Jacht zurückgekehrt war, stieg Wasub, Mast und Segel auf der Schulter, ihm voran das Fallreep hinab. Der alte Mann

sprang elastisch ins Boot und ging unverzüglich daran, das kleine Fahrzeug für seinen Kapitän klar zu machen.
In diesem kleinen Boot pflegte Lingard meist allein über die Untiefen zu kreuzen. Es hatte einen kurzen Mast und ein Luggersegel, trug mit Leichtigkeit zwei Mann und hatte nur ein paar Zoll Tiefgang. In dem Boot war er auf keine Mannschaft angewiesen, und wenn kein Wind war, konnte er von einem Paar Riemen Gebrauch machen und sich den Weg quer über die Untiefen verkürzen. Es gab so viele Inselchen und Sandbänke, daß er, falls plötzlich schlechtes Wetter ausbrach, immer eine Gelegenheit fand, eine windgeschützte Stelle zu finden, und wenn er an Land wollte, konnte er das Boot mit der Fangleine auf den Strand holen, wie das Kind eines Riesen, das sein Spielzeug hinter sich herzieht. Wenn die Brigg inmitten der Untiefen vor Anker lag, besuchte er die Lagune in seinem Boot. Einmal, als ihn das plötzliche Auffrischen der Seebrise überraschte, war er eine vorspringende Sandbank hinaufgewatet, wobei er das Boot auf dem Kopf trug; zwei Tage lang hatten sie auf dem Sande gelegen, während ringsum die seichten Gewässer einen düster-stürmischen Tanz aufführten, und über drei Meilen Gischt hinweg löste sich die Brigg von Zeit zu Zeit im Dunst auf, erschien dann wieder und nickte ihm zu mit den hohen Masten, die den in trostlosem Grau tränenden Himmel zu berühren schienen.
Jedesmal, wenn er in die Lagune einlief, murmelte Jörgenson, der, seit der dumpfe Schuß der Kanone ihn von der Ankunft der Brigg an der ›Küste der Zuflucht‹ in Kenntnis gesetzt, den Eingang des Flusses nicht aus den Augen gelassen hatte, vor sich hin: »Da kommt Tom in seiner Nußschale.« Und wirklich war das Bootchen wie eine halbe Nußschale geformt, auch in der Farbe seiner dunkel gelackten Planken erinnerte es daran. Schultern und Kopf des Insassen ragten hoch über das Dollbord hinaus; mit Lingards schwerem Gewicht belastet, erklomm die Nußschale wacker die steilen Kämme der See, glitt tief in die Wellentäler oder übersprang ab und zu ruhig eine kurze Welle. Sie benahm sich mit der kräftigen Zuverlässigkeit eines Gebirgsponys, das sicheren Fußes einen Reiter, der viel größer ist als es selbst, über schwieriges Gelände trägt.
Wasub wischte die Duchten ab, verstaute Mast und Segel an die Seiten und setzte die Rudergabeln ein. Lingard blickte auf die mageren Schultern seines alten Dieners hinab, auf die das

Licht von oben fiel, flackernd und fahl. Wasub arbeitete für das Wohl seines Gebieters, und wie er sich mit so frageloser Hingabe seiner Aufgabe widmete, empfand Lingard dies mit einemmal wie ein Trost einer freundschaftlichen Handlung. Endlich hob der ältliche Malaie den Kopf und murmelte ehrerbietig irgend etwas; auf seinem runzligen alten Gesicht, in dem an den Winkeln der dunklen Lippen ein halbes Dutzend strähniger Haare hingen, erschien der Ausdruck einer Art müder Zufriedenheit, und die leicht schief sitzenden, alten Augen warfen einen verstohlenen Blick nach oben, der die Andeutung einer unausgesprochenen Frage enthielt. Lingard fühlte sich von der Berechtigung dieser stummen Frage bewogen, während er in das Boot stieg, zu murmeln: »Gefahrvolle Zeiten!«

Er ließ sich nieder und ergriff die Riemen. Wasub hielt das Dollbord fest, als hinge daran die letzte Hoffnung auf weitere Vertraulichkeiten. Er hatte fünf Jahre auf der Brigg gedient. Lingard wußte recht gut: dieser alte Mann war mit dem Leben der Brigg und seinem eigenen Leben eng verbunden und war bei jedem Vorfall und jedem unerwarteten Ereignis zur Stelle, ohne ein Wort zu verlieren, immer der Befehle seines Vorgesetzten gewärtig; er war das Sinnbild blinden Vertrauens auf seine – Lingards – Kraft, der verkörperte unbegrenzte Gehorsam gegenüber seinem Willen. War dieser Gehorsam wirklich unbegrenzt?

»Wir werden Mut und Treue nötig haben«, setzte Lingard hinzu; er sagte das im Tone eines, der prüfen will.

»Manche kennen mich«, versetzte der alte Mann sofort mit Nachdruck, als ob er lange mit dieser Antwort gewartet hatte. »Sieh her, Tuan, ich habe das kleine Faß im Bug mit Wasser gefüllt.«

»Ich kenne dich auch«, sagte Lingard.

»Und den Wind – und das Meer«, stieß der *Serang* plötzlich hervor. »Auch sie sind dem Starken treu. Bei Allah! Ich, der ich ein Pilger bin und an vielen Orten weise Reden gehört habe, ich sage dir, Tuan, im Wissen um das, was in den leblosen Dingen verborgen ist, liegt Kraft, ebenso wie in der Kenntnis lebender Menschen. Wird der Tuan lange wegbleiben?«

»Ich komme in kurzer Zeit zurück, zusammen mit dem Rest der Weißen da drüben. Dies ist der Anfang eines verwickelten Kriegsplans, Wasub! Daman, dieser Hundesohn, hat plötzlich zwei Männer meines eigenen Volkes zu Gefangenen gemacht. Das hat mein Gesicht verdunkelt.«

»*Tse! Tse!* Was ist das für eine wilde Unbedachtheit! Man sollte niemals einem Freunde oder dem Bruder eines Freundes Schandbares antun, oder man wird von der Rache eingeholt und überschwemmt. Aber kann ein Illanun-Häuptling etwas anderes als ein Tyrann sein? Meine alten Augen haben viel gesehen, aber sie haben nie gesehen, daß ein Tiger seine Streifen änderte. *Ya-wa!* das kann der Tiger nicht. So viel wissen wir unwissenden Malaien. Das Wissen der weißen Tuans ist groß. Sie glauben, die Macht vieler Reden könnte den Tiger ...« Er brach ab und bemerkte in frischem, sachlichem Ton: »Das Ruder ist sicher im Heck verstaut, wenn es dem Tuan gefällt, das Boot zu segeln. Die Brise wird nicht vor Sonnenaufgang abflauen.« Wieder veränderte sich seine Stimme, als wenn zwei verschiedene Seelen aus seinem Körper aus und ein huschten. »Nein, nein, man soll den Tiger töten, und dann kann man die Streifen ohne Furcht zählen – einen nach dem andern – so.«

Er streckte einen dürren braunen Finger aus und ließ unvermittelt einen freudlos trocken räuspernden Laut hören, als ob in seiner Kehle etwas zersprungen sei.

»Der Lumpen sind viele«, sagte Lingard.

»Nein, Tuan. Sie folgen nur ihren großen Männern, wie wir auf der Brigg dir folgen. Das ist schon recht.«

Lingard dachte einen Augenblick nach.

»Meine Leute werden mir also folgen«, sagte er.

»Sie sind arme Kalaschen ohne Verstand«, erklärte Wasub mit herablassender Überlegenheit. »Einige haben nicht mehr Verstand als Wilde, die man im Busch frisch gefangen hat. Da ist Sali, der dümmliche Sohn meiner Schwester, dem deine große Gunst erlaubt hat, dieses Schiff zu steuern. Er ist über die Maßen dumm, aber seine Augen sind gut – fast so gut wie meine, die durch vieles Beten und viel Übung weit hinaus in die Nacht sehen können.«

Lingard lachte leise und sah den *Serang* ernsthaft an. Über ihren Köpfen warf ein Mann eine Fackel über Bord, und ein leichter Funkenregen schwebte herunter und erlosch, ehe er das Wasser berührte.

»Du kannst also in die Nacht hinaus sehen. *O Serang!* Nun gut, sieh hinaus und sprich. Sprich! Kampf – oder kein Kampf?

Waffen oder Worte? Welche Torheiten werden begangen werden? Nun, was siehst du?«
»Dunkelheit, nur Dunkelheit«, flüsterte Wasub endlich in ängstlichem Ton. »Es gibt Nächte...« Er schüttelte den Kopf und knurrte: »Schau. Der Strom ist gekentert. Ja, Tuan, der Strom ist gekentert.«
Lingard blickte auf das Wasser hinab, das an der Bordwand des Schiffs entlangglitt; er sah die Schaumstreifen langsam über den von den Lichtern auf der Poop beleuchteten Kreis um die Brigg vorbeitreiben. Luftblasen glitzerten, dunkle Stellen und spiegelnde kleine Wellen erschienen, glitten vorbei, nach achtern, glitten vorüber ohne ein Plätschern, ohne ein Rieseln, ohne Klage, ununterbrochen. Dieses unaufhaltsame, sanfte Fließen fesselte den Blick wie mit einem geheimen Zauber und drängte dem Geist ein beunruhigendes Gefühl des Unabänderlichen auf. Die Bewegung der Ebbe glich der ewigen Ebbe der Zeit; und als Lingard endlich wieder aufsah, brachte das lautlose Fließen des Wassers in seinem Geist eine erschreckende Wirkung hervor: einen Augenblick lang schienen der in der weiten Dunkelheit schwimmende Lichtfleck der Brigg, das Boot, die verborgene Küste, das flache Meer, ja sogar die Wände und das Dach der Finsternis – schien das Sichtbare wie das Unsichtbare lautlos durch den unermeßlichen dunklen Weltraum dahinzugleiten. Dann brachte er mit großer geistiger Anstrengung alles zum plötzlichen Stillstand, und nur noch der Schaum und die Luftblasen strömten unaufhörlich vorbei und ließen sich durch die Macht seines Willens nicht aufhalten.
»Der Strom ist gekentert – sagst du, *Serang?* Ist er wirklich gekentert? Nun, vielleicht... vielleicht ist er gekentert«, murmelte er für sich.
»Ja, gewiß ist er gekentert. Kann Tuan das nicht selber sehen?« sagte Wasub mit ernster Besorgnis. »Sieh doch: nun denke ich mir, daß eine Prau, die zwischen den südlichen Inseln hervorkommt und vorsichtig ins freie Fahrwasser gesteuert wird, sich dieser unserer Brigg von vorne nähern könnte, in aller Stille herantreibend wie ein leibloser Schatten.«
»Um plötzlich zu entern – meinst du?« fragte Lingard.
»Daman ist schlau, und die Illanuns sind sehr blutdürstig. Die Nacht macht ihnen nichts aus. Sie sind gewiß sehr tapfer. Werden sie nicht mitten im Kampf geboren, und wohnt das

Böse nicht in ihren Herzen, noch ehe sie sprechen können? Und ihre Häuptlinge werden sie führen, während du, Tuan, uns eben jetzt verläßt ...«

»Du möchtest nicht, daß ich gehe?« fragte Lingard.

Eine Zeitlang horchte Wasub gespannt auf die tiefe Stille.

»Können wir ohne einen Führer kämpfen?« fing er wieder an. »Es ist der Glaube an den Sieg, der den Menschen Mut macht. Die armen Kalaschen, Söhne von Bauern und Fischern – was sollen sie tun ohne Verstand? Sie glauben an deine Kraft – und an deine Macht – oder sonst ... Werden diese Weißen, die so plötzlich kamen, dich rächen? Sie sind hier wie Fische im Netz. *Ya-wa!* Wer wird die Nachricht zu den Deinen bringen, und wer wird herkommen, um die Wahrheit herauszufinden und vielleicht deine Leiche fortzutragen? Du gehst allein, Tuan?«

»Es darf keinen Kampf geben. Es wäre ein Unglück«, sprach Lingard mit Nachdruck. »Es gibt Blut, das nicht vergossen werden darf.«

»Horch, Tuan!« rief Wasub voller Eifer. »Das Wasser läuft jetzt ab.« Er verlieh seinen Worten mit leichten Stößen gegen das Boot Nachdruck. »Das Wasser läuft ab und kommt zur rechten Zeit wieder. Und wenn man zwischen seinem Gehen und Kommen das Blut aller Menschen in der Welt ins Meer gösse, würde es nicht um die Breite meines Fingernagels höher steigen.«

»Aber die Welt wäre dann nicht mehr die gleiche. Das verstehst du nicht, *Serang*. Stoß das Boot kräftig ab!«

»Sofort«, sagte der alte Malaie, und seine Miene wurde ausdruckslos. »Der Tuan weiß, wann man am besten losgeht, und manchmal zieht sich der Tod vor einem festen Schritt zurück wie eine Schlange, die Angst hat. Der Tuan sollte einen Gefolgsmann mitnehmen, nicht einen törichten Jungen, sondern einen, der sein Leben hinter sich hat – der ein festes Herz hat – der dicht hinter ihm hergeht und aufpaßt, in aller Ruhe. Ja. Einen, der seine Ruhe nicht verliert und schnelle Augen hat – wie ich – vielleicht mit einer Waffe – ich verstehe zuzuschlagen.«

Lingard blickte in das runzlige Gesicht, das sich dem seinen genähert hatte, und in die spähenden alten Augen. Sie schimmerten seltsam. Die kauernde Gestalt, die sich zu ihm vorbeugte, drückte ungeduldige Spannung aus. Auf der Gegenseite stand die Nacht auf Armeslänge wie eine Mauer – entmutigend – undurchsichtig – undurchdringlich. Dagegen gab es keine Hilfe. Die Finsternis, gegen die er zu kämpfen hatte, war zu ungreifbar, um mit einem Schlag gespalten zu werden – zu dicht, um einem Auge durchdringbar zu sein. Und doch, als läge in den Worten jenes nutzlosen Angebots der Treue eine Bezauberung, war der Anblick der Finsternis weniger überwältigend, weniger erdrückend für sein Bewußtsein. Einen Augenblick empfand er einen Stolz, der sein Herz für zwei Schläge beruhigte. Sein unvernünftiges und unverstandenes Herz, das vor der drohenden Möglichkeit des Fehlschlags zurückbebte, weitete sich im Gefühl wärmster Dankbarkeit. In der bedrohlichen Düsternis seiner Empfindungen erschien das Angebot dieses Mannes wie ein klarer Strahl des Lichts, wie der Glanz einer in die Nacht gereckten Fackel. Es war unbezahlbar, ohne Zweifel, aber unwirksam: es war zu schwach, zu fern, zu einsam. Es zerstreute nicht das geheimnisvolle Dunkel, das sich auf sein Schicksal gesenkt hatte, so daß seine Augen nicht mehr sehen konnten, was seine Hände verrichteten. Die Traurigkeit des Besiegtwerdens durchdrang die ganze Welt.

»Und was könntest du tun, o Wasub?« sagte er.

»Ich könnte dir immer zurufen: Sieh dich vor, Tuan.«

»Und wie steht es mit meinen eigenen Zauberworten, was? Die jede Gefahr abwenden sollen, wie? Und du könntest am Ende trotzdem umkommen. Verrat ist auch ein mächtiger Zauber – das hast du selbst gesagt.«

»Ja, das ist wahr! Der Ruf könnte an deinen Diener ergehen. Aber ich – Wasub – der Sohn eines Freien, Gefolgsmann von Rajahs, ein Flüchtling, Sklave, Pilger, Perlenfischer, *Serang* auf Schiffen der Weißen, ich habe zu viele Herren gehabt. Zu viele. Du bist der letzte.« Er schwieg; dann sagte er mit fast gleichgültiger Stimme: »Wenn du gehst, Tuan, laß uns zusammen gehen.«

Eine Zeitlang gab Lingard keinen Laut von sich.

»Es ist zwecklos«, sagte er endlich. »Zwecklos, *Serang*. Es genügt, wenn ein einziges Leben für eines Menschen Torheit einsteht – und du hast eine Familie.«

»Ich habe zwei, Tuan; aber es ist lange her, seit ich auf den Stufen eines Hauses saß, um mit den Nachbarn in Muße zu plaudern. Ja. Zwei Familien; eine in ...« Lingard lächelte ein wenig. »Tuan, laß mich mit dir gehen.«

»Nein – du selbst hast es gesagt, *Serang*: ich bin allein. Das ist

wahr, und allein werde ich in diese Nacht hinausfahren. Aber zuerst muß ich alle die Weißen herüberholen. Stoß ab!«
»Fertig, Tuan? Gib acht!«
Wasubs Körper beugte sich mit ausgestreckten Armen über das Wasser. Lingard ergriff die Riemen, und als das kleine Boot von der Schiffswand fortschoß, konnte er das erleuchtete Schanzdeck vollständig übersehen – Shaw, verdrossen und niedergeschlagen, lehnte seinen schweren Leib über die Heckreling, die Fackelträger standen starr aufrecht an der Reling und blickten ihm über das Schanzkleid hinweg nach. Das Vorschiff der Brigg war in fahlen, düsteren Dunst gehüllt, in ein trübes Gemisch von Dunkelheit und Licht; man konnte die steil aufragenden Masten an einzelnen schimmernden Stellen erkennen; sie verschwanden oben, als ob ihre Flaggenknöpfe so hoch wären, daß sie die regungslose, schwere Wolkendecke durchstoßen könnten. Die Brigg war schön, sie war kostbar. Seine liebenden Augen sahen sie, wie sie da ruhte, von einer flimmernden Glorie umgeben, zwischen einem unsichtbaren Himmel und einer unsichtbaren See, wie ein in der Luft schwebendes, wundersames Gefährt. Er wandte den Kopf ab, als wenn in diesem Augenblick der Trennung der Anblick zu viel für ihn wäre, und sobald sein kleines Boot aus dem Lichtkreis hinausgelangt war, gewahrte er ganz tief in der schwarzen Leere des Westens die Hecklampe der Jacht, die schwach wie ein untergehender Stern herüberschien, unerreichbar, unendlich entfernt – als gehöre sie zu einem andern Weltall.

VIERTER TEIL

DAS GESCHENK DER UNTIEFEN

I

Lingard holte Mrs. Travers von der Jacht ab; er fuhr allein mit ihr in dem kleinen Boot. Während des Gewirrs der Einschiffung, bis der letzte der Mannschaft den Schoner verlassen hatte, stand er hochragend und schweigend neben ihr. Erst als die murmelnden und schwankenden Stimmen der in den Booten abfahrenden Matrosen sich in der Ferne völlig verloren hatten, wurde seine Stimme vernehmlich, ernst in dem Schweigen, das nun eingetreten war: »Kommen Sie mit«, sagte er. Sie folgte ihm; ihre Schritte klangen hohl und laut auf dem leeren Deck. Am Fuße des Fallreeps wandte er sich um und sagte sehr leise: »Vorsicht!«
Er stieg in das Boot und hielt es fest. Es schien ihm, als ob die Dunkelheit sie unsicher machte. Sie fühlte, wie er ihren Arm packte – »Ich halte Sie fest«, sagte er. Sie stieg ein, ins Dunkle tretend, sich seinem Griff blindlings anvertrauend, und sank, leicht aufatmend, auf die Heckbank. Sie vernahm ein leises Plätschern, und die ohnehin schon undeutliche Bordwand der verlassenen Jacht sank plötzlich in die Tiefe der Nacht.
Er saß rudernd ihr gegenüber, dieser in einen Kapuzenmantel gehüllten Gestalt, und über ihren Kopf hinweg gewahrte er den Schimmer der langsam verlöschenden Hecklaterne auf dem einsamen Schiff. Als sie, ohne noch einmal aufzuzucken, endgültig erlosch, konnte er von dem Umriß der gestrandeten Jacht nichts mehr erkennen. Sie war, wie ein Traum, völlig verschwunden; und die Vorfälle der letzten vierundzwanzig Stunden schienen ebenfalls zu einem wesenlosen Traum zu gehören. Auch die Gestalt im Kapuzenmantel gehörte dazu. Sie sprach nicht, sie rührte sich nicht, sie mochte im nächsten Augenblick verschwinden. Lingard versuchte, eben als Mrs. Travers zwei Fuß vor ihm in dem Boot saß, sich ihrer Gesichtszüge zu erinnern. Es war, als hätte er von dem verschwundenen

Schoner nicht eine Frau, sondern eine Erinnerung mitgenommen – die quälende Erinnerung an ein menschliches Wesen, das er nie wiedersehen sollte.

Bei jedem Schlag der kurzen Riemen spürte Mrs. Travers, wie das Boot mit ihr vorwärtsschoß. Lingard mußte, um die Richtung einzuhalten, öfters über die Schulter zurückblicken. »Auf der Brigg werden Sie in Sicherheit sein«, sagte er. Sie schwieg. Ein Traum! Ein Traum! Er legte sich kräftig ins Zeug; das Wasser plätscherte laut gegen den stumpfen Bug. Der von den Fackeln fern herschimmernde rötliche Schein drang in die Tiefe der Kapuze. Der Traum hatte ein blasses Gesicht, die Erinnerung zeigte lebendige Augen.

»Ich mußte selbst kommen, Sie zu holen«, sagte er.

»Das habe ich von Ihnen erwartet« – es waren die ersten Worte, die er von ihr zu hören bekam, seit sie sich zum dritten Mal begegnet waren.

»Und ich habe geschworen – auch vor Ihnen – daß ich nie wieder einen Fuß auf Ihr Fahrzeug setzen würde.«

»Es war gut von Ihnen, trotzdem ...« fing sie an.

»Ich habe es irgendwie vergessen«, sagte er einfach.

»Das hab ich von Ihnen erwartet«, wiederholte sie. Er tat drei schnelle Ruderschläge, ehe er mit sehr sanfter Stimme fragte: »Was erwarten Sie sonst noch von mir?«

»Alles«, sagte sie. Um das Heck der Brigg herumfahrend, mußte er zur Seite blicken. Dann wandte er sich ihr wieder zu. »Und Sie vertrauen mir auch ...« rief er aus.

»Ich würde Ihnen gern vertrauen«, unterbrach sie ihn, »weil ...«

Über ihnen rief eine aufgeregte Stimme auf malaiisch: »Der Kapitän kommt.« Der fremde Laut ließ sie verstummen. Lingard legte seine Riemen ein, und sie sah sich an der hohen Bordwand der Brigg entlanggleiten. Ein dunkles, starr blickendes Gesicht erschien sehr nahe vor ihren Augen, schwarze Finger ergriffen das Dollbord des Bootes. Sie stand auf und schwankte. »Vorsicht«, sagte Lingard wieder, bot ihr aber dieses Mal, im Licht, nicht seine Hilfe an. Sie stieg allein hinauf, und er folgte ihr über die Reling.

Auf dem Achterdeck drängten sich Männer zweier Rassen. Lingard und Mrs. Travers gingen eilig an den Gruppen vorüber, die ihnen den Weg freigaben. Lingard öffnete die Kajütentür für sie, blieb aber an Deck, um sich nach seinen Booten umzusehen. Sie waren zurückgekehrt, während er sich an Bord der Jacht befand, und die beiden Männer, die Lingard mit den Booten ausgeschickt hatte, kamen nun nach achtern, um Bericht zu erstatten. Das nordwärts geschickte Boot hatte gar nichts gesehen. Das Boot, das ausgesandt worden war, um die Sandbänke und Inseln im Süden abzusuchen, hatte tatsächlich Damans Praus zu sehen bekommen. Der Bootsführer berichtete, daß am Ufer mehrere Feuer brannten, und daß die Mannschaft der beiden Praus auf einer Sandbank Lager aufgeschlagen hatte und abkochte. Sie hatten sich so weit genähert, daß sie die Stimmen hören konnten. Auf dem Höhenkamm hielt ein Mann Wache; das wußten sie, weil sie ihn zu den Leuten unten bei den Feuern hinabrufen hörten. Lingard wollte wissen, wie sie es fertiggebracht hatten, ungesehen zu bleiben. »Die Nacht war unser Versteck«, erwiderte der Mann mit seiner tiefen brummenden Stimme. Ob sich in Damans Lager irgendwelche Weiße befanden, wußte er nicht zu sagen. Warum sollte das auch der Fall sein? Rajah Hassim und die Prinzessin, seine Schwester, erschienen unerwartet in ihrem Kanu neben seinem Boot. Rajah Hassim hatte ihm dann flüsternd befohlen, sich sofort zur Brigg zurückzubegeben und dem Tuan zu erzählen, was er beobachtet hatte. Rajah Hassim hatte auch noch gesagt, er werde sehr bald mit weiteren Nachrichten auf der Brigg eintreffen. Er gehorchte, weil der Rajah für ihn eine hochgestellte Persönlichkeit war und, »wie wir alle wissen, vollkommene Kenntnis von Tuans Gedanken besitzt«.

»Genug«, rief Lingard plötzlich.

Der Mann hob einen Moment lang seinen schweren Blick und zog sich, ohne noch ein Wort zu äußern, nach vorne zurück. Lingard folgte ihm; seinen Augen sah man an, daß er gereizt war. Etwas Neues war in der Welt aufgekommen, hatte sich der menschlichen Sprache bemächtigt und ihr einen Ton düster-ironischer Anspielungen verliehen. Es erschreckte ihn, zu hören, jemand besitze ›eine vollkommene Kenntnis seiner Gedanken‹: er war bei diesen Worten zusammengezuckt. Er wurde sich dessen bewußt, daß er selbst seine Gedanken nicht kannte – daß es ihm unmöglich war, jemals wieder diese Kenntnis zu erlangen. Und diese neue Macht hatte nicht nur den Worten, die er da hatte vernehmen müssen, eine neue Bedeutung gegeben, sondern auch den Tatsachen, die ihn bestürmten, den

Menschen, die er um sich sah, den Gedanken, die er zu lenken, den Empfindungen, die er zu ertragen hatte. Sie blieben, was sie immer gewesen waren – die sichtbare Oberfläche des Lebens, das offen daliegt in der Sonne, die vor dem sieghaften Schritt eines ungehemmten Siegerwillens leuchtet. Gestern noch hatte er all das klar unterscheiden, beherrschen oder verachten können; aber jetzt war etwas Neues in die Welt gekommen und hatte über Gedanken und Empfindungen, Tatsachen und Menschen die düstere Hülle einer dunklen, unerkennbaren Ansicht gezogen.

II

Mit einem leichten Schauder kam Lingard wieder zu sich und gab Befehl, sämtliche Lampen auf der Brigg zu löschen. Nun, da der Umzug der Jacht-Mannschaft bewerkstelligt war, bot ihnen die Dunkelheit einen großen Vorteil. Er gab den Befehl rein instinktmäßig, es war unter diesen Umständen das einzig Richtige. Seine Gedanken verweilten in der Kajüte seiner Brigg, wo eine Frau auf ihn wartete. Er deckte die Augen mit der Hand und sammelte sich, wie vor einer großen geistigen Anstrengung, die alle Kräfte erfordert. Um sich herum konnte er das aufgeregte Gemurmel der Weißen vernehmen, die er noch am Morgen so sehnlich in die Sicherheit seiner Obhut zu bringen gewünscht hatte. Jetzt hatte er sie so weit; aber Zufall, Unglück, eine verteufelte Dummheit hatten ihn um den Erfolg seines Plans gebracht. Er mußte nun wohl hineingehen und mit Mrs. Travers sprechen. Die bloße Vorstellung erfüllte ihn mit Bestürzung. Natürlich gehörte er nicht zu den Menschen, die sich gut und gewandt ausdrücken können. Sich die Seele freizureden, das war für ihn ein übermenschlich großes Unternehmen, eine Sache verzweifelter Anstrengung und von unsicherem Erfolg. »Ich muß es mit ihr ausmachen«, murmelte er zu sich selbst, als müsse er sich zu einem Kampf entschließen. Er traute sich selbst nicht; er war ihrer nicht sicher; er fühlte sich unsicher allen Dingen und Menschen gegenüber. Nur eines wußte er mit Sicherheit: daß der Wunsch ihn trieb, sie anzuschauen.

In dem Augenblick, als er sich zur Kajütentür wandte, gingen die beiden Fackeln aus, und das Gewölbe der Nacht, das eben noch, von den beiden sprühenden Flammen gehalten, über der Brigg geschwebt hatte, stürzte in sich zusammen und begrub das Deck unter völliger Finsternis. Sofort summte das Geschwirr fremder Stimmen lauter, mit einem Unterton des Erschreckens: »Nanu!« – »Kann nicht die Hand vor Augen sehn!« Eine Stimme rief beständig: »Na, und was jetzt? Ich möchte wissen, was jetzt?«

Lingard, der gerade die Kajütentür öffnen wollte, hielt inne und wartete unsinnigerweise auf Antwort, als könnte er ihr einen Vorschlag entnehmen. »Was willst du denn? Kannst doch von Glück sagen –« meinte jemand. »Na ja, für heute nacht ist das ja ganz schön«, fing die Stimme wieder an. »Was regst du dich denn überhaupt auf?« sprach die andere Stimme dem Ungeduldigen vernünftig zu. »Wir werden schon richtig nach Hause kommen.« – »Da bin ich nicht so sicher. Der Zweite, der sagt ...« – »Ach, was der sagt, ist doch ganz egal; der Mann, dem diese Brigg hier gehört, wird uns schon durchhelfen. Die Frau von dem Jachtbesitzer wird mit ihm reden – da kannst du dich drauf verlassen. Mit Geld kann man vieles schaffen.« Die beiden Stimmen kamen näher und sprachen, dicht hinter Lingard, deutlicher. »Angenommen, diese verfluchten Wilden stecken die Jacht in Brand. Was soll sie daran hindern?« – »Na, wenn schon. Auf dieser Brigg hier sind wir ganz gut aufgehoben. Etwa nicht? Geschütze und so. Damit werden wir schon nach Hause kommen. Was meinst du, John?«

»Ich sage nichts, und es ist mir auch ganz egal«, ließ sich eine dritte Simme vernehmen, friedlich und leise.

»Willst du damit sagen, John, daß du ebenso gern absäufst wie du nach Hause gingst? Na hör mal!« – »Absaufen«, wiederholte die leise Stimme ruhig. »Na ja! Auf die eine oder andere Art gehen wir ja alle mal drauf. Wie wir draufgehen, das ist doch ganz egal.«

»Mensch! Du könntest 'nem Zirkusclown die Laune verderben. Was würd' denn meine Alte sagen, wenn ich überhaupt nicht mehr wiederkäme?« – »Sie würde 'n anderen Mann kriegen, solche Dummköpfe laufen genug herum.« Ein beleidigtes Schweigen entstand; dann ließ sich ein ruhiges, bitteres Lachen hören. Lingard, die Hand auf der Türklinke, verhielt sich still. Weiter weg machte sich eine grollende Stimme Luft: »Ich kann es nun einmal nicht ausstehen, im Dunkeln auf ein fremdes Schiff verschleppt zu werden. Ich möchte mal wissen, wo sie ihr

Frischwasser haben. Aus diesen blöden Niggern ist ja nichts Vernünftiges rauszukriegen. Wir zählen hier nicht mehr als eine Herde Vieh. Weiß Gott, wie lange wir hier auf diesem verfluchten Achterdeck noch kampieren müssen.« Dann vernahm Lingard aus nächster Nähe wieder die erste Stimme, vorsichtig gedämpft: »Mit dieser Brigg ist was nicht in Ordnung, was meint ihr? Taucht hier so merkwürdig plötzlich auf, und der Skipper – na? Was ist das überhaupt für'n Mensch?« – »Ach das ist bloß so einer von den Skippern, die sich in der Welt herumtreiben. Die Brigg gehört ihm, denk' ich. Der segelt damit herum und nimmt mit, was er kriegen kann, auf ehrliche oder auf unehrliche Weise. Mein Schwager, der zwei Marinekommandos hier draußen hatte, hat mir allerhand grausliche Geschichten darüber erzählt, was hier so alles passiert in diesen gottverlassenen Gegenden. Kann ja sein, daß er sich das aus den Fingern gesogen hat. Die Leute auf den Kriegsschiffen lügen alle das Blaue vom Himmel herunter. Du lieber Gott, was geht das mich an, wer dieser Skipper ist? Laßt ihn doch machen und zerbrecht euch nicht die Köpfe. Wenn wir erst einmal von hier klarkommen, seht ihr ihn sowieso im Leben nie wieder.«
»Und kann er irgendwas für den Eigner tun?« fragte die erste Stimme wieder. »Kann er das! *Wir* können nichts tun – das ist mal sicher. Vielleicht haben sie den Eigner jetzt schon irgendwo erschlagen, wer kann das wissen? Die Wilden hier, nach allem was man so hört, scheinen doch 'ne grausame Mörderbande zu sein. Ich muß sagen, er tut mir eigentlich am meisten leid.« – »Ja, ja«, brummte der andere zustimmend. »Der wird wohl gar nicht darauf gefaßt gewesen sein, der arme Mann«, begann wieder die Stimme des Vernünftigen. Lingard vernahm einen Seufzer. »Wenn man überhaupt für ihn was tun kann, muß seine Frau das mit dem Skipper besprechen. Wenn die Vorsehung ihm hilft, kann er vielleicht was für sie tun.«
Lingard stieß die Kajütentür auf, trat ein und schlug die Tür hinter sich zu, womit er die Dunkelheit ausschloß.
»Wenn die Vorsehung mir hilft, kann ich etwas für Sie tun«, sagte er, nachdem er eine Weile vor Mrs. Travers gestanden, ohne sich zu rühren, und sie angeschaut hatte. Die Hängelampe der Brigg erfüllte die Kajüte mit einem außerordentlichen Lichtglanz. Mrs. Travers hatte die Kapuze zurückgestreift. Die strahlende Helle des kleinen Raumes umgab sie so dicht,

haftete an ihr mit solcher Kraft, als ob sie ein Teil ihres eigenen Wesens sei. Auf ihrem Gesicht lagen keine Schatten; es war grell beleuchtet, völlig verschlossen und von undurchdringlicher Schönheit.

Ohne sich dessen bewußt zu sein, stand Lingard hingerissen vor diesem Anblick, der so erstaunlich auf ihn wirkte, als habe er sich aus den Grenzen des Unvorstellbaren in sein Dasein verirrt. Es war unmöglich, ihre Gedanken zu erraten, ihre Empfindungen zu kennen, zu begreifen, was ihr Kummer, was ihr Freude erregen mochte. Sie hingegen wußte alles, was in seinem innersten Herzen vorging. Er selbst hatte es ihr erzählt; von einem plötzlichen Einfall getrieben, war er in der Dunkelheit, in Verzweiflung und sinnloser Hoffnung, in unglaublichem Vertrauen zu ihr gegangen. Er hatte ihr erzählt, was er noch keinem Menschen auf Erden anvertraut hatte, höchstens vielleicht zeitweise sich selbst, aber ohne Worte und weniger klar, gestanden hatte. Er hatte ihr alles erzählt, und sie hatte ihn schweigend angehört. Sie hatte ihn angehört, über die Reling gebeugt, bis schließlich ihr Atemhauch seine Stirn streifte. Daran erinnerte er sich, und einen Augenblick beseelten ihn hochfliegender Stolz und unbeschreibliche Befürchtungen. Mit Anstrengung sprach er: »Sie haben gehört, was ich eben sagte? Hier bin ich.«

»Erwarten Sie, daß ich darauf antworte?« fragte sie. »Ist das nötig? Ist es überhaupt möglich?«

»Nein«, erwiderte er. »Sie haben es schon gesagt. Ich weiß, was Sie von mir erwarten. Alles.«

»Alles«, wiederholte sie, hielt inne und fuhr viel leiser fort: »Das ist das allerwenigste.« Er schien sich in Gedanken zu verlieren.

»Es ist merkwürdig«, sagte er nachdenklich und halblaut, »wie unsympathisch mir dieser Mann ist.«

Sie beugte sich ein wenig vor. »Denken Sie daran, die beiden Männer sind unschuldig«, begann sie.

»Das bin ich auch – unschuldig. Unschuldig ist jeder, überall in der Welt. Haben Sie schon mal einen Mann oder eine Frau gesehen, die es nicht waren? Und trotzdem muß jeder sehen, wie er zurechtkommt.«

»Ich erwarte von Ihnen, daß Sie sich als ein großzügiger Mensch zeigen«, sagte sie.

»Ihnen gegenüber?«

»Nun ja – auch mir gegenüber. Ja, wenn Sie so wollen, mir allein gegenüber.«
»Ihnen allein! Und Sie wissen alles!« Seine Stimme sank. »Sie wollen natürlich nicht auf Ihr Glück verzichten.«
Sie machte eine ungeduldige Bewegung, und er sah, wie sie die Hand, die auf dem Tisch lag, zur Faust ballte.
»Ich möchte meinen Mann zurückhaben«, sagte sie schroff.
»Ja. Ja. Das meine ich ja gerade. Das ist's ja eben«, murmelte er mit seltsamer Milde. Sie sah ihn neugierig prüfend an. Er besaß eine großzügige, die Einbildungskraft erregende Schlichtheit. Sie spürte, wie dieser herrische Mensch allmählich von ihr Besitz ergriff. Er war kein gewöhnlicher Mensch. Was er auch immer gewesen sein mochte, ein gewöhnlicher Mensch war er nicht. Über ihm breitete sich der Glanz eines gesetzlosen Lebens, wie sich der Himmel über dem Meer auf allen Seiten hinab zum ungebrochenen Horizont wölbt. Unter diesem Himmel lebte er, sehr einsam, gefährlich und romantisch. In ihm schlummerten Verbrechen, Aufopferung, Zärtlichkeit, Hingabe und die Besessenheit einer fixen Idee. Mit Verwunderung bedachte sie, daß von allen Menschen in der Welt er in der Tat derjenige war, den sie am besten kannte, und doch konnte sie nicht voraussehen, was er in der nächsten Minute sagen oder tun würde. Sie sagte mit Nachdruck: »Sie haben mir Ihr Vertrauen geschenkt. Jetzt möchte ich, daß Sie mir das Leben dieser beiden Männer schenken. Das Leben zweier Männer, die Sie nicht kennen, die Sie morgen vergessen werden. Das kann geschehen, das muß geschehen. Sie können sie mir nicht verweigern.« Sie wartete.
»Warum kann ich das nicht verweigern?« flüsterte er mit düsterer Miene, ohne aufzusehen.
»Das fragen Sie!« rief sie. Er rührte sich nicht. Er schien keine Antwort zu finden.
»Sie fragen ... Ach!« rief sie. »Sehen Sie denn nicht, daß ich keine Königreiche zu erobern haben?«

III

Ein leichtes Mienenspiel, das fast sogleich wieder verging, zeigte, daß Lingard den leidenschaftlichen Aufschrei vernommen hatte, den die seelische Not ihr erpreßte. Er rührte sich nicht. Deutlich erkannte sie, in welch äußerst schwieriger Lage sie war. Es war eine gefährliche Situation; nicht so sehr ihre Tatsachen waren gefährlich als vielmehr die Empfindung, die sie erregte. Zeitweise erschien ihr das alles nicht wirklicher als irgendeine sagenhafte Überlieferung, und sie kam sich vor wie eine Frau in einer Ballade, die um das Leben zweier unschuldiger Gefangener bitten muß. Das Leben von Mr. Travers und Mr. d'Alcacer zu retten, war mehr als eine Pflicht. Es war eine Notwendigkeit, eine gebieterische Notwendigkeit, es war eine Aufgabe, der man sich nicht entziehen konnte. Und doch mußte sie sich die Scheußlichkeit eines grausamen und schimpflichen Todes erst vorstellen, ehe sie für sie das Mitleid empfinden konnte, das ihnen zukam. Wenn sie Lingard ansah, wurde ihr Herz von stärkerem Mitgefühl ergriffen. Die anderen verdienten Mitleid, aber er, das Opfer seiner eigenen mächtigen Antriebe, erschien tragisch und hinreißend in seiner Schuldbeladenheit.

Lingard hob den Kopf. Geflüster ward an der Tür hörbar, und Hassim betrat die Kajüte, gefolgt von Immada.

Mrs. Travers sah Lingard an, denn von allen Gesichtern in der Kajüte war seines das einzige, das ihr verständlich war. Hassim begann sogleich zu sprechen und als er aufhörte, wurde Immadas tiefes Seufzen in der plötzlichen Stille vernehmbar. Dann sagte Lingard, Mrs. Travers anblickend: »Die Herren sind am Leben. Rajah Hassim hier hat sie vor weniger als zwei Stunden gesehen, und ebenso das Mädchen. Sie sind am Leben, und man tut ihnen nichts, vorläufig wenigstens. Und jetzt ...« Er hielt inne.

Mrs. Travers, auf ihre Ellbogen gestützt, bedeckte unter dem Glanz herabstürzender Blitzstrahlen ihre Augen. »Sie müssen uns ja hassen«, murmelte sie.

»Sie hassen?« wiederholte er mit einem, wie es ihr vorkam, Unterton von Geringschätzung. »Nein. Ich hasse mich selbst.«

»Sich selbst? Warum?« fragte sie, sehr leise.

»Weil ich mich selbst nicht mehr kenne«, erwiderte er. »Weil ich mich selbst nicht kenne. Seit heute morgen weiß ich das nicht mehr. Da war ich zornig... Nichts als sehr zornig ...«

»Und jetzt?« murmelte sie.

»Jetzt bin ich ... unglücklich«, sagte er. Nach einem Augenblick des Schweigens, der Mrs. Travers Zeit ließ, sich darüber zu wundern, wie dieser Mann es fertiggebracht hatte, bis in die Tiefen ihres Mitempfindens zu dringen, schlug er so heftig auf den Tisch, daß die schweren Musketen einen kleinen Sprung zu tun schienen.

Mrs. Travers hörte, wie Hassim mit ernster Betonung ein paar Worte sprach, und sie hörte Immada schmerzlich stöhnen.

»Ich glaubte Ihnen, ehe Sie ... ehe Sie mir Ihr Vertrauen schenkten«, fing sie an. »Das konnten Sie doch merken. Oder konnten Sie das nicht?«

Er sah sie starr an. »Sie sind nicht die erste, die an mich glaubt«, sagte er.

Hassim, der mit dem Rücken an der geschlossenen Tür lehnte, behielt ihn unverwandt im Auge, und Immadas dunkle und kummervolle Augen ruhten auf dem Gesicht der weißen Frau. Mrs. Travers hatte das Gefühl, als sei sie in einem Wettkampf mit ihnen begriffen; in einem Kampf um das Recht, über die Kraft dieses Mannes und seine Ergebenheit zu verfügen. Als sie zu Lingard aufsah, gewahrte sie auf seinem Gesicht nicht, wie sie erwartete, das ungerührte Antlitz eines strengen Führers oder das erhabene eines fanatischen Träumers – sie gewahrte den Ausdruck völliger Versunkenheit. Es war, als koste er das Entzücken einer ganz tiefen und überwältigenden Empfindung aus. Und plötzlich, noch während sie an seine Großmut appellierte, mitten in einem Satz, verschlug es ihr die Sprache, weil sie merkte, daß sie selbst die Ursache seiner Verzauberung war.

»Nicht! Blicke nicht diese Frau an!« rief Immada. »O Herr, sieh weg ...« Hassim warf einen Arm um den Hals des Mädchens. Ihre Stimme sank. »O Herr ... Sieh uns an!« Hassim zog sie an sich und deckte die Hand über ihre Lippen. Sie wand sich ein wenig wie ein Vogel in der Schlinge und gab dann nach und verbarg ihr Gesicht an seiner Schulter, sehr still, lautlos schluchzend.

»Was haben sie zu Ihnen gesagt?« fragte Mrs. Travers mit einem schwachen und schmerzlichen Lächeln. »Was können sie sagen? Es ist mir unerträglich zu denken, daß ihre Worte, die für mich keine Bedeutung haben, Ihnen vielleicht zu Herzen gehen.«

»Sieh weg«, flüsterte Lingard sehr leise vor sich hin, ohne sich im geringsten zu rühren.

Mrs. Travers seufzte. »Ja, es ist sehr hart, denken zu müssen, daß ich, die ich Ihr Herz rühren möchte, mich Ihnen nicht so gut verständlich machen kann wie die beiden. Und doch spreche ich

die Sprache Ihrer Kindheit, die Sprache des Mannes, für den es keine Hoffnung gibt, es sei denn in Ihrer Großmut.«
Er schüttelte den Kopf. Einen Augenblick starrte sie ihn ängstlich an. »In Ihrer Erinnerung denn«, sagte sie und war überrascht, als sie den Ausdruck tiefer Trauer gewahrte, der sich in seinem aufmerksam gespannten Gesicht verbreitete.
»Wissen Sie, woran ich mich erinnere?« sagte er. »Wollen Sie das wirklich wissen?« Sie hörte ihm zu, die Lippen leicht geöffnet. »Ich will es Ihnen sagen. Armut, schwere Arbeit – und Tod«, fuhr er sehr ruhig fort. »Und jetzt hab' ich's Ihnen gesagt, und Sie wissen doch nichts davon. So ist das eben mit Ihnen und mir. Sie sprechen mit mir – ich spreche mit Ihnen – und wir verstehen einander nicht.«
Sie senkte die Lider.
»Was kann ich Ihnen denn sagen?« fuhr sie fort. »Was kann ich tun? Ich darf nicht nachgeben. Denken Sie nach! In Ihren Erinnerungen muß es doch irgendein Gesicht geben – irgendeine Stimme – einen Namen, wenn nichts anderes. Ich kann nicht glauben, daß es da nichts als Bitterkeit gibt.«
»Es ist keine Bitterkeit geblieben«, murmelte er.
»O Bruder! Mein Herz zittert vor Angst«, flüsterte Immada.
Lingard wandte sich schnell nach dem Geflüster um.
»Dann, also, sollen sie gerettet werden«, rief Mrs. Travers. »Ah, ich wußte doch ...«
»Ertrage deine Furcht in Geduld«, sagte Hassim rasch zu seiner Schwester.
»Sie sollen gerettet werden, Sie haben es gesagt«, äußerte Lingard plötzlich laut. Er hatte das Gefühl eines Schwimmers, der mitten in der übermenschlichen Anstrengung, das Ufer zu erreichen, mit einem Mal bemerkt, daß die Unterströmung ihn ins Meer hinaus entführt. Er war bereit, sich der geheimnisvollen Strömung zu überlassen; er war bereit, das Treiben noch zu beschleunigen und das Ende zu erleben, das zugleich selige und schreckliche Ende.
Mit diesem Zustand der Gehobenheit, in dem er sich immer, was auch sonst geschehen mochte, auf eine unbegreifliche Weise für unüberwindlich hielt, verband sich eine willensstarke Zähigkeit. Er konnte das, was er vorhatte, nicht aufopfern, das Ziel jahrelanger Bemühungen, die Unternehmung seines Lebens: er konnte sich davon ebenso wenig trennen und weiterexistieren, wie er sich das Herz hätte ausschneiden und weiterleben können.

Der Abenteurer hielt an seinem Abenteuer fest, das ihn in seinen eigenen Augen zu dem machte, was er war. Er betrachtete das Problem mit dem kühlen Wagemut, der auf dem Glauben an die eigene Kraft beruhte. Nicht diese beiden Männer hatte er zu retten; er mußte sich selbst retten! Und unter diesem Gesichtspunkt gesehen, bot ihm die Lage nichts Ungewohntes.
Hassim hatte ihm berichtet, daß die beiden Weißen von den Leuten, die sie gefangengenommen hatten, in Damans Lager gebracht worden waren. Der junge Rajah war, seine Schwester in dem Kanu lassend, auf der Sandbank gelandet und bis dicht an den Rand des Lichtscheins gekrochen, den die Lagerfeuer der Illanuns verbreiteten. Daman saß abseits an einen größeren Feuer. Zwei Praus ankerten im flachen Wasser in der Nähe der Sandbank; auf der Höhe ging eine Wache auf und ab und behielt die Lampen der Brigg im Auge; das Lager war voll von unruhigem Geflüster. Hassim kehrte zu seinem Kanu zurück, und dann paddelten er und seine Schwester vorsichtig um die verankerten Praus herum, aus denen die Stimmen von Weibern zu hören waren, und näherten sich dem anderen Ende des Lagers. Hier fiel das Licht des großen Feuers auf das Wasser, und das Kanu, sich im Dunkeln haltend, glitt geräuschlos daran vorbei. Hassim landete zum zweitenmal und kroch wieder dicht bis an die Feuer. Jede Prau, dem Brauch dieser Seeräuber entsprechend, wenn sie auf Raubzug begriffen waren, hatte ein kleineres Kriegskanu bei sich, und da diese Kanus leicht und handlich waren, hatte man sie, nicht weit von dem großen Feuer, auf den Sand gezogen; sie lagen hoch auf dem abfallenden Ufer, tiefe Schatten werfend. Hassim kroch auf das größte von ihnen zu und stand dann aufrecht; so konnte er über die Dollborde hinweg das Lager überblicken. Das wirre Gerede der Leute glich dem Summen von Insekten in einem Wald. An Bord einer der Prau weinte ein Kind, und eine Frau rief mit schriller Stimme nach dem Ufer herüber. Hassim zog seinen Kris aus der Scheide und hielt ihn in der Hand.
Sehr bald – erzählte er – gewahrte er zwei weiße Männer, die zwischen den Feuern auf und ab gingen. Sie sprachen miteinander, gestikulierten mit den Armen; von Zeit zu Zeit blieben sie stehen. Sie näherten sich Daman, und der kurze Mann mit dem Haar im Gesicht sprach längere Zeit mit ernster Miene auf ihn ein. Daman saß mit gekreuzten Beinen auf einem kleinen Teppich, mit dem offenen Koran auf den Knien und sang die

Verse, indem er hin und her schaukelte und die Augen geschlossen hielt.
Die Häuptlinge der Illanuns, die, in Mäntel gehüllt, auf dem Boden lagerten, hoben sich auf ihre Ellbogen, um die Weißen zu sehen. Als der kurze Weiße seine Rede beendet hatt, blickte er sie eine Weile starr an, und dann stampfte er mit dem Fuße auf. Er sah zornig aus, weil niemand ihn verstand. Dann plötzlich blickte er sehr traurig drein; er schlug die Hände vors Gesicht, und der große Mann legte seine Hand auf die Schulter des Kleinen und flüsterte ihm ins Ohr. Das trockene Holz der Feuer knisterte, die Illanuns schliefen, kochten, plauderten, aber mit den Waffen in Griffweite. Ein Bewaffneter oder zwei kamen herbei, um die Gefangenen anzustarren, und kehrten dann zu ihrem Feuer zurück. Die beiden Weißen ließen sich im Sande vor Daman nieder. Ihre Kleider waren beschmutzt, in den Haaren hatten sie Sand. Der Große hatte seinen Hut verloren; das Glas in dem Auge des Kleinen glitzerte stark; sein Rücken war mit Schlamm bespritzt und ein Ärmel seines Rockes aufgerissen bis zum Ellbogen.
All das sah Hassim, dann zog er sich unentdeckt zu jenem Teil des Ufers zurück, wo Immada, das Kanu flott haltend, auf ihn wartete. Die Illanuns, dem Schutze der See vertrauend, bewachten ihre Gefangenen sehr nachlässig, und Hassim hielt eine Flucht für möglich, wenn er nur mit ihnen hätte sprechen können. Aber sie hätten nicht seine Zeichen und noch weniger seine Worte verstehen können. Er beriet sich mit seiner Schwester; Immada gab traurig murmelnde Antwort, und unter ihnen flüsterte das Wasser mit einem melancholischen Laut, so leise wie ihre Stimmen.
Hassims Treue war unerschüttert, aber jetzt führte sie ihn nicht in das helle Licht der Hoffnung, sondern in den vertieften Schatten des Zweifels. Er wollte für seinen Freund Informationen sammeln, der so mächtig war, und der vielleicht wissen mochte, wie man an seinem Vorsatz festhalten konnte. Als er sich, gefolgt von Immada, wieder dem Lager näherte – dieses Mal ganz offen – erregte ihr Erscheinen nicht viel Aufsehen. Die Häuptlinge der Illanuns wußten recht gut, daß der Rajah, für den sie kämpfen sollten – wenn Gott es so wollte – auf den Sandbänken Ausschau hielt nach dem weißen Mann, der über großen Reichtum und ein Waffenlager verfügte und in seinem Dienste stand. Daman, der als einziger über die wirklichen

Beziehungen Bescheid wußte, begrüßte sie mit einer undurchdringlichen ernsten Miene. Hassim nahm an seiner rechten Seite auf dem Teppich Platz. Eine halblaute Beratung wurde gehalten, in kurzen und scheinbar achtlos hingeworfenen Sätzen, mit langen Pausen dazwischen. Immada, sich dicht an ihren Bruder schmiegend, lehnte mit einem Arm auf seiner Schulter, hörte mit ernster Aufmerksamkeit zu, äußerlich ruhig, wie es einer Prinzessin von Wajo anstand, die gewohnt war, in Augenblicken der Gefahr mit Kriegern und Staatsmännern umzugehen und an ihren Beratungen teilzunehmen. Ihr Herz schlug rasch, und ihr gegenüber starrten die beiden Weißen schweigend die Gesichter, die ihnen bekannt waren, wie über einen Abgrund hinweg an. Vier Illanun-Führer saßen in einer Reihe. Ihre weißen Mäntel waren von ihren Schultern geglitten und lagen hinter ihnen auf dem Sand, in dem ihre langen Speere aufrecht staken; an jedem hing ein kleiner länglicher, hölzerner Schild mit geschnitzten Rändern und von dunkler Purpurfarbe. Daman streckte den Arm aus und deutete auf die Gefangenen. Die Gesichter der Weißen waren sehr ruhig. Daman betrachtete sie stumm, mit glühendem Blick, wie von einem unaussprechlichen Verlangen verzehrt.

In einer seidenen Hülle hing ihm der Koran an einer hellroten Schnur an der Brust. Er ruhte über seinem Herzen, und gleich darunter, bequem greifbar, stak der einfache Büffelhorn-Griff eines in der Falte seines Sarongs geschobenen Kris. Über dem Lager hatten sich die Wolken zusammengezogen, und die Dunkelheit lastete schwer auf der Glut der zerstreuten Feuer. »Zwischen mir und den Weißen ist Blut«, stieß er heftig hervor. Die Illanun-Führer blieben ungerührt. Sie führten ihrerseits eine blutige Abrechnung mit der gesamten Menschheit. Hassim bemerkte gelassen, einen weißen Mann gebe es, mit dem gut Freund zu bleiben die Klugheit gebiete; und übrigens, war Daman nicht bereits sein Freund? Daman lächelte mit halbgeschlossenen Augen. Er war des weißen Mannes Freund, nicht sein Sklave. Die Illanuns, an ihren Schwertgriffen fingernd, knurrten zustimmend. Warum, fragte Daman, reisten diese fremden Weißen so weit von ihrer Heimat fort? Der große weiße Mann, den sie alle kannten, wollte nichts von ihnen wissen. Niemand wollte etwas von ihnen wissen. Ihnen auf dem Fuße folge nur Übles. Das waren die Leute, die

die Herrscher ausschickten, um fremde Länder auszukundschaften, von Frieden zu reden und Verträge zu schließen. Damit fing es an, und was folgte, war großes Leid. Die Illanuns seien fern von ihrem Lande, das kein Weißer zu betreten wagte, und daher stand es ihm frei, ihre Feinde auf dem offenen Meer aufzusuchen. Diese beiden Männer hätten sie nun gefunden, die hierher gekommen waren, um zu kundschaften. Was, fragte er, hatten sie hier überhaupt zu suchen? Konnten sie in ihrem eigenen Land nichts finden?

Er sprach in unterdrücktem, ironischem Ton. Die zerstreuten Haufen der Holzscheite glühten in dunklerem Rot; das hochflammenden Feuer des Häuptlings sank herab und glühte noch schwach, ehe er mit seinem Reden innehielt. Hochgewachsene Gestalten erhoben sich, ließen sich wieder nieder, regten sich, flüsterten am Strand. Hier und da blitzte eine Speerspitze rötlich auf über dem schwarzen Umriß eines Schädels.

»Die Illanuns suchen Beute auf See«, rief Daman. »Ihre Väter und Vorväter haben das schon immer getan, denn sie waren tapfer wie alle, die dem Tod nahe ins Auge blicken.«

Ein leises Lachen wurde hörbar. »Wir schlagen zu und verschwinden dann wieder«, frohlockte eine Stimme. »Wir leben und sterben mit den Waffen in der Hand.« Die Illanuns sprangen auf. Sie stampften auf den Sand und schwangen die bloßen Schwerter über den Köpfen ihrer Gefangenen. Ein Tumult entstand.

Als der Aufruhr sich legte, erhob sich Daman; er stand da in einem Umhang, der ihn bis zu den Füßen verhüllte, und hielt wieder eine Ansprache, die diesmal Ratschläge enthielt. Die beiden Weißen saßen auf dem Sande und ließen ihre Blicke über die Gesichter schweifen, als versuchten sie zu verstehen. Man kam überein, die Gefangenen zur Lagune zu schicken, wo ihr Schicksal von dem Herrscher des Landes entschieden werden würde. Den Illanuns war nur daran gelegen, das Schiff zu plündern. Was aus den beiden Männern wurde, war ihnen gleichgültig. »Aber Daman ist es nicht gleichgültig«, bemerkte Hassim zu Lingard, als er über die Vorgänge berichtete. »Ihm ist das nicht gleichgültig, o Tuan!«

Hassim hatte außerdem erfahren, daß die Niederlassung in einem Zustand der Unruhe war wie am Vorabend eines Krieges. Belarab lagerte mit seinen Gefolgsleuten bei seines Vaters Grab in der Niederung jenseits der bestellten Felder. Sein befestigtes Grundstück war verrammelt, und auf den Veranden der Häuser dahinter erschien niemand. Nur an dem Rauch, der von den Fenstern aufstieg, konnte man erkennen, daß sich noch Leute innerhalb der Umzäunung befanden. Inzwischen trieben sich Tenggas Anhänger in der Siedlung umher, führten prahlerische Reden und bedrohten diejenigen, die Frieden halten wollten. Eine hemmungslose Erregung hatte das Volk ergriffen, eine Erregung so stark wie diejenige der Liebe, wie die wahnsinnige Lust zu kämpfen, das Begehren Blut zu vergießen. Auch eine sonderbare Angst trug zu dieser Aufregung bei. Die große Rauchsäule, die man am Morgen über dem Wald an der Küste gesehen hatte, war wohl ein zwischen Tengga und Daman verabredetes Signal, aber was es bedeutete, hatte Hassim nicht erfahren können. Er hegte Befürchtungen für Jörgensons Sicherheit. Er erzählte, daß er und seine Schwester das Lager unangefochten verließen und in ihrem Kanu davonfuhren, während eins der Kriegsboote fertiggemacht wurde, um die Gefangenen zu der Lagune zu bringen. Die Fackeln der Brigg, die einen schwachen Widerschein an die Wolken warfen, ermöglichten es ihnen, das Schiff über die Untiefen hinweg direkt anzusteuern. Ehe sie die halbe Entfernung hinter sich hatten, erloschen die Fackeln, und die Dunkelheit schien Hassim tief wie nie zuvor. Aber sie war nicht tiefer als die Dunkelheit in seiner Seele – fügte er hinzu. Er hatte die weißen Männer gesehen, wie sie da ruhig schweigend und ungerührt unter den bedrohenden Schwertern gesessen hatten; er hatte Daman angesehen, er hatte bittere Worte sprechen hören, und jetzt erwartete er seinen weißen Freund zu sehen – nur das Ende dieser Ereignisse vermochte er nicht zu sehen. Man kann die Gesichter der Menschen sehen, aber das Schicksal, das auf ihren Stirnen geschrieben steht, kann man nicht sehen. Mehr hatte er nicht zu sagen, und was er gesprochen, war in jedem Worte die Wahrheit.

IV

Lingard erzählte das alles Mrs. Travers. Ihr Mut, ihre Intelligenz, ihre rasche Auffassung, die Farbe ihrer Augen und ihr unerschrockener Blick erweckten in ihm bewundernde Begeisterung. Sie stand an seiner Seite! Jeden Augenblick umklam-

merte diese unheilvolle Illusion seine Seele – wie eine Hülle aus Licht – wie eine Rüstung aus Feuer.
Er war nicht willens, die Tatsachen ins Auge zu fassen. Sein Leben lang hatte er – bis zu diesem Tag – mit den Ereignissen, wie sie sich im Tageslicht dieser Welt abspielen, gerungen, aber nun konnte er seinen Geist nicht dazu bringen, seine Lage so zu betrachten, wie sie war. Es war Mrs. Travers, die, nachdem sie eine Weile gewartet hatte, ihn zu diesem quälenden Nachdenken zwang, um zu erfahren, welche Folgen Hassims Nachricht auf ihre Lage haben mochten.
Lingard hegte nicht den leisesten Zweifel, daß Daman ihm zu verstehen geben wollte, was mit den Gefangenen geschehen war. Deshalb hatte Daman Hassim willkommen geheißen, hatte ihn die Entscheidung hören lassen und ihm erlaubt, aus dem Lager auf der Sandbank fortzugehen. Darin konnte nur eine einzige Absicht liegen: ihn, Lingard, davon zu unterrichten, daß die Gefangenen seinem Zugriff entzogen waren, so lange er auf seiner Brigg blieb. In der Brigg lag nun seine Stärke. Wenn man ihn zwang, die Brigg zu verlassen, schlug man ihm sozusagen das Schwert aus der Hand.
»Verstehen Sie, was ich meine, Mrs. Travers?« fragte er. »Sie fürchten mich, weil ich mit dieser Brigg zu kämpfen verstehe. Sie fürchten die Brigg, weil sie und ich eins sind, wenn ich an Bord bin. Ein bewaffneter Mann – verstehen Sie? Ohne die Brigg bin ich entwaffnet, ohne mich kann sie nichts ausrichten. So denkt Daman. Er weiß nicht alles, aber sehr weit von der Wahrheit entfernt ist er nicht. Er sagt sich, daß seine Illanuns, wenn ich die Boote bemanne, um hinter den Weißen her in die Lagune zu fahren, die Jacht bestimmt in ihre Gewalt bekommen werden – und vielleicht auch die Brigg. Wenn ich hier auf meiner Brigg bleibe, behält er die beiden Weißen und kann dann große Töne reden, solange es ihm Spaß macht. Belarab glaubt ohne Zweifel an mich, aber Daman traut keinem Menschen auf Erden. Er weiß einfach nicht, wie man überhaupt jemandem trauen kann, weil er selbst in einem fort intrigiert. Er kam, um mir zu helfen, aber sobald er herausfand, daß ich nicht da war, begann er, sich mit Tengga zu verschwören. Jetzt hat er einen Schachzug getan – einen schlauen Schachzug, schlauer noch als er weiß. Warum? Das will ich Ihnen sagen. Weil ich, Tom Lingard, keinen einzigen Weißen hier an Bord der Brigg habe, auf den ich mich verlassen kann. Nicht einen

einzigen. Ich habe vorhin erst festgestellt, daß mein Steuermann die Ansicht vertritt, ich sei eine Art Pirat. Und Ihre Leute von der Jacht denken alle dasselbe. Es ist geradezu, als hätten Sie mit Ihrer Jacht Unheil über mich gebracht. Kein Mensch glaubt mir. Großer Gott! So weit ist es mit mir gekommen! Selbst die beiden da – sehen Sie sich die beiden an – ich sage, sehen Sie sich die beiden an! Beim Himmel, sie zweifeln an mir! An mir ...«

Er deutete auf Hassim und Immada. Das Mädchen schien Angst zu haben. Hassim blickte ruhig und verständnisvoll drein, mit unerschöpflicher Geduld. Lingards Stimme senkte sich plötzlich.

»Und beim Himmel, vielleicht haben sie recht. Wer weiß? Sie etwa? Wissen Sie's? Jahrelang haben sie gewartet. Sehen Sie, auch jetzt warten sie schweren Herzens. Glauben Sie, mir ist das gleichgültig? Hätte ich das alles für mich behalten sollen – hätte ich das niemandem erzählen – niemandem – nicht einmal Ihnen erzählen sollen? Warten die beiden auf etwas, was nun und nimmermehr geschehen kann?«

Mrs. Travers erhob sich und kam rasch um den Tisch. »Könnten wir nicht diesem – diesem Daman oder den anderen Leuten etwas geben? Wir könnten ihnen doch mehr geben, als sie glauben fordern zu können. Ich – mein Mann ...«

»Sprechen Sie mir nicht von Ihrem Mann«, sagte er schroff. »Sie wissen nicht, was Sie damit tun.« Sie sah den düsteren Zorn in seinen Augen. »Aber ich muß doch«, versicherte sie energisch. »Muß«, wiederholte er sinnend, wobei er bemerkte, daß sie nur einen halben Kopf kleiner war als er.

»Muß! Ach ja. Natürlich, Sie müssen. Müssen! Ja. Aber ich will nichts davon hören. Geben! Was können Sie geben! Sie könnten alle Schätze der Welt haben – nein! Auch dann könnten Sie nichts geben ...«

»Ich dachte an Ihre Schwierigkeiten, als ich das sagte«, unterbrach sie ihn. Seine Augen senkten sich und folgten der Linie ihrer Schulter. »An mich – an mich dachten Sie!« sprach er.

Alles dies wurde fast im Flüstertone gesprochen. An Deck, über ihren Köpfen, machten sich langsame Schritte vernehmbar. Lingard wandte sein Gesicht dem offenen Oberlicht zu.

»Hallo da an Deck! Ist Wind aufgekommen?«

Einen Augenblick blieb alles still. Dann erwiderte droben jemand in lässigem Ton: »Ein stetiger leichter Windzug aus dem Norden.« Und nach einer Pause setzte die Stimme halblaut hinzu: »Stockdunkel.«

»Ja, ja, dunkel genug«, murmelte Lingard. Er mußte etwas unternehmen, jetzt, sogleich. Die Welt wartete darauf. Eine Welt von Hoffnungen und Furcht. Was sollte er tun? Statt diese Frage zu beantworten, verlor er sich in der Betrachtung ihrer aschblonden Flechten, und eine in ihren Nacken hängende Locke entzückte ihn. Was sollte er tun? Niemanden gab es, dem er die Brigg hätte anvertrauen können. Es war Carters Stimme gewesen, die seine Frage beantwortet hatte. »Er treibt sich da herum, um auf mich aufzupassen«, sagte er zu Mrs. Travers. Sie schüttelte den Kopf und versuchte ein Lächeln. Der Mann oben ließ ein diskretes Räuspern hören. »Nein«, sagte Lingard, »Sie müssen begreifen, daß Sie nichts zu geben haben.« Der Mann an Deck, der sich bei dem Oberlicht aufgehalten zu haben schien, sagte nun in aller Ruhe: »Wenn Sie mich brauchen, Mrs. Travers, ich bin hier.« Hassim und Immada blickten auf. »Da! Sehen Sie«, rief Lingard. »Was hab' ich Ihnen gesagt? Er paßt auf mich auf! Auf meinem eigenen Schiff. Träume ich denn? Bin ich im Fieber? Sagen Sie ihm, er soll herunterkommen«, sagte er nach einer Pause. Mrs. Travers gehorchte, und Lingard kam ihre Stimme sehr gebieterisch und sehr lieblich vor. »Nichts in der Welt liebe ich so sehr wie diese meine Brigg«, fuhr er fort. »Nichts in der Welt. Wenn ich sie verlöre, hätte ich auf Erden keinen Platz mehr, der mir gehört! Sie verstehen das nicht. Sie können das nicht verstehen.«

Carter trat ein und schloß sorgfältig die Kajütentür. Er blickte alle der Reihe nach mit gelassener Heiterkeit an.

»Alles ruhig?« fragte Lingard.

»Na ja, ruhig, wenn Sie's so nennen wollen«, erwiderte er. »Aber wenn Sie bloß mal den Kopf zur Tür hinausstrecken, dann werden Sie hören, wie sie alle auf dem Achterdeck einander anschnarchen, als wenn es zu Hause keine Ehefrauen und auf der See keine Piraten gäbe.«

»Hören Sie,« sagte Lingard. »Ich habe festgestellt, daß ich mich auf meinen Ersten nicht verlassen kann.«

»So?« sagte Carter in seiner schleppenden Weise. »Das wundert mich allerdings nicht besonders. Ich muß zwar zugeben, *er* schnarcht nicht, aber ich glaube, er ist zu aufgeregt zum Schlafen. Er hat mich vorhin auf der Poop festgehalten und etwas von übler Gesellschaft gesagt, die gute Sitten verdirbt. Hab' ich schon mal früher gehört, scheint mir. Merkwürdig, so etwas zu sagen. Irgendwie versuchte er mir klarzumachen, daß es nicht an Ihnen läge, wenn er nicht korrupt sei. Als wenn das mich überhaupt was anginge. Er ist so verrückt, wie er dick ist – oder er tut nur so.« Carter lachte ein wenig und lehnte sich mit den Schultern gegen das Schott.

Lingard starrte die Frau an, die so viel von ihm erwartete, und in dem Licht, das von ihr auszugehen schien, sah er sich als Führer einer Reihe bewaffneter Boote einen Angriff auf die Siedlung unternehmen. Er konnte die ganze Niederlassung völlig einäschern und die Bewohner samt und sonders in den Busch treiben. Das konnte er! Und bei dem Gedanken, welche zerstörerische Macht ihm zu Gebote stand, befiel ihn die Überraschung wie ein Schock, ein dumpfes Entsetzen. So viele Menschenleben konnte er ihr opfern. Gestern erst hatte er sie kennengelernt, und ihm war, als hätte er sein Leben lang darauf gewartet, daß sie ihm ein Zeichen gäbe. Sie verhielt sich ganz still. Er erwog einen Plan zum Angriff. Im Geiste sah er Rauch und Flammen – und im nächsten Augenblick sah er sich allein inmitten der wüsten Trümmer, vernahm das leise Flüstern, das Seufzen und Stöhnen der Wasser über den Untiefen. Erschauernd fuhr er zusammen und schüttelte den Kopf: »Nein! Ich kann Ihnen nicht alle diese Menschenleben opfern!« rief er aus. Ehe Mrs. Travers den Sinn dieses Ausrufs begreifen konnte, erklärte er, er werde allein die Lagune aufsuchen, da die beiden Gefangenen gerettet werden müßten. Er konnte nicht daran denken, Gewalt anzuwenden. »Sie verstehen, warum«, sagte er zu Mrs. Travers, und sie flüsterte ein kaum vernehmbares »Ja«. Er wollte das gefährliche Unternehmen allein wagen. Er setzte seine Hoffnung darauf, daß Belarab imstande war einzusehen, wo sein wirkliches Interesse lag. »Wenn ich ihn bloß erreichen könnte, würde ich ihm das bald klarmachen«, überlegte er laut. »Habe ich ihm nicht die vergangenen zwei Jahre hindurch seine Macht aufrechterhalten? Und das weiß er auch. Er fühlt es.« Ob es ihm gelingen werde, sich mit Belarab persönlich in Verbindung zu setzen, das war eine andere Frage. Lingard verlor sich tief in Gedanken. »Er würde es nicht wagen«, platzte er heraus. Mrs. Travers hörte ihm mit halbgeöffneten Lippen zu. In Carters jugendlichem und beherrschtem Gesicht regte sich kein Muskel; erst als Lingard mit plötzlicher Wendung auf ihn zukam und mit einem rötlichen Aufblitzen der Augen und mit gesenkter Stimme fragte: »Könnten Sie diese Brigg verteidigen, wenn es zu einem Kampf käme?« glitt unter seinem kleinen Schnurrbart so etwas wie ein leichtes Lächeln über seine Lippen.

»Ob ich das könnte?« sagte er. »Ich könnte es jedenfalls versuchen.« Er hielt inne, und dann setzte er kaum vernehmbar hinzu: »Für die Dame – natürlich.«

Lingard schien zu stutzen, als hätte Carter ihm einen Schlag auf die Brust versetzt. »Ich dachte an die Brigg«, sagte er leise.

»Mrs. Travers wäre aber an Bord«, erwiderte Carter mit Nachdruck.

»Was! an Bord! Ach so ja, an Bord – wo sonst?« stammelte Lingard.

Carter sah ihn erstaunt an. »Kämpfen! Das fragen Sie!« sprach er langsam. »Stellen Sie mich auf die Probe!«

»Das werde ich«, brachte Lingard hervor. Er verließ die Kajüte und rief: *»Serang!«* Gleich darauf hörte man eine dünne, gebrechliche Stimme »Tuan!« rufen, und die Tür schlug zu.

»Trauen Sie ihm, Mrs. Travers?« fragte Carter rasch.

»Sie nicht – warum nicht?« antwortete sie.

»Ich werde nicht klug aus ihm. Wenn er eine andere Art Mensch wäre, würde ich sagen, er ist betrunken«, sagte Carter.

»Warum ist er überhaupt hier – er, und diese seine Brigg? Entschuldigen Sie meine Frage – aber haben Sie ihm irgend etwas versprochen?«

»Ich – ich, versprochen!« rief Mrs. Travers in einem so bitteren Ton, daß Carter für den Augenblick in Schweigen verfiel.

»Um so besser«, sagte er schließlich. »Er soll erst zeigen, was er ausrichten kann ...«

»Hier. Nehmen Sie das«, sagte Lingard, der die Kajüte wieder betrat und an seinem Hals nestelte. Carter streckte unwillkürlich die Hand aus.

»Wozu ist das?« fragte er und betrachtete einen kleinen Messingschlüssel, der an einer dünnen Kette hing.

»Pulver-Magazin. Falltür unter dem Tisch. Der Mann, der diesen Schlüssel hat, befehligt die Brigg, solange ich abwesend bin. Der *Serang* weiß Bescheid. Da in Ihrer Hand liegt jetzt ihr Leben.«

Carter blickte auf den kleinen Schlüssel, der in seiner halbgeöffneten Hand lag.

»Ich habe Mrs. Travers gerade gesagt, daß ich Ihnen nicht traue – ich meine, nicht unbedingt traue . . .«
»Das weiß ich alles«, unterbrach ihn Lingard verächtlich. »Sie tragen sogar eine Pistole in der Tasche, um mir eine Kugel durch den Kopf zu jagen, wenn's sein muß, nicht wahr? Was kümmert mich das? Ich denke an die Brigg. Ich glaube, ich weiß, aus welchem Holz Sie geschnitzt sind. Sie werden es schaffen.«
»Na ja, vielleicht«, murmelte Carter bescheiden.
»Handeln Sie nicht überstürzt«, sagte Lingard besorgt. »Wenn Sie zum Kämpfen gezwungen werden, gebrauchen Sie Ihren Kopf ebenso wie Ihre Hände. Wenn Wind aufkommt, gehen Sie unter Segel, während Sie kämpfen. Wenn sie versuchen sollten, bei einer Flaute zu entern, verlassen Sie sich auf die Handwaffen, um sie abzuwehren. Behalten Sie den Kopf oben . . .« Er blickte Carter scharf an; seine Lippen regten sich ohne einen Laut, als sei er plötzlich mit Stummheit geschlagen. »Denken Sie nicht über mich nach. Was geht es Sie an, wer ich bin? Denken Sie an das Schiff!« brach es aus ihm hervor. »Lassen Sie das Schiff nicht im Stich! – Lassen Sie die Brigg nicht im Stich!« Die Leidenschaft in seiner Stimme verfehlte nicht ihren Eindruck auf die Zuhörer, die eine Weile ein tiefes Schweigen bewahrten.
»Nun gut«, sagte Carter schließlich. »Ich werde zu Ihrer Brigg halten, als wenn sie mir gehörte; nur würde ich gerne bei der ganzen Geschichte klarsehen. Hören Sie – Sie gehen jetzt fort? Wohin? Und allein, sagten Sie?«
»Ja. Allein.«
»Na schön. Aber sehen Sie sich vor, daß Sie nicht mit einer Schar Ihrer braunen Freunde zurückkehren – oder, beim Himmel droben, ich lasse Sie nicht in Rufweite Ihres eigenen Schiffes kommen. Soll ich diesen Schlüssel behalten?«
»Kapitän Lingard«, sagte Mrs. Travers plötzlich. »Wäre es nicht besser, ihm alles zu sagen?«
»Ihm alles sagen?« wiederholte Lingard. »Alles! Gestern wäre das vielleicht noch möglich gewesen. Gestern erst! Hab' ich gestern gesagt? Vor sechs Stunden noch – vor sechs Stunden, da hatt' ich noch was zu erzählen. Sie haben es ja gehört. Und jetzt ist's vorbei. Ihm erzählen! Da gibt's nichts mehr zu erzählen.« Er blieb einen Augenblick mit gesenktem Kopf stehen, während vor ihm Mrs. Travers, die schon die Arme

protestierend hob, sie fallen ließ. Dann blickte er wieder auf.

»Behalten Sie den Schlüssel«, sagte er mit ruhiger Stimme, »und wenn es soweit ist, übernehmen Sie ohne weiteres das Kommando. Ich bin einverstanden.«

»Ich würde aber trotzdem gerne über die ganze Geschichte Bescheid wissen«, beharrte Carter. »Und wie lange wollen Sie überhaupt fortbleiben, Kapitän?« Lingard gab keine Antwort. Carter wartete eine Weile. »Hören Sie, Kapitän«, drängte er. »Ich müßte doch irgend etwas wissen. Wie lange? Zwei, drei Tage?« Lingard fuhr aus seinen Gedanken auf.

»Tage«, wiederholte er. »Ach so, ja, Tage. Was wollten Sie gerne wissen? Zwei ... drei – wie drückte der alte Bursche sich aus – vielleicht für immer.« Dies wurde so leise gesprochen, daß niemand außer Carter die letzten Worte verstand. »Meinen Sie das im Ernst?« murmelte er. Lingard nickte. »Warten Sie, solange Sie können«, sagte er so leise wie zuvor, fast unhörbar, »dann fahren Sie los.« – »Fahren wohin?« »Wohin Sie wollen, zum nächsten Hafen, zu irgendeinem Hafen.« – »Sehr gut. Das ist jedenfalls was Bestimmtes«, erklärte der junge Mann mit unerschütterlicher Gelassenheit.

»Ich gehe, o Hassim!« begann Lingard, und der Malaie beugte langsam das Haupt, das er nicht wieder erhob, bis Lingard aufgehört hatte zu sprechen. Er verriet weder Überraschung noch sonst eine Gemütsbewegung, während Lingard ihn in wenigen deutlichen und scharfen Sätzen mit seiner Absicht bekanntmachte, die Gefangenen allein und auf eigene Faust auszulösen. Als Lingard mit den Worten geendet hatte: »Und du, o Rajah Hassim, mußt eine Möglichkeit finden, mir in dieser Zeit der Not zu helfen«, blickte Hassim auf und sagte: »Gut. Bis jetzt hast du mich noch nie um etwas gebeten.« Und er lächelte seinem weißen Freunde zu. Etwas anmutig Zartfühlendes lag in dem Lächeln; hinterher freilich schloß er fest und ruhig die Lippen. Immada trat einen Schritt vor, Schrecken in ihren schwarzen und erweiterten Augen. Mit einer Stimme, deren Zittern in den Herzen aller Anwesenden unbestimmte Besorgnis erregte, rief sie: »Er wird umkommen, Hassim! Er wird allein sein und umkommen!«

»Nein«, sagte Hassim. »Deine Furcht ist heute nacht so grundlos wie bei Sonnenaufgang. Er wird nicht allein umkommen.« Sie senkte langsam die Augenlider. Tränen rannen ihr aus den verschleierten Augen und verschwanden in der Stille. Lingards Stirn zog sich in Falten zusammen wie unter einer Unabsehbarkeit düsterer Gedanken. »Erinnere dich, o Hassim: als ich dir versprach, dich zu deinem Lande zurückzubringen, hast du mir versprochen, dich allen Weißen als Freund zu erweisen. Allen Weißen, die zu meinem Volk gehören, für immer.«

»Mein Gedächtnis ist gut, o Tuan«, sagte Hassim. »Ich bin noch nicht heimgekehrt in mein Land, aber ist nicht jeder Mensch Herrscher in seinem eigenen Herzen? Versprechungen, abgegeben von einem Manne von edler Geburt, leben so lange, wie der Mensch ausdauert, der gesprochen hat.«

»Leben Sie wohl«, sagte Lingard zu Mrs. Travers. »Hier werden Sie sich in Sicherheit befinden.« Er blickte rings in der Kajüte umher. »Ich verlasse Sie«, begann er wieder und brach ab. Mrs. Travers' Hand, die leicht auf dem Tischrand lag, fing an zu zittern. »Ich tu's Ihretwegen ... Ja. Nur Ihretwegen ... und es kommt mir so vor, als könnt' ich unmöglich ...«

Ihm war, als nehme er Abschied von der ganzen Welt, als nehme er einen letzten Abschied von sich selbst. Mrs. Travers sagte kein Wort, aber Immada warf sich zwischen die beiden und rief: »Du bist eine grausame Frau! Du treibst ihn hinaus aus seinem Schiff, in dem seine ganze Kraft liegt. Wahnsinn entzündest du in seinem Herzen, o du Blinde! Kein Mitleid – keine Scham! ...«

»Immada«, ließ sich Hassims Stimme vernehmen. Niemand rührte sich.

»Was sagte sie zu mir?« fragte Mrs. Travers mit schwankender Stimme und wiederholte dann, und nun klang es hart: »Was sagte sie?«

»Verzeihen Sie ihr«, sagte Lingard. »Sie hat Angst um mich ...«

»Weil Sie fortgehen wollen?« unterbrach ihn Mrs. Travers schnell.

»Ja, deswegen ... und Sie müssen ihr verzeihen.« Er hatte in einer Art Verlegenheit den Blick abgewandt, aber gleich darauf packte ihn das unwiderstehliche Verlangen, die Frau wieder anzuschauen. In dem Augenblick des Abschieds klammerte er sich an sie mit einem Blick, wie ein Mann, der einen unschätzbaren Besitz in Händen hält, den man ihm streitig macht. Über Mrs. Travers' Gesichtszüge verbreitete sich allmählich eine feine Röte und verlieh ihnen einen außerordentlichen, auffallend lebhaften Ausdruck.

»Ist es die Gefahr, in die Sie sich begeben?« fragte sie erregt. Er wies die Vermutung mit einer Handbewegung zurück. »Nicht der Rede wert. Sie brauchen keinen Gedanken daran zu verschwenden«, sagte er. »Ich bin schon in gefährlicheren Situationen gewesen.« Er klatschte in die Hände und wartete, bis er die Kajütentür hinter sich aufgehen hörte. »Steward, meine Pistolen.« Der Mulatte, in Pantoffeln und mit einer Schürze um, die bis zum Kinn reichte, glitt mit blicklosen Augen durch die Kajüte, als ob für ihn niemand dort anwesend wäre ...

›Ist es mein Herz, das so schmerzt?‹ fragte sich Mrs. Travers, während sie Lingards regungslose Gestalt betrachtete. ›Wie lange soll diese dumpfe Schmerzempfindung dauern? Immer und ewig vielleicht ...?‹

»Wie viele Anzüge soll ich einpacken, Sir?« fragte der Steward, während Lingard ihm die Pistolen abnahm und schußfertig machte. »Ich werde diesmal nichts mitnehmen, Steward.« Aus den Händen des Mulatten nahm er ein rotseidenes Halstuch entgegen, eine Brief- und eine Zigarrentasche. Er knüpfte sich das Tuch lose um den Hals; es war klar, daß er die üblichen Vorbereitungen für einen Besuch an Land traf: er öffnete sogar das Zigarrenetui, um nachzusehen, ob es gefüllt worden war. »Hut, Sir«, flüsterte der Mulatte. Lingard stülpte ihn auf den Kopf. »Deine Anweisungen bekommst du von der Dame, Steward, bis ich zurückkomme. Die Kajüte gehört ihr – verstehst du?« Er seufzte, bereit zu gehen, aber er schien nicht einen Fuß heben zu können.

»Ich komme mit Ihnen«, erklärte Mrs. Travers plötzlich im Ton eines unabänderlichen Entschlusses. Er sah sie nicht an, er sah nicht einmal auf; er sagte nichts. Erst als Carter gerufen hatte: »Das können Sie nicht, Mrs. Travers!«, flüsterte er, ohne sich zu rühren, vor sich hin: »Natürlich kann sie das.« Mrs. Travers hatte sich bereits die Kapuze ihres Mantels über den Kopf gezogen, und unter dem dunklen Tuch hatte ihr Gesicht eine unirdisch weißleuchtende Blässe angenommen, in der die dunkelblauen Augen von unergründlicher, geheimnisvoller Tiefe erschienen. Carter trat vor: »Sie kennen diesen Mann nicht!« Er schrie es fast.

»Doch, ich kenne ihn«, sagte sie, und vor dem vorwurfsvollen und ungläubigen jungen Mann setzte sie, langsam und mit

Betonung sprechend, hinzu: »Es gibt, wie ich wahrlich glaube, in seinem Leben keinen einzigen Gedanken und keine Handlung, die ich nicht kenne.« – »Das ist wahr – es ist wahr«, murmelte Lingard für sich. Carter stöhnte und warf verzweifelt die Arme hoch. »Sie bleiben hier!« sagte eine Stimme, die ihm wie grollender Donner klang, und zugleich fühlte er seine Hand mit einer Gewalt ergriffen, die jeden Knochen zu brechen schien. Er riß sie los. »Mrs. Travers! Bleiben Sie!« rief er. Sie waren durch die offene Tür verschwunden, und ihre Schritte waren bereits verhallt. Bestürzt wandte Carter sich um, als ob er Hilfe suchte. »Wer ist dieser Mann, Steward? Wer in Teufels Namen ist er?« fragte er aufgebracht. Die kühle und philosophisch-gleichmütige Antwort verwirrte ihn: »'s kommt mir nich zu, mich darum zu kümmern, Sir – und Ihnen, glaub' ich, auch nich.« – »Wirklich nicht!« schrie Carter. »Ja, aber er hat die Dame mitgenommen.« Der Steward besah mit kritischer Miene die Lampe und schraubte nach einer Weile den Docht herunter. »So ist's besser«, murmelte er. – »Großer Gott! Was soll ich denn machen?« fuhr Carter fort und blickte Hassim und Immada an, die miteinander flüsterten und seinen Blick flüchtig erwiderten. Er lief an Deck und wurde sofort von der Nacht, die nur auf ihn gewartet zu haben schien, mit Blindheit geschlagen; er stolperte über etwas Weiches, versetzte einem Widerstand, der sich hart anfühlte, einen Fußtritt und klammerte sich an die Reling.

»Kommen Sie zurück!« schrie er. »Kommen Sie zurück, Kapitän! Mrs. Travers! – oder lassen Sie mich mitkommen.«

Er horchte. Die Brise strich kühl über seine Wangen. Ihm war, als seien ihm die Augen mit einem schwarzen Tuch verbunden. »Fort«, stöhnte er, äußerst niedergeschlagen. Und plötzlich hörte er Miß Travers' Stimme fern in den Tiefen der Nacht. »Verteidigen Sie die Brigg«, klang es, und diese Worte, die sich gleichsam von selbst in der Unermeßlichkeit eines lichtlosen Weltalls bildeten, brachten jeden Nerv seines Körpers durch die überwältigende Traurigkeit ihres Tons zum Erzittern. »Verteidigen Sie ... verteidigen Sie die Brigg.« – »Verdammt will ich sein, wenn ich das tue!« schrie Carter verzweifelt. »Außer Sie kommen zurück! ... Mrs. Travers!« – »... als wenn – ich selbst – an Bord – wäre«, fuhr die Stimme fort, weiter entfernt nun, aber ansteigend und bei aller Entferntheit erstaunlich klar und gebieterisch.

Carter rief nicht mehr zurück; eine Zeitlang versuchte er noch, das Boot zu entdecken, dann gab er es auf und sprang von der Reling herunter, und sein Sprung erschütterte die schwere Dunkelheit des Hauptdecks wie einen düsteren Teich, der ins Schwanken und Kreisen geriet und über die Ufer treten zu wollen schien. Placken von Dunkelheit glitten weg, trieben zurück, nackte Füße schoben eilig vorbei, murmelndes Stimmengewirr erstarb. »Diese Laskaren«, murrte er. »Die ganze Mannschaft scheint zugehört zu haben.« Danach horchte er einen Augenblick auf das gedämpfte Durcheinander-Schnarchen der Weißen, die in Reihen schliefen, die Köpfe unter dem Vorsprung der Poop. Irgendwo zu seinen Füßen winselte der schwarze Hund von der Jacht, nicht zu sehen und an einen Ringbolzen an Deck gekettet; er rasselte mit seiner dünnen Kette, patschte mit seinen Pfoten umher, unglücklich über die ungewohnte Umgebung, und bettelte um den Trost menschlichen Zuspruchs. Unwillkürlich beugte sich Carter nieder und fuhr zurück, als der Hund ihm das Gesicht leckte. »Hallo, alter Knabe!« sagte er und klopfte das dichte lockige Fell über den Rippen und streichelte den glatten Kopf. »Guter Hund, Rover. Leg dich. Du wirst auch nicht schlau draus – was, alter Junge?« Der Hund wurde plötzlich ganz still. »Na, ich auch nicht«, murrte Carter. Aber Naturen wie er hegen eine ihnen sehr zuträgliche vergnügte Verachtung für die verwickelten und unabsehbaren Wege des Denkens. Er sagte sich, er werde bald sehen, was bei der Geschichte herauskam, und gab alles Grübeln auf. Nur ein wenig älter, und er hätte gespürt, daß die Lage über sein Begriffsvermögen ging; er war eben zu jung, um sie als Ganzes zu verstehen und dabei von sich abzusehen. Alle diese unerklärlichen Vorkommnisse erfüllten ihn mit tiefer Besorgnis – aber andererseits war er im Besitz des Schlüssels zum Pulvermagazin, und in seinem Herzen empfand er keine Abneigung gegen Lingard. Dessen war er nun endlich gewiß, und dies nach all den Unannehmlichkeiten eines inneren Konflikts zu wissen, eröffnete die Aussicht auf eine endgültige Lösung. Als er Shaw in die Kammer folgte, konnte er das Gefühl einer gewissen Schadenfreude und ein leicht boshaftes Lächeln nicht unterdrücken.

»Weggefahren – sagten Sie? Und die Dame hat er mitgenommen?« sagte Shaw sehr laut auf der Türschwelle. »Wirklich? Na, ich wundere mich gar nicht. Was können Sie von so einem

Menschen erwarten, der sein Schiff auf offener Reede verläßt ohne – ich will nicht sagen Befehle – aber ohne seinem Stellvertreter ein einziges Wort zu hinterlassen? Und noch dazu in einer solchen Nacht! Da sieht man's mal wieder, was das für ein Mensch ist. Ist das 'ne Art, den Ersten Offizier zu behandeln? Ich könnte mir denken, er hat sich über die kleine Kon-tro-verse geärgert, die wir miteinander hatten, gerade ehe Sie an Bord kamen. Ich habe ihm eine oder zwei Wahrheiten gesagt – aber lassen wir das. Da ist das Gesetz, und daran werde ich mich halten. Solange er nicht an Bord ist, bin ich Kapitän, und wenn über kurz oder lang seine Adresse nicht auf eins der Gefängnisse Seiner Majestät lautet, geb' ich Ihnen das Recht, mich einen Idioten zu nennen. Merken Sie sich, was ich Ihnen sage.«

In gebieterischer Haltung trat er in die Kajüte, setzte sich und sah sich in dem Raume um, gelassen wie einer, dem keiner was zu sagen hat. Aber plötzlich wurden seine Augen starr vor Staunen und Entrüstung, und er deutete mit seinem dicken und zitternden Zeigefinger auf das Geschwisterpaar.

»Nigger!« sagte er heiser. »Im Salon! Hier im Salon!« Eine Weile schien er der Sprache nicht mächtig.

Seitdem er eingetreten war, hatte Hassim ihn in nachdenklichem und erwartungsvollem Schweigen im Auge behalten. »Das kann ich nicht dulden«, fuhr er aufrichtig erzürnt fort. »Verdammt nochmal! Das verbietet mir schon meine Selbstachtung.« Er erhob sich schwerfällig; die Augen traten ihm förmlich aus den Höhlen vor lauter Strenge und Würde. »Hinaus mit euch!« brüllte er und trat einen Schritt vor. »Du lieber Gott! Was haben Sie vor, Mister?« fragte der Steward, der den Kopf durch die Tür steckte, in einem Ton milder Verwunderung. »Das sind doch Freunde vom Kap'tän.« – »Sage mir, mit wem einer umgeht, und ...« fing Shaw an, wie ein Lehrer, ging aber unvermittelt wieder in den Ton des Befehlshabers über: »Nimm bloß deine Schnauze da weg, Flaschenspüler. Meine Freunde sind die nicht. Ich bin kein Vagabund. Ich weiß, was ich mir schuldig bin. Raus!« zischte er wütend. Hassim packte mit einer raschen Bewegung den Griff seines Kris. Shaw blies mit drohender Miene die Backen auf. »Vorsicht! Er wird Sie abstechen wie ein Schwein«, knurrte Carter, ohne eine Miene zu verziehen. Shaw sah sich hilflos um. »Und das möchte Ihnen wohl passen – wie?« sagte er langsam und bitter. Carters abweisendes und unverbindliches Lächeln erschien ihm abscheulich kalt und bestürzte ihn. In seiner primitiven Seele wich das erhebende Gefühl des Rassenstolzes einer tiefen Verzagtheit. »Mein Gott! Womit hab' ich das verdient! Was hab' ich getan, in diese Bande zu geraten?« stöhnte er, setzte sich und nahm seinen großen grauen Kopf in die Hände. Carter trat zur Seite, um Immada Platz zu machen, die, einem Flüstern ihres Bruders gehorchend, die Kajüte verlassen wollte, aber einen Augenblick zögerte, währenddessen sie einmal zu Carter aufsah. Dann ging sie hinaus, und Hassim, regungslos in der Haltung eines Verteidigers, deckte ihren Rückzug. Sie verschwand; Hassims Griff auf seiner Waffe lockerte sich. Er sah nacheinander jeden Gegenstand in der Kajüte an, als ob er sich ihre Lage für immer einprägen wollte, und folgte mit lautlosen Schritten seiner Schwester hinaus.

Sie traten in dieselbe Dunkelheit, die Lingards und Ediths bekümmerte Seelen aufgenommen, eingehüllt und verborgen hatte, aber für diese beiden war das Licht, aus dem sie sich vertrieben fühlten, nunmehr der Schimmer vergeblicher Hoffnungen; es hatte den schrecklichen, stillen Glanz, den ein am Ufer brennendes Licht für einen erschöpften Schwimmer hat, wenn er bereits im Begriff ist, den Widerstand gegen den tödlichen Zugriff der See aufzugeben. Sie blickten zurück; das Licht war verschwunden, Carter hatte die Kajütentür hinter ihnen geschlossen, um sich mit Shaw auseinanderzusetzen. Er wollte mit dem nominellen Befehlshaber ein kompromißartiges Übereinkommen treffen, aber der Erste war durch die neuerlichen Angriffe auf sein Ansehen so entmutigt, daß der junge Verteidiger der Brigg nichts anderes aus ihm herausbringen konnte als Klagen, untermischt mit schwächlichen Flüchen. Die Brigg schlief, und aus der Kajüte drangen die Stimmen und hallten über das stille Deck – Shaws mit lautem Stimmaufwand gen Himmel gerichtete Anklagen und Vorwürfe und Carters gedämpftes Murmeln im eintönig schleppenden Tonfall. Die Wachen mittschiffs, die, ein Ohr der See zugewandt, regungslos in die Finsternis hinausspähten, vernahmen hinter ihrem Rücken die seltsamen Laute wie das Gezänk von Gespenstern. Nachdem Wasub Hassim und Immada zu ihrem Kanu gebracht hatte, schritt er die ganze Länge des Schiffs wachsam auf und ab. Am Himmel war kein Stern zu

sehen und auf dem Wasser kein Schimmer; kein Horizont war sichtbar, kein Umriß, keine Gestalt, auf der das Auge hätte verweilen, nichts, wonach die Hand hätte greifen können. Eine Finsternis, grenzenlos in Raum und Zeit, schien das Weltall wie eine Sintflut erträinkt zu haben.
Der Wind war vorübergehend eingeschlafen und hatte das kleine Boot eine Zeitlang in der Nähe der Brigg gehalten. Das gesetzte Segel war unsichtbar und schlug leise und geheimnisvoll hin und her, und das Boot schien auf der kaum wahrnehmbaren Dünung wie auf einer atmenden Brust zu ruhen. Mit der Ruderpinne in der Hand saß Lingard aufrecht, erwartungsvoll und schweigend im Heck. Mrs. Travers hatte sich eng in ihren Umhang gehüllt. Beider Blicke drangen tief in die lichtlose Leere, und doch waren sie der Brigg noch so nahe, daß sie das klägliche Winseln des Hundes vernahmen, das ärgerliche Rasseln der Kette, was Vorstellungen von Ängstlichkeit und Zorn erweckte. Ein scharfes Bellen endete in einem klagenden Geheul; es klang, als ob Geister, den Menschen unsichtbar, vorübergeweht wären, als hätte der Instinkt des Tiers, von der Nacht durchschauert, der Angst vor der Zukunft, der Angst vor dem lauernden Tod, dem Schrecken vor den huschenden Schatten in jammervoller Klage Ausdruck gegeben.
Nicht weit von dem Boot der Brigg saßen Hassim und Immada in ihrem Kanu und ließen die Paddel im Wasser hängen; sie saßen in einer stummen und unüberwindlichen Starrheit, als ob der unstete Wind in ihre Herzen den Hauch eines feinen Giftes geweht hätte, an dem sie sehr bald würden sterben müssen. »Hast du die Augen der weißen Frau gesehen?« rief das Mädchen. Sie schlug laut die Hände zusammen und hielt die Arme mit den gefalteten Händen ausgestreckt. »O Hassim! Hast du ihre Augen gesehen, wie sie unter den Brauen leuchteten wie Strahlen von Licht unter den Baumzweigen in einem Wald? Sie durchbohrten mich. Ich schauderte bei dem Klang ihrer Stimme! Ich sah, wie sie hinter ihm herging – und ich kann mir nicht vorstellen, daß sie wirklich auf Erden lebt – daß dies alles keine Zauberei ist.«
So klagte sie in die Nacht hinein. Hassim blieb stumm. Er hatte keine Illusionen, und bei jedem anderen Menschen als Lingard hätte er dessen Vorgehen für nichts Besseres als selbstmörderischen Wahnsinn gehalten. Für ihn waren Travers und d'Alcacer zwei mächtige Rajahs – wahrscheinlich Verwandte des

Herrschers der Engländer, der, wie er wußte, eine Frau war; aber was diese Leute veranlaßte, hierher zu kommen und sich in den Plan, sein eigenes Königreich wieder zu erlangen, einzuschalten, das war ihm völlig dunkel. Er machte sich Sorgen um Lingards Sicherheit. Daß dieser die Gefahr hauptsächlich seinetwegen auf sich nahm – damit eben die Aussichten des großen Unternehmens nicht durch den Streit um das Leben dieser Weißen gefährdet würden –, machte ihm nicht so viel Eindruck, wie man vielleicht denken mag. In ihm lebten Vorstellungen, denen so etwas wie Lingards Handlungsweise einfach als selbstverständlich galt. War er nicht der Rajah Hassim, und war der andere nicht ein Mann des starken Herzens, des starken Arms, des stolzen Mutes, ein Mann, groß genug um hochgeborene Fürsten unter seinen Schutz zu nehmen – ein Freund? Immadas Worte riefen ein Lächeln hervor, das, wie die Worte, sich im Dunkeln verlor. »Vergiß deine Müdigkeit«, sprach er sanft, »damit wir, o Schwester, nicht zu spät kommen.« Der kommende Tag mochte irgendein entscheidendes Ereignis ans Licht bringen. Hassim dachte an seine Leute, die die *Emma* bewachten, und er wünschte dort zu sein, wo sie seine Stimme hören konnten. Er bedauerte, daß Jaffir nicht da war. Es stimmte ihn traurig, daß der Mann nicht an seiner Seite war, der einst seinem Freunde das überbracht hatte, was er damals für seine letzte Botschaft hielt. Es war nicht die letzte gewesen. Er war am Leben geblieben, hatte neue Hoffnungen genährt, neue Mühen auf sich genommen und sollte doch vielleicht wieder eine Botschaft aussenden, wenn der Tod mit den Händen bewaffneter Feinde an die Pforte klopfte.

Die Brise wurde stetig, und die aufkommende Dünung trug das Kanu sanft über die leicht bewegte See. Langsam kamen sie vorwärts; aber Immada verspürte in ihrem Herzen mehr Müdigkeit als in den Armen, und Hassim spähte nach rechts und nach links, während er das Paddel geräuschlos in das Wasser tauchte, und versuchte, die schattenhaften Formen der Inselchen zu erkennen. Weit voraus auf demselben Kurs lief das kleine Boot der Brigg mit dem Luggersegel; es steuerte die schmale und windungsreiche Zufahrt zwischen der Küste und den Sandbänken an, die zu der Mündung des die Lagune mit dem Meer verbindenden Flüßchens führte.

So war die sternlose Nacht über den Untiefen von unruhigen

Seelen belebt. Über ihnen erstreckte sich der dichte Wolkenvorhang und trennte sie von dem übrigen Universum. Zeitweise hatte Mrs. Travers in der Finsternis die Empfindung, als flögen sie schwindelerregend dahin, dann wieder erschien es ihr, als stände das Boot still, als stände die ganze Welt still und nur ihre Phantasie schweife frei von allen Fesseln umher. Lingard, der vollkommen reglos an ihrer Seite saß, steuerte das Boot, indem er sich nur nach dem Wind richtete. Alsbald gewahrte er geradeaus einen geisterhaft fahlen, schwachen Schein, den die Erde an die gleichförmig schwarze Decke des Himmels zu werfen schien.

Das Boot näherte sich dem von Sandbänken und Untiefen durchsetzten Teil des Küstengewässers. Der verworrene Lärm der Brandung wurde jetzt tiefer und lauter.

»Wie lange werden wir noch weiter so segeln?« fragte Mrs. Travers leise. Eine Stimme, die sie nicht erkannte, beantwortete ihre Frage mit dem Worte »Immer«, mit dem unpersönlichen Klang eines Abwesenden. Ihr Herz schlug schnell.

»Kapitän Lingard!« rief sie.

»Ja. Was ist?« sprach er zusammenzuckend, wie aus einem Traum aufgeschreckt.

»Ich fragte Sie, wie lange wir noch so weitersegeln werden«, wiederholte sie deutlich.

»Wenn der Wind anhält, werden wir bald nach Tagesanbruch in der Lagune sein. Das ist dann auch die richtige Zeit. Ich werde Sie an Bord der alten Bark zurücklassen, bei Jörgenson.«

»Und Sie? Was werden Sie tun?« fragte sie. Sie mußte ein Weilchen auf Antwort warten.

»Ich werde tun, was ich kann«, hörte sie ihn endlich sagen. Dann kam eine weitere Pause. »Alles, was ich kann«, setzte er hinzu.

Der Wind flaute ab, das Segel killte.

»Ich habe vollkommenes Vertrauen zu Ihnen«, sagte sie. »Aber sind Sie sicher, daß Sie Erfolg haben werden?«

»Nein.«

Mrs. Travers wurde es klar, wie nutzlos ihre Frage war. In ein paar Stunden ihres Lebens war sie aus all ihren Gewißheiten gerissen, in eine Welt von Unwahrscheinlichkeiten geschleudert worden. Dieser Gedanke schien, statt ihre Beunruhigung zu steigern, auf ihr Gemüt beruhigend zu wirken. Was sie

erlebte, war nicht Zweifel, war nicht Furcht. Es war etwas anderes. Vielleicht war es nur eine große Ermattung.
Sie vernahm ein dumpfes Dröhnen, das aus den Tiefen der See zu kommen schien. Es war kaum mehr als eine augenblickliche Erschütterung, ein Erzittern. Ein schwerer Brecher war zwischen die Untiefen gestürzt und zusammengebrochen; die fahle Helligkeit, die Lingard zuvor gesehen, blitzte und blinkte weithin in Strecken weißen Gischts, denen das Boot sich nun stark genähert hatte. Und all dies – der bleiche Lichtschimmer, der dumpfe Schlag, als ob etwas weit Entferntes, Riesiges zusammenbräche, begab sich außerhalb ihrer Lebensgrenzen, die nach wie vor umschlossen blieben von unaufhellbarer Dunkelheit und undurchdringlicher Stille. Windstöße umwehten ihren Kopf und erstarben wieder, wobei das Segel wie von Schauern gejagt, bald zitternd einfiel, bald vollstand, bis es schließlich wieder in regloser Ruhe in den Himmel ragte; und wieder kam ihr die Empfindung schwindelerregender Schnelligkeit und völligen Stillstands in immer rascherem Wechsel und mischte sich schließlich in einem höchst sonderbaren Zustand, der zugleich rasende Bewegung und tiefe Ruhe war. Die Dunkelheit hüllte sie ein wie die entnervende Zärtlichkeit eines düsteren Weltalls, sanft und auflösend. Eine träumerische Mattigkeit überkam sie und verführte ihre Seele, sich zu ergeben. Nichts existierte mehr, und selbst die Erinnerungen schwanden dahin. Sie war es zufrieden, daß nichts mehr existierte.
Lingard, der die ganze Zeit in dem engen Hecksitz die Berührung mit ihr zu spüren bekam, erschrak fast, als er den Druck fühlte, den ihr an seine Schulter sinkender Kopf verursachte. Er saß nun noch steifer als zuvor, als versuchte er, angesichts einer nahenden Gefahr sein Leben in einer den Atem unterdrückenden starren Haltung zu verbergen. Sanft und gleichmäßig hob und senkte sich das kleine Boot. Vor seinem Bug erstreckte sich ein Streifen gischtumsprühter Klippen, in dem es wie in einem gigantischen Kessel zischte. Ein starker Windstoß trieb das Boot einen Augenblick lang direkt darauf zu. Dann zog die Bö vorüber und überließ das Boot wieder dem regelmäßigen Auf und Ab der Dünung. Der Kampf der Klippen mit der See, die sie ständig überflutete und wieder freigab, mit den immer wieder siegreichen und abgeschlagenen Angriffen der See zog Lingard unwiderstehlich an. Er sah dem Kampfe zu, als beobachte er

etwas, was in ihm selbst vorging, während Mrs. Travers schlief, gehalten von seinem Arm, an ihn gelehnt, hingegeben seinem Schutz. Die Klippen und Bänke, die dem Gestade der Zuflucht Schutz gewährten, hatten ihm die erste schmale Aussicht auf Erfolg eröffnet – die kräftige Hilfe, die er für seine Unternehmung brauchte. Diese Untiefen waren der Rastplatz seiner Träume; ihre Stimmen hatten die Macht, seine Gedanken mit dem Versprechen der Erfüllung seiner Hoffnungen zu beruhigen und zu erheben. Niemals hatte es eine so hochherzige Freundschaft gegeben; eine Masse weißen Schaums, um eine Mitte schwarzer Finsternis wirbelnd, zog schweigend an dem Boot vorbei. Auch die Frau, die er wie eine Gefangene im Arm hielt, war ihm von den Untiefen geschenkt worden.

Plötzlich fing sein Blick auf einer entfernten Sandbank den roten Schimmer von Damans Lagerfeuer auf, der sogleich wieder verschwand wie der über die Wasserfläche gleitende Strahl einer Signallampe. Es erinnerte ihn an die Existenz der beiden Männer – jener anderen Gefangenen. Wenn das Kriegskanu, das sie zur Lagune brachte, die Sandbank kurz nach Hassims und Immadas Rückkehr von Damans Lager verlassen hatte, dann waren Travers und d'Alcacer um diese Zeit schon weit voraus auf dem Flußlauf. Jeder Gedanke, um dieser Männer willen etwas zu unternehmen, war Lingard widerwärtig geworden, da alles, was er nun in der Welt unternehmen würde, den Augenblick der Trennung von dieser Frau, der er das ganze Geheimnis seines Lebens anvertraut hatte, beschleunigen mußte.

Und sie schlief. Sie konnte schlafen! Er blickte auf sie hinunter, als hielte er den ahnungslosen Schlummer eines Kindes im Arm, aber in ihm pochte das Leben so ungestüm wie in den Augenblicken höchster Spannung. Nahebei seufzte das wirbelnde Wasser den Klippen entlang, stöhnte es zwischen den Steinen, wenn es, die Felsen umklammernd, vorbeiströmte und sein dunkles Murmeln klang nach Verheißung, Abschiednehmen oder Gebeten. Aus unermeßlichen nächtlichen Entfernungen kam das Donnern der Brandung, die sich an den seewärts liegenden Untiefen brach. Er spürte die körperliche Nähe der Frau so stark, daß er überhaupt nichts hörte ... Dann dachte er plötzlich an den Tod.

»Wachen Sie auf!« schrie er ihr, sich auf seinem Sitz wendend ins Ohr. Mrs. Travers atmete jäh auf; ein überkommender

Spritzer benetzte ihre Augen, und sie fühlte, wie die einzelnen Tropfen über die Wangen herunterliefen, spürte auf den Lippen ihren lau-salzigen Geschmack wie von Tränen. Ein rauschender Brecher riß das Boot einige Male in die Höhe, dann glitt es mit dem Wind quer ein, leicht überliegend, durch das ruhige Wasser dahin. »Jetzt sind wir klar vom Riff«, bemerkte Lingard erleichtert.

»Waren wir denn in Gefahr?« fragte Mrs. Travers flüsternd.

»Na ja, der Wind flaute ab, und wir trieben sehr dicht an die Felsen heran«, erwiderte er. »Ich mußte Sie aufwecken. Es wäre nicht ganz das Richtige für Sie gewesen, plötzlich im tobenden Wasser aufzuwachen.«

Also hatte sie geschlafen! Es erschien ihr unglaubhaft, daß sie in dem kleinen Boot, wohl wissend, welches verzweifelte Unternehmen sie vorhatten, bei diesem unruhigen Seegang die Augen hatte schließen können. Der Mann an ihrer Seite beugte sich vorwärts, streckte den Arm aus, und das Boot, jetzt vor dem Winde, glitt schneller auf ebenem Kiel vorwärts. Vor ihnen, genau auf ihrem Kurs, lagerte endlos eine schwarze Wolkenbank in unheildrohender, regloser Stille. Mrs. Travers machte Lingard darauf aufmerksam: »Sehen Sie nur diese schreckliche Wolke.«

»Diese Wolke«, sagte er ruhig, »ist die Küste, und wir werden gleich in den Fluß kommen.« Mrs. Travers strengte ihre Augen an. Das war Land – Land! Es schien ihr noch weniger greifbar als eine Wolke, eine finstere Unbeweglichkeit über der Unrast der See, und in der Tiefe dieser Finsternis lebte die Unrast von Menschen, die ihrer Einbildungskraft nicht wirklicher vorkamen als phantastische Schatten.

V

Was Mrs. Travers in dem Augenblick, als sie ihn zum erstenmal erblickte, am meisten auffiel, das war der Eindruck, Jörgenson komme aus einer anderen Welt. Er hatte sich so lange aller Sicht entzogen und wie ein Begrabener gelebt, daß sein hochgewachsener, hagerer Körper, seine gelassenen, mechanischen Bewegungen, sein starres Gesicht und seine blicklosen Augen die Gemütslage eines Menschen verrieten, der allen denkbaren Überraschungen dieser Erde eine unerschütterliche

Gleichgültigkeit entgegensetzt. Dies Gespenst eines Wiederauferstandenen schlenderte, wie von einem Zauberspruch gelenkt, über die Decks von etwas, was selbst in Mrs. Travers' Augen nicht mehr war als der Leichnam eines Schiffes, und wandte ihr ein Paar tiefliegender, ausdrucksloser Augen zu, die eine weltentrückte Teilnahmslosigkeit bekundeten. Mit einem solchen Blick von seltsamer und undurchdringlicher Geistesabwesenheit war Mrs. Travers noch niemals angeschaut worden. Und doch war Jörgenson ihr nicht unsympathisch. Im Licht des frühen Morgens, von Kopf bis Fuß in einen Anzug von makellosem Weiß gekleidet, der kaum irgendwelche menschliche Gliedmaßen zu umhüllen schien, glattrasiert (Jörgensons eingesunkene Wangen mit ihrer verwitterten Farbe zeigten immer eine Art Glanz, als ob er gewohnt sei, sich alle zwei Stunden zu rasieren), und so fleckenlos sauber wie eine Geistererscheinung, die unzugänglich ist für die unreinlichen Berührungen mit der irdischen Materie. Er wirkte unheimlich, aber nicht abstoßend. Übrigens schien er nicht daran zu denken, die beiden zu begrüßen.
Lingard sprach ihn sofort an. »Sie haben ja eine richtige Treppe an der Bordwand anbringen lassen, Jörgenson«, sagte er. »Das war für uns jetzt sehr bequem, aber meinen Sie nicht, daß im Falle eines Angriffs ...«
»Daran hab ich schon gedacht.« Es gab in der Welt nichts Ausdrucksloseres als die Stimme Jörgensons, des ehemaligen Kapitäns der Bark *Wild Rose*, der über die Wasser der Vergessenheit gekommen war, um ins Leben der Menschen zurückzukehren. »Ich habe schon daran gedacht, aber da ich meinerseits keinen Streit anfangen wollte ...«
»Ach so, Sie wollten keinen Streit anfangen«, unterbrach ihn Lingard.
»Nein. Ich halte nichts davon. Sie etwa, König Tom?«
»Es kann sein, daß ich's werde tun müssen.«
»Dann sind Sie also in Ihrem kleinen Boot hierher gekommen, um Streit anzufangen, wie?«
»Was ist los mit Ihnen? Kennen Sie mich immer noch nicht, Jörgenson?«
»Ich dachte, ich kenne Sie. Aber wie konnte ich ahnen, daß ein Mann wie Sie zu einem Kampf hierher kommt und dazu eine Frau mitbringt?«
»Diese Dame ist Mrs. Travers«, sagte Lingard. »Die Frau eines

der beiden Herren, die gestern abend das Pech hatten, Daman in die Hände zu fallen ... Das, Mrs. Travers, ist Jörgenson, der Freund, von dem ich Ihnen erzählt habe.«

Mrs. Travers lächelte flüchtig. Ihre Augen schweiften hierhin und dorthin, und die fremdartige Umgebung, die überwältigende Neugier, der Widerstreit von Interesse und Argwohn verliehen ihr den Ausdruck eines Menschen, der, noch unerfahren im Leben, diesem und seinen Überraschungen in der Haltung naiver Unschuld gegenübersteht. Zwischen den beiden Männern sah sie wirklich sehr harmlos und jugendlich aus. Lingard starrte sie in einer Mischung von unbewußter Zärtlichkeit und Verwunderung an, wie manche Männer sie jungen Mädchen gegenüber zeigen. In seinem Benehmen lag nichts von dem Eroberer von Königreichen. Jörgenson bewahrte seine erstaunliche Teilnahmslosigkeit, die nichts zu hören und zu sehen schien. Aber offenbar begriff er auf eine geheimnisvolle Weise die Vorkommnisse in der Welt der Lebenden, da er nun die ganz natürliche Frage äußerte: »Wie ist sie denn entkommen?«

»Die Dame war nicht auf der Sandbank«, erklärte Lingard kurz.

»Auf welcher Sandbank?« knurrte Jörgenson in beiläufigem Ton. »Ist die Jacht geplündert worden, Tom?«

»Nichts dergleichen«, sagte Lingard.

»Aha. Viele Tote?« fragte Jörgenson.

»Ich sage Ihnen ja, es gab nichts dergleichen«, erwiderte Lingard ungeduldig.

»Was? Keinen Kampf?« erkundigte sich Jörgenson, wieder ohne eine Spur von Erregtheit.

»Nein.«

»Sie sind doch sonst einer, der gern kämpft.«

»Hören Sie zu, Jörgenson. Die Dinge haben sich so entwickelt, daß es zu einem Kampf schon zu spät war.«

Er wandte sich an Mrs. Travers, die immer noch mit ängstlich neugierigen Augen und einem schwachen Lächeln auf den Lippen um sich schaute. »Als ich an dem Abend von dem Boot aus mit Ihnen sprach, war es schon zu spät. Nein. Es konnte überhaupt nicht zum Kampf kommen. Ich habe Ihnen alles über mich erzählt, Mrs. Travers und Sie wissen, daß ich die Wahrheit spreche, wenn ich sage: zu spät. Wenn Sie nur allein auf der Jacht gewesen wären!«

»Ja«, fiel sie ihm ins Wort, »aber ich war nicht allein.«

Lingard senkte den Kopf. Schon hatte ein Vorgeschmack der Mittagshitze die funkelnde Frische des Morgens getrübt. Von Edith Travers' Lippen war das Lächeln verschwunden, und ihr Blick ruhte auf Lingards geneigtem Kopf mit einem Ausdruck, der nicht mehr neugierig war, aber Jörgenson, wenn er sie angesehen hätte, rätselhaft erschienen wäre. Aber Jörgenson sah niemand. Aus der Ferne seiner toten Vergangenheit fragte er: »Was haben Sie draußen gelassen, Tom? Was ist da draußen jetzt los?«

»Da liegt die Jacht auf Schlick, meine Brigg vor Anker, und zwei Kriegspraus mit ungefähr hundert Illanun-Vagabunden schlimmster Sorte, die von drei Häuptlingen angeführt werden, sind vor der Sandbank vertäut. Vielleicht befindet sich auch Daman da draußen bei ihnen.«

»Nein«, sagte Jörgenson mit Bestimmtheit.

»Dann ist er also hereingekommen!« rief Lingard. »Also hat er die Gefangenen selbst hierher gebracht.«

»Er landete bei Fackellicht«, äußerte der Schatten des ehemaligen Kapitäns der *Wild Rose* Jörgenson mit großer Deutlichkeit. Er streckte den Arm aus und deutete über die Lagune, und Mrs. Travers wandte ihren Blick in die gleiche Richtung.

Die ganze Szenerie lag da in hellstem Licht und in großer Einsamkeit. Ihr Blick wanderte über die dunkel glänzende Fläche der leeren Lagune zu einem vom ebenfalls leeren, weißen Strand gesäumten Ufer, an dem keine Spur menschlichen Lebens zu erkennen war. Die menschlichen Behausungen verloren sich im Schatten der Obstbäume oder hinter den mit Mais bestellten Feldern und den Bananen-Anpflanzungen. In der Nähe des Ufers konnte man die starren Linien zweier umzäunter Befestigungen unterscheiden, die die Bucht flankierten, und zwischen ihnen eine weite offene Fläche, hinter welcher der braune Dachfirst eines enorm langen Gebäudes, das in der Luft zu hängen schien und über dem eine große viereckige Flagge wehte. Etwas, das einer kleinen weißen Flamme am Himmel glich, war die aus weißer Koralle geschnitzte Bekrönung auf dem Gipfel der Moschee. Eine Menge bunter Wimpel, weiß und rot, flatterte über den halbversteckten Dächern, auf den flimmernden Feldern und in den schattigen Palmenhainen. Es hätte eine Siedlung sein können, die von der abziehenden Einwohnerschaft verlassen und zuletzt noch geschmückt wor-

den war. Lingard deutete auf die Befestigung zur Rechten.
»Da drüben ist Ihr Gatte«, sagte er zu Mrs. Travers.
»Wer ist der andere?« ließ sich Jörgensons Stimme hinter ihnen vernehmen. Auch er hatte sich dem gegenüberliegenden Ufer zugewandt und starrte mit seinen seltsam blicklosen Augen ins Leere.
»Ein spanischer Herr, so sagten Sie doch, Mrs. Travers«, bemerkte Lingard.
»Es ist außerordentlich schwer, zu glauben, daß sich da überhaupt jemand befindet«, murmelte Mrs. Travers.
»Haben Sie sie beide gesehen, Jörgenson?« fragte Lingard.
»Konnte niemanden erkennen. Zu weit. Zu dunkel.«
Tatsächlich hatte Jörgenson, ungefähr eine Stunde vor Tagesanbruch, nichts gesehen als das Leuchten der Fackeln, während das laute Geschrei der aufgeregten Menge nur wie ein schwaches und stürmisches Geraune über das Wasser an sein Ohr gedrungen war. Dann hatten die Lichter sich zu einem Zug formiert, der sich durch die Baumgruppen zu den Befestigungen begab. In der abnehmenden Dunkelheit verschwanden die fernen Lichter der Fackeln, und das Raunen der unsichtbaren Menge hörte plötzlich auf, als hätte der weichende Schatten der Nacht es mit sich fortgetragen. Schnell kam das Tageslicht und enthüllte dem schlaflosen Jörgenson die Verlassenheit des Ufers und die gespenstischen Umrisse der vertrauten Baumgruppen und der verstreuten menschlichen Behausungen. Er hatte zugesehen, wie die verschiedenen Farbschattierungen aus der Morgendämmerung hervortraten, die vielen Abwandlungen von Grün in einer Gartenbau treibenden Siedlung, fern umrahmt von den zarten schwarzen Linien des Waldrands, der sie begrenzte und schützte.
Mrs. Travers stand, an die Reling gelehnt, so regungslos wie ein Standbild. Ihr Gesicht hatte alle Lebhaftigkeit verloren, und ihre Wangen waren jetzt so totenblaß, als wäre alles Blut ihres Körpers in ihr Herz zurückgeströmt und dort geblieben. Selbst ihre Lippen waren bleich geworden. Lingard packte sie unsanft am Arm.
»Nicht, Mrs. Travers. Warum ängstigen Sie sich so? Wenn Sie mir nicht glauben, was ich sage, hören Sie mir zu, wenn ich jetzt Jörgenson frage . . .«
»Ja, fragen Sie mich nur«, mummelte Jörgenson in seinen weißen Schnurrbart.

»Sagen Sie's gerade heraus, Jörgenson. Was meinen Sie? Sind die Herren noch am Leben?«
»Gewiß«, sagte Jörgenson, einigermaßen enttäuscht, als hätte er eine schwierigere Frage erwartet.
»Ist ihr Leben in unmittelbarer Gefahr?«
»Natürlich nicht«, erwiderte Jörgenson.
Lingard wandte sich ab von seinem Orakel. »Sie haben ihn gehört, Mrs. Travers. Sie können ihm jedes Wort glauben, das er sagt. In der Siedlung da«, fuhr er fort, indem er über die dumpfe Einsamkeit der Lagune deutete, »gibt es keinen Gedanken, kein Vorhaben, das diesem Mann nicht so bekannt wäre, als wenn es von ihm ausginge.«
»Ich weiß. Fragt mich«, mummelte Jörgenson wieder mechanisch.
Mrs. Travers sagte nichts, aber sie machte eine leichte Bewegung, und plötzlich geriet ihre aufrechte Gestalt ins Schwanken. Lingard faßte sie stützend fest um die Taille, und sie schien dessen erst dann gewahr zu werden, als sie den Kopf wandte und sein Gesicht dicht vor dem ihren erblickte. Seine Augen, voller Besorgnis, begegneten ihren Augen in solcher Nähe, daß sie nicht umhin konnte, sie zu schließen, wie eine Frau, die im Begriff ist, in Ohmacht zu fallen.
Sie spürte, wie der Griff seines Arms hierauf noch fester wurde, und als sie die Augen wieder öffnete, nahm ihr Gesicht wieder etwas Farbe an. Sie begegnete seinem Ausdruck tiefer Besorgnis mit einem so festen Blick, der gegen ihre Absicht so tief und leuchtend in seiner Klarheit war, daß er Lingards ganzes vergangenes Leben auszulöschen schien. »Mir ist nicht schwindlig. Das ist es gar nicht«, erklärte sie mit vollkommen ruhiger Stimme. Die Stimme klang Lingard so kalt wie Eis. »Nun gut«, stimmte er mit resigniertem Lächeln zu. »Aber halten Sie sich da an der Reling fest, eh ich Sie loslasse.« Auch sie zwang sich zu einem Lächeln.
»Wie wenig Sie mir glauben«, bemerkte sie, blieb aber zunächst vollkommen regungslos. Schließlich legte sie, gleichsam in einem Zugeständnis, die Fingerspitzen auf die Reling. Lingard zog langsam seinen Arm zurück. »Und bitte, sehen Sie in mir nicht die übliche Vertreterin des ›schwachen Geschlechts‹, die zarte Dame, wie Sie sich das vielleicht vorstellen«, sagte sie, Lingard ins Gesicht blickend, den Arm nach der Reling ausgestreckt. »Bitte schlagen Sie sich die Vorstellung

aus dem Kopf, wie nach Ihrer Meinung eine Frau wie ich sein sollte. Ich bin vielleicht so stark wie Sie, Kapitän Lingard. Ich meine es buchstäblich. Ich meine körperlich.« – »Glauben Sie, daß ich das nicht schon längst bemerkt habe?« hörte sie seine tiefe Stimme protestieren. »Und was meinen Mut betrifft«, fuhr Mrs. Travers fort, wobei ihre Miene anmutig zwischen Ärger und Lächeln schwankte, »hab' ich Ihnen nicht noch vor ein paar Stunden, erst gestern abend gesagt, daß ich nicht imstande bin, mir selber Angst einzureden, – wissen Sie noch, als Sie mich baten, etwas Derartiges zu versuchen? Glauben Sie bitte nicht, daß ich mich etwa geschämt hätte, es zu versuchen. Ich brachte es einfach nicht fertig. Nein. Nicht einmal um des Königreichs eines anderen willen. Verstehen Sie, was ich meine?«

»Weiß Gott!«, sagte Lingard, der aufmerksam zugehört hatte, nach einer Weile mit einem unerwarteten Seufzer. »Sie und Ihresgleichen scheinen wirklich aus einem anderen Stoff gemacht.«

»Wie kommen Sie auf diese absurde Idee?«

»Ich meinte das nicht im Sinne von etwas Besserem oder Schlechterem. Und ich will auch gar nicht behaupten, es sei etwa kein guter Stoff. Ich wollte nur sagen: er ist anders. Man fühlt das. Es ist nun einmal so.«

»Ja, es ist nun einmal so«, wiederholte Mrs. Travers. »Und wenn ich vorhin etwas erregt war, so lag das nicht daran, daß ich mich um irgendwas oder irgendwen außerhalb meiner selbst aufgeregt hätte. Ich hatte keine Angst. Ich kann meine Befürchtungen nicht einmal auf eine bestimmte Vorstellung festlegen. Sie halten mich wohl für schändlich herzlos, wenn ich Ihnen das sage.«

Lingard gab keine Antwort. Es fiel ihm gar nicht ein, eine Antwort zu geben; er hing einfach an Mrs. Travers' Lippen, als sei es ihm lediglich um den Klang ihrer Worte zu tun. »Ich rede ganz offen mit Ihnen«, fuhr sie fort. »Was weiß ich von wilden Eingeborenen, von Gewalttaten und Mord? Ich habe in meinem Leben noch keinen Toten gesehen. Das Licht, diese Stille, die geheimnisvolle Unbelebtheit dieser Gegend, das hat plötzlich meine Einbildungskraft erregt, nehme ich an. Dieser wundervolle Frieden, in dem wir uns hier befinden, Sie und ich allein – was bedeutet er?«

Lingard schüttelte den Kopf. Er gewahrte in dem Lächeln der Frau zwischen ihren Lippen den schmalen Schimmer ihrer

Zähne, und ihm war, als hätte sich am Ende ihrer Rede all der Eifer ihrer Überzeugung in der wehmütigen Erkenntnis ihrer Verbundenheit gegenüber dem Unbekannten aufgelöst. Und etwas Hilfloses in ihrem Lächeln rührte ihn. Drei Fuß von ihnen entfernt stand der geisterhafte Jörgenson, sehr hager und sauber, und starrte ins Leere.

»Ja, Sie sind stark«, sagte Lingard. »Eine ganze lange Nacht haben Sie in dem kleinen Boot gesessen, und ich wundere mich, daß Sie sich vor Steifheit überhaupt noch bewegen können.«

»Ich bin nicht im geringsten steif«, unterbrach sie ihn, immer noch lächelnd. »Ich bin wirklich eine sehr starke Frau«, setzte sie, ernst werdend, hinzu. »Darauf können Sie sich auf alle Fälle verlassen, was auch passiert.«

Lingard warf ihr einen bewundernden Blick zu. Aber Jörgenson, der Schatten, der in seiner Geistesabwesenheit das Wort ›Frau‹ aufgefangen haben mochte, fühlte sich plötzlich bewogen, mit der Freiheit, die sich alle Gespenster herausnehmen, in einer Flut leidenschaftloser Entrüstung zu schelten.

»Frau! Das ist's ja, was ich immer sage! Das hat gerade noch gefehlt – daß Sie, Tom Lingard, der rotäugige Tom, König Tom und wie man Sie sonst noch nennt, daß Sie Ihre Waffen zwanzig Meilen weit zurücklassen, Ihre Leute, Ihre Kanonen, Ihre Brigg, die Ihre Stärke ist, und hierher kommen und in einem fort von Kampf reden, aber mit leeren Händen und einer Frau im Schlepptau. Na, ich sage!«

»Vergessen Sie nicht, Jörgenson, die Dame hört Sie«, beschwor ihn Lingard ärgerlich ... »Er meint es nicht so unhöflich«, bemerkte er zu Mrs. Travers sehr laut, als sei Jörgenson wirklich nur eine körper- und gefühllose Illusion. »Er hat alles vergessen.«

»Die Frau ist nicht im geringsten gekränkt. Ich erwarte nichts Besseres, als unter diesen Bedingungen behandelt zu werden.«

»Nichts hab' ich vergessen!« mummelte Jörgenson mit einer Art gespensterhafter Hartnäckigkeit und gewissermaßen zu eigener Genugtuung. »Was ist aus dieser Welt geworden?«

»Ich war's, die darauf bestand, Kapitän Lingard zu begleiten«, sagte Mrs. Travers zu Jörgenson in einem bezaubernd freundlichen Ton.

»Das sag' ich ja eben! Was ist aus der Welt geworden? Hat König Tom keinen eigenen Willen mehr? Was ist über ihn gekommen? Er ist verrückt! Läßt seine Brigg allein, mit hundertzwanzig ausgemachten Piraten der schlimmsten Sorte in zwei Praus auf der andern Seite der Sandbank. Haben Sie auch darauf bestanden? Hat er sich in die Hände einer fremden Frau gegeben?«

Es hörte sich an, als ob Jörgenson diese Frage an sich selber richtete. Mrs. Travers bemerkte seinen leeren Blick, die mit sich selbst redende Stimme, seine unnatürliche Leblosigkeit – und irgendwie war es ihr hierdurch leicht, ihm rückhaltlos die Wahrheit zu sagen.

»Nein«, sagte sie, »im Gegenteil. Ich bin vollkommen in seiner Hand.«

Niemand hätte erraten können, ob Jörgenson ein einziges Wort dieser nachdrücklichen Erklärung vernommen hatte, wenn er sich nicht an Lingard mit der Frage gewandt hätte, die weder mehr noch weniger abwesend klang wie seine übrigen Reden: »Warum haben Sie sie denn überhaupt mitgebracht?«

»Das verstehen Sie nicht. Es war das einzig Richtige, es gehört sich so. Einer der Herren ist der Gatte der Dame.«

»Ach so, ja«, knurrte Jörgenson. »Wer ist der andere?«

»Das haben Sie doch gehört. Ein Freund.«

»Der arme Mr. d'Alcacer«, sagte Mrs. Travers. »Was für ein Pech, daß er unsere Einladung annahm. Aber er ist wirklich nur ein Bekannter.«

»Ich hatte ihn kaum bemerkt«, meinte Lingard düster. »Er sprach mit Ihnen, als ich an Bord Ihrer Jacht kam, über Ihren Deckstuhl gebeugt, als ob er ein recht guter Freund wäre.«

»Wir haben uns immer sehr gut verstanden«, sagte Mrs. Travers und nahm von der Reling das lange Fernglas auf. »Ich mochte ihn immer gern, wegen seiner Offenheit und seiner großen Zuverlässigkeit.«

»Und was hat er getan?« fragte Lingard.

»Er hat geliebt«, erwiderte Mrs. Travers leichthin. »Aber das ist eine alte Geschichte.« Sie hob das Fernglas an die Augen, einen Arm voll ausgestreckt, um das lange Rohr zu stützen, und Lingard vergaß d'Alcacer in der Bewunderung ihrer festen Haltung und der absoluten Festigkeit, mit der sie das schwere Glas hielt. Nach all den Aufregungen und aller Ermüdung stand sie so fest wie ein Fels.

Unwillkürlich richtete Mrs. Travers das Glas auf die Einfahrt zur Lagune. Die glatte Wasserfläche dort schimmerte wie ein Stück Silber in der dunklen Umrahmung des Urwaldes. Ein schwarzer Fleck huschte über ihr Gesichtsfeld. Es dauerte ein Weilchen, bis sie ihn wiederfand, und dann sah sie, im Glas so nahegerückt, daß sie sie hätte anrufen können, ein kleines Kanu mit zwei Personen darin. Sie sah, wie die nassen, auf und ab bewegten Paddel im Sonnenlicht aufblitzten. Deutlich erkannte sie das Gesicht Immadas, die geradenwegs in das Rohr hineinzublicken schien. Der Häuptling und seine Schwester waren, nachdem sie um Mitternacht ungefähr zwei Stunden im Schutze des Ufers geruht hatten, in die Lagune gelangt und paddelten nun geradeswegs auf die *Emma* zu. Schon waren sie nahe genug, um mit bloßem Auge deutlich erkannt zu werden, wenn es an Bord außer Mrs. Travers jemanden gegeben hätte, dem es eingefallen wäre, ihnen entgegenzublicken. Aber niemand dachte auch nur an sie. Sie hätten ebensogut nicht existieren mögen, es sei denn in der Erinnerung des alten Jörgenson. Aber sein Gedächtnis war zum größten Teil mit all den mysteriösen Angelegenheiten seiner einstigen Grabeswelt beschäftigt.

Mrs. Travers ließ plötzlich das Fernglas sinken. Lingard erwachte aus einer Art entrückten Zustandes auf und sagte: »Mr. d'Alcacer. Liebte! Warum eigentlich nicht?«

Mrs. Travers blickte offen in Lingards grübelnde Augen. »Das ist es natürlich nicht allein«, sagte sie. »Vor allem wußte er, was das heißt: lieben, – und dann ... Sie wissen nicht, wie künstlich und unfruchtbar das Leben in gewissen Fällen sein kann. Aber so war Mr. d'Alcacers Leben nicht. Es war schon etwas wert, von ihm verehrt zu werden.«

»Sie scheinen eine Menge über ihn zu wissen«, sagte Lingard eifersüchtig. »Warum lächeln Sie?« Eine kleine Weile fuhr sie fort, ihn anzulächeln. Das lange Messingrohr auf ihrer Schulter glänzte wie Gold neben ihrem aschblonden Kopf. »Über einen Gedanken«, erwiderte sie, in dem leisen Ton ihres Gesprächs, in den sie verfallen waren, als hätten ihre Worte den in sich selbst versunkenen Kapitän H. C. Jörgenson stören können. »Ich lächle bei dem Gedanken, daß ich von Mr. d'Alcacer, obgleich ich ihn doch schon seit langem kenne, nicht halb soviel weiß wie von Ihnen.«

»Ach, das ist unmöglich«, widersprach Lingard. »Spanier oder nicht Spanier, er gehört doch zu Ihrer Gesellschaftsklasse.«

»Alle über denselben Leisten geschlagen«, murmelte Mrs. Travers mit einer Ironie, die nur halb aus Belustigung kam.

Aber Lingard fuhr fort: »Er versuchte zu vermitteln zwischen mir und Ihrem Mann, nicht wahr? Ich war zu erbost, um viel darauf achtzugeben, aber ich mochte ihn ganz gern. Was mir am meisten gefiel, war die Art, wie er es aufgab. Da benahm er sich wirklich wie ein Gentleman. Verstehen Sie, was ich meine, Mrs. Travers?«
»Ich verstehe durchaus.«
»Ja, Sie hätten verstanden«, bestätigte er einfach. »Aber damals war ich eben zu aufgebracht, um überhaupt mit jemandem zu reden. Und so machte ich, daß ich an Bord meines eigenen Schiffes kam, und da blieb ich, und ich wußte nicht, was ich tun sollte und wünschte Sie alle auf den Grund des Meeres. Verstehen Sie mich nicht falsch, Mrs. Travers; Sie waren's, die Herrschaften von achtern, die ich auf den Meeresgrund wünschte. Gegen die Mannschaft, die armen Teufel, hatte ich gar nichts. Die hätten schon Vertrauen zu mir gehabt. Und so war ich wütend, bis ... bis ...«
»Bis neun Uhr oder ein bißchen später«, spielte Mrs. Travers an, mit undurchdringlicher Miene.
»Nein. Bis Sie mir einfielen«, sagte Lingard völlig ahnungslos.
»Wollen Sie damit sagen, daß Sie bis dahin meine Existenz so vollkommen vergessen hatten? Sie haben doch an Bord der Jacht mit mir gesprochen, wissen Sie noch?«
»Hab' ich? Mir war so. Aber was hab' ich gesagt?«
»Sie sagten, ich solle eine dunkelhäutige Prinzessin nicht anrühren«, antwortete Mrs. Travers mit einem kurzen Lachen. Dann, sichtlich unter einem Wechsel der Stimmung, als wäre sie, nun leichteren Herzens, plötzlich an die wirkliche Situation erinnert worden: »Aber ich wollte wirklich nicht dieser Ihrer Traumgestalt zu nahe treten. Und sehen Sie mal da: sie ist hinter Ihnen her.« Lingard blickte in Richtung des nördlichen Ufers und unterdrückte einen Ausruf der Reue. Zum zweitenmal wurde ihm bewußt, daß er Hassim und Immada vergessen hatte. Das Kanu war nun nahe genug herangekommen, daß seine Insassen deutlich die Köpfe von drei Personen über dem niedrigen Schanzkleid der *Emma* unterscheiden konnten. Immada ließ ihre Paddel plötzlich im Wasser schleifen und rief aus: »Ich sehe da die weiße Frau.« Ihr Bruder blickte über die Schulter, und das Kanu trieb plötzlich ohne Fahrt auf dem Wasser, als wäre es dort durch einen Zauber festgebannt. »Die

beiden sind für mich kein Traum«, knurrte Lingard aufsässig. Mrs. Travers wandte sich unvermittelt ab, um nach dem andern Ufer zu schauen. Dem bloßen Auge erschien es still und leer, es schien zu beben wie ein riesiger, vor dem Unbekannten herabgelassener, bemalter Vorhang.

»Da kommt Rajah Hassim, Jörgenson. Ich dachte eigentlich, er würde vielleicht draußen bleiben.« Mrs. Travers hörte hinter ihrem Rücken Lingards Stimme und Jörgensons brummige Antwort. Langsam hob sie das Fernglas an das Auge und richtete es auf das Ufer.

Jetzt konnte sie deutlich die Farben in den flatternden Wimpeln über den braunen Dächern der weit ausgebreiteten Siedlung erkennen, die schwankenden Palmen und die dunklen Schatten dahinter, und alles war in seiner geheimnisvollen Rätselhaftigkeit wie in ein glühendes Flammenmeer getaucht. Mrs. Travers suchte das ganze Blickfeld ab und wollte gerade das Glas sinken lassen, als hinter der massiven Ecke der Befestigung ein Mann in die schimmernde Regungslosigkeit der Landschaft hervortrat, ein Mann in einem langen weißen Gewand und mit einem riesigen schwarzen Turban über einem dunklen Gesicht. Langsam und in würdevollem Ernst schritt er die Bucht entlang, unheimlich im Sonnenschein, eine rätselhafte Gestalt aus einem orientalischem Märchen, eine unheildrohende Gestalt, die plötzlich auf der Bildfläche erschien und einsam dahinschritt.

Mit einem unwillkürlichen Schauer ließ Mrs. Travers das Glas sinken. Und mit einemmal vernahm sie hinter ihrem Rücken eine leise musikalische Stimme, die in unverständlichen Worten einen Strom leidenschaftlicher Beschwörung ausstieß. Hassim und Immada waren an Bord und zu Lingard gekommen! Ja, es war unerträglich, das Gefühl, daß diese Flut sanfter Worte, die für sie keine Bedeutung hatte, das Herz dieses Mannes rühren konnte.

FÜNFTER TEIL

ZWISCHEN EHRE UND LEIDENSCHAFT

I

»Darf ich eintreten?«
»Ja«, sagte eine Stimme drinnen. »Die Tür ist offen.«
Die Tür hatte einen hölzernen Drücker. Mr. Travers hob ihn, während die Stimme seiner Frau bei seinem Eintreten fortfuhr: »Hast du gedacht, ich hätte mich eingeschlossen? Hast du es jemals erlebt, daß ich mich einschloß?«
Mr. Travers schloß die Tür hinter sich. »Nein, es ist nie dazu gekommen«, sagte er in einem nicht gerade freundlichen Ton. In diesem Raum, dem Inneren einer Holzhütte mit einer viereckigen Öffnung, die nicht durch Glas, sondern durch einen halbgeschlossenen Laden geschützt war, konnte er nicht sofort seine Frau ganz deutlich erkennen. Sie saß in einem Korbsessel, und noch am deutlichsten sah er ihr aschblondes Haar, das in offenen Wellen über die Rücklehne des Sessels hing. Einen Augenblick herrschte Schweigen. Von draußen hörte man die gleichmäßigen Schritte zweier Männer, die auf dem Achterdeck des toten Schiffes *Emma*, das unter dem Befehl des menschlichen Wracks Jörgenson stand, auf und ab gingen.
Jörgenson hatte, als er sein Totenkommando übernahm, auf dem Achterdeck eine Hütte aus dünnen Brettern errichten lassen, als Behausung für sich und für Lingard, wenn dieser zu seinen kurzen Besuchen am ›Gestade der Zuflucht‹ erschien. Ein schmaler Gang teilte die Hütte in zwei Räume, und der Lingard zur Verfügung stehende Raum war mit einem Feldbett, einem rohen Tisch und einem Korbsessel ausgestattet. Bei einem seiner Besuche hatte Lingard eine schwarze Seekiste mitgebracht und dagelassen. Außer diesen Gegenständen enthielt der Raum lediglich noch einen kleinen, billigen Spiegel, der an einem Nagel an der Wand hing. Was sich auf Jörgensons Seite der Hütte befand, hatte nie jemand zu Gesicht bekom-

men, und nur nach dem äußeren Anschein konnte man den Schluß auf das Vorhandensein eines Rasierbestecks ziehen. Dieses primitive Deckhaus auf dem Deck war mehr aus Schicklichkeitsgründen und weniger, um einem dringenden Bedürfnis abzuhelfen, errichtet worden. Es gehört sich so, daß die Weißen einen besonderen Raum für sich an Bord besaßen, aber Lingard sprach die genaue Wahrheit, als er Mrs. Travers erzählte, daß er nicht ein einziges Mal in der Hütte geschlafen hatte. Er war es gewohnt, an Deck zu schlafen. Was Jörgenson betraf, so schlief er sehr wenig, wenn er überhaupt schlief. Man hätte eher sagen können, er spuke auf der *Emma*, als daß er sie befehligte. Seine weiße Gestalt glitt in der Nacht hierhin und dorthin, oder stand stundenlang still, in schweigender Betrachtung der dunkel schimmernden Lagune.

Mr. Travers' Augen, die sich allmählich an die Dämmerung des Raums gewöhnt hatten, konnten nun mehr von der Gestalt seiner Frau erkennen als ihr üppiges aschblondes Haar. Er sah ihr Gesicht, die dunklen Augenbrauen und die in diesem Halblicht tiefschwarz erscheinenden Augen. Er sagte: »Du hättest dich hier auch gar nicht einschließen können. Hier gibt es weder Schloß noch Riegel.«

»Nein? Das hab ich nicht bemerkt. Im übrigen wüßte ich mich auch ohne Schloß und Riegel zu schützen.«

»Das höre ich gerne«, sagte Mr. Travers in mürrischem Ton und verfiel wieder in Schweigen, während er die Frau in dem Sessel musterte. »Da hast du wieder einmal deinen Geschmack an Maskenkostümen befriedigen können«, fuhr er mit schwacher Ironie fort.

Mrs. Travers verschränkte die Hände hinter dem Kopf. Die leichten weißen Ärmel glitten zurück und entblößten die Arme bis zu den Schultern. Sie trug ein Malaienjäckchen aus dünner Baumwolle, ohne Kragen, das am Hals ausgeschnitten und vorn mit silbernen Klammern geschlossen war. An Stelle des Sportrocks trug sie einen blaugewürfelten, mit Goldfäden durchwirkten Sarong. Mr. Travers' Augen wanderten langsam über ihre Kleidung und hefteten sich an den schimmernden Spann eines erregt wippenden Fußes, an dessen Spitze eine leichte Ledersandale hing.

»Ich hatte kein Kleid mit außer dem, was ich gerade anhatte«, sagte Mrs. Travers. »Mein Sportkostüm war mir einfach zu schwer, nicht zu ertragen. Als ich hier ankam, war ich vom Tau völlig durchnäßt. Und als diese Sachen hier für mich zur Auswahl hervorgesucht wurden ...«

»Hervorgezaubert«, brummte Mr. Travers in einem für Ironie zu mürrischen Ton.

»Nein. Aus der Kiste da. Sie enthält sehr schöne Stoffe.«

»Ohne Zweifel«, sagte Mr. Travers. »Der Mann ist sich bestimmt nicht zu schade dafür, die Eingeborenen auszuplündern ...« Er ließ sich schwerfällig auf der Kiste nieder. »Für diese Posse ist das Kostüm ja höchst geeignet«, fuhr er fort. »Gedenkst du eigentlich, es am hellichten Tage an Deck zu tragen?«

»Allerdings«, erwiderte Mrs. Travers. »Mr. d'Alcacer hat mich bereits darin gesehen, und er schien gar nicht schockiert.«

»Du solltest«, sagte Mr. Travers, »dir für die Fußknöchel ein paar Ringe geben lassen, damit du beim Gehen hübsch klingeln kannst.«

»Fußringe sind überflüssig«, sagte Mrs. Travers in müdem Ton und mit dem aufwärts gerichteten Blick eines Menschen, der sich weigert, seinen Traum aufzugeben. Mr. Travers aber ließ den Gegenstand fallen und fragte: »Wie lange soll diese Posse eigentlich noch dauern?«

Mrs. Travers ließ ihre Hände los, senkte den Blick und wechselte sogleich ihre ganze Haltung.

»Was meinst du mit Posse? Was für eine Posse?«

»Na, die hier auf meine Kosten gespielt wird.«

»Das glaubst du?«

»Ich glaube es nicht nur. Ich bin fest davon überzeugt. Auf meine Kosten. Es ist eine finstere Angelegenheit«, fuhr Mr. Travers hartnäckig fort, immer noch mit niedergeschlagenen Augen und unnachsichtigem Ton. »Ich muß dir sagen, als ich dich da in dem Hof in der Menge der Eingeborenen sah, auf den Arm dieses Mannes gelehnt, da hat es mir richtig einen Schlag versetzt.«

»Sah ich denn auch so finster aus?« fragte Mrs. Travers, die ihren Kopf ein wenig ihrem Gatten zuwandte. »Und doch versichere ich dir, daß ich froh war, sehr sehr froh, dich wenigstens für eine Zeitlang außer Gefahr zu sehen. Es kommt darauf an, Zeit zu gewinnen ...«

»Ich frage mich nur«, überlegte Mr. Travers laut, »war ich überhaupt in Gefahr? Bin ich jetzt sicher? Ich weiß es nicht. Ich kann es nicht sagen. Nein! Das Ganze kommt mir vor wie eine abscheuliche Posse.«

In seinem Ton lag etwas, was seine Frau veranlaßte, ihn mit erneutem Interesse zu betrachten. Es war klar, daß er an einer Niedergeschlagenheit litt, die nicht auf Furcht beruhte; und in Mrs. Travers' Miene drückte sich wirkliche Besorgnis aus, bis er eisig hinzusetzte: »Die Frage ist jedenfalls, ob du dich angemessen benommen hast.«

Sie lehnte sich wieder in ihren Sessel zurück und ließ die Hände ruhig im Schoße ruhen. »Wäre es dir lieber gewesen, wenn ich da draußen geblieben wäre, auf der Jacht, in der unmittelbaren Nachbarschaft dieser Wilden, die dich gefangennahmen? Oder glaubst du etwa, daß auch sie den Auftrag hatten, nur eine Posse zu spielen?«

»Ganz entschieden.« Mr. Travers hob den Kopf, wenn auch, natürlich nicht, seine Stimme. »Du hättest auf der Jacht bleiben sollen, unter Weißen, deinen Untergebenen, dem Segelmeister, der Mannschaft, deren Pflicht es war, zu ... die bereit gewesen wären, für dich zu sterben ...«

»Ich möchte wissen, wieso sie dazu bereit – und wieso ich so ein Opfer von ihnen hätte fordern können. Nun, wie dem auch sei: ich zweifle nicht, daß sie gestorben wären. Oder wäre es dir lieber gewesen, daß ich an Bord der Brigg jenes Mannes geblieben wäre? Wir alle fühlten uns da ziemlich sicher. Der eigentliche Grund, warum ich darauf bestand, mit hierher zu kommen, war der, näher bei dir zu sein – selbst zuzusehen, was getan werden konnte oder was im Gange war. Aber wenn du überhaupt erst eine Erklärung für meine Motive brauchst, dann kann ich auch ebenso gut gar nichts sagen. Ich konnte nicht tagelang draußen bleiben, ohne Nachricht, in quälender Ungewißheit. Bis wir hierher kamen, wußten wir nicht einmal, ob du und d'Alcacer überhaupt noch am Leben wart. Ihr konntet tatsächlich schon auf der Sandbank ermordet worden sein, nachdem Rajah Hassim und das Mädchen weggegangen waren, oder man hätte euch während der Fahrt auf dem Fluß umbringen können. Und ich wollte sogleich Bescheid wissen, so bald wie möglich. Es war ganz spontan. Ich fuhr mit, wie ich ging und stand, ohne auch nur einen Augenblick zu zögern.«

»Ja«, sagte Mr. Travers. »Und sogar ohne daran zu denken, ein paar Sachen für mich mitzubringen. Ohne Zweifel warst du in einem aufgeregten Zustand. Oder du hattest eine so tragische

Auffassung von dem Geschehen, daß es dir kaum der Mühe wert erschien, dich um mein Zeug zu kümmern.«
»Es war wirklich ein Augenblicks-Impuls. Ich hätte gar nichts anderes tun können. Willst du mir das nicht glauben?«
Mr. Travers hob wieder seine Augen und sah seiner Frau ins Gesicht. Er sah, daß es gelassen war, daß ihre ganze Haltung Ruhe atmete. Bis jetzt hatte er in einem gehässigen, stumpfen und schwerfälligen Ton gesprochen. Nun aber warf er sich ein wenig in die Brust.
»Nein. Offen gestanden, wenn ich aus Erfahrung sprechen soll, glaube ich nicht, daß du die Gefühle hast, die deiner Herkunft, deinem Stande und den Ideen deiner Klasse entsprechen. Das war die schwerste Enttäuschung meines Lebens. Ich hatte mir eigentlich vorgenommen, es nicht zu erwähnen, so lange ich lebe. Nun scheint mir aber eine Gelegenheit gekommen, die du selbst herbeigeführt hast. Es ist durchaus keine feierliche Gelegenheit. Mir kommt sie jedenfalls keineswegs feierlich vor. Es ist sehr unangenehm und demütigend. Aber sie ist nun einmal da. Du hast dich für die Tätigkeit, die natürlich Würde und Wert meines Lebens ausmacht, niemals ernsthaft interessiert. Warum du dich plötzlich von deinen Gefühlen für mich hättest hinreißen lassen sollen – das ist mir unerklärlich.«
»Deshalb billigst du sie auch nicht«, bemerkte Mrs. Travers gleichmütig. »Aber ich versichere dir, du kannst es ruhig. Mein Gefühl war so konventionell wie nur möglich, genau wie wenn die ganze Welt zusähe. Schließlich sind wir doch Mann und Frau. Es ist doch die natürlichste Sache von der Welt, daß ich mir um dein Schicksal Sorgen mache. Selbst der Mann, dem du so sehr mißtraust und so viel Abneigung entgegenbringst (ich kann dir sagen, das ist das stärkste Gefühl, das ich je an dir beobachtet habe), selbst dieser Mann fand mein Benehmen völlig richtig. Das hat er wörtlich gesagt. Richtig. So außerordentlich richtig, daß es alle seine Einwände zum Verstummen brachte.«
Mr. Travers rückte nervös auf seinem Sitz hin und her. »Ich glaube doch, Edith, daß du, wenn du als Mann zur Welt gekommen wärst, ein höchst zügelloses Leben geführt hättest. Du wärst einfach ein Abenteurer geworden. Ich meine, moralisch. Das hat mir viel Kummer bereitet. Innerlich hast du für die ernste Seite des Lebens, für die Ideen und die Interessen der

gesellschaftlichen Kreise, denen du angehörst, nur Verachtung übrig.«
Er hielt inne, weil seine Frau wieder die Hände auf dem Hinterkopf verschränkt hatte und ihn nicht mehr ansah.
»Es ist vollkommen klar«, fing er wieder an. »Wir haben unter den distinguiertesten Männern und Frauen gelebt, und deine Haltung ihnen gegenüber war immer so – so ablehnend! Du wolltest nie einsehen, wie wichtig Leistungen und Stellungen sind, die man erlangt hat. Ich kann mich nicht erinnern, daß du je einen politischen oder gesellschaftlichen Erfolg offen bewundert hast. Ich frage mich, was du wohl überhaupt vom Leben erwartet hast.«
»Jedenfalls hätte ich nie erwarten können, dich so reden zu hören. Und was ich wirklich vom Leben erwartet habe? ... Ich muß sehr dumm gewesen sein.«
»Nein, du bist alles andere als dumm«, erklärte Mr. Travers gewissenhaft. »Dummheit ist es nicht.« Er zögerte einen Augenblick. »Es ist eine Art Eigensinn, glaube ich. Ich zog es vor, über diesen bedauerlichen Unterschied unserer Lebensanschauungen nicht nachzudenken, den ich, wie du zugeben wirst, unmöglich voraussehen konnte, ehe wir ...«
Eine Art feierlicher Verlegenheit hatte sich Mr. Travers' bemächtigt. Seine Frau, das Kinn in die Hand gestützt, starrte die kahle Bretterwand der Hütte an.
»Wirfst du mir vielleicht vor, daß ich als Mädchen nicht ehrlich gegen dich war?« fragte sie sehr leise.
Das Innere der Hütte war nun von stickiger Hitze erfüllt, in der ein leichter Duft zu spüren war, der von dem aufgelösten Haar Mrs. Travers' auszugehen schien. Mr. Travers wich der Frage aus, weil sie ihm taktlos, ja beinahe unschicklich vorkam.
»Ich muß annehmen, daß ich in jenen Tagen nicht im sicheren Besitz meiner Einsicht und Urteilskraft war«, sagte er. »Ich – ich war damals nicht kritisch genug«, gab er weiterhin zu, aber selbst nachdem er so weit gegangen war, blickte er seine Frau nicht an, und deshalb entging ihm ein sehr flüchtiges Lächeln, das über Mrs. Travers' Lippen huschte. Dieses Lächeln verriet eine Skepsis, die zu tief saß, um mehr als einen ganz schwachen Ausdruck zu zeigen. Daher sagte sie gar nichts, während Mr. Travers fortfuhr laut zu denken: »Dein Benehmen war natürlich über jeden Tadel erhaben; aber du hast dich in den verabscheuenswürdigen Ruf eines geistigen Hochmuts, noch

dazu eines sich ironisch äußernden Hochmuts gebracht. Den besten Leuten flößtest du Mißtrauen ein. Du warst niemals beliebt.«

»Ich langweilte mich«, murmelte Mrs. Travers, sich erinnernd, das Kinn immer noch in die Hand gestützt.

Mr. Travers erhob sich so unerwartet von der Seekiste, als hätte eine Wespe ihn gestochen, aber natürlich nicht, ohne auch hierbei seine gewohnte Würde und Feierlichkeit zu wahren.

»Die Sache ist die, Edith, daß du im Grunde ein durchaus primitiver Mensch bist.« Mrs. Travers stand nun ebenfalls auf, mit einer geschmeidigen und lässigen Bewegung; sie hob die Hände zu ihrem Haar, wandte sich halbwegs ab und bemerkte nachdenklich: »Also nicht ganz zivilisiert.«

»Nicht ganz diszipliniert«, verbesserte Mr. Travers nach einem Augenblick verdrossenen Nachdenkens.

Sie ließ die Arme sinken und wandte den Kopf.

»Nein, sage das nicht«, widersprach sie mit seltsamem Ernst. »Ich bin der diszipliniertest Mensch von der Welt. Ich möchte so weit gehen zu behaupten, daß meine Selbstbeherrschung nicht einmal vor dem Selbstmord haltgemacht hat. Ich nehme an, daß du schwerlich verstehen wirst, was ich meine.«

Mr. Travers blickte zu Boden und schnitt ein Gesicht.

»Das werde ich gar nicht erst versuchen«, sagte er. »Eine Barbarin hätte das sagen können, der die verwickelten Beziehungen und die Zurückhaltung im Leben der Gebildeten verhaßt sind. Bei dir aber kommt es mir wie eine eigenwillige Geschmacklosigkeit vor... Ich habe mich oft über deine Geschmacksrichtungen gewundert. Du hattest immer eine Vorliebe für extreme Ansichten, exotische Kostüme, zügellose Charaktere, romantische Persönlichkeiten – wie d'Alcacer...«

»Der arme d'Alcacer«, murmelte Mrs. Travers.

»Ein Mensch, der kein Pflichtgefühl und keinen Sinn für das Nützliche hat«, sagte Mr. Travers mit säuerlicher Miene. »Weshalb bemitleidest du ihn eigentlich?«

»Weshalb! Weil er aus reiner Gutmütigkeit in diese Lage geraten ist... Er hatte nichts davon zu erwarten, daß er sich unserer Reise anschloß, keine Förderung seiner politischen Absichten, nichts dergleichen. Ich nehme an, du hast ihn zu uns gebeten, um unser Tête-à-tête zu unterbrechen, das dir allmählich langweilig geworden sein muß.«

»Ich langweile mich niemals«, erklärte Mr. Travers. »D'Alcacer schien sehr gern zu kommen. Und ihm als Spanier kann diese furchtbare Zeitverschwendung doch nicht das geringste ausmachen.«
»Zeitverschwendung!« wiederholte Mrs. Travers aufgebracht. »Immerhin muß er seine Gutmütigkeit am Ende mit seinem Leben bezahlen.«
Mr. Travers konnte eine Regung des Unwillens nicht verbergen.
»Ah so, ja. Ich vergaß diese Auffassung der Lage«, sagte er zwischen den Zähnen. »Er ist ja bloß ein Spanier. Er findet sich mit dieser possenhaften Verschwörung mit vollkommenem Gleichmut ab. Dekadente Rassen haben eben ihre eigene Philosophie.«
»Er erträgt die Sache mit der ihm eigenen Würde.«
»Ich weiß nicht, was du seine Würde nennst. Ich möchte es Mangel an Selbstachtung nennen.«
»Warum? Weil er ruhig und höflich ist und mit seinem Urteil zurückhält. Und du, Martin, wenn ich das sagen darf, du nimmst unsere Schwierigkeiten nicht gerade sehr würdevoll hin.«
»Du kannst von mir nicht all diese fremdländische Tuerei erwarten. Ich bin nicht gewohnt, mit meinen Gefühlen Kompromisse zu schließen.«
Mrs. Travers wandte sich ganz herum und blickte ihren Mann voll an. »Du bist bloß verärgert«, sagte sie ... Mr. Travers warf den Kopf ein wenig zurück, als hätte das Wort ihm nichts zu sagen. »Ich bin empört«, erklärte er. Mrs. Travers erkannte darin, daß er wirklich an irgend etwas litt. »Du kannst sicher sein«, sagte sie ernsthaft (denn sie war dem Mitgefühl zugänglich), »du kannst sicher sein, daß dieser sonderbare Lingard keine Ahnung davon hat, was du eigentlich repräsentierst. Von deiner gesellschaftlichen und politischen Position weiß er gar nichts und von deinen großen Bestrebungen noch weniger.«
Mr. Travers hörte das mit einiger Aufmerksamkeit an. »Hättest du ihn nicht darüber aufklären können?« fragte er. »Das wäre zwecklos gewesen; er ist vollauf mit seiner eigenen Stellung und mit dem, was er für seine Machtposition hält, beschäftigt. Er ist eben ein Mann der niederen Klassen ...« – »Ein Vieh ist er«, sagte Mr. Travers eigensinnig, und einen Moment lang sahen die beiden einander gerade in die Augen.

»Ach so«, sagte Mrs. Travers langsam, »du bist entschlossen, keine Kompromisse mit deinen Gefühlen zu schließen!« Ihre Stimme bekam einen Unterton von Verachtung. »Aber soll ich dir sagen, was ich denke? Ich denke«, und sie näherte den Kopf ein wenig dem bleichen, unrasierten Gesicht zu, das ihren dunklen Augen entgegenblickte, »ich denke, daß du bei aller verblendeten Mißachtung den Mann insofern richtig genug einschätzest, als du dich deiner Entrüstung in vollkommener Sicherheit hingeben kannst. Hörst du? In vollkommener Sicherheit!« Kaum hatte sie diese Worte ausgesprochen, als sie sie schon bereute. Es war in der Tat sinnlos, Mr. Travers' psychologische Winkelzüge hier an dieser Stelle des von dunklen Plänen und kriegerischen Verwicklungen erfüllten Östlichen Archipels ernster zu nehmen als zu Hause in der künstlicheren Atmosphäre der Stadt. Schließlich wünschte sie lediglich, ihm das Leben zu retten, nicht, ihm Verständnis beizubringen. Mr. Travers öffnete den Mund, schloß ihn aber wieder, ohne ein Wort zu sagen. Seine Frau wandte sich dem Wandspiegel zu. Hinter ihrem Rücken hörte sie seine Stimme.

»Edith, wo steckt die Wahrheit in dieser ganzen Geschichte?« Mit einemmal erkannte sie die Angst, die einen langsam begreifenden Geist quälte, zusammen mit der instinktiven Furcht vor dunklen Stellen, aus denen neue Entdeckungen hervortreten können. Sie warf einen Blick über die Schulter, während sie sagte: »Sie liegt auf der Hand, kann ich dir sagen. Sie liegt ganz klar auf der Hand.«

Sie wandte sich wieder dem Spiegel zu, aus dem ihr das eigene Gesicht entgegenblickte, mit den dunklen Augen und der Fülle blonden Haars über der glatten Stirn; aber ihre Worte hatten keine beruhigende Wirkung erzielt.

»Aber was bedeutet das alles?« rief Mr. Travers. »Warum entschuldigt sich der Bursche nicht? Warum werden wir hier festgehalten? Warum können wir hier nicht weg? Warum bringt er mich nicht auf meine Jacht zurück? Was will er überhaupt von mir? Wie hat er es fertiggebracht, uns von den Eingeborenen zu befreien, die, wie er sagt, uns die Kehlen abzuschneiden die Absicht hatten? Warum haben sie uns statt dessen ihm ausgeliefert?«

Mrs. Travers begann, ihr Haar aufzustecken.

»Angelegenheiten der hohen Politik und der Lokalpolitik. Kon-

flikt persönlicher Interessen, Mißtrauen zwischen den Parteien, Intrigen einzelner Personen – du solltest doch wissen, wie es bei solchen Dingen zugeht. Seine Diplomatie machte sich all das zunutze. Zunächst kam es darauf an, dich in Verwahrung zu nehmen, nicht, dich zu befreien. Er ist hier ein sehr großer Mann, und ich kann dir sagen, daß deine Sicherheit eher davon abhängt, wie er von seinem Prestige Gebrauch macht als von seiner Macht, von der er keinen Gebrauch machen kann. Wenn du ihn mit dir reden ließest, würde er dir bestimmt so viel erzählen, als er dir möglicherweise enthüllen kann.«
»Ich möchte gar nichts hören von seinen Schurkereien. Aber hat er dich nicht in sein Vertrauen gezogen?«
»Völlig«, gab Mrs. Travers zu, die in den kleinen Spiegel spähte.
»Welchen Einfluß hast du eigentlich auf diesen Mann ausgeübt? Es sieht mir so aus, als wenn unser Schicksal in deiner Hand läge.«
»Dein Schicksal liegt nicht in meiner Hand. Es liegt nicht einmal in seinen Händen. Es besteht da eine moralische Verpflichtung, die erfüllt werden muß.«
»Die Ethik des Erpressers«, bemerkte dazu Mr. Travers mit unerwartetem Sarkasmus. Seiner Frau fuhr der Gedanke durch den Kopf, daß sie ihn am Ende doch nicht so genau kannte, als sie geglaubt hatte. Es war, als sei die harte und blankpolierte Kruste dessen, was sich schickt, unter der Anspannung hier und da geplatzt, und darunter sei die nackte Querköpfigkeit eines ganz gewöhnlichen Sterblichen zum Vorschein gekommen. Aber es waren nur seine guten Manieren, die einen kleinen Sprung abbekommen hatten; die erstaunliche Dummheit und Eitelkeit blieben, wie sie waren. Der Gedanke kam ihr, daß diese Auseinandersetzung völlig nutzlos sei, und als sie fertig war mit ihrer Frisur, sagte sie: »Ich glaube, wir gehen jetzt lieber an Deck.«
»Willst du wirklich in dieser Kostümierung an Deck gehen?« brummte Mr. Travers, indem er die Augen niederschlug.
»Warum nicht? Natürlich. Es ist nichts Neues mehr. Wer wird sich schon darüber aufregen?«
Mr. Travers gab keine Antwort. Was sie von seiner Haltung gesagt hatte, traf durchaus zu. Er war verdrießlich, weil die Menschen, Dinge und Ereignisse ihm gewaltig zusetzten;

bloße Worte und sogar Blicke schien er geradezu physisch wie Stiche auf seiner Haut zu spüren, wie eine erniedrigende Berührung. Er brachte es fertig, nicht mit der Wimper zu zucken. Aber er war tief verdrossen. Seine Frau fuhr fort: »Und laß dir sagen, diese Kleider stehen einer Fürstin zu – ich meine, sie sind von der Qualität, dem Material und dem Stil, wie sie der Brauch für die Höchsten im Lande vorschreibt, einem sehr fernen Lande, wo, wie ich höre, Frauen ebenso herrschen können wie Männer. Tatsächlich sollten sie irgendwann einmal für eine wirkliche Fürstin bestimmt sein. Sie wurden mit der größten Sorgfalt für dieses Kind Immada ausgesucht. Kapitän Lingard...«

Mr. Travers gab einen unartikulierten Laut von sich, der halb ein Stöhnen, halb ein Brummen war.

»Nun, bei irgendeinem Namen muß ich ihn doch nennen, und dieser, dachte ich, müßte dir noch am wenigsten beleidigend klingen. Schließlich existiert der Mann doch. Aber auf einem gewissen Teil der Erdoberfläche kennt man ihn unter dem Namen König Tom. D'Alcacer hat dieser Name großen Eindruck gemacht. Er scheint ihm wundervoll zu dem Mann zu passen, weil der Name so vertraulich und zugleich ehrerbietig klingt. Und wenn es dir lieber ist...«

»Ich möchte am liebsten überhaupt nichts hören«, sagte Mr. Travers entschieden. »Nicht ein einziges Wort. Auch nicht von dir, bis ich wieder Handlungsfreiheit habe. Nichts kann mich berühren, weder deine dunklen Warnungen noch deine leichtsinnigen Einfälle, die du vor einem Manne zu entfalten für schicklich hältst, dessen Leben, wie du behauptest, an einem Faden hängt.«

»Ich vergesse das nicht einen Augenblick«, sagte Mrs. Travers. »Und ich weiß nicht nur, daß es so ist, ich weiß auch, wie stark der Faden ist. Es ist ein wundervoller Faden. Man könnte gut und gern sagen, daß er von demselben Schicksal gesponnen worden ist, das dich zu dem machte, was du bist.«

Mr. Travers fühlte sich tief gekränkt. Noch nie hatte jemand so mit ihm gesprochen. Dieser Ton schien geradezu seinen innersten Wert in Frage zu stellen. Entsetzt und bestürzt bedachte er, daß er mit dieser Frau acht Jahre zusammengelebt hatte! Und mit düsterer Miene sagte er zu ihr: »Du sprichst wie eine Heidin.«

Das war ein sehr strenges Urteil, das Mrs. Travers aber offensichtlich überhörte, denn sie fuhr lebhaft fort: »Aber du kannst wirklich nicht von mir erwarten, die ganze Zeit darüber nachzugrübeln oder mich hier einzuschließen und von morgens bis abends über unsere Lage zu trauern. So schwächlich bin ich nun einmal nicht. Laß uns jetzt an Deck gehen.«

»Und du siehst einfach heidnisch aus in diesem Kostüm«, sprach Mr. Travers weiter, als sei er nicht unterbrochen worden. Er sprach im Ton äußersten Widerwillens.

Das Herz war ihr schwer, aber alles, was er sagte, schien sie zu diesem leichtsinnigen Ton zu nötigen. »Solange ich nicht wie eine Vogelscheuche aussehe«, bemerkte sie nachlässig, dann fing sie seinen entsetzten Blick auf, der an ihren bloßen Füßen haftete. Sie unterdrückte eine Regung des Spottes: »Ach so, – wenn es dir lieber ist, werde ich meine Strümpfe anziehen. Nur, weißt du, ich muß sehr schonend damit umgehen. Es ist das einzige Paar, das ich hier habe. Heute morgen habe ich sie gewaschen, da in dem Waschraum über dem Heck. Sie trocknen jetzt draußen auf der Reling. Vielleicht bist du so gut und reichst sie mir herein, wenn du an Deck gehst.«

Mr. Travers wandte sich um, ohne ein Wort zu verlieren, und ging an Deck. Sobald sie allein war, preßte Mrs. Travers die Hände an die Schläfen, eine verzweifelte Geste, die ihr wohltat, weil sie aus einem aufrichtigen Empfinden kam. Vom Deck her vernahm sie die gemessenen Schritte zweier Männer, in regelmäßigem Rhythmus, der auf ein ruhiges und freundschaftliches Gespräch schließen ließ. Deutlich erkannte sie die Schritte des Mannes, dessen Lebenskreis von dem ihren so weltweit entfernt gelegen hatte. Und doch hatten die beiden Lebenskreise sich überschnitten! Vor ein paar Tagen hätte sie sich seine Existenz nicht einmal vorstellen können, und nun war er der Mann, dessen Schritt, wie ihr schien, ihre Ohren aus einer marschierenden Masse hätten heraushören können. Es war wirklich wie in einer Sage, einem Wunderbericht. Im Dämmern ihrer überhitzten Behausung glitt ein ratloses, ängstliches Lächeln über ihre Lippen, ehe sie ebenfalls an Deck ging.

II

Ein sinnreich konstruiertes Gerüst aus leichten Stangen und dünnen Latten nahm den größten Teil des Decks mittschiffs der *Emma* ein. Die vier Wände dieses luftigen Gebäudes bestanden aus Gaze, und sie waren ziemlich hoch. Eine türähnliche Anordnung leichter, mit Kaliko bespannter Latten war obendrein durch ein System von Vorhängen geschützt vor dem Zudrang der Moskitos, die die Ufer der Lagune vom Sonnenuntergang bis zum frühen Morgen in wolkenartigen summenden Scharen bevölkerten. Eine Menge feiner Matten bedeckte den Boden innerhalb der durchsichtigen Behausung, die Lingard und Jörgenson sich ausgedacht hatten, um Mrs. Travers den Aufenthalt zu erleichtern, solange das Schicksal der beiden Männer und wahrscheinlich das von jedem anderen an Bord der *Emma* in der Schwebe hing. Sehr bald hatten Lingards ungebetene und gefahrbringende Gäste den Trick gelernt, die Behausung schnell zu betreten und zu verlassen. Mr. d'Alcacer brachte das Kunststück ohne besondere Hast fertig, beinahe nonchalant, aber so gut wie jeder andere. Man gab allgemein zu, daß er noch nie einen Moskito mit hereingelassen hatte. Mr. Travers schlüpfte ohne Eleganz hinein und hinaus und war offenbar sehr ungehalten über diese Nötigung. Mrs. Travers tat es auf ihre eigene Weise, sichtlich geschickt und mit unbeteiligter Miene. Drinnen standen ein improvisierter Tisch und einige Korblehnstühle, die Jörgenson aus irgendwelchen Tiefen des Schiffes hervorgeholt hatte. Es war schwer zu sagen, was der Rumpf der *Emma* nicht alles enthielt. Er war mit allen Arten von Dingen vollgestopft wie ein Warenhaus. Diese alte Hulk war das Arsenal und die Vorratskammer für Lingards kriegerisches, politisches Vorhaben; sie war mit Gewehren und Schießpulver beladen, mit Ballen von Baumwollstoffen, bedrucktem Kattun und Seide, mit Säcken voll Reis und mit den damals üblichen Bronzegeschützen. Das Schiff enthielt alles, was nötig war, um den Tod zu bringen und Bestechungen zu verteilen, auf die Begehrlichkeit und die Furcht der Menschen zu wirken, zu marschieren und zu organisieren, die Freunde zu ernähren und die Feinde der Sache zu bekämpfen. Es barg in seinem Innern Reichtum und Macht, – dieses auf den Grund gesetzte Schiff, das nie mehr schwimmen sollte, das keine Masten mehr besaß und dessen Deck zum größten Teil die beiden Behausungen aus dünnen Brettern und durchsichtiger Gaze trug.

Darin lebten die Europäer, den wenigen Malaien an Bord bei Tage wie in einem weißen Dunst sichtbar. Am Abend verwandelte sie das Leuchten der Sturmlaternen in dunkle, von einem schimmernden Nebel umgebene Phantome, gegen welche die Insektenwelt zu Millionen aus dem Uferwalde heranstürmte und mitten im Angriff auf geheimnisvolle Weise aufgehalten wurde. Wie in einem Gefängnis aus verzauberten Spinnweben, streng eingeschlossen von durchsichtigen Mauern, so bewegten sich die Gestalten, saßen, gestikulierten und plauderten sie am Tage vor aller Augen; und nachts, wenn alle Lichter bis auf eines gelöscht waren, lagen die Gestalten der Schlummernden unter den weißen Laken auf den Feldbetten, die jeden Abend hereingebracht wurden, und erweckten den schauerlichen Eindruck von Toten, die auf Tragbahren ruhten. Das Essen wurde, so gut oder schlecht es war, in diesem großartigen Moskito-Netz serviert, das von jedermann, übrigens ohne jede humoristische Anspielung, der »Käfig« genannt wurde. Bei den Mahlzeiten der Leute von der Jacht war auch Lingard zugegen, der diese Geste der Höflichkeit und Versöhnung als ein auf dem Altar der Gesittung gebrachtes Opfer ansah, das er seiner Heimsuchung freiwillig hinzufügte. Er konnte freilich nicht ahnen, wie sehr seine Gegenwart zu Mr. Travers' innerer Erbitterung beitrug, denn Mr. Travers' Verhalten war zu gleichmäßig ablehnend, um sich durch irgendwelche Schattierungen zu verraten. Sein Benehmen war von der unausrottbaren Überzeugung bestimmt, daß er von einem ungewöhnlich schurkischen und empörenden Banditen festgehalten werde, um ein Lösegeld zu unglaublichen Bedingungen zu erpressen. Diese zum höchsten Grade einer fixen Idee gesteigerte Überzeugung verließ ihn keinen Augenblick, sie war der ständige Gegenstand seines entrüsteten Nachdenkens und erstreckte ihren Einfluß bis ins Körperliche. Sie lauerte in seinen Augen, in seinen Bewegungen, sie sprach aus seinen unwirsch geknurrten Bemerkungen und aus seinem finsteren Schweigen. Die Erschütterung seines moralischen Selbstbewußtseins hatte schließlich auch sein körperliches Befinden gestört. Er stellte fest, daß er Beschwerden an der Leber hatte, er litt an Anwandlungen von Schlafsucht und unterdrückten Wutanfällen, die ihm insgeheim Angst einjagten. Seine Gesichtsfarbe hatte eine gelbe Tönung angenommen, seine schwerlidrigen Augen waren blutunterlaufen vom Rauch der offenen Holzfeuer, dem er in seiner dreitägigen Gefangenschaft in Belarabs Lager ausgesetzt gewesen war. Schon immer waren sie gegen äußere Reize sehr empfindlich gewesen. D'Alcacers schöne schwarze Augen waren widerstandsfähiger, und seine äußere Erscheinung unterschied sich nicht viel von seinem Aussehen an Bord der Jacht. Mit dankbarem Lächeln hatte er es angenommen, als Jörgenson ihm eine leichte blaue Flanelljacke anbot. Diese beiden Männer waren so ziemlich von gleicher Statur, wenn auch d'Alcacer, auf seine ruhige Weise lebendig und geistig sehr wach, Jörgenson natürlich in keiner Weise ähnelte, der zwar nicht geradezu makaber, aber immerhin wie ein teilnahme-, doch ruheloses Gespenst aussah. Man konnte nicht sagen, daß die beiden sich je miteinander unterhalten hätten. Sich mit Jörgenson zu unterhalten, war unmöglich. Selbst Lingard hatte dieses Kunststück niemals versucht. Er legte Jörgenson allerlei Fragen vor, etwa wie ein Zauberer einen beschworenen Geist befragt, oder er gab ihm kurze Anweisungen, als bediene er sich eines Wunder-Automaten. Und das war augenscheinlich die Art, in der Jörgenson behandelt zu werden wünschte. Der einzige Mensch, mit dem Lingard an Bord der *Emma* wirklich verkehrte, war d'Alcacer. D'Alcacer war Lingard mit der Ungezwungenheit eines Mannes entgegengekommen, der sein ganzes Leben in der guten Gesellschaft verbracht hat, in der selbst die Verstellung mühelos durchgeführt werden muß. War es nun Verstellung oder natürliches Verhalten oder rücksichtsvolles Taktgefühl: niemals ließ d'Alcacer seine glatte, gleichmäßige, ernste Höflichkeit durch das geringste Anzeichen von Neugierde stören; oft ließ er dagegen ein leichtes Lächeln spielen, das meist in keiner Beziehung zu den Worten stand, die er äußerte, außer daß es ihnen den Anschein der Freundlichkeit und sozusagen des Zartgefühls gab. Hörte man aber genauer hin, so waren diese Worte durchaus neutral.

Das einzige Mal, daß Lingard etwas wie ein tieferes Verständnis in d'Alcacer entdeckte, war an dem Tag nach den langen Verhandlungen in Belarabs befestigtem Lager wegen der vorläufigen Übergabe der Gefangenen. Dieser Schachzug war ihm, genau wie Mrs. Travers ihrem Gatten erzählt hatte, eingefallen, da er die Unstimmigkeiten der Parteien und den Stand der öffentlichen Meinung in der Siedlung kannte, die zur Zeit die Gegenwart des Mannes entbehrte, der wenigstens theoretisch die größte Macht besaß und offiziell der Beherrscher des ›Gestades der Zuflucht‹ war. Belarab verweilte noch bei seines Vaters Grab. Ob der Mann mit dem verbitterten, nach Frieden verlangenden Herzen sich dorthin zurückgezogen hatte, um über die Ungebärdigkeit der Menschen und die Undankbarkeit seiner Aufgabe zu meditieren, oder ob er einfach dorthin gegangen war, um in einem besonders klaren Teich, einem Wahrzeichen jener Gegend, zu baden und sich dem Genuß einer bestimmten, dort reichlich wachsenden Frucht hinzugeben und zugleich eine Zeitlang religiöse Übungen gewissenhaft durchzuführen: seine Abwesenheit von der Siedlung war gerade jetzt von ernstester Bedeutung. Gewiß waren der Ruf einer lange Zeit unbestrittenen Herrschaft und die seit langem daran gewöhnte Gesinnung der Bevölkerung der selbstverständliche Anlaß gewesen, die Gefangenen unverzüglich in Belarabs Befestigung zu bringen. Belarab konnte auch aus der Entfernung immer noch die an Ort und Stelle spürbare Macht des Tengga aus dem Felde schlagen, dessen heimliche Absichten nicht genauer bekannt waren als diejenigen Belarabs. Tengga war ein jovialer, redseliger, freimütiger und kampflustiger Mann, aber er war kein getreuer Diener Gottes, kein wegen seiner vielfachen Mildtätigkeit und gewissenhaften Beobachtung frommer Bräuche berühmter Mann, und er hatte keinen Vater, der so etwas wie den Ruf eines Lokalheiligen erlangt hatte. Belarab jedoch, der den Ruf des freudlosen Asketen mit dem großer Strenge verband (denn ein so frommer Mann war natürlich unnachsichtig), war nicht zur Stelle. Der einzige Vorteil seiner Abwesenheit lag in der Tatsache, daß er seine jüngste Frau mit sich genommen hatte, dieselbe Dame, die Jörgenson in seinem Brief an Lingard erwähnt hatte, die nach seiner Schilderung darauf begierig war, Mord und Totschlag zu veranlassen und die Jacht zu plündern, nicht aus angeborener Schlechtigkeit des Herzens, sondern einfach weil es sie nach Seidenstoffen, Juwelen und anderen Schmuckgegenständen gelüstete, was bei einem so jungen und zu so hohem Rang gestiegenen Mädchen ganz natürlich war. Belarab hatte sie als Gefährtin seiner Zurückgezogenheit ausgewählt, und Lingard war froh darüber. Wegen ihres Einflusses auf Belarab machte er sich keine Sorge. Er kannte seinen Mann. Weder Worte noch Schmeicheleien, weder Schmollen noch Schelten, auch nicht das Geflüster einer Favoritin vermochten die Entschlüsse oder die Entschlußlosigkeit des Arabers umzustimmen, dessen Wille immer in mystischer Spannung zwischen den widersprüchlichsten Gedanken und Urteilen zu schweben schien. Lingard fürchtete nicht, was

Belarab entweder plötzlich unternehmen oder mit Muße überlegen mochte. Die Gefahr lag vielmehr darin, daß der Mann in seinem verschwiegenen Zögern, das in seiner weltfernen Ruhe eine unerreichbare Gottähnlichkeit besaß, gar nichts tun und es seinem weißen Freund allein überlassen würde, mit den hemmungslosen Triebhandlungen fertig zu werden, gegen welche Lingard keine Mittel einsetzen konnte als Gewalt, die er nicht anzuwenden wagte, weil er damit seine eigenen Pläne zerstören und seine Hoffnungen begraben mußte; und was noch schlimmer war, er mußte den Verdacht der Verräterei auf sich nehmen, des Verrats an Hassim und Immada, diesen Flüchtlingen, die er in einer Gewitternacht den Klauen des Todes entrissen und denen er versprochen hatte, sie im Triumph in ihre Heimat zurückzuführen, die er nur einmal gesehen hatte, wie sie unbewegt schlief unter dem Zorn und dem Feuer des Himmels.

An dem Nachmittag des Tages, an dem er – zum unendlichen Mißfallen Jörgensons – mit Mrs. Travers an Bord der *Emma* erschienen war, hatte Lingard mit ihr (nachdem sie sich ein paar Stunden ausgeruht) ein langes, hocherregtes und bestürzendes Gespräch. Der Natur seines Problems nach brauchte es nicht erschöpfend zu sein; aber gegen Schluß des Gesprächs fühlten sich beide völlig am Ende ihrer Kräfte. Mrs. Travers brauchte über die Tatsachen und Möglichkeiten nicht mehr belehrt zu werden. Sie kannte sie allzu genau, und es war nicht an ihr, Rat zu erteilen oder die Dinge zu erörtern. Sie fühlte sich nicht berufen, etwas zu entscheiden oder zu befürworten. Dafür war die Situation bei weitem zu verwickelt. Aber es erschütterte sie, den leidenschaftlichen Konflikt in dem Manne mitanzusehen, der ein so verzweifelter Draufgänger war und zugleich so voller Selbstbeherrschung, bei aller Glut des Herzens und bei aller Seelengröße. Es war ein Schauspiel, das sie die Fragen, um die es sich eigentlich handelte, vergessen ließ. Es war aber kein Schauspiel wie auf der Bühne; und doch ertappte sie sich dabei, wie sie ihn angehaltenem Atems wie einem großen Schauspieler zusah, der auf verdunkelter Szene ein schlichtes und gewaltiges Drama aufführt. Er erregte ihr tiefes Verständnis, da sie die Mächte erkannte, die seinen redlichen Verstand, seine arglose Seele zu zerreißen schienen. Er erschütterte sie mit seinen Kämpfen, er überwältigte sie mit seinen Empfindungen und beherrschte sie mit seiner Persön-

lichkeit, als sei ihre Tragödie das einzige in der Welt, was in dieser Angelegenheit zu bedenken war. Und doch, was hatte sie mit all diesen dunklen und barbarischen Dingen zu schaffen? Augenscheinlich nichts. Unglücklicherweise hatte die leidenschaftliche Ratlosigkeit dieses Mannes sie ins Vertrauen gezogen, ein Vertrauen, das offenbar durch nichts anderes als die Macht ihrer eigenen Persönlichkeit erweckt worden war. Das schmeichelte ihr, ja, noch mehr: es rührte sie; sie verspürte darin so etwas wie Dankbarkeit, die ihrerseits in ihr etwas Ähnliches erregte, wie unter gleichgesinnten Menschen, die insgeheim den Wert des anderen erkannt haben. Und doch bedauerte sie zu gleicher Zeit, daß er sie nicht im Dunkeln gelassen hatte, so wie er Mr. Travers oder d'Alcacer im Dunkeln ließ, wenn man auch, was den Spanier betraf, unmöglich sagen konnte, wieviel genaues, unerklärliches, intuitives Wissen sich unter seinem gelassenen Gehaben verbarg.
D'Alcacer gehörte zu den Menschen, die man aller möglichen Eigenschaften eher hätte verdächtigen können als der Unwissenheit oder gar Dummheit. Natürlich konnte er keine bestimmten Einzelheiten wissen oder auch nur den allgemeinen Umriß der Tatsachen erraten; aber irgendwie mußte er in den paar Tagen der Bekanntschaft mit Lingard die Situation erfaßt haben. Er war ein scharfer und teilnehmender Beobachter, bei aller heimlichen Abkehr vom Leben der Menschen, die sich von Jörgensons Verzicht, an den Aufregungen dieser Erde teilzuhaben, merklich unterschied. Mrs. Travers hätte gern mit d'Alcacer die Last der Lingardschen Geschichte geteilt, denn es war wirklich eine Last. Schließlich hatte sie ja seine Bekenntnisse nicht herausgefordert, andererseits hatte jener unerwarteterweise aus dem Meer aufgetauchte Abenteurer sie nicht verpflichtet, diese Dinge geheimzuhalten. Er hatte dergleichen nicht einmal angedeutet. Nie hatte er ihr gesagt, daß sie die *einzige* Person sei, der er seine Geschichte mitzuteilen wünschte.
Nein, er hatte ihr nur gesagt, daß sie der einzige Mensch sei, dem er die Geschichte selber erzählen *konnte*, als ob niemand sonst auf Erden imstande sein könne, sie ihm zu entlocken. Das hatte er dem Sinne nach gesagt, mehr nicht. Ja, es hätte eine Erleichterung sein können, die Geschichte d'Alcacer zu erzählen. Er hätte sie von dem Gefühl befreit, mit Lingard allein innerhalb der vier Mauern eines romantischen Palastes und in

romantischer Atmosphäre abgesperrt zu sein von aller übrigen Welt. Ja, das wäre eine Erleichterung gewesen, und es gab noch eine andere: mit jemandem, der imstande war zu begreifen, die Verantwortung zu teilen. Und doch scheute sie davor zurück, sie wußte selbst nicht warum. Es war als müßte sie d'Alcacer einen Einblick in ihr eigenes Ich gewähren, wenn sie mit ihm über Lingard sprach. Auch wenn sie sich Lingard nähern und mit ihm unter d'Alcacers Augen sprechen mußte, war und blieb es ihr unbehaglich. Nicht, daß Mr. d'Alcacer jemals darauf verfallen würde, zudringlich herüberzustarren oder auch nur Blicke zu werfen. Aber war es nicht doch Absicht, wenn er die Augen abwandte? Das wäre sogar noch beleidigender gewesen.

»Ich bin so dumm«, flüsterte Mrs. Travers sich selbst zu, mit völliger und bestimmter Überzeugung. Doch wartete sie regungslos, bis die Schritte der beiden Männer vor dem Deckshaus anhielten, sich dann trennten und verhallten; erst dann ging sie hinaus an Deck. Sie erschien an Deck einige Zeit nach ihrem Gatten. Wie in bewußtem Kontrast zu den Konflikten der Menschen lag auf allen sichtbaren Dingen der Anschein eines großen heiteren Friedens. Mr. Travers hatte sich in den Käfig begeben, in dem er wirklich wie ein Gefangener und völlig fehl am Platze wirkte. Auch d'Alcacer war in den Käfig gegangen, aber er bewahrte – oder sah es nur so aus? – den Anschein der Unabhängigkeit. Er brauchte ihn sich nicht erst zu geben. Wie Mr. Travers saß er in seinem Korbsessel in genau derselben Haltung wie der andere und schwieg ebenfalls; aber es war da ein kaum greifbarer Unterschied, der den Eindruck der Gefangenschaft gar nicht erst aufkommen ließ. Überdies besaß d'Alcacer die besondere Gabe, sich in jeder beliebigen Umgebung zu Hause zu fühlen. Mrs. Travers, die ihre europäischen Schuhe für anstrengende Gelegenheiten schonen wollte, hatte sich überreden lassen, ein Paar Ledersandalen zu benutzen, die ebenfalls aus der Seekiste im Deckhaus stammten. Man hatte noch eine zusätzliche Befestigung an ihnen angebracht, aber ein ganz leichtes Klappern konnte sie beim Gehen auf den Decksplanken nicht vermeiden. Nichts an ihrem Kostüm kam ihr so exotisch vor. Die Sandalen nötigten sie, ihre gewohnte Gangart zu ändern und sich mit schnellen, kurzen Schritten zu bewegen, fast genau wie Immada. ›Ich beraube das Mädchen ihrer Kleidung‹, dachte sie im stillen, ›von anderem ganz

abgesehen.‹ Sie hatte inzwischen erfahren, daß ein Mädchen so hohen Ranges niemals daran denken würde, etwas zu tragen, das bereits von einer anderen getragen worden war. Bei dem leisen Geräusch der Sandalen blickte sich d'Alcacer um. Aber er wandte den Kopf sogleich wieder ab, und Mrs. Travers, den Ellbogen auf die Reling gestützt und das Kinn in der Handfläche, blickte müßig über die stille Fläche der Lagune.
Sie wandte dem Käfig, dem vorderen Teil des Decks und dem nächsten Waldrand den Rücken zu. Diese hoch aufstrebende Masse riesiger starker Stämme, dunkle, rissige, mit Schlinggewächsen behangene Säulen, in tiefe Dämmerung tauchend, war dem Ufer so nahe, daß Mrs. Travers, wenn sie über die Bordwand blickte, die dunkle Masse im klaren Wasser auf dem Kopf stehen sah, über dem gespiegelten Himmel, der den Eindruck eines klaren, blauen, durch eine transparente Schicht hindurch sichtbaren Abgrunds erweckte. Und wenn sie die Augen erhob, schien dieselbe regungslose Abgründigkeit sich über der gesamten, in Sonne gebadeten Ausdehnung der Lagune zu wölben, die eine der verborgenen Stellen der Erde war. Stark verspürte sie ihre Vereinsamung. So sehr wurde ihr bewußt, sich als einziges Wesen ihrer Art innerhalb dieses Geheimnisses zu bewegen, daß sie sich selbst wie eine Geistererscheinung vorkam, die rechtlos und wehrlos am Ende sich den Mächten ergeben müsse, welche ihr nur als der Ausdruck des an diesem Erdenfleck waltenden Geistes erschienen. Die äußerste Einsamkeit, geladen mit verhängnisvoller Spannung, war ihr zuteil geworden. Von dieser Einsamkeit war sie umgeben, als sei sie mitten in einen Zauberkreis versetzt worden. Er schnitt sie ab von der übrigen Welt – aber er schützte sie nicht. Plötzlich vernahm sie hinter sich die Schritte, die sie aus allen anderen auf diesem Deck herauszuhören wußte; aber sie wandte den Kopf nicht. Seit dem Nachmittag, an dem die Herren, wie Lingard sie nannte, an Bord gebracht worden waren, hatten Mrs. Travers und Lingard nicht ein einziges Wort von Bedeutung gewechselt.
Als Lingard sich entschlossen hatte, auf dem Wege der Verhandlung vorzugehen, hatte sie ihn gefragt, worauf er seine Hoffnung auf Erfolg setze, und er hatte darauf geantwortet: »Auf mein Glück.« Worauf er sich in Wirklichkeit verlassen konnte, das war sein Prestige; aber selbst wenn er ein Wort wie dieses gekannt hätte, würde er es nicht gebraucht haben, weil es

ihm wie Prahlerei geklungen hätte. Und außerdem glaubte er wirklich an sein Glück. Niemand, weder Weiß noch Braun, hatte je an seinem Wort gezweifelt, und das gab ihm von vornherein für die Verhandlung eine große Sicherheit. Immerhin war der endgültige Ausgang eine Sache des Glücks. Das sagte er ausdrücklich, als er sich von Mrs. Travers verabschiedete, während Jörgenson auf ihn in dem Boot wartete, das sie über die Lagune in Belarabs Lager bringen sollte.
Erschrocken durch seine Entscheidung – denn er hatte sich plötzlich entschieden mit den Worten, die er zwischen den Zähnen murmelte: »Ich glaube, so kann ich's machen« – hatte Mrs. Travers ihre Hand in seine kräftige offene Handfläche gelegt, auf der ein Kundiger noch andere Linien als diejenige des Glücks erkannt hätte. Lingards Hand schloß sich über der ihren mit sanftem Druck. Sie sah ihn wortlos an. Er wartete einen Augenblick, dann sprach er mit unwillkürlich weicher Stimme: »Nun also, wünschen Sie mir Glück.«
Sie gab keine Antwort. Und er, immer noch ihre Hand haltend, schien überrascht durch ihr Zögern. Ihr war, als könnte sie ihn nicht gehen lassen, und er wußte nicht, was er sagen sollte, bis ihr einfiel, von der Macht Gebrauch zu machen, die sie, wie sie wußte, über ihn besaß; sie wollte es noch einmal versuchen. »Ich komme mit Ihnen«, erklärte sie mit Entschiedenheit. »Sie nehmen doch nicht an, daß ich vielleicht hierbleiben könnte, in stundenlanger Spannung.«
Er ließ plötzlich ihre Hand los, als hätte er sich an ihr verbrannt: »Ach so, ja, natürlich«, murmelte er mit verwirrter Miene. Einer der Männer da drüben war ja ihr Mann! Von einer solchen Frau konnte man nichts Geringeres erwarten. Er wußte wirklich nichts zu sagen, aber sie dachte, er sei unschlüssig. »Glauben Sie, meine Gegenwart würde alles verderben? Aber ich bin auch, gewissermaßen, ein Glücksmensch, das kann ich Ihnen sagen ... so viel wie Sie, mindestens«, hatte sie leise hinzugefügt, mit einem Lächeln, auf das hin er knurrend erwiderte: »O ja, wir sind schon zwei Glücksmenschen.« – »Ich kann mich glücklich schätzen, daß ich einen Mann gefunden habe wie Sie, der für mich meine – unsere Schlachten schlägt«, sagte sie herzlich. »Wenn Sie nicht wären, was hätten wir machen sollen? ... Sie müssen mich mitkommen lassen!« Er neigte den Kopf, zum zweitenmal vor ihrem ausdrücklichen Wunsch, ihm zur Seite zu stehen. Schließlich, wenn es zum

Schlimmsten kam, war sie zwischen ihm und Jörgenson ebenso sicher, als wenn sie allein mit ein paar malaiischen Speerwerfern, die sie verteidigen sollten, an Bord der *Emma* blieb. Einen Augenblick dachte Lingard daran, die Pistolen mitzunehmen, die er, als er sich anschickte, zu Jörgenson in das Boot zu steigen, abgelegt hatte im Gedanken, es sei besser, völlig unbewaffnet zu der großen Verhandlung zu gehen. Sie lagen auf der Reling, aber er nahm sie nicht auf. Vier Schüsse, die richteten doch nichts aus. Sie konnten nichts ausrichten, wenn das ganze Gebäude, das er errichtet hatte, zusammenbrechen sollte. Er sagte nichts davon zu Mrs. Travers, sondern beschäftigte sich damit, ihre äußere Erscheinung für ihr Vorhaben herzurichten. Es war bei dieser Gelegenheit, daß die Seekiste im Deckhaus zum erstenmal vor der interessierten Mrs. Travers geöffnet wurde, die ihm in die Hütte gefolgt war. Lingard reichte ihr ein leichtes Baumwollkleid mit juwelenbesetzten Schnallen, wie die malaiischen Frauen es tragen, das sie über ihre europäische Kleidung streifen sollte. Es bedeckte den Sportrock zur Hälfte. Mrs. Travers gehorchte ihm, ohne ein Wort zu sagen. Er zog einen langen und breiten Shawl hervor, aus weißer, an den Enden und Rändern reich bestickter Seide, und bat sie, ihn über den Kopf zu ziehen und die Enden so zu ordnen, daß ihr Gesicht verhüllt war; nur die Augen, kaum mehr, durften unbedeckt bleiben. »Wir gehen zu einer Versammlung von Mohammedanern«, erklärte er. »Ich verstehe. Sie möchten, daß ich wie eine anständige Frau aussehe«, scherzte sie. »Ich kann Ihnen versichern, Mrs. Travers«, wendete er ernsthaft ein, »daß die meisten Leute hier und bestimmt alle führenden Männer noch nie in ihrem Leben eine weiße Frau gesehen haben. Aber vielleicht möchten Sie lieber einen von den anderen Shawls? Es sind noch drei in der Kiste.« – »Nein, der hier gefällt mir recht gut. Sie sind ja alle sehr prunkvoll. Ich sehe, die Prinzessin wird mit allem möglichen Glanz in ihr Land zurückgeschickt werden. Was sind Sie doch für ein aufmerksamer Mann, Kapitän Lingard. Das Kind wird von Ihrer Freigebigkeit gerührt sein ... Kann ich so bleiben?«

»Ja«, sagte Lingard, die Augen abwendend. Mrs. Travers folgte ihm in das Boot, wo die Malaien schweigend vor sich hin starrten, während Jörgenson, steif und eckig, kein Lebenszeichen von sich gab – nicht einmal seine Augen regten sich.

Lingard brachte sie im Hecksitz unter und setzte sich ihr zur Seite. Der glühende Sonnenschein verschlang alle Farben. Auf dem flimmernden Wasser glitt das Boot vorwärts in Richtung auf den Streifen der Korallenbucht zu, der wie ein zur Weißglut erhitzter, halbmondförmiger metallener Bogen leuchtete. Sie landeten. Mit ernster Miene öffnete Jörgenson über Mrs. Travers einen großen, weißen baumwollenen Sonnenschirm, und zwischen den beiden Männern schritt sie dahin, benommen wie in einem Traum und keine Berührung mit der Erde verspürend als durch die Sohlen ihrer Sandalen. Alles war still, leer, in weiße Glut getaucht und phantastisch. Dann, als das Tor der Befestigung aufgetan wurde, gewahrte sie eine in schweigender Erwartung ihnen entgegenblickende Menge bronzebrauner, in farbige Stoffe gehüllter Gestalten. Sie besetzten die schattigen Stellen unter den drei hohen Urwaldbäumen, die man in der Einfriedung hatte stehenlassen; dazwischen blieben die Stellen von der glühenden Sonne hartgebakkenen Erdbodens leer. Die breiten Klingen der mit roten Pferdehaar-Büscheln geschmückten Speere schimmerten kühl unter den breit ausladenden Ästen. Zur Linken erhob sich hoch über den Köpfen der Menge eine Gruppe von Gebäuden auf Pfeilern mit riesigen Dächern und langen Veranden; sie schien in dem Glast zu schweben: die Häuser sahen viel unwirklicher aus als ihre tiefen Schatten. Lingard, auf eines der kleinsten zeigend, sagte leise: »Da habe ich vierzehn Tage gewohnt, als ich das erste Mal zu Belarab kam«; und mehr denn je hatte Mrs. Travers das Gefühl, in einem Traum zu wandeln, als sie zwischen den Pfeilern der Veranda und sichtbar von Kopf bis Fuß zwei Gestalten erblickte, in Kettenpanzern und mit spitzen Stahlhelmen, über denen schwarz-weiße Federn flatterten; die beiden Männer bewachten die geschlossene Tür. Eine hohe, mit rotem Tuch verkleidete Bank stand an einer freien Stelle der großen Beratungshütte. Lingard führte sie zu ihr, Jörgenson an ihrer anderen Seite schloß mit ruhiger Miene den Schirm, und als sie sich zwischen ihnen niederließ, setzte sich die ganze Volksmenge vor ihren Augen zu Boden. Da sah sie in einiger Entfernung des Hofs eine einzelne Gestalt, die sich an den glatten Stamm eines Baumes lehnte. Um seinen Kopf trug er einen weißen, mit einer gelben Schnur befestigten Turban, dessen Spitzen ihm auf die Schultern fielen und ein schmales dunkles Gesicht mit großen Augen einrahmten.

Ein schwarz und weiß gestreiftes seidenes Gewand reichte ihm bis zu den Füßen, und von weitem sah er hochmütig und geheimnisvoll aus in seiner zugleich nachlässigen und hoch aufgerichteten Haltung, in der sich Festigkeit und Macht kundgaben.

Lingard neigte sich etwas und flüsterte Mrs. Travers zu, dieser Mann, der abseits stand und doch die Szene beherrschte, sei Daman, der oberste Führer der Illanuns, der Mann, der die Gefangennahme der beiden Herren befohlen hatte, vielleicht um ein Faustpfand in der Hand zu haben. Die beiden barbarischen, halbnackten Gestalten, die, bedeckt mit Schmuck und Amuletten, ihm zu Füßen hockten, die Köpfe in rot-goldene Tücher gehüllt und gerade Schwerter auf den Knien, waren die Pangerans, die den Befehl ausgeführt und die Gefangenen zur Lagune gebracht hatten. Aber die beiden Männer in Kettenpanzern, die die Tür des kleinen Hauses bewachten, waren Belarabs persönliche Leibwächter, die nur bei ganz besonderen Gelegenheiten in solch kriegerischem Schmuck auftraten. Sie waren das äußere und sichtbare Zeichen dafür, daß sich die Gefangenen in Belarabs Gewahrsam befanden, und das war soweit gut, wenn auch der Große Häuptling bedauerlicherweise nicht zugegen war. Dann nahm Lingard eine förmliche Haltung an, und Mrs. Travers starrte in den weiten Hof. Der Anblick der vielen Reihen Gesichter zu ihren Füßen machte sie für den Augenblick ein wenig schwindelig.

Jede Bewegung in der Menge hatte nun aufgehört. Selbst die Augen unter den vielfarbenen Kopftüchern regten sich nicht mehr, während vor dem offenen Tor eine hohe Palme sich tiefschwarz vor dem Glitzern der Lagune und der blassen Weißglut des Himmels abhob. Mrs. Travers blickte in Richtung der Lagune und wunderte sich über die Abwesenheit von Hassim und Immada. Das Mädchen mochte sich in einem der Häuser bei einer der Frauen von Belarabs Hofhaltung aufhalten. Dann wurde Mrs. Travers plötzlich gewahr, daß man eine zweite Bank herausgebracht hatte, auf der bereits fünf in prachtvolle Seidengewänder und bestickten Samt gekleidete Männer mit runden, ernsten Gesichtern Platz genommen hatten. Ihre Hände ruhten auf ihren Knien; nur einer unter ihnen, weiß gekleidet und mit einem fast schwarzen, großen Turban auf dem Kopf, lehnte sich ein wenig vor, das Kinn in der Hand. Seine Wangen waren eingefallen, er hielt die Augen

streng zu Boden gesenkt, als wollte er es vermeiden, die ungläubige Frau anzusehen.
Dann vernahm sie ein leises Murmeln, und als sie einen Blick auf Lingard warf, sah sie ihn in einer Haltung gelassener Aufmerksamkeit. Die wichtige Unterhaltung hatte nun begonnen, und sie verlief weiter in diesem leisen, unbetonten Sprechen, mit langen Pausen, während die Beteiligten regungslos auf dem Boden saßen; weit entfernt, die ganze Versammlung überragend, verhielt die hohe Gestalt Damans. Aber auch in ihm konnte Mrs. Travers nicht die geringste Regung entdekken, während das kaum modulierte Gemurmel fortfuhr und sie in ein Gefühl des Friedens einlullte.
Die Tatsache, daß sie nichts von dem, was da gesagt wurde, verstand, beschwichtigte ihre Befürchtungen. Zuweilen entstand ein Schweigen, und Lingard, sich zu ihr neigend, flüsterte: »Es ist nicht so leicht«, und die Stille war so vollkommen, daß sie das Flattern einer Taubenschwinge hoch oben in einem der beschattenden Bäume hören konnte. Und plötzlich begann einer der Männer vor ihr wieder eine Rede, ohne sich zu rühren, eine Rede, die vielleicht noch geheimnisvoller klang, weil der Sprecher so völlig unbeweglich blieb, – selbst seine Gesichtszüge verrieten nichts. Nur der scharfe Blick der Augen zeigte, daß der Sprecher nicht mit sich selbst verhandelte, daß es sich nicht um eine laut gesprochene Meditation handelte, sondern um einen Strom von Argumenten, die an Lingard gerichtet waren, der ab und an ein paar Worte murmelte, mit ernster oder lächelnder Miene. Meistens riefen diese Worte ein Gemurmel hervor, das ihr wie Zustimmung klang; dann trat wieder ein nachdenkliches Schweigen ein, und die Unbeweglichkeit der Versammlung schien dann noch vollkommener als zuvor.
Als Lingard ihr zuflüsterte, jetzt sei die Reihe an ihm, eine Rede zu halten, erwartete Mrs. Travers, daß er sich erheben und sich mit einer befehlenden Geste Gehör verschaffen werde. Aber er tat nichts dergleichen, er blieb sitzen, und nur in seiner Stimme war ein leichtes Beben zu spüren, obwohl er offensichtlich versuchte, es zu unterdrücken, und sie drang unwiderstehlich weit hinaus in die Stille. Er sprach lange, während die Sonne, den fleckenlosen Himmel ersteigend, die schmäler werdenden Schatten verschob und durch das dichte und regungslose Laub ihre Hitze auf die Köpfe der Menschen ergoß. Jedesmal, wenn

ein Gemurmel sich erhob, hielt er inne und wartete, die Versammlung furchtlos anblickend, bis sie wieder stillschwieg. Ein- oder zweimal erhob sich das Gemurmel der Menge zu einem lauten Summen, und Mrs. Travers konnte Jörgenson auf ihrer anderen Seite hören, wie er etwas in seinen Schnurrbart knurrte. Hinter den Reihen der Köpfe hatte Daman unter seinem Baum die Arme auf der Brust gekreuzt. Der Rand des weißen Kopftuchs verbarg seine Stirn, und zu seinen Füßen hockten, mit gekreuzten Beinen und die Schwerter über den Knien, die beiden Illanun-Häuptlinge, halb nackt und behängt mit Amuletten und Schmuck aus bunten Federn, Muscheln, mit Halsbändern aus Zähnen, Klauen und schimmernden Perlen. Sie sahen aus wie zwei Bronze-Götzen; selbst die Federn auf ihrem Kopfputz rührten sich nicht.

»*Sudah!* Es ist zu Ende!« Eine Bewegung ging durch die Reihen der Köpfe, die Menschen schwankten im Sitzen hin und her. Lingard hatte aufgehört zu sprechen. Er blieb noch einen Augenblick sitzen, überschaute die Versammlung, und als er sich zusammen mit Mrs. Travers und Jörgenson erhob, stand die ganze Versammlung auf und geriet durcheinander. Einige aus Belarabs Gefolge, junge Gesellen mit breiten Gesichtern, in einer Art Uniform von schachbrettartig gemusterten Sarongs, schwarzseidenen Jacken und hellroten, keck aufgesetzten Kappen, schlenderten herausfordernd durch die aufgelösten Gruppen und pflanzten sich in zwei Reihen vor dem regungslosen Daman und seinen Illanun-Häuptlingen in martialischer Haltung auf. Die Ratsmitglieder hatten ihre Bank verlassen und näherten sich nun den Weißen mit sanftem Lächeln und unterwürfigen Gebärden. In ihrem Verhalten war etwas leicht Versöhnliches zu erkennen; nur der Mann mit dem großen Turban verblieb in seinem fanatischen Hochmut, er hielt den Blick streng gesenkt.

»Es ist mir gelungen«, murmelte Lingard seiner Begleiterin zu.

»War es sehr schwierig?« fragte sie. »Nein«, sagte er; im Innersten war er sich darüber klar, daß er den Ruf seines guten Namens bis zum Äußersten ausgenutzt hatte, und daß die Gewohnheit, seinen kleinsten Wünschen diensteifrig zu willfahren, eine Gewohnheit, die sowohl auf den Glanz seines Reichtums wie auf die Furcht vor seiner Persönlichkeit zurückzuführen war, in dieser großen Verhandlung im Grunde nicht mehr gezeitigt hatte als einen Aufschub der entscheidenden Stunde. Er bot Mrs. Travers seinen Arm, um sie hinwegzuführen, aber im letzten Augenblick hielt er an.

Mit einer gebieterischen Geste hatte Daman die Reihen der jungen rotbemützten Gefolgsleute des Belarab getrennt und kam nun auf die Weißen zu; die im Hof verstreuten Gruppen verfielen in ein erstauntes Schweigen. Hinter ihm schlossen sich die Reihen, die er durchschritten hatte. Die beiden Illanun-Häuptlinge sahen zwar recht bedrohlich aus, waren aber viel zu vorsichtig, auch nur den Versuch zu wagen, sich zu erheben, und es hätte der leisen Warnung, die Daman ihnen zugeflüstert hatte, gar nicht bedurft. Er kam allein heran. Der glatte Griff eines Schwertes sah aus den offenen Falten seines Gewandes hervor, auch enthüllten die getrennten Ränder die Kolben zweier Pistolen mit Feuerstein-Schlössern. In einem roten Samtbehälter hing auf seiner Brust an einer roten Seidenschnur der Koran. Er war fromm, dieser prächtig und kriegerisch aussehende Mann mit den ruhigen Bewegungen und den starr geradeaus blickenden Augen, die offen unter dem Rand des einfachen Tuchs, das seinen Kopf bedeckte, hervorsahen. Er hatte eine aufrechte Haltung, und sein Benehmen war von einer Art feierlicher Bescheidenheit. Lingard flüsterte Mrs. Travers noch rasch zu, daß dieser Mann schon früher Bekanntschaft mit Weißen geschlossen habe, und daß sie, falls er versuchen sollte, ihr die Hand zu schütteln, ihm die mit dem Ende ihres Shawls bedeckte Hand reichen sollte. »Warum?« fragte sie. »Gehört es sich so?« – »Ja, es ist wohl besser so«, sagte Lingard, und im nächsten Augenblick fühlte Mrs. Travers, wie ihre verhüllte Hand von dunklen, schlanken Fingern sanft gedrückt wurde. Sie kam sich selbst sehr orientalisch vor, als sie, bis an die Augen bedeckt, dem schwarz funkelnden Blick des Piratenhäuptlings begegnete. Aber das war nur für einen Augenblick, denn Daman wandte sich sogleich ab, um Lingard die Hand zu schütteln. In den gerade herabfallenden, breiten Falten seiner Gewänder sah er, gegenüber dem robusten Weißen, sehr schlank aus.

»Groß ist deine Macht«, sagte er mit angenehmer Stimme. »Die weißen Männer werden dir ausgeliefert werden.«

»Ja, ich werde sie in meine Obhut übernehmen«, sagte Lingard, das freundliche Lächeln des anderen erwidernd, wenn er auch noch düster genug dreinblickte mit dem Stirnrunzeln, das sich bei Damans Herannahen in seiner Miene gezeigt hatte. Über die Schulter blickte er sich um nach einer Gruppe von Speerträgern, die zwei Gefangene die Stufen der Hütte hinuntereskortierten. Als sie Damans ansichtig wurden, der Lingard sozusagen den Weg versperrte, blieben sie in einiger Entfernung stehen und schlossen sich um die beiden Weißen. Daman sah gleichgültig zu ihnen hinüber.

»Sie waren meine Gäste«, murmelte er. »Wenn es Gott gefällt, werde ich bald kommen und sie von dir zurückerbitten ... als Freund«, setzte er nach einer kleinen Pause hinzu.

»Und wenn es Gott gefällt, wirst du nicht mit leeren Händen weggehen«, sagte Lingard, dessen Stirn sich nun glättete. »Schließlich wollten wir einander nicht begegnen, um uns zu streiten. Wäre es dir lieber gewesen, sie in Tenggas Hände ausgeliefert zu sehen?«

»Tengga ist fett und voller Ränke«, sagte Daman verachtungsvoll, »ein bloßer Krämer, der von dem Begehren ergriffen ist, ein Häuptling zu sein. Er ist gar nichts. Aber du und ich sind Männer, die wirkliche Macht besitzen. Doch gibt es eine Wahrheit, die wir einander gestehen können, du und ich. Die Herzen der Menschen werden rasch unzufrieden. Höre! Die Führer der Menschen werden auf den Händen derer getragen, die ihnen folgen; und die Gesinnung gewöhnlicher Menschen ist schwankend, ihr Begehren veränderlich, und ihren Gedanken kann man nicht trauen. Sie sagen, du bist ein großer Häuptling. Vergiß nicht, daß auch ich ein Häuptling bin und ein Führer bewaffneter Männer.«

»Ich habe auch von dir gehört«, sagte Lingard gelassen.

Daman hatte die Augen niedergeschlagen, plötzlich öffnete er sie sehr weit, was auf Mrs. Travers erschreckend wirkte. »Ja, aber verstehst du das auch?« Mrs. Travers, deren Hand leicht auf Lingards Arm ruhte, hatte die Empfindung, als spiele sie in einem prunkvoll inszenierten Schauspiel auf einer strahlend beleuchteten Bühne mit, in einer exotischen Oper, die nicht von Musik, sondern von den wechselnden Spannungen einer allgegenwärtigen Stille begleitet wurde. »Ja, ich verstehe«, erwiderte Lingard mit überraschend vertraulicher Betonung. »Aber trotzdem: in den Händen eines großen Führers liegt auch Macht.«

Mrs. Travers gewahrte, wie sich Damans Nüstern leise bewegten, als ob der Mann eine mächtige innere Erregung unterdrückte, während Lingards Unterarm unter ihren Fingern so ruhig blieb wie ein Stück Marmor. Ohne ihn anzusehen, hatte sie das Gefühl, als könnte er mit einem einzigen Schlag die sehnige Gestalt zerschmettern, in der noch der Hauch der großen, von seinen nomadischen, kamel-reitenden Ahnen durchstreiften Wüste lebte. »Macht ist in der Hand Gottes«, sagte er, während jeder Ausdruck in seiner Miene erstarb, worauf er innehielt und auf Lingards »Sehr wahr« wartete. Dann fuhr er mit einem feinen Lächeln fort: »Aber Er teilt sie zu nach Seinem Willen, nach Seinen eigenen Zwecken, sogar denjenigen, die nicht an Ihn glauben.«

»Da das der Wille Gottes ist, solltest du gegen sie keine Bitterkeit im Herzen tragen.«

Der leise Ausruf »Gegen die da!« und eine leichte ablehnende Bewegung einer mageren dunklen Hand aus den Gewandfalten heraus waren für Mrs. Travers fast verständlich als unverkennbare Zeichen einer melancholischen Verachtung, und Lingard durfte einen weiteren Einblick in den Charakter des Verbündeten tun, den ihm die Diplomatie des Belarab verschafft hatte. Die Kundgebung hochmütiger Überlegenheit wirkte auf ihn wenig überzeugend. Eher verließ er sich auf die Eigennützigkeit des Arabers, der ohne Zweifel die Wiedereroberung des Königreiches mit der Aussicht auf eine Belohnung verband, die ihm ein Leben in Würde und Wohlstand gestattete. Sein Vater und sein Großvater (die Männer, die laut Jörgensons Brief als warnendes Beispiel vor zwölf Jahren gehängt worden waren) waren mit Sultanen befreundet gewesen, Ratgeber von Herrschern, reiche Leute, die die großen Raubzüge der Vergangenheit finanziert hatten. Der Haß hatte Daman in freiwillige Verbannung getrieben, bis Belarabs diplomatisches Geschick ihn aus irgendeinem obskuren und unbehaglichen Versteck hervorgeholt hatte.

In wenigen Worten versicherte Lingard, daß Damans Anhänger vollkommen sicher seien, solange sie selbst keinen Versuch unternahmen, sich der gestrandeten Jacht zu bemächtigen. Lingard begriff sehr wohl, daß Daman in einem Anfall von Furcht Travers und d'Alcacer hatte gefangennehmen lassen: er wollte damit seine eigene Sicherheit gewährleisten. Der Anblick der gestrandeten Jacht erschütterte sein Vertrauen vollkommen. Es war, als seien die Geheimnisse der Gegend verraten worden. Am Ende war es eine große Torheit, überhaupt einem

Weißen zu trauen, auch wenn er seinem eigenen Volke entfremdet zu sein schien. Daman hatte das Gefühl, vielleicht das Opfer eines Komplotts zu sein. Lingards Brigg erschien ihm wie eine furchtbare Kriegsmaschine. Er wußte nicht, was er denken sollte, und der Beweggrund, sich der beiden Weißen zu bemächtigen, war einfach der Wunsch, Geiseln an ihnen zu gewinnen. Da er den wilden Gelüsten seiner Anhänger nicht traute, hatte er sich beeilt, sie in Belarabs Gewahrsam zu überführen. Aber alles in dieser Niederlassung schien ihm verdächtig: Belarabs Abwesenheit, Jörgensons Weigerung, die versprochene Menge an Waffen und Munition sogleich auszuliefern. Und nun hatte dieser Weiße durch die Macht seiner Beredsamkeit auch noch die Gefangenen aus Belarabs Gewahrsam befreit. So viel Einfluß erfüllte Daman mit Verwunderung und scheuer Furcht. Er hatte sich viele Jahre in dem obskursten Winkel des Archipels verborgen gehalten, und nun glaubte er sich von lauter Intrigen umgeben. Andererseits war das Bündnis eine große Sache. Er wünschte keinen Streit. Vorläufig war er durchaus bereit, Lingards Versicherung, seinen auf der Sandbank lagernden Leuten werde kein Leid geschehen, Glauben zu schenken. Jedenfalls schien er, aufmerksam und still, Lingards bedachtsame Worte auf sich wirken zu lassen wie einen Trank. Die Kraft dieses unbewaffneten hochgewachsenen Mannes schien ihm unwiderstehlich. Er senkte langsam das Haupt. »Allah ist unsere Zuversicht«, murmelte er, sich in das Unvermeidliche fügend.

Er entzückte Mrs. Travers, nicht so sehr als lebendes Wesen, sondern als ein gelungener Entwurf, als farbiges Bild eines begabten Malers, als lebensvolles Abbild einer zarten und wilden Seele. Sein helles, leichtes Lächeln war etwas Außerordentliches, es war scharf wie reiner Stahl, es drang durch und durch, daß es fast schmerzte. Mrs. Travers ließ ihren Blick rechts und links über den ganzen Hof schweifen, der in der sengenden Glut der Sonne dalag und von Schatten bevölkert war, deren Formen und Farben unter der Wucht des Lichtes dahinschwanden. Selbst die braunen Farbtöne des Dachs und der Mauer blendeten das Auge. Dann trat Daman beiseite. Er lächelte nicht mehr, und Mrs. Travers schritt an Lingards Arm durch eine Hitze, die so gewaltig war, daß man sie geradezu schmecken, betasten, riechen zu können glaubte. Es war ihr, als ob sie, von Lingard gestützt, darin schwebte.

»Wo sind sie?« fragte sie.
»Sie kommen gleich hinter uns her«, erwiderte er. Lingard war so sicher, daß die Gefangenen ihm am Strand übergeben würden, daß er gar nicht zurückblickte, bis er und Mrs. Travers das Boot erreicht hatten und sich umwandten.
Die Gruppe der Speerträger wich rechts und links zurück, und Mr. Travers und d'Alcacer kamen allein daher; sie sahen unwirklich aus und sonderbar, gleichsam wie ihre eigenen Gespenster. Mr. Travers gab mit keinem Zeichen zu erkennen, daß er die Gegenwart seiner Frau überhaupt bemerkte. Offenbar war er tief gekränkt. Aber d'Alcacer lächelte, während er näherkam, als befinde er sich in einem Salon.
Mit den wenigen Paddlern bewegte sich das schwere, alte, in Europa gebaute Fahrzeug nur langsam auf dem Wasser, das so weißglühend und blendend schien wie der Himmel droben. Jörgenson hatte sich im Bug niedergelassen; die anderen vier Weißen saßen im Heck, die befreiten Gefangenen nebeneinander in der Mitte. Plötzlich sprach Lingard: »Ich möchte Sie beide darauf aufmerksam machen, daß die Schwierigkeiten noch nicht beseitigt sind. Es ist noch nichts entschieden. Sie sind lediglich auf mein Wort hin ausgeliefert worden.«
Als Lingard sprach, wandte Mr. Travers das Gesicht ab, aber d'Alcacer hörte höflich zu. Sonst wurde während der ganzen Fahrt kein Wort gesprochen. Die beiden Herren gingen zuerst an Bord. Lingard blieb zurück am Fuß der Treppe, um Mrs. Travers behilflich zu sein. Sie drückte ihm kräftig die Hand und blickte hinunter in sein aufwärts gewandtes Gesicht: »Das war ein wundervoller Erfolg«, sagte sie.
Eine Zeitlang blieb sein faszinierter Blick unverändert an ihr haften. Es war, als wenn sie überhaupt nichts gesagt hätte. Dann flüsterte er bewundernd: »Sie verstehen alles.«
Sie wandte die Augen ab und mußte ihre Hand befreien, an die er sich einen Augenblick klammerte wie ein Mann, der in einen Abgrund zu stürzen droht.

III

Mrs. Travers, die sehr wohl merkte, daß Lingard hinter ihr stand, blickte weiterhin über die Lagune. Nach einiger Zeit schritt er vorwärts und stellte sich neben sie dicht an die Reling.

Sie fuhr fort, auf die Wasserfläche zu starren, die unter dem Abendhimmel eine tiefe Purpurfarbe annahm.
»Warum haben Sie mich gemieden, seit wir von da drüben zurückgekommen sind?« fragte sie mit matter Stimme.
»Ich kann Ihnen nichts erzählen, bis Rajah Hassim und Immada mit Neuigkeiten zurückkommen«, antwortete Lingard ebenso gedämpft. »Hat mein Freund Erfolg gehabt? Wird Belarab auf irgendwelche Gründe hören? Wird er sich bewegen lassen, aus seiner Einsiedelei herauszukommen? Ist er schon unterwegs? Ich wünschte, ich wüßte das alles! ... Kein Laut kommt von da drüben. Möglicherweise ist er vor zwei Tagen aufgebrochen und mag jetzt bei den Außenbezirken der Siedlung angelangt sein. Oder er hat aus irgendeiner Laune auf halbem Wege Lager aufgeschlagen, oder er ist bereits angekommen. Wir hätten ihn doch nicht sehen können, denn die Straße von den Bergen führt nicht am Strande entlang.«
Er griff hastig nach dem Fernglas und richtete es auf die dunkle Befestigung. Die Sonne war hinter den Wäldern untergegangen; die Konturen der Wipfel blieben noch von einem golden leuchtenden Band eingefaßt, unter einem Streifen von zartem Grün, der sich über den tieferen Himmel zog. Weiter droben ging ein schwacher roter Schimmer in das sich verdunkelnde Blau über. Über der Lagune vertieften sich die Schatten des Abends, schmiegten sich an die Bordwände der *Emma* und die Umrisse am Ufer drüben. Lingard legte das Glas hin.
»Auch Mr. d'Alcacer scheint mich gemieden zu haben«, sagte Mrs. Travers. »Sie stehen sich sehr gut mit ihm, Kapitän Lingard.«
»Er ist ein recht liebenswürdiger Mensch«, murmelte Lingard zerstreut. »Aber manchmal sagt er komische Dinge. Neulich erkundigte er sich, ob Spielkarten an Bord seien, und als ich ihn fragte, ob er gern Karten spiele, nur um etwas zu sagen, erzählte er mir mit seinem merkwürdigen Lächeln, er hätte eine Geschichte von irgendwelchen zum Tode verurteilten Leuten gelesen, die sich die Zeit vor der Hinrichtung damit vertrieben, daß sie mit ihren Wächtern Karten spielten.«
»Und was sagten Sie darauf?«
»Ich sagte, wahrscheinlich gäbe es Karten irgendwo an Bord – Jörgenson müßte das wissen. Dann fragte ich ihn, ob er mich als seinen Gefängniswärter ansehe. Er war ganz verdutzt und entschuldigte sich für das, was er gesagt hatte.«

»Das war auch nicht sehr nett von Ihnen, Kapitän Lingard.«
»Es war mir nur so entfahren, aus Ungeschick, und wir lachten schließlich darüber.«
Mrs. Travers lehnte sich mit den Ellbogen auf die Reling und legte den Kopf in die Hände. Diese Frau konnte jede Haltung einnehmen, immer überraschte sie Lingard durch die bezaubernde Wirkung, die sie auf ihn ausübte. Er seufzte, und lange Zeit schwiegen sie beide.
»Ich wünschte, ich hätte jedes Wort verstanden, das an jenem Morgen gesprochen wurde.«
»An jenem Morgen«, wiederholte Lingard. »Welchen Morgen meinen Sie?«
»Ich meine den Morgen, als ich an Ihrem Arm, Kapitän Lingard, Belarabs Hof verließ, an der Spitze des Aufzuges. Mir kam das so vor, als wenn ich auf einer prachtvollen Bühne in einer Opernszene aufträte, in einer großartigen Darbietung, bei der das Publikum den Atem anhält. Sie können sich unmöglich vorstellen, wie unwirklich mir das alles vorkam, und wie ich selber das Gefühl hatte, zu schauspielern. Eine Oper, wissen Sie . . .«
»Ich weiß. Eine Zeitlang war ich Goldgräber. Einige von uns kamen oft nach Melbourne hinunter, und wir hatten die Taschen voll Geld. Na, im Vergleich mit dem, was Sie gesehen haben müssen, war es wohl kümmerlich genug, aber einmal bin ich doch zu so einer Vorstellung gegangen. Es war eine Geschichte, die mit Musik gespielt wurde. Alle, die dabei waren, haben von Anfang bis zum Ende in einem fort gesungen.«
»Das muß Ihren Sinn für Wirklichkeit beleidigt haben«, sagte Mrs. Travers, immer noch ohne ihn anzusehen. »Wissen Sie noch, wie die Oper hieß?«
»Nein. Darüber hab' ich mir nie den Kopf zerbrochen. Wir – niemand von uns hat das getan.«
»Ich will Sie nicht fragen, was für eine Geschichte das war. Es muß Ihnen doch den Eindruck gemacht haben, als schlüge sie aller Wahrheit ins Gesicht. Würden die Leute in Wirklichkeit singend durchs Leben gehen? Das gibt's nur im Märchen.«
»Diese Leute sangen aber nicht immer aus Freude«, sagte Lingard einfach. »Ich weiß nicht viel von Märchen.«
»Meistens handeln sie von Prinzessinnen«, murmelte Mrs. Travers.
Lingard schien das nicht genau gehört zu haben. Er neigte einen

Augenblick das Ohr, aber sie sah ihn nicht an, und er bat sie nicht, ihre Bemerkung zu wiederholen. »Märchen, das ist was für Kinder, glaube ich«, sagte er. »Aber die Geschichte mit Musik, von der ich Ihnen erzähle, Mrs. Travers, war keine Geschichte für Kinder. Ich kann Ihnen versichern, von den paar Vorstellungen, die ich gesehen habe, war das für mich die wirklichste. Wirklicher als irgendwas sonst im Leben.«
Mrs. Travers, sich der fatalen Albernheit der meisten Opern-Libretti erinnernd, war von seinen Worten gerührt, als ob sie in der Bereitwilligkeit, auf jene Albernheit einzugehen, etwas Ergreifendes gespürt hätte, als ob sie einen Verhungernden von der Köstlichkeit einer trockenen Brotrinde hätte sprechen hören. »Ich nehme an, Sie haben bei der Geschichte, wie sie auch war, sich selbst vergessen«, bemerkte sie wie abwesend.
»Ja, sie war für mich hinreißend. Aber Sie kennen ja wohl das Gefühl.«
»Nein. Ich habe niemals so etwas gekannt, nicht einmal, als ich ein ganz junges Mädchen war.« Lingard schien diese Behauptung als einen Beweis ihrer Überlegenheit hinzunehmen. Er neigte ein wenig den Kopf. Übrigens hätte sie sagen können, was sie wollte. Was ihm am meisten gefiel, war, daß sie ihn nicht anschaute, denn das erlaubte ihm, völlig ungehindert die Kurve ihrer Wange zu betrachten, das kleine, halb unter einer hellen Flechte ihres Haars versteckte Ohr, die bezaubernde Linie ihres unbedeckten Nackens. Ihre ganze Person war von Kopf bis Fuß ein schier unglaubhaftes, erregendes körperliches Wunder, das mehr noch als seine Augen irgendetwas in ihm, das von seinem Verstand unabhängig war, entzückte. Nicht einen Augenblick hielt er sie für ein Wesen, das ihm fremd war. Unberührbar – vielleicht! Aber fremd – nein. Ob bewußt oder unbewußt: im Geistigen war ihm ihr Wesen selbstverständlich. Aber physisch war sie ihm ein Wunder, das ihm zugleich vertraut und unantastbar ist.
»Nein«, fing Mrs. Travers plötzlich wieder an. »Ich bin nie von einer Geschichte hingerissen worden. Das ist nicht meine Art. Ich bin nicht einmal imstande gewesen, mich an dem Morgen da drüben, der doch zu meiner eigenen Geschichte gehörte, zu vergessen.«
»Sie haben sich großartig benommen«, sagte Lingard und blickte lächelnd auf ihren Nacken, ihr Ohr, die losen Haare, den Schnitt ihrer Augenwinkel. Er konnte sehen, wie die dunklen

Wimpern zuckten: und er sah das zarte Rot auf ihrer Wange, das wie ein Dufthauch auf ihn wirkte.
»Sie waren also zufrieden mit meinem Benehmen.«
»Es war ganz das Richtige, sag' ich Ihnen. Bei Gott, waren die alle verblüfft, als sie erfuhren, wer Sie sind.«
»Ich sollte mich geschmeichelt fühlen. Dabei muß ich Ihnen gestehen, daß ich mir nur halb verkleidet vorkam und deshalb etwas ärgerlich war, weil ich mich unbehaglich fühlte. Was mir half, das war, glaube ich, daß ich Ihnen zu Gefallen ...«
»Ich wollte damit nicht sagen, daß Sie ihnen gefielen«, unterbrach Lingard sie gewissenhaft, »dazu waren alle zu verblüfft.«
»Ich wollte Ihnen einen Gefallen tun, Ihnen selbst«, bemerkte Mrs. Travers lässig. Der schwache, heisere und ungeduldige Schrei eines Vogels ließ sich aus dem Walde vernehmen, der klang, als riefe er der heraufziehenden Nacht etwas zu. In der sich vertiefenden Dämmerung glühte Lingards Gesicht. Das blasse Gelb und die überirdisch grünen Farbtupfen waren verschwunden, und die Glut des Abendrots bedrohte den Himmel. Die Sonne war hinter der schwarzen Wand des Waldes untergegangen, den nun ein goldener Saum noch umrahmte.
»Ja, ich war lächerlich befangen«, fuhr Mrs. Travers im Ton leichter Unterhaltung fort. »Und das kam einfach von diesem Kleid, das ich mir auf Ihren Rat über meine europäische – fast hätte ich gesagt: Verkleidung – zog; denn in der jetzigen richtigeren Kostümierung fühl' ich mich, wie Sie wissen, merkwürdig wohl. Und doch kann ich nicht sagen, daß diese Sachen mir ganz passen. Die Ärmel dieser seidenen Unterjacke sind ziemlich eng. Auch meine Schultern fühlen sich beengt, und der Sarong ist so kurz, daß es ein wahrer Skandal ist. Der Vorschrift entsprechend sollte er lang genug sein, um mir die Füße zu bedecken. Aber ich liebe Bewegungsfreiheit. Die habe ich im Leben sehr selten gehabt.«
»Das kann ich kaum glauben«, sagte Lingard. »Wenn Sie es nicht selbst sagten ...«
»Ich würde das auch nicht jedem sagen«, bemerkte sie, den Kopf einen Augenblick zu Lingard wendend und sogleich wieder in die Dämmerung blickend, die über die dunkle Lagune heranzutreiben schien. In weiter Entfernung flimmerten zwei schwache Lichter, ob vom Ufer oder vom Rand des weiter entfernten Waldes her, war unmöglich auszumachen. Droben

am Himmel begannen die Sterne zu erscheinen, noch schwach leuchtend, gleichsam noch zu entfernt, um sich in der Lagune zu spiegeln. Nur im Westen schien eine niedergehende Sternschnuppe durch den roten Nebel des Sonnenuntergangs hindurch. »Man hielt es nicht für gut, mir zuviel Bewegungsfreiheit zu erlauben. So wenigstens sagte man mir. Aber ich habe den Verdacht, daß es den anderen Leuten einfach zu unbequem war.«
»Ich hätte mir vorgestellt«, setzte Lingard an, zögerte dann aber und hielt inne. Es schien ihm unbegreiflich, daß nicht jedermann sich beeilt hätte, diese Frau glücklich zu machen. Und die Bitterkeit, mit der sie sprach, machte ihm Eindruck. Mrs. Travers schien nicht neugierig auf das, was er hatte sagen wollen, und nach einiger Zeit fügte sie hinzu: »Ich meine nicht nur, als ich noch ein Kind war. An meine Kindheit erinnere ich mich nicht sehr gut. Ich kann wohl sagen, daß ich als Kind recht unausstehlich gewesen bin.«
Lingard versuchte, sie sich als Kind vorzustellen. Der Gedanke war etwas ganz Neues für ihn. Es war eigentlich, als sei sie gleich als ein vollkommenes Wesen in die Welt gesprungen, fertig und reif, ohne jedes Schwanken und frei von jeder Schwäche. In seiner Erfahrung gab es nichts, was ihm dabei hätte helfen können, sich ein Kind aus ihren Kreisen vorzustellen. Die Kinder, die er kannte, spielten auf der Dorfstraße und liefen am Strand umher. Er war eins dieser Kinder gewesen. Er hatte natürlich seitdem auch andere Kinder gesehen. Aber er war mit ihnen nicht in Berührung gekommen, er hatte sie nur gesehen, und es waren keine englischen Kinder gewesen. Mrs. Travers hatte ihre Kindheit, wie er selbst, in England verbracht, und eben diese Tatsache machte es ihm fast unmöglich, sich die ihrige vorzustellen. Er konnte nicht einmal sagen, ob sie in der Stadt oder auf dem Lande aufgewachsen war, oder ob sie als Kind jemals das Meer gesehen hatte. Und wie konnte ein Kind dieser Art unausstehlich sein? Aber dann fiel ihm ein, daß ein solches Kind sehr unglücklich sein könnte, wenn es von den Erwachsenen abgelehnt wird, und er sagte: »Das tut mir leid.«
Mrs. Travers lachte leise. Drinnen im Gaze-Käfig hatten sich die Gestalten nun in verschwommene Schatten verwandelt. Der Schatten d'Alcacers erhob sich und ging auf und ab. Mr. Travers' eigensinnige oder auch krankhafte Stummheit lang-

weilte ihn und fiel ihm auf die Nerven, obgleich wiederum die Reden dieses Herrn noch niemals dazu angetan waren, ihn zu unterhalten oder zu beruhigen.
»Das ist sehr nett von Ihnen. Sie haben ein beträchtliches Einfühlungsvermögen, aber nach allem bin ich doch nicht ganz sicher, wem Sie eigentlich Ihre Sympathie entgegenbringen, mir oder den schwergeprüften Leuten da«, sagte Mrs. Travers.
»Dem Kinde«, sagte Lingard, ohne auf ihren scherzhaften Ton einzugehen. »Ein Kind kann eine sehr schlimme Zeit durchmachen, wenn es auf sich allein angewiesen ist.«
»Was können Sie davon wissen?« fragte sie.
»Ich habe auch meine Erfahrungen«, erwiderte er mit einiger Überraschung. Mrs. Travers, die ihm den Rücken zuwandte, war verwirrt. Auch sie konnte sich seine Kindheit nicht vorstellen, als ob auch er in voller Kraft und Bewußtsein in die Welt getreten sei. Als sie sich der Naivität ihres Einfalls bewußt wurde, mußte sie lächeln. Er gab keinen Laut von sich.
»Seien Sie mir nicht böse«, sagte sie. »Ich würde nicht im Traum daran denken, über Ihre Erfahrungen zu lachen. Im Gegenteil: Ihre Erfahrungen, Ihre Empfindungen sind das Ernsthafteste, das mir jemals begegnet ist. Ich mußte über mich selbst lachen, – ich habe nämlich etwas Komisches herausgefunden.«
»In den Tagen Ihrer Kindheit?« hörte sie Lingards tiefe Stimme nach einer kleinen Weile fragen.
»O nein. Viele Jahre später. Kein Kind würde je darauf kommen. Wissen Sie den größten Unterschied, der zwischen uns beiden besteht? Es ist dieser: Ich habe seit meiner Kindheit mein Leben lang vor einer Theatervorstellung gesessen, deren Flitterglanz und Lärm und alles, was auf der Bühne vor sich ging, mich nie auch nur einen Augenblick getäuscht hat. Verstehen Sie, was ich meine, Kapitän Lingard?«
Einen Augenblick herrschte Schweigen. »Kommt es darauf an? Wir sind jetzt keine Kinder mehr.« In Lingards tiefer Stimme klang jetzt eine unendliche Zartheit. »Aber wenn Sie damals unglücklich gewesen sind, werden Sie mir nicht sagen, daß das seitdem nicht aufgewogen worden ist. Sie brauchten doch gewiß nur mit dem Finger zu winken. Eine Frau wie Sie.«
»Sie meinen, ich könnte die ganze Welt so in Furcht versetzen, daß sie mir zu Füßen liegt?«

»Nein, in Furcht nicht.« Die Andeutung eines Lachens in der gedämpften Stimme verging in einem Seufzer. Dann hörte sie, wie er nüchtern fortfuhr: »Ihr Mann ...« Er zögerte ein wenig, und sie nahm die Gelegenheit wahr, um kühl zu sagen: »Er heißt Mr. Travers.«

Lingard wußte nicht, wie er das verstehen sollte. Vielleicht hatte er sich irgendeine Art Anmaßung zuschulden kommen lassen. Aber wie in aller Welt sollte er den Mann nennen? Schließlich war er doch ihr Ehemann. Die Vorstellung war ihm unangenehm, weil der Mann sich in einer besonders unvernünftigen und widerwärtigen Manier so feindselig gegen ihn benommen hatte. Zugleich war er sich bewußt, daß diese Feindschaft ihn völlig kalt ließ und daß ihm an seiner Freundschaft ebenso wenig gelegen war. Und plötzlich überkam ihn eine starke Verärgerung.

»Ja, den Herrn meine ich natürlich«, sagte er in verächtlichem Ton. »Ich mag den Namen nicht gerade sehr gern, und ich möchte nicht mehr über ihn reden, als nötig ist. Wenn er nicht Ihr Mann wäre, hätte ich mir sein Benehmen nicht eine Stunde lang gefallen lassen. Wissen Sie, was ihm passiert wäre, wenn er nicht Ihr Mann gewesen wäre?«

»Nein«, sagte Mrs. Travers. »Wissen Sie's, Kapitän Lingard?«

»Na, genau weiß ich's auch nicht«, gab er zu. »Jedenfalls etwas, was ihm recht unangenehm gewesen wäre.«

»Während ihm dies hier natürlich sehr angenehm ist«, bemerkte sie. Lingard ließ ein kurzes Lachen hören.

»Ich glaube nicht, daß ich imstande bin, etwas zu tun, was ihm angenehm ist«, sagte er, wieder ernst werdend. »Verzeihen Sie, Mrs. Travers, wenn ich offen zu Ihnen spreche, aber er macht es mir manchmal sehr schwer, höflich zu bleiben. Was ich mir auch im Leben alles habe gefallen lassen müssen, Verachtung ist es nie gewesen.«

»Das will ich gern glauben«, sagte Mrs. Travers. »Nennen Ihre Freunde Sie nicht König Tom?«

»Keiner, an dem mir was liegt. Ich habe keine Freunde. Ach ja, so nennen sie mich ...«

»Sie haben keine Freunde?«

»Ich? Nein«, sagte er entschieden. »Ein Mann wie ich hat keine Kameraden.«

»Das ist schon möglich«, murmelte Mrs. Travers für sich.

»Nein, nicht einmal Jörgenson. Dieser alte verrückte Jörgenson. Er nennt mich auch König Tom. Da sehen Sie, was das wert ist.«
»Ja, das sehe ich. Oder vielmehr, ich hab's gehört. Der arme Mensch hat doch keine Kraft mehr, und davon hängt doch so viel ab. Wenn ich nun ab und zu, wenn wir unter uns sind, König Tom zu Ihnen sagte«, schlug Mrs. Travers' Stimme vor, von ferne herübertastend wie ein Versuch, aus der Nacht, in der ihre Gestalt in farbloser Unbestimmtheit erschien.
Sie wartete schweigend, die Ellbogen auf der Reling und das Gesicht in den Händen, als hätte sie das Gesagte bereits vergessen. Dann hörte sie an ihrer Seite seine tiefe Stimme murmeln: »Lassen Sie mich hören, wie es aus Ihrem Munde klingt.« Sie rührte sich nicht im geringsten. Auf der düsteren Lagune funkelte schwach die Spiegelung der Sterne.
»O ja, Sie sollen es von mir hören«, sprach sie in den von Sternen erhellten Weltraum hinein, mit einer gleichmäßig weichen Stimme, die sich kaum merkbar änderte, als sie fortfuhr: »Ich hoffe, Sie werden es niemals bereuen, daß Sie aus Ihrer freundlosen Einsamkeit herauskamen, um mit mir zu sprechen, König Tom. Wie lange ist das schon her, wieviel Tage! Und jetzt ist wieder ein Tag vergangen. Sagen Sie, wieviele Tage werden noch vergehen müssen? Oh, diese grell blendenden Tage und diese lautlosen Nächte.«
»Haben Sie Geduld«, murmelte er. »Sie können von mir nicht das Unmögliche verlangen.«
»Woher wissen Sie oder ich, was möglich ist?« flüsterte sie mit seltsamem Hohn in der Stimme. »Sie wagen nicht einmal, es zu erraten. Aber ich kann Ihnen sagen, daß mir jeder weitere Tag noch unerträglicher als der vorige wird.«
Die Leidenschaftlichkeit dieses Flüsterns traf ihn wie ein Dolchstich ins Herz. »Was soll ich Ihnen sagen?« murmelte er wie in Verzweiflung. »Bedenken Sie, daß mit jedem Sonnenuntergang wieder ein Tag vergangen ist. Glauben Sie vielleicht, ich möchte Sie hier festhalten?«
Ein leises bitteres Lachen verflatterte im Sternenlicht. Mrs. Travers hörte, wie Lingard plötzlich von ihrer Seite fortging. Sie änderte ihre Haltung nicht um Haaresbreite. Gleich darauf hörte sie d'Alcacer aus dem Käfig kommen. Seine kultivierte Stimme fragte halb scherzhaft: »Hatten Sie eine angenehme Unterhaltung? Kann man etwas davon erfahren?«

»Mr. d'Alcacer, Sie sind neugierig.«
»Nun, ich muß gestehen, in unserer Lage... An wen sonst sollen wir uns halten, wenn nicht an Sie, müssen Sie bedenken.«
»Sie wollen wissen, worüber wir uns unterhielten«, sagte Mrs. Travers, die jetzt langsam ihre Stellung änderte, so daß sie schließlich d'Alcacer in das fast unkenntliche Gesicht blickte. »Nun gut, also, wir sprachen über Opern, über Realitäten und Illusionen der Bühne, von Kostümen, über Eigennamen und dergleichen.«
»Also über nichts von Bedeutung«, sagte er höflich. Mrs. Travers wollte gehen, und er trat beiseite. Im Käfig waren zwei Malaien damit beschäftigt, Laternen aufzuhängen, deren Licht auf den Kopf des in seinem Sessel sitzenden Mr. Travers fiel. Als sie alle zur Abendmahlzeit versammelt waren, schlenderte Jörgenson herbei, wie gewöhnlich aus dem Nichts auftauchend, und kündigte, durch den Gaze-Vorhang sprechend an, Kapitän Lingard lasse sich entschuldigen, er werde sich heute abend der Gesellschaft nicht anschließen. Dann schlenderte er wieder weg. Von diesem Augenblick an, bis sie vom Tisch aufstanden und die Feldbetten herbeigebracht wurden, wurden von den Teilnehmern der Mahlzeit im Netz keine zwanzig Worte gewechselt. Die Seltsamkeit ihrer Lage erschwerte alle Versuche, Gedanken auszutauschen; und abgesehen davon hing ein jeder Gedanken nach, die den anderen mitzuteilen völlig nutzlos gewesen wäre. Mr. Travers hatte sich ganz dem Gefühl überlassen, beleidigt worden zu sein. Innerlich brütete er nicht so sehr, er rieb sich vielmehr auf an einer stummen, verzweifelten Wut. Die Unmöglichkeit, sich in irgendeiner Weise durchzusetzen, vergiftete seine Seele. D'Alcacer war äußerst verwirrt. In gewissem Sinne vielleicht ebenso sehr wie Jörgenson dem Leben der Menschen abgewandt, nahm er doch ein vernünftiges Interesse an dem Verlauf der Ereignisse und hatte den Sinn für Selbsterhaltung noch nicht ganz verloren. Er war zwar nicht imstande, die Lage genau zu beurteilen, aber er gehörte durchaus nicht zu den Menschen, die in jeder Lage und unter allen Umständen völlig im Dunkeln tappen. Ohne selbst humorvoll zu sein, hatte er doch viel Sinn für Humor. Seine Gewohnheit, freundlich zu lächeln, war der wahre Ausdruck seiner Seele. Mehr Europäer als Spanier, besaß er die wahrhaft aristokratische Natur, die geneigt ist, jedem ehrlichen Men-

schen etwas von der eigenen noblen Gesinnung zuzutrauen, und deren Urteil frei von jedem Klassengeist ist. Er hielt Lingard für einen ehrlichen Mann und dachte nicht daran, ihn einer Klasse zuzuordnen; er sah in ihm einen interessanten Charakter. Die Persönlichkeit und die Haltung dieses Seemanns erweckten in ihm eine Art Hochachtung, auch schätzte er an ihm die Distinktion, zu keinem Typus zu gehören: Lingard war ein Sonderfall, der nur nach seinem Eigenwert beurteilt werden durfte. Mit seiner natürlichen Gabe der Einsicht sagte sich d'Alcacer, daß viele der seefahrenden Abenteurer der Geschichte wahrscheinlich weniger wertvoll waren, einfach weil sie weniger redlich gewesen sein mußten. Indessen teilte er diese Gedanken Mrs. Travers nicht ausdrücklich mit. Er vermied es sogar, mit Mrs. Travers über Lingard zu sprechen, weil sie, wie er glaubte, intelligent genug war, auch ohne Worte zu verstehen, was seine Haltung besagen wollte. Es war die Haltung eines Gebildeten, Mrs. Travers war selbst ein gebildeter Mensch, und sie brauchten über die verschiedenen Aspekte dieses Abenteuers keine Worte zu verlieren. Überdies schien sie selbst jeder Gelegenheit, über Lingards Rolle in ihrem Schicksal zu sprechen, aus dem Wege zu gehen. D'Alcacer war klug genug, gewahr zu werden, daß die beiden einander auf eine Weise zu verstehen schienen, die nicht einmal ihnen selbst ganz klar war. Jedesmal, wenn er sie zusammen sah, war er stark versucht, sie zu beobachten. Und er gab dieser Versuchung nach. Die Tatsache, daß das Leben von der Entwicklung eines Geschehens abhängt, dessen Hintergründe man nicht kennt, rechtfertigt es, den Rahmen des Erlaubten etwas weiter zu spannen. Er hatte die beiden mehrmals miteinander sprechen sehen, offen oder abseits, und in ihrer Art, zusammenzukommen, in ihrer Haltung, in ihrer Art sich zu trennen, lag etwas Besonderes und Charakteristisches, etwas, das nur ihnen beiden gemeinsam war, als ob sie für einander geschaffen wären.

Nur konnte er nicht begreifen, warum Mrs. Travers seine natürliche Neugierde hinsichtlich ihres letzten Gesprächs mit dem ›Mann des Schicksals‹ mit der unglaubhaften Behauptung abfertigen zu müssen glaubte, sie hätten sich über Kleider, Opern und Personennamen unterhalten. Das konnte er nicht ernstnehmen. Sie hätte sich, meinte er, etwas Plausibleres ausdenken können; oder sie hätte ihm einfach sagen können, daß er das Besprochene nicht erfahren dürfe. Sie hätte wissen sollen, daß er das keineswegs übelgenommen hätte. Hatte sie etwa nicht schon bemerkt, daß er den Anschein des Geheimnisvollen in ihrer Beziehung zu jenem Mann bedingungslos respektierte, als ob es von aller Dinge Anfang her vorbestimmt gewesen wäre. Aber er war nicht etwa verärgert über Mrs. Travers. Schließlich mochte das alles wahr sein. Sie mochte reden, ganz wie sie wollte, auch Unglaubliches, wenn es ihr so gefiel, um den Mann dahin zu bringen, daß er an ihren Lippen hing. Und ebenso war sie imstande, den Mann aus einfachen oder verwickelten Gründen dahin zu bringen, über alles mögliche zu reden. Opern! Kostüme! Ja – warum nicht über Shakespeare und Glasharfen! Bloß um einer Laune willen oder auch aus tiefgründiger Absicht. So waren Frauen nun einmal, wenn sie ihres Namens wert waren. Sie waren überhaupt wunderbar. Sie zeigten sich jeder Gelegenheit gewachsen und manchmal noch mehr als das, wenn es sich um Dinge handelte, die sich als komisch oder tragisch (wie es gerade kam) herausstellten, aber im allgemeinen selbst dem arglosen Zuschauer als beunruhigend erscheinen mußten. Dergleichen ging d'Alcacer durch den Kopf, ohne ihm Bitterkeit oder auch nur Ironie zu erregen. Wenn er auch halb und halb im Rufe stand, in einer Welt kleinlicher Intrigen eine große Passion gehabt zu haben, mochte er doch alle Frauen gern. Er mochte sie, ob sie nun gefühlvoll oder hart waren, er schätzte den tragischen Charakter ihrer törichten und ihrer klugen Impulse, die er mit einer Art zärtlicher Besorgnis betrachtete.

Er hatte keine günstige Ansicht von der Lage, faßte aber Mrs. Travers' Aussage über Opern und Kostüme als einen Wink auf, das Thema nicht zu berühren. Deshalb verhielt er sich während der Mahlzeit schweigend.

Als der Tisch abgeräumt war, schlenderte er auf Mrs. Travers zu und bemerkte sehr ruhig: »Ich glaube, es war ein guter Einfall von dem ›Mann des Schicksals‹, sich heute abend von der Mahlzeit fernzuhalten. Wir speisten wie die Kartäusermönche.«

»Meinen Sie damit unsere Schweigsamkeit?«

»Die war ja geradezu unverbrüchlich. Wenn wir für immer ein Gelübde abgelegt hätten, besser hätten wir es nicht halten können.«

»Hat es Sie vielleicht gelangweilt?«

»*Pas du tout*«, versicherte d'Alcacer mit würdevollem Ernst. »Ich empfand eigentlich gar nichts. Ich saß da, in einer Art seliger Gedankenlosigkeit. Ich glaube, ich war von uns dreien der glücklichste. Es sei denn, daß auch Sie, Mrs. Travers ...«

»Es ist absolut zwecklos, mir meine Gedanken entlocken zu wollen, Mr. d'Alcacer. Sie wären entsetzt, wenn ich Ihnen einen Einblick erlaubte.«

»Gedanken sind in Wirklichkeit nur Gestalt gewordene Empfindungen. Ich darf Sie zu der unbewegten Maske beglückwünschen, hinter der Sie in Ihrem Innern die schrecklichen Dinge verbergen. Es war unmöglich, Ihrer Miene irgend etwas zu entnehmen.«

»Sie haben immer etwas Schmeichelhaftes zu sagen.«

»Madame, meine Schmeicheleien kommen immer aus Herzensgrund. Ich habe es schon seit langem aufgegeben, zu gefallen. Und ich versuchte auch nicht, hinter Ihre Gedanken zu kommen. Wie dem auch sei, was Sie auch immer von mir erwarten, auf meinen absoluten Respekt vor dem, was nur Sie persönlich angeht, können Sie sich verlassen. Aber ich glaube, mit einer solchen Maske, wie Sie sie aufsetzen können, ist Ihnen das ganz gleichgültig. Der ›Mann des Schicksals‹, wie ich bemerkt habe, kann das nicht annähernd so gut wie Sie.«

»Was für eine anspruchsvolle Bezeichnung. Nennen Sie ihn auch so, wenn Sie mit ihm sprechen, Mr. d'Alcacer?«

»Nein, so dreist bin ich nicht«, gestand d'Alcacer gleichmütig. »Und außerdem ist der Name für den täglichen Gebrauch zu bedeutend. Auch ist Lingard so einfach, daß er ihn mißverstehen könnte, als einen Witz, und nichts könnte mir fernerliegen als das. Mrs. Travers, ich will Ihnen gestehen, daß ich nicht im geringsten zum Scherzen aufgelegt bin. Aber was kann er von Leuten unserer Art wissen? Und wenn ich bedenke, wie wenig wir von einem Menschen seiner Art wissen, dann bin ich ganz zufrieden, ihn als Kapitän Lingard anzusprechen. Das klingt so alltäglich und beruhigend und ist höchst ehrbar und befriedigend, denn Kapitän ist der nichtssagendste aller Titel. Was ist denn ein Kapitän? Kapitän kann sich jeder nennen; und für Lingard ist das nur eine Bezeichnung unter anderen. Dagegen kommt ihm eine besonders spezielle, bedeutsame und ausdrucksvolle Bezeichnung zu, etwas, was zu seiner Persönlichkeit paßt, dieser einfachen und romantischen Persönlichkeit.«

Er gewahrte, daß Mrs. Travers ihn gespannt ansah. Darauf wandten sie die Augen wieder hastig voneinander ab.
»Er würde es gern hören, daß Sie eine so gute Meinung von ihm haben«, bemerkte Mrs. Travers lässig.
»Ich fürchte, er würde sie verachten.«
»Verachten! Aber so etwas ist für ihn geradezu der Atem zum Leben.«
»Sie scheinen ihn gut zu verstehen, Mrs. Travers. Frauen haben eine besondere Fähigkeit des Verstehens. Ich meine für Dinge, die sie interessieren; denn wenn ihre Einbildungskraft erregt wird, haben sie keine Angst davor, ihr freien Lauf zu lassen. Ein Mann hegt sehr viel mehr Mißtrauen gegen sich selbst, aber Frauen sind von Natur viel unbedenklicher. Unter dem Schutz von Geheimnis und Dunkelheit wagen sie sich immer weiter vor, und je größer das Dunkel, das sie erforschen wollen, ist, desto größer ist ihr Mut.«
»Wollen Sie im Ernst damit sagen, daß Sie in mir ein Geschöpf der Dunkelheit sehen?«
»Ich sprach im allgemeinen«, protestierte d'Alcacer. »Alles andere wäre eine Anmaßung gewesen. Ja, Dunkelheit ist die beste Freundin der Frauen. Ihr Wagemut liebt das Dunkle; aber ein plötzlicher Lichtblitz setzt sie in Verlegenheit. Allgemein gesprochen: wenn sie auch nicht ganz an die Wahrheit herankommen, so bringen sie es doch immer fertig, in ihre Nähe zu gelangen.«
Mrs. Travers hatte mit schweigender Aufmerksamkeit zugehört und schwieg noch eine ganze Weile, nachdem d'Alcacer aufgehört hatte zu sprechen. Endlich sagte sie in unbekümmertem Ton, was dieses Thema angehe, so habe sie es bei einigen Gelegenheiten bestätigt gefunden. Ihr selbstbeherrschter Partner konnte noch gerade eine Regung wirklicher Neugierde unter dem Anschein konventionellen Interesses verdecken. »Tatsächlich?« rief er höflich aus. »Eine besondere Gelegenheit. Wie haben Sie es fertiggebracht, sie zu schaffen?« Das war zuviel für Mrs. Travers. »Ich! Sie schaffen!« rief sie entrüstet, aber gedämpften Tones. »Wie in aller Welt, denken Sie, soll ich das gemacht haben?«
Sie hörte, wie d'Alcacer, als ob er mit sich selbst spräche, unbeeindruckt murmelte, Frauen wüßten in der Tat selten, wie sie es »gemacht« hätten, worauf Mrs. Travers in müdem Tonfall bemerkte, keine zwei Männer wären auf dieselbe Art

begriffsstutzig. Dem konnte Mr. d'Alcacer ohne weiteres zustimmen. »Ja, unsere Gattung ist entschieden mannigfaltiger. Und das gereicht uns, von einem gewissen Standpunkt aus gesehen, deutlich zu unserem Vorteil. Wir interessieren ... Nicht, daß ich mir einbilde, für Sie besonders interessant zu sein, Mrs. Travers. Aber wie steht es mit dem ›Mann des Schicksals‹?«

»O ja«, hauchte Mrs. Travers.

»Aha! Außerordentlich sogar!« sagte d'Alcacer in einem Ton geheimnisvollen Einverständnisses. »War er denn so kolossal begriffsstutzig?«

»Wenn er's war, so im Zusammenhang mit großen Visionen, die in keiner Weise unbedeutend sind und für ihn eine ganze Welt bedeuten.«

»Das hab' ich mir gedacht«, knurrte d'Alcacer zu sich selbst. »Aber das ist, nicht wahr, Mrs. Travers, für mich durchaus keine gute Neuigkeit. Eine Traumwelt, wie? Das ist schlimm, es ist sehr gefährlich, beinahe verhängnisvoll, Mrs. Travers.«

»Aber warum diese Bestürzung? Was haben Sie gegen eine Traumwelt einzuwenden?«

»Weil mir die Aussicht mißfällt, von diesen Mohren geopfert zu werden. Ich bin nicht so ein Optimist wie unser Freund da«, fuhr er leise fort, in Richtung des unglückseligen Mr. Travers nickend, der in seinem Sessel kauerte. »Ich betrachte dies alles nicht als ein Possenspiel, und ich habe in mir eine starke Abneigung dagegen entdeckt, mir von diesen prachtvollen Wilden nach vielen überflüssigen Reden den Hals abschneiden zu lassen. Fragen Sie mich nicht, warum, Mrs. Travers. Meinetwegen schreiben Sie es einer absurden Schwäche zu.«

Mrs. Travers regte sich ein wenig in ihrem Korbsessel und hob die Hände zum Kopf, und im schwachen Licht der Laternen sah d'Alcacer die Masse ihres hellschimmernden Haares herab- und über ihre Schultern fallen. Sie ergriff die eine Hälfte mit Händen, die sehr weiß aussahen, und den Kopf ein wenig geneigt, begann sie, einen Zopf zu flechten.

»Sie jagen mir einen Schrecken ein«, sagte er, nachdem er ihren Fingern eine Weile zugesehen hatte.

»Ja ...?« sagte sie mit fragender Betonung.

»Sie haben das Furcht-Erweckende derer, die ein Schicksal zu erwarten haben. Auch Sie werden den Träumen geopfert werden.«

»Nun, aber nicht den Träumen der Mohren«, äußerte sie ruhig, indem sie begann, die andere Hälfte des Haars zum Zopf zu flechten. D'Alcacer verfolgte ihr Tun bis zum Ende. Dicht neben ihr gab ihr Schatten die kleinsten Bewegungen auf der Gaze getreulich wieder. D'Alcacer wandte die Augen ab. »Nein! Keiner der Barbaren wird Sie anrühren. Denn wenn es so weit kommt, würde *er*, glaube ich, imstande sein, Sie mit eigener Hand zu töten.«

Eine volle Minute verging, ehe er den Mut fand, einen verstohlenen Blick auf sie zu werfen. Sie saß wieder zurückgelehnt, die Hände waren ihr wieder in den Schoß gefallen, und ihr Kopf, mit den zu beiden Seiten des Gesichts aufgesteckten Zöpfen, ihr Kopf, unglaublich verändert, an etwas Mittelalterlich-Asketisches erinnernd, sank ihr träumerisch auf die Brust. D'Alcacer wartete angehaltenen Atems. Sie rührte sich nicht. Im leichten Schimmern der juwelenbesetzten Klammern, im schwachen Glanz der Goldstickereien und der Seide sah sie aus wie eine Gestalt auf einem verblichenen Gemälde. Nur ihr Hals erschien blendend weiß in dem rauchigen Rot der Beleuchtung. D'Alcacers Bewunderung war nahe daran, in ehrfürchtige Scheu überzugehen. Er war gerade im Begriff, sich still zu entfernen, als Mrs. Travers, ohne sich im geringsten zu rühren, ihn die Worte hören ließ: »Ich habe ihm gesagt, daß mir jeder weitere Tag noch unerträglicher als der vorige wird. Sehen Sie denn nicht, wie unmöglich all das ist?«

D'Alcacer warf einen raschen Blick in den Käfig, wo Mr. Travers zusammengekauert zu schlafen schien und so struppig aussah wie ein kranker Vogel. Nichts von ihm war deutlich zu sehen als der kahle Fleck auf seinem Schädel.

»Ja«, murmelte er, »das ist ein unglückseliger Zustand ... Ich verstehe Ihre Besorgnis, Mrs. Travers, aber ...«

»Ich habe Angst«, sagte sie.

Er dachte einen Augenblick nach. »Was für eine Antwort bekamen Sie?« fragte er leise.

»Die Antwort war: Geduld.«

D'Alcacer lachte kurz auf. »Sie haben gut lachen«, murmelte Mrs. Travers gequält. »Deshalb lachte ich ja eben«, flüsterte er. »Geduld! Begriff er denn nicht, wie grauenhaft das ist?« – »Ich weiß nicht. Er ging weg«, sagte Mrs. Travers. Sie starrte, ohne sich zu rühren, auf ihre Hände, die sie im Schoß gefaltet hielt, und dann brach es aus ihr heraus: »Mr. d'Alcacer, was wird geschehen?« – »Aha, endlich kommen Sie selbst darauf, diese Frage aufzuwerfen. *Das* wird geschehen, was nicht zu vermeiden ist, und vielleicht wissen Sie am besten, was das ist.« – »Nein. Ich frage mich immer noch, was er tun wird.« – »Ja, darüber kann ich nichts sagen«, erklärte d'Alcacer. »Ich kann Ihnen nicht sagen, was er tun wird, aber ich weiß, was ihm geschehen wird.« – »Ihm, sagen Sie! Ihm!« rief sie – »Das Herz wird ihm brechen«, sagte d'Alcacer klar und deutlich, wobei er sich etwas über den Sessel lehnte; die eigene Kühnheit verschlug ihm ein wenig den Atem. Er wartete.

»*Croyez-vous?*« ließ sich Mrs. Travers endlich in einem so kühl-matten Ton vernehmen, daß d'Alcacer verspürte, wie ihm ein Schauder über den Rücken lief.

War es möglich, war sie wirklich so geartet, fragte er sich, daß sie nichts in der Welt beachtete als sich selbst? Hatte sie nicht das geringste Mitgefühl für andere? Der Dummheit konnte er Mrs. Travers nicht verdächtigen; aber sie mochte am Ende herzlos sein und wie manche Frauen ihrer Gesellschaftsschicht völlig unfähig, irgendwelche Empfindungen außer den eigenen zu erkennen. D'Alcacer war entsetzt und zugleich war er erleichtert, weil er sich selbst gestand, daß er sich sehr weit vorgewagt hatte. Immerhin war sie nicht kleinlich, nicht gewöhnlich genug, um beleidigt zu sein. Kleinlicher Gemeinheit war sie nicht unterworfen. Der Gedanke gefiel d'Alcacer wieder, der sich selbst dazu erzogen hatte, von den Leuten nicht zuviel zu erwarten. Aber wie er sich nun verhalten sollte, das wußte er nicht. Nach dem, was er zu sagen gewagt, und nach der Art, wie sie seine Kühnheit aufgenommen hatte, blieb nichts anderes übrig, als das Thema zu wechseln. Mrs. Travers blieb vollkommen ruhig. ›Ich werde so tun, als ob ich glaubte, sie schliefe‹, dachte er und überlegte, ob er sich nicht auf Zehenspitzen zurückziehen sollte.

Er wußte nicht, daß es Mrs. Travers einfach darum ging, ihre volle Selbstbeherrschung wiederzugewinnen. Seine Worte hatten ihr einen furchtbaren Schlag versetzt. Sie hatte gerade noch dieses abwehrende »*Croyez-vous?*« zustande gebracht, das ihr über die Lippen glitt, so kalt und schwach wie in einem letzten Aufwand dahinschwindender Kraft; aber dann erstarrte sie in Sprachlosigkeit. Gelähmt vor Erregung dachte sie: ›D'Alcacer hat es gesehen! Wieviel mehr hat er noch sehen können?‹

Sie fragte sich das nicht aus Angst oder Scham, sondern im Gefühl völliger Resignation. Der Schlag hatte schließlich ein Gefühl des Friedens bewirkt. Eine warme Glut durchströmte ihre Glieder. Hätte d'Alcacer ihr bei dem rauchigen Licht ins Gesicht gesehen, er hätte auf ihren Lippen ein fatalistisches Lächeln kommen und verschwinden sehen. Aber d'Alcacer kam es nicht in den Sinn, dergleichen zu tun, und außerdem wurde seine Aufmerksamkeit gerade in diesem Augenblick in eine andere Richtung gelenkt. Er hatte halblaute Zurufe gehört, er hatte bemerkt, daß an Deck der *Emma* etwas im Gange war, und hatte sogar außerhalb des Schiffs eine Art Lärm vernommen.

»Das sind ja sonderbare Geräusche«, sagte er.

»Ja, ich höre«, murmelte Mrs. Travers beunruhigt.

Undeutliche Gestalten glitten außerhalb des Käfigs hin und her, lautlos, offenbar auf bloßen Füßen, und flüsterten unverständliche malaiische Worte.

»Es scheint, als sei ein Boot längsseits gekommen«, bemerkte d'Alcacer, gespannt lauschend. »Ich möchte wissen, was das bedeutet. In unserer Lage ...«

»Es kann alles mögliche bedeuten«, unterbrach ihn Mrs. Travers.

»Jaffir ist hier«, sagte eine Stimme in der Dunkelheit am Achterende des Schiffs. Dann waren noch einige Worte zu hören, aus denen d'Alcacers aufmerksames Ohr das Wort *»surat«* auffing.

»Irgendeine Botschaft ist gekommen«, sagte er. »Sie werden Kapitän Lingard rufen. Ich hätte gern gewußt, welche Gedanken oder welche Träume dieser Ruf unterbrechen wird.« Er sprach leichthin und sah jetzt Mrs. Travers an, die nun eine andere Haltung im Sessel einnahm, und wer die beiden so hörte und sah, hätte denken mögen, sie befänden sich an Bord der Jacht auf einer Seereise in völliger Sicherheit. »Ihnen wird man es natürlich bald mitteilen. Fühlen Sie sich nicht ein bißchen aufgeregt, Mrs. Travers?«

»Ich bin erst kürzlich zur Geduld ermahnt worden«, sagte sie in demselben leichten Ton. »Ich kann also warten und ich denke, ich werde bis zum Morgen zu warten haben.«

»Es kann noch nicht sehr spät sein«, sagte er. »Bei uns steht die Zeit schon seit langem still. Und doch kann dies die Stunde der Entscheidung sein.«

»Ist es das, was Sie gerade jetzt in diesem Augenblick empfinden?«
»Ich empfinde das schon seit ziemlich vielen Augenblicken. Zuerst war es aufregend. Jetzt bin ich nur noch mäßig besorgt. Ich habe die Zeit benutzt, mein ganzes vergangenes Leben durchzugehen.«
»Kann man das wirklich?«
»Ja. Ich kann nicht einmal sagen, daß ich mich dabei zum Sterben gelangweilt habe. Ich bin, wie Sie sehen, noch am Leben; aber ich bin fertig damit, und jetzt habe ich völlig das Gefühl, nichts mehr zu tun zu haben. Nur noch eins gibt es, was ich gern tun möchte. Ich möchte ein paar Worte finden, die Ihnen meine Dankbarkeit dafür ausdrücken könnten, daß Sie früher zu der Zeit, als ich Sie in London so oft besuchen durfte, so liebenswürdig zu mir waren. Ich hatte immer das Gefühl, daß Sie mich so nahmen, wie ich war, und das so freundlich, daß ich oft geneigt war, eine bessere Meinung von mir zu haben. Aber ich fürchte, ich langweile sie, Mrs. Travers.«
»Ich kann Ihnen versichern, daß Sie das niemals getan haben – damals in den vergangenen Tagen. Und jetzt in diesem Augenblick bitte ich Sie dringend, mich nicht allein zu lassen. Bitte, bleiben Sie bei mir. Wir brauchen zu dieser frühen Stunde ja nicht so zu tun, als ob wir schläfrig wären.«
D'Alcacer holte einen Schemel, stellte ihn nahe an den Sessel und ließ sich darauf nieder. »O ja, möglicherweise kommt jetzt die Stunde des Schicksals«, sagte er. »Ich habe übrigens eine Bitte, Mrs. Travers. Ich fordere Sie natürlich nicht auf, mir etwas zu verraten. Was hätte das auch für einen Zweck? Der Ausgang der Sache, wenn es so weit ist, wird klar genug sein. Aber ich möchte gern eine Warnung erhalten, irgendein Zeichen, das mir Zeit gibt, mich zusammenzunehmen, mich sozusagen zu fassen. Ich möchte, daß Sie mir versprechen, mir das Zeichen zu geben, wenn die Waagschale zu unseren Ungunsten ausschlägt. Sie könnten zum Beispiel, wenn ich Sie anblicke, bei der Gelegenheit die linke Hand an die Stirn legen, so etwa. Das ist eine Geste, die ich noch nie bei Ihnen gesehen habe, und so ...«
»Jörgenson!« Man hörte Lingards Stimme im Vorschiff, wo plötzlich eine Laterne auftauchte. Dann, nach einer Pause, war wieder Lingards Stimme zu hören: »Hier!«
Dann folgte ein minutenlanges Schweigen. Mrs. Travers, in

ihrem Korbsessel lehnend, und d'Alcacer, der auf seinem Schemel saß, warteten regungslos, ohne ein Wort zu wechseln. Plötzlich vernahm Mrs. Travers in all dem halblauten Gemurmel und der Bewegung auf dem dunklen Deck der *Emma* einen festen Schritt, und Lingard, eine Laterne in der Hand, erschien vor dem Gaze-Käfig.

»Wollen Sie bitte herauskommen und mit mir sprechen?« sagte er laut. »Nicht Sie. Die Dame«, setzte er in befehlendem Tone hinzu, als d'Alcacer sich hastig erhob. »Ich möchte Mrs. Travers sprechen.«

»Selbstverständlich«, murmelte d'Alcacer zu sich selbst, und als er die Tür des Käfigs öffnete, um Mrs. Travers hindurchschlüpfen zu lassen, flüsterte er ihr zu: »Dies *ist* die Stunde des Schicksals.«

Sie streifte ihn, als sie schnell an ihm vorbei hinauslief, aber sie gab kein Zeichen, daß sie die Worte verstanden hatte. Auf dem Achterdeck zwischen dem Käfig und dem Deckhaus wartete Lingard, die Laterne in der Hand. Sonst war niemand zu sehen; aber d'Alcacer spürte in der Luft die Anwesenheit schweigender und erregter Wesen, die sich außerhalb des Lichtkreises aufhielten. Lingard hob die Laterne, als Mrs. Travers herankam, und d'Alcacer hörte ihn sagen: »Ich habe eine Nachricht bekommen, die auch Sie erfahren sollten. Wir wollen ins Deckhaus gehen.«

D'Alcacer gewahrte ihre von der erhobenen Laterne beleuchteten Köpfe, die inmitten der sie umgebenden tiefen Schatten wie eine erstaunliche und symbolische Vision wirkten. Er hörte, wie Mrs. Travers sagte: »Ich möchte Ihre Nachricht lieber nicht hören«, in einem Ton, daß der feinfühlige Beobachter vor Verwunderung die Lippen zusammenpreßte. Er dachte, sie sei erschöpft, die Situation habe ihren Nerven zuviel zugemutet. Aber sie hatte nicht in dem Tonfall eines Menschen gesprochen, der sich ängstigt. Es fuhr ihm durch den Sinn, daß sie einfach nur befangen sei, und gebot seinen Mutmaßungen Einhalt. Dieser Frauenfreund blieb selbst in seinen Gedanken diskret. Er trat wieder in den Käfig zurück und war nicht weiter verwundert, als Mrs. Travers Lingard in das Deckhaus folgte.

IV

Lingard stellte die Laterne auf den Tisch. Ihr Licht war sehr kümmerlich. Er ließ sich schwer auf die Seekiste fallen. Auch er war offensichtlich übermüdet. Sein Flanellhemd war am Halse offen. Um die Hüften trug er einen breiten Gürtel, und er hatte keine Jacke an. Vor ihm stand Mrs. Travers, aufrecht und groß. In ihrem bunten exotischen Kostüm aus Baumwolle und Seide, mit dem Kopftuch, dessen Enden vorn herabhingen und ihr bleiches Gesicht einrahmten, aus dem die Augen dunkel glühten, sah sie seltsam prächtig aus.

Er sagte: »Wollen auch Sie mich im Stich lassen? Ich sage Ihnen, Sie können das jetzt nicht tun.«

»Ich dachte nicht daran, Sie im Stich zu lassen, aber ich weiß ja nicht einmal, was Sie meinen. Es scheint immer nur Dinge zu geben, die ich nicht tun kann. Würden Sie mir nicht lieber einmal sagen, was ich tun kann? Haben Sie überhaupt selbst eine Vorstellung davon, was Sie von mir wollen?«

»Sie können mich Sie anschauen lassen. Sie können mir zuhören. Sie können mit mir sprechen.«

»Offen gesagt, bis jetzt habe ich mich nicht geweigert, alles das zu tun, wann immer Sie es wünschten. Sie haben mich hierher gebracht...«

»Ich! Hierher gebracht!« rief Lingard.

»Ach so, nein. Ich selbst wollte es so«, sagte sie ruhig. »Ich muß damals geträumt haben, daß Sie es waren, der im Dunkel der Nacht zu mir kam, um mir sein unglaubliches Leben zu erzählen. Hätte ich Sie wegschicken können?«

»Ich wünschte, Sie hätten es getan. Warum taten Sie's nicht?«

»Wollen Sie etwa von mir hören, Sie wären unwiderstehlich gewesen? Wie hätte ich Sie wegschicken können? Aber Sie! Was veranlaßte Sie, zu mir zurückzukommen und Ihr Herz auszuschütten?«

Lingard antwortete darauf erst nach einiger Zeit; er sprach in abgerissenen Sätzen. »Es ging mir andauernd im Kopf herum. Ich war beleidigt worden. Ich dachte an Sie alle nicht wie an vornehme Damen und Herren. Ich dachte an Sie wie an Leute, deren Leben in meiner Hand lag. Wie hätte ich Sie vergessen können in meinen eigenen Ungelegenheiten? Als ich an Bord meiner Brigg zurückkehrte, konnte ich Ihr Gesicht nicht mehr vergessen. Ich weiß nicht warum. Ich habe Sie nicht mehr angesehen als andere auf der Jacht. Die ganze Zeit hatte ich mich selbst beherrscht, um nicht meinem Zorn freien Lauf und sie alle draufgehen zu lassen. Ich wollte nicht roh gegen Ihre Gesellschaft erscheinen, aber ich fand das nicht sehr leicht, denn das einzige Argument, das ich hatte, waren Drohungen. Habe ich Sie beleidigt, Mrs. Travers?«

Sie hatte gespannt und sehr aufmerksam zugehört, fast streng. Und ihre Miene änderte sich nicht im geringsten, als sie sprach: »Ich glaube, Sie haben sich ganz der Stellung entsprechend benommen, die Ihnen nach dem Willen Gottes zugewiesen wurde.«

»Welcher Stellung?« murmelte Lingard für sich. »Ich bin, was ich bin. Sie nennen mich Rajah Laut, König Tom und dergleichen. Ich glaube, Ihnen hat es Spaß gemacht, das zu hören, aber ich kann Ihnen sagen, es ist kein Spaß, wenn man solche Namen angehängt bekommt, selbst wenn es nur zum Spaß geschieht. Und gerade diese Namen haben's in sich, daß diese ganze Geschichte von solcher Wichtigkeit für alle Beteiligten geworden ist.«

Sie stand vor ihm mit unbewegt strengem Gesicht. »Haben Sie mich auf diese erschreckende Manier herausgerufen, nur um mit mir zu streiten?« – »Nein. Aber warum sagen Sie gerade jetzt, daß es Ihrer Ansicht nach weiter nichts als Unverfrorenheit war, wenn ich zu Ihnen kam, weil ich Ihre Hilfe suchte? Na gut, wenn ich Ihrer Würde zu lästig fiel, bitt' ich um Entschuldigung.« – »Sie haben mich falsch verstanden«, sagte Mrs. Travers, ohne einen Augenblick in ihrer nachdenklichen Strenge nachzulassen. »Mir ist noch nie so etwas Schmeichelhaftes passiert, und es wird mir nie wieder passieren. Aber glauben Sie mir, König Tom, Sie haben mir zuviel Ehre erwiesen. Jörgenson hatte ganz recht, wenn er ärgerlich war darüber, daß Sie eine Frau mitgeschleppt haben.« – »Er meinte es nicht so unhöflich«, protestierte Lingard ernstlich. Mrs. Travers lächelte nicht einmal darüber, daß er so eine Frage guter Manieren in eine Atmosphäre der Angst und Spannung einführte, die regelmäßig zwischen ihr und diesem Manne zu entstehen schien, der nun auf der Seekiste saß und den offenen Blick, mit dem er sie ansah, nicht von ihr wenden konnte. Sie blickte ihm so strenge wie zuvor, aber mit gewaltiger Willensanstrengung in die Augen.

»Wie verändert Sie sind«, murmelte er.
Er war ganz in schlichtes Staunen versunken. Sie erschien ihm jetzt voller Rachsucht und gleichsam für immer in einen Stein verwandelt, ungerührt durch seine verwirrenden Gewissensbisse. Für immer. Plötzlich blickte Mrs. Travers sich um und setzte sich in den Rohrsessel. Ihr schwanden die Kräfte, aber sie blieb beherrscht, während sie dasaß, die Arme auf den Lehnen ihres Sessels ruhend. Lingard seufzte tief und ließ die Augen sinken. Sie wagte nicht, sich zu rühren, aus Angst, vollends zusammenzubrechen und eine rückhaltlose, auf dem Grunde ihrer Verzweiflung lauernde Regung zu verraten, den »Mann des Schicksals«, wie d'Alcacer ihn nannte, am Kopf zu packen, diesen einmal an die Brust zu drücken, ihn von sich zu stoßen und dann zu verschwinden, aus dem Leben zu verschwinden wie ein Geist. Der »Mann des Schicksals« saß schweigend und in sich zusammengesunken da, doch ließ er bei aller Niedergeschlagenheit noch ahnen, welche Kraft in ihm schlummerte. ›Wenn ich jetzt nicht spreche‹, sagte sich Mrs. Travers mit großer innerer Ruhe, ›werde ich in Tränen ausbrechen.‹ Laut sagte sie: »Was kann denn geschehen sein? Warum haben Sie mich hier hereingeschleppt? Warum sagen Sie mir nicht, was für eine Nachricht Sie bekommen haben?«
»Ich dachte, Sie wollten es nicht hören. Ich glaube wirklich, Sie wollen's nicht. Was haben Sie überhaupt damit zu tun? Mir scheint, es ist Ihnen völlig gleichgültig, wie ich empfinde, was ich tue und wie ich ende. Ich glaube wahrhaftig, es ist Ihnen sogar egal, wie Sie selbst enden. Ich glaube, Sie haben sich nie um Ihre eigenen Empfindungen und die anderer Leute gekümmert. Nicht, weil ich Sie für hartherzig halte. Ich denke, weil Sie es einfach nicht wissen und nicht wissen wollen und zornig auf das Leben sind.«
Er schwang wegwerfend einen Arm, und jetzt erst bemerkte Mrs. Travers, daß er ein Blatt Papier in der Hand hielt.
»Ist das Ihre Nachricht?« fragte sie, auf das Blatt deutend. »Es fällt einem schwer sich vorzustellen, daß Schreiben in dieser Wildnis überhaupt von Bedeutung sein kann. Und wer in aller Welt könnte Ihnen eine Nachricht auf Papier schicken? Kann ich es einmal sehen? Kann ich es verstehen? Ist es Englisch? Kommen Sie, König Tom, sehen Sie mich nicht so schrecklich an.«
Sie erhob sich plötzlich, nicht in Entrüstung, sondern als

könnte sie es nicht länger ertragen. Die mit Juwelen besetzten Klammern, die goldene Stickerei glitzerten verborgen zwischen den Falten des Gewandes, das ein geheimnisvolles Rascheln hören ließ.

»Ich kann das nicht aushalten«, rief sie. »Ich kann es nicht mehr aushalten, so angestarrt zu werden. Keine Frau könnte das aushalten. Keine Frau ist je so angestarrt worden. Was können Sie an mir sehen? Haß, das könnte ich noch verstehen. Wessen halten Sie mich für fähig?«

»Sie sind ganz außergewöhnlich«, murmelte Lingard, der schon vor diesem Ausbruch seine Selbstbeherrschung wieder gewonnen hatte.

»Nun gut, und Sie sind das aber auch. Das wissen wir nun schon – hier stehen wir beide unter diesem Fluch und müssen zusammen auf alles gefaßt sein, was passieren mag. Aber wer in aller Welt kann Ihnen diesen Brief geschickt haben?«

»Wer?« wiederholte Lingard. »Nun, dieser junge Bursche, der im Dunkeln auf mein Schiff stolperte und eine Bootsladung von Ungelegenheiten mitbrachte, als er in jener ruhigen Nacht in der Karimata-Straße längsseits kam. Die dunkelste Nacht, die ich je erlebt habe. Eine verfluchte Nacht.«

Mrs. Travers biß sich auf die Lippe, wartete ein wenig und fragte dann ruhig: »Was macht er jetzt für Schwierigkeiten?«

»Schwierigkeiten!« rief Lingard. »Er ist ungeheuer zufrieden mit sich selbst, der junge Narr. Sie wissen doch, als Sie ihn an dem Abend, als Sie die Jacht verließen, zu mir schickten, da kam er mit einer geladenen Pistole in der Tasche. Na, und nun hat er's eben getan.«

»Getan?« wiederholte Mrs. Travers verständnislos. »Was hat er denn getan?«

Sie riß Lingard das Blatt Papier aus der Hand. Er ließ es geschehen, und während sie es glättete, kam er heran und stand dicht an ihrer Seite. Sie überflog rasch die ersten Zeilen, dann begann sie ruhig zu lesen. Als sie fertig war, atmete sie einmal schnell und blickte zu Lingard auf. Noch nie waren ihre Gesichter einander so nahe gewesen, und sekundenlang durchströmte sie ein überraschendes, ganz neues Gefühl. Sie blickte weg. »Verstehen Sie, was diese Nachricht bedeutet?« fragte er leise. Mrs. Travers ließ die Hand sinken. »Ja«, sagte sie, ebenso leise. »Der Pakt ist gebrochen.«

Carter hatte seinen Brief ohne jede Einleitung begonnen:

»Mitten in der Nacht sind Sie auf und davon gefahren und haben die Dame mit sich genommen. Sie haben mir keine ausdrücklichen Befehle zurückgelassen. Aber als Seemann hielt ich mich verantwortlich für beide Schiffe, während eine halbe Meile entfernt auf der Sandbank mehr als hundert Seeräuber und Halsabschneider mich so genau beobachteten wie ebenso viele sprungbereite Tiger. Die Tage vergingen, und von Ihnen oder der Dame kein Wort. Die Schiffe allein zu lassen und ins Land zu dringen, um nach Ihnen zu suchen, daran war nicht zu denken, solange all diese Piraten in nächster Nähe lauerten. Versetzen Sie sich doch mal in meine Lage. Können Sie sich meine Besorgnis vorstellen, meine schlaflosen Nächte? Jede Nacht war schlimmer als die Nacht vorher. Und von Ihnen immer noch keine Nachricht. Ich konnte nicht ewig stillsitzen und mir den Kopf über all diese unverständlichen Dinge zerbrechen. Ich bin ein Seemann. Und meine erste Pflicht galt den Schiffen. Ich mußte dieser unmöglichen Situation ein Ende machen, und ich hoffe, Sie werden damit einverstanden sein, daß ich es auf eine seemännische Art und Weise getan habe. An einem nebligen Morgen brachte ich die Brigg näher an die Sandbank, und gleich als es aufklarte, eröffnete ich das Feuer auf die Praus dieser Wilden, die in dem Kanal vor Anker lagen. Zuerst zielten wir zu weit, um den Vagabunden an Bord Gelegenheit zu geben, auszurücken und sich ihren Freunden auf der Sandbank anzuschließen. Ich wollte die Leute ja nicht umbringen. Dann richteten wir das lange Geschütz, und in ungefähr einer Stunde hatten wir den beiden Praus den Boden ausgeschlagen. Die Wilden auf der Sandbank heulten und kreischten bei jedem Schuß. Sie sind natürlich wütend, aber jetzt ist mir das egal, denn nun, da ihre Praus versenkt sind, habe ich sie so harmlos gemacht wie eine Herde Lämmer. Sie brauchen auf ihrer Sandbank nicht zu verhungern, denn sie haben noch zwei oder drei Kanus auf dem Sand liegen, und damit können sie sich und ihre Weiber auf das Festland verfrachten, wann immer sie Lust haben.

Ich denke, ich habe als Seemann gehandelt, und ich habe auch weiterhin die Absicht, als Seemann zu handeln. Jetzt, da ich die Schiffe gesichert habe, werde ich keine Zeit verlieren und versuchen, die Jacht vom Schlick herunterzuholen. Wenn das

erledigt ist, werde ich die Boote bewaffnen und an Land gehen, um nach Ihnen und den Herrschaften von der Jacht zu sehen, und ich werde nicht eher ruhen, als bis ich weiß, daß irgendwer von Ihnen oder alle noch am Leben sind.
Ich hoffe, dies Schreiben wird Sie erreichen. Gerade wie wir mit den Praus fertig waren, kam der Mann, den Sie damals in der Nacht bei Karimata losschickten, um unseren Ersten Offizier anzuhalten, mit unserer ersten Gig im Schlepp vom Westen her herangesegelt. Der Bootsmannschaft geht es gut. Ihr *Serang* sagt mir, er sei ein sehr zuverlässiger Bote, und sein Name sei Jaffir. Er schien es gar nicht abwarten zu können, so bald als möglich zu Ihnen zu kommen. Ich wiederhole, Schiffe und Leute sind jetzt sicher, und ich werde so lange nach Ihnen suchen, bis ich Sie finde, tot oder lebendig.«

»Sie haben schnell erfaßt, was das bedeutet«, sagte Lingard mit dumpfer Stimme, während Mrs. Travers, das Blatt Papier in der Hand, ihm voller Besorgnis ins Gesicht blickte. »Ja, Schneid hat er gehabt, das ist mal sicher.«
»Er wußte nicht Bescheid«, murmelte Mrs. Travers.
»Nein, Bescheid wußte er nicht. Aber konnte ich jeden Beliebigen ins Vertrauen ziehen?« widersprach Lingard ebenso leise. »Und wem konnte ich sonst vertrauen? Ich glaubte, er mußte auch, ohne daß ich es ihm sagte, verstanden haben. Aber er ist zu jung. Er kann nun stolz auf seine Leistung sein, so wie er die Sache ansieht. Diese Geschichte da draußen hat er wirklich schneidig erledigt – hol der Teufel seinen Schneid! Und hier sind wir, unser aller Leben hängt von meinem Wort ab – und das ist jetzt gebrochen, Mrs. Travers. Es ist gebrochen.«
Mrs. Travers nickte leicht, ihm zustimmend.
»Sie hätten eher erwartet, Sonne und Mond aus dem Himmel herabfallen zu sehen«, fuhr Lingard mit unterdrückter Erregung fort. Im nächsten Augenblick schien sich seine Erregung gelegt zu haben, und Mrs. Travers hörte ihn unzusammenhängend vor sich hin murmeln: »Eine Welt ist für mich zusammengebrochen.«
»Was werden Sie tun?« flüsterte sie.
»Was ich tun werde?« wiederholte Lingard leise. »Ach so, ja – tun. Mrs. Travers, sehen Sie denn nicht, daß ich jetzt nichts mehr bin. Einfach gar nichts.«
Er hatte sich in der Betrachtung ihres Gesichts verloren, das

sich ihm mit einem Ausdruck scheuer Neugier zuwandte. Der Schlag, mit dem ihn der durch Carters Schneidigkeit verursachte Zusammenbruch der Welt getroffen, war so furchtbar, daß er, wie ein sehr großer Schmerz oder eine Katastrophe, geradezu seine Empfindungsfähigkeit betäubt hatte. Was blieb ihm in einer Welt, die in einem einzigen Augenblick jeden Zusammenhang, jeden Sinn und alles verloren hatte, worauf man sich verließ, übrig als der Anblick dieses Frauen-Antlitzes?

Mrs. Travers wandte die Augen ab. Sie begriff, daß sie Lingard eine unmöglich zu beantwortende Frage gestellt hatte. Was sich ihr als Problem eröffnete, war für diesen Mann eine Krise des Gefühls. Es war klar, daß Carters Vorgehen den mit Daman geschlossenen Pakt nichtig gemacht hatte, und sie war klug genug zu begreifen, daß dies zu den Dingen gehörte, die man nicht durch Erklärungen aus der Welt schaffen kann. Was sie empfand, war nicht so sehr Entsetzen als eine Art Bestürzung, etwas wie die Ratlosigkeit von Leuten, die eben ihren Zug versäumt haben – nur sehr viel stärker. Der eigentliche Schrekken mußte sich noch seinen Weg zu ihrem Verständnis bahnen. Für Lingard jedoch war es ein Schlag, der ihn unmittelbar ins Herz traf.

Er war nicht böse auf Carter. Der Bursche hatte wirklich wie ein Seemann gehandelt. Er fühlte sich eben verantwortlich für die beiden Schiffe. In diesem verhängnisvollen Zusammenhang war Carter nicht mehr als ein Zwischenfall. Die wirkliche Ursache des Unheils lag anderswo und entfernter, sie war etwas ganz anderes. Und zugleich konnte sich Lingard nicht des Gefühls erwehren, daß die Ursache auch in ihm selbst lag, irgendwo in den unerforschten Tiefen seiner Natur, verhängnisvoll und nicht zu umgehen. Er murrte vor sich hin: »Nein, ich habe nun einmal kein Glück.«

Dies war nur ein schwacher Ausdruck für die Erkenntnis der Wahrheit, die er in plötzlicher Erleuchtung entdeckt hatte und die ihm wie eine Offenbarung zeigte, daß das das Ende seines Vorhabens sei. Aber er war nicht der Mann, sich dem Grübeln über seine eigenen Empfindungen hinzugeben. Sein natürlicher Impuls war, den Kampf mit den Umständen aufzunehmen, und das zu versuchen, war er auch jetzt entschlossen; aber er verspürte nun nichts von dem Gefühl der Überlegenheit, das schon der halbe Erfolg ist. Kampf jeder Art gehörte für ihn zum Wesen des Lebens. Aber dies war ihm noch nie im Leben begegnet: es war ein Konflikt in ihm selber. Er hatte es nun mit Mächten zu tun, denen er bisher vertraut hatte, mit Feinden, denen er nicht einfach entgehen konnte. Sie waren in ihm selbst, im eigenen Innern, als ob er von irgend jemandem, von einem heimlichen Feind verraten worden sei. Er war schon bereit, sich nach diesem versteckten Verräter umzusehen, als es ihm mit einer Art Bestürzung plötzlich einfiel: »Aber ich bin's doch selbst.«

Unmittelbar darauf besann er sich klar und deutlich auf Hassim und Immada. Er sah sie weit draußen jenseits der Wälder. O ja, sie existieren – in seiner eigenen Brust existieren sie!

»Das war eine Nacht!« brummte er, Mrs. Travers unentwegt anschauend. Die ganze Zeit hatte er sie angesehen. Sein Blick hatte sie wie unter einem Zauberspruch festgehalten; aber eine ganze endlose Minute lang war er ihrer überhaupt nicht gewahr geworden. Auf seine leise gemurmelten Worte hin vollführte sie eine leichte Bewegung, und er war sich ihrer Gegenwart wieder bewußt. »Welche Nacht?« flüsterte sie ängstlich, als fürchtete sie, zu dieser Frage nicht berechtigt zu sein. Mit Erstaunen sah sie, daß er lächelte. »Sie war nicht wie diese«, sagte er. »Sie haben mich darauf aufmerksam gemacht, wie still und ruhig es ist. Das stimmt. Hören Sie nur, wie still es ist.«

Beide wandten ein wenig die Köpfe und schienen zu horchen. Kein Murmeln war zu hören, kein Seufzer, kein Rascheln, kein Plätschern und kein Schritt. Man vernahm nicht ein Flüstern, alles war lautlos still. Es war, als seien sie beide allein an Bord der *Emma*, als hätte selbst das Gespenst des Kapitän Jörgenson sie verlassen, um auf die Bark *Wild Rose* am Gestade des Kimmerischen Meers zurückzukehren. »Es ist so still, als wäre alles zu Ende«, sagte Mrs. Travers mit leiser, gleichmütiger Stimme. »Ja, aber auch das trügt«, sagte Lingard in demselben Ton. »Das versteh' ich nicht«, fing Mrs. Travers nach kurzem Schweigen hastig wieder an. »Aber gebrauchen Sie das Wort nicht. Bitte, gebrauchen Sie es nicht, König Tom! Schon der bloße Klang macht mir Angst.«

Lingard antwortete mit keinem Laut. Seine Gedanken waren bei Hassim und Immada. Der junge Fürst und seine Schwester waren ins Landesinnere gegangen, sie hatten sich freiwillig erboten, Belarab zu bereden, daß er wieder nach Hause zurückkehre und die Zügel wieder in die Hand nehme. Sie trugen dringende Botschaften von Lingard, der für Belarab die wahre Verkörperung von Wahrheit und Kraft war, einer unbezweifelbaren Kraft, die es Belarab erlaubt hatte, sich all seiner melancholischen Entschlußlosigkeit zu überlassen. Aber die beiden jungen Leute verfügten über einen gewissen persönlichen Ruf. Sie waren Lingards nächste Freunde. Sie waren gleichsam seine Kinder. Und überdies hatten ihre hohe Geburt, ihre kriegerische Lebensgeschichte, ihre Wanderungen, Abenteuer und Aussichten ihnen einen eigenen Ruhm verliehen.

V

Am gleichen Tage, an dem Travers und d'Alcacer an Bord der *Emma* gekommen waren, hatten sich Hassim und Immada ihrem Vorhaben gemäß auf den Weg zu Belarab begeben; denn Lingard konnte natürlich nicht daran denken, die Weißen dem alleinigen Schutz Jörgensons zu überlassen. Gegen Jörgenson war an sich nichts einzuwenden; nur hatte seine unausrottbare Gewohnheit, in seinen Schnurrbart zu murren, er werde »ein brennendes Streichholz zwischen die Pulverfässer« werfen, Lingard bis zu einem gewissen Grade mit Mißtrauen erfüllt. Und außerdem wollte er sich nicht von Mrs. Travers trennen. Carter hatte bei der ganzen Geschichte wenigstens den guten Einfall gehabt, Jaffir mit seinem Bericht zu Lingard zu schikken. Dieser furchtlose Kämpfer, Schwimmer und treue Gefolgsmann von Hassim und Immada in ihrem fürstlichen Unglück, hatte die Aufgabe, den Ersten Offizier der Jacht festzunehmen (ein Auftrag, den er von Lingard bei Karimata erhalten hatte), für eine Kleinigkeit angesehen. Er brauchte dazu etwas mehr Zeit als erwartet, aber er war gerade rechtzeitig zur Brigg zurückgekommen, um nach ein paar Stunden Ruhe mit Carters Brief zu Lingard geschickt zu werden. Wasub hatte ihm, ehe er aufbrach, die ganze Geschichte, alles, was vorgefallen war, erzählt, und wenn auch seine Miene ernst und unbewegt blieb, gefiel die Geschichte ihm ganz und gar nicht.

Furchtlos und verschlagen, war Jaffir für schwierige Aufgaben geeignet und der geborene Bote, fähig – wie er selbst es ausdrückte –, »gewichtige Worte zwischen großen Männern hin und her zu tragen«. Mit seinem unfehlbaren Gedächtnis

war er imstande, sie genau wiederzugeben, ob freundlich oder feindlich, ob in einer Ratsversammlung oder privat; denn er kannte keine Furcht. Man hatte es nicht nötig, ihm Schriftliches mitzugeben, das dem Feinde in die Hände fallen konnte. Starb er unterwegs, so starb die Botschaft mit ihm. Auch hatte er die Gabe, jede Situation sofort zu begreifen, und sein Auge beobachtete scharf. Offensichtlich gehörte er zu den Männern, von denen die Führer großer Unternehmungen zuverlässige Informationen erhalten können. Lingard stellte ihm einige Fragen, aber in diesem Fall hatte Jaffir natürlich nur sehr wenig zu sagen. Von Carter, den er den »jungen Mann« nannte, sagte er, er sehe aus, wie Weiße eben aussehen, wenn sie mit sich zufrieden sind; dann setzte er hinzu, ohne eine bestimmte Frage abzuwarten: »Die Schiffe da draußen sind jetzt sicher genug, o Rajah Laut!« Aber der Ton, in dem er das sagte, war nicht begeistert.
Lingard sah ihn an mit leerem Blick. Als der Größte aller Weißen bemerkte, für jene Sicherheit werde man noch einen Preis zu bezahlen haben, stimmte Jaffir mit einem »Jawohl, bei Allah!« zu, ohne einen Augenblick seine düstere Ruhe zu verlieren. Und als Lingard ihm sagte, er werde ihn damit beauftragen, aufzubrechen und seinen Herrn und die Herrin Immada zu finden, die sich irgendwo im Hinterlande in Belarabs Reiselager aufhielten, erklärte er sich bereit, sogleich zu gehen. Er hatte seine Mahlzeit gegessen, drei Stunden an Bord der Brigg geschlafen und war nicht müde. Als er noch jung war, war er zuweilen müde geworden; seit vielen Jahren aber kannte er diese Schwäche nicht mehr. Er brauchte nicht das Boot mit den Ruderern, mit dem er über die Lagune gekommen war. Er wollte allein mit dem kleinen Kanu fahren. Es war jetzt nicht, bemerkte er, die Zeit, öffentlich aufzufallen und zu zeigen, was man vorhabe. Plötzlich brach die unterdrückte Besorgnis durch: »Ich muß bedenken, Tuan, daß ihnen der Tod nie so nahe gewesen ist seit der Nacht, als du in einer schwarzen Wolke herbeigesegelt kamst und uns alle aus unserer bedrängten Lage herausholtest.«
Lingard sagte nichts, aber in Jaffir lebte ein Vertrauen zu dem weißen Mann, das nicht leicht zu erschüttern war. »Wie wirst du sie dieses Mal retten, o Rajah Laut?« fragte er einfach.
»Belarab ist mein Freund«, erwiderte Lingard leise.
In seiner Besorgnis nahm Jaffir kein Blatt vor den Mund. »Ein

Mann des Friedens!« rief er gedämpft. »Wer könnte bei einem solchen Mann sicher sein?« fragte er verachtungsvoll.
»Es besteht kein Krieg«, sagte Lingard.
»Aber es bestehen Argwohn, Furcht, Rache und der Zorn bewaffneter Männer«, entgegnete Jaffir. »Du hast die Weißen aus ihren Händen befreit, allein durch die Macht deiner Worte. Ist es so, Tuan?«
»Ja«, sagte Lingard.
»Und du hast sie an Bord?« fragte Jaffir, indem er über die Schulter einen Blick auf den weiß-dunstigen Käfig warf, in welchem gerade d'Alcacer und Mrs. Travers sich beim Licht eines kleinen Öllämpchens unterhielten.
»Ja, ich habe sie hier.«
»Dann, Rajah Laut«, flüsterte Jaffir, »kannst du alles wieder gutmachen, indem du sie zurückgibst.«
»Kann ich das tun?« Es war fast nur ein Hauch, mit dem Lingard diese Worte zu dem treuen Gefolgsmann von Hassim und Immada sprach.
»Kannst du etwas anderes tun?« war Jaffirs geflüsterte Entgegnung, des Boten, der gewohnt war mit den Großen der Erde offen zu sprechen. »Du bist ein weißer Mann, und dein Wort gilt. Und jetzt gehe ich.«
Ein kleines, rohes Kanu, das zur *Emma* gehörte, war an die Sturmleiter geholt worden. Ein schattenhafter Kalasche, der sich respektvoll im Dunkeln des Decks hielt, hatte schon zweimal durch Räuspern darauf aufmerksam gemacht.
»Ja, Jaffir, geh«, sagte Lingard, »und bleibe mein Freund.«
»Ich bin der Freund eines großen Fürsten«, sagte der andere stolz. »Aber du, Rajah Laut, warst noch größer. Und groß wirst du bleiben, wenn du zu uns hältst, unserem Volk dieser See und dieses Landes. Aber was wird aus der Kraft deiner Arme vor deinem eigenen weißen Volk? Wohin soll das führen, frage ich? Nun, laß uns der Stärke deines Herzens vertrauen.«
»Ich hoffe, ich werde nie versagen«, sagte Lingard, und Jaffir ließ ein befriedigtes Grunzen hören. »Aber Gott allein sieht dem Menschen ins Herz.«
»Ja. Unsere Zuversicht liegt bei Allah«, stimmte Jaffir zu, der sich im Verkehr mit den Priestern, von denen es in Belarabs Lager viele gab, fromme Redewendungen angewöhnt hatte. In Wirklichkeit setzte er sein ganzes Vertrauen auf Lingard, der bei ihm im Rufe stand, als Mann der Vorsehung in der Stunde

der Not vom Himmel selbst geschickt worden zu sein. Er wartete noch ein Weilchen und fragte dann: »Und welche Botschaft soll ich überbringen?«

»Erzähle Rajah Hassim die ganze Geschichte«, sagte Lingard. »Und sage ihm, er soll mit der Herrin, seiner Schwester, eiligst und heimlich hierher kommen. Die Zeit großer Not ist gekommen. Wir wollen dann wenigstens beisammen sein.«

»Recht! Recht!« stimmte Jaffir herzhaft zu. »Es ist ein furchtbares Schicksal, allein zu sterben unter dem Druck der Feinde.« Er trat zurück, aus dem Lichtschein der Lampe, in dem sie miteinander gesprochen; er stieg hinunter in das kleine Kanu, ergriff ein Paddel und verschwand lautlos auf der dunklen Lagune.

Das war der Zeitpunkt, in dem Mrs. Travers und d'Alcacer Lingard laut nach Jörgenson rufen hörten. Im Augenblick stand der vertraute Schatten dicht neben Lingard und hörte zu, ohne ein Wort zu sagen. Erst am Ende des Berichts hörte man den Schatten deutlich sich verwundern: »Da haben Sie sich was Schönes eingebrockt.« Aber in Wirklichkeit konnte nichts in der Welt den alten Jörgenson in Erstaunen oder Beunruhigung versetzen. Er wandte sich weg und brummte in seinen Schnurrbart. Lingard, das Kinn in der Hand, blieb stehen, und allmählich drangen Jaffirs letzte Worte in ihn ein und nahmen Besitz von ihm. Dann ergriff er plötzlich die Lampe und suchte Mrs. Travers auf. Er suchte sie, weil er ihre leibliche Gegenwart brauchte, den Klang ihrer Stimme hören, den dunklen, klaren Blick ihrer Augen sehen wollte. Sie konnte sonst nichts für ihn tun. Als er zu ihr ging, bemerkte er, daß Jörgenson die paar Malaien, die sich an Bord der *Emma* befanden, an Deck geholt und sie dort so verteilt hatte, daß sie die Lagune nach allen Richtungen beobachten konnten. Während er Mrs. Travers aus dem Käfig herausrief, war sich Lingard mitten in seinem inneren Konflikt einer gewissen Genugtuung bewußt, sie von d'Alcacers Seite wegzuholen. Er konnte ihre Aufmerksamkeit mit keinem anderen Mann teilen, auch nicht den kleinsten Bruchteil ihrer Zeit, nicht das geringste Partikelchen ihrer Gedanken! Er brauchte das alles uneingeschränkt. Es auch nur für einen Augenblick ihm entzogen zu sehen, erbitterte ihn – es war fast ein Unheil. D'Alcacer, allein gelassen, wunderte sich über den befehlenden Ton, mit dem Lingard sie rief. Diesem Beobachter der Schatten schien die Tatsache der Beachtung wert. »Es sind nur die Nerven«, schloß er im stillen. »Der Mann ist überreizt. Er muß eine Art Schock abbekommen haben.« Aber was für ein Schock konnte das sein, fragte er sich. In der spannungsvollen Ereignislosigkeit dieser Tage des Wartens war die geringste Veränderung von enormer Bedeutung. D'Alcacer suchte sein Feldbett nicht auf; er setzte sich nicht einmal hin. Mit den Handflächen gegen den Tischrand gestützt, lehnte er sich mit dem Rücken daran. So lässig diese Haltung war, hielt er sich doch zur Wachsamkeit an; für den Augenblick beschäftigte ihn die Frage, ob Mrs. Travers diesen Lingard nicht ein wenig verwöhnt habe. Doch erkannte er in der Plötzlichkeit dieser unerwarteten Zusammenkunft, hinter der, wie d'Alcacer mit Bestimmtheit annahm, ein moralisches Problem steckte, die außerordentliche Schwierigkeit, die unerbittlichen Anforderungen gegen die notwendigen Vorbehalte abzuwägen, das genaue Verhältnis von Kühnheit und Vorsicht zu ermitteln. Und wenn er dies alles bedachte, bewunderte d'Alcacer Mrs. Travers' Intelligenz.

Es konnte kein Zweifel daran bestehen, daß sie die Situation in der Hand hatte. Das bedeutete natürlich noch nicht Sicherheit. Sie hatte es in der Hand wie jemand, der mit einem hochexplosiven Stoff von unbekannter Zusammensetzung umgeht. D'Alcacer dachte an sie mit tiefer Sympathie und ganz selbstlosem Interesse. Zuweilen begegnen wir auf der Straße Personen, die Sympathie und Neugierde erregen, die wir aber trotzdem nicht bis an ihre Haustür verfolgen. D'Alcacer nahm davon Abstand, Mrs. Travers noch weiter zu folgen. Er hatte plötzlich bemerkt, daß Mr. Travers auf seinem Feldbett aufrecht saß; er mußte sich sehr schnell erhoben haben. Noch einen Augenblick zuvor hatte es ausgesehen, als läge er im allertiefsten Schlummer, und die Stille war längere Zeit durch nichts unterbrochen worden. Unwillkürlich ließ d'Alcacer vor Überraschung einen Ausruf hören, und Mr. Travers wandte ihm langsam das Gesicht zu. Mit einem gewissen Widerstreben ging d'Alcacer auf das Feldbett zu.

»Aufgewacht?« sagte er.

»Es überlief mich plötzlich kalt«, sagte Mr. Travers. »Aber mir ist jetzt nicht kalt. Merkwürdig! Ich hatte den Eindruck, als wehte ein eisiger Wind.«

»Ach!« sagte d'Alcacer.

»Unmöglich, natürlich!« fuhr Mr. Travers fort. »Diese stickige

Luft bewegt sich ja überhaupt nie. Es ist widerlich, wie sie an einem festklebt. Wieviel Uhr ist es?«
»Ich weiß es wirklich nicht.«
»Das Glas meiner Uhr ging in jener Nacht entzwei, als wir auf der Sandbank so heimtückisch von den Wilden überfallen wurden«, grollte Mr. Travers.
»Ich muß sagen, ich war noch nie im Leben so überrascht«, gestand d'Alcacer. »Wir waren stehengeblieben, und ich steckte mir eine Zigarre an, wenn Sie sich erinnern.«
»Nein«, sagte Mr. Travers. »Ich wollte gerade nach meiner Uhr sehen. Sie flog mir natürlich aus der Hand, aber sie hing noch an der Kette. Irgendwer trat darauf. Die Zeiger sind abgebrochen. Sie tickt zwar noch, aber ich kann die Zeit nicht mehr ablesen. Es ist absurd und sehr ärgerlich.«
»Wollen Sie damit sagen«, fragte d'Alcacer, »daß Sie sie jeden Abend aufgezogen haben?«
Mr. Travers blickte auf von seinem Feldbett, er schien seinerseits überrascht. »Wahrhaftig, ja, ich glaube wohl.« Eine Weile schwieg er. »Es ist nicht so sehr blinde Gewohnheit, wie Sie vielleicht denken. Meine Gewohnheiten beruhen auf den Grundsätzen strikter Methode. Ich mußte mein Leben methodisch ordnen. Sie wissen sehr gut, mein lieber d'Alcacer, daß ich ohne eine solche strikte Methode nicht imstande gewesen wäre, meine Arbeit zu bewältigen, und überhaupt keine Zeit übrig gehabt hätte für die gesellschaftlichen Verpflichtungen, die natürlich von sehr großer Wichtigkeit sind. Ich darf sagen, daß, sachlich gesehen, diese genaue Regelung meinen Erfolg im öffentlichen Leben begründet hat. In meinem Tageslauf hat es nie irgendwelche leeren Stellen gegeben. Und jetzt ...!« Er sah sich im ganzen Käfig um ... »Wo ist meine Frau?« fragte er.
»Ich habe vorhin noch mit ihr gesprochen«, antwortete d'Alcacer. »Ich weiß nicht, wieviel Uhr es ist. Meine Uhr ist an Bord der Jacht geblieben; aber spät kann es noch nicht sein, wissen Sie.«
Mit ungewöhnlicher Energie warf Mr. Travers das leichte Baumwoll-Laken von sich. Hastig knöpfte er die Jacke zu, die er beim Hinlegen geöffnet hatte, und gerade als d'Alcacer erwartete, daß er mit Schwung die Füße auf Deck setzen werde, legte er sich zurück aufs Kissen und blieb vollkommen regungslos liegen.
D'Alcacer wartete eine Weile und begann dann, im Käfig auf

und ab zu gehen. Ein paarmal ging er hin und her, blieb dann stehen und sagte freundlich: »Ich fürchte, Travers, es geht Ihnen nicht sehr gut.«
»Ich weiß nicht, was Krankheit ist«, erwiderte die Stimme aus dem Kissen zu d'Alcacers großer Erleichterung, der eigentlich keine Antwort erwartet hatte. »Gute Gesundheit ist ein großer Vorteil im öffentlichen Leben. Wenn Sie krank sind, versäumen Sie womöglich eine einzigartige Gelegenheit. Ich war nie krank.«
Alles dies kam in gedämpftem Ton heraus, als ob der Sprecher seinen Kopf im Kissen vergraben hätte. D'Alcacer fing wieder an, auf und ab zu gehen.
»Ich glaube, ich fragte Sie, wo meine Frau ist«, sagte die dumpfe Stimme.
Mit großer Geistesgegenwart fuhr d'Alcacer fort, im Käfig hin und her zu schreiten, als ob er nichts gehört hätte. »Ich glaube, wissen Sie, sie ist verrückt«, fuhr die verhüllte Stimme fort. »Oder ich bin's.«
Wieder brachte d'Alcacer es fertig, sein Auf-und-Abschreiten nicht zu unterbrechen. »Wissen Sie, was ich denke?« sagte er unvermittelt. »Ich denke, Travers, Sie möchten lieber nicht über sie sprechen. Ich glaube, Sie möchten über gar nichts reden. Und, wenn ich ehrlich sein soll, ich möchte es auch nicht.«
D'Alcacer vernahm von dem Kissen her ein schwaches Seufzen, zu gleicher Zeit sah er, wie vor dem Käfig ein trübes Flämmchen erschien. Mrs. Travers und Lingard traten aus dem Deckhaus und blieben dicht vor der Tür stehen, und Lingard stellte die Lampe auf das Dach. Sie waren von d'Alcacer zu weit entfernt, um von diesem gehört zu werden, aber er konnte sie deutlich erkennen: Mrs. Travers, kerzengerade, und die schwere Gestalt des Mannes, der sie mit gesenktem Kopf anblickte. Er sah den Kopf gegen das Licht im Profil, und in der leichten Neigung lag etwas Ehrerbietiges. Sie blickten einander unverwandt in die Augen. Keiner von beiden machte auch nur die geringste Bewegung.
»In mir ist etwas«, sprach Lingard tief und leise, »das mein Herz härter als Stein machen könnte. Ich bin König Tom, Rajah Laut, und ich kann jedem Menschen hier offen ins Gesicht sehen. Ich habe einen guten Namen zu wahren. Davon hängt alles ab.«

»Mr. d'Alcacer würde sagen, alles hänge von der Ehre ab«, bemerkte Mrs. Travers dazu. Ihre Lippen zitterten nicht, obwohl sie von Zeit zu Zeit spüren konnte, wie ihr Herz schneller pochte.

»Nennen Sie's wie Sie wollen. Es ist etwas, was der Mensch braucht, wenn er frei atmen will. Und denken Sie! – wie Sie mich hier stehen sehen: es ist mir jetzt gleichgültig geworden.«

»Aber mir ist es nicht gleichgültig«, entgegnete Mrs. Travers. »Ich, so wahr ich hier stehe – mir liegt etwas daran. Dies ist etwas, was Sie betrifft und nur Sie persönlich. Sie haben ein Recht darauf. Und ich sage es noch einmal: mir liegt daran.«

»An dem, was mich allein angeht?« murmelte Lingard, dicht vor ihrem Gesicht. »Was liegt Ihnen daran, was mein Recht ist?«

»Weil«, sagte sie, ohne zu weichen, obwohl ihre Stirnen sich fast berührten, »weil, wenn ich jemals in mein früheres Leben zurückkehre, ich es nicht durch wirkliche Reue noch absurder machen möchte.«

Sie sprach in weichem Ton, und Lingard verspürte den Atem dieser Worte auf seinem Gesicht wie eine Liebkosung. Im Käfig bemühte sich d'Alcacer immer noch, auf und ab zu schreiten. Er wollte Mr. Travers nicht die geringste Veranlassung geben, sich wieder aufzusetzen und sich umzuschauen.

»Daß ich das erlebe: man sagt, es liegt jemandem daran, was mich angeht!« flüsterte Lingard. »Und daß gerade Sie das sind – Sie, die Sie mir alle Härte genommen haben!«

»Ich möchte nicht, daß Sie Ihr Herz verhärten. Ich will nur, daß es fest bleibt.«

»Etwas Besseres hätten Sie nicht sagen können, als was Sie eben sagten, um es fest zu machen«, ließ sich Lingards leise Stimme vernehmen, in deren Tiefe etwas Zärtliches bebte. »Hat jemals ein Mensch eine solche Freundschaft erlebt?« rief er aus, wobei er den Kopf hob, als rufe er die vom Sternenglanz erfüllte Nacht zum Zeugen an.

»Und ich frage mich, ob es möglich ist, daß es auf Erden noch einen Menschen gibt, dem ich vertrauen könnte, wie ich Ihnen vertraue. Ich sage Ihnen: Ja! Gehen Sie und retten Sie, was Ihnen zukommt, und vergessen Sie nicht, barmherzig zu sein. Ich will Sie nicht daran erinnern, daß wir vollkommen unschuldig sind. Die Erde muß wirklich klein sein, daß wir so in Ihr

Leben stolpern mußten. Es genügt, einen an Schicksal glauben zu lassen. Aber ich bringe es nicht fertig, mich wie eine Fatalistin zu benehmen, mich hinzusetzen und die Hände zu falten. Wären Sie ein anderer Mensch gewesen, hätte ich vielleicht auch alle Hoffnung aufgegeben oder hätte die ganze Sache mißachtet. Wissen Sie, wie Mr. d'Alcacer Sie nennt?«

Im Käfig sah d'Alcacer, der neugierige Blicke in ihre Richtung warf, wie Lingard den Kopf schüttelte, und er dachte, während ihn ein unbehagliches Gefühl beschlich: ›Er verweigert ihr etwas.‹

»Mr. d'Alcacer nennt Sie den ›Mann des Schicksals‹ «, sagte Mrs. Travers, ein wenig außer Atem.

»Ein zu großes Wort. Aber es macht nichts, er ist ein Gentleman. Nennen Sie mich auch ...«

»Ich nenne Sie doch nur bei Ihrem Vornamen«, sagte Mrs. Travers hastig. »Glauben Sie mir, Mr. d'Alcacer versteht Sie.«

»Er ist in Ordnung«, warf Lingard ein.

»Und er ist unschuldig. Ich weiß noch, was Sie sagten – die Unschuldigen müßten sehen, wie sie zurechtkommen. Nun also, tun Sie das Richtige.«

»Sie meinen, es ist das Richtige? Sie glauben es? Wirklich?«

»Zu dieser Stunde und an diesem Ort, und von einem Mann wie Sie ... Ja, es ist das Richtige.«

Lingard bedachte, wie wundervoll diese Frau war: redlich gegen ihn und furchtlos, was sie selbst betraf. Die Notwendigkeit, die beiden Gefangenen zurück ins Lager zu bringen, war nun so klar und unvermeidlich, daß er meinte, nichts in der Welt hätte ihn daran hindern können, es zu tun; aber wo gab es zum zweitenmal in der Welt eine Frau, die es so aufgenommen hätte? Und er kam auf den Gedanken, daß in Redlichkeit und Mut die Quellen der Weisheit zu finden seien. Ihm schien, daß er nicht gewußt hatte, was Redlichkeit und Mut und Weisheit waren, bis Mrs. Travers kam und ihm zur Seite stand. Er sah ihr Gesicht an, und da er wußte, daß er in ihren Augen sowohl ihrer Befehle wie ihrer Bitten würdig sei, fühlte er sich einen Augenblick vollkommen zufrieden, empfand er einen Augenblick vollkommener Ruhe des Gemüts.

Während sie schwiegen, bemerkte Mrs. Travers mit einem schnellen Seitenblick d'Alcacer, wie man jemanden im Nebel sieht, seinen dunklen Umriß, der dicht an dem Gaze-Vorhang stehengeblieben war. Für sie bestand kein Zweifel, daß er in ihre Richtung blickte, und daß er sie beide viel deutlicher sehen konnte als sie ihn. Es fiel Mrs. Travers plötzlich ein, wie besorgt er sein mußte, und sie erinnerte sich, daß er sie um ein Zeichen gebeten hatte, um eine Warnung im Augenblick der Krise. Sie hatte sehr wohl seine Bitte verstanden, ihm Zeit zur inneren Vorbereitung zu verschaffen. Wenn er mehr Zeit als ein paar Minuten gewinnen sollte, dann war jetzt der richtige Augenblick, ihm ein Zeichen zu geben – das Zeichen, das er selbst vorgeschlagen hatte. Mrs. Travers trat ein wenig zurück, gerade so viel, daß das Licht von vorne auf sie fiel, und mit einer langsamen, deutlichen Bewegung führte sie die linke Hand an die Stirn.

»Nun, also«, hörte sie neben sich Lingards eindringliche Stimme, »dann also, Mrs. Travers, muß es noch heute nacht geschehen.«

Man mag so redlich, mutig und weise sein wie man will, und doch schlägt einem das Herz schneller, wenn die Gedanken zur Tat werden sollen. Mrs. Travers verschlug es den Atem: »Heute nacht! Heute nacht!« flüsterte sie. D'Alcacers dunkler und nebliger Umriß wurde undeutlicher. Er hatte ihr Zeichen gesehen und sich tiefer in den Käfig zurückgezogen.

»Ja, heute nacht«, wiederholte Lingard. »Jetzt, sofort, diese Stunde noch, in diesem Augenblick«, raunte er heftig und trat auf Mrs. Travers zu, so daß sie einen Schritt zurückwich. Sie spürte, wie er mit rascher Bewegung ihren Arm ergriff. »Verstehen Sie: wenn es überhaupt etwas nützen soll, wenn die Herren nicht einfach abgeschlachtet werden sollen, muß es geschehen, solange es drüben noch dunkel ist, ehe eine bewaffnete Bande mit Geschrei in Booten herüberkommt – verstehen Sie! Ja, also ehe noch eine Stunde vergeht, so daß ich an Belarabs Tor hämmern kann, während die ganze Siedlung noch im Schlafe liegt.«

Mrs. Travers dachte nicht daran, Einwände zu erheben. Im Augenblick war sie nicht imstande zu sprechen. Dieser Mensch war sehr heftig; so plötzlich wie er ihren Arm gepackt hatte (wobei sie trotz ihrer Erregung daran denken mußte, daß sie am Morgen einen blauen Fleck entdecken würde), so schnell, spürte sie, ließ er ihn wieder los, und seine tiefe, leise Stimme nahm einen Ton an, als bereute er etwas.

»Und selbst jetzt ist's schon beinahe zu spät! Der Weg lag klar vor mir, aber ich sah Sie auf diesem Weg, und da sank mir der Mut. Ich stand da wie ein Mensch mit leeren Händen und ich wagte nicht, vor Sie hinzutreten. Sie müssen mir verzeihen. Nein, ich hatte kein Recht, auch nur einen Augenblick an Ihnen zu zweifeln. Mir ist, als müßte ich auf die Knie fallen und Sie um Verzeihung bitten, weil ich vergessen hatte, was Sie sind, weil ich gewagt habe, das zu vergessen.«

»Aber warum, König Tom, warum denn?«

»Mir ist, als hätte ich gesündigt«, hörte sie ihn sagen. Er ergriff sie bei den Schultern, drehte sie herum und schob sie ein oder zwei Schritte vor sich her. Seine Hände waren schwer, seine Kraft war unwiderstehlich, obwohl er glaubte, sanft mit ihr umzugehen. »Sehen Sie geradeaus«, flüsterte er ihr ins Ohr. »Sehen Sie etwas?« Mrs. Travers, hilflos zwischen seinen starren Armen, konnte nichts sehen als in der Ferne die massigen, formlosen Schatten des Ufers.

»Nein, ich sehe nichts«, sagte sie.

»Dann blicken Sie nicht nach der richtigen Stelle«, hörte sie hinter sich seine Stimme. Und nun fühlte sie, wie seine Hände ihren Kopf ergriffen. Er drehte ihn ein klein wenig nach rechts.

»Da! Sehen Sie's?«

»Nein. Was soll ich denn sehen?«

»Einen Lichtschimmer«, sagte Lingard und nahm plötzlich die Hände weg. »Einen Schimmer, der zur Flamme werden wird, noch ehe unser Boot den halben Weg über die Lagune zurückgelegt hat.«

Noch während Lingard sprach, sah Mrs. Travers einen roten Funken in weiter Ferne. Sie hatte oft genug die Siedlung betrachtet wie das gemalte Bild auf einem Theatervorhang; sie hatte die Einzelheiten genau im Kopf, und so wußte sie, daß das Feuer an dem von Belarabs Befestigung am weitesten entfernten Ende der Bucht entzündet war.

»Das Buschholz fängt gerade Feuer«, murmelte Lingard ihr ins Ohr. »Wenn sie etwas trockenes Gras hätten, stände der ganze Haufen schon in Flammen.«

»Und das bedeutet ...«

»Das bedeutet, daß die Nachricht sich verbreitet hat. Und das Feuer brennt vor Tenggas Lager an seinem Ende des Strandes. Dort sind die führenden Köpfe der Siedlung zusammengekommen. Es bedeutet Gerede und Aufregung und viele schlaue

Worte. Tenggas Feuer! Ich sage Ihnen, Mrs. Travers, ehe eine halbe Stunde um ist, wird Daman da sein und mit dem dicken Tengga Freundschaft schließen, der bestimmt auftrumpfen wird: ›Ich hab's dir ja gleich gesagt.‹ «

»Ich verstehe«, murmelte Mrs. Travers. Lingard zog sie sanft zu der Reling.

»Und jetzt schauen Sie sich mal die andere Seite des Strands an, wo die Dunkelheit am tiefsten ist. Das ist Belarabs Befestigung, da sind seine Häuser, sein Besitz, seine Gefolgsleute. Da liegt die eigentliche Macht der Siedlung. Die hab' ich gestützt. Durch mich hat sie herrschen können. Aber was ist sie jetzt? Wie eine Waffe in der Hand eines Toten. Und doch ist das alles, woran wir uns halten können, wenn wir dazu noch Zeit haben. Ich schwöre Ihnen, ich würde es nicht wagen, die beiden bei Tageslicht an Land zu bringen, weil sie am Ende gleich am Strand erschlagen werden.«

»Es ist also keine Zeit zu verlieren«, sprach Mrs. Travers sehr leise. Auch Lingard flüsterte kaum hörbar.

»Nein, wenn auch ich mein Recht wahren soll. Sie selbst haben das gesagt.«

»Ja, das hab' ich gesagt«, flüsterte sie, ohne den Kopf zu heben. Lingard, dicht an ihrer Seite, beugte sich mit einer jähen Bewegung über ihre Schulter.

»Und ich, der ich Ihnen mißtraute! Wie die Araber vor ihren großen Männern tun, so müßte ich Ihren Rocksaum küssen, aus Reue darüber, daß ich an der Größe Ihres Herzens gezweifelt habe.«

»Ach, mein Herz!« sagte Mrs. Travers leichthin, immer noch nach dem Feuer starrend, das plötzlich zu voller Flamme hochgeschossen war. »Ich kann Ihnen versichern, daß es bisher in der Welt von sehr geringem Belang gewesen ist.« Sie hielt einen Augenblick inne, um die Festigkeit ihrer Stimme wieder zu gewinnen, und sagte dann entschlossen: »Wir wollen der Sache ein Ende machen.«

»Um die Wahrheit zu sagen: das Boot wartet schon seit einiger Zeit.«

»Dann also ...«

»Mrs. Travers«, sagte Lingard mit Anstrengung, »es sind doch Männer aus Ihren Kreisen.« Und dann platzte er heraus: »Ich kann sie doch nicht an Händen und Füßen gebunden hinüberbringen.«

»Mr. d'Alcacer weiß Bescheid. Sie werden ihn bereit finden. Von Anfang an ist er auf alles mögliche gefaßt gewesen.«
»Er ist ein Mann«, sagte Lingard mit Überzeugung. »Aber der andere, der gibt mir zu denken.«
»Ach, der andere«, widerholte sie. »Meinen Sie, er gibt mir nicht zu denken? Zum Glück haben wir Mr. d'Alcacer. Ich werde zuerst mit ihm sprechen.«
Sie trat von der Reling zurück und ging auf den Käfig zu.
»Jörgenson«, tönte Lingards Stimme über das ganze Deck, »bringen Sie eine Lampe zum Fallreep.« Dann folgte er langsam Mrs. Travers.

VI

Nachdem d'Alcacer die Warnung erhalten hatte, trat er zurück und lehnte sich an den Tisch. Er konnte nicht umhin, eine gewisse Erregung in seinem Innern festzustellen. Und in der Tat hatte er, als er Mrs. Travers um ein Zeichen bat, eine Erregung erwartet – aber er hatte nicht erwartet, daß das Zeichen so bald kommen werde. Er hatte gedacht, diese Nacht werde vergehen wie andere auch, in unterbrochenem Schlummer, körperlicher Unbequemlichkeit und der Unruhe verworrener Gedanken. Zugleich war er überrascht darüber, daß er so erregt war. Er hatte sich geschmeichelt, mehr philosophischen Gleichmut zu besitzen. Er hatte den berühmten Selbsterhaltungstrieb für etwas Sonderbares gehalten, für etwas rein Animalisches. ›Denn als denkender Mensch‹, erwog er, ›müßte ich eigentlich darüberstehen.‹ Wahrscheinlich war es das Ungewöhnliche, das ihn aufregte. Offenbar war es so. Wenn er in einem Hotelzimmer gelegen hätte, ernstlich krank, und zufällig irgendein unheildrohendes Geflüster vernommen hätte, wäre ihm das völlig einerlei gewesen. Aber dann wäre er eben krank gewesen – und in dem Zustand der Krankheit wird man gleichgültig. Krankheit verhilft einem in hohem Grade zu einer gleichmütigen Haltung, die natürlich für einen Mann von Welt die einzig korrekte Haltung ist. Er bedauerte fast, nicht ernstlich krank zu sein. Mr. Travers jedoch war offensichtlich krank, aber es schien ihm nicht viel zu helfen. D'Alcacer warf einen Blick nach dem Feldbett, wo Mr. Travers in einer Unbeweglichkeit verharrte, die d'Alcacer reichlich gekünstelt vorkam. Er mißtraute ihr; er mißtraute Mr. Travers überhaupt. Nie konnte man sagen, was er im nächsten Augenblick tun würde. Er konnte zwar, so oder so, in keinem Fall viel tun, aber er konnte unversehens einer Situation, die als Schicksalsschlag oder einfach als Mutprobe erschien, alle Würde nehmen. Mr. d'Alcacer, als scharfer Beobachter für das leiseste Zeichen empfänglich, zog es vor, sich selbst als Opfer nicht eines Schwindlers, aber eines rauhen Mannes zu betrachten, der in seiner naiven Weise in einen Kampf mit der Ungerechtigkeit des Himmels verwickelt war. D'Alcacer ließ sich nicht darauf ein, sein Inneres zu erforschen, aber einige Verse eines französischen Dichters fielen ihm ein, des Inhalts, daß zu allen Zeiten diejenigen, die im Streit lagen mit einem ungerechten Himmel, die heimliche Bewunderung und Liebe der Menschen besessen hätten. Er wollte nicht so weit gehen, zu behaupten, daß er Lingard liebe, aber konnte nicht leugnen, daß er ihm insgeheim freundschaftlich gesinnt war und – nun, daß er ihn hochschätzte.

Mr. Travers richtete sich plötzlich auf. Wie scheußlich unangenehm, dachte d'Alcacer, der anhaltend seine Schuhspitzen betrachtete, in der Hoffnung, der andere werde sich wieder hinlegen. Aber Mr. Travers sprach: »Noch auf, d'Alcacer?«

»Ich versichere Ihnen, es ist noch nicht spät. Um sechs wird es dunkel, wir haben vor sieben gegessen, daher ist die Nacht lang, und ich schlafe meist nicht sehr gut, das heißt, ich kann erst spät in der Nacht einschlafen.«

»Da beneide ich Sie«, sagte Mr. Travers in einer Art apathischer Benommenheit. »Ich schlafe immer wieder ein, und das Aufwachen ist jedesmal entsetzlich.«

D'Alcacer hob die Augen und bemerkte, daß Mrs. Travers und Lingard aus dem Lichtkreis verschwunden waren. Sie waren zur Reling gegangen, wo d'Alcacer sie nicht sehen konnte. In seinen Ärger darüber, daß Mr. Travers so plötzlich erwacht war, mischte sich so etwas wie Mitleid. An dem Mann war doch etwas Seltsames, dachte er im stillen. Laut begann er: »Jörgenson ...«

»Was ist denn das?« fuhr ihm Mr. Travers dazwischen.

»Das ist der Name von dem hageren alten Mann, der die Vorräte bewacht und sich ständig an Deck herumtreibt.«

»Ich habe ihn nicht gesehen. Ich sehe überhaupt niemanden.

Ich kenne niemanden. Ich ziehe es vor, nichts zur Kenntnis zu nehmen.«
»Ich wollte nur sagen, daß er mir ein Päckchen Karten gegeben hat; hätten Sie Lust auf eine Partie Piquet?«
»Ich glaube nicht, daß ich die Augen offenhalten kann«, sagte Mr. Travers in unerwartet vertraulichem Ton. »Ist das nicht komisch, d'Alcacer? Und dabei wache ich immer wieder auf. Es ist zu schrecklich.«
D'Alcacer erwiderte nichts darauf, und Mr. Travers schien das auch nicht erwartet zu haben.
»Wenn ich sagte, meine Frau sei verrückt«, begann er so plötzlich, daß d'Alcacer zusammenfuhr, »meinte ich es natürlich nicht wörtlich.« Er sprach nun in einem etwas lehrhaften Ton und schien sich keiner Pause bewußt zu sein, in der er dem äußeren Anschein nach geschlafen hatte. D'Alcacer war mehr denn je überzeugt, daß er den Schlaf nur simuliert hatte, und hörte, die Arme über der Brust gekreuzt, mit müder Resignation zu. »Was ich eigentlich meinte«, fuhr Mr. Travers fort, »war, daß sie das Opfer einer Manie ist. Die Gesellschaft, wie Sie wohl wissen, ist solchen Manien sehr zugänglich. An sich ist nichts dagegen einzuwenden, aber das Schlimme bei meiner Frau ist, daß ihre Verrücktheiten gar nichts mit denjenigen der Leute ihrer Gesellschaftsklasse zu tun haben. Im allgemeinen sind sie ihnen gerade entgegengesetzt. Diese Eigentümlichkeit hat mir manches Mal zu denken gegeben, Sie verstehen, in Anbetracht der Position, die wir einnehmen. Die Leute werden noch sagen, sie sei exzentrisch. Sehen Sie sie eigentlich irgendwo, d'Alcacer?«
D'Alcacer war im stillen dankbar sagen zu können, daß er Mrs. Travers nirgends erblicke. Er hörte nicht einmal leises Sprechen, obwohl er nicht daran zweifelte, daß jedermann an Bord der *Emma* zur Zeit hellwach war. Aber Mr. Travers erfüllte ihn mit unüberwindlichem Mißtrauen, und so hielt er es für klug zu sagen: »Sie vergessen, daß Ihre Frau ein Zimmer im Deckshaus hat.«
Weiter wollte er nicht gehen, denn er wußte sehr wohl, daß sie nicht im Deckshaus war. Mr. Travers zeigte sich völlig befriedigt von dieser Auskunft und schwieg. D'Alcacer versank wieder ins Grübeln. Es war eine bedrückende Nacht, und die Stimme Lingards, die nach Jörgenson rief, hatte in der lautlosen Stille einen unheilvollen Klang. D'Alcacer blickte auf und

sah Mrs. Travers vor der Tür des Käfigs stehen. Er schritt auf sie zu, aber noch ehe er die Tür öffnen konnte, war sie eingetreten. Er sah, daß sie sehr erregt war. Sie schien völlig außer Atem und vorerst unfähig, ein Wort herauszubringen.
»Wollen wir nicht lieber die Tür schließen?« schlug d'Alcacer vor.
»Kapitän Lingard kommt noch«, flüsterte sie ihm zu. »Er hat einen Entschluß gefaßt.«
»Das ist ja ausgezeichnet«, bemerkte d'Alcacer ruhig. »Ich folgere daraus, daß wir etwas erfahren werden.«
»Sie werden alles von mir erfahren«, hauchte Mrs. Travers.
»Aha!« rief d'Alcacer sehr leise.
Inzwischen war Lingard auch eingetreten, und das Deck der *Emma* war von hin und her huschenden Gestalten belebt. Jörgensons Stimme war zu vernehmen, die Anweisungen erteilte. Fast eine Minute lang verhielten sich die vier Personen im Käfig vollkommen still. Ein schattenhafter Malaie am Fallreep sagte plötzlich: »*Sudah,* Tuan«, und Lingard sprach leise: »Wir sind so weit, Mrs. Travers.«
Sie ergriff d'Alcacer am Arm und führte ihn in die Ecke des Käfigs, die am weitesten von Mr. Travers' Feldbett entfernt war, während Lingard sich damit beschäftigte, den Docht der Laterne, die im Käfig hing, hochzuschrauben, als wenn es ihm mit einem Mal eingefallen wäre, daß, was auch geschah, nicht im Dunkeln vor sich gehen dürfte. Mr. Travers wandte lediglich den Kopf über die Schulter.
»Einen Augenblick«, sagte d'Alcacer leise, lächelnd über Mrs. Travers' Erregung. »Ehe Sie mir irgend etwas sagen, lassen Sie mich die Frage stellen: Haben *Sie* einen Entschluß gefaßt?«
Sehr überrascht sah er, wie ihre Augen sich weiteten. War sie entrüstet? Beide schwiegen einen Augenblick, als ob ein Argwohn zwischen sie getreten wäre. Dann sagte d'Alcacer in entschuldigendem Ton: »Vielleicht hätte ich diese Frage nicht stellen dürfen«, und Lingard hörte Mrs. Travers sagen: »Oh, diese Frage will ich Ihnen schon beantworten.«
Dann wurden ihre Stimmen leiser. Lingard hängte die Lampe wieder auf und stand müßig in ihrem helleren Licht; aber fast unmittelbar darauf hörte er, wie d'Alcacer ihn leise rief: »Kapitän Lingard!«
Er ging sogleich auf sie zu. In demselben Augenblick hatte sich Mr. Travers wieder abgewandt und blickte geradeaus.

D'Alcacer, sehr ernst, sprach wie zu einem Vertrauten: »Mrs. Travers sagt mir, daß wir den Mohren da drüben wieder ausgeliefert werden müssen.«

»Ja, es bleibt mir nichts anderes übrig«, sagte Lingard.

»Ich muß gestehen, das erschreckt mich ein wenig«, sagte d'Alcacer; aber abgesehen von einer leicht hastigen Art des Sprechens hätte ihm niemand auch nur die geringste Erregung anmerken können.

»Ich habe ein Recht darauf, meinen guten Ruf zu wahren«, sagte Lingard, auch sehr ruhig, während Mrs. Travers, neben ihm stehend mit halbverhülltem Gesicht, gleichmütig zuhörte.

»Ich möchte das keinen Augenblick in Frage ziehen«, sagte d'Alcacer entgegenkommend. »Wenn es sich um einen Ehrenpunkt handelt, ist kein Wort darüber zu verlieren. Aber es gibt auch so etwas wie Menschlichkeit. So hilflos ausgeliefert zu werden ...«

»Vielleicht!« unterbrach ihn Lingard. »Aber Sie brauchen nicht alle Hoffnung aufzugeben. Ich verfüge nicht über mein eigenes Leben, das ich für das Ihre einsetzen könnte, – Mrs. Travers weiß, warum. Aber mein Leben ist auch gebunden.«

»An Ihre Ehre?«

»Das weiß ich nicht. Ein Versprechen ist ein Versprechen.«

»Niemand kann von Ihnen das Unmögliche verlangen«, bemerkte d'Alcacer.

»Das Unmögliche! Was ist unmöglich? Ich weiß es nicht. Ich bin nicht der Mann, der vom Unmöglichen redet oder sich dahinter versteckt. Schließlich hab' ich Sie nicht hierher gebracht.«

D'Alcacer senkte einen Augenblick den Kopf. »Ich habe nichts mehr zu sagen«, erwiderte er ernst; »nur etwas möchte ich noch bemerken: ich hoffe, Sie halten mich nicht für übertrieben ängstlich.«

»Es ist außerdem das beste, was geschehen kann«, warf Mrs. Travers plötzlich ein. Nur ihre Lippen regten sich, sie hob nicht einmal die Augen. »Es ist jetzt die einzig mögliche Taktik. Glauben Sie mir das, Mr. d'Alcacer?« Er bewegte fast unmerklich den Kopf ... »Nun gut, ich setze meine ganze Hoffnung in Sie, Mr. d'Alcacer, daß die Sache so leicht wie möglich gehandhabt wird und uns eine unangenehme Szene erspart bleibt. Vielleicht denken Sie, es wäre an mir ...«

»Nein, das denke ich nicht«, unterbrach d'Alcacer sie. »Das wäre unmöglich.«
»Das fürchte ich auch«, gab sie nervös zu.
D'Alcacer hob die Hand, als wollte er sie bitten, nichts mehr zu sagen, und begab sich sogleich auf die andere Seite des Käfigs zu Mr. Travers. Er wollte sich keine Zeit lassen, um über seine Aufgabe nachzudenken. Mr. Travers saß auf seinem Feldbett, ein leichtes baumwollenes Laken über den Beinen. Er starrte ins Leere, und d'Alcacer versuchte, als er sich ihm näherte, die eigene Mutlosigkeit zu unterdrücken, die ihn beim Anblick dieses scheinbar von Schrecken erfüllten Mannes befiel. ›Das ist ja furchtbar‹, dachte er. Der Mann saß wie erstarrt da.
D'Alcacer, der sich diesem Eindruck nicht ganz entziehen konnte, mußte sich erst zusammenraffen und überwinden, um dem anderen leicht auf die Schulter zu klopfen.
»Der Augenblick ist gekommen, Travers, einigen Mut an den Tag zu legen«, sagte er aufmunternd. Mr. Travers blickte rasch auf. »Ich habe eben mit Ihrer Frau gesprochen. Sie hat von Kapitän Lingard eine Mitteilung erhalten, die uns beide betrifft. Es bleibt uns jetzt nichts übrig, als so gut wie möglich unsere Würde zu wahren. Ich hoffe, wir beide werden, wenn es nötig ist, zu sterben wissen.«
In einem Augenblick tiefster Stille hatte d'Alcacer Zeit, sich zu fragen, ob sein Gesicht einen ebenso steinernen Ausdruck trug wie das des anderen, das zu ihm aufblickte. Aber plötzlich erschien ein Lächeln auf Mr. Travers' Miene, was gewiß das Letzte war, das d'Alcacer zu sehen erwartet hatte. Unzweifelhaft ein Lächeln. Ein leicht verächtliches Lächeln.
»Meine Frau hat Ihnen den Kopf mit noch mehr von ihrem Unsinn vollgestopft.« Mr. Travers sprach mit einer Stimme, die d'Alcacer noch mehr als das Lächeln verblüffte, einer Stimme, die weder gereizt noch mürrisch klang, sondern eher und unverkennbar nachsichtig. »Mein lieber d'Alcacer, sie ist so von ihrer verrückten Idee besessen, daß sie Ihnen die unmöglichste Geschichte einreden würde. In der Gesellschaft gewinnen Betrüger, Medien, Wahrsager und Scharlatane aller Art einen seltsamen Einfluß auf Frauen. Dergleichen haben Sie ja selbst gesehen. Vor dem Abendessen hatte ich ein Gespräch mit ihr. Es ist einfach unglaublich, welchen Einfluß dieser Bandit über sie erlangt hat. Ich glaube wirklich, der Kerl ist selbst halb verrückt. Das kommt oft vor, wissen Sie. Ich hab' es

aufgegeben, mit ihr zu streiten. Also, was haben Sie mir denn zu sagen? Aber ich sage Ihnen gleich, daß ich nicht daran denke, es ernst zu nehmen.«
Er warf energisch das Laken zurück, stellte die Füße auf den Boden und knöpfte sich die Jacke zu. D'Alcacer wurde, während er erzählte, an den leisen Geräuschen hinter sich gewahr, daß Mrs. Travers und Lingard den Käfig verließen, aber er sprach zu Ende und wartete dann bewegt auf Travers' Antwort.
»Sehen Sie! Sie ist ihm hinaus aufs Deck gefolgt«, fing Mr. Travers an. »Ich hoffe, es ist Ihnen klar, daß das bloße Verrücktheit ist. Das müssen Sie doch sehen. Schauen Sie sich bloß ihr Kostüm an. Sie hat einfach den Verstand verloren. Zum Glück braucht das die Welt nicht zu erfahren. Aber stellen Sie sich vor, etwas Ähnliches wäre zu Hause passiert. Das wäre außerordentlich peinlich gewesen. O ja, ich komme mit. Ich will überall hingehen. Ich kann diese alte Hulk nicht ausstehen, diese Leute, diesen gottverdammten Käfig. Ich glaube, ich würde krank werden, wenn ich hier bleiben müßte.«
Die innerlich gleichgültige Stimme Jörgensons ward nun vernehmlich; aus der Nähe des Fallreeps her sagte sie: »Das Boot wartet schon seit einer Stunde auf Sie, König Tom.«
»Dann wollen wir aus der Not eine Tugend machen und mit gutem Anstand gehen«, sagte d'Alcacer, bereit, Mr. Travers gut zuzureden und am Arm zu nehmen, denn er wurde nicht recht klug aus ihm.
Aber Mr. Travers schien wie ausgewechselt. »Ich fürchte, d'Alcacer, Ihr Verstand hat auch schon etwas gelitten. Ich werde mir übrigens diese Decke mitnehmen...« Er warf sie hastig über den Arm und folgte d'Alcacer auf dem Fuße. »Was mir am meisten zu schaffen macht, das ist merkwürdigerweise diese Kälte.«
Mrs. Travers und Lingard standen wartend am Fallreep. Jedermann war äußerst überrascht, als Mr. Travers sich zuerst an seine Frau wandte.
»Du hast immer über anderer Leute Verrücktheiten gelacht«, sagte er, »und nun hast du selbst einen Sparren. Aber wir wollen nicht weiter darüber reden.«
D'Alcacer ging vorbei, seine Mütze vor Mrs. Travers lüftend, und stieg das Fallreep hinab ins Boot. Jörgenson war auf seine Art lautlos verschwunden wie ein Gespenst, Lingard trat zurück, und Mann und Frau standen einander gegenüber. »Hast

du geglaubt, ich werde viel Aufhebens von der Sache machen?« fragte Mr. Travers sehr leise. »Ich versichere dir, ich gehe lieber, als daß ich hier bleibe. Das hast du nicht gedacht? Du hast das Gefühl für Wirklichkeit oder Wahrscheinlichkeit verloren. Gerade heute abend dachte ich, ich würde lieber sonstwo sein als hier und dich vor Augen haben, deine Dummheiten ...«

Mrs. Travers' lautes »Martin!« ließ Lingard zusammenfahren; d'Alcacer drunten im Boot hob den Kopf, und selbst Jörgenson, irgendwo vorne außer Sicht, unterließ es, in seinen Schnurrbart zu murmeln. Der einzige, der den Ausruf nicht gehört zu haben schien, war Mr. Travers selbst, der ungerührt fortfuhr: »... deine Geistesverwirrung, gerade bei dir, da du doch sonst so erhaben schienst über die Leichtgläubigkeit anderer. Du bist nicht mehr du selbst, durchaus nicht, und eines Tages wirst du mir das zugeben ... Nein, das beste wird sein, es zu vergessen, wie du bald selbst einsehen wirst. Wir werden in Zukunft die Angelegenheit überhaupt nicht erwähnen. Ich bin sicher, du wirst nur zu froh sein, mir in diesem Punkte zuzustimmen.«

»Wie weit siehst du denn in die Zukunft?« fragte Mrs. Travers, die nun die Stimme und sogar den Tonfall wiederfand, mit dem sie zu ihm gesprochen hätte, wären sie im Begriff gewesen, sich in der Vorhalle des eigenen Hauses in der Heimat zu verabschieden. Es war, als hätte sie ihn gefragt, wann er nach Hause zu kommen gedenke, während ein Diener die Tür offenhielt und draußen die Equipage auf der Straße wartete.

»Nicht sehr weit. Sehr lange kann diese Geschichte ja nicht mehr dauern.« Mr. Travers machte eine Bewegung des Verabschiedens, genau so, als müßte er sich beeilen, eine Verabredung einzuhalten. »Übrigens«, sagte er und blieb stehen, »ich nehme an, der Kerl weiß recht gut, daß wir wohlhabend sind. Daran könnte er schwerlich zweifeln.«

»Das ist das letzte, was er sich einfallen lassen würde«, sagte Mrs. Travers.

»Ach so, na ja«, sagte Mr. Travers, wobei ihm seine Ungeduld etwas anzumerken war. »Aber ich muß dir sagen, daß ich diese Geschichte nun satt habe. Ich bin bereit, einige – ahem! – einige Konzessionen zu machen. Ein großes pekuniäres Opfer zu bringen. Wenn nur die ganze Lage nicht so absurd wäre! Ich könnte mir denken, daß er an meiner Zuverlässigkeit zweifelt. Wäre es nicht ganz gut, wenn du, bei deinem Einfluß, ihm

andeuten würdest, daß er bei mir nichts zu befürchten braucht? Ich stehe zu meinem Wort.«
»Das ist das erste, was er als selbstverständlich von jedem Menschen annimmt«, sagte Mrs. Travers.
»Willst du denn nicht endlich die Dinge sehen, wie sie sind?« fing Mr. Travers gereizt von neuem an, gab es dann aber auf. »Na gut, um so besser. Ich lasse dir freie Hand.«
»Was bringt dich dazu, deine Haltung so zu ändern?« fragte Mrs. Travers mißtrauisch.
»Meine Achtung für dich«, erwiderte er ohne Zögern.
»Ich hatte die Absicht, deine Gefangenschaft zu teilen. Ich versuchte gerade, ihn zu überreden ...«
»Das verbiete ich dir absolut«, flüsterte Mr. Travers heftig. »Ich bin froh, hier wegzukommen. Ich möchte dich nicht wieder sehen, bis du deine Verrücktheit wieder los bist.«
Sie war bestürzt über seine versteckte Heftigkeit. Aber unmittelbar nach seinem wilden Geflüster ließ er ein kurzes, leeres höfliches Lachen hören und ein viel lauteres: »Nicht daß ich irgendwelches Gewicht darauf legte ...«
Er stürzte gewissermaßen von seiner Frau fort, und als er das Fallreep hinunterstieg, winkte er ihr liebenswürdig zu.
Im trüben Licht der Laterne auf dem Dach des Deckhauses blieb Mrs. Travers sehr still mit gesenktem Kopf stehen; sie bot den Anblick tiefen Nachdenkens. Es dauerte nur einen Augenblick, dann regte sie sich und ging dicht an Lingard vorbei in ihr Deckhaus; sie hielt ihre Augen niedergeschlagen. Lingard hörte, wie sie die Tür schloß. Er wartete eine Weile, wandte sich zum Fallreep, hielt aber inne und folgte Mrs. Travers in ihre Kammer.
Drinnen war es völlig finster. Er konnte absolut nichts erkennen, die tiefe Stille bedrückte ihn, kein Laut war zu hören, nicht einmal das Geräusch des Atmens. »Ich fahr jetzt an Land«, fing er an, das finstere todesartige Schweigen brechend, das ihn und die unsichtbare Frau umgab. »Ich wollte mich von Ihnen verabschieden.«
»Sie fahren also an Land«, wiederholte Mrs. Travers. Ihre Stimme war ruhig, leer, klanglos.
»Ja, für ein paar Stunden, oder für immer«, sagte Lingard gemessen. »Kann sein, daß ich mit ihnen sterben muß oder vielleicht auch für andere. Ich möchte für Sie leben, wenn ich bloß wüßte, wie ich das anfangen soll. Ich sage Ihnen das, weil

es dunkel ist. Wenn hier drinnen Licht gewesen wäre, wäre ich gar nicht hereingekommen.«

»Ich wünschte, Sie wären nicht hereingekommen«, erwiderte die klanglose Stimme der Frau. »Immer, wenn Sie zu mir kommen, haben Sie Leben und Tod anderer in der Hand.«

»Ja, es ist zuviel für Sie«, bemerkte Lingard dazu, mehr für sich als für sie. »Sie können nicht anders als hoffen und ehrlich sein. Und Sie sind unschuldig! Wünschen Sie mir nicht das Leben, aber wünschen Sie mir Glück, denn Sie sind unschuldig – und Sie werden sich auf Ihr Glück verlassen müssen.«

»Viel Glück, König Tom«, hörte er sie im Dunkeln sagen, worin er nun den Schimmer ihres Haares zu erkennen glaubte. »Ich werde schon durchkommen. Und versuchen Sie nicht wieder, mir nahe zu kommen, denn ich bin Ihrer müde.«

»Das kann ich wohl glauben«, murmelte Lingard und trat aus der Kammer, die Tür hinter sich leise schließend. Eine halbe Minute etwa dauerte die Stille noch an, dann stürzte der Rohrsessel im Dunkeln um. Im nächsten Augenblick erschien Mrs. Travers' Kopf im Licht der Lampe, die immer noch auf dem Dach des Deckhauses stand. Ihre nackten Arme klammerten sich an die Türpfosten.

»Warten Sie einen Augenblick«, rief sie laut in die Schatten an Deck. Sie vernahm keinen Schritt, sie sah nichts, das sich bewegte, außer der weißen Gestalt des ehemaligen Kapitäns Jörgenson, die gerade verschwand; und Jörgenson kümmerte sich nicht mehr um die Menschen. »Warten, König Tom!« rief sie wieder, und dann: »Ich hab's nicht so gemeint. Glauben Sie das doch nicht!« rief sie verzweifelt.

Zum zweitenmal war's die Stimme einer Frau, die die Herzen der Männer an Bord der *Emma* erschreckte – alle Herzen mit Ausnahme desjenigen des alten Jörgenson. Die Malaien auf den Duchten im Boot blickten auf. D'Alcacer, der neben Lingard im Hecksitz saß, fühlte, wie ihm der Mut sank.

»Was ist das?« rief er. »Ich höre Ihren Namen rufen an Deck. Ich glaube, man braucht Sie.«

»Setz ab!« befahl Lingard ungerührt, ohne d'Alcacer auch nur anzusehen. Mr. Travers war der einzige, der überhaupt nichts zu bemerken schien. Lange, nachdem das Boot von der *Emma* abgelegt hatte, beugte er sich zu d'Alcacer hinüber. »Ich habe ein ganz sonderbares Gefühl«, sagte er vorsichtig. »Mir kommt es so vor, als schwebte ich in der Luft. Ich weiß es nicht. Sind wir auf dem Wasser, d'Alcacer? Sind Sie ganz sicher? Aber selbstverständlich, wir sind auf dem Wasser.«

»Ja«, sagte d'Alcacer in demselben Ton. »Vielleicht fahren wir gerade über den Styx.« Er hörte, wie Travers ein gleichmütiges »Sehr wahrscheinlich« äußerte, das er nicht erwartet hatte. Lingard, die Hand am Steuer, saß da wie aus Stein gehauen.

»Dann hat sich Ihr Standpunkt wohl geändert«, flüsterte d'Alcacer.

»Ich sagte meiner Frau, sie sollte ein Angebot machen«, ging das ernsthafte Flüstern des anderen fort. »Eine Geldsumme. Aber offen gesagt, ich glaube nicht recht an den Erfolg.«

D'Alcacer antwortete nicht; er fragte sich nur, ob ihm Mr. Travers' andere, unvernünftige Stimmung nicht lieber sei. Man konnte die Tatsache nicht leugnen, daß Mr. Travers eine beunruhigende Persönlichkeit war. Jetzt packte er plötzlich d'Alcacers Unterarm und äußerte ganz leise: »Ich zweifle an allem. Ich zweifle daran, ob das Angebot überhaupt je gemacht werden wird.«

Alles das war nicht sehr würdevoll. Es lag etwas Erbärmliches darin, in diesem Flüstern, diesem Zupacken und Schaudern – es war wie bei einem Kind, das im Dunkeln Angst hat. Doch die Erregung saß tief. Zum zweitenmal an diesem Abend meldete sie sich, aber dieses Mal wachgerufen durch die Not des Ehemannes, und d'Alcacers Verwunderung war nicht weit entfernt von der Scheu des Mitgefühls.

SECHSTER TEIL

DIE FORDERUNG DES LEBENS UND DER ZOLL DES TODES

I

»Haben Sie vielleicht König Toms Uhr da drinnen?« fragte eine Stimme, die der Frage nicht die geringste Bedeutung beizumessen schien. Jörgenson, vor der Tür zu Mrs. Travers' Raum im Deckhaus, wartete auf Antwort. Er vernahm einen leisen Ausruf, der sehr nach einem Aufstöhnen klang, wie ein erschreckter Schmerzensruf, den man zuweilen in Krankenzimmern zu hören bekommt. Aber das rührte ihn keineswegs. Es wäre ihm nicht im Traum eingefallen, die Tür zu öffnen, wenn er nicht ausdrücklich dazu aufgefordert wurde, und in diesem Fall hätte er mit völliger Gleichgültigkeit Mrs. Travers vorgefunden, wie sie auf dem Boden ausgestreckt lag, den Kopf auf dem Rand des Feldbetts (auf dem Lingard niemals geschlafen hatte), als ob sie zusammengesunken sei aus einer knieenden Stellung, wie man sie im Gebet, als Schutzflehender oder in einer Niederlage einnimmt. Die Stunden der Nacht waren unbemerkt über Mrs. Travers dahingeglitten. Nachdem sie sich, sie wußte nicht warum, auf die Knie geworfen hatte – denn sie konnte sich nicht denken, zu wem sie beten sollte, sie hatte niemanden anzuflehen und war zu erschöpft, um so etwas Unnützes wie Verzweiflung zu empfinden –, war sie so verblieben, bis das Gefühl der Erschöpfung in ihr den Punkt erreicht hatte, an dem sie nicht mehr glaubte aufstehen zu können. In halb sitzender Stellung, den Kopf an den Rand des Feldbettes gelehnt und die Arme über dem Kopf verschlungen, versank sie in eine Teilnahmslosigkeit, in die schiere Gleichgültigkeit eines an Leib und Seele völlig erschöpften Menschen, die einzige Art Ruhe, die so oft einem Schwerkranken willkommen ist. Jörgensons Stimme weckte sie aus diesem Zustand. Sie richtete sich mit schmerzenden Gliedern und steif vor Kälte auf.

Hinter der Tür wiederholte Jörgenson beharrlich und mit

tonloser Stimme seine Frage: »Sehen Sie da drinnen irgendwo König Toms Uhr?«

Mrs. Travers stand auf. Sie stolperte, griff in die Luft und bekam die Rücklehne des Rohrsessels zu fassen.

»Wer ist da?«

Sie hätte ebenso gut fragen können: »Wo bin ich?«, aber sie besann sich und wurde sogleich die Beute der jagenden Angst, die einige Stunden in ihrem in unbequemer Stellung ausgestreckten Leibe geschlummert hatte. »Wie spät ist es?« stammelte sie.

»Es dämmert«, erwiderte gleichmütig die Stimme an der Tür. Ihr schien, als läge etwas in dem Wort, das jedem Herzen den Mut benehmen könnte. Dämmerung! Sie stand starr vor Schrecken. Und draußen vor der Tür fragte die beharrliche, tonlose Stimme wieder: »Sie müssen doch Toms Uhr da drinnen haben!«

»Ich habe sie nicht gesehen«, rief sie, als sei sie von einem Traum gequält.

»Sehen Sie doch mal in dem Pult nach. Wenn Sie den Laden aufmachen, werden Sie sie sehen können.«

Jetzt erst gewahrte Mrs. Travers, wie finster es in der Kammer war. Jörgenson hörte sie drinnen umhertappen. Nach einer kleinen Weile sagte eine Frauenstimme, die selbst ihm seltsam vorkam, leise: »Ich habe sie. Aber sie steht.«

»Das macht nichts. Ich will nicht wissen, wieviel Uhr es ist. Da muß noch ein Schlüssel dabei sein. Sehen Sie ihn irgendwo?«

»Ja, er ist an der Uhr befestigt«, erwiderte die benommene Stimme von drinnen. Jörgenson wartete etwas, ehe er seine Bitte aussprach. »Würden Sie sie mir herausreichen? Wir haben nicht mehr viel Zeit zu verlieren!«

Die Tür flog auf, was Jörgenson bestimmt nicht erwartet hatte. Er hatte nur eine Hand zu sehen erwartet, die die Uhr durch einen schmalen Spalt reichen würde. Aber er fuhr nicht zurück und zeigte sich auch sonst nicht überrascht, Mrs. Travers voll angekleidet zu sehen. In der schwachen Helligkeit des offenstehenden Fensterladens zeigte sich der dunkle Umriß ihrer Schultern, darüber der glatte Kopf, den noch die beiden Zöpfe einrahmten. In ihrem uneuropäischen Kostüm war Mrs. Travers für Jörgenson schon immer ein unerfreulicher, lächerlicher Anblick gewesen. Ihre Statur, ihre Gesten, ihre ganze Art sich zu bewegen, schienen in seinen Augen zu einem malaiischen Kostüm absolut nicht zu passen – zu weit ausgreifend, zu frei, zu herausfordernd, eben anstößig. Jörgenson seinerseits bot Mrs. Travers im Zwielicht des Ganges den Anblick eines gespensterhaften weißen Schemens, dessen eisige Zurückhaltung sie erschauern ließ.

Er nahm die Uhr aus ihrer ausgestreckten Hand, ohne mit einem Wort zu danken. Er brummte nur in seinen Schnurrbart: »Hm ja, das ist sie. Ich habe noch nicht vergessen, wie man Sekunden richtig zählt, aber es ist besser, man hat eine Uhr.« Sie hatte nicht die geringste Ahnung, was er meinte. Und es war ihr einerlei. Ihr Sinn war nach wie vor verwirrt, und das Gefühl körperlichen Unbehagens bedrückte sie. Beschämt flüsterte sie: »Ich glaube, ich habe geschlafen.«

»Ich nicht«, murrte Jörgenson, den sie immer deutlicher erkennen konnte. Die kurze Dämmerung nahm rasch an Helligkeit zu, als ob die Sonne ungeduldig wäre, die Siedlung zu bescheinen. »Schlafen – kommt nicht in Frage«, setzte er großspurig hinzu.

Es fiel Mrs. Travers ein, daß auch sie vielleicht gar nicht geschlafen hatte. Sie hatte vielmehr gleichsam in einem unvollständigen, halbwachen, bebenden Todeszustand gelegen. Sie schauderte, als sie daran dachte.

»Was für eine furchtbare Nacht«, murmelte sie traurig.

Von Jörgenson war keine Ermutigung zu erwarten. Sie nahm an, er werde verschwinden, teilnahmslos wie der Geist eines Toten, die entsprechend tote Uhr in der Hand zu irgendeinem unirdischen Zweck tragend. Aber Jörgenson rührte sich nicht vom Fleck. Er stand da, eine gefühllose, fast sinnlose Erscheinung, aus der nichts herauszubekommen war. In einem Anfall von Angst, die so verworren war wie alle ihre übrigen Empfindungen, rief sie außer sich: »Können Sie mir nicht irgendwas sagen?«

Eine halbe Minute vielleicht gab Jörgenson keinen Laut von sich; dann sagte er: »Jahrelang hab' ich jedem Antwort gegeben, dem es einfiel zu fragen.« Er murrte in seinen Schnurrbart: »Auch Tom hab' ich meine Meinung gesagt. Und Tom wußte, was er wollte. Wie soll einer wissen, was *Sie* vorhaben?«

Nie hatte sie erwartet, so viele Worte von dem starren Gespenst zu hören. Das monotone Gemurmel war von eigentümlichem Reiz, die plötzliche Beredsamkeit erschreckend. Und in der tiefen Stille, die ringsumher herrschte, war es, als sei außer ihr in der Welt niemand mehr vorhanden als das Phantom dieses alten Abenteurers. Wieder ließ er sich vernehmen: »Was ich Ihnen sagen könnte, würde auf Sie schlimmer wirken als Gift.«

Mrs. Travers war mit Jörgensons gewohnheitsmäßiger Ausdrucksweise nicht vertraut. Die mechanisch sprechende Stimme, die Worte selbst, seine unzugängliche Miene brachten sie zum Verzagen. Und er war noch nicht fertig; sie fing noch mehr von seinem gegenstandslosen Gemurmel auf: »Es gibt nichts, was ich nicht weiß« – eine Behauptung, die in ihrer Unsinnigkeit beklemmend wirkte. Mrs. Travers rang nach Luft und rief mit einem kurzen wilden Auflachen: »Dann wissen Sie auch, warum ich gestern abend König Tom nachrief!«

Er blickte über die Schulter durch die Türöffnung des Deckhauses hinweg in die zunehmende Helligkeit des Tages. Auch sie blickte dorthin. Der Tag kam. Er war angebrochen! Wieder ein Tag! Und er erschien Mrs. Travers als schlimmeres Unheil, als sie je erlebt hatte und sich überhaupt vorstellen konnte. Aber eben der Umfang des Entsetzens betäubte sie, schien ihre Aufregung zu beruhigen, wie gewisse Arten tödlicher Drogen wirken, ehe sie den Tod herbeiführen. Sie legte ihre Hand fest auf Jörgensons Arm und sprach ruhig, deutlich, dringend: »Sie waren an Deck. Ich möchte wissen, hat man mich gehört?«

»Ja«, sagte Jörgenson geistesabwesend. »Ich habe Sie gehört.« Dann, als sei er ein wenig aufgewacht, setzte er etwas weniger mechanisch hinzu: »Das ganze Schiff hat Sie gehört.« Mrs. Travers fragte sich, ob sie nicht vielleicht einfach geschrien hatte. Es war ihr noch gar nicht eingefallen, daß das der Fall sein mochte. Als sie rief, war es ihr, als hätte sie nicht mehr Kraft als zu einem Flüstern. War sie wirklich so laut gewesen? Und die tödliche Kälte, die von der vergangenen Nacht ihr im Körper verblieben war, schwand aus ihren Gliedern und wich einem jähen Erröten. Sie wandte ihr Gesicht aus dem Hellen, und das gab ihr den Mut fortzufahren. Überdies war der Mann vor ihr bar aller menschlichen Schwächen, Einbildungen und Lebenspläne, daß er gar nicht mehr zählte, außer daß er es zeitweise irgendwie fertigbrachte, wenigstens den buchstäblichen Sinn der an ihn gerichteten Worte aufzufassen – und zu beantworten. Sogar zu beantworten! Und zwar unfehlbar, unpersönlich, ohne jede Empfindung.

»Sie haben doch Tom – König Tom gesehen? War er dabei? Ich meine, gerade in jenem Augenblick. Da war ein Licht an dem Fallreep. War er an Deck?«

»Nein. Im Boot.«

»Schon? Kann es sein, daß man mich da unten im Boot gehört hat? Sie sagen, das ganze Schiff hörte mich – das ist mir gleich. Aber konnte er mich hören?«

»War es Ihnen um Tom zu tun?« sagte Jörgenson im Ton einer nachlässigen Bemerkung.

»Können Sie mir nicht antworten?« rief sie zornig.

»Tom hatte zu tun. Kein Kinderspiel. Das Boot stieß ab«, sagte Jörgenson, als wenn er lediglich laut dächte.

»Sie wollen mir also nicht antworten?« redete Mrs. Travers ihn furchtlos an. Sie hatte keine Angst vor Jörgenson. Eben jetzt fürchtete sie nichts und niemanden.

Und Jörgenson fuhr fort, laut zu denken. »Ich nehme an, er wird von jetzt an fortwährend zu tun haben, und ich auch.«

Mrs. Travers hatte das Gefühl, ihn bei den Schultern packen und das eintönig redende Gespenst schütteln zu müssen, bis es um Gnade bat. Aber plötzlich sanken ihr die kräftigen weißen Arme, die Arme einer erschöpften Frau.

»Ich werde es niemals erfahren, niemals«, flüsterte sie. Sie schlug die Augen nieder in unerträglicher Demütigung, in unerträglichem Verlangen, und es war, als hätte sie ihr Gesicht verschleiert. Nicht ein Laut drang in die Einsamkeit ihrer Gedanken. Aber als sie die Augen wieder hob, stand Jörgenson nicht mehr vor ihr. Einen Augenblick noch sah sie ihn, eine schwarze Gestalt, gegen das strahlende Licht der Türöffnung, im nächsten Moment war er verschwunden, als hätte das heiße Leuchten ihn aufgelöst. Über dem ›Gestade der Zuflucht‹ war die Sonne aufgegangen.

Mrs. Travers erschien nun selber an Deck, wie immer mit unverschleiertem Gesicht, und die Augen, weit geöffnet und trocken, trugen die Spuren der Schlaflosigkeit. Ihr starrer Blick, unbekümmert um die grelle Sonne, drang in das Herz der Dinge, wie an jedem Tag, den ihre von Furcht und Ungeduld erfüllte Leidenschaft überwinden mußte. Die Lagune, der Strand, die Farben und die Gestalten erschienen ihr mehr denn je wie eine leuchtende Malerei auf einem riesigen Vorhang, der die Ereignisse eines unerklärlichen Lebens verbarg. Sie beschattete die Augen mit der Hand. Am Strand, auf dem weißen, von Einfriedungen begrenzten Halbkreis, bewegten sich vor dem Hintergrund der Dachfirste, die über die Palmenhaine ragten, Gestalten wie dunkle Tupfen. Weiter hinten funkelte die geschnitzte Koralle auf dem Dach der Moschee wie ein weißglänzendes Tagesgestirn. Religion und Politik – immer Politik! Zur Linken, vor Tenggas Einfriedung, hatte sich das flammende Feuer in eine Rauchsäule verwandelt. Aber einige hohe Bäume versperrten ihr die Sicht, und Mrs. Travers konnte nicht erkennen, ob die Sitzung des nächtlichen Rates noch andauerte. Einige undeutliche Gestalten gingen dort hin und her, und sie konnte sich ausmalen, wer das war: Daman, der Oberhäuptling der Seeräuber, mit seinem rachsüchtigen Herzen und den Augen einer Gazelle; Sentot, der mürrische Fanatiker mit dem großen Turban, dieser heilige Widersacher Belarabs mit dem spärlichen Lendentuch und dem mit Asche bedeckten Haar; und schließlich Tengga, den sie sich vom Hörensagen her vorstellen konnte: dick, gutmütig, schlau, aber bereit, auf seinem ehrgeizigen Wege Blut zu vergießen, und schon so dreist, einen gelben Staatsschirm vor dem Tor zu Belarabs Einfriedung aufzupflanzen – so sagte man wenigstens. Sie sah jetzt ein, sie gab vor sich selbst zu, daß diese Dinge Wirklichkeit waren und nicht nur ein ihr zu Gefallen mit barbarischem Prunk und exotischem Zeremoniell veranstaltetes Schauspiel. Es war jetzt nicht mehr nur ein Schauspiel – daran zweifelte sie nicht –, aber in ihrer Seele verspürte sie davon nicht mehr, als man von der Tiefe des Meeres unter seiner friedlich glitzernden Oberfläche oder dem Aufruhr seines stürmischen Tobens verspürt. Ihr Blick reichte weit, ungläubig und voller Furcht – und dann fiel er mit einem Mal auf den leeren Käfig, in dem Unordnung herrschte; die Feldbetten waren noch nicht weggeräumt, ein Kissen lag auf dem Boden, in der über dem Tisch hängenden Laterne schwelte noch das wie ein stumpfgelber Stoffetzen aussehende Licht. Das Ganze kam ihr so unsauber vor, als sei es bereits verfault, wie ein trostloses Bild der Phantasie. Nur Jörgenson, der mit dem Rücken zum Käfig an Deck saß, war nicht müßig. Seine Tätigkeit allerdings sah phantastisch und geradezu kindisch aus, daß ihr bei dem Anblick des tief Beschäftigten vollends der Mut sank. Jörgenson hatte vor sich auf den Deckplanken mehrere Enden von ziemlich dünnen und schmutzig aussehenden Schnüren verschiedener Länge, von etwa zwei Zoll bis ungefähr einem Fuß, ausgebreitet und sie an einem Ende angezündet – es sah aus wie die Spielerei eines Schwachsinnigen. Die Enden verglimmten erstaunlich schnell, wobei sie ab und zu einige Funken versprühten und sehr schlanke, genau parallele Rauchsäulchen in die stille Luft über Deck aufsteigen ließen, Säulchen, die sich leicht kräuselten, ehe sie verschwanden; und Jörgenson widmete diesem Zeitvertreib eine Hingabe, daß man das Vertrauen auf seinen Verstand endgültig verlieren mochte.

In der einen, halb geöffneten Hand hielt er die Uhr. Außerdem hatte er sich mit einem Stück Papier und einem Bleistiftstummel versehen. Mrs. Travers war davon überzeugt, daß er sie weder hörte noch sah.

»Kapitän Jörgenson, Sie denken doch sicherlich ...«

Er versuchte, sie mit dem Bleistiftstummel abzuwehren; offenbar wünschte er in seiner seltsamen Beschäftigung nicht gestört zu werden. In der Tat war er in sein Spiel sehr ernsthaft vertieft. »Ich habe sie alle gleichzeitig angesteckt«, murmelte er, ein Auge auf das Zifferblatt der Uhr gerichtet. In diesem Augenblick erlosch das völlig verbrannte kürzeste Ende. Jörgenson machte eine hastige Notiz und verhielt sich still, während Mrs. Travers ihn mit starren Augen betrachtete und bei sich dachte, daß es nichts mehr auf der Welt gäbe, das einen Sinn hatte. Die anderen Rauchsäulen stiegen noch vor dem aufmerksamen Jörgenson auf, kräuselten sich und verschwanden. »Was machen Sie denn da?« fragte Mrs. Travers bekümmert.

»Branddauer messen ... zur Vorsicht ...«

Noch nie war er Mrs. Travers weniger gespensterhaft erschienen. Was an ihm nun deutlich wurde, das war einfach Altersschwäche. Gereizt darüber, daß sie ihn störte, teilte er seine Aufmerksamkeit zwischen den Rauchfäden und dem Zifferblatt der Uhr, mit solchem Interesse, daß ihm der plötzliche Widerhall mehrerer Gewehrschüsse, die zum erstenmal seit Tagen die Stille über der Lagune unterbrachen, und die Illusion, daß das Ganze ein Gemälde sei, zerstörten, ihm keinen Eindruck machte; er hob nicht einmal den Kopf, er schüttelte ihn nur etwas. Mrs. Travers spähte nach den weißen Rauchstreifen, die über Belarabs Einfriedung verschwebten. Die Reihe scharfer Schüsse brach ab, und ihr Widerhall kam über die

Lagune wie ein lang hingezogener Seufzer, zu welchem sich die Echos vereinigt hatten.
»Was ist das?« rief Mrs. Travers.
»Belarab ist nach Hause gekommen«, sagte Jörgenson.
Der letzte Rauchfaden verschwand, und Jörgenson stand auf. Er hatte nun jedes Interesse an der Uhr verloren und schob sie nachlässig in die Tasche, zusammen mit dem Stück Papier und dem Bleistiftstummel. Er hatte wieder seine Haltung angenommen, die mit dem Leben der Menschen nichts mehr zu tun haben wollte; aber als er sich der Reling näherte, geruhte er doch, nach Belarabs Einfriedung hinüberzuschauen.
»Ja, er ist zu Hause«, sagte er sehr leise.
»Und was wird jetzt geschehen?« rief Mrs. Travers. »Was soll man tun?« Jörgenson machte nach wie vor den Eindruck, als spräche er nur mit sich selbst.
»Ich weiß, was ich zu tun habe«, mummelte er.
»Da können Sie froh sein«, sagte Mrs. Travers mit äußerster Bitterkeit.
Sie kam sich vor, als sei sie von aller Welt im Stich gelassen. Das gegenüber gelegene Ufer der Lagune bot wieder den Anblick eines bemalten Vorhangs, der nie aufrollen und hinter seinem verblendenden und seelenlosen Glanz die Wahrheit enthüllen würde. Ihr war, als hätte sie ihnen allen ihre letzten Worte gesagt: d'Alcacer, ihrem Mann, und Lingard – sie alle waren hinter dem Vorhang entschwunden für immer. Von allen Weißen war nur noch Jörgenson übrig, dieser Mensch, der mit dem Leben so vollständig abgeschlossen hatte, daß seine bloße Gegenwart es aller Wärme und alles Geheimnisvollen beraubte und nichts zurückließ als seine furchtbare, empörende Bedeutungslosigkeit. Und Mrs. Travers war nun so weit, sich zu empören. Mit unterdrückter Leidenschaft rief sie: »Sind Sie sich eigentlich bewußt, Kapitän Jörgenson, daß ich ein lebendes Wesen bin?«
Er wandte ihr seinen Blick zu, und einen Augenblick erschrak sie vor der glasigen Kälte seiner Augen. Aber ehe sie diesem Blick ausweichen konnte, erschien in seinen Augen so etwas wie das Glimmen eines belebenden Funkens.
»Ich möchte hinüber zu den anderen. Ich möchte zu der Bucht hinüber«, sagte sie entschlossen. »Dahin!«
Sie streckte ihren bloßen Arm aus und deutete über die Lagune,

und Jörgensons wieder zum Leben erwachte Augen glitten an dem weißen Arm entlang hinaus ins Weltall.

»Kein Boot«, murmelte er.

»Es muß ein Kanu geben. Ich weiß, da ist ein Kanu. Ich will es haben.«

Sie trat einen Schritt vor, als wollte sie ihn zwingen, ihm befehlen; sie versuchte, all ihre Willenskraft in ihrem Blick zu konzentrieren, das Bewußtsein ihres Rechts, über sich selbst zu bestimmen und den Anspruch zu erheben, bis zum letzten Augenblick ihres Lebens Gehorsam zu finden. Es war, als hätte sie nichts gesagt, nichts getan. Jörgenson rührte sich nicht.

»An wem von den Männern liegt Ihnen eigentlich?« fragte seine klang- und tonlose Stimme.

Sie sah ihn immer noch an; ihr Gesicht war zu einer strengen Maske erstarrt. Mit Mühe sprach sie deutlich: »Ich nehme an, Sie haben sich diese Frage schon seit einiger Zeit vorgelegt, Kapitän Jörgenson?«

»Nein. Aber ich frage Sie jetzt.«

Seine Miene verriet Mrs. Travers' scharf prüfenden und zugleich müden Augen nichts. »Was könnten Sie da drüben ausrichten?« setzte Jörgenson hinzu, so erbarmungslos, so bezwinglich und so offen, als sei er die Verkörperung jener inneren Stimme, die zeitweilig in uns allen laut wird und, wie Jörgenson, uns mit kränkenden und schwer zu beantwortenden Fragen zusetzt.

»Bedenken Sie, daß ich nicht ein Schatten, sondern immer noch eine lebendige Frau bin, Kapitän Jörgenson. Ich kann leben und ich kann sterben. Schicken Sie mich hinüber, ich will ihr Schicksal teilen.«

»Möchten Sie das wirklich?« fragte Jörgenson, gleichsam erwachend und mit einer unerwartet lebendigen Stimme, mit einem leisen Beben darin, das seit Jahren kein Mensch mehr vernommen hatte. »Es kann auch der Tod drinstecken«, mummelte er, wieder in seine Gleichgültigkeit sinkend.

»Wen kümmert das?« rief sie unerschrocken. »Ich möchte ja nur eine Frage an Tom richten und seine Antwort hören. Das ist alles, was ich will. Aber das muß ich haben.«

II

Auf dem heißen und dämmrigen Urwaldpfad, der, vernachlässigt und von Pflanzen überwuchert und vom wilden Leben erstickt, durch den Dschungel führte, war ein schwaches Rascheln von Blättern zu vernehmen. Jaffir, der Diener von Fürsten, der Bote der Großen, kam gebückt dahergewandert, ein breites Buschmesser in der Hand. Vom Gürtel aufwärts war er nackt, und seine Schultern und Arme waren zerkratzt und bluteten. Eine Wolke bissiger Insekten schwärmte um seinen Kopf. Sein kostbares Kopftuch, ein altes Erbstück, hatte er verloren, und wenn er an einer etwas freieren Stelle in horchender Stellung stehenblieb, hätte jeder ihn für einen Flüchtling gehalten.

Er schlug mit den Armen um sich, klatschte sich auf die Schultern, auf die beiden Seiten des Kopfs, die bebenden Flanken; dann horchte er wieder eine Weile regungslos. Von weitem drang der Laut von Schüssen, schwach nicht so sehr durch die Entfernung als gedämpft durch das dichte Laub des Dschungels, an seine Ohren, vereinzelte Schüsse, die er, wenn ihm daran lag, hätte zählen können. ›Da wird schon im Walde gekämpft‹, dachte er. Dann beugte er wieder den Kopf tief in den schmalen und niedrigen Tunnel, der sich durch das Pflanzengewirr zog, und stürzte vorwärts, hinaus aus der entsetzlichen Fliegen-Wolke, die er wenigstens für einen Augenblick hinter sich lassen konnte. Aber nicht die Grausamkeit der Insekten war's, wovor er floh, denn kein Mensch konnte hoffen, diese Begleitung loszuwerden, und Jaffir hatte sich in einem Leben als zuverlässiger Bote daran gewöhnt, wenn der übertriebene Ausdruck erlaubt ist, bei lebendigem Leibe aufgefressen zu werden. Fast bis zur Erde gebeugt, glitt und schlüpfte er zwischen den Bäumen dahin, durch das Unterholz, über seinen braunen Leib strömte der Schweiß, seine festen Glieder glänzten wie aus unvergänglicher Bronze geformt in der ewig wuchernden und welkenden Masse grünen Laubes. So verzweifelt er sich beeilte, war er doch nicht mehr auf der Flucht; er war einfach ein Mann, der es außerordentlich eilig hatte. Was als Flucht begonnen hatte, mit einem Sprung, einem Fortstürzen und der Entfaltung großer Geistesgegenwart, war schlechtweg auf eine kritische Situation zurückzuführen. Auswege aus kritischen Situationen sind in der Regel einfach,

wenn man flink genug ist, sie rechtzeitig wahrzunehmen. Er wurde sich sehr bald klar darüber, daß die Verfolger den Versuch, ihn zu fangen, aufgegeben hatten, aber er hatte den Pfad durch den Wald eingeschlagen, in unverminderter Eile, weil er seinen Rajah und die Herrin Immada am Rande des Urwalds gelassen hatte, umgeben von Feinden, so gut wie Gefangene in der Gewalt einer Bande von Tenggas Leuten.
Belarabs Zaudern hatte sich selbst für Hassims ererbte Geduld, die er in solchen Angelegenheiten besaß, als unerträglich erwiesen. Es geziemt sich zwar, so dachte er, gewichtige Unterhandlungen über Tage auszudehnen, dasselbe Ersuchen und dieselben Argumente mit denselben Worten in vielen fortlaufenden Gesprächen zu wiederholen und immer wieder dieselben ausweichenden Antworten zu erhalten. Staatsangelegenheiten verlangen ein solch würdevolles Vorgehen, als ob die Zeit selbst vor der Macht und Weisheit der Herrscher zurückzutreten hätte. So verhalten sich die Gesandtschaften: mit der würdigen Geduld derer, die eine Botschaft auszurichten haben. Aber nun hatte die kritische Lage eine solche Gestalt angenommen, daß Hassims Ungeduld die Oberhand gewann; und wenn er auch nie die der Tradition gemäße sanfte Redeweise und das zurückhaltende Benehmen aufgegeben hatte, solange er mit seiner Schwester dem Gefolge des frommen Belarab angehörte, so hatte er doch seine Augenblicke des Zorns, der Besorgnis, der Niedergeschlagenheit. Seine freundschaftlichen Beziehungen, seine Zukunft, das Schicksal seines Landes standen auf dem Spiel, während Belarab auf Umwegen durch das Hinterland von Lager zu Lager zog, Umwege, die, gleichsam den schwankenden Überlegungen des Herrschers folgend, das getreue Abbild eines ungewissen Schicksals waren.
Oft war das Wörtchen ›gut‹ das einzige, was Hassim auf seine täglichen Reden zur Antwort erhielt. Die geringeren Gefolgsleute des Häuptlings zeigten sich ehrerbietig gegen ihn; aber bei dem weiblichen Teil des Gefolges konnte Hassim die heimliche Gegnerschaft spüren, die gegen seine Sache arbeitete: sklavisch ergeben einer bloßen Laune der neuen Frau Belarabs, eines Wesens, das, von Natur gutartig und freundlich zu den Untergebenen, völlig eine Beute seiner Phantasie geworden und in aller naiven Unschuld darauf begierig war, die Jacht geplündert zu sehen. Was konnte Hassim, der Fremde, der besitzlose Flüchtling, ihr dafür bieten? Nichts. Der Reichtum

seiner fernen Heimat bestand ja lediglich im Hörensagen, als müßiges Märchen eines hilfeflehenden Verbannten.
Nachts mußte Hassim sich die ängstlichen Zweifel Immadas anhören, der einzigen Gefährtin seines Lebens, Kind seiner Mutter, die tapfer war wie ein Mann und zugleich furchtsam, wie nur eine Frau sein kann. Sie flüsterte ihm ihre Befürchtungen bis tief in die Nacht hinein zu, während das Lager des großen Belarab im Schlummer lag und die Feuer zur schwachen Glut der noch glimmenden Reste herabgesunken waren. Hassim beruhigte sie, in tiefem Ernst. Aber er selbst war ja in Wajo geboren, wo die Menschen unternehmender und schnelleren Geistes sind als sonst die Malaien. Auch energischer sind sie, und Energie ist nicht zu denken ohne inneres Feuer. Hassim verlor schließlich die Geduld, und eines Abends erklärte er seiner Schwester Immada: »Morgen werden wir diesen Herrscher verlassen, der sich nicht entschließen kann, und zu unserem weißen Freunde zurückkehren.«
Daher schlugen Hassim und Immada am nächsten Morgen, während das Lager die direkte Straße zur Siedlung verfolgte, ihren eigenen Weg ein. Er führte durch den Dschungel und an einsamen Lichtungen vorbei. Sie hatten zwei Diener mit, Hassims eigene Diener, Männer von Wajo, und so konnte die Herrin Immada, wenn ihr danach zumute war, getragen werden wie die vornehmen Frauen von Wajo, die keinen Fuß zur Erde zu setzen brauchen, wenn sie nicht wollen. Die Herrin Immada, an Entbehrungen gewöhnt, wie sie Verbannte zu erdulden haben, zog es vor, zu Fuß zu gehen, aber von Zeit zu Zeit ließ sie sich doch eine kurze Strecke tragen, aus Rücksicht auf die Gefühle ihrer Begleiter. In den frühen Tagesstunden kamen die Wandernden schnell voran, und Hassim erwartete zuversichtlich, noch vor Abend das Ufer der Lagune an einer Stelle, nicht weit von der gestrandeten *Emma*, zu erreichen. In der Mittagsstunde rasteten sie am Rande des Urwaldes im Schatten bei einem dunklen Teiche; und hier traf sie Jaffir, sehr zu seiner und ihrer Überraschung. Das gab Gelegenheit zu einem langen Gespräch. Jaffir, auf seinen Fersen hockend, erzählte, und sein knapper Bericht fand erregte Zuhörer. Die Nachricht von Carters Tat zwischen den Sandbänken hatte Belarabs Lager noch nicht erreicht. Das war für Hassim ein schwerer Schlag, aber das leichte Lächeln, mit dem er Jaffirs Erzählung angehört hatte, wich nicht von seinem Gesicht. Es

war die Prinzessin Immada, die aufschrie und kummervoll die Hände rang. Ein tiefes Schweigen folgte.
In der Tat, vor der verhängnisvollen Schwere des Falles schien es selbst diesen Malaien unmöglich, noch etwas zu sagen, und Jaffir, den Kopf senkend, achtete schweigend die Bestürzung seines Herrn. Dann, ehe noch das lähmende Gefühl von der kleinen Gesellschaft weichen konnte, die um die schwelenden Reisigbündel saß, ließ die lärmende Annäherung einer großen Menschenmenge sie alle auf die Füße springen. Ehe sie sich weiter regen konnten, sahen sie sich entdeckt. Die Leute waren bewaffnet, als ob sie auf einem Kriegszuge begriffen wären. Unter ihnen befand sich Sentot mit seinem Lendentuch und ungekämmten Haarbüscheln, und er sprang umher und schwang die Arme wie ein Wahnsinniger. Die anderen blieben vor Erstaunen stehen, aber ihre Haltung war offenbar feindselig. Aus dem Hintergrund näherte sich vorsichtig eine stattliche Gestalt, begleitet von zwei mit Schwertern bewaffneten Gefolgsmännern. Rajah Hassim nahm ruhig seinen Sitz auf dem Stamm eines gefallenen Baums wieder ein, Immada ließ ihre Hand leicht auf der Schulter des Bruders ruhen, und Jaffir, der sich wieder hinhockte, blickte zu Boden, alle Sinne und Muskeln seines Körpers gespannt und wachsam.
»Tenggas Krieger«, murmelte er verachtungsvoll.
In der Gruppe ließ jemand einen lauten Ruf ertönen, der von anderen Rufen von weitem beantwortet wurde. An Widerstand war nicht zu denken. Hassim zog heimlich den Smaragdring vom Finger, und Jaffir bekam ihn mit einer fast unmerklichen Bewegung zu fassen. Der Rajah sah den treuen Boten nicht einmal an.
»Sieh zu, daß der weiße Mann ihn erhält«, murmelte er.
»Dein Diener hört, o Rajah. Er ist ein Zauber von sehr großer Macht.«
Vom Osten zogen allmählich die Schatten gen Westen herauf. Alle waren still, und die Schar der Bewaffneten schien sich enger um die Ertappten zu schließen. Immada, das Ende eines Schleiers quer über ihr Gesicht ziehend, sah dem Vorgehen der anderen mit nur einem freien Auge entgegen. Neben den Bewaffneten vollführte Sentot einen langsamen Tanz, aber auch er schien verstummt zu sein.
»Nun geh«, hauchte Rajah Hassim, der regungslos ins Leere starrte.

Eine Sekunde oder zwei rührte sich Jaffir nicht, dann flog er plötzlich mit einem Sprung aus seiner hockenden Stellung durch die Luft und tauchte in den Dschungel, dessen Laub über ihm zusammenschlug, so daß er augenblicklich verschwand, wie ein Schwimmer, der in die Tiefe springt. Unter den Bewaffneten erhob sich ein tiefes Grollen der Überraschung, einer warf einen Speer, ein anderer schoß, drei oder vier Mann stürzten in den Dschungel, aber sie kehrten sehr bald entmutigt und mit verlegenem Lächeln zurück, während Jaffir, einen alten Pfad einschlagend, der in die erwünschte Richtung zu führen schien, durch die raschelnden Blätter und unbehelligt weiterlief, ein bloßes Buschmesser in der Hand und eine Wolke von Fliegen um den Kopf. Die im Westen sinkende Sonne sandte Bündel von Licht über seinen dunklen Pfad. Er lief in einem elastischen Halbtrab, mit aufmerksam beobachtenden Augen, die breite Brust atmete schwer, und am Zeigefinger einer zur Faust geballten Hand trug er den Smaragdring, als fürchtete er, der Ring könnte ihm entgleiten, könnte, ihm von irgendeiner unsichtbaren Kraft entrissen, davonfliegen oder weggezaubert werden. Wer konnte sagen, was alles geschehen mochte? Es gab in der Welt üble Mächte, die am Werke waren, mächtige Beschwörungen, scheußliche Geistererscheinungen. Der Bote von Fürsten und großen Männern, von seinem Herrn mit einem Auftrag von höchster Wichtigkeit betraut, fürchtete sich in der sich vertiefenden Dämmerung des Urwaldes. Böse Geister mochten in der Düsternis lauern. Noch war die Sonne nicht untergegangen. Er konnte ihre Scheibe durch das Laub blinken sehen, als er das Ufer der Lagune erreichte. Aber wie, wenn Allahs Ruf ihn plötzlich treffen würde, wenn er im Laufen starb!

Er schöpfte tief Atem, als er vom Ufer der Lagune etwa hundert Meter entfernt den Bug der auf Strand gesetzten *Emma* erblickte. Es herrschte gerade Ebbe, und er schritt zum Ende eines im Wasser liegenden Stammes und rief das Schiff an, ein Boot verlangend. Jörgensons Stimme antwortete. Hinter dem Waldgürtel der Küste sank die Sonne. Alles war still, so weit das Auge über die schwarze Fläche des Wassers blicken konnte. Eine leichte Brise begann zu wehen, und Jaffir, der am Ufer auf das Kanu wartete, schauerte leicht zusammen.

In demselben Augenblick ließ sich Carter, erschöpft von dreißig Stunden ununterbrochener Arbeit, mit der er an der Spitze von

Weißen und Malaien die Jacht wieder flott bekommen hatte, in den Deckstuhl an Bord der *Hermit* fallen und sagte zu dem ergebenen Wasub: »Sorge dafür, alter Mann, daß heute nacht gute Wache gehalten wird«, warf einen zufriedenen Blick nach der untergehenden Sonne und schlief ein.

III

Am Bug der *Emma* befand sich über dem Fuß des Bugspriets eine erhöhte Grätung, von der man das ganze Deck übersehen und jede Bewegung der Mannschaft beobachten konnte. An dieser Stelle war man vor Horchern sicher, wenn auch natürlich jedermann sichtbar. Die Sonne hatte gerade ihre letzten Strahlen über den in höchstem Maße zufriedenen Carter geworfen, als Jörgenson und Jaffir sich Seite an Seite zwischen den Bugstützen der *Emma* niederließen und, vor aller Augen aber unnahbar, eine in leisen Tönen geführte eindrucksvolle und geheime Unterhaltung begannen.

Jeder Wajo-Flüchtling an Bord der *Emma* spürte das Nahen eines entscheidenden Augenblicks. Sie waren auf alles gefaßt, und ihre Herzen schlugen ruhig. Es waren alles Männer, die nichts mehr zu verlieren hatten, entschlossen, zu kämpfen und zu sterben, wobei es ihnen einerlei war, auf welche Art sie leben oder sterben würden. Bei Mrs. Travers war das nicht der Fall; sie hatte sich im Deckshaus eingeschlossen, tief beunruhigt durch all diese Vorgänge, obgleich auch sie schon so verzweifelt war, daß ihr fast jede Lösung willkommen gewesen wäre.

Von allen Leuten an Bord wußte sie allein nichts von der Besprechung auf dem Bug. In ihre ziellosen Gedanken tief versunken, hatte sie nur bemerkt, daß an Bord der *Emma* nicht der leiseste Laut zu vernehmen war, kein Rascheln, kein Schritt. Jeder Mann an Bord sah Jörgenson und Jaffir in Beratung vertieft, und das hatte zur Folge, daß jedem der Wunsch verging, sich nur zu rühren.

Zwielicht umgab die beiden Gestalten, die auf dem Vorschiff miteinander sprachen und, da sie sich still verhielten, aussahen, als seien sie geschnitzte Figuren, ein Europäer und ein Asiate in ihrer Gegensätzlichkeit, aber in engem Kontakt. In der zunehmenden Dämmerung waren sie kaum mehr zu sehen, als sie sich sozusagen unversehens erhoben und mit dieser plötzlichen Bewegung die Herzen der Zuschauer schneller schlagen ließen. Aber sie trennten sich nicht sogleich. Sie verweilten noch auf ihrem überhöhten Platz, als ob sie auf den Einbruch der völligen Dunkelheit warteten, in der ihre geheime Verständigung den passenden Abschluß finden würde. Jaffir hatte Jörgenson die ganze Geschichte des Ringes erzählt, dieses Symbols einer in der Nacht der Niederlage gereiften und bestätigten Freundschaft, der Nacht ihrer Flucht aus einem nun weit entfernten Lande, das unter dem Zorn und dem Feuer des Himmels unbewegt schlief.

»Ja, Tuan«, fuhr Jaffir fort, »das erste Mal wurde er in einer Nacht tödlicher Gefahr dem weißen Manne zugeschickt, ein Zeichen der Erinnerung an einen Freund. Ich war damals der Überbringer, wie ich es jetzt bin. Damals wurde er mir wie heute übergeben, und mir wurde befohlen, mich zu retten und den Ring auszuhändigen als Bestätigung meiner Botschaft. Das tat ich, und der weiße Mann schien dem Sturm Ruhe zu gebieten, damit er meinen Rajah rettete. Er war nicht der Mann, abzufahren und den zu vergessen, den er einst seinen Freund genannt hatte. Meine Botschaft war nur ein Wort des Abschieds, aber der Zauber des Ringes war stark genug, um alle Macht des weißen Mannes zur Rettung meines Herrn herbeizuziehen. Dieses Mal hab' ich keine Worte auszurichten. Rajah Hassim bittet um nichts. Aber was macht das schon? Durch die Gnade Allahs ist alles das gleiche geblieben: die Barmherzigkeit des Allerhöchsten, die Macht des Ringes, das Herz des weißen Mannes. Nichts hat sich geändert, nur die Freundschaft ist ein wenig älter geworden, und die Liebe hat zugenommen infolge gemeinsam bestandener Gefahren und der langen Verbundenheit. Darum, Tuan, ist mir nicht bange. Aber wie soll ich den Ring dem Rajah Laut überbringen? Ihn einfach aushändigen: mit dem letzten Atemzug wäre dazu wohl noch Zeit genug, wenn sie mich zu seinen Füßen mit den Speeren durchbohren sollten. Aber wehe! Der Busch ist voll von Tenggas Leuten, der Strand ist weit, und ich könnte gar nicht hoffen, das Tor zu erreichen.«

Jörgenson, die Hände tief in den Taschen seiner Jacke, hörte zu, indem er den Kopf senkte. Jaffir zeigte so viel Bestürztheit, wie seine Natur aufbrachte.

»Unsere Zuflucht ist bei Gott«, murmelte er. »Aber was soll man machen? Hat deine Weisheit keinen Plan, o Tuan?«

Jörgenson gab keine Antwort. Augenscheinlich wußte auch er sich keinen Rat. Aber Gott ist groß, und Jaffir wartete angesichts der Regungslosigkeit des anderen, besorgt, aber geduldig, in seiner düsteren Weise ratlos und doch hoffnungsvoll, während die Nacht, die aus dem nahen, dunklen Urwald herausströmte, die beiden Gestalten der Sicht der aufmerksam beobachtenden Männer entzog. Da Jörgenson weiter schwieg, begann Jaffir sich über Einzelheiten zu ergehen. Er glaubte nicht, nun, da Tengga die Maske abgeworfen hatte, am Strand landen zu können, ohne angegriffen, gefangen oder gar getötet zu werden, da ein Mann wie er, wenn er auch auf ausdrückliches Geheiß seines Herrn gegebenenfalls die Rettung in der Flucht suchen mochte, sich aber unmöglich kampflos ergeben konnte. Er erwähnte, daß er in Ausübung seines wichtigen Berufs wie ein Schatten zu huschen, wie eine Schlange zu kriechen, ja beinahe seinen Weg unterirdisch zu bohren verstände. Er war Jaffir, der noch niemals sein Vorhaben hatte aufgeben müssen. Weder Sumpf noch Morast, weder Strom noch Dschungel vermochten ihn aufzuhalten. Solche Hindernisse waren ihm eher willkommen; in vieler Hinsicht waren sie sogar des Boten Verbündete. Aber dieses Mal handelte es sich um einen offenen Strand, es gab keinen anderen Zugang, und wie die Dinge nun standen, würde jeder Busch der Umgebung, jeder Baumstamm, jeder tiefe Schatten eines Hauses oder eines Zauns ein Versteck für Tenggas Leute bilden oder für diejenigen von Damans erbosten Parteigängern, die sich bereits in der Siedlung eingefunden hatten. Wie konnte er hoffen, die Entfernung zwischen dem Rande des Wassers und Belarabs Tor zurückzulegen, das nun Tag und Nacht geschlossen bleiben würde? Nicht nur er selbst, sondern jedermann von der *Emma*, würde das Opfer eines Überfalls und von zwanzig Speerstichen sein.

Einen Augenblick dachte er schweigend nach, dann sagte er: »Selbst du, Tuan, würdest das nicht vollbringen.«

»Wahr«, knurrte Jörgenson.

Als er nach längerem Nachdenken sich umblickte, war Jaffir von seiner Seite verschwunden. Er war von der Grätung heruntergestiegen und hockte nun wahrscheinlich in irgendeiner dunklen Ecke des Vordecks auf den Fersen. Jörgenson kannte Jaffir zu genau, um anzunehmen, daß er schlafen gegangen sei. Er saß wohl da und arbeitete sich allmählich mit seinen Gedanken in eine wütende Raserei, entwich dann auf diese oder jene Art von der *Emma*, landete da drüben und kam kämpfend um. Mit anderen Worten: er würde Amok laufen, denn einen anderen Ausweg aus der Klemme schien es nicht zu geben. Dann würde Lingard natürlich nichts von Hassims und Immadas Gefangenschaft erfahren, denn der Ring würde ihn gar nicht erreichen – der Ring, der auch ohne Worte alles besagen konnte. Nein, Lingard würde nichts erfahren. Über nichts und niemanden außerhalb Belarabs Einfriedung würde er Bescheid wissen, bis das Ende, wie es auch beschaffen sein mochte, für alle Leute, die jetzt noch am Leben waren, gekommen sein würde. Ob es gut für Lingard war, zu wissen oder nicht zu wissen, das konnte Jörgenson nicht sagen. Dieses Mal mußte er, Jörgenson, vor sich selbst zugeben, daß es sich um eine Frage handelte, auf die er keine Antwort wußte. Alle Möglichkeiten waren in Zweifel gehüllt, waren ungewiß, wie alle Dinge, die zum Leben der Menschen gehörten. Erst als er kurz nachgedacht hatte, verließen ihn die Zweifel. Er wußte natürlich, was er zu tun hatte.

Auf dem hageren Gesicht des alten Abenteurers, das die Nacht verbarg, regte sich kein Mienenspiel, kein Muskel zuckte, als er hinunterstieg und über das Deck der *Emma* nach achtern ging. Seine blassen Augen, die so viel gesehen hatten, versuchten gar nicht, sich in der Nacht zurechtzufinden, übersahen völlig die schweigend beobachtenden Leute, gegen die er stieß. Hätte man ihn plötzlich beleuchtet, wäre er wie ein Schlafwandler erschienen, der sich in einem zeitlosen Traum bewegt. Mrs. Travers hörte seine Schritte, wie sie an der einen Seite des Deckhauses entlang gingen. Sie hörte sie – und ließ den Kopf wieder auf die nackten Arme fallen, die sie über das kleine Schreibpult gestreckt hatte, vor dem sie saß.

Jörgenson stand an der Heckreling und beobachtete den schwachen rötlichen Schein in der tiefen Schwärze des jenseitigen Ufers. Jörgenson bemerkte die Dinge der Welt sonst nur obenhin, flüchtig, oberflächlich, als Erscheinungen, die mit seiner eigenen Erscheinung als Gespenst aus einer anderen Welt nichts zu tun hatten. Sie waren nur vorüberhuschende Momente in dem Spiel des Lebens, an dem Menschen noch mittaten. Er wußte nur zu gut, was dies Spiel wert war, um sich noch für den weiteren Verlauf zu interessieren. Er hatte die Gewohnheit aufgegeben, auf lange hinaus zu denken, so daß es ihm äußerst unangenehm war, sie so plötzlich wieder aufnehmen zu sollen, besonders da er sich die Sache überlegen mußte, um zu einem Schluß zu kommen. In jener Welt zeitloser Vergessenheit, von der er bereits gekostet hatte, ehe Lingard ihn dazu brachte, sich wieder am Leben der Menschen zu beteiligen, waren alle Dinge ein für allemal geregelt. Er war gereizt von seinem eigenen Zustand der Verwirrung, der ihn an jene Sterblichkeit erinnerte, die aus den Problemen und Leidenschaften bestand, von denen er sich für immer und ewig befreit glaubte. Infolge einer natürlichen Gedankenverbindung erstreckte sich sein verachtungsvoller Ärger auch auf Mrs. Travers, denn wie konnte er an Tom Lingard denken und daran, was gut oder schlecht war für König Tom, ohne auch an diese Frau zu denken, die es fertiggebracht hatte, selbst in seinen erloschenen Augen den Schimmer eines Funkens zu entzünden? Indessen kam es nicht auf sie an; aber auf Toms unantastbaren Ruf kam es an. An Tom mußte er denken; er mußte sich überlegen, was in diesem absurden und lebensgefährlichen Spiel für Tom gut oder schlecht war. Und schließlich kam er zu dem Schluß, daß es gut für Tom Lingard sei, den Ring zu erhalten. Einfach den Ring entgegenzunehmen, mehr nicht. Den Ring, mehr nicht.

»Ich werde ihm helfen, einen Entschluß zu fassen«, brummte Jörgenson vor sich hin, sozusagen angetrieben von irgendeiner dunklen Überzeugung. Erst da kam er langsam in Bewegung und wandte sich ab von dem Feuerschein an dem fernen Ufer. Mrs. Travers hörte wieder seine Schritte, die am Deckshaus vorbei stapften – aber dieses Mal hob sie nicht einmal den Kopf. Dieser Mann in seiner Schlaflosigkeit war verrückt, kindisch und zu nichts zu bewegen. Er war unmöglich. Ziel- und zwecklos wanderte er auf dem Deck dieses alten Schiffs umher...

Indessen verfolgte Jörgenson einen sehr bestimmten Zweck, als er nach vorne ging, um Jaffir zu suchen.

Die erste Bemerkung, die er auf Jaffirs Überlegungen zu machen hatte, war die, daß der einzige Mensch in der Welt, der auch nur die geringste Chance hatte, in dieser Nacht Belarabs Tor zu erreichen, die hochgewachsene weiße Frau sei, die der Rajah Laut an Bord gebracht hatte, die Frau eines der gefangenen weißen Häuptlinge. Vor Überraschung ließ Jaffir einen Ausruf hören, aber er konnte keine Einwendungen erheben. Es war möglich, daß diese Teufelssöhne, Tenggas und Damans Leute, sich scheuten, eine weiße Frau, die allein vom Ufer zu Belarabs Tor schritt, zu töten. Ja, es war durchaus möglich, daß man sie unbehelligt ließ.

»Besonders, wenn sie eine brennende Fackel trägt«, knurrte Jörgenson in seinen Schnurrbart. Er berichtete Jaffir, daß sie zur Zeit im Dunkeln saß, in schweigender Trauer nach Art der weißen Frauen. Am Morgen hatte sie ein großes Geschrei erhoben, weil sie den weißen Männern nach dem Ufer drüben folgen wollte. Er, Jörgenson, hatte ihr das Kanu verweigert. Seitdem hatte sie sich im Deckshaus eingeschlossen und litt großen Kummer.

Jaffir hörte das alles ohne viel Mitgefühl an. Und als Jörgenson hinzufügte: »Ich denke, o Jaffir, man könnte ihr jetzt ihren Willen lassen«, erwiderte er gänzlich unbekümmert: »Aber ja, bei Allah! Mag sie gehen. Was macht das schon?« Bis Jörgenson hinzusetzte: »Ja. Und dann kann sie dem Rajah Laut den Ring bringen.«

Jörgenson gewahrte, wie Jaffir, der düstere und unempfindliche Jaffir, sichtlich erschrak. Zuerst schien es überhaupt ein unmögliches Unterfangen, Jaffir zu überreden, sich von dem Ring zu trennen. Es war eine ungeheuerliche Vorstellung, die er nicht fassen konnte, die keinen Eingang in sein Herz fand. Aber schließlich gab er sich darein mit scheuem Flüstern: »Gott ist groß. Vielleicht ist es ihr Schicksal.«

Da er ein Mann aus Wajo war, betrachtete er Frauen nicht als Wesen, denen man eine Mut und Überlegung erfordernde Aufgabe nicht zutrauen konnte. Nachdem er einmal sein persönliches Widerstreben überwunden hatte, übergab er Jörgenson den Ring und knüpfte daran nur eine Bedingung: »Du weißt, Tuan, sie darf ihn unter keinen Umständen an den Finger stecken.«

»Sie kann ihn ja um den Hals hängen«, schlug Jörgenson ohne weiteres fort.

Während Jörgenson auf das Deckshaus zuschritt, fiel ihm ein, daß die Frau, die Tom Lingard ins Schlepptau genommen hatte, es sich vielleicht in den Kopf setzen mochte, die *Emma* nicht zu verlassen. An sich störte ihn das wenig. Alle diese Leute bewegten sich im Dunkeln; er selbst bewegte sich gerade in diesem besonderen Augenblick im Dunkeln. Jörgenson hatte lediglich die Absicht, Lingards Gedanken in die Richtung Hassims und Immadas zu lenken, ihm endlich zu dem Entschluß zu verhelfen, sein ursprüngliches Ziel rücksichtslos im Auge zu behalten. Die Existenz dieser Weißen war überhaupt von keiner Bedeutung. Sie gehörten zu der Sorte Menschen, die vorübergehen, ohne eine Spur zu hinterlassen. Und diese Frau durfte nicht erfahren, worum es sich handelte. Und wenn sie sich weigerte zu gehen, dann mußte sie eben in Unwissenheit an Bord bleiben. Er würde ihr bestimmt nichts erzählen. Es stellte sich dann heraus, daß Mrs. Travers einfach nichts mit ihm zu tun haben wollte. Sie wollte nicht hören, was er ihr zu sagen hatte. Aus dem Innern des Deckshauses, in die sie sich eingeschlossen, bat ihn eine müde Stimme, wegzugehen und sie nicht mehr zu belästigen. Aber das Gespenst Jörgenson war nicht so leicht zu verscheuchen. Auch er war nur eine Stimme, draußen im Dunkeln, die unerbittlich darauf bestand, daß sie an Deck herauskomme und ihn anhöre. Schließlich fand er die richtigen Worte.

»Ich möchte Ihnen etwas sagen, was Tom angeht. Sie wünschen ihm doch Gutes, nicht wahr?«

Darauf konnte sie sich nicht mehr weigern, an Deck herauszukommen, und da sie nun einmal draußen war, hörte sie sich geduldig an, was das weiße Gespenst über ihrem gesenkten Kopf zu murmeln und zu mummeln hatte.

»Es kommt mir so vor, Kapitän Jörgenson«, sagte sie, nachdem er geendet hatte, »als ob Sie lediglich Ihr Spiel mit mir trieben. Nach dem, wie Sie sich heute morgen gegen mich benommen haben, hab' ich Ihnen jetzt nichts mehr zu sagen.«

»Jetzt habe ich ein Kanu für Sie«, mummelte Jörgenson.

»Sie haben jetzt etwas Neues mit mir vor«, entgegnete Mrs. Travers erregt. »Aber Sie wollen mir nicht sagen, was es ist. Was haben Sie denn eigentlich im Sinne?«

»Toms Interesse.«

»Sind Sie wirklich sein Freund?«

»Er hat mich hierher gebracht. Das wissen Sie. Er hat oft genug mit Ihnen gesprochen.«

»Das stimmt. Aber ich frage mich, ob Sie überhaupt fähig sind, jemandes Freund zu sein.«

»Das fragen Sie sich!« wiederholte Jörgenson, sehr ruhig und mürrisch. »Wenn ich nicht sein Freund bin, dann möcht' ich wissen, wer es sonst ist.«

Mrs. Travers fragte rasch: »Was ist das mit dem Ring, von dem Sie erzählten? Was ist das für ein Ring?«
»Er gehört Tom. Er hat ihn jahrelang gehabt.«
»Und den hat er Ihnen gegeben? Macht er sich nichts daraus?«
»Weiß ich nicht. Es ist eben so ein Ring.«
»Aber er hat was zu bedeuten, irgendwas zwischen Ihnen und ihm. Stimmt's?«
»Ja, das stimmt. Er wird schon wissen, um was es sich handelt.«
»Und um was handelt es sich?«
»Ich bin zu sehr sein Freund, um nicht den Mund zu halten.«
»Was! Auch mir gegenüber!«
»Und wer sind Sie?« fragte Jörgenson unerwarteter Weise. »Ihnen hat er schon zuviel gesagt.«
»Ja, vielleicht«, flüsterte Mrs. Travers wie zu sich selbst. »Und Sie wollen, daß ihm der Ring gebracht wird?« fragte sie lauter.
»Ja. Sofort. Zu seinem Guten.«
»Sind Sie sicher, daß es zu seinem Guten ist? Warum können Sie nicht ...«
Sie hielt inne. Dieser Mensch war hoffnungslos. Er wollte nun einmal nichts sagen, und es gab kein Mittel, ihn dazu zu zwingen. Er war unverwundbar, es war ihm nicht beizukommen ... Er war eben tot.
»Geben Sie ihm nur den Ring«, mummelte Jörgenson, als sei er von einer fixen Idee besessen. »Lassen Sie ihn unauffällig in seine Hand gleiten. Er wird schon verstehen.«
»Was verstehen? Rat oder Warnung, ein Zeichen, daß er handeln soll?«
»Er kann alles mögliche bedeuten«, äußerte Jörgenson mißlaunig, aber doch in einem etwas milderen Ton. »Es soll zu seinem Wohl dienen.«
»Ach, wenn ich diesem Menschen bloß trauen könnte!« überlegte Mrs. Travers halblaut.
Jörgenson räusperte sich leise, was man für ein Zeichen der Sympathie hätte halten können. Aber er schwieg durchaus.
»Wahrhaftig, es ist höchst merkwürdig!« rief Mrs. Travers, plötzlich von neuem beunruhigt. »Warum kommen Sie damit zu mir? Warum soll ich das übernehmen? Warum wollen Sie, daß gerade ich ihm den Ring bringe?«

»Das will ich Ihnen sagen«, erklärte Jörgenson mit seiner klanglosen Stimme. »Das ist, weil keiner an Bord dieses Schiffs damit rechnen kann, lebend das Innere der Einfriedung zu erreichen. Heute morgen sagten Sie mir selbst, Sie wären bereit zu sterben – für Tom – oder mit ihm. Nun, das sollen Sie jetzt riskieren. Sie sind der einzige Mensch, der noch eine Chance hat durchzukommen – und Tom, vielleicht wartet er.«

»Der einzige Mensch«, wiederholte Mrs. Travers, indem sie hastig einen Schritt vortrat und die Hand ausstreckte, vor der Jörgenson zurückwich. »Riskieren! Aber ja, wo haben Sie den geheimnisvollen Ring?«

»Ich hab' ihn in der Tasche«, sagte Jörgenson bereitwillig; doch verging fast eine halbe Minute, ehe Mrs. Travers spürte, daß ein Gegenstand, der sich wie ein Ring anfühlte, in ihre halbgeöffnete Hand gedrückt wurde. »Lassen Sie ihn vor niemandem sehen«, ermahnte Jörgenson sie im Flüsterton. »Verbergen Sie ihn irgendwo an Ihrem Leibe. Vielleicht könnten Sie ihn um den Hals hängen?«

Mrs. Travers hielt den Ring fest in der geschlossenen Hand. »Ja, das wird gehen«, murmelte sie hastig. »Ich bin im Augenblick wieder da. Machen Sie alles fertig.« Mit diesen Worten verschwand sie in dem Deckshaus, und gleich darauf schimmerten schmale Streifen Lichts durch die Ritzen der Bretter. Mrs. Travers hatte eine Kerze angesteckt. Sie war damit beschäftigt, den Ring um den Hals zu hängen. Sie wollte hinüber, sie wollte die Gefahr auf sich nehmen, um Toms willen. »Keiner kann diesem Mann widerstehen«, murrte Jörgenson vor sich hin, und seine Laune verdüsterte sich mehr und mehr. »Ich konnt' es ja auch nicht.«

IV

Nachdem Jörgenson zugesehen hatte, wie das Kanu die Bordwand des Schiffes verließ, hörte jedes geistige Leben in ihm auf. Es war nun nicht mehr nötig zu denken, und jede Bemühung, irgendwelche Erfindungskraft an den Tag zu legen, war nun überflüssig. Mit all dem war er nun fertig. Alle seine Vorstellungen saßen vollkommen fest, und er konnte mit ihnen in derselben gespensterhaften mechanischen Weise umgehen, wie er an Deck der *Emma* umhergeisterte. Wenn Lingard den

Ring zu sehen bekam, würde er sich wieder zu Hassim und Immada begeben, die jetzt auch Gefangene waren, obwohl Jörgenson nicht glaubte, daß sie ernstlich in Gefahr seien. Es handelte sich in Wirklichkeit darum, daß Tengga sie jetzt als Geiseln behielt, und Jörgenson betrachtete die beiden als zu Lingard gehörig. Sie gehörten zu ihm. Er hatte sich tief, sehr tief mit ihnen eingelassen. Sie mußten sich an König Tom halten, sie hatten einen Anspruch an ihn, genauso wie vor vielen Jahren Leute derselben Rasse sich auch an ihn, Jörgenson hielten, weil sie einen Anspruch auf Treue besaßen. Nur war Tom ein viel mächtigerer Mann. Ein sehr mächtiger Mann. Immerhin sah Jörgenson nicht ein, wieso er seinem – Jörgensons – Schicksal entgehen sollte, ausgesogen, verstrickt zu werden, ihr Los zu teilen, im Fehlschlag oder im Erfolg. Es war ein unvermeidliches Verhängnis, und Jörgenson war dessen sicher, daß der Ring Lingard dazu zwingen werde, diesem Verhängnis ins Gesicht zu sehen, ohne mit der Wimper zu zucken. Und auf jeden Fall erwartete er von Lingard, daß er nicht das geringste Interesse an diesen Weißen mehr nahm – die zu der Menschensorte gehörten, die keine Spuren hinterließ.

Vielleicht erwies sich auf den ersten Blick das Unternehmen, diese Frau zu Lingard zu schicken, nicht gerade als das beste Mittel zum Zweck. Indessen hatte Jörgenson den ganz bestimmten Eindruck, den ihm das morgendliche Gespräch mit Mrs. Travers nur noch bestätigte, daß die beiden sich endgültig zerstritten hatten. Und das war ja auch unvermeidlich. Was sollte Tom Lingard mit einer Frau schließlich anfangen? Die einzige Frau in Jörgensons Leben war ihm auf dem Tauschwege für eine Menge baumwollener Stoffe und mehrere Bronzekanonen zugefallen, und das hatte für Jörgensons Urteils nichts zu besagen, weil eine solche Transaktion in diesem Fall unmöglich war. Daher war der Fall gar nicht erst ernst zu nehmen. Er existierte gar nicht. Was aber existierte, das war Lingards Beziehung zu den Verbannten von Wajo, ein großes Kriegsabenteuer, wie es noch kein Seefahrer auf diesen Meeren je gewagt hatte.

Der alte Abenteurer zweifelte nicht im geringsten daran, daß dieser Tengga viel eher bereit war, zu verhandeln als zu kämpfen. Wie Lingard mit ihm fertig werden würde, darüber zerbrach sich Jörgenson nicht den Kopf. Das war leicht zu machen: Lingard brauchte ja nur zu Tengga zu gehen und ein Machtwort zu sprechen. Dieser ehrgeizige Mensch wollte ja nicht mehr als einen Anteil an Lingards Reichtum, an Lingards Macht, an Lingards Freundschaft. Vor einem Jahr hatte Tengga einmal Jörgenson angedeutet: »Wieso bin ich weniger würdig, sein Freund zu sein, als Belarab?«

Das war ein deutliches Anerbieten, der Mann hatte damit klar ausgesprochen, was ihn im Innersten bewegte. Jörgenson hatte das natürlich mit tiefem Schweigen aufgenommen. Seine Aufgabe war es nicht, diplomatische Verhandlungen zu führen, sondern auf die Vorräte aufzupassen.

Nach der anstrengenden geistigen Bemühung, Mrs. Travers zur Abfahrt zu bewegen, war er darauf bedacht, die ganze Angelegenheit zu vergessen. Der letzte Gedanke, den er der Sache widmete, war rein praktischer Natur. Es fiel ihm ein, daß es ratsam sei, Lingards Aufmerksamkeit in der einen oder anderen Weise auf die Lagune zu lenken. In der Sprache der Seeleute ist eine einzelne Rakete ein Notzeichen, aber unter diesen Umständen mochten drei gleichzeitig abgefeuerte Raketen eine besondere Nachricht oder Warnung bedeuten. Er gab seine Befehle und sah zu, wie die Raketen mit einem Schweif schöner roter Funken aufstiegen und hoch in der Luft mit dreimaligem lautem Knallen zu weißen Sternen zerplatzten. Dann nahm er sein Hin-und-Hergehen auf der ganzen Länge des Schiffs wieder auf, im Vertrauen darauf, daß Tom die Raketen gesehen, ihre Bedeutung erraten und eine genaue Beobachtung der Lagune veranlaßt hatte. Ohne Zweifel mußten diese geheimnisvollen Raketen auf Tengga und seine Freunde eine beunruhigende Wirkung ausüben und eine große Aufregung in der Siedlung hervorrufen; aber das ließ Jörgenson kalt. Die Siedlung befand sich ohnehin schon in einem solchen Aufruhr, daß es auf ein bißchen mehr oder weniger Erregung nicht ankam. Was Jörgenson indessen nicht erwartete, das war der Knall eines Gewehrschusses, abgefeuert aus dem Dschungel gegenüber dem Bug der *Emma*. Er blieb, als er ihn hörte, auf der Stelle stehen. Er hatte deutlich die Kugel vorne am Bug einschlagen hören. »Irgendein hitzköpfiger Esel hat da geschossen«, sagte er voller Verachtung zu sich selbst. Der Schuß machte ihm lediglich klar, daß er von der Uferseite her bereits belagert wurde, und beseitigte jeden Zweifel darüber, wie weit Tengga zu gehen entschlossen war. Beliebig

weit! Natürlich hatte Tom noch Zeit, alles mit sechs Worten in Ordnung zu bringen, es sei denn, daß ... Jörgenson lächelte düster und nahm seinen Gang im Dunkeln wieder auf.
Was ihn so belustigte, war die Beobachtung, daß das Feuer, das Tag und Nacht vor Tenggas Behausung gebrannt hatte, plötzlich erlosch. Er stellte sich vor, wie die Leute überstürzt nach dem Ufer der Lagune eilten, er malte sich das Durcheinander aus, das Laufen und Gedränge in dem zischenden Wasserdampf, der sich in Wolken verbreitete. Die Vorstellung des dicken Tengga und seiner Bestürzung reizte Jörgensons Sinn für Humor fünf Sekunden. Dann griff er nach dem Fernrohr, das noch auf dem Dach des Deckshauses lag.
Als die drei Raketen über der Lagune zu weißen Sternen zerplatzt waren, hatte er in einem Augenblick den kleinen schwarzen Fleck sehen könne, das Kanu, das Mrs. Travers hinüberbrachte. Er konnte es jetzt mit dem Glas nicht wiederfinden, es war zu dunkel dazu; aber der Teil des Ufers, den es ansteuerte, würde nicht weit von der Ecke von Belarabs Palisade sein, die dem Strand am nächsten war. Jörgenson konnte diese Ecke erkennen in dem schwachen rötlichen Schimmer der im Innern der Einfriedung brennenden Feuer. Er war überzeugt, daß Lingard durch den ersten besten Schlitz, den er finden konnte, nach der *Emma* Ausschau hielt.
Da Jörgenson Mrs. Travers nicht gut allein über die Lagune paddeln lassen konnte, hatte er ihr zwei Männer mitgegeben und Jaffir dazu als Steuermann. Jaffir hatte zwar Jörgensons Plan zugestimmt, aber es lag ihm sehr daran, den Ring so weit wie möglich zu seinem Ziel zu begleiten. Nur die dringendste Notwendigkeit hatte ihn vermocht, sich von dem Talisman zu trennen. Im Heck kauernd und das Paddel von einer Seite zur anderen schwingend, starrte er auf die Rückseite des Segeltuchstuhls, den man für Mrs. Travers in die Mitte des Kanus gestellt hatte. In Dunkelheit gehüllt, saß sie mit geschlossenen Augen da, kaum spürbar hing der Ring ihr tief auf der Brust. Da das Kanu ziemlich groß war, kam es nur langsam vorwärts. Die beiden Männer tauchten ihre Paddel geräuschlos ins Wasser, und Mrs. Travers, die alle ihre Glieder entspannt hatte und sich dem Abenteuer fürs erste widerstandslos überließ, hatte überhaupt nicht die Empfindung, sich zu bewegen. Auch sie, wie Jörgenson, war des Nachdenkens müde. Sie gab sich der nächtlichen Stille hin, die voller Leidenschaften war und töd-

licher Aussichten. Sie überließ sich dem trügerischen Eindruck, dem Gefühl, wirklich auszuruhen. Zum erstenmal seit vielen Tagen konnte sie die Erleichterung auskosten, allein zu sein. Die Männer um sie herum bedeuteten ihr weniger als nichts. Sie konnte nicht mit ihnen sprechen; sie konnte sie nicht verstehen; es war fast, als ob das Kanu sich durch Zauberei bewegte – wenn es sich überhaupt bewegte. In halbbewußtem Schlaf war sie nahe daran, zu sich selbst zu sagen: ›Was für einen seltsamen Traum träume ich.‹

Verstohlen drangen die leisen Töne der Stimme Jaffirs in ihr Ohr, als er den Männern befahl, das Paddeln einzustellen, und das lange Kanu kam, knappe zehn Meter vom Strand, allmählich zum Stillstand. Die Insassen waren mit einer Fackel versehen, die angezündet werden sollte, ehe das Kanu das Ufer berührte, um so dem tollkühnen Unternehmen den Charakter der Offenheit zu verleihen. »Und wenn man auf uns feuert«, hatte Jaffir zu Jörgenson bemerkt, »nun, dann werden wir ja sehen, wem diese Nacht das Los zufällt zu sterben.«

»Ja«, hatte Jörgenson gemurmelt, »das werden wir sehen.«

Jörgenson erblickte endlich das kleine Licht der Fackel vor dem finsteren Hintergrund der Palisade. Er strengte sein Gehör an, ob nicht eine Salve von Gewehrschüssen zu vernehmen sei, aber über die breite Fläche der Lagune drang kein Laut. Da drüben funkelten die Augen des Mannes mit der Fackel, des zweiten Paddlers und Jaffirs selbst, der mit leichter Bewegung des Paddels das Kanu ans Ufer steuerte, und ihre Gesichter waren gespannt in schweigender Erregung. Das grelle rötliche Licht der Fackel traf Mrs. Travers' geschlossene Augenlider, aber sie öffnete sie erst, als sie spürte, daß das Kanu auf den Strand lief. Die beiden Männer sprangen sofort hinaus. Mrs. Travers erhob sich hastig. Niemand äußerte ein Wort. Sie stolperte aus dem Kanu an den Strand, und fast ehe sie ihr Gleichgewicht erlangt hatte, stieß man ihr die Fackel in die Hand. Die Hitze der Flamme, ihre Nähe verwirrte und blendete sie, bis sie instinktiv die Fackel hoch über den Kopf hob. Einen Augenblick stand sie da, die wild sprühende Flamme hoch erhoben, von der einige Funken langsam herabsanken.

Ein nackter, von oben beleuchteter bronzefarbener Arm wies ihr die Richtung, und Mrs. Travers begann auf die formlos schwarze Masse der Palisade zuzugehen. Als sie nach einigen Schritten über die Schulter zurückblickte, war von der Lagune, dem Ufer, dem Kanu, den Männern, die sie eben verlassen hatte, schon nichts mehr zu sehen. Sie war allein, eine brennende Fackel emporhaltend, allein auf einer Erde, die wie ein stummer Schatten unter ihren Füßen schwankte. Endlich erreichte sie festeren Grund, und die dunkle Ausdehnung der Palisade, die bisher noch nicht im Licht der Fackel erschienen war, kam ihr ungeheuer vor und furchterregend. Sie hatte das Gefühl, vor bloßer Aufregung zusammenbrechen zu müssen. Aber sie schritt weiter.

»Ein bißchen mehr nach links«, rief eine starke Stimme.

Die Stimme drang ihr durch alle Adern, erregend wie der Schall einer Trompete, klang weit über sie hinweg und verhallte im Weltraum. Mrs. Travers stand einen Augenblick still, dann warf sie die brennende Fackel weit von sich und rannte blindlings mit ausgestreckten Händen in die Richtung, aus der Lingards starke Stimme gerufen hatte, und hinter ihr blieb das Licht sprühend und flackernd auf der Erde liegen. Sie stolperte und konnte sich vor dem Fallen nur dadurch bewahren, daß ihre Hände Halt an den rauhen Pfählen fanden. Hoch über ihrem Kopf erhob sich die Palisade, und sie klammerte sich mit weit geöffneten Armen daran und preßte ihren ganzen Körper an die rauhe Oberfläche der gewaltigen und unersteigbaren Einfriedung. Sie hörte hinter der Palisade leise Stimmen, schwere dumpfe Schläge, und bei jedem Schlag spürte sie, wie der Grund unter ihren Füßen leise bebte. Voller Angst warf sie einen Blick über die Schulter und sah in der Finsternis nichts als die vergehende Glut der weggeworfenen Fackel und den düsteren Schimmer der Lagune jenseits der undurchdringlichen Dunkelheit des Ufers. Vor ihren überanstrengten Augen schienen sich geheimnisvolle Schatten im Dunkeln zu bewegen, und sie konnte sich eines übermächtigen Schreckens nicht mehr erwehren, einer entsetzlichen Todesangst vor irgendeiner breiten Speerklinge, die sie an die hohe, unerschütterliche Holzwand heften mochte, an die sie sich verzweifelt preßte, als wenn sie hoffen könnte, sie durch die bloße Kraft ihrer Angst zu durchdringen. Sie hatte keine Ahnung, wo sie sich befand, aber tatsächlich war sie nicht weit von dem Haupttor entfernt, ein wenig links von ihm und fast genau unter einer der Schießscharten der Palisade. In ihrer wahnsinnigen Angst war sie schließlich ihrer Sinne nicht mehr mächtig. Sie verlor die Fähigkeit zu hören, zu sehen, sie fühlte nicht einmal mehr die

Oberfläche der Palisade, an die sie sich klammerte. Aus dem Himmel ihr zu Häupten erklang Lingards Stimme und wies sie an, deutlich vernehmbar, ganz nahe, voller Besorgnis.
»Sie müssen sich tief bücken. Noch tiefer.«
Das stockende Blut in ihrem Körper begann wieder langsam zu kreisen. Sie bückte sich tief – noch tiefer –, so tief, daß sie in die Knie sinken mußte, und dann spürte sie einen leisen Geruch nach Holzrauch und vernahm das wirre Gemurmel aufgeregter Stimmen. Sie vernahm das durch eine Öffnung, die nicht höher war als ihr Kopf in ihrer knienden Stellung und nicht breiter als zwei Pfähle. Lingard sagte gerade in bekümmertem Tonfall: »Ich konnte niemanden dazu bringen, das Tor aufzusperren.«
Sie war nicht imstande, einen Laut von sich zu geben. »Sind Sie da?« fragte Lingard ängstlich; er war ihr nun so nahe, daß sie seinen Atem, als er sprach, auf dem Gesicht zu spüren meinte. Die Stimme brachte ihre Lebensgeister wieder in Bewegung; sie begriff, was sie zu tun hatte. Sie steckte Kopf und Schultern in die Öffnung, wurde plötzlich von einem starken Griff unter den Armen gepackt und fühlte, wie sie mit unwiderstehlicher Kraft hindurchgezogen wurde, und zwar so schnell, daß ihr der Schleier vom Kopf gezerrt wurde, dessen Saum an dem splittrigen Holz hängenblieb. Derselbe kraftvolle Griff hob sie auf und stellte sie auf die Füße, ohne daß sie selbst die geringste Anstrengung zu machen brauchte. Ihr kam zu Bewußtsein, daß Lingard etwas zu sagen versuchte, aber sie vernahm nur ein verwirrtes Gestammel, das sein Erstaunen und Entzücken kundgab, und sie fing ein fast irrsinnig wiederholtes »Du – du ...« auf. Noch ließ er sie nicht los; aus dem helfenden und mächtigen Griff war ein enges Umschlingen geworden, eine erdrückende Umarmung, die gewalttätige Besitzergreifung durch eine ausbrechende und nicht mehr zu zügelnde Körperkraft. Und wie noch einen Augenblick zuvor seine tönende Stimme, so schien jetzt seine große Kraft imstande zu sein, den ganzen Weltraum mit ihrer umfangenden und unwiderstehlichen Macht zu erfassen. Jedesmal, wenn sie instinktiv versuchte, sich gegen diese Macht zu stemmen, verstärkte sich die gewaltige Willenskraft, der betäubende Druck seiner Umschlingung. Einige Male war ihr, als sei der Boden unter ihr weggesunken, und sie verspürte ein Gefühl der Hilflosigkeit, aber ohne Angst, das Gefühl eines demütigen Triumphs. Was

nicht zu vermeiden war, war nun eingetreten. Sie hatte es vorausgesehen – und dabei blieb der Mann, in dessen Armen sie sich wand, in dieser Dunkelheit und vor dem rötlichen Schimmer der Lagerfeuer innerhalb der Palisade ein vor ihren Augen, ihren halb geschlossenen Augen schattenhaftes Wesen. Plötzlich dachte sie: ›Er wird mich zu Tode drücken, ohne es zu wissen.‹

Er war wie eine blinde Naturkraft. Sie schloß die Augen. Ihr Kopf sank ein wenig zurück. Nicht instinktiv, sondern mit bewußter Ergebung und sozusagen aus einer Art Gerechtigkeit überließ sie sich seinen Armen. Die Wirkung war erstaunlich: es war, als hätte sie ihn plötzlich mitten ins Herz getroffen. Er ließ sie so unvermittelt und gänzlich los, daß sie zusammengesunken wäre, wenn sie sich nicht im letzten Augenblick an seinem Unterarm hätte festhalten können. Er schien darauf vorbereitet, und einen Augenblick hing ihr ganzes Gewicht daran, ohne seine starre Haltung auch nur ein wenig zu verändern. Hinter sich hörte Mrs. Travers dumpfe Schläge auf Holz, verworrenes Gemurmel und Bewegung von Männern.

Eine Stimme sagte plötzlich: »Wir sind fertig«, mit solchem Nachdruck, daß, obwohl sie natürlich die Worte nicht verstand, sie ihr halfen, wieder zu sich zu kommen; und als Lingard sie im Flüsterton fragte: »Warum sagen Sie nichts?« erwiderte sie sofort: »Lassen Sie mich doch erst zu Atem kommen.«

Um sie herum waren alle Geräusche verstummt. Die Leute hatten die Öffnung wieder geschlossen, durch die seine Arme sie in einen Augenblick der Selbstvergessenheit gerissen hatten, der ihr den Atem benommen, aber sie heil und unversehrt gelassen hatte. Als sei eine gebieterische Forderung befriedigt worden, empfand sie einen Augenblick innerer klarer Gelassenheit, eine Frist gedankenlosen Friedens, während sie, sich an seinem Arm festhaltend, der nicht mehr zitterte, als bestände er aus Eisen, verstohlen auf dem Boden nach einer Sandale, die sie verloren hatte, umhertastete. O ja, daran war nicht zu zweifeln: diese Arme hatten sie hochgehoben, und sie schämte sich dessen nicht, sie bedauerte es nicht. Aber um alles in der Welt durfte er nicht erfahren, daß sie diese Sandale hatte fallenlassen. Diese verlorene Sandale war ein Symbol, so gut wie ein verlorener Schleier. Aber er wußte nichts davon. Er durfte es nicht wissen. Wo war das Ding nur? Sie war ganz sicher, daß sie sich keinen Zoll von der Stelle gerührt hatten.

Alsbald fand ihr Fuß die Sandale, und sich immer noch an Lingards Unterarm festhaltend, bückte sie sich, um sie wieder anzulegen. Als sie sich erhob, noch auf seinen Arm gestützt, sahen sie einander in die Augen: er in der starren Haltung eines, der mit Mühe sich selbst beherrscht, während ihm zumute war, als tobten die schwersten Sturzseen, die er je erlebt, durch sein Herz; und sie gleichsam jedes Gefühls entleert durch das, was sie erlebt hatte, aber auch keines Gedankens fähig – nur daß sie begann, sich über die Situation klarzuwerden und sich des soeben Geschehenen zu erinnern.

»Ich habe eine Stunde lang an der Schießscharte aufgepaßt, seitdem die Männer zu mir gelaufen kamen und mir diese Geschichte von den Raketen erzählten«, sagte Lingard. »Ich hatte gerade eine Unterredung mit Belarab. Ich sah hinaus, als die Fackel in Brand gesetzt war und Sie an Land stiegen. Ich glaubte zu träumen. Aber was konnte ich machen? Ich hatte das Gefühl, ich müßte zu Ihnen stürzen, aber ich wagte es nicht. Die Palmengruppe da drüben steckt voller Männer, ebenso die Häuser, die Sie damals sahen, als Sie mit mir herkamen. Voll von Männern. Bewaffneten Männern. Ein Gewehr ist schnell abgefeuert, und wenn das Schießen erst einmal anfängt ... Und Sie kamen über den offenen Strand daher, mit der Fackel über dem Kopf! Ich wagte es nicht. Sie waren sicherer allein. Und ich hatte die Kraft, drinnen zu bleiben und zuzusehen, wie Sie von dem Ufer heraufkamen. Nein! Noch nie hat ein Mensch so etwas zu sehen bekommen. Warum kamen Sie herüber?«

»Haben Sie nicht jemanden erwartet? Ich meine nicht mich, ich meine einen Boten?«

»Nein!« sagte Lingard und wunderte sich über seine eigene Selbstbeherrschung. »Warum ließ er Sie herüberkommen?«

»Sie meinen Kapitän Jörgenson? Nun, zuerst weigerte er sich. Er sagte, er hätte bestimmte Befehle von Ihnen.«

»Wie in aller Welt haben Sie es fertiggebracht, ihn umzustimmen?« sagte Lingard mit leiser, weicher Stimme.

»Das hab' ich gar nicht versucht«, begann sie und hielt inne. Lingards Frage hatte ihr, obgleich ihm anscheinend nicht viel an einer Antwort gelegen war, von neuem den Verdacht erregt, daß Jörgensons Frontwechsel einer geheimen Absicht entsprach. »Ich brauchte zuletzt nicht viel zu sagen«, fuhr sie fort, noch immer etwas atemlos, aber mit dem Gefühl, daß ihre

Persönlichkeit, in dem Druck jener Arme nahezu vernichtet, vor der regungslosen Aufmerksamkeit des Mannes vor ihr wieder zu ihrer vollen Bedeutung anwuchs. »Kapitän Jörgenson hat mich immer als überflüssige Belästigung betrachtet. Vielleicht hatte er sich entschlossen, mich loszuwerden, selbst gegen Ihre Befehle. Ist er überhaupt ganz bei Verstand?«
Sie löste jetzt den Griff von dem eisenharten Unterarm, den Lingard langsam sinken ließ. Jetzt hatte sie ihr Selbstvertrauen wiedergewonnen. Nur eine schwache, leicht atemlose Erinnerung an einen kurzen Flug über die Erde, auf der sie nun mit festen Füßen stand, war zurückgeblieben. ›Und ist das alles?‹ fragte sie sich, nicht in Bitterkeit, sondern mit einer Art zarter Verachtung.
»Er ist so vernünftig«, erklang Lingards nachdenkliche Stimme, »daß Sie mich nicht hier gefunden hätten, wenn ich auf ihn gehört hätte.«
»Was meinen Sie mit: hier? In dieser Palisade?«
»Irgendwo«, sagte er.
»Und was wäre dann geschehen?«
»Gott weiß«, erwiderte er. »Was wäre überhaupt geschehen, wenn die Welt nicht in sieben Tagen geschaffen worden wäre? Seit ungefähr so lange kenne ich Sie. Es fing damit an, daß ich damals in der Nacht zu Ihnen kam – wie ein Dieb in der Nacht. Wo zum Teufel hab' ich das schon mal gehört? Und der Mann, mit dem Sie verheiratet sind, glaubt wirklich, ich sei nichts Besseres als ein Dieb.«
»Ich denke, es müßte Ihnen genügen, daß ich mich niemals in der Frage, was Sie sind, geirrt habe, daß ich zu Ihnen komme, in weniger als vierundzwanzig Stunden, nachdem Sie mich verachtungsvoll meinem Kummer überließen. Tun Sie nicht so, als hätten Sie nicht gehört, wie ich hinter Ihnen herrief. O ja, Sie haben es gehört. Das ganze Schiff hat mich gehört, denn ich hatte jedes Schamgefühl verloren.«
»Ja, Sie sind gekommen«, sagte Lingard heftig. »Aber sind Sie wirklich gekommen? Ich kann meinen Augen nicht trauen! Sind Sie wirklich hier?«
»Zum Glück ist es hier dunkel«, sagte Mrs. Travers. »Aber können Sie wirklich daran zweifeln?« setzte sie bedeutsam hinzu.
Er machte eine so jähe Bewegung auf sie zu und verriet dabei so viel Leidenschaft, daß Mrs. Travers dachte: ›Diesmal komme

ich nicht mit dem Leben davon‹ – und doch stand er wieder vor ihr, regungslos, als hätte er sich überhaupt nicht von der Stelle gerührt. Es war eher, als hätte die Erde unter seinen Füßen eine plötzliche Bewegung vollführt, ohne imstande zu sein, sein Gleichgewicht zu erschüttern. Aber unter Mrs. Travers' Füßen hatte die Erde sich nicht bewegt, und eine Sekunde lang war sie überwältigt von dem Erstaunen, nicht über diesen Beweis ihrer eigenen Selbstbeherrschung, sondern über die gewaltige Macht, die dieser Mensch über sich selbst besaß. Vielleicht hätte sie sich dieser Macht ergeben, wenn die seltsame innere Erschöpfung nicht von ihr Besitz ergriffen hätte. So aber schien es ihr, als hätte sie nichts in sich, was einer solchen Übergabe wert gewesen wäre, und in vollkommen gelassenem Ton sagte sie: »Geben Sie mir Ihren Arm, Kapitän Lingard. Wir können nicht die ganze Nacht hier stehenbleiben.«

Während sie weiterschritten, dachte sie: ›In diesem Mann steckt wirkliche Größe.‹ Selbst in seinem Benehmen war er groß. Keine Entschuldigungen, keine Erklärungen; er erniedrigte sich nicht, er brauchte keine Gewalt, und der Körper, der diese kühne und verworrene Seele umschloß, zeigte nicht das geringste Erzittern. Das wußte sie bestimmt, weil ihre Finger leicht auf Lingards Arm ruhten, während sie an seiner Seite langsam dahinschritt, als ob er sie zum Abendessen führte. Und doch konnte sie keinen Augenblick annehmen, daß er, wie sie, von jedem Gefühl verlassen sei. Niemals zuvor war er ihr als eine so gefährliche Kraft erschienen. ›Er ist wirklich unerbittlich‹, dachte sie. Sie waren gerade aus dem Schatten der inneren Befestigung in der Nähe des Tores getreten, als eine etwas heisere, schüchterne Stimme hinter ihnen sich vernehmen ließ, die ständig etwas wiederholte, das selbst in Mrs. Travers' Ohren wie eine Art Formel klang. Es waren die Worte: »Bitte: dies Ding hier – bitte, dies Ding hier – bitte, dies Ding hier.« Sie wandten sich um.

»Ach so, mein Schleier«, sagte Mrs. Travers.

Ein untersetzter junger Bursche mit breitem Gesicht, nur mit einer weißen Hose bekleidet, hielt den Schleier auf den wie Stöcke ausgestreckten Armen respektvoll so weit als möglich von sich weg. Lingard nahm ihm das Tuch ab, und Mrs. Travers verlangte es sogleich. »Wir wollen nicht vergessen, was sich gehört«, sagte sie. »Das ist zugleich mein Gesichtsschleier.«

Sie war im Begriff, ihn um den Kopf zu schlingen, als Lingard sagte: »Das ist nicht nötig. Ich bringe Sie zu den Herren.« – »Ich will trotzdem von ihm Gebrauch machen«, sagte Mrs. Travers. »Dieses Ding kann zu zweierlei dienen, einmal für die Schicklichkeit und einmal als Vorsichtsmaßnahme. Bis ich Gelegenheit habe, in einen Spiegel zu schauen, wird mich nichts überzeugen, daß in meinem Gesicht keine Veränderung zu erkennen ist.« Lingard drehte sich rasch halb um und blickte sie an. Da sie nun den Schleier trug, sah sie ihm unverwandt in die Augen. »Sagen Sie mir, Kapitän Lingard, wie viele Augen haben uns vorhin beobachtet?«

»Kümmert Sie das?« fragte er.

»Nicht im geringsten«, sagte sie. »Eine Million Sterne sahen auch zu, und was schadet das? Sie sind nicht von der Welt, die ich kenne. Und mit den Augen ist es dasselbe. Sie gehören nicht zu der Welt, in der ich lebe.«

Lingard dachte: ›Niemand gehört dazu.‹ Nie zuvor war sie ihm unnahbarer erschienen, fremdartiger und entrückter. Nur die Glut einer Anzahl kleiner Lagerfeuer beleuchtete den Boden, auf dem Männer im Schlafe lagen, schwarze Haufen unter dem dünnen Rauch, der über sie dahinzog. Eins dieser Feuer brannte lichterloh, wenn auch nicht sehr hoch, etwas abseits vor dem Hause, in dem die Gefangenen untergebracht waren. Sein Licht drang nicht in den dunklen Raum zwischen den Pfählen und in die Tiefe der Veranda droben, wo nur zwei Köpfe und das Glitzern einer Speerspitze undeutlich im Spiel des Lichts zu erkennen waren. Aber draußen, drunten auf dem Boden konnte man den dunklen Umriß eines Mannes ausmachen, der auf einer Bank saß. Ein anderer tiefschwarzer Schatten warf eine Handvoll Kleinholz auf das Feuer und ging weg. Der Mann auf der Bank stand auf. Es war d'Alcacer. Er ließ Lingard und Mrs. Travers ganz nahe herankommen. Er schien sprachlos vor äußerster Überraschung.

»Sie haben nicht erwartet ...«, begann Mrs. Travers, einigermaßen verlegen vor seiner stummen Haltung.

»Ich traute meinen Augen nicht«, unterbrach d'Alcacer sie. Auch er schien verwirrt. Einen Augenblick später aber hatte er sich wieder gefangen und gestand einfach: »Im Augenblick dachte ich gar nicht an Sie, Mrs. Travers.« Er strich sich mit der Hand über die Stirn. »Ich weiß kaum, woran ich eigentlich dachte.«

Im Lichte der aufflackernden Flamme konnte Mrs. Travers

d'Alcacers Gesicht sehen. Es lag kein Lächeln darauf. Sie konnte sich nicht erinnern, es je so ernst und gleichsam fremd gesehen zu haben. Sie ließ Lingards Arm los und näherte sich dem Feuer.

»Ich denke mir, Sie waren sehr weit weg, Mr. d'Alcacer«, sagte sie.

»Das ist die Art Freiheit, die uns durch nichts genommen werden kann«, bemerkte er, mit einem starren Blick auf die Art, in der Mrs. Travers den Schleier über ihr Gesicht gezogen hatte. »Mag sein, daß ich weit fort war«, fuhr er fort, »aber ich kann Ihnen versichern, daß ich nicht weiß, wo ich war. Vor einer knappen Stunde war hier eine große Aufregung wegen ein paar Raketen, aber mich berührte das weiter nicht. Ich konnte ja niemanden darüber befragen. Der Kapitän war, wie ich hörte, in einer sehr wichtigen Unterredung mit dem König oder Gouverneur dieses Orts begriffen.«

Er wandte sich unmittelbar an Lingard. »Darf ich fragen, ob Sie inzwischen zu einem Ergebnis gekommen sind? Dieser Mohr scheint mir ein sehr unentschlossener Mensch zu sein.«

»Einem direkten Angriff würde er natürlich Widerstand entgegensetzen«, sagte Lingard. »Und insofern stehen Sie unter seinem Schutz. Aber ich muß zugeben, daß er mit mir ziemlich böse ist. Er ist der ganzen Sache müde. Er liebt den Frieden über alles in der Welt. Aber ich bin noch nicht fertig mit ihm.«

»Soviel ich aus dem, was Sie mir früher gesagt haben, verstanden habe«, sagte d'Alcacer mit einem schnellen Seitenblick auf Mrs. Travers offen und aufmerksam blickende Augen, »soviel ich sehe, kann er den erwünschten Frieden gleich haben, wenn er uns beide, ich meine Mr. Travers und mich, zum Tor hinaus in die Speere der anderen wütenden Barbaren treibt. Und ich habe gehört, daß einige seiner Ratgeber ihm nahelegten, das zu tun, spätestens sobald der Tag anbricht.«

Einen Augenblick stand Lingard vollkommen regungslos.

»Darum handelt's sich eben«, sagte er ungerührt und entfernte sich mit schweren Schritten, ohne sich noch einmal nach d'Alcacer und Mrs. Travers umzusehen, die sich nun gegenseitig anblickten.

»Haben Sie das gehört?« sagte d'Alcacer. »Natürlich betrifft das Sie und Ihr Schicksal in keiner Weise, und was ihn angeht, so ist sein Prestige viel zu groß, als daß man den Leichtsinn beginge, ihn zu töten. Wenn das alles vorüber ist, werden

Sie an seinem Arm im Triumph aus dieser Palisade hinauswandeln; denn nichts in dieser ganzen Geschichte kann seiner Größe etwas anhaben, seinem absoluten Wert in den Augen dieser Leute – und wahrhaftig auch in den Augen anderer.« D'Alcacer hatte den Blick von Mrs. Travers abgewendet, und sobald er verstummte, beschäftigte er sich damit, die Bank ein wenig weiter vom Feuer wegzuziehen. Als sie sich darauf niederließen, hielt er sich in einiger Entfernung von Mrs. Travers. Sie hatte offenbar nicht die Absicht, den Schleier wegzuziehen, und ihre Augen in dem sonst vermummten Gesicht erschienen ihm seltsam fremd und beunruhigend.
»Ja, das ist, in wenigen Worten ausgedrückt, die Situation«, sagte sie. »Sie haben das alles wunderbar ausgemalt, sogar meinen triumphalen Abgang. Nun, und was noch? Nein, Sie brauchen nicht zu antworten, es ist belanglos. Ich kann Ihnen nur sagen, ich kam hierher ohne irgendeinen Gedanken daran, im Triumph abzumarschieren, wie Sie das nennen. Ich kam hierher, wenn ich das so banal wie möglich ausdrücken soll: um Ihre Haut zu retten – und meine dazu.«
Ihre Stimme drang nur gedämpft an d'Alcacers Ohr, mit einem veränderten Klang, sogar mit einem anderen Ton. Über dem weißen und bestickten Schleier fixierten ihn ihre Augen, schwarz und so starr, daß selbst die roten Funken des Feuers, das sich in ihnen spiegelte, sich nicht in ihnen bewegten. Er ließ es sich nicht anmerken, welch starken Eindruck sie auf ihn machte. Er neigte ein wenig den Kopf.
»Ich glaube, Sie wissen sehr genau, was Sie tun.«
»Nein! Das weiß ich nicht«, sagte sie. Sie sprach schneller, als er sie je zuvor hatte sprechen hören. »Erstens, ich glaube nicht, daß er so sicher ist, wie Sie sich vorstellen. O ja, Prestige hat er genug, das bezweifle ich nicht. Aber Sie verteilen Leben und Tod mit allzu viel Gewißheit ...«
»Ich weiß jedenfalls, was mir bevorsteht«, murmelte d'Alcacer leise.
Einen Augenblick schwiegen beide; Mrs. Travers' Augen schüchterten d'Alcacer nicht mehr ein, da dieser wegblickte. Die Flamme des Feuers war herabgesunken. In der dunklen Ansammlung von Gebäuden, die man Belarabs Palast hätte nennen können, wurde es nun lebendig von umherhuschenden Leuten, von rufenden und antwortenden Stimmen. Lichter

blinkten hier und da auf, die plötzlich einen dicken Pfahl, die Ecke eines Hauses, die Höhlungen eines tiefreichenden Dachs beleuchteten, während auf den offenen Stellen des Hofs die Bewaffneten noch bei den ausgehenden Feuern schliefen.

Plötzlich sagte Mrs. Travers: »Dieser Jörgenson ist uns nicht freundlich gesinnt.«

»Möglich.«

D'Alcacer saß mit gefalteten Händen und über die Knie gebeugt auf der Bank; er hatte ihr mit sehr leisem Tonfall zugestimmt. Mrs. Travers, die sich unbeobachtet glaubte, drückte die Hände an die Brust und fühlte die Form des Rings, der dick und schwer und mit einem großen Edelstein besetzt war. Da war er, versteckt an ihrem Herzen und rätselhaft. Was bedeutete er? Was konnte er bedeuten? Welche Empfindung mochte er erregen, welche Handlung in Gang setzen? Und mit schlechtem Gewissen bedachte sie, daß sie ihn Lingard sofort hätte geben sollen, ohne erst zu überlegen, ohne zu zögern: »Da! Deswegen kam ich her. Das soll ich Ihnen geben!« Ja, aber da war etwas dazwischengekommen, sie war nicht imstande gewesen, überhaupt an etwas zu denken, und seitdem hatte sie Zeit gehabt, nachzudenken – unglücklicherweise: zum Beispiel an Jörgensons feindseligen, verachtenden Blick zu denken, mit dem er sie bei Tagesanbruch nach einer Nacht einsamer Qual von Kopf bis Fuß gemustert hatte. Und nun, während sie, vor jedem Späherblick verschleiert, auf der Bank saß, war dieser Mann da, dieser d'Alcacer, und erging sich in Prophezeiungen. Ach ja, im Triumph. Sie wußte schon, was das war. Mrs. Travers bekam Angst vor dem Ring. Sie hätte sich ihn am liebsten vom Halse gerissen und weggeworfen.

»Ich traue ihm nicht«, sagte sie. »Wirklich!« rief d'Alcacer sehr leise. »Ich meine diesen Jörgenson. Er ist ein erbarmungsloser Mensch, scheint mir.« – »Er ist gleichgültig allem gegenüber«, sagte d'Alcacer. »Vielleicht ist das nur eine Maske.« – »Haben Sie irgendwelche Beweise dafür, Mrs. Travers?«

»Nein«, erwiderte Mrs. Travers ohne zu zögern. »Mein Instinkt sagt mir das.«

D'Alcacer schwieg eine Weile, als wenn er einem ganz anderen Gedanken nachhinge; dann sagte er in einem sanften, beinahe scherzhaften Tonfall: »Wenn ich eine Frau wäre, würde ich mich immer auf meine Intuition verlassen.« – »Wenn Sie eine Frau wären, Mr. d'Alcacer, würde ich nicht in dieser Weise mit

Ihnen sprechen, denn dann würde ich Ihnen verdächtig sein.«

Durch d'Alcacers Sinn schoß der Gedanke, daß er über kurz oder lang vielleicht weder Mann noch Weib sein würde, sondern nur ein Haufen toter Materie, wenn er auch jetzt noch am Leben war, hellwach und ungebeugt trotz der Gefahr. Er hatte Mrs. Travers' Ankunft begrüßt, einfach weil er sich in dieser Umgebung sehr einsam gefühlt hatte, zumal Mr. Travers nicht mehr aus seinem verdrossenen, überdies durch Fieberanfälle verschlimmerten Zustand herauskam. Von Lingard hatte er seit ihrer Landung so gut wie nichts mehr zu sehen bekommen, da der ›Mann des Schicksals‹ dauernd von Verhandlungen in Belarabs Wohnhütte in Anspruch genommen war, und der Gedanke, daß sein Leben Gegenstand eifrigen Unterhandelns sei, war Mr. d'Alcacer nicht angenehm. Die Gefolgsleute des Häuptlings und die bewaffneten Krieger, die ganze Besatzung des befestigten Anwesens, schenkten ihm offenbar sehr wenig Beachtung, und das erregte in ihm das Gefühl, endgültig ein Gefangener zu sein, für den es keine Hoffnung mehr gab. Im Laufe des Nachmittags war er in dem bißchen Schatten auf und ab gegangen, den die gepriesene Hütte warf, in deren Innern Mr. Travers sich fiebernd seinem misanthropischen Groll hingab, und er hatte bemerkt, daß sich die entfernteren Veranden ab und zu mit den vermummten Gestalten der Weiber aus Belarabs Haushalt füllten, die aus der Entfernung neugierige Blicke nach dem weißen Mann warfen. Alles das war recht lästig. Er fand es äußerst schwierig, allein mit einem so bedrohten Leben fertig zu werden, und daher hatte er Mrs. Travers' Ankunft begrüßt, die eine tragische Spannung in diese leere Düsternis mitbrachte.

»Es liegt eigentlich nicht in meiner Natur, Argwohn zu hegen, Mrs. Travers, das kann ich Ihnen versichern, und ich hoffe, daß Sie Ihrerseits niemals weder meine Zurückhaltung noch meine Offenheit verdächtig finden werden. Ich respektiere das Geheimnis Ihrer Überzeugung, aber hat Jörgenson Ihnen nicht irgendeine Veranlassung gegeben ...«

»Er haßt mich«, sagte Mrs. Travers und zog die Augenbrauen zusammen, da d'Alcacer anfing zu lächeln. »Das bilde ich mir nicht nur ein. Das Schlimme dabei ist, daß er mich nicht meiner Person wegen haßt. Ich glaube, meine Existenz ist ihm völlig gleichgültig. Jörgenson haßt mich, weil ich gewissermaßen Sie beide repräsentiere, die Sie in Gefahr sind, denn Sie beide sind es, die diese Unannehmlichkeiten ... und ich ... na ja!«

»Ja ja, das stimmt wohl«, sagte d'Alcacer hastig. »Aber es ist unrecht von Jörgenson, Sie zum Sündenbock zu machen. Denn wenn Sie nicht hier wären, würde kühle Vernunft eingreifen und Lingard veranlassen, in seinem Eifer, aus einem Verbannten einen König zu machen, eine Pause einzulegen. Sollten wir ermordet werden, würde das bestimmt mit der Zeit in der Welt einiges Aufsehen erregen, und er würde in den Verdacht geraten, mit diesen wilden und unmenschlichen Barbaren gemeinsame Sache gemacht zu haben. Und die Größe seiner Traumwelt, das verpfändete Ehrenwort, seine ritterlichen Empfindungen – wer würde darauf etwas geben? Das alles könnte ihn nicht vor dem Verdacht bewahren. Und da er nun einmal so ist, wie er ist, Sie verstehen mich, Mrs. Travers – aber Sie kennen ihn ja viel besser als ich –, würde ihn das moralisch töten.«

»Mein Gott!« flüsterte Mrs. Travers. »Darauf bin ich noch gar nicht gekommen.« Diese Worte verloren sich in den Falten des Schleiers und erreichten d'Alcacer nicht, der in seinem milden Ton fortfuhr: »Immerhin, wie die Dinge liegen, er wird sicher genug sein, was hier auch geschieht. Er wird sich auf Sie als Zeugin berufen können, um sich zu entlasten.«

Mrs. Travers erhob sich plötzlich; aber immer noch darauf bedacht, ihr Gesicht verhüllt zu halten, warf sie das Ende des Schleiers über die Schulter.

»Ich habe Angst vor diesem Jörgenson«, rief sie mit unterdrückter Heftigkeit. »Man weiß nie, was er eigentlich vorhat. Ich halte ihn für so gefährlich, daß ich, wenn ich zum Beispiel mit einer Nachricht betraut wäre, die sich auf die Lage bezöge, imstande wäre ... sie nicht weiterzugeben.«

D'Alcacer, der auf der Bank sitzengeblieben war, blickte sehr verwundert zu ihr auf. Mrs. Travers wandte sich nun an ihn persönlich, mit einer Stimme, die in den Falten des Schleiers ruhig und gelassen klang: »Sagen Sie, Mr. d'Alcacer, der Sie die Sache mit Ruhe ansehen können, hätte ich nicht recht?«

»Wieso, hat Jörgenson Ihnen etwas gesagt?«

»Direkt hat er nichts gesagt, außer einen Satz oder zwei Sätze, die ich wirklich nicht verstehen konnte. Sie schienen einen verborgenen Sinn zu haben, und er schien ihnen eine myste-

riöse Bedeutung beizumessen, die er mir nicht zu erklären wagte.«
»Also hat er seinerseits etwas riskiert«, rief d'Alcacer. »Und er vertraute Ihnen. Warum gerade Ihnen, möchte ich wissen!«
»Wer kann sagen, was für verrückte Ideen er in seinem Kopfe hat? Mr. d'Alcacer, ich glaube, er hat ein einziges Ziel im Auge: Kapitän Lingard von uns zu trennen. Ich habe das erst vor ein paar Minuten begriffen. Es ist mir jetzt erst aufgegangen. Er wünscht nur eins: uns von ihm zu trennen.«
»Zu trennen«, wiederholte d'Alcacer, etwas überstürzt über die Leidenschaft, mit der sie ihre Überzeugung kundgab. »Ich möchte wahrhaftig so wenig wie Sie, daß man ihn von uns trennt; und offen gestanden, ich glaube nicht, daß Jörgenson das vermöchte. Aber im ganzen gesehen, und wenn Sie meinen, daß Jörgenson dazu imstande sei, würde ich – ja, ich an Ihrer Stelle würde, glaube ich, alles verschweigen, was ich nicht verstehen könnte.«
Mrs. Travers hörte ihm geduldig zu. Ihre Augen – sie kamen d'Alcacer unglaublich düster vor – schienen zuzusehen, wie jedes seiner überlegten Worte fiel, und als er aufhörte zu sprechen, blieben sie noch eine Weile auf ihm ruhen. Dann wandte sie sich ab, mit einer Gebärde, die zu sagen schien: ›So sei es.‹
D'Alcacer erhob plötzlich seine Stimme und rief ihr nach: »Bleiben Sie! Vergessen Sie nicht, daß nicht nur der Kopf Ihres Gatten, sondern auch meiner auf dem Spiel steht. Mein Urteil ist nicht ...«
Sie blieb einen Augenblick stehen und schob den Schleier weg. In der tiefen Stille, die auf dem Hof herrschte, erklang ihre klare Stimme, so daß die Schatten der Schläfer an den nächstgelegenen Feuern sich ein wenig regten, mit dem leisen Gemurmel der im Schlaf Gestörten: »O ja, ich weiß wohl, wessen Köpfe ich zu retten habe«, rief sie. »Aber wer in aller Welt kann diesen Mann vor sich selbst retten?«

V

D'Alcacer ließ sich wieder auf der Bank nieder. ›Ich frage mich, was sie weiß‹, dachte er, ›und ich möchte wissen, was ich eigentlich getan habe?‹ Er fragte sich auch noch, wie weit er aufrichtig und wie weit er von der sehr natürlichen Abneigung getrieben worden war, heimlich von wütenden Wilden mit allen Begleitumständen der Barbarei ermordet zu werden. Das hieß, einem ganz und gar nackten Tod plötzlich zum Opfer fallen, ohne alle wohltätigen Illusionen, wie etwa dem freien Willen des Selbstmörders, dem Heroismus des Kriegers oder der Begeisterung des Märtyrers. ›Wäre es nicht besser, eine Art Kampf daraus zu machen?‹ fragte er sich. Die Vorstellung, wie er sich in die Speerspitzen stürzte, schien ihm durchaus nicht begeisternd. Oder wäre es nicht besser, seinem Schicksal (irgendwo außerhalb der Palisade auf dem entsetzlichen Strand) mit ruhiger Würde entgegenzugehen? ›Pah! Wahrscheinlich werde ich in den Rücken gespießt werden, auf die widerlichste Weise‹, dachte er, innerlich schaudernd. Es war sicherlich nicht der Schauder der Furcht, denn d'Alcacer maß dem Leben keinen hohen Wert bei. Er schauderte vor dem Widerwärtigen, denn Mr. d'Alcacer war ein zivilisierter Mann, und wenn er auch keine besonders hohe Meinung von der Zivilisation hatte, so konnte er doch nicht umhin, die Überlegenheit ihrer Methoden zuzugeben. Sie sicherte einem eine gewisse Verfeinerung der Form zu, anständige Verfahrensweisen und bestimmte Garantien gegen unliebsame Überraschungen. ›Wie müßig das alles ist‹, dachte er schließlich. Dann fiel ihm ein, über welch starken Rückhalt die Frauen verfügten. Es traf freilich zu, fuhr er mit ungewohntem Zynismus zu bedenken fort, daß sie, genau genommen, nur einen einzigen Rückhalt besaßen, aber auf den konnten sie sich im allgemeinen verlassen – o ja, verlassen konnten sie sich darauf.

Er war selbst überrascht über seine geradezu schamlose Bitterkeit. Zu diesem Zeitpunkt war sie durchaus nicht am Platze. Die Situation war viel zu kompliziert, um ihr mit einer zynischen oder unverschämten Hoffnung zu begegnen. Es gab nichts, dem man hätte vertrauen können. In diesem Augenblick, als er dies bedachte, wurde er Lingards ansichtig, der sich ihm näherte. Er hob gespannt den Kopf. D'Alcacer war keinesweg gleichgültig gegen das, was ihm und selbst was Mr. Travers beschieden war. Er hätte gern erfahren ... Aber ein Blick auf Lingards Gesicht genügte ihm. ›Es hat keinen Zweck, ihn irgendwas zu fragen‹, sagte er sich, ›denn gerade jetzt ist ihm alles einerlei.‹

Lingard ließ sich schwerfällig auf dem anderen Ende der Bank nieder, und d'Alcacer, der sein Profil betrachtete, gestand sich, daß es das männlichste und markanteste Gesicht war, das er je im Leben gesehen. Es war ein ausdrucksvolles Gesicht, doch was es jetzt ausdrückte, war etwas, das d'Alcacer noch nie an ihm bemerkt hatte. Diese steinerne Ruhe richtete eine Schranke auf gegen jede Art gewöhnlicher Neugier, ja selbst gewöhnlicher Befürchtungen. Nein, es war zwecklos, Lingard irgendwelche Fragen zu stellen. Doch mußte etwas gesagt werden, um den Bann zu brechen und diesen Mann wieder auf die Erde zu rufen. Aber es war Lingard, der zuerst sprach: »Wo ist Mrs. Travers hingegangen?«

»Sie ist dorthin gegangen ... wo sie natürlich zuerst hingehen mußte, nachdem sie es fertiggebracht hatte, zu uns zu kommen«, antwortete d'Alcacer, der seine Worte der heiklen Lage so gut wie möglich anzupassen suchte.

Lingards stilles Verhalten war womöglich noch eindrucksvoller geworden. Er sprach wieder. »Ich möchte wissen, was die beiden einander zu sagen haben.«

Er hätte darüber den ganzen verdunkelten Teil des Erdballs befragen können, aber es war d'Alcacer, der in seinem höflichen Ton darauf antwortete: »Würde es Sie sehr überraschen, Kapitän Lingard, wenn ich Ihnen sagte, daß diese beiden Menschen durchaus in der Lage sind, einander vollkommen zu verstehen? Ja? Das überrascht Sie! Nun, ich versichere Ihnen, daß siebentausend Meilen von hier niemand sich darüber wundern würde.«

»Ich glaube, ich verstehe schon«, sagte Lingard. »Aber wissen Sie nicht, daß der Mann nicht klar im Kopf ist? Ein Mensch in dieser Verfassung ist so gut wie verrückt.«

»Ja, seit sieben Uhr ist er wirklich etwas wirr«, sagte d'Alcacer. »Aber glauben Sie mir, Kapitän Lingard«, fuhr er ernsthaft fort, einem völlig selbstlosen Impuls gehorchend, »daß er selbst in seinem Fieberwahn ihr bei weitem verständlicher und selber fähiger ist, sie zu verstehen als ... als irgendwer im Umkreis von hundert Meilen.«

»Aha«, sagte Lingard ohne jede Erregung. »Sie wundern sich also nicht. Sie sehen auch keinen Grund, sich zu verwundern.«

»Nein, denn, verstehen Sie, ich weiß es.«

»Was wissen Sie?«

»Männer und Frauen, Kapitän Lingard, die Sie ...«

»Ich weiß nichts von Frauen.«

»Da haben Sie ein wahres Wort gesprochen«, sagte d'Alcacer, und zum erstenmal wandte Lingard langsam den Kopf und betrachtete den Mann, der neben ihm auf der Bank saß.
»Meinen Sie, auch sie wäre so gut wie verrückt?« fragte Lingard, sehr beunruhigt.
D'Alcacer ließ sich einen leisen Ausruf entschlüpfen. Nein, das dachte er allerdings nicht. Es war eine originelle Vorstellung, Irrsinnige hätten eine gemeinsame Logik, mit der sie sich untereinander verständlich machen könnten. D'Alcacer versuchte, seiner Stimme einen möglichst sanften Ton zu geben, während er fortfuhr: »Nein, Kapitän Lingard, ich glaube, die Frau, von der wir sprechen, ist im vollen Besitz ihrer Geisteskräfte und wird es immer bleiben.«
Lingard lehnte sich zurück und schlang die Hände um die Knie. Er schien nicht zuzuhören, und d'Alcacer, ein Zigarettenetui aus der Tasche ziehend, betrachtete lange Zeit die drei Zigaretten, die es enthielt. Es waren die letzten von dem Vorrat, den er bei seiner Gefangennahme bei sich getragen hatte. D'Alcacer hatte sich die strengste Einteilung auferlegt. Eine Zigarette durfte nur bei besonderen Gelegenheiten angezündet werden; und nun waren nur noch drei übrig, und die sollten bis zum Ende des Lebens reichen. Sie beruhigten, sie besänftigten, sie gaben einem Haltung. Und nur noch drei waren übrig! Eine mußte für den Morgen bewahrt werden, wenn es galt, die Pforte des Verhängnisses zu durchschreiten – das Tor von Belarabs Befestigung. Eine Zigarette beruhigte, gab Haltung. War dies die passende Gelegenheit für eine der beiden, die übrigblieben? D'Alcacer, ein echter Romane, scheute sich nicht vor ein wenig innerer Einsicht, und während er schwieg, lotete er die innerste Tiefe seines Daseins aus, dann blickte er zu dem nächtlichen Himmel auf. Als Jäger, als Reisender hatte er früher oft nach den Sternen geblickt, um zu sehen, wie die Zeit verging. Sie verging sehr langsam. Er nahm eine Zigarette heraus, ließ das Etui zuschnappen, beugte sich zu den glimmenden Holzkohlen. Dann richtete er sich auf und blies eine dünne Rauchwolke von sich. Der Mann an seiner Seite sah mit seinem gesenkten Kopf und dem umschlungenen Knie wie eine männliche Verkörperung trauervollen Nachdenkens aus. Man trifft solche Gestalten zuweilen auf den Reliefs antiker Gräber an. D'Alcacer begann zu sprechen: »Sie ist eine repräsentative Frau und doch eine von denen, die in der Welt zu jeder Zeit sehr

selten vorkommen. Das heißt, so sehr selten sind sie nicht, aber es gibt für sie auf der Erde nur sehr wenig Raum. Sie sind der vielfarbene Schimmer auf einer harten und dunklen Oberfläche. Denn die Welt ist hart, Kapitän Lingard, sie ist hart, sowohl im Erinnern wie im Vergessen. Das sind die Frauen, für die sich die Menschen auf und unter der Erde abrackern und um die jeder Künstler Gott um Erleuchtung anfleht.«

Lingard schien kein Wort gehört zu haben. Sein Kinn ruhte auf der Brust, d'Alcacer genoß, was ihm von seiner Zigarette noch verblieben war, und fuhr in einem gelassenen Ton fort, in dem eine gewisse Trauer mitklang: »Nein, es gibt nicht viele von ihnen. Und doch sind sie alles, was das Leben verschönert. Sie sind die anmutigen Gestalten diesseits der kahlen Wand, die uns vom Grabe trennt. Sie führen eine Art von rituellem Tanz an, den die meisten von uns ernst zu nehmen gewillt sind. Das ist eine sehr bindende Vereinbarung, mit der Aufrichtigkeit und guter Glaube und Ehre nichts zu tun haben. Sehr bindend. Wehe ihm oder ihr, der diese Abmachung bricht. In dem Augenblick, da sie die Schaustellung verlassen, sind sie verloren.« Lingard wandte plötzlich den Kopf und gewahrte, daß d'Alcacer ihn mit großer Aufmerksamkeit betrachtete.

»Sie verlieren sich in einem Irrgarten«, fuhr d'Alcacer ruhig fort. »Sie wandern in ihm herum und klagen über sich selbst. Ich würde schaudern über dies Schicksal, wenn es jemanden träfe, den ich liebte. Wissen Sie, Kapitän Lingard, wie die Leute, die sich in diesem Irrgarten verlieren, enden?« Er fuhr fort, Lingard unentwegt anzustarren. »Nein? ... Dann will ich es Ihnen sagen. Sie hassen sich am Ende selbst, und sie sterben in Enttäuschung und Verzweiflung.«

Als ob er die Eindringlichkeit der eigenen Worte fürchtete, legte d'Alcacer beruhigend seine Hand auf Lingards Schulter. Aber Lingard blickte nach wie vor in die glimmende Asche zu seinen Füßen und schien auf die freundliche Berührung gar nicht zu achten. Doch konnte d'Alcacer sich nicht vorstellen, daß der andere ihn nicht gehört hatte. Er kreuzte die Arme über der Brust.

»Ich weiß nicht, warum ich Ihnen alles das gesagt habe«, meinte er entschuldigend. »Ich hoffe, ich habe Sie nicht in Ihren Gedanken gestört.«

»Ich kann an nichts denken«, erklärte Lingard unerwartet. »Ich weiß nur, daß Ihre Stimme freundlich klang; und im übrigen ...«

»Irgendwie muß man so eine Nacht wie diese hinter sich bringen«, sagte d'Alcacer. »Sogar die Sterne scheinen auf ihrer Wanderung zu zaudern. Im allgemeinen glaubt man, ein Ertrinkender sei unwiderstehlich gezwungen, sein vergangenes Leben noch einmal zu überschauen. Eben jetzt war mir auch so, als hätte ich den Grund unter den Füßen verloren, und was ich gesagt habe, kam aus meiner Erfahrung. Ich bin sicher, Sie werden mir verzeihen. Alles läuft im Grunde auf folgendes hinaus: daß es uns ganz natürlich ist, das Unerreichbare zu verlangen, daß es aber sehr schlimm für uns ausliefe, wenn dieses Verlangen erfüllt würde. Denn was könnte irgendeiner von uns mit dem Mond anfangen, wenn er uns geschenkt würde? Ich spreche jetzt von uns – uns gewöhnlichen Sterblichen.«

Erst einen Augenblick später, als d'Alcacer aufgehört hatte zu sprechen, löste Lingard seine gefalteten Hände, stand auf und ging weg. D'Alcacer folgte der großen, schattenhaften Gestalt mit einem Blick ruhigen Interesses, bis sie in Richtung des riesigen Urwald-Baumes verschwand, der in der Mitte des Hofs stehengeblieben war. Über dem befestigten Hof des Belarab lagen die tiefsten Schatten der Nacht. Selbst die glimmenden Reste der Feuer waren erloschen, und in ihrer Schwärze geisterten nur noch hier und da ein paar Funken, und die Umrisse der hingestreckten Schläfer waren kaum von dem harten Boden zu unterscheiden, auf dem sie ruhten, die Waffen neben sich auf den Matten. Da erschien Mrs. Travers ganz nahe bei d'Alcacer, der sich sogleich erhob.

»Martin schläft«, sagte Mrs. Travers in einem Ton, der etwas von dem Geheimnis und der Stille der Nacht angenommen zu haben schien.

»Die ganze Welt schläft«, bemerkte d'Alcacer so leise, daß Mrs. Travers kaum die Worte vernahm, »außer Ihnen und mir und noch jemandem, der mich vorhin verlassen hat und in der Nacht umherwandert.«

»War er bei Ihnen? Wo ist er hingegangen?«

»Wo es am dunkelsten ist, denke ich«, erwiderte d'Alcacer geheimnisvoll. »Es hat keinen Zweck ihn zu suchen; aber wenn Sie völlig stille sind und den Atem anhalten, werden Sie vielleicht bald seine Schritte hören.«

»Was hat er Ihnen gesagt?« fragte Mrs. Travers ganz leise.
»Ich habe ihn nichts gefragt. Ich weiß nur, daß irgend etwas geschehen ist, das ihn der Fähigkeit des Denkens beraubt hat... Sollte ich nicht lieber in die Hütte gehen? Es wäre gut, wenn jemand bei ihm wäre, wenn Don Martin aufwacht.« Mrs. Travers blieb vollkommen still und hielt sogar ab und zu den Atem an, als ob sie irgendwie fürchtete, die im Dunkeln wandernden Schritte zu vernehmen. D'Alcacer war verschwunden. Wieder hielt Mrs. Travers den Atem an. Nein. Nichts. Nicht ein Laut. Nur die Nacht war, so schien es ihr, noch dunkler geworden. War das ein Schritt? ›Wo könnte ich mich verbergen?‹ dachte sie. Aber sie rührte sich nicht.
Nachdem er d'Alcacer verlassen hatte, wanderte Lingard zwischen den Lagerfeuern weiter, bis er sich im Schatten des großen Baumes fand, desselben Baumes, an dem Daman an jenem Tage der großen Verhandlung gelehnt hatte, als die weißen Gefangenen unter bestimmten Bedingungen in Lingards Gewahrsam übergeben wurden. Lingard schritt durch die tiefe Finsternis unter den weitreichenden Ästen des einzigen Zeugen einer Vergangenheit, in der niemand den Frieden dieser von den Untiefen geschützten Küste und die von Dschungel überschattete Lagune gestört hatte. In der stillen Nacht sah der alte Riese, in dessen gewaltigen Gliedern kein Zittern, kein Murmeln sich regte, den ruhelosen Mann durch den schwarzen Schatten hinaus ins Sternenlicht schreiten.
In diesem entfernten Teil des Hofs standen nur ein paar Wachen, die, selbst unsichtbar, zusahen, wie Lingards weiße Gestalt unaufhörlich auf und ab schritt. Sie wußten sehr gut, wer das war. Es war der große weiße Mann. Ein sehr großer Mann. Ein sehr reicher Mann. Ein Besitzer von Feuerwaffen, der schätzenswerte Geschenke verteilen und tödliche Schläge versetzen konnte, der Freund ihres Herrschers, der Feind seiner Feinde: sie kannten ihn seit Jahren, und er war ihnen immer ein Geheimnis geblieben. Auf ihren Posten, an die Palisadenstangen gedrückt, nahe den Schießscharten, warfen sie ihre Blicke nach ihm und flüsterten ab und zu leise miteinander.
Lingard war es, als sei er ganz allein auf der Welt, mit der er jeden Kontakt verloren hatte. Was er d'Alcacer gesagt hatte, traf vollkommen zu: er war keines Gedankens fähig. Er war in dem Zustande eines Mannes, der, nachdem er einen Blick durch die offene Pforte des Paradieses hatte tun dürfen, nach

diesem einzigen visionären Moment keinen Sinn mehr für irdische Dinge hatte. In diesem Zustand der Erregung sah er sich selbst nur als Gegenstand eines erhabenen Erlebnisses, das beseligt oder vernichtet, heiligt oder verdammt – aber was davon, das wußte er selbst nicht. Jeder noch so flüchtige Gedanke, jedes noch so schwache Gefühl, das die erhabene Erinnerung trüben konnte, erschien ihm wie Verrat. Das konnte er nicht ertragen.

Als er versucht hatte, nach der Ankunft von Mrs. Travers die Verhandlung mit Belarab wieder aufzunehmen, merkte er selbst, daß er dazu nicht fähig war. Er brachte noch eben die Selbstbeherrschung auf, das Gespräch in geziemender Form abzubrechen. Er wies auf die vorgerückte Stunde hin, eine höchst seltsame Ausrede vor Leuten, denen die Zeit nichts bedeutet und deren Leben und Beschäftigungen nicht nach der Uhr geregelt werden. Lingard wußte wahrhaftig kaum, was er sagte oder tat, als er wieder hinausging und alle ihrem stummen Erstaunen überließ, dem Erstaunen darüber, wie anders er plötzlich erschien und sich benahm. Eine lange Zeit herrschte in Belarabs Audienzsaal ein argwöhnisches Schweigen, bis der Häuptling alle mit zwei ruhigen Worten und einer leichten Handbewegung entließ.

Mrs. Travers, mit dem Kinn in der Hand gleich einer Sibylle, die in der Glut der erlöschenden Kohlen die Zukunft zu lesen suchte, vernahm, ohne den Atem anzuhalten, ganz nahe die Schritte, nach denen sie gehorcht hatte, mit einer Mischung von Beunruhigung, schlechtem Gewissen und Hoffnung.

Sie änderte ihre Haltung nicht. Die tiefe rote Glut beleuchtete schwach ihr Gesicht, ihre weiße herabhängende Hand und ihre Füße in den Sandalen. Die Schritte, die sie so beunruhigten, hielten dicht hinter ihr an.

»Wo sind Sie die ganze Zeit gewesen?« fragte sie, ohne sich umzublicken.

»Ich weiß es nicht«, antwortete Lingard. Was er sagte, traf genau zu. Er wußte es wirklich nicht. Seit er diese Frau aus den Armen gelassen hatte, war ihm nur noch die Fähigkeit verblieben, ganz flüchtige Eindrücke wahrzunehmen. Geschehnisse, Notwendigkeiten, die Dinge überhaupt – er hatte nichts mehr mit ihnen zu tun. Und er wollte nichts mehr mit ihnen zu tun haben. Sie waren nichtig und bedeutungslos; er hatte keine Geduld mehr dafür übrig. Der erstaunte und beleidigte Belarab, d'Alcacer mit seiner gutgemeinten Berührung und seinem freundlichen Gerede, die schlafenden Männer, die wachenden Männer, die ganze Siedlung voll unruhigen Lebens und die ewig bewegten Untiefen vor der Küste: alles das war ihm in eine unabsehbaren Bereich entrückt, für den er nur mitleidige Nichtachtung übrig haben konnte. Ja, das alles mochte es vielleicht geben. Vielleicht wartete das alles auf ihn. Nun, mochte es warten, alles mochte warten, bis morgen oder bis ans Ende der Zeiten, das, soweit es ihn anging, in jedem beliebigen Augenblick eintreten mochte – aber jedenfalls mußte alles bis morgen warten.

»Ich weiß nur«, fuhr er mit einer Betonung fort, die sie veranlaßte, den Kopf zu heben, »daß, wohin ich auch gehe, ich Sie mit mir tragen werde – an meiner Brust.«

Mrs. Travers hörte mit scharfem Ohr die Töne unterdrückten Triumphierens und aufkommender Furcht heraus, die Glut seiner Worte und ihr unsicheres Schwanken. Sie verspürte die physische Wucht, die ihnen zugrunde lag, noch so stark, daß sie nicht umhin konnte, in träumerischem Flüstern zu sagen: »Wollten Sie mich in Ihren Armen erdrücken?«

Er entgegnete ebenso flüsternd: »Das wäre mir nicht möglich gewesen. Sie sind zu stark. War ich so grob? Ich glaubte, es nicht zu sein. Man hat mir oft gesagt, daß ich meine eigene Kraft nicht kenne. Es sah aus, als seien Sie nicht imstande, durch die Öffnung zu kriechen, und so packte ich eben zu. Und dann ging es ganz leicht. Plötzlich dachte ich mir: ›Jetzt will ich ganz sichergehen.‹ «

Er hielt inne, als sei ihm der Atem ausgegangen. Mrs. Travers wagte nicht, die geringste Bewegung zu machen. Immer noch in der Haltung, als grübelte sie einer verborgenen Wahrheit nach, murmelte sie: »Sicher gehen.«

»Ja. Und jetzt bin ich sicher. Sie sind hier – hier! Vorher, da konnte ich's nicht wissen.«

»Oh, vorher konnten Sie's nicht wissen«, sagte sie.

»Nein.«

»Also war's die Wirklichkeit, die Sie suchten.«

Er wiederholte, als spräche er mit sich selbst: »Und jetzt bin ich sicher.«

Ihr Fuß in der Sandale, rötlich beleuchtet, spürte die Wärme der glimmenden Kohlen. Die laue Nachtluft umgab ihren Körper, und noch unter dem Eindruck seiner Kraft überließ sie sich dem zeitweiligen Gefühl der Ruhe, das ihr Herz erfüllte, so sanft, wie das Licht der Sterne die Nacht durchdrang. ›Er ist eine reine Seele‹, dachte sie.

»Wissen Sie, ich habe immer an Sie geglaubt«, fing er wieder an. »Sie wissen das sehr wohl. Nun, ich habe nie so sehr an Sie geglaubt wie jetzt, wie Sie hier sitzen, wie Sie hier sind, und dabei gibt's kaum so viel Licht, Sie zu erkennen.«

Es kam ihr vor, als habe sie noch nie eine Stimme vernommen, die sie so gern mochte – mit einer Ausnahme. Aber das war die Stimme eines großen Schauspielers gewesen, während dieser Mann hier in der Welt nichts war als er selbst. Er wirkte überzeugend, rührend, verwirrend, er wirkte beruhigend, und das alles durch die ihm innewohnende Wahrheit. Er hatte danach verlangt, sicherzugehen, und das war ihm offensichtlich gelungen; und zu müde, der Abwegigkeit ihrer Gedanken zu widerstehen, bedachte Mrs. Travers mit einer Art Belustigung, daß er offenbar nicht enttäuscht worden war. Sie dachte: ›Er glaubt an mich. Wie erstaunlich, wenn man das so sagt. Von allen Leuten, die vielleicht an mich hätten glauben können, mußte ich ausgerechnet diesen hier finden. Er glaubt an mich mehr als an sich selbst.‹ Ein Schauer plötzlicher Gewissensbisse schreckte sie aus ihrer Ruhe, und sie rief: »Kapitän Lingard, wir vergessen, wie wir uns kennengelernt haben, wir vergessen, was hier geschieht. Das dürfen wir nicht. Ich will nicht sagen, daß Ihr Vertrauen zu mir ein Irrtum ist, aber ich muß Ihnen etwas gestehen. Ich muß Ihnen sagen, wie ich heute nacht hierher kam. Jörgenson ...«

Er unterbrach sie heftig, aber ohne die Stimme zu heben: »Jörgenson. Wer ist Jörgenson? Sie kamen zu mir, weil Sie nicht anders konnten.«

Es verschlug ihr den Atem. »Aber ich muß es Ihnen sagen. Ich kam aus einem Grunde hierher, der mir selbst nicht recht klar ist.«

»Sie können mir nichts sagen, das ich nicht schon weiß«, sagte er in bittendem Ton. »Sagen Sie nichts. Sitzen Sie ganz still. Morgen ist Zeit genug. Morgen! Die Nacht geht ihrem Ende entgegen, und mir ist an nichts in der Welt gelegen als an Ihnen. Lassen Sie mich hier. Geben Sie mir die Ruhe, die in Ihnen ist.«

Noch nie hatte sie Worte von solchem Klang von seinen Lippen vernommen, und sie empfand für ihn ein großes und zärtliches Mitleid. Warum sollte sie ihn nicht in dieser Stimmung bestärken, in der er die wenigen Augenblicke festhalten wollte, die er nie wieder auf Erden erleben sollte? Sie schwieg und zögerte. Sie sah, wie er sich in der Dunkelheit hin und her bewegte, als ob er sich nicht entschließen könnte, auf der Bank Platz zu nehmen. Aber plötzlich schob er mit dem Fuß die glühende Asche weg und sank zu ihren Füßen nieder auf den Boden, und sie war nicht im geringsten erstaunt, das Gewicht seines Hauptes auf ihrem Knie zu fühlen. Mrs. Travers war nicht verwundert, aber sie spürte eine tiefe Besorgnis. Warum sollte sie ihn quälen mit all den Fragen nach Freiheit und Gefangenschaft, Gewalt und Intrigen, nach Leben und Tod? Er war nicht imstande, etwas anzuhören, und ihr selbst schien es, als hätte auch sie nicht den Wunsch zu sprechen, als ließe die Größe ihres Mitgefühls es einfach nicht zu, daß sie spräche. Sie konnte nichts für ihn tun, als ihm die Hand leicht auf den Kopf legen und schweigend der leisen Erschütterung nachgeben, die sie, Seufzer oder Schluchzen, in ihm spürte. Aber es war eine Erregung, die sie sofort in angstvoller Besorgnis erstarren ließ.

Ungefähr um dieselbe Zeit erhob auf der anderen Seite der Lagune Jörgenson die Augen zu den Sternen und sagte sich, daß die Nacht nicht mehr lange dauern werde. Er sehnte das Tageslicht herbei, in der Hoffnung, daß Lingard bereits einiges getan habe. Das Feuer auf Tenggas Hof war wieder entzündet worden. Toms Macht war unbegrenzt, praktisch unbegrenzt. Und er war unverwundbar.

Jörgenson ließ seine alten Augen über das Schimmern und die Schatten der großen Wasserfläche zwischen ihm und dem feindlichen Ufer wandern und glaubte ein schwimmendes Etwas zu entdecken, das die charakteristische Form eines Mannes in einem kleinen Kanu hatte.

»Oh! Ya! Mann!« rief er ihn an. »Was willst du?« Auch andere Augen hatten den Schatten gesichtet. Leises Gemurmel ward auf dem Deck der *Emma* vernehmlich. »Wenn du nicht sofort sprichst, schieße ich«, schrie Jörgenson wütend.

»Nein, weißer Mann«, erwiderte die Gestalt im Kanu in gewichtigem Ernst. »Ich bin der Bringer freundlicher Worte. Worte eines Häuptlings. Ich komme von Tengga.«

»Es ist noch nicht lange her, da kam hier eine Flintenkugel an Bord – auch von Tengga«, sagte Jörgenson.

»Das war ein Versehen«, protestierte die Stimme aus der Lagune. »Was sonst konnte es sein? Besteht etwa Krieg zwischen dir und Tengga? Nein, nein, o Weißer! Was Tengga wünscht, ist nur ein langes Gespräch. Er hat mich gesandt, dich zu bitten, daß du an Land kämst.«

Als er dies vernahm, sank Jörgenson das Herz ein wenig. Diese Einladung besagte, daß Lingard nichts unternommen hatte. Schlief Tom oder war er völlig verrückt geworden?

»Man würde ein Gespräch über Frieden führen«, erklärte der Schatten eindrucksvoll, der inzwischen der Hulk viel näher gekommen war.

»Es ist nicht meine Sache, mit großen Häuptlingen zu reden«, erwiderte Jörgenson vorsichtig.

»Aber Tengga ist ein Freund«, wandte der nächtliche Bote ein. »Und an dem Feuer dort sitzen noch andere Freunde – deine Freunde, der Rajah Hassim und die Herrin Immada, die dir ihre Grüße senden und erwarten, daß ihre Augen auf dir ruhen dürfen, ehe die Sonne aufgeht.«

»Das ist eine Lüge«, bemerkte Jörgenson lässig und versank in Nachdenken, während der schattenhafte Sprecher der Botschaft empört schwieg, obgleich er natürlich nicht erwartet hatte, daß man ihm auch nur für einen Augenblick Glauben schenken werde. Aber man konnte nie wissen, was ein Weißer glaubte oder nicht. Er wünschte den Eindruck zu erwecken, daß Hassim und Immada Tenggas geehrte Gäste seien. Plötzlich aber fiel ihm ein, daß Jörgenson vielleicht von deren Gefangennahme nichts wußte. Und er beharrte auf dem, was er gesagt hatte: »Meine Worte sind alle wahr, Tuan. Der Rajah von Wajo und seine Schwester sind bei meinem Herrn. Als ich sie verließ, saßen sie am Feuer zur rechten Hand Tenggas. Wirst du an Land kommen, um unter Freunden willkommen geheißen zu werden?«

Jörgenson hatte gründlich nachgedacht. Seine Absicht war, so viel Zeit wie möglich zu gewinnen, damit Lingard sich einschalten konnte, was unfehlbar seine Wirkung tun mußte. Aber er hatte nicht den geringsten Wunsch, sich Tenggas Freundschaft anzuvertrauen. Die Gefahr, der er sich dabei aussetzte, kümmerte ihn wenig; er sah nur nicht ein wozu.

»Nein!« sagte er. »Ich kann nicht an Land gehen. Wir Weißen

haben unsere eigenen Regeln, und ich bin der Herr dieser Hulk. Mein Häuptling ist der Rajah Laut, ein Weißer wie ich. Und die Worte, auf die es ankommt, besitzt er, und wenn Tengga so ein großer Häuptling ist, mag er sich an den Rajah Laut wegen einer Unterredung wenden. Jawohl, eben das müßte Tengga tun, wenn er ein so großer Häuptling ist, wie er sagt.«

»Der Rajah Laut hat seine Wahl getroffen. Er wohnt bei Belarab, und er hält sich bei den Weißen auf, die in Belarabs Festung kauern wie Wild, das in Fallen gefangen ist. Warum kommst du nicht zu uns, wo alles beleuchtet und offen ist, und sprichst freundschaftlich mit Tenggas Freunden, deren Herzen von vielen Zweifeln angenagt sind; Rajah Hassim und die Herrin Immada und Daman, der Anführer der Seeleute, sie alle wissen nicht, wem sie trauen sollen, wenn nicht dir, Tuan, dem Hüter großen Reichtums.« Der Diplomat in dem kleinen Kanu hielt einen Augenblick inne, um seinem abschließenden Argument besonderes Gewicht zu verleihen: »Und du hast keine Möglichkeit, diesen Reichtum zu verteidigen. Wir wissen, wieviele Bewaffnete bei dir sind.«

»Es sind große Kämpfer«, bemerkte Jörgenson voller Gleichmut, die Ellbogen auf die Reling gestützt und hinunterblickend auf den dunklen Fleck, aus dessen charakteristischem Umriß die Stimme von Tenggas arglistigem Gesandten kam. »Jeder einzelne ist so viel wert wie zehn von denen, die du in der Siedlung finden kannst.«

»Gewiß, bei Allah. Sie mögen sogar zwanzig dieser gewöhnlichen Leute aufwiegen. Du hast in der Tat genug Leute bei dir, um eine große Schlacht zu schlagen, aber um zu siegen, hast du nicht genug.«

»Gott allein gibt den Sieg«, bemerkte plötzlich Jaffirs Stimme, der, dicht neben Jörgenson stehend, bisher der Unterhaltung zugehört hatte, ohne ein Wort zu äußern.

»Sehr wahr«, lautete die Antwort in äußerst verbindlichem Ton. »Wirst du an Land kommen, o Weißer, und der Anführer von Häuptlingen sein?«

»Das bin ich früher gewesen«, sagte Jörgenson mit großer Würde, »und jetzt ist Friede alles, was ich wünsche. Aber ich will nicht an Land kommen zu Leuten, deren Gesinnung so unsicher ist, bis Rajah Hassim und seine Schwester auf dieses Schiff zurückkehren und mir die Geschichte ihrer neuen Freundschaft mit Tengga erzählen.«

Das Herz sank ihm mit jeder Minute, und sogar die Luft wurde immer drückender vom Vorgefühl kommenden Unheils, in dieser Nacht, in der es weder Krieg gab noch Frieden, sondern nur die Stimme von Tenggas Sendboten, die verbindlich klang, aber drohende Worte sprach.

»Nein, das kann nicht sein«, sagte diese Stimme. »Aber, Tuan, Tengga selbst ist bereit, an Bord zu kommen und mit dir zu sprechen. Er wird sehr gerne kommen, und, Tuan, er hat wirklich die Absicht, in nicht zu ferner Zeit hier an Bord zu kommen.«

»Ja, mit fünfzig Kriegskanus, mit dem wilden Gesindel vom ›Gestade der Zuflucht‹«, ließ sich Jaffirs sarkastischer Kommentar vernehmen, über die Reling hinweg; und ein düster gemurmeltes »Das kann sein« stieg aus dem schwarzen Wasser herauf.

Jörgenson gab keine Antwort, als wollte er erst eine allerhöchste Eingebung abwarten, aber plötzlich sprach er mit seiner Stimme, die gleichsam aus einer anderen Welt kam: »Sage Tengga von mir: wenn er Rajah Hassim und des Rajahs Schwester mitbringt, sind er und seine Gefolgschaft hier an Deck willkommen, ganz gleich, wie viele Boote ihn sonst begleiten mögen. Das ist mir gleichgültig. Du kannst jetzt gehen.«

Darauf folgte tiefe Stille. Es war klar, daß der Bote sich entfernt hatte, wobei er sich im Schatten des Ufers hielt. Jörgenson wandte sich zu Jaffir: »Der Tod unter Freunden ist ein Fest«, zitierte er, in seinen Schnurrbart mummelnd.

»Das ist er, bei Allah«, stimmte Jaffir mit finsterem Eifer zu.

VI

Sechsunddreißig Stunden später konnte Carter, der sich allein mit Lingard in der Kajüte der Brigg befand, in einer Pause ihres Gesprächs die bedrückende, luftlose Stille fast körperlich verspüren, die über den Untiefen lag und auf das Wiedererscheinen der Sonne wartete.

»Ich hätte nie erwartet, einen von Ihnen lebend wiederzusehen«, begann Carter in seinem gleichmütigen Ton, aber mit viel weniger Sorglosigkeit, als er sonst zu zeigen pflegte, als hätten die Tage der Verantwortlichkeit, die er zwischen den

Sandbänken des ›Gestades der Zuflucht‹ verbracht hatte, ihm die Ansicht von der äußeren Welt und seiner Stellung in dieser Welt zu einer größeren Reife gedeihen lassen. »Natürlich nicht«, murrte Lingard. Die schlaffe Untätigkeit des Mannes, den er immer unter dem Druck einer verborgenen Leidenschaft hatte handeln sehen, erschien Carters jugendlicher und entschlußkräftiger Energie geradezu erschreckend. Seit er Lingard wieder gegenüberstand, hatte er sich nur mit Mühe den furchtbaren Eindruck verhehlen können, mit einem Zartgefühl, das nicht auf Übung, sondern auf einem kindlichen Instinkt beruhte. Während er Lingard seine Art des Verhaltens in seiner Lage am ›Gestade der Zuflucht‹ zu erklären suchte, bedrängte ihn die Frage, was dies neue Geheimnis wieder bedeutete. Er war noch jung genug, nach einem Wort des Lobes zu verlangen. »Hören Sie, Kapitän«, meinte er, »wär's Ihnen vielleicht recht gewesen, hier rauszukommen und zwei halbverbrannte Wracks auf den Sandbänken zu finden – wie?«
Er wartete einen Augenblick, und dann wandte er die Augen ab von dem starren Blick, von diesem abgezehrten Gesicht mit den eingefallenen Wangen, von dieser Gestalt, deren unbändige Kraft ihr Feuer eingebüßt hatte – er konnte, aus reinem Mitleid, den Anblick nicht ertragen. Er sagte sich: ›Er hört mich gar nicht‹, und sprach lauter, ohne den Ton der Selbstbeherrschung zu ändern: »Ich war gestern morgen unten, als wir den Stoß spürten, aber im übrigen hörten wir nur ein tiefes Grollen. Ich sprang mit einem Satz nach dem Niedergang, aber dieser blödsinnige Shaw kam mir zuvor und schrie lauthals: ›Erdbeben! Erdbeben!‹, und ich laß mich hängen, wenn er die Stufen nicht verfehlte und Hals über Kopf die Treppe runterfiel. Ich mußte wieder hinunter, um ihn aufzuheben, aber ich kam noch rechtzeitig an Deck, um zu sehen, wie eine mächtige schwarze Rauchwolke, die einer festen Masse glich, hinter dem Urwald aufstieg wie ein Ballon. Da blieb sie eine ziemlich lange Zeit stehen. Einige unserer Kalaschen an Deck schworen, sie hätten über den Baumwipfeln einen roten Blitz gesehen. Aber das kann ich kaum glauben. Ich dachte mir gleich, daß irgendwas an Land in die Luft geflogen sei. Mein erster Gedanke war, ich würde Sie nie wiedersehen, und ich entschloß mich sofort, die Wahrheit herauszufinden, die Sie mir vorenthalten haben. Nein, Kapitän! Verstehen Sie mich recht! Ich wollte Sie keineswegs aufgeben, tot oder lebendig.« Während er dies sagte,

blickte er Lingard scharf ins Gesicht und sah das erste Lebenszeichen über das verwüstete Antlitz gleiten. Er sah sogar, daß die Lippen sich bewegten, aber sie gaben keinen Laut von sich, und Carter blickte wieder weg.

»Vielleicht wäre es besser gewesen, Sie hätten mir alles erzählt; aber Sie ließen mich hier als Ihren Stellvertreter zurück, ohne mir was zu sagen. Ich habe dann alles getan, was unmittelbar nötig war. Ich bin ein Seemann. Ich hatte auf zwei Schiffe aufzupassen. Und hier sind sie alle beide, klar zum Auslaufen oder Bleiben, zum Kämpfen oder Fliehen, wie Sie wollen.« Mit verhaltenem Atem beobachtete er die Anstrengung, die es Lingard kostete, die beiden Worte des ersehnten Lobspruchs hervorzubringen: »Gut gemacht!«

»Und ich bin noch in Ihrem Dienst«, fügte Carter aus eigenem Antrieb hinzu. Er beeilte sich, wieder seinen Blick abzuwenden, als Lingard vergeblich versuchte, ihm zuzulächeln. Carter wußte nicht, was er nun tun sollte: sollte er in der Kajüte bleiben oder diesen einsamen starken Mann sich selbst überlassen? Mit einer Schüchternheit, die seinem Charakter vollkommen fremd war und die er selbst nicht begreifen konnte, redete er Lingard stockend und mit verlegener Miene zu, verlegen, weil er sich erlaubte, ihm einen Rat zu erteilen: »Warum ruhen Sie sich nicht ein bißchen aus, Sir? Ich kann mit allem fertig werden, da kann kommen was will. Sie sehen aus, als wären Sie völlig fertig, Sir.«

Er sah Lingard an, der an der anderen Seite des Tisches stand, vorwärtsgeneigt, auf beide Arme gestützt, und ihn unentwegt anstarrte – vielleicht? Carter fühlte sich an den Rand der Verzweiflung getrieben. So konnte das nicht weitergehen. Mit Erleichterung sah er, wie Lingard leicht den Kopf schüttelte.

»Nein, Mr. Carter. Ich denke, ich werde an Deck gehen«, sagte der Kapitän der berühmten Brigg *Lightning*, während sein Blick über die Kajüte hinwanderte. Carter trat sofort beiseite, aber es dauerte noch ein wenig, ehe Lingard sich rührte.

Die Sonne war bereits untergegangen und hinterließ an diesem Abend am kristallklaren Himmel und auf dem spiegelglatten Wasser keine Spur von ihrem Glanz. Alle Farben in der Welt schienen verblaßt zu sein. Wie ein zarter Duft zog von der schwarzen quer zum östlichen Halbkreis liegenden Küste der Schatten der Nacht herüber, und das Schweigen war so tief, daß man glauben konnte, das Ende der Zeiten sei gekommen. In dieser endlosen Stille lagen die Brigg und der Schoner wie schwarze Spielzeuge auf dem klaren Wasser in der Mitte des Hauptfahrwassers in gleicher Windrichtung zu Anker. Mit gesenktem Kopf und gekreuzten Armen schritt Lingard langsam auf der Poop auf und ab. Stumm wie ein Schatten ging Carter neben ihm her. Er war ängstlich besorgt ...

Es war eine ihm völlig neue Empfindung. Nie zuvor hatte er diese Art Besorgnis gespürt, weder um sich selbst noch um irgendeinen anderen Menschen. Er machte innerlich eine neue Erfahrung durch, und da er ein sehr einfaches Gemüt besaß, verhielt er sich scheu und mißtrauisch dieser Erfahrung gegenüber. Aufrichtig beunruhigt hatte er beobachtet, daß Lingard weder den Himmel noch die See, weder sein eigenes Schiff noch den Schoner achtern, weder das Deck noch die Takelage noch sonst irgendetwas angeblickt hatte. Und irgendwie kam sich Carter verlassener und hilfloser vor als vorher, da dieser Mensch ihn allein gelassen hatte mit der Sorge um zwei Schiffe, inmitten der Untiefen und von finsteren Geheimnissen umgeben. Seit der Mann zurückgekommen war, fühlte Carter statt willkommener Erleichterung die Verantwortung auf seinen jungen Schultern mit zehnfachem Gewicht lasten. Seiner tiefen Überzeugung nach mußte Lingard nun aufgerüttelt werden.

»Kapitän Lingard«, platzte er in seiner Verzweiflung heraus, »Sie können nicht sagen, daß ich Sie, seit Sie heute morgen an Bord kamen, sehr oft belästigt habe, aber jetzt müssen Sie irgendwas sagen. Was soll nun mit uns geschehen? Werden wir kämpfen oder machen wir, daß wir wegkommen?«

Lingard blieb plötzlich stehen, und nun gab es für Carter keine Zweifel, daß der Kapitän ihm ins Gesicht sah. Vor diesem strengen und forschenden Blick blieb keine Möglichkeit des Zweifels mehr. ›Aha!‹ dachte Carter. ›Das hat ihn endlich aufgerüttelt.‹ Er spürte, daß die Schüchternheit verflogen war und nutzte diesen Umstand: »Denn die Sache ist die, Sir – Sie werden, ganz gleich was geschieht, keinen Offizier haben, wenn Sie mich nicht übernehmen wollen. Ich will Ihnen lieber gleich sagen, daß ich diesen ehrenwerten, verrückten dicken Shaw von Bord gejagt habe. Er fing an, sämtliche Leute aufzuhetzen. Gestern sagte ich ich ihm, er solle seine Siebensachen zusammensuchen, weil ich ihn auf die Jacht schicken wolle. Darauf fing er an zu toben, als wenn ich vorgehabt hätte, ihn

über Bord zu werfen. Ich warnte ihn: wenn er nicht gutwillig ginge, ließe ich ihn fesseln wie ein Schaf für die Schlachtbank. Jedenfalls stieg er auf seinen eigenen Füßen das Fallreep hinunter, drohte mir mit der Faust und versprach dafür zu sorgen, daß ich eines Tages als Pirat gehenkt würde. An Bord der Jacht kann er keinen Unfug stiften. Und jetzt, Sir, ist es Ihre Sache, Befehle zu geben, und nicht meine – Gott sei Dank!«
Lingard wandte sich unvermittelt ab und entfernte sich. Carter rührte sich nicht. Einen Augenblick später hörte er von der anderen Seite des Decks seinen Namen rufen und gehorchte sofort.
»Was ist das für eine Geschichte von dem Mann, den Sie gestern abend an der Küste aufgelesen haben?« fragte Lingard sehr behutsam. »Haben Sie mir nicht irgendwas darüber erzählt, als ich an Bord kam?«
»Das hab' ich versucht«, sagte Carter offen. »Aber ich gab es bald auf. Sie schienen dem, was ich sagte, keine Aufmerksamkeit zu schenken. Ich dachte, Sie wollten ein Weilchen in Ruhe gelassen werden. Wie soll ich schon mit Ihren Gewohnheiten Bescheid wissen, Sir? Wissen Sie überhaupt, Kapitän Lingard, daß ich seit heute morgen fünfmal unten an der Kajütentür gewesen bin, um nach Ihnen zu sehen? Da saßen Sie ...«
Er hielt inne, und Lingard sagte: »Fünfmal sind Sie unten in der Kajüte gewesen?«
»Ja. Und das sechste Mal entschloß ich mich endlich, mich Ihnen irgendwie bemerkbar zu machen. Ich kann doch nichts tun, ohne Befehle zu kriegen. Da sind zwei Schiffe, um die man sich kümmern muß, es gibt eine Menge zu tun ...«
»Nichts gibt es zu tun«, unterbrach ihn Lingard, lediglich murmelnd, aber in einem Ton, der Carter für eine Zeitlang zum Schweigen brachte.
»Na ja, selbst das wäre wenigstens etwas, wonach man sich richten könnte«, wagte er schließlich zu sagen. »Ich konnte Sie aber nicht so da sitzen lassen, während es immer später wurde und wir eine lange Nacht vor uns haben.«
»Ich habe immer noch das Gefühl, als wär' ich betäubt«, sagte Lingard und blickte Carter gerade ins Gesicht, als wollte er sehen, welche Wirkung das Geständnis hervorrief.
»Waren Sie sehr nahe bei der Explosion?« fragte der junge Mann mitfühlend und neugierig und suchte nach irgendwelchen Anzeichen an Lingards Person. Aber er entdeckte nichts.

Auf des Kapitäns Kopf schien nicht ein Haar versengt zu sein.
»Nahe?« knurrte Lingard. »Sie hätte ebensogut in meinem Kopf passieren können.« Er preßte beide Hände an die Schläfen und ließ sie dann sinken. »Was ist mit dem Mann?« fragte er plötzlich schroff. »Wo kam er her?... Ich nehme an, er lebt nicht mehr«, setzte er in einem Ton hinzu, als beneidete er den Toten.
»Nein, Sir. Der muß ein zähes Leben in sich haben, das reicht für mehrere Katzen«, erwiderte Carter. »Ich will Ihnen erzählen, wie es war. Wie ich schon sagte, hatte ich nicht die Absicht, Sie aufzugeben, tot oder lebendig, und als gestern nachmittag die Sonne ein bißchen tiefer stand, ließ ich zwei von unseren Booten besetzen und pullte an die Küste, wobei wir dauernd loteten, um das Fahrwasser ausfindig zu machen, wenn es überhaupt eins gab. Ich wollte dann zurückkehren und mit Brigg oder ohne Brigg nach Ihnen suchen – aber das spielt ja jetzt keine Rolle mehr. Da sichteten wir drei oder vier treibende Baumstämme. Einer der Kalaschen in meinem Boot bemerkte etwas Rotes an einem von ihnen. Ich dachte, es würde sich lohnen, mal nachzusehen, was das war. Es war der Sarong des Mannes. Er hatte sich zwischen den Zweigen verwickelt und denn Mann daran gehindert, ins Wasser zu rollen. Ich kann Ihnen sagen, ich war so froh wie nie, als wir feststellten, daß er noch atmete. Wenn wir ihn nur wieder zum Leben erwecken konnten, dachte ich, könnte er uns vielleicht eine Menge erzählen. Der Stamm, an dem er hing, war aus der Mündung des kleinen Flusses herausgetrieben, und nach meiner Berechnung konnte er nicht mehr als einen halben Tag auf ihm gewesen sein. Ich ließ ihn durch das Großluk hinuntertragen und im Zwischendeck in eine Hängematte legen. Er atmete nur eben noch, aber nach einiger Zeit kam er in der Nacht zu sich und stieg aus der Hängematte, um sich auf eine der Matten am Fußboden zu legen. Ich denke, das war ihm bequemer so. Erst heute morgen fing er wieder an zu sprechen, und ich ging gleich runter und sagte es Ihnen, aber Sie nahmen keine Notiz davon. Ich sagte Ihnen auch, wer er war, aber ich weiß nicht, ob Sie mich hörten oder nicht.«
»Ich weiß es nicht mehr«, sagte Lingard gedämpft.
»Sie sind erstaunlich, diese Malaien. Heute morgen war er nur halb am Leben, wenn überhaupt so viel, und jetzt höre ich, daß er eine Stunde lang mit Wasub gesprochen hat. Wollen Sie

runtergehen und ihn sehen, Sir, oder soll ich ihn durch zwei Männer an Deck raufholen lassen?« Einen Augenblick sah Lingard bestürzt aus. »Wer in aller Welt ist es denn?« fragte er.

»Na, es ist der Bursche, den Sie damals in der Nacht, als wir uns trafen, hinausschickten, um unser erstes Boot abzufangen. Wie nennen Sie ihn noch? Jaffir, glaube ich. Ist er nicht bei Ihnen an Land gewesen, Sir? Hat er Sie nicht gefunden und Ihnen den Brief gegeben, den ich an Sie schrieb? Der Kerl sieht aus, als wenn er sehr willensstark wäre. Ich erkannte ihn sofort, wie wir ihn von dem Baumstamm herunterholten.«

Lingard griff nach der Royalpardun, die in seiner Reichweite war. Jaffir! Jaffir! Der treueste der Treuen; der Bote in Zeiten höchster Not; der kühne und ergebene Diener; Lingard ward von einem zerschmetternden Gefühl der Verzweiflung ergriffen. »Nein, das kann ich nicht ertragen«, flüsterte er zu sich selbst und blickte nach der Küste, die nun tintenschwarz in dem Schatten lag, der langsam die graue Helle der Untiefen überzog. »Schicken Sie Wasub zu mir. Ich gehe hinunter in die Kajüte.«

Er ging hinüber zum Niedergang, hielt aber plötzlich an: »Ist während des Tages ein Boot von der Jacht gekommen?« fragte er wie unter einem jähen Einfall. »Nein, Sir«, antwortete Carter. »Wir hatten heute überhaupt keine Verbindung mit der Jacht.«

»Schicken Sie mir Wasub«, wiederholte Lingard mit harter Stimme, während er die Stufen hinunterstieg.

Der alte *Serang*, der lautlos hereinkam, sah seinen Kapitän, wie er ihn viele Male zuvor gesehen hatte, er sah ihn unter den vergoldeten Blitzen, er sah ihn dasitzen, offenbar so starken Leibes wie immer, umgeben von seinem Reichtum und im Besitz geheimer Worte, die Macht hatten über die Menschen und über die Elemente: er sah ihn, wie er ihn immer gesehen hatte. Der alte Malaie kauerte sich auf den Fußboden hin, ein paar Fuß von Lingard entfernt, den Rücken gegen die Sandelholzverschalung des Schotts gelehnt. Dann hob er die alten Augen mit einem aufmerksamen und gütigen Ausdruck zu dem Gesicht des weißen Mannes und faltete die Hände hinter den Knien.

»Wasub, du hast nun alles erfahren. Ist niemand mehr übriggeblieben außer Jaffir? Sind sie alle tot?«

»Mögest du leben!« erwiderte Wasub; und Lingard flüsterte ein entsetztes »Alle tot«, was Wasub mit einem zweimaligen leichten Nicken bestätigte. Seine gebrochene Stimme hatte einen klagenden Unterton. »Es ist alles wahr! Es ist alles wahr! Du bist nun allein, Tuan. Du bist ganz allein!«

»Es war ihr Schicksal«, sagte Lingard schließlich mit erzwungener Ruhe. »Aber hat Jaffir dir erzählt, wie das hat geschehen können? Wie ist es möglich, daß er allein mit dem Leben davonkam und von euch gefunden wurde?«

»Sein Herr hatte ihm befohlen zu gehen, und er gehorchte«, begann Wasub; er hielt seinen Blick aufs Deck geheftet und sprach eben noch laut genug, daß Lingard ihn verstand, der, sich vorbeugend, innerlich vor jedem Wort zurückschreckte und doch um alles in der Welt kein einziges hätte missen mögen.

Denn die Katastrophe hätte ihn am frühen Morgen des gestrigen Tages wie ein Blitz aus heiterem Himmel getroffen. Beim Anbruch der ersten Dämmerung hatte Belarab nach ihm geschickt, um die Verhandlung fortzusetzen. Lingard hatte plötzlich gespürt, wie Mrs. Travers die Hand von seinem Kopf nahm. Er vernahm ihre Stimme, die ihm ins Ohr flüsterte: »Stehen Sie auf. Da kommen einige Leute«, und das brachte ihn wieder zu sich. Er hatte sich erhoben; das Licht schien trübe, die Luft war voller Nebel, und langsam erst begann er die Formen über ihm und rings um ihn herum zu erkennen: Bäume, Häuser, Menschen, die auf der Erde schliefen. Er sah sie eigentlich nicht. Es war nur eine grausame Wendung, die der Traum genommen hatte. Wer konnte überhaupt sagen, was in dieser Welt wirklich war? Benommen schaute er sich um; noch war er berauscht von dem tiefen Trunk des Vergessens, den er sich erobert hatte. Ja – aber sie war's, die ihn den Becher hatte ergreifen lassen. Er blickte hinab auf die Frau auf der Bank. Sie rührte sich nicht. So hatte sie gesessen, still, stundenlang, und ihm den Wachtraum einer Ruhe ohne Ende geschenkt, eine Unendlichkeit des Glücks ohne Laut, ohne Regung, ohne Gedanken und ohne Lust, aber in einer grenzenlos entspannten Zufriedenheit, in einer weltumfassenden Träumerei gleichsam, aus der ein Duft von Trauer wehte und von Liebe. Viele Stunden lang hatte sie sich nicht geregt.

»Sie sind die edelmütigste aller Frauen«, sagte er. Er beugte sich über sie. Sie hielt die Augen weit offen. Ihre Lippen fühlten sich kalt an; aber das schreckte ihn nicht ab. Er richtete sich auf, blieb ihr aber nahe. Glut kann einen verzehren, aber sie mit ihren kalten Lippen schien ihm unzerstörbar – und vielleicht unsterblich!

Wieder neigte er sich, diesmal aber nur, um den Saum ihres Schleiers zu küssen. Dann wandte er sich ab, den drei Männern entgegen, die sich ihm, um die Hütte biegend, in der die Gefangenen saßen, mit gemessenen Schritten näherten. Man wünschte seine Gegenwart im Ratssaal. Belarab war erwacht.

Sie gaben ihrer Befriedigung Ausdruck, auch den weißen Mann wach zu finden, da Belarab ihm eine Nachricht von großer Wichtigkeit mitzuteilen habe. Lingard schien es, als sei er, so weit er zurückdenken konnte, immer wach gewesen. Er wußte nur nicht ganz sicher, ob er überhaupt am Leben sei. Er zweifelte nicht an seiner Existenz; aber war das Leben zu nennen – diese tiefe Gleichgültigkeit, diese seltsame Nichtachtung alles dessen, was seine Augen sehen konnten, diese Abneigung gegen Worte, die Tatsache, daß er nicht an die Wichtigkeit der Dinge und Menschen zu glauben vermochte? Er versuchte, wieder seiner selbst habhaft zu werden, sein altes Ich wiederzugewinnen, das so viel zu tun hatte, das Worte sprechen, Worte anhören mußte. Aber das war zu schwierig. Er war von einem intensiven Daseinsgefühl weggelockt worden, das dem bloßen Bewußtsein, am Leben zu sein, weit überlegen war, und dem man in seiner Unabsehbarkeit von Widersprüchen, Entzückung, Furcht, Jubel und Verzweiflung nicht standhalten, aber auch nicht ausweichen konnte. Friede gab es nicht in diesem Reich. Aber wer wünschte auch Frieden? Es war besser, sich darein zu ergeben, die schreckliche Erlösung entspannter Glieder zu spüren, wie sie sich dem Schwall einer riesigen Flut überließen, in einer gottgleichen Leere des Bewußtseins. Wenn das Existenz war, dann wußte er, daß er existierte. Und er wußte auch, daß das Weib existierte, in dem Schwall der Flut, ohne Worte, ohne Regung, ohne Glut! Unzerstörbar – und, vielleicht, unsterblich!

VII

Mit dem erhabenen Gleichmut eines Mannes, der einen Blick durch die offenen Tore des Paradieses hat tun dürfen und nicht länger gewillt ist, sich um die Dinge des gewöhnlichen Lebens zu kümmern, war Lingard Belarabs besorgten Boten gefolgt. Das befestigte Anwesen erwachte allmählich in einem gedämpften Geräusch menschlicher Stimmen. Männer standen vom Boden auf, Feuer wurden wieder entzündet. Verhüllte Gestalten huschten im Nebel zwischen den Gebäuden, und durch die Bambuswand eines Hauses vernahm Lingard das schwache Weinen eines Kindes. Ein Tageslauf wie andere auch begann; aber in dem großen Audienzsaal des Häuptlings schlossen mehrere Kerzen und zwei billige europäische Lampen die Dämmerung aus, während der Morgennebel, der nicht fernzuhalten war, hereindrang und um jede Flamme einen schwach rötlichen Schein wob.

Belarab war nicht nur wach, er sah sogar aus wie einer, der viele Stunden nicht geschlafen hatte. Der Schöpfer des ›Gestades der Zuflucht‹, der müde Herrscher der Niederlassung, der die Unrast und die Torheit der Menschen so verachtete, war seinem weißen Freunde gram, weil dieser ihn ständig mit seinen Wünschen und Schwierigkeiten behelligte. Belarab wünschte niemandem den Tod, aber an irgendeines einzelnen Menschen Leben war ihm auch nichts gelegen. Er war lediglich darum bemüht, das Geheimnis und die Macht seines melancholischen Zauderns zu bewahren. Diese heiklen Bewandtnisse wurden durch Lingards heftige Unternehmungen gestört, sie wurden bedroht von diesem leidenschaftlichen Weißen, der an mehr als einen Gott glaubte und die Macht des Schicksals immer anzuzweifeln schien. Belarab war tief verärgert. Er war auch aufrichtig besorgt, denn er mochte Lingard gern. Er mochte ihn gern, nicht nur wegen seiner Kraft, die seinen verstandeshellen Skeptizismus vor den Gefahren schützte, von denen alle Herrscher umgeben sind, sondern auch um seiner selbst willen. Dieser Mann des unendlichen Zauderns, das einer Art mystischer Verachtung für Allahs Schöpfung entstammte, glaubte doch durchaus an Lingards Macht und Kühnheit. Er glaubte unbedingt daran. Und doch, jetzt, da der entscheidende Augenblick gekommen war, fürchtete er sich in der merkwür-

digen Folgerichtigkeit seiner Veranlagung davor, die Macht und Kühnheit auf die Probe zu stellen.
Lingard konnte nicht wissen, daß kurz vor Tagesanbruch einige von Belarabs Spähern an einer weit von der Lagune entfernten Stelle ein Schlupfloch in der Palisade gefunden hatten, und daß sehr bald, nachdem Lingard wegen Jörgensons Raketen den Häuptling verlassen hatte, Belarab die überraschende Erzählung von Hassims und Immadas Gefangennahme und von Tenggas durch dieses Ereignis sehr gestärkter Entschlossenheit zu hören bekam, sich der *Emma* durch Verhandlung oder mit Gewalt zu bemächtigen, oder das Schiff durch irgendeinen schlauen Vorwand in die Hand zu bekommen, wobei er den Rajah und seine Schwester eine Rolle zu spielen nötigen mochte. In seinem Mißtrauen, das sich auf das ganze Universum und sogar auf den Willen Gottes zu erstrecken schien, war Belarab sehr beunruhigt, denn die ganze Kriegsmacht von Damans Piratenbande stand Tengga zur Verfügung, und wer konnte sagen, ob der Rajah von Wajo unter diesen Umständen treu bleiben würde? Es war sehr charakteristisch für den Mann, den die ursprünglichen Siedler auf dem ›Gestade der Zuflucht‹ den Vater der Sicherheit nannten, daß er Lingard nichts von alldem sagte, denn er fürchtete, dessen wilde Energie wachzurufen, die selbst ihn und sein ganzes Volk mitzureißen imstande war und den Frieden so vieler Jahre am Ende in einer einzigen Schlacht aufs Spiel setzte.
Deshalb nahm Belarab sich vor, Lingard im Hinblick auf diese Lage zu überreden, die weißen Männer, die in der Tat Daman gehörten, dem obersten Befehlshaber der Illanuns auszuliefern, um ihn mit dieser einfachen Maßnahme von Tengga ein für allemal zu trennen. Warum sollte er, Belarab, der Weißen wegen Krieg gegen die halbe Siedlung führen? Das war ganz unnötig und hatte keinen Sinn. In gewisser Weise war es sogar eine Sünde, in einer Gemeinde von wahren Gläubigen Streit anzufangen. Dagegen konnte er auf Grund eines solchen Angebots Tengga eine Botschaft zukommen lassen, der sofort einsehen mußte, daß seine Pläne zusammengebrochen und seine Hoffnungen in nichts zerronnen seien. Sofort! In demselben Augenblick...! Später konnte man sich dann mit Daman über ein Lösegeld einigen, wobei er, Belarab, gestützt auf seine wiederhergestellte Macht, ohne Rivalen und aufrichtigen Herzens die Vermittlung übernehmen konnte. Und dann war er in

der Lage, wenn nötig, seine ganze Macht gegen den Anführer dieser See-Vagabunden zu kehren, der, als nüchtern denkender Mann, sich unter dem Schatten des Schwertes auf Verhandlungen einlassen würde.

Belarab sprach leise und würdevoll, ab und zu mit einer leicht überredend klingenden Intonation; oder es flog im Lauf seiner Darlegungen ein melancholisches Lächeln über seine Züge. Was ihn dabei sehr ermutigte, war das veränderte Aussehen seines weißen Freundes. Die wilde Kraft seiner Persönlichkeit schien einem Traum gewichen zu sein. Lingard hörte zwar zu, aber er wurde, da er sich fortgesetzt in Schweigen hüllte, immer undurchdringlicher; dabei blieb er sanft, in einer Art jenseitiger Geduld, als sei er gehüllt in die Schwingen eines Friedensengels. Durch diese Verwandlung ermutigt, gaben Belarabs auf Matten hockende Ratgeber laut murmelnd ihre Zustimmung zu den Vorschlägen ihres Oberhauptes. Durch den dichter gewordenen Morgendunst der Tropen sickerte das Tageslicht in die Halle. Einer der weisen Männer erhob sich von seiner Matte und begann, mit vorsichtigen Fingern die Wachslichter, eines nach dem andern, auszulöschen. Die Lampen anzurühren, deren Flammen gelb und kalt aussahen, zögerte er. Ein plötzlicher Hauch der morgendlichen Brise drang in den weiten Raum und verbreitete ein wenig Kälte. Lingard, der Belarab in einem hölzernen Lehnstuhl gegenübersaß, mit entspannten Gliedern, in göttlicher Gedankenleere, da er immer noch von dem Blick ins Paradies verzaubert war, schauerte zusammen.

Eine kräftige Stimme rief ohne zeremonielle Umstände und mit einer Art höhnischen Untertons in den Eingang: »Tenggas Boote sind draußen im Nebel.«

Lingard erhob sich halb aus seinem Sitz, Belarab selbst fuhr unwillkürlich auf. Lingard verhielt sich einen Augenblick abwartend und horchte, dann lief er aus der Halle. Das Anwesen innerhalb der Palisaden begann wie ein verstörter Bienenstock zu summen.

Als Lingard Belarabs Haus verlassen hatte, verlangsamte er seinen Schritt. Immer noch hing der Nebel in der Luft. Ein starkes, unaufhörliches Gemurmel durchdrang ihn, und man sah die undeutlichen Gestalten von Männern, die von der Mitte des Hofes zu den Palisaden liefen. Irgendwo zwischen den Häusern tönte ein Gong. Man hörte, wie d'Alcacer seine Stimme erhob: »Was ist los?«

Lingard kam nahe an dem Haus der Gefangenen vorbei. Unter der Veranda stand eine Gruppe Bewaffneter, und über ihren Köpfen sah er Mrs. Travers neben d'Alcacer stehen. Das Feuer, an dem Lingard die Nacht verbracht hatte, war längst erloschen, die verkohlten Reste verstreut, und die Bank war umgeworfen. Mrs. Travers mußte beim ersten Alarm zur Veranda gelaufen sein. Es sah aus, als ob sie und d'Alcacer da droben den Tumult beherrschten, der sich allmählich beruhigte. Lingard bemerkte, daß Mrs. Travers den Schleier über ihr Gesicht gezogen hatte. D'Alcacer war ohne Kopfbedeckung. Er rief wieder: »Was ist los?«

»Ich werde nachsehen«, rief Lingard zurück.

Er widerstand dem Impuls, sich den beiden anzuschließen, über dem Tumult zu stehen, ihn unter seinen Füßen abrollen zu lassen – das bloße Leben der Menschen, nichtig wie ein Traum, das Leben, das ihm gleichwohl das erschütternde Gefühl der eigenen Existenz störte. Er widerstand dem Verlangen, er hätte kaum sagen können, warum. Sogar der Trieb zur Selbsterhaltung hatte ihn verlassen. Um ihn drängten sich die Leute dicht an ihn heran, trotzdem darauf bedacht, ihm nicht im Wege zu sein. Überraschung, Besorgnis, Zweifel malten sich auf allen Gesichtern; aber es gab einige, die bemerkten, daß der große Weiße, der auf die der Lagune zugekehrte Seite der Palisade zuschritt, ein starres Lächeln im Gesicht trug. Er fragte die Umstehenden: »Kann man denn überhaupt irgendwas auf dem Wasser sehen?«

Einer von Belarabs Ratgebern, der ihm am nächsten stand, erwiderte: »Der Nebel ist dichter geworden. Wenn du etwas sehen kannst, Tuan, so ist es nur der Schatten der Dinge.«

Mittlerweile waren die vier Seiten der Palisade von Männern besetzt worden. Lingard erstieg die Aufschüttung, blickte hinaus und sah die Lagune in weißen Dunst gehüllt. Nicht einmal ein Schatten war zu sehen; die Lagune lag so still da, daß nicht das leiseste Plätschern vom Ufer an sein Ohr drang. Er fühlte sich in tiefem Einklang mit diesem Frieden, in dem man nichts sah noch hörte. »Hat man denn überhaupt schon etwas gesehen?« fragte er ungläubig.

Sie führten ihm sogleich vier Männer vor, die im Licht der ersten Dämmerung eine dunkle Menge von Booten hatten hinausfahren sehen. Noch weitere Zeugen wurden geholt. Er hörte sie kaum an. Was er gedacht hatte, entglitt wieder ins

Wesenlose, und er stand da regungslos und blickte hinaus in den unbewegten Nebel, in dem eine vollkommene Stille herrschte. Alsbald erschien Belarab neben ihm, begleitet von drei ernst dreinschauenden, dunkelgesichtigen Männern; er selbst hatte ein dunkles Gesicht und strich sich mit unerschütterter Ruhe den kurzen grauen Bart. Er sagte zu Lingard: »Dein weißer Freund da drüben kämpft ja nicht«, worauf Lingard antwortete: »Da ist doch nichts, wogegen er kämpfen sollte. Was deine Leute gesehen haben, waren wirklich nur Schatten auf dem Wasser.« Belarab murmelte: »Du hättest mir gestern abend erlauben sollen, Freundschaft mit Daman zu schließen.«
In Lingards Brust schlich sich ein leicht unbehagliches Gefühl. Einen Augenblick später kam d'Alcacer heran, unauffällig bewacht von zwei lanzenbewehrten Männern, und Lingard erwiderte auf seine besorgte Erkundigung: »Ich glaube nicht, daß da irgend etwas vor sich geht. Hören Sie nur, wie still alles ist. Die einzige Möglichkeit, Licht in die Sache zu bringen, wäre die, wenn man Belarab überreden könnte, seine Leute hinausmarschieren und sofort einen Angriff auf Tenggas Befestigung unternehmen zu lassen. Dann würden wir schon was erfahren. Aber ich könnte Belarab nicht dazu bewegen, in diesem Nebel den Ausfall zu wagen. So eine Expedition könnte allerdings schlecht enden. Ich selbst glaube gar nicht, daß Tengga alle seine Leute auf der Lagune hat ... Wo ist Mrs. Travers?«
D'Alcacer schrak auf, als Lingard so plötzlich diese Frage an ihn richtete, aus der hervorging, wie stark der Sinn dieses Mannes von der Frau besessen war. »Sie ist bei Don Martin, dem es besser geht, der sich aber noch sehr schwach fühlt. Sollten wir ausgeliefert werden, wird man ihn zu seinem Schicksal hinaustragen müssen. Ich kann mir die Szene ausmalen: Don Martin, schulterhoch getragen, umgeben von diesen speerbewaffneten Barbaren, und Mrs. Travers und ich zu beiden Seiten der Tragbahre. Mrs. Travers hat mir erklärt, sie habe die Absicht, mit hinauszugehen.«
»So – sie hat erklärt, was sie vorhat«, murmelte Lingard geistesabwesend.
D'Alcacer wußte durchaus nicht mehr, was er von dem Manne halten sollte. Und keine zwei Schritte entfernt bemerkte er die Gruppe von Belarab und seinen drei dunkelgesichtigen Beglei-

tern in ihren weißen Gewändern, die in ihren Mienen eine ungetrübte Gemütsruhe zur Schau trugen. Zum erstenmal, seit sie an der Küste gestrandet waren, sank d'Alcacer der Mut.
»Aber vielleicht«, fuhr er fort, »wird dieser Mann schließlich nicht darauf bestehen, uns einem grausamen Tod auszuliefern, Kapitän Lingard.«
»Vor ein paar Stunden, um Mitternacht, war er willens, Sie auszuliefern«, sagte Lingard, ohne d'Alcacer auch nur anzusehen, der ein wenig die Hände hob und wieder sinken ließ. Lingard ließ sich auf dem Verschluß eines schweren Geschützes nieder, das auf einer Marine-Lafette montiert war und die Lagune beherrschte. Er kreuzte die Arme auf der Brust. D'Alcacer fragte leise: »Wir haben also noch eine Galgenfrist bekommen?«
»Nein«, sagte Lingard. »Ich, ich habe eine Galgenfrist bekommen.«
Darauf folgte ein langes Schweigen. Auf der ganzen Linie der bemannten Palisade hatte das Flüstern aufgehört. Auch vom Gong war nichts mehr zu hören. Nur die Späher in den höchsten Ästen des großen Baumes verursachten ein leichtes Rascheln im Laub.
»Woran denken Sie, Kapitän Lingard?« fragte d'Alcacer leise. Lingard erwiderte, ohne seine Haltung zu ändern, in demselben Ton: »Ich versuche, es mir fernzuhalten.«
»Was versuchen Sie fernzuhalten? Das Denken?«
»Ja.«
»Ist dies die richtige Zeit für solche Experimente?« fragte d'Alcacer.
»Warum nicht? Es ist ja meine Galgenfrist. Mißgönnen Sie mir die nicht, Mr. d'Alcacer.«
»Durchaus nicht, mein Wort darauf. Aber ist es nicht gefährlich?«
»Sie müssen es eben darauf ankommen lassen.«
D'Alcacer machte einen Augenblick des inneren Kampfes durch. Er fragte sich, ob er Lingard erzählen sollte, daß Mrs. Travers mit einer Art Botschaft von Jörgenson zu Belarabs Befestigung gekommen war. Es lag ihm auf der Zunge, Lingard den Rat zu geben, Mrs. Travers aufzusuchen und sie ohne Umschweife zu fragen, ob sie ihm nicht etwas mitzuteilen hätte; aber ehe er sich dazu entschließen konnte, ließen sich die Stimmen der Späher hoch droben in dem Baum vernehmen:

der Nebel lichte sich nun. Dies verursachte an den vier Seiten der Palisade wieder einige Aufregung.

Lingard verspürte den Luftzug im Gesicht, der bisher unbewegte Nebel fing an, über die Palisaden hinwegzuziehen, und plötzlich wurde die Lagune mit stark blendendem Glitzern auf ihrer leicht gekräuselten Oberfläche sichtbar, und vom Ufer her war das schwache Geräusch der Brandung zu vernehmen. Unzählige Hände hoben sich, um die eifrig spähenden Augen zu beschatten, und aus vielen Mündern brachen Ausrufe der Verwunderung bei dem Anblick einer Menge von Kanus verschiedener Größe und Art, die in der Nähe der *Emma* dicht nebeneinander lagen, so daß sie wie ein riesiges Floß wirkten. Immer lauter wurden die aufgeregten Stimmen. Es war kein Zweifel: Tengga war auf der Lagune. Aber was war mit Jörgenson los? Die *Emma* lag da wie verlassen von ihrem Hüter und ihrer Mannschaft, während die Masse der verschiedenartigen Boote einen Angriff zu planen schien.

So entschlossen er war, das Denken bis zum letztmöglichen Moment auszuschalten, konnte sich Lingard eines Gefühls der Verwunderung und Befürchtung nicht erwehren. Was war mit Jörgenson? Einen Augenblick erwartete Lingard, daß sich die *Emma* in Rauchwolken hüllen würde, aber eine Ewigkeit schien zu vergehen, und nicht der Laut eines einzigen Schusses erreichte sein Ohr.

Die Boote scheuten davor, sich der *Emma* zu nähern. Sie hielten sich entfernt, offenbar unentschlossen; aber warum machte Jörgenson ihrer Unentschlossenheit nicht durch eine oder zwei Gewehrsalven ein Ende, wenn auch nur über ihre Köpfe hinweg? In dem Ärger und der Verwunderung spürte Lingard, wie er ins Leben zurückkehrte, ins bloße Leben mit seinem Schmerz und seiner Verwundbarkeit, wie ein Mann, der von einem Stich in die Brust aus einem Traum geweckt wird. Was bedeutete das Schweigen auf der *Emma?* Konnte sie bereits im Nebel von den Feinden genommen worden sein? Aber das war undenkbar. Man hätte einige Geräusche des Widerstandes hören müssen. Nein, die Boote hielten still, weil sie wußten, mit welch verzweifeltem Widerstand sie zu rechnen hatten; und Jörgenson wußte wohl recht gut, was er tat, wenn er sein Feuer bis zum allerletzten Moment zurückhielt und die feigherzigen Burschen erstarren ließ vor Angst vor einer mörderischen Salve, die bald auf sie abgefeuert würde.

Eins war Lingard klar: dies war der Augenblick, in welchem Belarab das große Tor öffnen, seine Leute ausfallen lassen mußte, seine Kriegsmacht aufbieten mußte, um die andere Seite der Siedlung anzugreifen, Tenggas Befestigungen zu zerstören und ein für allemal Schluß zu machen mit der absurden Rivalität dieses intriganten stümperhaften Bootsbauers. Lingard wandte sich hastig nach Belarab um, fand den Häuptling aber damit beschäftigt, durch ein langes Fernrohr über die Lagune zu schauen, das auf der Schulter eines gebückt stehenden Sklaven ruhte. Plötzlich ließ Belarab das Glas fallen, das von einigen zugreifenden Händen aufgefangen wurde, und sagte zu Lingard: »Kein Kampf.«

»Woher weißt du das?« murrte Lingard sehr erstaunt.

»Da liegen drei leere Sampans am Fallreep«, sagte Belarab mit kaum hörbarer Stimme. »Üble Reden werden da geführt.«

»Üble Reden? Das versteh' ich nicht«, sprach Lingard langsam. Aber Belarab hatte sich an seine drei Begleiter gewandt, die in ihren weißen Gewändern hinter ihm standen, mit ihren Käppchen aus geflochtenem Gras auf den glattrasierten Köpfen, den Gebetskränzen an den Handgelenken und dem Ausdruck überlegener Ruhe auf den dunklen Gesichtern: Gefährten seiner verzweifelten Kämpfe, Männer des Bluts voreinst und nun unerschütterlich in ihrer Frömmigkeit und Weisheit vertrauter Ratgeber.

»Dieser Weiße ist im Begriff, verraten zu werden«, sagte Belarab flüsternd zu ihnen; er sprach mit größter Gelassenheit.

D'Alcacer, der nichts verstand, beobachtete die Szene: den ›Mann des Schicksals‹, verwirrt und wütend wie ein aufgeschreckter Löwe; die weißgekleideten Wilden; die Menge der halbnackten Barbaren, bei den Geschützen kauernd, an den Schießscharten stehend, unbeweglich, wie bei einer Schaustellung. Er sah Mrs. Travers auf der Veranda des Gefangenen-Hauses stehen, eine ängstlich wartende Gestalt mit einem weißen Schleier um den Kopf. Mr. Travers war nach seinem Fieberanfall zweifellos zu schwach, um herauszukommen. Wäre das nicht der Fall gewesen, hätten alle Weißen einander sehen können in dem Augenblick, als die Katastrophe sie dem Leben, auf das sie hofften, zurückgab auf Kosten anderer Leben, die sie gewaltsam aus der Welt hinausschleuderte.

D'Alcacer hörte, wie Lingard laut nach dem Fernrohr verlangte und sah Belarab mit der Hand ein Zeichen geben, als die Erde ihm von unten einen heftigen Stoß versetzte. Während er taumelnd stolperte, brach über ihm der Himmel krachend auseinander, eine rot züngelnde Flamme fuhr hoch, und plötzlich befand sich der betäubte d'Alcacer inmitten einer erschreckenden Finsternis, und mit Grausen sah er die ihres Strahlenglanzes beraubte Morgensonne stumpf und braun durch die finstere Wolke glühen, die das Weltall auszufüllen schien. Die *Emma* war in die Luft geflogen; und als der Regen zersplitterter Bretter und verstümmelter Leichen, der in die Lagune fiel, aufhörte, hing die Rauchwolke regungslos unter der toten fahlen Sonne und warf ihren Schatten weit auf das Gestade der Zuflucht, wo aller Streit nun ein Ende hatte.
Ein allgemeiner Schreckensschrei stieg aus der Siedlung, ihm folgte eine tiefe Stille. Man konnte Leute in sinnloser Panik aus den Häusern und in die Felder rennen sehen. Auf der Lagune war das aus den Booten bestehende Floß auseinandergebrochen. Einige waren am Sinken, andere paddelten in alle Richtungen. Was von der *Emma* über Wasser noch übrig war, brannte nun unter dem Schatten der Wolke mit klarer Flamme. Aber über allem hing die große Rauchwolke, massiv und reglos über den Waldwipfeln, meilenweit sichtbar an der Küste und auf dem Meer der Untiefen.
Der erste, der sich innerhalb der Palisaden von dem Schock erholte, war Belarab selbst. Mechanisch murmelte er die übliche Formel des Erstaunens »Gott ist groß« und sah nach Lingard. Aber Lingard sah nicht nach ihm. Der Schock der Explosion hatte ihn der Sprache und Bewegung beraubt. Er starrte nach der *Emma,* die da draußen mit sinkender Flamme brannte, unter dem finsteren Schatten der Wolke, die von Jörgensons Mißtrauen und seiner Geringschätzung von Menschenleben hervorgerufen worden war. Belarab wandte sich ab. Er hatte seine Meinung geändert. Er betrachtete Lingard nicht mehr als einen Verratenen, aber die Wirkung war dieselbe. Er war nicht mehr ein Mann von irgendwelcher Bedeutung. Was Belarab jetzt wirklich wünschte, war dies: daß alle Weißen so schnell als möglich die Lagune verließen. Sogleich befahl er, das Tor zu öffnen, und seine Krieger strömten hinaus, um die ganze Siedlung zu besetzen. Später wurden Tenggas Häuser in Brand gesteckt, und Belarab, ein feuriges Pony besteigend, kam her-

vor und unternahm einen Triumphzug, umgeben von einer großen Menge von Anführern und Kriegern.

Noch an demselben Abend verließen die Weißen, von Fackelträgern begleitet, das befestigte Anwesen. Mr. Travers mußte zum Strand getragen werden, wo zwei von Belarabs Kriegsbooten die vornehmen Fahrgäste erwarteten. Mrs. Travers durchschritt das Tor an d'Alcacers Arm. Ihr Gesicht war halb verschleiert. Durch das Gedränge der Zuschauer, die sich im Fackellicht eingefunden hatten, ging sie, ohne nach rechts oder links zu blicken. Belarab, vor einer Gruppe von Häuptlingen, tat so, als sähe er die Weißen nicht, als sie vorbeikamen. Lingard schüttelte er die Hand, die üblichen Freundschaftsfloskeln murmelnd; und als er hörte, wie der große Mann sagte: »Du wirst mich niemals wiedersehen«, fühlte er sich außerordentlich erleichtert. Belarab wünschte diesen Weißen wirklich nicht mehr zu sehen, aber als er Lingards Händedruck erwiderte, umspielte ein ernstes Lächeln seine Lippen.

»Gott allein kennt die Zukunft«, sagte er.

Lingard begab sich allein zum Strand; er kam sich vor, als sei er allen Menschen fremd geworden und von dem allwissenden Gott verlassen. Inzwischen war das erste Boot mit Mr. und Mrs. Travers bereits abgefahren und aus dem blutroten Lichtschein der Fackeln auf dem Wasser verschwunden. D'Alcacer und Lingard folgten in dem zweiten. Alsbald schloß sich der dunkle Schatten über dem Flußlauf zwischen den undurchdringlichen Wänden des Urwalds, umschloß sie ringsum, und in der stillen, feuchten Luft war nichts zu hören als das Plätschern der Paddel.

»Wie, glauben Sie, ist das furchtbare Unglück passiert?« fragte d'Alcacer, nachdem er eine Weile schweigend neben Lingard gesessen hatte.

»Was ist ein Unglück?« sagte Lingard mit großer Anstrengung. »Wo haben Sie jemals so etwas gehört? Unglück! Stören Sie mich jetzt nicht, Mr. d'Alcacer. Ich bin gerade ins Leben zurückgekehrt, und es hat sich um mich geschlossen, kälter und dunkler als das Grab. Ich muß mich daran gewöhnen ... ich kann den Laut einer Menschenstimme noch nicht ertragen.«

VIII

Und nun, unbewegt in der Kälte und Dunkelheit seines wiedergewonnenen Lebens, mußte Lingard Wasubs Stimme anhören, die ihm Jaffirs Geschichte erzählte. Des alten *Serangs* Miene zeigte eine tiefe Niedergeschlagenheit, und das Gemurmel seiner Worte war voll unendlicher Trauer.

»Ja, bei Allah! Sie waren alle dabei: der tyrannische Tengga, lärmend wie ein Narr; der Rajah Hassim, ein Herrscher ohne Land; Daman, der wandernde Häuptling, und die drei Pangerans der Seeräuber. Sie kamen ohne weiteres an Bord, denn Tuan Jörgenson hatte ihnen die Erlaubnis gegeben, und sie sprachen davon, daß du, Tuan, ein freiwilliger Gefangener in Belarabs Befestigung wärst. Sie sagten, sie hätten die ganze Nacht auf eine Botschaft des Friedens von dir oder von Belarab gewartet. Aber es kam nichts, und bei Tagesanbruch fuhren sie auf die Lagune hinaus, um mit Tuan Jörgenson Freundschaft zu schließen; denn du, sagten sie, seiest als wärst du nie gewesen und hättest nicht mehr Macht als ein Toter, du seiest nur der Sklave dieser fremden Weißen und Belarabs Gefangener. So sprach Tengga. Gott hatte ihm allen Verstand und alle Furcht genommen. Und dann muß er gedacht haben, er sei sicher, als Rajah Hassim und die Herrin Immada an Bord waren. Ja, da saßen sie, sage ich dir, inmitten deiner Feinde, gefangen! Die Herrin Immada hatte ihr Gesicht verhüllt, sie trauerte allein. Der Rajah Hassim gab Jaffir ein Zeichen, und Jaffir ging und stand an seiner Seite und sprach mit seinem Herrn. Die Großluke stand offen und viele der Illanuns drängten sich dort, um einen Blick auf die Waren zu werfen, die drunten im Schiff lagen. So viele Beute hatten sie noch nie in ihrem Leben gesehen. Jaffir und sein Herr konnten deutlich hören, was Tuan Jörgenson und Tengga miteinander redeten. Tengga gab sich laut und anmaßend, und seine Worte waren die Worte eines, dem das Urteil schon gesprochen ist: er forderte Tuan Jörgenson auf, die Waffen und alles, was an Bord der *Emma* sei, ihm und Daman auszuliefern. Und dann sagte er: ›Wir werden gegen Belarab kämpfen und mit diesen fremden Weißen Freundschaft schließen, wir werden sie großmütig behandeln und unbehelligt in ihr Heimatland segeln lassen. Hier wollen wir sie nicht haben. Du, Tuan Jörgenson, bist der einzige Weiße, an dem mir etwas liegt.‹ Sie hörten, wie Tuan

Jörgenson zu Tengga sagte: ›Jetzt, da du mir alles gesagt hast, was dir im Sinne liegt, gehst du besser mit deinen Freunden an Land und kommst morgen wieder.‹ Und Tengga fragte: ›Warum! Möchtest du lieber morgen gegen mich kämpfen als viele Tage in Frieden mit mir leben?‹ und er lachte und schlug sich auf den Schenkel. Und Tuan Jörgenson antwortete: ›Nein, ich will nicht gegen dich kämpfen. Aber selbst eine Spinne wird der Fliege Zeit lassen, daß sie ihr Gebet verrichten kann.‹
Tuan Jörgensons Stimme klang sehr seltsam und lauter, als irgend jemand sie zuvor gehört hatte. O Rajah Laut, auch Jaffir und der weiße Mann hatten die ganze Nacht auf ein Zeichen von dir gewartet, einen Schuß oder ein Feuer, angezündet, um ihre Herzen zu ermutigen. Aber da war nichts. Rajah Hassim befahl Jaffir flüsternd, die erste Gelegenheit wahrzunehmen, über Bord zu springen und dir die Botschaft seines freundschaftlichen Gedenkens und Lebewohls zu überbringen. Haben der Rajah und Jaffir gewußt, was bevorstand? Wer kann es sagen? Aber was konnten sie sonst voraussehen als Unglück für alle Männer von Wajo, zu was Tuan Jörgenson sich auch entschlossen haben mochte? Jaffir bereitete sich darauf vor, seinem Herrn zu gehorchen, wenn er auch bei so vielen feindlichen Booten im Wasser nicht glaubte, das Ufer erreichen zu können; und ob er dich noch am Leben antreffen würde, war ihm auch nicht sicher. Aber davon sagte er seinem Rajah nichts. Niemand blickte nach ihnen. Jaffir drückte die Hand seines Herrn an die Brust und wartete auf seine Gelegenheit. Der Nebel begann sich zu lichten, und alsbald war alles deutlich zu sehen. Jörgenson stand aufrecht und hielt eine angezündete Zigarre in den Fingern. Tengga saß vor ihm auf einem der Sessel, die die Weißen benutzt hatten. Seine Gefolgsleute drängten sich um ihn, untern ihnen Daman und Sentot, der Beschwörungen murmelte; und selbst die Pangerans hatten sich näher an die Luke herangetraut. Jaffirs Gelegenheit war gekommen, aber er verweilte noch an der Seite seines Rajah. Die Luft war klar, und die Sonne brannte mit großer Kraft. Tuan Jörgenson blickte noch einmal nach Belarabs Palisade. O Rajah Laut! Nichts war da zu sehen, nicht einmal ein Fähnchen, das nicht schon vorher dagewesen wäre. Jaffir blickte auch da hin, und als er den Kopf wandte, sah er, wie Tuan Jörgenson, inmitten von zwanzig Speerspitzen, die im Nu seine Brust hätten durchbohren können, die Zigarre in den Mund

steckte und in die Luke sprang. In diesem Augenblick stieß Rajah Hassim Jaffir an die Reling, und Jaffir sprang über Bord.
Er war noch im Wasser, als die ganze Welt rings um ihn verfinstert wurde, als ob die Sonne mit einem einzigen Schlag ausgelöscht worden wäre. Eine riesige Flutwelle schwemmte ihn ans Ufer, während rings um ihn Stücke von Holz, Eisen und Glieder zerrissener Menschen ins Wasser stürzten. Es gelang ihm, aus dem Schlick herauszukriechen. Etwas hatte ihn im Schwimmen getroffen, und er dachte, er müsse sterben. Aber das Leben regte sich in ihm. Er hatte eine Botschaft an dich. Lange Zeit konnte er unter den hohen Bäumen nur auf Händen und Knien weiterkriechen, denn für einen Boten gibt es keine Ruhe, bis er die Botschaft ausgerichtet hat. Schließlich befand er sich auf dem linken Ufer des Flußlaufes. Und immer noch fühlte er, wie sich in ihm das Leben regte. So schickte er sich an, hinüberzuschwimmen, denn wenn du überhaupt noch in der Welt warst, dann auf der anderen Seite. Während er schwamm, spürte er, wie die Kräfte ihn verließen. Er brachte es noch fertig, auf einen treibenden Baumstamm zu klettern, da lag er wie einer, der tot ist, bis wir ihn in eins unserer Boote zogen.«
Wasub schwieg. Lingard schien es, als sei es einem Sterblichen nicht möglich, mehr zu erdulden, als er in dem folgenden Augenblick des Schweigens durchmachte, in dem die stummen Bilder einer allgemeinen Vernichtung durcheinanderwirbelten. Er fühlte sich zerschmettert, als hätte der gewaltsame Ausbruch von Jörgensons unerträglichem Mißtrauen dem Leben der Menschen gegenüber seine Seele zertrümmert, seinem Körper jede Widerstandskraft und jede Tapferkeit genommen, so daß er eine Beute unendlicher Reue und ewiger Gewissensbisse bleiben würde.
»Laß mich jetzt allein, Wasub«, sagte er. »Sie sind alle tot – aber ich möchte schlafen.«
Wasub hob seine stumpfen alten Augen zu dem Gesicht des Weißen.
»Tuan, es ist nötig, daß du den Jaffir anhörst«, sagte er geduldig.
»Wird er sterben?« fragte Lingard leise und behutsam, als fürchtete er sich vor dem Klang der eigenen Stimme.
»Wer kann es sagen?« Wasubs Stimme klang geduldiger als je.

»An seinem Körper ist keine Wunde, aber, O Tuan, er möchte nicht mehr leben.«

»Von seinem Gott verlassen«, murmelte Lingard für sich.

Wasub wartete ein wenig, ehe er fortfuhr: »Und, Tuan, er hat dir etwas auszurichten.«

»Natürlich. Nun, ich möchte die Botschaft nicht hören.«

»Sie kommt von denen, die nie wieder mit dir sprechen werden«, beharrte Wasub traurig. »Ihm ist etwas Großes anvertraut worden. Die Worte eines Rajah. Es fällt Jaffir schwer, zu sterben. Immer murmelt er etwas von einem Ring, der für dich bestimmt war und den er weggegeben hatte. Er war ein großer Talisman!«

»Ja. Aber dieses Mal hat der Zauber nicht gewirkt. Und wenn ich zu Jaffir gehe und ihm sage, warum er nicht gewirkt hat, dann ist er imstande und erzählt seinem Rajah, o Wasub, da du sagst, daß er sterben wird ... ich möchte wissen, wo sie einander begegnen werden«, knurrte er für sich.

Noch einmal hob Wasub seinen Blick zu Lingards Gesicht.

»Allen wahren Gläubigen ist das Paradies beschieden«, flüsterte er in seinem schlichten Glauben.

Der Mann, den ein Blick ins Paradies seiner Kraft beraubt hatte, wechselte einen tiefen Blick mit dem alten Malaien. Dann erhob er sich. Auf seinem Wege zur Großluke begegnete der Befehlshaber der Brigg niemandem an Deck, als hätte die ganze Menschheit ihn aufgegeben, mit Ausnahme des alten Mannes, der vor ihm herging, und des anderen, der im sich vertiefenden Zwielicht im Sterben lag und sein Kommen erwartete. Drunten, im Licht der Luke, sah er einen jungen Kalaschen mit einem breiten gelben Gesicht, dessen drahtiges Haar in steifen Borsten durch die Falten seines Kopftuchs stach, einen irdenen Wasserkrug an Jaffirs Lippen halten, der auf einem Haufen Matten auf dem Rücken ausgestreckt lag.

Ein mattes Rollen der bereits glasigen Augen, eine bloße Regung von Schwarz und Weiß in der zunehmenden Dämmerung zeigte, daß der treue Bote von Fürsten der Anwesenheit des Mannes gewahr wurde, der ihm und seinem Volk so lange als der König der See bekannt gewesen war. Lingard kniete dicht an Jaffirs Kopf nieder, der ein wenig von einer Seite zur anderen rollte und dann still dalag, den Decksbalken anstarrend. Lingard beugte sein Ohr zu den dunklen Lippen. »Sage deine Botschaft«, forderte er ihn in sanftem Tone auf.

»Der Rajah wünschte noch einmal deine Hand zu halten«, flüsterte Jaffir so leise, daß Lingard die Worte mehr erraten mußte, als daß er sie vernahm. »Ich sollte dir sagen –«, fuhr er fort und hielt plötzlich inne.
»Was solltest du mir sagen?«
»Alles zu vergessen«, sagte Jaffir mit einer Anstrengung, laut zu sprechen, als begänne er eine längere Rede. Danach sagte er nichts mehr, bis Lingard murmelte: »Und die Herrin Immada?«
Jaffir nahm seine ganze Kraft zusammen. »Sie hatte keine Hoffnung mehr«, äußerte er deutlich. »Sie hörte den Auftrag, während sie abseits saß, trauernd, verschleiert. Ich habe nicht einmal ihr Gesicht gesehen.«
Lingard schwankte über dem Sterbenden so heftig, daß Wasub, der dabeistand, sich beeilte, ihn an der Schulter zu packen. Jaffir schien nichts davon zu merken und fuhr fort, den Balken anzustarren.
»Kannst du mich hören, o Jaffir?« fragte Lingard.
»Ich höre.«
»Ich habe den Ring nie bekommen. Wer konnte ihn mir bringen?«
»Wir gaben ihn der weißen Frau – möge die Hölle ihr bestimmt sein!«
»Nein! Mir soll sie bestimmt sein«, sagte Lingard mit der Kraft letzter Verzweiflung, während Wasub bestürzt beide Hände hob. »Denn höre, Jaffir, auch wenn sie mir den Ring gegeben hätte, dann hätte sie ihn jemandem gegeben, der stumm und taub und allen Mutes beraubt war.«
Man konnte unmöglich sagen, ob Jaffir ihn gehört hatte. Er gab keinen Laut von sich, an seinem schrecklich starren Blick änderte sich nichts, aber sein unter der baumwollenen Decke ausgestreckter Körper bewegte sich, als ob er von dem weißen Mann abrücken wollte. Lingard stand langsam auf und gab Wasub ein Zeichen, das ihm befahl zu bleiben, wo er war; er ging an Deck, ohne noch einen Blick auf den Sterbenden zu werfen. Wieder schien es ihm, als ob er über das Achterdeck eines verlassenen Schiffes schritte. Der Steward, ein Mulatte, der durch die angelehnte Tür der Pantry spähte, sah den Kapitän in die Kajüte taumeln und die Tür hinter sich krachend zuwerfen. Mehr als eine Stunde näherte sich niemand dieser geschlossenen Tür, bis Carter die Treppe herunterkam und vor

ihr sprach, ohne den Versuch zu machen, sie zu öffnen: »Sind Sie da, Sir?« Die Antwort: »Sie können hereinkommen«, klang so kräftig, daß der junge Mann beruhigt war. Er trat ein.

»Nun?«

»Jaffir ist tot. Eben gestorben. Ich dachte, Sie wollten es erfahren.«

Lingard blickte Carter fest in die Augen: er bedachte, daß nun, da Jaffir tot war, niemand mehr auf der leeren Erde übrig war, der ein Wort des Vorwurfs an ihn richten könnte; daß niemand mehr etwas wissen würde von der Größe seiner Pläne, von dem Band der Treue zwischen ihm und Hassim und Immada, von der Tiefe seiner Zuneigung zu diesen Menschen, von der Ernsthaftigkeit dessen, was er sich vorgestellt, von dem unbegrenzten Vertrauen, das man ihm erwiesen hatte. Infolge der wahnsinnigen Menschenverachtung Jörgensons, die sich gegen das Leben aufgebäumt hatte, war das alles, als ob es nie gewesen sei. Es war zum Geheimnis geworden, das für immer in seiner Brust begraben war.

»Sagen Sie Wasub, er soll einen Ballen Wäschestoff im Laderaum aufmachen, Mr. Carter, und der Mannschaft ein neues Baumwollaken geben, damit sie ihn anständig begraben können, ihrem Glauben entsprechend. Sorgen Sie dafür, daß es noch heute abend geschieht. Sie müssen auch die Boote haben. Ich denke, sie werden ihn auf die Sandbank bringen wollen.«

»Jawohl, Sir«, sagte Carter.

»Die Leute sollen alles haben, was sie brauchen, Spaten, Fakkeln ... Wasub wird die richtigen Worte intonieren. Das Paradies ist allen wahren Gläubigen beschieden. Verstehn Sie mich, Mr. Carter? Das Paradies! Ich möchte wissen, was es für ihn sein wird! Wenn er da keine Botschaften kriegt, die er durch den Dschungel zu tragen hat, Hinterhalte umgehend, Ströme durchwimmend, ohne Ruh und Rast, wird er sich nicht wohlfühlen.«

Carter hörte ihm mit unbewegter Miene zu. Es kam ihm so vor, als habe der Kapitän seine Anwesenheit vergessen.

»Und die ganze Zeit wird er da auf der Sandbank schlafen«, fing Lingard wieder an, auf seinem gewohnten Platz unter den vergoldeten Blitzen, die über seinem Kopf hingen, die Ellbogen auf dem Tisch und die Hände an den Schläfen. »Wenn sie ein Brett haben wollen, um es aufs Grab zu setzen, geben Sie ihnen ein Stück von einer Eichenplanke. Das wird da bleiben – bis zum nächsten Monsun. Vielleicht.«

Carter war unbehaglich zumute angesichts des starr gespannten Blicks, der knapp an ihm vorbeistach und in der engen Kajüte mit seinem durchdringenden und zugleich weltenfernen Ausdruck furchterregend wirkte. Aber da der Kapitän ihn noch nicht entlassen hatte, wollte er sich nicht entfernen.

»Alles wird nach Ihren Wünschen getan werden, Sir«, sagte er. »Ich nehme an, die Jacht wird morgen gleich in aller Frühe aufbrechen, Sir.«

»Wenn sie das nicht tut, werden wir sie mit ein oder zwei scharfen Schüssen ermuntern müssen – was meinen Sie, Mr. Carter?«

Carter wußte nicht, sollte er lächeln oder eine entsetzte Miene aufziehen. Schließlich brachte er beides zustande, fand es jedoch unmöglich, etwas dazu zu sagen. Aber Lingard erwartete keine Antwort.

»Ich denke, Sie wollten bei mir bleiben, Mr. Carter?«

»Ich habe Ihnen gesagt, Sir, ich bleibe bei Ihnen, wenn Sie mich haben wollen.«

»Die Sache ist nur die, Mr. Carter, ich bin nicht mehr der Mann, mit dem Sie damals in der Nacht bei Carimata gesprochen haben.«

»Ich auch nicht, Sir, wenn ich so sagen soll.«

Lingard, dessen Blick etwas von dem gespannten Starren verlor, sah den jungen Mann nachdenklich an. »Schließlich, die Brigg ist's, die Sie brauchen wird. Die wird sich nie ändern. Das beste Fahrzeug auf diesen Meeren. Sie wird mich tragen, wie früher, aber ...« Er ließ die Hände sinken, mit einer wegwerfenden Geste.

Carter brachte all seine naive Sympathie dem Manne entgegen, der gewiß die Weißen gerettet, aber allem Anschein nach bei dem Versuch seine Seele verloren hatte. Carter hatte von Wasub einiges gehört. Er hatte der von dem alten *Serang* in seinem Pidgin-Englisch erzählten Geschichte soviel entnommen, daß die eingeborenen Freunde des Kapitäns, darunter eine Frau, in einer rätselhaften Katastrophe umgekommen waren. Aber das Warum, wie es dazu gekommen war, das war ihm immer noch völlig unverständlich. Natürlich mußte das einem Mann wie Kapitän Lingard furchtbar nahe gegangen sein ...

»Sie werden bald wieder der alte sein, Sir«, sagte er so freundlich wie möglich.

Lingard schüttelte den Kopf, mit derselben einfachen Entschiedenheit. Er dachte an den toten Jaffir, der seinen letzten Auftrag erfüllt hatte und nun schlafen durfte, ungestört von allen irdischen Angelegenheiten. Er hatte den Auftrag erhalten, ihm zu sagen, er solle alles vergessen. Lingard schauderte innerlich. In der Verzweiflung seines Herzens hätte er glauben mögen, seine Brigg läge im Schatten der Flügel des Engels der Verwüstung – so bedrückend endgültig und hoffnungslos schien den beiden Männern das Schweigen, in welchem sie, jeder in seinen Gedanken, einander in die Augen blickten.

Lingard griff nach einem Blatt Papier, das unter anderen auf dem Tisch lag, nahm eine Feder, zögerte einen Augenblick und schrieb dann: »Treffen Sie mich bei Tagesanbruch auf der Sandbank.« Er adressierte den Umschlag an Mrs. Travers, »Jacht *Hermit*«, und schob ihn über den Tisch.

»Schicken Sie das gleich an Bord des Schoners, Mr. Carter. Warten Sie einen Moment. Wenn unsere Boote zu der Sandbank aufbrechen, lassen Sie das Buggeschütz abfeuern. Ich möchte es wissen, wenn der Tote das Schiff verlassen hat.« Er saß allein, den Kopf auf die Hand gestützt, er horchte, horchte endlos lange, auf den Schuß der Kanone wartend. Kam er denn gar nicht? Als er endlich kam, gedämpft, entfernt, wobei den Rumpf des Schiffs ein leichter Stoß durchlief, blieb Lingard still sitzen, den Kopf in der Hand, aber offensichtlich überzeugt, mit einer fast körperlichen Gewißheit, daß mit dem toten Mann unter dem baumwollenen Laken auch ein Stück von ihm selbst das Schiff verlassen hatte.

IX

In einer geräumigen, mit kargem Komfort ausgestatteten Kammer ruhte Mr. Travers bequem auf einer niedrigen Bettstatt unter einem schneeweißen Laken und einer leichten seidenen Steppdecke, den Kopf tief in einem weißen Kissen von strahlender Frische. Von der frischen Wäsche ging ein schwacher Lavendelduft aus. Mr. Travers lag zwar auf dem Rücken wie einer, der ernsthaft krank ist, litt aber an nichts Schlimmerem als an einer großen Müdigkeit. Mr. Travers' Ruhebedürfnis hatte etwas leicht Triumphierendes. Daß er sich wieder an Bord der Jacht befand, war eine Genugtuung für seine Eitelkeit, es hatte ihm das Gefühl der eigenen Wichtigkeit wiedergegeben. Da nun die gewohnte Umgebung wiederhergestellt war, bedachte er das Ganze aus einer gewissen Distanz und zeigte sich nicht mehr zugänglich für ein Abenteuer, das zu phantastisch war, um einen überlegenen Geist zu beschäftigen oder sich auch nur für einige Zeit dem Gedächtnis einzuprägen. Er war ja nicht dafür verantwortlich. Wie viele Männer, die den Ehrgeiz haben, die Geschicke einer Nation zu leiten, scheute Mr. Travers das Gefühl der Verantwortlichkeit. Notfalls hätte er sich durchaus nicht gescheut, ihr auszuweichen, aber in seinem Herzen, ein unverbesserlicher Snob, verachtete er sie. Das war der Grund, warum er imstande war, die Ruhe und ein Gefühl wiederkehrender Gesundheit zu genießen. Aber es lag ihm noch nicht viel daran, sich zu unterhalten, und daher kam es, daß die Stille in der Kammer schon Stunden dauerte. Die Wandlampe hatte einen Schirm aus grüner Seide. Nicht einen Augenblick brauchte man zuzugeben, daß es so etwas wie Unverschämtheiten oder Banditenschurkerei gab. Unterwürfig klopfte jemand zaghaft an die Tür.

Mrs. Travers erhob sich, um zu sehen, was man wünschte, und kehrte zu dem Armsessel am Bett zurück, ohne ein einziges Wort zu äußern; sie trug einen Briefumschlag in der Hand, den sie in dem grünlichen Licht aufriß. Mr. Travers verhielt sich gleichgültig, aber seine Frau reichte ihm einen entfalteten Bogen Papier, den er vor seine Augen zu heben geruhte. Der Bogen enthielt nur eine einzige geschriebene Zeile. Er ließ ihn auf das Deckbett fallen und ruhte so unbewegt wie zuvor, in der Haltung eines kranken Mannes. Mrs. Travers im Armsessel, die Hände auf den Lehnen, bewahrte eine Haltung voller Würde.

»Ich habe die Absicht zu gehen«, erklärte sie nach einer Weile.

»Du hast die Absicht zu gehen«, wiederholte Mr. Travers mit schwacher, bedächtiger Stimme. »Wirklich, es ist ziemlich gleichgültig, zu was du dich entschließest. Das hat alles sehr wenig zu bedeuten. Mir scheint, es hat gar keinen Sinn, daß du da hingehst.«

»Vielleicht nicht«, gab sie zu. »Aber meinst du nicht, man sollte immer seine Schuld bis zum letzten Heller bezahlen?«

Mr. Travers' Kopf drehte sich auf dem Kissen und sah seine so freimütige Frau mit einem unter den Lidern versteckten, entsetzten Blick an. Aber er wandte den Kopf gleich wieder ab und blieb in seiner passiven Haltung die Verkörperung hilfloser Erschöpfung. Mrs. Travers bemerkte das und erhielt den unerwarteten Eindruck, daß Mr. Travers nicht so krank war, wie er aussah. ›Er nützt das aus, soweit er kann. Es ist nur Diplomatie‹, dachte sie. Sie dachte das ohne Ironie, Bitterkeit oder Abneigung. Nur sank ihr das Herz etwas, und sie hatte das Gefühl, den Rest des Abends nicht mehr mit diesem Manne in der Kammer verbringen zu können. Das ganze Leben – ja! Aber nicht diesen Abend.

»Es ist einfach ungeheuerlich«, murmelte der Mann, der entweder sehr diplomatisch oder sehr erschöpft war, matt vor sich hin. »In dir ist etwas, das ist nicht normal.«

Mrs. Travers erhob sich rasch.

»Manchmal stößt man auf ungeheuerliche Dinge. Aber ich versichere dir, von allen Ungeheuerlichkeiten, die dem auflauern, was du eine normale Existenz nennst, ist es die Langeweile, der Überdruß, was ich am meisten fürchte. Das ist ein erbarmungsloses Ungeheuer, ohne Zähne und Klauen. Ohnmächtig. Widerlich!«

Sie verließ die Kammer, sie verschwand daraus mit lautloser Entschlossenheit. Keine Macht der Erde hätte sie auch nur eine Minute länger zurückhalten können. An Deck trat sie in eine mondlose Nacht, deren Luft sich wie feuchter Samt anfühlte, und am Himmel schimmerte eine Menge verwischter Sterne, als hätte sich das Firmament, sehr alt, verbraucht und sehr müde, mit schäbigem Flitter behängt. Der übliche Dienst auf der Jacht war wieder im Gange, die Sonnensegel auf dem Achterdeck waren wieder ausgespannt, unter dem Großbaum war wie üblich eine einzelne Lampe aufgehängt. In ihrem schwachen Licht kam die lange, hagere Gestalt d'Alcacers aus dem tiefen Dunkel hinter der Laterne über das Deck geschlendert. D'Alcacer hatte sich sogleich wieder in den Besitz des Zigarettenvorrats gesetzt, den er der Freigebigkeit des Generalgouverneurs verdankte. Vor seinen Lippen glühte ein großer, pulsierender Funke, sie über dem mageren Kinn und unter dem schönen, dunklen Schnurrbart und der Nasenspitze rötlich beleuchtend. D'Alcacer warf sich vor, einer ungewohnten Leichtfertigkeit anheimgefallen zu sein, die irgendwie von ihm

Besitz ergriffen hatte. Seit Jahren hatte er diese Art Empfindung nicht mehr erlebt. Tadelnswert wie sie war, wünschte er doch nicht, darin gestört zu werden. Aber da er vor Mrs. Travers nicht gut weglaufen konnte, ging er ihr entgegen.
»Ich hoffe sehr, Sie haben mir nichts zu erzählen«, sagte er mit wunderlichem Ernst.
»Ich? Nein! Sie vielleicht?«
Er versicherte ihr, auch er habe nichts zu sagen, und machte ihr einen Vorschlag. »Wir wollen uns überhaupt nichts erzählen, Mrs. Travers. Wir wollen überhaupt an gar nichts denken. Ich glaube, auf diese Weise kommen wir am besten über den Abend weg.« In seinem scherzhaften Ton klang echte Besorgnis mit.
»Nun gut«, stimmte Mrs. Travers ernsthaft zu. »Aber in diesem Fall bleiben wir lieber nicht zusammen.« Dann bat sie d'Alcacer, hinunterzugehen und sich zu Mr. Travers zu setzen, der es nicht liebte, allein gelassen zu werden. »Obgleich auch er allem Anschein nach nichts zu hören wünscht«, setzte sie gleichsam nebenbei hinzu und fuhr dann fort: »Aber ich muß Sie noch um etwas anderes bitten, Mr. d'Alcacer: ich habe die Absicht, mich in diesen Deckstuhl zu setzen und hier zu schlafen – wenn ich kann. Würden Sie mir versprechen, mich um fünf Uhr zu wecken? Ich möchte lieber nicht mit jemandem an Deck sprechen, und außerdem, Ihnen kann ich vertrauen.«
Er verbeugte sich schweigend und entfernte sich langsam. Mrs. Travers, den Kopf wendend, gewahrte ein stetiges Licht an einer Rahnock der Brigg, das gegen die trüben Sterne sehr hell abstach. Sie ging nach achtern und blickte über die Heckreling. Es war genau wie in der anderen Nacht, damals. Halb und halb erwartete sie, sogleich das leise plätschernde Geräusch eines herannahenden Bootes zu hören. Aber kein Laut war zu vernehmen, das ganze Weltall schwieg. Als sie sich endlich in den Deckstuhl fallen ließ, war sie völlig am Ende ihrer Fähigkeit zu denken. ›Ich nehme an, so bringen die Verurteilten es fertig, in der Nacht vor der Hinrichtung etwas Schlaf zu finden‹, sagte sie sich, ehe ihre Lider sich schlossen wie unter einer bleiernen Hand.
Als sie aufwachte, rannen ihr die Tränen übers Gesicht. Sie war aus einem lebhaften Traum erwacht, in dem Lingard in einem Kettenpanzer, einem Kreuzritter nicht unähnlich, aber bar-

häuptig, hinweg von ihr in die Tiefe einer phantastischen Landschaft schritt. Sie eilte hinter ihm her, um ihn einzuholen, aber im letzten Augenblick schob sich ein Gewimmel von Wilden mit riesigen Turbanen dazwischen, so daß sie ihn aus dem Gesicht verlor; er verschwand völlig und für immer in dem geisterhaften Treiben eines Sandsturms. Was ihr am meisten Angst einflößte, war der Umstand, daß sie nicht imstande gewesen war, sein Gesicht zu sehen. Da begann sie zu weinen über ihr hartes Los. Als sie aufwachte, rannen noch die Tränen über ihr Gesicht, und sie gewahrte im Licht der Decklampe, daß d'Alcacer ein wenig entfernt still stand.

»Mußten Sie mich ansprechen?« fragte sie.

»Nein«, sagte d'Alcacer. »Dazu gaben Sie mir keine Zeit. Als ich so weit kam, wo ich jetzt stehe, glaubte ich, Sie schluchzen zu hören. Ich muß mir das eingebildet haben.«

»Ach nein. Mein Gesicht ist ja noch naß. Es war ein Traum. Ich denke, es ist fünf Uhr. Dank Ihnen, daß Sie so pünktlich sind. Ich habe noch etwas vor Sonnenaufgang zu tun.«

D'Alcacer kam näher. »Ich weiß. Sie haben beschlossen, eine Verabredung auf der Sandbank einzuhalten. Ihr Gatte hat in all den Stunden keine zwanzig Worte geäußert, aber er brachte es doch fertig, mir diese Neuigkeit mitzuteilen.«

»Das hätte ich nicht gedacht«, murmelte sie undeutlich.

»Er wollte mir begreiflich machen, daß es nichts auf sich hätte«, stellte d'Alcacer in sehr ernstem Tone fest.

»Ja. Er weiß, wovon er spricht«, sagte Mrs. Travers in so bitterem Ton, daß d'Alcacer für den Augenblick verstummte. »Ich sehe an Deck keine Seele«, fuhr sie fast unvermittelt fort.

»Sogar die Leute von der Wache schlafen«, sagte d'Alcacer.

»In dem, was ich vorhabe, ist nichts Geheimes, aber ich möchte lieber keinen rufen. Vielleicht haben Sie nichts dagegen, mich selbst in unserem kleinen Boot hinüberzurudern.« Es schien ihr, als zögere d'Alcacer. Sie setzte hinzu: »Es hat nichts auf sich, wissen Sie.«

Er verbeugte sich zustimmend und stieg schweigend vor ihr das Fallreep hinab. Als sie das Boot betrat, hielt er die Riemen bereit und stieß in dem Moment ab, als sie sich hinsetzte. Es war noch so dunkel, daß er die Richtung nicht hätte einhalten können, wenn das Licht an der Rahnock der Brigg nicht gewesen wäre. Er ruderte sehr bedächtig und blickte häufig über die Schulter.

Es war Mrs. Travers, die zuerst auf dem schwarzen, stillen Wasser den schwachen Schimmer des kahlen Sandstreifens gewahrte.
»Ein bißchen mehr nach links«, sagte sie. »Nein, anderer Weg...« D'Alcacer gehorchte ihren Anweisungen, aber er ruderte sogar noch langsamer als zuvor. Sie sprach wieder: »Meinen Sie nicht, daß eine Schuld bis zum letzten Heller bezahlt werden müßte, Mr. d'Alcacer?«
D'Alcacer warf einen Blick über die Schulter, dann sagte er: »Es wäre jedenfalls die einzig ehrenhafte Weise. Aber es mag schwer sein. Zu schwer für unsere gewöhnlichen Herzen, furchtsam wie sie sind.«
»Ich bin auf alles vorbereitet.«
Er hörte für einen Augenblick auf zu rudern... »Auf alles, was man auf einer Sandbank vorfinden kann«, fuhr Mrs. Travers fort. »Auf einer unfruchtbaren, unbedeutenden und öden Sandbank.«
D'Alcacer machte zwei Schläge und hielt wieder inne.
»Auf einer Sandbank ist Raum für eine ganze Welt des Leidens, für alle Bitterkeit und allen Groll, den ein menschliches Herz zu empfinden genötigt werden kann.«
»Ja, ich dachte mir, daß Sie's wüßten«, flüsterte sie, während er einen Schlag oder zwei tat und wieder über die Schulter blickte. Sie murmelte die Worte: »Bitterkeit, Groll«, und einen Augenblick später spürte sie, daß der Kiel des Bootes auf Sand lief. Aber sie rührte sich nicht, und auch d'Alcacer blieb auf der Ducht sitzen und hielt die Blätter seiner Riemen hoch, als sei er bereit, sie wieder einzutauchen und bei dem ersten Zeichen das kleine Boot zurück ins tiefe Wasser zu stoßen.
Mrs. Travers gab kein Zeichen, sondern fragte plötzlich: »Mr. d'Alcacer, glauben Sie, daß ich je wieder zurückkomme?«
In dem Ton, mit dem sie das sagte, glaubte er eine gewisse Aufrichtigkeit zu vermissen. Aber wer konnte sagen, was diese Plötzlichkeit verbarg – aufrichtige Angst oder bloße Eitelkeit? Er fragte sich, ob sie ihm zu Gefallen eine Rolle spielte oder nur für sich selbst. »Ich glaube nicht, daß Sie die Situation ganz verstehen, Mrs. Travers. Ich glaube nicht, daß Sie von seiner Einfalt oder von dem Stolz auf seine Fähigkeit, einem Traumgesicht nachzujagen, eine klare Vorstellung haben.«
Sie dachte etwas verachtungsvoll, daß es andere Dinge gab, von

denen d'Alcacer nichts wußte, und sie gab der plötzlichen Versuchung nach, ihn ein wenig aufzuklären.
»Sie vergessen, daß er der Leidenschaft fähig ist und in seiner Einfalt seine eigene Kraft nicht kennt.«
An der Aufrichtigkeit dieser gemurmelten Worte war nicht zu zweifeln. ›Sie hat sie zu spüren bekommen‹, sagte sich d'Alcacer mit absoluter Gewißheit. Er fragte sich nur, wann, wo, wie und bei welcher Gelegenheit? Mrs. Travers erhob sich plötzlich von ihrem Hecksitz, und d'Alcacer sprang auf den Sand, um ihr beim Aussteigen zu helfen.
»Soll ich nicht lieber hier in der Nähe bleiben, um Sie wieder zurückzubringen?« fragte er, als er ihre Hand losließ.
»Das dürfen Sie nicht!« rief sie ängstlich. »Sie müssen zur Jacht zurückkehren. In einer Stunde wird es hell genug sein. Ich werde zu dieser Stelle kommen und mit dem Taschentuch winken, wenn ich abgeholt werden will.«
Zu ihren Füßen lag das flache Wasser in tiefem Schlaf, und der geisterhafte Schimmer des Sandes täuschte das Auge durch seine Formlosigkeit. Weit weg bildete das Buschwerk in der Mitte eine dichte schwarze Masse vor den Sternen am südlichen Himmel. Mrs. Travers zögerte einen Augenblick in der Nähe des Bootes, als fürchtete sie sich vor der unheimlichen Einsamkeit der Sandbank und vor der einsamen See, die sich auf das ganze Weltall ringsum auszudehnen schien bis zu den entferntesten Sternen und den grenzenlosen Dunkelheiten.
»Hier ist niemand«, flüsterte sie zu sich selbst.
»Wie ich den Mann kenne, ist er hier irgendwo und wartet auf Sie«, versicherte d'Alcacer leise. Mit einem kräftigen Stoß schob er das kleine Boot ins Wasser.

D'Alcacer hatte vollkommen recht. Lange ehe Mrs. Travers mit tränennassem Gesicht aufwachte, war Lingard an Deck gekommen. Stunden zuvor waren die Leute vom Begräbnis zurückgekehrt, und die Mannschaft der Brigg war in Schlaf gesunken, ausgenommen zwei Wachmänner, die sich bei Lingards Erscheinen geräuschlos vom Achterdeck zurückzogen. Lingard, auf die Reling gestützt, verfiel in eine düstere Grübelei über das Vergangene. Vorwurfsvolle Gespenster drängten sich in den Lüften, lebendige Stimmen, nicht in der artikulierten Sprache der Sterblichen, – aber sie belagerten ihn mit leisem Schluchzen, tiefen Seufzern und drohenden Gesten. Als er wieder zu

sich kam und sich umwandte, verschwanden sie bis auf einen dunklen Schatten, der laut- und regungslos stehenblieb. Lingard betrachtete ihn mit heimlichem Grausen.
»Wer ist da?« fragte er mit unsicherer Stimme.
Der Schatten trat näher. »Ich bin's nur«, sagte Carter, der Anweisung gegeben hatte, es ihm sofort zu melden, sobald der Kapitän an Deck erschien.
»Ach so, ja, das hätte ich wissen müssen«, murmelte Lingard, einigermaßen verwirrt. Er bat Carter, ein Boot zu bemannen, und als ihm der junge Mann nach einer Weile meldete, daß es bereit sei, sagte er »Es ist gut!«, blieb aber, auf seinen Ellbogen gelehnt, stehen.
»Entschuldigen Sie, Sir«, sagte Carter nach längerem Schweigen, »aber wollen Sie weiter weg fahren?«
»Nein, ich will nur auf der Sandbank abgesetzt werden.«
Carter vernahm das mit Erleichterung, aber er war auch verblüfft.
»Aber da ist doch nichts Lebendes, Sir«, sagte er.
»Wer weiß«, knurrte Lingard.
»Aber das weiß ich ganz gewiß«, beharrte Carter. »Die letzten von den Weibern und Kindern, die zu den Halsabschneidern gehörten, wurden von den Sampans abgeholt, die Sie und die Herrschaften von der Jacht rausbrachten.«
Er begleitete Lingard zum Fallreep und nahm seine Befehle entgegen.
»Sobald es hell genug ist, daß man Flaggen sehen kann, signalisieren Sie dem Schoner, daß er kurzstag hieven und die Segel losmachen soll. Wenn man das hinauszögert, geben Sie ihm einen Warnschuß, Mr. Carter. Ich will keine Verzögerung mehr haben. Wenn er nicht sofort absegelt, beim Himmel, dann werd' ich ihn rausjagen. Noch bin ich Herr hier – einen Tag noch.«

Der überwältigende Eindruck der Unermeßlichkeit, der unheimlichen Leere, der jeden befällt, der inmitten der See auf einer Sandbank wandelt, schüchterte Mrs. Travers ein. Die Welt glich einem grenzenlosen, flachen, regungslosen und täuschenden Schatten. Dann sah sie vor dem Schimmer der südlichen Sterne eine menschliche Gestalt, die ihr in ihrer Einsamkeit so gewaltig erschien wie der in die Sternbilder ragende Umriß eines Riesen. Als er ihr näherkam, schrumpfte er zu natürlichen Proportionen zusammen, löste sich von den Sternen, verlor seine Erhabenheit, gewann nun aber, als er schweigend herannahte, etwas Drohendes. Mrs. Travers beeilte sich zu sprechen.

»Sie haben mich gebeten zu kommen. Ich bin gekommen. Ich denke bestimmt, Sie werden keinen Grund haben, meinen Gehorsam zu bedauern.«

Er schritt dicht an sie heran und beugte sich ein wenig, um ihr ins Gesicht zu blicken. Die tropische Dämmerung breitete am Himmel über dem Gestade der Zuflucht ihren charakteristisch kalten Glanz aus.

Mrs. Travers wandte ihren Kopf nicht ab.

»Suchen Sie nach einer Veränderung in mir? Nein, Sie würden sie nicht finden. Jetzt weiß ich, daß ich mich nicht ändern könnte, selbst wenn ich es wollte. Ich bin aus einem zu harten Stoff gemacht.«

»Ich sehe Sie zum erstenmal«, sagte Lingard, »bisher konnt' ich Sie gar nicht richtig sehen. Es gab da zu viel andere Dinge, zu viele Gedanken, zu viele Leute. Nein, ich habe Sie bisher gar nicht gesehen. Aber jetzt ist die Welt tot.«

Er packte sie an den Schultern und näherte sein Gesicht dem ihrigen. Sie wich ihm nicht aus.

»Ja, die Welt ist tot«, sagte sie. »Sehen Sie sich nur satt. Viel Zeit haben Sie ja nicht mehr dazu.«

Er ließ sie plötzlich los, als habe sie ihm einen Schlag versetzt. Das kalte weiße Licht der tropischen Dämmerung war nun über den Zenit geschlichen, und die Weite der seichten Gewässer sah ebenfalls kalt aus; nichts regte sich auf dem Wasser, das sich bewegungslos und spiegelglatt bis zum Rande des Horizonts erstreckte, wo im Westen noch ein Schatten verweilte.

»Nehmen Sie meinen Arm«, sagte er.

Sie tat es sogleich, und sie wandten den beiden Schiffen den Rücken und begannen über den Sand zu gehen. Nach wenigen Schritten aber bemerkte Mrs. Travers einen länglichen Hügel, an dessen Ende ein Brett aufrecht hineingesetzt war. Mrs. Travers kannte diesen Teil der Sanddünen. Hier war die Stelle, wo sie mit ihrem Mann und d'Alcacer jeden Abend nach dem Essen auf und ab zu gehen pflegte, als die Jacht hier gestrandet lag und die Boote unterwegs waren auf der Suche nach Beistand – den sie ja gefunden hatten – den sie gefunden hatten! Diesen Hügel aber hatte sie nie zuvor dort gesehen. Lingard war plötzlich stehengeblieben und betrachtete ihn grübelnd. Sie drückte seinen Arm, um ihn zu wecken, und fragte: »Was ist das?«

»Das ist ein Grab«, sagte Lingard mit gedämpfter Stimme und immer noch den Sandhaufen anstarrend. »Ich ließ den Toten gestern nacht aus dem Schiff hinausbringen. Sonderbar«, fuhr er in einem nachdenklichen Tone fort, »wieviel ein Grab, das für einen einzigen Mann ausreicht, enthalten kann. Seine Botschaft war, alles zu vergessen.«

»Nie, nie«, sprach Mrs. Travers leise vor sich hin. »Ich wünschte, ich wäre an Bord der *Emma* gewesen. Der war wahnsinnig, der Mann, den Sie da hatten«, rief sie plötzlich laut. Sie gingen ein paar Schritte weiter, und Lingard betrachtete Mrs. Travers, die sich auf seinen Arm stützte.

»Ich frage mich, wer von uns beiden war wahnsinnig«, sagte er.

»Und ich frage mich, wie Sie es noch ertragen können, mich anzusehen«, murmelte sie.

Dann sprach Lingard wieder: »Ich mußte Sie noch einmal sehen.«

»Dieser abscheuliche Jörgenson«, flüsterte sie für sich selbst.

»Nein, nein, er gab mir meine Chance – ehe er mich aufgab.«

Mrs. Travers befreite ihren Arm. Er blieb stehen und blickte ihr lange schweigend ins Gesicht.

»Ich konnte es Ihnen nicht abschlagen, Sie zu treffen«, sagte Mrs. Travers endlich. »Ich konnte Ihnen überhaupt nichts abschlagen. Sie haben alles Recht auf Ihrer Seite, und es ist mir gleich, was Sie tun oder sagen. Aber ich wundere mich über meinen eigenen Mut, wenn ich bedenke, was ich zu gestehen habe.« Sie trat vor, legte eine Hand auf Lingards Schulter und sprach in großem Ernst. »Ich schauderte bei dem Gedanken, Ihnen noch einmal zu begegnen. Und jetzt müssen Sie meine Beichte anhören.«

»Sagen Sie nichts, kein Wort«, sagte Lingard mit fester Stimme, ohne den Blick von ihrem Gesicht abzuwenden. »Ich weiß es schon.« »Das kann nicht sein«, rief sie. Ihre Hand glitt von seiner Schulter. »Warum werfen Sie mich dann nicht ins Meer?« fragte sie leidenschaftlich. »Soll ich mich mein Leben lang selbst hassen?« »Das dürfen Sie nicht«, sagte er, und in seiner Stimme klang Furcht. »Haben Sie nicht schon längst begriffen, daß es genau so abgelaufen wäre, auch wenn Sie mir den Ring gegeben hätten?« »Und das soll ich glauben? Nein, nein! Sie sind zu edeldenkend, um so zu heucheln. Sie sind der großmütigste der Männer, aber Sie verschwenden Ihre Großmut an mich. Glauben Sie, ich verspüre Gewissensbisse? Nein. Wenn es überhaupt etwas ist, ist es Verzweiflung. Aber Sie müssen das gewußt haben – und doch wollten Sie mich noch einmal sehen.«

»Ich sagte Ihnen ja, ich hatte zuvor gar keine Chance«, sagte Lingard unbewegt. »Erst nachdem ich hörte, daß man Ihnen den Ring gegeben hatte, spürte ich, welche Gewalt Sie über mich besaßen. Wie konnte ich das vorher wissen? Was haben Haß oder Liebe mit Ihnen und mir zu tun? Haß. Liebe. Was kann Sie anrühren? Für mich stehen Sie über diesen Dingen, sogar über dem Tod; denn ich sehe jetzt, daß Sie niemals sterben werden, solange ich lebe.«

Sie standen einander gegenüber, am südlichen Rand der Sandbank, und es war, als trieben sie auf der offenen See. Der von den Winden aufgehäufte Kamm in der Mitte der Sandbank verbarg ihnen sogar die Mastspitzen der beiden Schiffe, und die zunehmende Helligkeit des Lichts verstärkte nur das Gefühl, daß sie unrettbar allein seien in der furchtbaren Einsamkeit der Welt. Mrs. Travers legte plötzlich eine Hand über die Augen und wandte das Gesicht ab.

Dann sagte er noch: »Das ist alles.«

Mrs. Travers ließ den Arm fallen und begann zurückzugehen, allein und ohne Stütze. Lingard folgte ihr auf dem von der Ebbe bloßgelegten Rand der Sandbank. Am kalten Himmel über dem schwarzen Wald des ›Gestades der Zuflucht‹ erschien ein orangefarbenes Licht und verblaßte alsbald zu Gold, das rasch in einen blendenden und farblosen Glanz überging. Erst als sie an Jaffirs Grab vorbeigegangen war, warf Mrs. Travers einen verstohlenen Blick zurück und stellte fest, daß sie allein war. Lingard hatte sie sich selbst überlassen. Sie sah ihn in der Nähe des Sandhügels sitzen, den Rücken gebeugt, die Hände um die Knie geschlungen, als habe er dem unwiderstehlichen Ruf seiner großartigen Visionen gehorcht, die das Grab des getreuen Boten umschwebten. Mrs. Travers beschattete die Augen mit der Hand und sah, wie unbeweglich dieser Mann der unbegrenzten Illusionen dasaß. Er rührte sich nicht, er hob nicht einmal den Kopf. Es war alles vorbei. Er war fertig mit ihr. Sie wartete noch ein wenig länger und ging dann langsam weiter. Shaw, der jetzt Zweiter Offizier auf der Jacht war, kam mit einem Matrosen in einem kleinen Boot, um Mrs. Travers an Bord zu bringen. Er starrte sie an wie eine beleidigte Eule. Wie die Dame plötzlich bei Sonnenaufgang auf der Sandbank erscheinen konnte, mit dem Taschentuch winkend, war ihm unbegreiflich. Denn wenn sie es auch fertiggebracht hatte, heimlich im Dunkeln dorthin zu rudern, konnte sie doch nicht das leere Boot zur Jacht zurückgeschickt haben. Es war für Shaw eine Art unziemlichen Wunders.

Mr. d'Alcacer eilte zum Fallreep und als sie einander auf dem Deck begegneten, war er erstaunt, Mrs. Travers in einem sonderbar herausfordernden Ton sagen zu hören: »Sie hatten recht. Ich bin zurückgekommen.« Dann setzte sie mit einem kleinen Lachen, das Mr. d'Alcacer peinlich berührte, hinzu, indem sie abwärts nickte: »Auch Martin hatte vollkommen recht. Es war absolut unwichtig.«

Sie begab sich unverweilt nach der Heckreling, und d'Alcacer folgte ihr nach achtern, beunruhigt durch ihr weißes Gesicht, durch ihre heftigen Bewegungen, durch die nervöse Art, mit der sie fortwährend nach ihrem Hals griff. Diskret wartete er, bis sie sich ihm zuwandte und ihm die offene Hand hinstreckte, auf der er einen schweren goldenen Ring erblickte, der mit einem großen grünen Stein besetzt war.

»Sehen Sie sich das an, Mr. d'Alcacer. Das ist das Ding, wonach ich Sie fragte, ob ich es ausliefern oder verstecken sollte – das ist das Symbol der letzten Stunde – der Ruf in letzter Minute. Und er sagte, es habe keinen Unterschied gemacht! Er ist der großmütigste aller Menschen, und der allerletzte Heller ist bezahlt worden. Er ist nun fertig mit mir. Der großmütigste ... aber da ist ein Grab auf der Sandbank, bei dem saß er, als ich wegging, und er hatte für mich keinen Blick mehr übrig. Sein letzter Blick auf Erden! Da hab ich noch dieses Ding. Absolut unwichtig. Ein toter Talisman.« Mit einem nervösen Zucken warf sie den Ring über Bord, dann bat sie d'Alcacer mit einem hastigen Flehen: »Bleiben Sie einen Augenblick hier. Lassen Sie niemanden in die Nähe kommen.« Sie brach in Tränen aus und wandte ihm den Rücken zu.

Lingard kehrte auf seine Brigg zurück, und am frühen Nachmittag ging die *Lightning* ankerauf und glitt an dem Schoner vorbei, um ihm durch das Gewirr der Sandbänke den Weg zu zeigen. Lingard war an Deck, beachtete aber das ihm folgende Fahrzeug mit keinem Blick. Sobald die beiden Schiffe im klaren Wasser waren, ging er nach unten und sagte zu Carter: »Sie wissen, was Sie zu tun haben.«

»Jawohl, Sir«, sagte Carter.

Kurz nachdem sein Kapitän von Deck verschwunden war, ließ Carter den Großtopp backbrassen. Die *Lightning* verlor an Fahrt, während der Schoner, der jeden Fetzen Segeltuch gesetzt hatte, auf ihrem Kurs dicht hinter ihrem Heck vorbeisegelte. Mrs. Travers stand achtern, sehr aufrecht, mit beiden Händen die Reling umgreifend. Der Rand ihres weißen Hutes war auf der einen Seite vom Winde hochgebogen, und ihr Rock flatterte in der Brise. An ihrer Seite stand d'Alcacer und winkte höflich mit der Hand. Carter lüftete die Mütze.

Den ganzen Nachmittag schritt er mit gemessenen Schritten auf dem Achterdeck auf und ab und hielt ein Fernglas in der Hand. Endlich legte er das Glas beiseite, warf einen Blick auf den Kompaß und ging zu dem offenstehenden Oberlicht des Salons. »Die Jacht ist jetzt außer Sicht, Sir«, sagte er. Drunten war alles still. Er erhob ein wenig die Stimme: »Sie sagten mir, ich sollte es Sie wissen lassen, sobald die Jacht außer Sicht sei.«

Ein Laut wie ein unterdrücktes Stöhnen drang zu dem aufmerksamen Carter, und eine müde Stimme sagte: »Ist gut, ich komme.«

Als Lingard die Poop der *Lightning* betrat, hatte sich die offene See im Abendlicht bereits purpurrot gefärbt, während die Untiefen im Osten an der düsteren Küstenlinie wie Stahl schimmerten. Lingard, die Arme auf der Brust gekreuzt, blickte über die See. Carter näherte sich ihm und sprach ruhig: »Der Strom ist gekentert, und die Nacht kommt. Sollten wir nicht lieber sehen, daß wir von den Untiefen wegkommen, Sir?«

Lingard rührte sich nicht.

»Ja, die Nacht kommt. Sie können wieder vollbrassen, Mr. Carter«, sagte er und verfiel wieder in Schweigen, während seine Augen nach dem südlichen Horizont starrten, wo die Schatten unaufhaltsam auf die untergehende Sonne zukrochen. Alsbald stand Carter wieder neben ihm.

»Wir machen wieder Fahrt, Sir«, sagte er warnend.

Lingard wachte aus seiner Versunkenheit mit einem Erschauern auf, das seine kräftige Gestalt wie einen entwurzelten Baum erzittern ließ.

»Was lag die Jacht an, als sie außer Sicht kam?« fragte er.
»Fast genau Süd«, antwortete Carter. »Welchen Kurs wollen wir heute nacht steuern, Sir?«
Lingards Lippen zitterten, ehe er sprach, aber seine Stimme war fest.
»Kurs Nord«, sagte er.